KB172905

The Melancholy of Resistance
저항의 멜랑콜리

알마 인코그니타 Alma Incognita
알마 인코그니타는 문학을 매개로,
미지의 세계를 향해 특별한 모험을 떠납니다.

THE MELANCHOLY OF RESISTANCE

Copyright © 1993 László Krasznahorkai
(orig. title: Az ellenállás melankóliája)
All rights reserved

Korean translation copyright © 2019 by Alma Inc.
Korean translation rights arranged with Rogers, Coleridge and White Ltd.
through EYA(Eric Yang Agency)

이 책의 한국어판 저작권은 EYA(Eric Yang Agency)를 통해
Rogers, Coleridge & White Ltd.와 독점 계약한 (주)알마에 있습니다.
저작권법에 의해 한국 내에서 보호를 받는 저작물이므로
무단 전재와 무단 복제를 할 수 없습니다.

The Melancholy of Resistance
저항의 멜랑콜리

László Krasznahorkai
크러스너호르커이 라슬로

구소영 옮김

alma

일러두기

• 모든 주는 옮긴이 주다.
• 저자의 이름은 국내에 알려진 '라슬로 크라스나호르카이'로 표기하는 대신, 국립
국어원 외래어 표기법 규정과 헝가리어의 성-이름순 표기 방식에 따라 '크러스너호
르커이 라슬로'로 표기했다.

"흐르지만 흘러가지 않는다."

차례

도입

이례적인 상황들
An Emergency

티서강 제방에서부터 저 멀리 카르파티아산맥 발치까지 뻗어 있는, 남쪽 저지대의 얼음에 뒤덮인 단지들을 연결하는 여객 열차는 불행하게 제 발부리에 자꾸 걸리는 철도원의 애매한 해명이나 불안스레 기차역에서 가다 서다 허둥거리는 역장의 약속에도 불구하고 올 생각을 안했기에('그것 참, 연기처럼 다시 온데간데없이 사라져버렸나…' 철도원은 떨떠름한 표정을 구기며 어깨를 으쓱했다) 딱 이런 '비상'용으로 건사하고 있던, 오로지 두 대로 이뤄진 나무의자 객차를, 한물가고 영 시답잖은, 진짜 마지막 방책으로만 사용되는 424 기관차와 맞걸어 운행에 들어갔다. 하릴없이 동쪽행 기차 편을 기다리던 지역민들은, 지켜지지도 않고 그조차 어림잡은 것인 시간표에 따르면 비록 한 시간 하고도 삼십 분 지연되긴 했으나, 이를 무관심과 속수무책의 체념이 섞인 모습으로 받아들이고서 기다리다, 마침내 지선을 따라 오십 킬로미터쯤 더 간 그들의 종착역에 도착할 수 있게 된 것이다. 까놓고 말해서 철도 여행이, 모든 다른 일처럼 현재 전반적인 형세에 똑같이 휘둘리니, 이런 일 어느 것에도 놀라는 사람은 더 이상 없었다. 모든 정상적인 기대는 무용지물이 되었고, 사람들의 일상적인 습관은 걷잡을 수 없는 혼란, 예상할 수 없는 미래, 되돌릴 수 없는 과거로 와해되었으며, 일상적인 삶의 기능은 예상을 못할 정도로 난장판이라 종국에 하나뿐인 문이 더 이상 열리지 않아도, 밀이 고개를 박고 땅속으로 자라도, 그냥 벌어지는 대로 다 받아들였다. 붕괴의 증상들은 알아차릴 수 있더라도 그 원인은 도저히 불가해한 일로 남았기에, 사람들은 여전히 가까이 손에 만져지는 것이라면 무엇이든 집요하게 물고 늘어지는 일 말고 달리 할 수 있는 일이 없었다. 이런 일은 아니나 다를까, 마을 정거장에 있던 사람들이 본질적으로 자리는 제한돼 있더라도 자신들이 차지하는 게 마땅하다는 희망에서, 도통 열기 어렵게 얼어붙어 있을 줄은 몰랐던, 객차 문으로 득달같이 달려들 때도 계속되었다. 늘 하던 대로 겨울 친척 방문을 마치고 집으로 가던 길인 플라우프 부인도 무의미한 몸부림에 악착같이 가담하여(왜냐하면 곧 알아채게 되겠지만 그들 중 실제로 서서 가는 사람은 없었다) 자신의 앞을 막아서는 사람들을 옆으로 밀치고 뒤에서 밀어붙이는 군중에 맞서 작은 골격으로 앙버티며 역방향 창가 자리를 간신히 차지했다. 자리에 앉을 무렵 그녀는 참을 수 없는 밀치닥질에 대한 분개의 감각과 격분과 비통을 오락가락하는 다른 감정이 뭉뚱그려져 치솟았다. 이는 일등칸 표를 들었건만 아무 소용도 없이, 마늘 소시지 냄새가 팔린카*와 코를 찌르는 싸구려 담배 냄새와 뒤섞여 스멀거리는 악취 속에서, 입이 걸고 신트림을 해대는 '천한 농군'들의 위협적인 무리에 에워싸이다 보니, 자신이 오늘날 어떤 업무든, 아무튼 여행을 다니는 위험천만의 일에 엮인 모든 사람이 마주쳐야 하는 격심한 불확실성을 마주해야만 한다는, 사실 과연 집에 도착하기나 할지 종내 모르겠다는 의식이 불쑥 들 때마다 이는 감정이었다. 그녀의 언니들은 노령으로 운신을 못하고 붙박인 이후로는 완전히 고립돼 살고 있는데, 그녀가 초겨울이면 늘 하던 방문을 소홀히 할라치면 그냥 눈감고 넘기지는 않을 터였고, 아주 급격하게 변한 주변 상황 아래 가장 현명한 항로는 어떤 위험도 초래하지 않아야 한다는 생각을 그녀 역시 다른 사람들처럼 확고하게 품고 있긴 해도, 이런 위험스러운 모험을, 다 이 언니들 때문에라도 모른 척 그만두지 못했다. 약게 군다지만, 냉정하게 무슨 일이 다가올까 예상하는 일은 솔직히 쉬운 작업이 아니었다. 왜냐하면 무언가 막중하지만 감지할 수 없는 변동이 항구적으로 안정적이었던 공기의 조성에서, 지금까

---

* 중부 유럽에서 마시는 과일 브랜디. 헝가리에서 유래했다.

지 오점 없던 기제나 이름 없는 원칙처럼—우리가 흔히 듣던 대로, 세상이 빙빙 돈다거나, 세계 존재의 순전한 현상 자체가 이런 원칙의 가장 당당한 증거라는 세간의 말처럼—가늠 안 되게 아주 아득한 어딘가에서, 갑자기 그런 법칙의 힘 일부를 잃어버린 것처럼 보였기 때문이었는데, 여하간 이런 이유 때문에 애먹이는 위험 확률의 지식보다는 사실 곧 무엇이든 일어날 수 있다는 상식적인 전조가 더 견딜 수 없었으며, 이런 '무엇이든'의 법칙, 차츰 약해지는 그 법칙이 어떤 개인적인 불운보다 더 큰 불안으로 이끌었으며, 덩달아 사람들이 차분하게 사실들을 평가할 가능성을 갈수록 빼앗고 있었다. 지난 몇 달 동안 날로 섬뜩섬뜩 놀래는 사건들 사이에 정신 똑바로 차리고 있는 일은 불가능했다. 뉴스, 험담, 뜬소문, 개인적인 경험을 뒤섞고 엇갈려 보면 일관성이라곤 거의 없기도 하거니와(이를테면 십일월 초 너무 일찍 불시에 찾아든 된서리, 의문투성이의 가족 단위 참사들, 유달리 잇따르는 철도 사고들, 비행 청소년 떼거리들이 먼 수도에서 공공 기념물을 훼손하고 있다는 무시무시한 소문들 사이에 어떤 이성적인 연결점을 찾기는 어려웠다) 이런 뉴스 항목은 어느 하나 그 자체로 의미를 지니는 게 아니라, 점점 더 많은 이들이 입에 올리는 말처럼 단순히 모두 '다가오는 대재앙'의 징조처럼 보이기 때문이었다. 플라우프 부인은 동물들의 행동이 기이하게 변했다고 쑤군대기 시작하더라는 말을 듣기도 했는데, 이런 말들은, 적어도 당분간은, 혹시 나중에 무슨 일이 벌어질지 누가 알겠냐마는, 무책임하고 해로운 헛소문들로 묵살할 수 있긴 해도, 한 가지만은 분명했으니, 이 일이 완전히 혼돈 상태의 예시로 의미심장하게 다가오는 사람들과 달리, 플라우프 부인은 반대로 점잖은 사람은 거의 집 밖으로 더 이상 감히 발을 내딛지 못하는 이런 시기와 딱 맞아떨어지는구나, 멀쩡하던 기차도 '갑자기' 사라질 수 있는 곳에서, '뭐든 사리분별이라곤 남아 있지 않다'고 확신했다. 아니, 그런 식으로 생각이 흘렀다. 이런 식으로 그녀는 일등칸 승객이라는 명목상의 보호책이라도 있던 나갈 때의 여행보다 훨씬 순조롭지 못할 게 보나 마나 뻔한, 이 귀로 여행의 각오를 다잡았다. 지금 불안하게 따져보는 것처럼, '이런 끔찍한 지선들에는 무슨 일이든 생길 수' 있으니, 최악을 대비해 마음을 단단히 먹는 게 최선이었다. 그래서 그녀는 등을 꼿꼿이 세우고, 무릎은 여학생처럼 단정히 모으고, 차가운, 어찌 보면 경멸의 표정을 띠고, 여전히 자리를 두고 드잡이하는 사람들의 어수선함이 천천히 잦아들고 있는 틈에서 차라리 안 보였으면 좋겠다 싶은 사람처럼 앉아 있었고, 창문에 비친 흐릿한 얼굴의 위협적인 승객 무리를 의심스러운 눈으로 계속 주시하는 동안, 불안과 열망 사이에서, 앞으로 남은 불길하게 긴 거리와 뒤에 두고 떠나온 집의 온기 생각으로 건덩였다. 마더이 부인, 누스베크 부인과 보낸 유쾌한 오후, 펌쇼르 길의 잎이 무성한 가로수 거리를 따라 걷던 오래전 일요일 산책, 마지막으로, 부드러운 카펫과 우아한 가구들이 있는 집, 화사하고 질서정연하게 차분한, 공들여 가꾼 꽃들, 모든 작은 소지품들하며, 그녀가 아주 잘 알듯이, 이들은 오후와 일요일이 그냥 기억이 되어버린, 전적으로 예상할 수 없는 세계 속에서 외딴섬일 뿐만 아니라 삶의 정연함으로 의도적으로 평화와 평온을 형성하는 한 외로운 여성의 피난처이자 위안처였다. 그녀는 이해는 안 가지만 어느 정도는 부러운 감정 섞인 경멸을 안고, 시끄러운 동승객들이 대부분 가장 암울한 한향이나 머나먼 촌락 구석에서 온 거친 촌부일 가능성이 큰데, 이런 군색한 환경에 곧장 잘도 적응하는구나, 깨달았다. 마치 아무 일 없었다는 듯이, 사방에서 음식 싼 기름종이를 풀고 조금씩 나눠 주느라 바스락거리는 소리, 코르크 마개 따는 소리, 기름 번들번들한 바닥에 병뚜껑이 떨어지는 소리가 났고, 여기저기서 벌써부터 '섬세한 사람의 감정을 괴롭히려고 대놓고 획책한', 하지만 '보통 사람에게는 정말 대수롭지 않은' 오도독거리고 우적거리는 소음들이 들렸다. 한술 더 떠 바로 그녀 앞에 마주 앉은, 누구보다 시끄러운 무리 네 명은 벌써 카드를 나누기 시작했고 그녀만 남겨져, 혼자서, 자꾸 커지는 왁자지껄한 소리 사이에 더욱 딱딱하게, 조용히, 고개는 작심하고 창문 쪽으로 돌리고, 털외투는 신문을 한 장 깔아 자리에서 보호하며, 핸드백은 바싹 당겨 쥐고 앉아 겁먹고 단호한 의심에 싸여 있느라, 그 앞에 달아 멘 기관차가 두 개의 붉은 빛으로 얼어붙은 어둠을 탐색하며 겨울 저녁 속으로 멈칫거리며 미끄러지기 시작한 것도 거의 알아차리지 못했다. 길고 추운 기다림의 시간이 끝나고 이제 무언가 일어나고 있구나, 주위에서 안도의 소음들(만족으로 툴툴대는 소리와 기뻐서 와 지르는 함성)이 터졌고, 그녀도 한숨을 쉬긴 했으나 한몫 끼지는 않고 가만있는데, 이조차도 오래가지 않았으니, 이제는 조용해진 마을 기차역에서 백 미터도 미처 못 움직여 몇 번 깔딱깔딱 주춤대더니, 출발해도 된다는 허락이 예상치 못하게 철회라도 된 듯이 크게 요동을 치고 기차가 멈춰버렸다. 그리고 좌절로 울부짖던 탄성이 곧 얼떨떨한 헛웃음, 화가 치솟은 억지웃음으로 옮아가긴 했지만 사람들은 이런 상태가 계속될 공산이 크고, 정기 시간표 외 열차 운행으로 혼돈이 가중되지 않았을까마는, 그들의 여행이 아쉽게도 휘청 앞으로 갔다 휘청 멈춰 서며 그 사이를 뭉그적거릴 운명이려니 하고 단념하고 나자, 그들 모두는 사람이 어쩔 수 없이 특정 사실을 받아들여야 할 때 불거지기 마련인 농담 섞인 무관심, 굼뜬 무감각으로 되돌아갔고, 짜증나게 뭐가 뭔지 이해되지도 않는데, 이런 혼돈에 압도당한 듯한 체계와 완전히 충격으로 다가오는 공포를 잠재우려 할 때, 신경 거슬리게 반복되는 일을 기죽일 요량이라면 똑같이 빈정대는 행동으로 맞받아쳐야 제격이라는 듯이 굴었다. 그들의 쉴 새 없는 막된 농담('내가 마누라하고 침대에 있을 때는 얼마나 몸조심해야 하는데…!')은 섬세한 감수성에 당연히 거슬리긴 했지만, 앞말을 이겨보려고 점점 더 가관으로 줄줄 터지는 상스러운 허풍은, 어쨌든 지금은 잦아들고 있지만, 플라우프 부인의 마음조차 풀어주는 효과가 있었고, 종종 개중 나은 농담을 하나씩 들을 때는—그리고 그때마다 따르는 거친 웃음소리를 막을 도리 없이 고스란히 듣다 보니—부끄러운 작은 웃음을 그녀도 완전히 억누를 수 없었다. 은밀하고 조심스럽게 그녀는 잠깐씩 바로 옆자리가 아니라 저 멀리 앉은 사람들에게로 슬그머니 눈길을 주기도 했고, 객차의 승객들(허벅지를 쳐대는 남자들과 입에 무얼 잔뜩 물고 낄낄거리는 모호한 나이의 여자들)이 여전히 조금 두렵긴 하지만, 바보같이 유쾌하고 익살맞은 기이한 분위기 덕에 이전보다는 덜 위협적으로 보였기 때문에, 불안하게 치솟는 상상들을 억제하려 노력했고, 본능적으로 직감할 수밖에 없었던, 그녀를 에워싸고 있는 흉측하고 비우호적인 이들에게 도사린 공포를 실제 마주하는 일은 있지도 않을 것이라고 스스로를 다독였다. 불운의 징조들에 너무 날이 선 탓이며, 이토록 춥고 낯선 환경에 고립됐다는 과장된 감정 때문에 생긴 상상일 뿐이며, 집에 당도할 즈음에는, 해는 입지 않았을지 모르겠으나, 계속된 경계로 지칠 대로 지칠 것이라고 마음을 다잡았다. 솔직히 말해서, 그렇게 행복한 해결을 기대할 실질적인 근거는 아주 빈약했지만 플라우프 부인은 낙관론의 거짓된 유혹에 저항할 수 없었다. 기차는 어딘지 모를 곳에 또다시 정차하고 몇 분 동안 줄곧 출발 신호를 기다렸으나, 그녀는 차분하게 '무언가 그래도 진척을 보이고 있다' 위안 삼으며, 규칙적인—그러나 너무 잦은—브레이크의 끼익 소리에 따라오는 정지의 시간마다 날선 조바심을 억눌렀다. 기차가 출발하면서 난방이 계속 돌아가 용감하게 외투를 벗을 정도로 나긋하게 온기가 도니, 도착해서 얼음장 같은 바람 속으로 들어설 즈음에 단단히 감기에 걸려 있을 거라고 더 이상 노심초사하지 않아도 되었다. 그녀는 등 뒤로 걸친 털외투 주름을 정돈하고 무릎 위에 인조 모피 어깨걸이를 펼친 뒤, 모직 목도리를 넣어 불룩한 핸드백을 동그랗게 손가락으로 감쌌다. 그러고는 변함없이 등을 똑바로 펴고 창문 밖을 다시 바라보는데, 그 더러운 창문으로, 냄새 고약한 팔린카 병을 벌컥거리고 있는 '기이하게 조용한' 텁석부리 남자와 정면으로 마주쳤다. 이제 블라우스 한 겹과 작은 재킷만 걸치고 있는 그녀의, 아마도 너무 봉긋한 젖가슴을 남자는('아주 음탕하게!') 바라보고 있었다. '이럴 줄 알았어!' 번개처럼, 얼굴이 홍조로 달아올랐지만 짐짓 눈치채지 못한 듯 그녀는 고개를 멀리 돌렸다. 몇 분 동안 그녀는 까딱도 하지 않고 아무것도 안 보이는 바깥의 어둠만 바라보았다. 그리고 헛되이, 남자의 생김새를 떠올려보려고 애쓰다가(생각나는 건 오로지 밀지 않은 수염, '말도 못하게 더러운' 평직 외투, 무례하고 음흉하며 부끄러운 줄 모르고 사람을 몹시 당황스럽게 하던 눈빛이 다였다⋯) 아주 천천히, 그런다고 무슨 위험이 있겠느냐는 믿음에 기대어 창문 유리를 가로질러 눈을 슬금슬금 돌리는데, '문제의 그 종자'가 계속 그 '몰염치'를 지속하고 있는 걸 발견한 데다,

하필 딱 눈이 마주쳐, 바로 눈길을 거두어야 했다. 꼿꼿한 자세 때문에 어깨, 목, 뒷덜미 모두가 아파왔다. 하지만 지금은 꿈쩍하려고 해도 눈 하나 꿈쩍할 수 없었다. 좁은 창문의 어둠 너머 어느 방향으로 눈을 돌리더라도, 섬뜩하게 꾸준한 그 눈빛이 객차의 모든 구석을 제멋대로 누비고 다니다, 쉬이 '그녀를 덥석 잡아챌 것' 같았기 때문이었다. '얼마나 오랫동안 나를 쳐다보고 있었을까?' 하는 의문이 번쩍 칼날처럼 플라우프 부인을 스쳐갔다. 여행이 시작되자마자 남자의 더러운 눈이 그녀의 구석구석을 더듬고 다녔을 가능성을 생각하자, 찰나처럼 스쳐도 당장 그 뜻을 알 수 있던 그 눈빛에 아까보다 더욱 오싹 몸서리가 쳐졌다. 그 두 눈은 구역질 나는 '더러운 욕망'을 역력히 드러냈고 '게다가 정말이지! 마치 메마른 경멸 같은 것이 그 안에서 불타는 듯'하여 그녀는 몸을 부들부들 떨었다. 솔직한 심정으로 그녀는 자신을 아주 늙은 여자로 여기진 않지만, 이런 종류의 관심—다른 평범한 시선도 마찬가지로—을 받는 게 자연스러울 나이는 지났음을 알고 있었다. 그건 그렇고, 기가 막히는 이 상황에서(대체 어떤 사람이, 그래도 그렇지, 나이 든 여자에게 욕정을 느낄 수 있는가?) 암만 생각해보아도, 싸구려 팔린카 냄새를 풀풀 풍기는 이 사내가 다만 자신을 조롱하고 창피만 주려고, 우스꽝스러운 처지로 만들어 왁자하게 웃으며 '낡은 누더기처럼' 아무렇게나 내던져버릴 꾀를 부리느라 이럴지도 모른다는 생각이 떠오르자 몸이 오싹 떨렸다. 몇 번

난폭하게 요동친 후 다시 속도를 올리기 시작한 기차가 맹렬히 철로 위로 덜커덩거리자, 오랫동안 잊혔던 당혹감과 갑작스러운 창피가 그녀를 덮쳐 풍만하고 묵직한 젖가슴이, 그 남자의 꼼짝없이 험악한, 염치 모르는 시선 아래 욱신거리고 화끈거리기 시작했다. 두 팔로 가릴 수라도 있다면 좋으련만 그녀의 팔은 도무지 말을 들어먹으려 하지 않았다. 그녀는 어디 단단히 묶이기라도 한 것처럼 창피스러운 모습을 피할 길도 없이, 취약한 느낌만, 발가벗은 느낌만 깊어갔고, 도드라지는 여성스러움을 숨기려 할수록 그런 모습 자체가 사람들의 관심을 더 끈다는 사실을 인식했다. 카드 노름꾼들이 다시 한 판을 끝내자 사람 꼼짝 못하게 하던 적대적인 윙윙 소리를 가르며 걸쭉한 말다툼이 터져 나왔는데, 이런 소란 덕에, 이를테면 그녀를 단단히 묶어 달아날 길 없게 하던 끈이 끊어지듯 풀려나, 이제껏 지속되던 무기력을 극복했을 것을, 마침 바로 그때 갑작스럽게 더욱 나쁜 일이 벌어지지만 않았더라면 성공하였을 터인데, 엎친 데 덮친다고, 하는 일마다 굽질린다고, 절망으로 탄식할 일이 벌어졌다. 본능적인 당황에 내몰리고, 무의식적인 반항의 행동으로, 머리를 요령껏 숙여 그냥 가슴을 숨기려고 노력하고 있는데, 등이 어색하게 굽고 어깨가 푹 앞쪽으로 구부정하게 쏠리자, 순식간에, 등골이 서늘하게, 브래지어의 훅이, 아마도 그녀의 비통상적인 신체적 분투 때문인지 뒤에서 풀려버렸던 것이다. 겁에 질려 눈을 치뜨는데, 당연지사 놀랍지도 않게, 남자의 두 눈이 그녀에게 여전히 향하고 있었고, 그녀의 말도 안 되는 불운을 알기라도 하는 것처럼, 그 눈으로 공모의 윙크를 보내는 것이었다. 플라우프 부인은 다음에 무슨 일이 벌어질지 너무나도 잘 알았지만 이 치명적인 사고에 너무 마음이 사나워, 속도를 올리고 있는 기차 안에서 그저 전보다 더욱 뻣뻣이 앉아, 다시 한번 무력하게, 당혹감으로 볼은 시뻘겋게 달아, 거추장스러운 브래지어로부터 해방돼 객차가 덜컹거릴 때마다 위아래로 신나게 흔들리는 그녀의 가슴에 모욕적으로 자신만만하게 고정된, 심술궂게 고소해하는 시선을 감내해야 했다. 그녀는 감히 이를 확인하기 위해 다시 올려다볼 용기가 안 났지만 충분히 그러리라 확신했다. 이제는 그 남자만이 아니라 모든 '혐오스러운 촌놈들'이 그녀의 불편을 뚫어지게 보고 있으리라, 자신을 둘러싸고 있는 그들의 못생기고, 탐욕스러운 얼굴의 미소가 눈에 아주 선했다. 이런 욕된 고문은 철도 승무원—여드름이 흉측하게 심한 어린 촌놈—이 객차 뒤편에서 들어오지 않았더라면 영원히 지속되었을지도 몰랐다. 최근에 변성기를 맞은 목소리('차표 검사요!')에 힘입어 마침내 수치스러운 덫으로부터 풀려나자 그녀는 핸드백에서 차표를 낚아 움켜잡고 가슴 아래 팔짱을 끼었다. 기차가 다시 멈췄다. 이번에는 멈춰야만 하는 곳이었다. 다만 이제는 진짜로 소름 끼치는 주위 얼굴들을 마주하는 일이라도 피하기 위해 기계적으로 그녀는 희미하게 빛이 비친 정거장 위 간판에서 마을 이름을 읽었는데, 익숙한 그 이름을 알아보고는 안도감에 거의 비명을 지를 뻔했다. 그녀가 끝없이 들여다보고 진이 빠지도록 꼼꼼히 짚어보았던 시간표 덕분에, 지금부터 몇 분만 지나면 주도_州都_에 도착할 것을 알았고, 거기서('그놈이 내릴 거야! 틀림없이 내릴 거야!') 그녀의 추격자로부터 풀려날 게 거의 확실했기 때문이다. 흥분으로 바싹 굳어, 그녀는 왜 이렇게 기차가 늦었냐고 따져 묻는 사람들의 떠들썩한 조롱을 뚫고 천천히 접근하는 승무원을 지켜보았다. 그가 다가오자마자 도움을 요청 할 작정이었지만, 승무원의 아기 같은 얼굴은 시끄러운 소리 속에 아주 무력한 표정을 담고 있어서, 영 공식적인 보호를 장담할 성싶지 않은지라, 정작 승무원이 그녀 옆에 서자 낭패감에 빠져 화장실이 어디 있는지만 묻고 말았다. '그게 어디 다른 데 있겠어요?' 소년은 차표에 구멍을 내며 신경질적으로 답했다. '항상 있던 데 있죠. 하나는 앞에, 하나는 뒤에.' '아, 그랬지, 맞아요.' 플라우프 부인은 미안하다는 몸짓을 해 보이며 웅얼웅얼 말을 삼키고서, 핸드백을 바싹 쥐고 벌떡 자리에서 일어나 총총걸음으로, 다시 기차가 덜컹이며 떠나자 한 번은 좌로 한 번은 우로 흔들리며 객차 뒤로 갔다. WC라는 이름으로 가장한 비참한 장소까지 이르러 숨이 턱 막혀 잠근 문에 기대어 서서야, 그녀는 차창 옆 고리에 모피코트를 걸어놓고 나왔음을 알아차렸다. 가능한 한 서둘러야 한다는 것을 머리로는 알겠는데, 비싼 털외투를 향해 부리나케 돌아가야 한다는 생각을 포기하는 데 꼬박 일 분을 허비하고서야 그녀는 정신을 차리고, 세게 요동치는 기차 탓에 앞뒤로 흔들리며, 윗도리를 벗어 던지고 머리 위로 블라우스를 재빨리 잡아당겨, 겉옷, 블라우스와 핸드백을 팔 아래 붙들고, 핑크색 슬립을 바로 어깨 위까지 잡아당길 수 있었다. 초조하게 서두르느라 부들거리는 두 손으로 브래지어를 뒤로 빙글 돌렸고('아이고 고마워라!') 걸쇠가 부러지지 않은 것을 보고 안도의 한숨을 쉬었다. 덤벙거리며 막 옷을 주섬주섬 입기 시작하는데 자신의 뒤로 머뭇거리지만 또렷하게, 누군가 바깥에서 문을 두드리는 소리가 들렸다. 이 노크에는 무언가 은근한 기운이 또렷이 스며 있어서, 지금까지 벌어진 모든 일로 미루어 보았을 때 당연히, 겁을 잔뜩 집어먹을 수밖에 없었다. 하지만 이내 이 두려움은 아마도 자신의 끔찍한 상상의 산물에 지나지 않을 거라고 곱씹자, 이렇게 재촉당한 일에 화가 치밀었다. 더러운 거울을 대충 흘낏거리며 반쯤 마친 동작을 계속하고 나서 막 손잡이에 손을 대려는데, 다급한 노크 소리가 쿵쿵쿵 이어지더니 곧이어 '저예요' 하는 목소리가 들렸다. 기겁을 하며 손을 뒤로 빼고 저게 대체 누군지 머릿속에 그려질 즈음에, 그녀는 구석에 몰렸다는 느낌보다는 왜 이 갈라지고 억눌린 남자 목소리가 공격이나 치사한 협박의 흔적이라곤 없이 다만 어렴풋이 심드렁하며, 그녀, 플라우프 부인이 결국에는 문을 열리라 재촉하는 애달픈 소리로 들리는지 도통 이해하지 못하겠다는 생각이 먼저 스쳤다. 상대방으로부터 무슨 해명의 말을 기다리는 것처럼 한동안 어느 한쪽도 움쩍도 하지 않고 조용했다. 플라우프 부인은 자신을 희생자라고 여긴 것이 얼마나 터무니없는 오해였는지, 그녀를 쫓아온 그가 인내심을 잃고 격분에 휩싸여 손잡이를 잡아당기며, '뭐야! 이게 다 뭐 하자는 수작이야? 꼬리는 다 쳐놓고, 내뺄 거야?' 버럭버럭 소리치는 즈음에야 감이 왔다. 그녀는 공포에 질려 문을 쳐다봤다. 난감하다 못해 믿을 수가 없어 그녀는 비통하게 고개를 저었고, 전혀 예상치도 못했던 방향에서 급습을 당한 사람처럼, 자신이 '지옥의 올가미에 빠졌음'을 알게 되자 목구멍이 옥죄어들었다. 부당하고 억울한 비난을 받고 있는 데다, 노골적으로 저속해진 자신의 상황을 생각하자 현기증이 일어 파악에 시간이 조금 걸렸지만, 생각지도 못한 일, 사실 텁석부리 사내는 애초부터 배꼽 맞추자고 수작을 건 사람이 그녀라고 믿고 있었구나, 이제는 차츰차츰, 그 '추악하고 악랄한 짐승'이 그녀의 모든 행동—털코트를 벗은 것이며 운 나쁜 사달이며 화장실이 어디냐고 물어보던 말들이며—을 죄다 초대로, 응낙의 굳건한 증거로, 간추리자면 얼굴 붉어지는 추잡한 흥정의 싸구려 단계들로 여겼음이 점차 또렷해졌다. 그녀는 지금 자신의 정숙함과 체통에 뻗친 망신살 정도가 아니라, 이 팔린카 냄새 풀풀 나는, 더럽게 혐오스러운 남자가 자신을 무슨 '갈 데까지 간 여자'로 보고 말을 걸고 있다는 사실에도 대처해야 했다. 화낼 길도 없이 솟아오른 쓰라린 분노는 무방비의 무력감보다 더 고통스러웠다. 게다가 다른 것은 다 제쳐두더라도, 더 이상 갇힌 상태를 견딜 수가 없어, 절박감에 떠밀리고 불안에 목이 메어 바락 소리를 내질렀다. '저리 비켜! 안 그러면 도와달라고 고함칠 테다!' 그러자 짧은 침묵 후에 남자는 문을 주먹으로 쳤고, 한기가 등줄기를 타고 흐를 정도로 멸시 가득한 차가운 목소리로 '너나 꺼져버려, 늙은 갈보 같으니. 너 같은 계집은 문 부술 가치도 없어. 구정물통에 빠뜨리는 일도 귀찮아' 하며 낮게 으르렁거렸다. 주도의 불빛이 객실 차창으로 맥박처럼 흘러갔고, 기차가 전철기轉轍機를 덜커덩거리며 지나가자 그녀는 간신히 난간을 잡고 넘어지려는 몸을 버텨야만 했다. 떠나가는 발자국 소리와 객실 칸으로 가는 복도의 문이 세게 닫히는 소리를 듣고, 그녀는 그가 자신에게 말을 걸었을 때와 동일한 무지막지한 몰염치로 마침내 포기하고 그녀를 놓아주었다고 해석하고서, 끓어오르는 분기로 온몸을 부들거리며 눈물로 주저앉았다. 그리고 아주 잠깐 사이의 일이었지만 영원처럼 계속되는 것 같은, 북받친 울음과 고적감 속에, 아주 번쩍하는 짧은 순간이지만, 높은 곳에서, 광활하게 짙은 밤의 어둠 속으로, 오도 가도 못하는 기차의 불 켜진 창문을 통해, 마치 성냥갑 속에, 작은 얼굴, 그녀의 얼굴이, 어쩔 줄 몰라 일그러져, 운이 나빠, 밖을 내다보고 있는 것이 보였다. 그녀가 더 이상 그 더럽고 추잡하고 가혹한 단어들을 두려워할 이유도 없고, 새로이 어떤 추행도 당하지 않을 것이라 확신이 서긴 해도, 그녀의 모든 행동이 계산했던 효과와 정확하게 반대로 작용했는데, 예상치도 못한 이 자유는 또 무슨 덕택으로 돌려야 하는지 도무지 알 수 없었기에, 이런 모면이 추행 그 자체만큼이나 불안을 가져왔기 때문이었다. 겁을 주어 그를 쫓은 것이 절망으로 목메는 자신의 비명이었다는 게 도저히 믿을 수가 없었다. 내내 자신이 그 남자의 가차 없는 욕망의 비참한 희생자라고 느꼈기 때문이었다. 같은 맥락으로 자신이 완전히 적대적인 세상에 순수하고 의심 모른 채, 어떤 보호할 길도 없이 세상의 헐벗은 한기에 마주 선 희생자라는 생각이 퍼뜩 스쳤다. 마치 턱석부리 남자가 실제로 그녀에게 몹쓸 짓을 한 것처럼, 알 만한 건 알지 않았느냐고 옥죄는 의심으로 부서지고 시달리며 그녀는 공기 안 통하는, 지린내 천지의 변소 칸막이 안에서 비틀거렸고, 이런 산재한 위협에 어떻게 보호할 방도를 강구할지, 형태도 없고 상상도 되지 않고 끊임없이 바뀌는 불안 아래, 고통의 쓰라린 감각만 똬리를 틀었다. 그녀가 일에서 벗어난 마음 어지럽지 않은 생존자가 아니라 어쩌다 간신히 벗어난, '살아가면서 평생 평화를 갈망하고 누구 하나 해친 적 없는' 순진무구한 희생자라는 게 심히 불공평해 보이기도 했고, 한편으로 그 따위는 하나도 중요하지 않다고 인정하지 않을 수 없어서였다. 하소연할 만한 관헌이나 항의해볼 만한 사람도 없었고, 이미 느슨해져버린 무정부 상태의 폭력들이 이후로도 제지될 수 있으리란 희망은 거의 품을 수 없었다. 그 많은 뜬소문, 그 소문을 주워섬기는 그 많은 사람을 접한 뒤에, 이제는 직접 제 눈에 '모든 것이 못쓰게 되었다'는 현실이 생생히 보였다. 무엇보다, 방금 눈앞에서 위험을 넘기고 나니 '그런 일이 일어나는 세상'에서 무정부로의 붕괴는 불가피하다고 이해하게 되는 것이었다. 바깥에서는 벌써부터 참을성 없는 승객들이 내릴 준비를 하며 웅성거리는 소리가 들렸고 열차는 눈에 띄게 속도가 줄어들고 있었다. 털외투를 두고 왔음이 떠올라 다시 아차 싶어, 그녀는 서둘러 문의 잠금쇠를 풀고 밀려드는 사람들 틈바구니 속으로 발을 내딛고(사람들은 아무 소용없는 일인데도, 들어올 때와 마찬가지로 나갈 때도 똑같이 바쁘게 몰려들었다) 여행가방과 장바구니에 발부리가 걸리며 자신의 자리로 아등바등 돌아왔다. 외투는 여전히 거기 있었지만 인조털로 된 어깨걸이가 바로 눈에 띄지 않았다. 다급하게 사방을 찾으며 혹시 화장실에 들고 갔던가, 과민한 흥분에 휩싸여 필사적으로 기억을 더듬다가 갑자기 어디에도 그 추행범이 보이지 않음을 깨달았다. 분명, 훨씬 가벼워진 마음으로 안도하며, 제일 처음 객차를 빠져나간 무리 중에 끼여 있을 것이라고 그녀는 생각했다. 그 순간 기차가 정거했고, 일시적으로 덜 옹송그리던, 부분적으로 비었던 객차는 즉각 더 늘어난 사람들로 들끓었고, 이전보다 더할까마는, 이 사람들은 다들 조용해서 더 무섭다면 무서웠다. 캄캄하게 모여든 이런 잡배들이, 남은 이십 킬로미터 동안에 동일한 불안을 불러일으키리라는 점이 뻔히 보이는 어려움이었다면, 한층 더 큰 충격이 그녀 앞에 도사리고 있었다. 덥수룩한 수염의 남자를 벗어나고 싶은 간절한 마음에 금방 심히 실망만 안게 될 터였으니까. 그녀가 외투를 주워 들고, 다 닳아 반들거리는 자리 밑에서 마침내 어깨걸이를 발견해 어깨 주위에 두른 뒤, 안전하게 여정을 계속해나가도록 다른 객차로 떠났는데, 보고도 의심스럽게, 저기 먼 자리의 등받이에 아무렇게나 던져진('마치 나보고 보란 듯이 남겨놓은 것처럼') 낯 익은 평직 외투가 눈에 들어왔다. 그녀는 가던 발걸음을 딱 멈췄다가, 서둘러 뒷문을 통해 다른 객차로 벗어나 또 다른 조용한 사람들 무리를 떼밀고, 후미를 바라보는 중간 좌석을 발견하자마자 절박한 마음으로 바로 차지해 앉았다. 한참 동안 그녀는 비록 자신이 대체 누굴 두려워하는지도 모르고, 위협적인 위험이 어느 방향에서 올 가능성이 클지 모르긴 해도, 여차하면 일어나 튈 자세로, 문에 시선을 박고 뚫어져라 보았다. 아직 별다른 일이 일어나지 않았지만(기차도 여전히 역에 서 있는 데다) 언제든 끔찍한 돌발 사건이 닥칠 수 있으니 적어도 준비는 하고 있으려고 그녀는 남아 있는 힘을 그러모았다. 갑자기 한없는 피로가 몰려왔다. 힘없는 다리가 장화 속에서 거의 타들어가다시피 하고 어깨는 '금방이라도 무너질' 듯 아팠지만 조금이라도 긴장을 늦출 수 없었다. 목의 통증을 풀어주려고 아주 천천히 머리를 돌리고, 울먹이느라 벌게진 얼굴을 식히려 콤팩트에 손을 뻗는 정도가 다였다. '다 끝났어, 끝났어, 이제는 아무것도 두려워할 게 없어.' 그녀는 계속 혼잣말을 중얼거렸다. 하지만 말다짐과 달리 그런 확신은 조금도 없었으며, 불시에 당할 위험에 아무 대비 없이 편안한 자세를 찾아 뒤로 기댈 엄두조차 나지 않았다. 객차는 '처음의 떼거리와 한 치도 다르지 않게 추한' 잡배들로 들이찼고 그녀는 여행이 시작될 때 느꼈던 두려움에 터럭만큼도 모자라지 않게 겁에 질려 있었기에, 그녀 주위로 빈 세 자리가, 아무도 앉지 않고 마지막까지 비어 있던 그 자리가 방어막이 되어주길 그저 바랐다. 실제로 운이 따르는 듯했다. 아주 잠시 동안이었지만, 사실상 꼬박 일 분 동안(기차 호루라기가 두 번 간격을 두고 울렸다) 객차 안에 새로운 승객이 한 사람도 들어오지 않았기 때문이었다. 하지만 갑자기, 새로운 사람들 물결의 첫머리에 숨이 벅차 시끄럽게 헉헉대는, 엄청난 등짐을 지고 그득 찬 시장바구니를 몇 개 나눠 잡은, 머릿수건을 쓴 뚱뚱한 촌부가 복도에 나타났다. 그러고는 머리를 이쪽저쪽으로 돌리다가('암탉 같군…' 하고 플라우프 부인은 생각했다) 그녀를 향해 척척 걸음을 옮겼다. 그러더니 말다툼 따위 용납하지 않을 공격적인 자세로, 낮은 소리로 끙끙대고 꾸르륵대며, 남은 세 자리 전부에 끝도 없는 짐을 차근차근 포개놓아, 자신을 위해서, 물론 플라우프 부인을 위해서도, 뒤미처 들어오던 같잖은 여행 인파로부터 바리케이드를 쳤다. 물론 플라우프 부인이 한마디 불평을 한다 해도 아무 소용없을 것이었다. 그래서 분기를 억누르고 그녀는 이 일이 어쩌면 뜻밖의 행운일지도 모른다는 쪽으로, 주위의 편안한 공간을 잃기는 했지만 적어도 아무 말 없이 조용한 상놈 무리의 침입은 막을 수 있게 됐다는 쪽으로 마음을 돌렸다. 하지만 이런 위안도 잠시, 마냥 달갑지만은 않은 이 동승객은(오직 평화롭게 내버려두기만을 바랐건만) 턱 아래 묶었던 매듭을 풀어 머릿수건을 벗고 한 치 망설임도 없이 대화에 돌입했다. '그래도 자리는 따뜻하네요, 그렇죠?' 큰 까마귀 비슷하게 까악거리는 소리와 덥석 덤벼들기라도 할 듯 스카프 아래 꿰찌르는 험상궂은 눈길에 그녀는 즉각, 이 여자를 물리칠 수 없고 그렇다고 자신이 도망치지도 못하기 때문에 유일한 행동 방침은 완전히 이 여자를 무시하는 길뿐이라는 결심이 섰고, 야무지게 머리를 돌려 창밖을 내다봤다. 하지만 객차 안을 몇 번 더 못마땅한 눈길로 쳐다보던 여자는 그런 플라우프 부인의 모습에 조금도 개의치 않았다. '내가 말 좀 붙여도 되겠지요? 우리 둘뿐이니까 둘이서 실컷 수다나 떨어봅시다, 예? 멀리 가요? 이 기찻길 끝까지 가요, 나는. 우리집 꼬맹이 만나러.' 플라우프 부인은 마지못해 여자를 바라보고, 저 여자를 무시할수록 더 안 좋은 일이 생길 것 같다는 예감에, 그러냐고 고개를 끄덕였다. '왜냐면요.' 그녀의 알은척에 여자는 으쓱 활기가 붙었다. '손자 녀석 생일을 맞아서. 걔가 부활절에 그랬지 뭡니까, 꼬마 그놈이, 그때 제가 거기 있었는데, 함무니도 오실 거지요, 꼭 오세요, 그 아이는 날 그렇게 불러요, 함무니. 아이고, 꼬맹이 하고는. 아이한테

는 그게 제 이름이에요. 그래서 지금 거기로 가고 있어요.'
플라우프 부인은 여기서 억지웃음을 짓지 않을 수가 없었지
만 그러고 나서 금방 후회했다. 이제 홍수의 물꼬를 튼 격이
어서 이 여자를 말릴 길이 전혀 없었다. '그 작은 아이는 우
리 같은 늙은이들이 요즘 살아가기가 얼마나 힘겨운지 알기
나 할까…! 하루 종일 시장에서 부르튼 두 발로 지키고 서
있어봐요. 다리에 정맥류고 뭐고 온통 불거져서, 하루를 마
치면 온몸이 녹초가 안 되는 게 이상하죠. 아시겠지만, 솔직
히 말해서, 우리는 아주 작은 마당을 가지고 있어서 팔아먹
지, 연금은 빠듯하게 모자라고. 번쩍번쩍하는 저 모든 메르
세데스가 어디서 오는지 도통 모르겠어요. 다들 돈이 있나
본데, 나는 솔직히 한 푼도 없고. 하지만 내 말 잘 들어봐요,
그거 아쇼? 그게 순 날도둑질이라니까. 도둑질하고 사기질.
사악하게 비뚤어진 세상이라니까, 신은 더 이상 그런 일에
참견하고 자시고 하지를 못해. 그리고 날씨도 또 얼마나 끔
찍해요? 대체 어떻게 되려는 판인지 아시겠어요? 사방천지
가 다 그래요, 안 그런가요? 라디오에서 십칠 도인가 뭔가
될 거랍디다, 영하로요. 진짜요! 이제 겨우 십일월 말인데.
무슨 일이 일어나려나 싶죠? 내가 알려드리리다. 봄까지 우
리 모두 꽁꽁 얼어 죽을 거예요. 틀림없어요. 석탄이 하나도
없답니다. 왜 쓸모없는 광부들을 저 위 산속에 가만두고 보
고만 있는지 저도 알고 싶네요. 그쪽은 혹시 아세요? 아무
튼 두고 보시라니까요.' 언어의 급류에 플라우프 부인의 머

리가 어찔어찔 울렸지만 아무리 버텨내기 힘들어도 가로막기가, 입을 다물게 하기가 힘들었다. 그리고 그 여자가 실제로 자신이 듣고 있기를 딱히 바라는 것도 아니란 걸 깨닫고, 가끔 머리만 건성으로 끄덕거리며 흘려듣고, 불빛이 천천히 흘러가는 창밖을 내다보는 일이 더욱 잦아졌다. 기차가 주도를 빠져나가는 동안 어지러운 생각을 바로잡아 정돈해보려고 했지만 아무리 안간힘으로 애써도, 아무렇게나 내버려져 있던 그 평직 외투의 잔상이 지금 마주하고 있는 불길하게 조용한 군중의 얼굴들보다 더욱 사납게 마음을 괴롭히며 사라지질 않았다. '그 사람 심사가 틀렸으려나?' 그녀는 속이 탔다. '술기운을 못 이긴 걸까? 아니면 고의적으로 그랬나….' 그녀는 헛된 추측으로 자신을 괴롭히지 않기로 마음먹었지만, 아무리 위험천만한 일이라 해도, 어쨌든 그 외투가 아직도 거기 있나 알아내기 위해서, 시끄러운 늙은 여자는 완전히 묵살하고, 객차 끝에 어정거리는 사람들 사이로 들어가, 기차 연결부를 지나, 할 수 있는 한 조심스럽게, 열려 있던 문 틈새로 다른 객차 안을 훔쳐봤다. 턱석부리 남자의 난데없는 잠적을 확인해보는 게 더 나으리라 여겼던 그녀의 직감은 적중했다. 거기 복잡한 객차 안에, 소름 돋게, 외투가 있던 그 자리에 그가, 등을 돌리고 앉아, 팔린카를 병째 꿀컥꿀컥 마시느라 고개를 뒤로 막 꺾고 있었다. 그가, 아니면 다른 아둔패기 패거리 중 한 명이 그녀를 알아차리지 않도록(그런 경우라면 아무리 하나님이라도 스스로 화를 자초한 그녀의 죄를 사면해주기는 힘들 것이기 때문에) 계속 숨을 죽이고 플라우프 부인은 뒤쪽 객차로 돌아갔다. 그러나 털모자를 쓴 인물 하나가 자신이 잠깐 비운 그사이를 틈타 자리를 차지한 모습을 보고서 기가 찼다. 그래서 그녀가, 현재 숙녀로는 유일하게 객차의 한쪽으로 밀려 서서 여행을 해야 하다니, 그건 그렇고, 단지 몇 분 동안 보이지 않았다고 평직 외투의 남자로부터 벗어났다고 단단히 착각을 하다니 꽤나 어리석다고 자각했다. 하지만 화장실에 다니러 갔든, 또 다른 냄새 고약한 독주를 손수 사러 잠시 정거장에('진짜 자신의 겉옷도 챙기지 않고?') 나갔다 왔든 이제는 전혀 중요하지 않았다. 이 기차간으로 그녀를 잡으러 오려는 시도를 할 거란 걱정이 들지 않아서였다. 이 무리들이나―그녀를 향해 등을 돌리지 않을 거라고 가정하면('털외투나 보아*나 핸드백 하나라도 이 치들이 돌변할 충분한 이유가 되겠지만…!')―못 뚫을 정도로 빽빽한 이들을 가로지르는 어려움은 그 자체가 어쨌거나 일종의 방어벽 역할을 해줄 테니까. 동시에 이런 생각의 허점도 뼈저리게 다가왔다. 그녀에게 어떤 오싹한 작은 불행이라도('무언가 이해할 수 없는, 신비한 운명의 작용으로') 생기는 경우라면 아주 단단히 덫에 걸려 있는 셈이니 이번에는 빠져나갈 기회조차 없이 최악의 상황에 맞닥뜨려야 할 수도 있었다. 속수무책과 불합리성 다음으로 이런 일은 그

---

* 여성용 긴 목도리.

녀에게 가장 무시무시한 일이었다. 즉각적인 위험을 모면하고서 돌이켜보니, 그가 그녀를(비록 '말로 뱉기도 섬뜩하기는' 하지만) 강간하려 들었다는 점보다, 아주 위협적으로 보이진 않았더라도, 그가 '신이고 사람이고 간에 모르는' 사람, 다른 말로 불지옥의 두려움이란 없어서, 무엇이든('무엇이든!') 할 수 있는 존재로 보인다는 점이 더 소름 돋았다. 다시 한번 그녀는 얼음장 같던 그 눈빛이, 수염을 밀지 않은 짐승 같은 얼굴이 보이는 것 같았다. 다시 한번 그녀에게 음흉하고 성적인 윙크를 보내는 것 같았다. 다시 한번 낮게 희롱조로 '저예요'라고 내뱉던 목소리가 들리는 것 같았다. 그리고 그녀는 단순한 색정광을 상대하고 있는 것이 아니라, 무엇이든 멀쩡하게 남아 있는 모든 것, 질서와 평화 혹은 미래 같은 개념은 그런 괴물에게 불리하다는 이유로 뒤꿈치로 으스러뜨려버리는 속성을 지닌, 왕성하고 살인적인 분노에서 탈출했다고 확신했다. '하기는,' 끝나지 않은 대화의 물결을 이제 새로운 이웃에게 돌리고 있는 쭈그렁 노파의 거친 목소리가 들렸다. '댁은 어디 위중한 사람처럼 안색이 상당히 나쁘네요, 제가 이런 말 드려도 되는지 모르겠지만요. 저는 따로 불평할 게 없어요. 그래요. 그냥 나이 먹으면 다 겪는 그런 문제들만 좀 있고. 그리고 이빨이 시원찮아요. 보세요.' 노파는 머리를 앞으로 드밀고, 털모자를 쓴 이웃더러 살펴보라고 입을 쩌억 벌리고, 갈라진 입술을 검지로 잡아당겼다. '시간이 할퀴고 갉아먹어서, 모두 가버렸어요. 하지만 제가 누가 여기 속을 만지작거리게 할 거 같아요? 의사들이야 제 좋을 대로 나불나불 늘어놓으라지요. 내 등골은 못 뽑아 먹을 겁니다, 이 악당 놈들, 오장육부나 썩어빠지라지, 억겹으로! 여기 한번 봐보세요.' 그리고 노파는 바구니 하나에서 작은 플라스틱 군인 모형을 꺼냈다. '이것에 얼마나 돈이 들었는지 아십니까? 이 작은 허섭스레기가! 안 믿기겠지만 31포린트나 내랍디다! 이 쓰레기 한 쪼가리에! 그리고 그 가격에 무얼 얻었냐고요? 총 하나하고 이 붉은 별. 그거에 31포린트를 달라니 정말 낯가죽도 두껍지! 아, 하지만.' 노파는 다시 가방에 물건을 찔러 넣었다. '요즘 아이들은 다들 그런 걸 원해요. 그러니 나 같은 늙은 사람들은 어쩝니까? 사야죠. 이를 바득바득 갈지만 그래도 사요! 제 말 맞지요, 예?' 플라우프 부인은 혐오로 고개를 멀리 돌리고 언뜻 창밖을 휘익 둘러보았다. 그러다 둔탁한 '퍽' 소리가 들리자 시선이 그쪽으로 홱 돌아갔고, 그대로 시선을 피하지도, 아니 꼼짝달싹도 하지 못하고 얼어붙어버렸다. 그냥 맨주먹질로 그런 일이 벌어졌는지 아닌지도 짐작되지 않았다. 변함없는 침묵으로, 도대체 무슨 일이, 왜 벌어졌는지 아무것도 드러나지 않았고 저도 모르게 돌린 시선에 잡힌 거라고는 오로지 노파가 뒤로 넘어져 있는 모습… 머리는 한쪽으로 미끄러지고… 몸은 있던 자리에 거의 그대로, 있던 짐 꾸러미로 받쳐져 있는 모습뿐이었으며, 한편 털모자를 쓴 반대편의 남자('그녀 자리를 빼앗은 강탈자')는 앞으로 기울었던 자세에서, 표정 변화 하나 없이, 천천히 뒤로 나앉았다. 하물며 귀찮게 하는 파리 한 마리를 찰싹 내려쳐도 투덜거리는 군말이 들릴 텐데, 이 일에 누구 하나 반응하거나 움쩍하지 않았고, 무슨 말 한마디 나오지 않았으며, 모든 사람이 완벽한 무관심 속에서 그대로 서 있거나 앉아 있었다. '무언의 승인인가? 아니면 다시 내가 꿈이라도 꾸는 건가?' 플라우프 부인은 앞만 뚫어지게 쳐다보다가, 이내 자신의 상상이 빚어낸 일일 가능성은 제쳤다. 그녀가 보고 들은 모든 것을 두고 보건대, 저 남자가 노파를 쳤다고 생각하지 않을 수가 없었다. 남자는 노파의 끊임없는 수다에 물릴 대로 물렸을 것이다. 그리고 단순히, 한마디 말도 없이 그녀의 면상을 쳤다, 아니다, 가슴팍을 퍽 하고 쳤겠다, 그렇다, 다른 식일 리가 없다, 그런 생각에 그녀는 충격으로 그 자리에 얼어붙어버렸고, 섬뜩한 공포로 이마에 땀방울이 송골송골 불거져 나왔다. 노파는 저기 의식을 잃고 꼬꾸라져 있고, 털모자를 쓴 남자는 아무 움직임이 없다. 땀이 이마에서 다시 솟구쳤다. 대체 어쩌다가 내가 이런 수치스럽고 쓰레기 같은 상황에 처하게 된 걸까? 그렇게 그녀는 무력하게 서서, 그녀 앞의 창문만, 창문틀만, 더러운 창문에 비친 자신의 모습만 쳐다보았다. 또다시 지연돼 몇 분간 서 있던 기차가 움직이기 시작했고, 서로 물어뜯을 듯이 사납게 달려드는 이미지에 지쳐 와글와글한 마음을 안고 그녀는 달빛 아래에서조차 간신히 구별이 가는 무거운 하늘 아래를 헤엄치며 지나는 어둡고 텅 빈 바깥 풍광을 쳐다봤다. 하지만 하늘도 풍광도 그녀에게 아무 의미가 없었고 기차가 시내로 들어가는 도로를 가로지르는 철도 건널목을 달가닥거리며 건너고서야 자신이 드디어 거의 다 왔다는 점을 깨달았다. 그래서 그녀는 인간 장벽을 뚫고 바깥 복도로 나가, 문 앞에 서서, 손으로 그늘을 만들고 몸을 구부려, 그 지역의 산업용 창고들과 그 위로 어렴풋이 보이는 어정쩡한 급수탑을 바라보았다. 어린 시절 이후 줄곧 이러한 것들, 고속도로 위에 놓인 철도 건널목이나 찌는 듯한 열기가 피어오르는 길고 납작한 건물들은 그녀가 아무 탈 없이 집에 도착했음을 상기시키는 첫 상징물들이었다. 하지만 이번에는 결코 평범하지 않은 우여곡절과 고충의 상황이 끝날 것이기에 유달리 안도감이 들어야 하는데도, 잦지 않은 친척 방문에서 돌아오거나 일 년에 한두 번 주도에서 흩어진 가족 중 누군가와 함께 좋아하는 오페레타를 관람하고 돌아올 때마다 시작되던, 두두두 사납게 둥당대던 심장 고동을, 고향을 감싸는 자연적인 보루 같은 마을의 친근한 온기를 접하고, 엇비슷하게 느낄 법도 한데, 그런 정겨운 느낌이 하나도 남아 있지 않았다. 다만 지금은, 사실은 지난 두어 달 동안, 하지만 특히 지금은, 세상이 텁석부리 얼굴과 평직 외투로 가득하다는 치 떨리는 경험을 하고 나니, 옛날의 창문 뒤의 얼굴뿐 아니라 창문조차도 깜깜하게 눈먼 채 그녀를 내다보고, 오로지 '으르렁거리는 개들이 날카롭게 질러대는 소리로만' 침묵이 깨지는 빈 거리의 미로만 차갑게 느껴졌다. 그녀는 다가오는 마을의 불빛들을 바라보다, 기차가 산업 단지와 그에 딸린 주차장을 통과해 어둠 속에서 간신히 구별되는 기찻길 옆 포플러 나무들을 지나가자, 아직까지는 창백하고 멀찍한 거리의 가로등과 불 밝힌 집들 사이로 자신의 집이 있는 3층짜리 벽돌 건물이 어디 있나, 조마조마한 마음으로 훑어보았다. 그래, 가슴이 철렁하며 그렇게 바라보았다. 마침내 도착했다는 안도감이 바로 뒤따른 걱정으로 달아났기 때문이었다. 거의 두 시간 늦게 기차가 들어온 탓에 보통 다니는 저녁 버스는 끊겼을 터였으므로 역에서부터 집까지 죽('게다가, 혼자서…') 걸어야 한다는, 아니, 그런 걱정으로 속 태우기 전에 우선 기차를 벗어나는 골치 아픈 일부터 해결해야 하리라. 텃밭이 딸린 작은 땅뙈기와 잠가둔 나무 헛간들이 창문 아래 빠르게 지나가고 그 뒤로 얼어붙은 운하 위 다리와 다리 뒤 낡은 제분소가 히뜩 따라 나왔건만 그것들은 벗어난다는 어떤 해방감도 전하지 않고 도리어 그녀가 짊어질 무서운 수난들을 엿보였다. 구원으로부터 오직 몇 걸음밖에 떨어져 있지 않지만, 갑자기 등 뒤에서, 어느 순간에라도, 완전히 불가해한 무언가가 불쑥 튀어나와 자신을 공격할지 모른다는 인식에 플라우프 부인은 기운이 쑥 빠져 움츠러들었다. 온몸은 땀으로 뒤덮였다. 절실한 마음으로 그녀는 통나무가 산적된, 쭉 뻗은 제재소 야적장과 곧 쓰러질 것 같은 철도원 오두막, 측선에서 편히 쉬고 있는 오래된 증기기관차들, 창살을 끼운

수리 차고의 유리벽들 사이로 나오는 약한 빛을 바라보았
다. 여전히 그녀 뒤에는 어떤 움직임도 없었다. 연결 복도에
는 여전히 그녀 혼자 서 있었다. 그녀는 얼음장 같은 손잡이
를 잡았지만 결심을 할 수 없었다. 너무 빨리 문을 열면 누
가 밖으로 떠밀어버릴 것이고, 너무 늦으면 '인두겁을 한 살
인자 떼'가 그녀를 따라잡을 것이었다. 기차는 끊임없이 긴
줄을 이룬 채 정지해 있는 화물열차 옆으로 천천히 속도를
줄이다 끼익 소리와 함께 멈췄다. 문이 열리자, 그녀는 거의
껑충 뛰다시피 내려서는 침목 사이의 날카로운 돌들을 보
며, 뒤따르는 사람들의 소리를 들었다. 그리고 재빨리 밖으
로 나가 어느새 역 앞마당에 섰다. 공격하는 사람은 아무도
없었지만 그녀의 도착과 교묘히 맞물려 불길하게도 인근에
있던 가로등의 불이 갑자기 나가버렸다. 공교롭게도 곧 마을
의 모든 다른 불빛에도 같은 일이 번져나갔다. 오른쪽이고
왼쪽이고 두리번거리지 않고, 걸려 넘어지지 않으려 오직 눈
을 단단히 발아래에 고정하고서 그녀는, 들어올 기차를 기
다리던 버스가 있을지도 모른다는 가망 없는 희망으로, 혹
시 야간 운행하는 버스가 있다면, 아직은 하나쯤 잡아탈 수
도 있기를 바라며 서둘러 버스 정류장으로 갔다. 하지만 기
다리는 차라곤 한 대도 없었고, 역으로 들어가는 중앙 출입
구 옆에 걸린 버스 시간표에 따르면, 스케줄대로 기차가 도
착한 직후 바로 떠나는 버스가 정확히 마지막 버스였기 때
문에 '야간 운행'도 기대할 수 없었다. 어쨌거나 전체 종이

위로 두꺼운 두 줄 선이 죽 그어져 있으니… 다른 이들을 앞지르려던 시도가 무색하게, 그녀가 시간표를 살펴보는 동안 역 앞마당은 털모자, 기름에 전 농부들의 모자와 귀덮개의 울창한 숲으로 무성해졌고, 용기를 짜내 제 갈 길을 향해 나서는데, 그건 그렇고 이 모든 사람이 여기서 대체 무엇을 하고 있느냐는 무서운 의문이 그녀를 엄습했다. 그리고 거의 잊혔던 감정이, 후미 객실에서 스민 다른 감정들로 사실 씻겨나갔던 끔찍한 기억이, 그녀의 왼쪽에서 어슬렁거리는 사람들 틈에서, 멀리 저쪽으로 평직 외투를 입은 사내를 보는 순간, 새삼 다시 파고들었다. 무언가를 찾는 듯이, 무언가를 바라는 듯이 서성이던 그는 휙 돌아서더니 가버렸다. 이 모든 일이 순식간에 벌어진 데다 사내도 아주 멀리 있어서(기실 너무 어두워 실재와 상상 속 괴물을 감별하기가 어렵기도 하거니와) 진짜 그가 맞는지 그녀는 확신할 수 없었지만 그냥 단순한 가능성이라도 너무 겁에 질린 나머지, 느긋한 무리의 불길한 인간들 사이를 비집고 나가 거의 달리다시피, 시내 중심가로 향하는 넓은 간선도로로, 집을 향해 발길을 서둘렀다. 따지고 보면, 그리 놀랄 일도 아니다. 왜냐하면 이 일이 아무리 비현실적으로 보인다 해도(그녀의 여행 전체가 진짜 비현실적이지 않았던가!) 기차에서 실망스럽게도 두 번째로 그를 알아봤을 때, 그녀 안의 무언가가 이 텁석부리 남자와 얽힌 불행은, 그리고 미수에 그친 무시무시한 겁탈의 시련은 끝나려면 멀었다고 속삭였기 때문이다. 그리고 지금 자신을

앞으로 내몰고 있는 '뒤에서 공격할 것 같은 잠배'의 공포에
다 그 사람('진짜 그 사람이라면, 그리고 그 모든 일이 헛것이 아니
라면')이 여느 출입문 뒤에서 그녀를 노리고 불쑥 튀어나올
지 모른다는 예상까지 겹치자, 그녀는 그런 난처한 입장에
서 후퇴할지 아니면 앞으로 달아날지 어느 쪽이 더 바람직
한지 결정할 수 없다는 듯 비틀거렸다. 불가사의한 역 앞마
당 광장을 한참이나 뒤에 두고 그녀는 소아병원으로 이어지
는 절다그 도로와 접한 교차로를 지났지만, 뒤틀린 데 하나
없이 똑바른 대로의 벌거벗은 야생 밤나무들 아래서 사람
한 명 마주치지 않았고(그녀가 아는 누군가를 만난다면 정말이
지 구원 같은 일이리라) 자신이 내쉬는 숨소리와 발을 뗄 때마
다 따라오는 가벼운 끽 소리, 얼굴로 윙윙 불어오는 바람소
리 말고는 아무것도 들리지 않았다. 아마 상당히 먼 곳에서
오로지 오래된 제재소를 희미하게 닮은, 식별할 수 없는 어
떤 기계가 꾸준하고 차분하게 내뿜는 혹혹 소리만 있었다.
완전히 꺼진 가로등과 얼어붙고 엉기고 억눌린 침묵 속에서,
그녀의 통제력을 대놓고 깨부수겠다는 듯 계속 터져 나오는
폭력적인 상황에 계속 저항해오긴 했지만, 자신은 운명에
제멋대로 휘둘리는 제물이라는 느낌이 한층 더 짙어지기 시
작했다. 아파트에서 여과된 빛이라도 찾으려 둘러봤지만, 어
디를 봐도 흡사 포위된 도시처럼 그 거주민들은 더 이상의
모든 노력을 소용없고 불필요한 것으로 치부하고, 거리나 광
장들은 이미 잃어버렸지만, 웅크리고 있는 두꺼운 건물 벽의

뒤는 심각한 위해로부터 피난처를 제공하리라는 믿음하에 위험천만한 인간 존재의 마지막 흔적조차 싹 치워버린 곳 같았기 때문이었다. 그녀는 쓰레기가 얼어붙은 울퉁불퉁한 보도를 뚜벅뚜벅 걸어, 지금은 아주 초라하지만 한때는 활발했던 지역 신발 제조 협동조합의 전시장인 오르토페드OR-TOPÉD 가게를 막 지나친 뒤 그다음 교차로를 건너기 전에 습관적으로(휘발유 부족으로 그녀가 친척 방문을 떠나던 때조차 교통량이 많지 않았으니) 어두운 엘데이 산도르 거리 아래쪽을 힐끗 살폈다. 부지를 따라 미늘 돋친 철사를 얹은 높은 벽이 빙 둘러져 있고 사방이 막힌 재판소와 감옥이 있어 지역민들에게 단순히 '법원 도로'라고 불리는 곳이었다. 거리 아래 깊숙이 후미진 곳에 자분정自噴井 주위로 한 떼로 엉긴 그림자들이, 무언의 집단이 흘깃 보였는데, 그녀에겐 그 침묵의 떼거리가 갑자기 누군가를 소리 없이 때리고 있는 모습으로 비쳤다. 겁이 더럭 난 그녀는 부리나케 달아났고, 때때로 뒤를 훔쳐보다 재판소가 저 멀리 벗어나고 아무도 자신을 쫓아오지 않는다는 생각이 들어서야 걸음을 겨우 늦췄다. 아무도 나타나지 않았고 아무도 그녀를 따라오지 않았다. 드넓은 공동묘지의 죽음 같은 적막을 어지럽히는 것은, 갈수록 더욱 커지는 후욱 훅 소리를 빼고는 아무것도 없었다. 무시무시하게 무르익은 정적 속에서 범죄가, 아니면 무엇이겠느냐마는, 벌어지고 있는 자분정 주위로 깨지지 않는 침묵이 메아리로 화답하는 지경이라(도와달라는 울부짖음도, 펙펙

갈기는 소리도 하나 없이) 평소에도 거의 격리 비슷하게 저마다 고립되긴 했지만, 지금쯤이면 이런 벤크하임 벨라 대로처럼 넓고 긴, 특히나 도심에 아주 가까운 곳에서는 그녀 같은 올빼미 한두 명은 마주쳐야 하건만, 근처에 뒤처진 그림자 하나 안 보이는 일도 더 이상 괴이쩍지 않았다. 불길한 예감에 쫓겨 발을 재촉하며 자신이 사악한 악몽에서 헤매고 있다는 게 서서히 뼈저리게 느껴졌다. 그러다 이제는 아주 또렷하게 들리는 훅훅 소리의 근원에 점점 가까워지다가, 느닷없이 야생 밤나무의 창살 같은 몸통들 사이로 험악한 구조물이 보이자, 공포에 맞서 버르적거리느라 지칠 대로 지친 그녀는 이 광경이 상상한 것이라는, 그냥 모든 것을 상상하고 있다는 느낌이 먼저 들었다. 첫눈에 들어온 모습이 정신 아찔한 정도가 아니라 아예 믿기지 않는 수준이기 때문이었다. 멀지 않은 곳에, 괴기한 기계장치가 도로 한가운데를 겨울밤을 틈타 외로이 움직이고 있었는데, 이런 사탄의 수송 수단은, 한 치라도 엉기어보겠다고 발버둥 치듯 뻘뻘대는 증기롤러처럼, 이렇게 지독하게 천천히 기어가는 것도 움직이는 거라 치면 움직이긴 움직이는 셈이었는데, 강한 바람을 이기고 도로 표면을, 천천히 앞으로 몸체를 이끌고 가는 게 아니라 무언가 난감한 점토질의 질척한 곳을 가르고 나가는 것 같았다. 파란색 주름 철판을 두르고, 모든 면을 밀폐한 대형 화물차 같은 모습에 흡사 어마어마한 화물기차가 떠올랐다. 철판 벽에 밝은 노란색 글씨들이(그 중앙에 해독 불가능한 거무스레한 그림이 자리 잡고 있었다) 적혀 있었고, 마을을 지나가곤 하던 거대한 터키 트럭은 저리 가라 할 만큼 더 높고 길어, 절로 입이 쩍 벌어졌다. 이 엄청나게 보기 흉한 선체는 희미하게 생선 비린내를 풍겼는데, 그을린 연기를 뿜고 기름 냄새 나는, 개조한 구식 트랙터가 이를 끌고 가보려고 사투를 벌이고 있었다. 그래도 일단 화물차를 따라잡자 호기심이 두려움을 압도해 그녀는 잠시 그 차량과 나란히 보조를 맞추며 어설픈 외국 글자—분명 비전문가의 작업 성과물로 보이는—들을 유심히 보았다. 하지만 가까이 다가가도 그 뜻을 가늠할 수 없었다.(슬라브어인가… 아니면 터키어…?) 그리고 저 차는 무슨 용도에 쓰이는지, 이런 서리 내리고, 바람 강한 황량한 마을 한가운데서 무엇을 하고 있는 건지, 용케도 여기까지, 이게 평상 속력이라면 가장 가까운 마을에서라도 수년은 족히 걸렸을 텐데 어떻게 도착할 수 있었는지 도통 알 수가 없었고, 저걸 철도로 여기까지 이송하는 일도(다른 대안이 있어 보이지는 않았지만) 쉽게 상상이 가지 않았다. 그녀는 발걸음을 다시 성큼성큼 멀찍이 떼고는, 이 기막힌 대짜배기 트럭을 뒤로하고 슬쩍 뒤돌아봤는데 그제야 견인 트랙터 유리차창 속에 앉은, 육중한 체격에 구레나룻을 기르고, 무심한 표정을 띠고, 위에는 조끼만 입고서, 담배를 꼬나문 남자가 눈에 들어왔다. 그는 도로에 있는 그녀를 알아차리자, 입을 쩍 벌리고 있는 바깥의 인물에게 인사처럼 얼굴을 일그러뜨리고 운전대에서 천천히 오른손을 들어 올렸다. 이 모든 일은 대단히 비정상적이었고(설상가상으로 운전석이 과열돼 더웠는지 거대한 살집의 이 남자는 조끼 차림이었다) 그렇게 그 차에서 멀어지면서 자꾸 뒤를 돌아보는데, 보면 볼수록 더욱 이국적인 괴물로 보이는 것이었다. 그 외관이 아주 최근에 그녀에게 드리웠던 모든 일을 한꺼번에 압축해 보여주는 것 같았고, 두고 온 과거는 더 이상 예전의 모습이 아닌 채, 딴 뜻이라고는 모르는 사람들의 창문 아래 앞을 향해 느릿느릿 기어가고 있다고 암시하는 듯했다. 그 순간부터 그녀는 끔찍한 악몽의 손아귀에 꼼짝없이 사로잡혔지만, 다만 지금부터는 깨어날 수 없는 악몽이라는 확신이 들었다. 아니다. 이는 현실임이 확실하다. 이보다 더 현실적일 수도 없다. 게다가 그녀는 자신이 직접 체험하거나 목격했던, 피를 얼어붙게 하는 사건들(환영 같은 차량의 등장, 엘데이 산도르 거리의 폭력, 시간이라도 맞춘 듯이 나가버린 가로등, 역 앞마당의 극악무도한 모리배들, 그리고 무엇보다도 이 모든 일을 압도하는, 평직 외투를 입은 사내의 끈덕진 얼음장 같은 눈길)이 갈수록 심란해지는 상상력의 횡포한 산물이 아니라 서로 아주 정략적으로, 정확하게, 반박의 여지 없이 공조의 관계를 맺고 있다는 생각이 들었다. 동시에 다른 한편으로는 이런 믿기지 않는 어불성설을 몰아내도록 애써 맘을 다잡으며, 무언가 명백한, 아무리 암울한 설명이 될지라도, 그 무리나 기묘한 트럭, 돌발적인 싸움에 대한 타당한 설명이 있으리라 희망했다. 혹은 다른 도리가 없다면, 모든 것에 영향을 미치는 이례적인 정전에 대한 설명만이라도 바랐다. 이런 가공할 상황을 보고 마을의 안전과 질서가 그 모든 이성적인 상황과 더불어 사라져버렸다고 무작정 받아들이는 일도 내키지 않았기 때문이었다. 그러나 아직 낙담하기는 일렀다. 깜깜하게 꺼진 가로등 문제는 해결되지 않고 남아 있겠지만, 엄청난 화물을 실은 트럭의 목적지와 그 화물의 본질은 오랫동안 수수께끼로 남지 않았기 때문이다. 지역의 유명인사인, 에스테르 죄르지의 집을 지나고, 낡은 퍼신하즈 목제木製극장을 둘러싼 공원의 모호하고 기이한 웅웅 소리를 뒤로하고, 협소한 복음 교회에 이른 뒤, 그녀는 우연히 둥근 광고탑 주위로 희뜩 눈길이 갔다. 가던 길을 멈추고 가까이 다가가, 그대로 꼼짝없이 멈춰 서서, 혹시 잘못 보았나 싶어, 무슨 외딴 촌구석에서 온 부랑자가 휘갈겨 쓴 것 같은 벽보의 문구를, 한 번의 숙독으로 충분하긴 했지만, 읽고 또 읽었다. 다른 전단지 위로 막 바른 모양인지 가장자리에 아직 젖은 풀의 흔적이 남아 있는 그 벽보에는, 신통찮아도 납득이 가는 설명이 적혀 있었다. 그녀가 이 혼돈 중에 적어도 한 가지 요인이라도 또렷이 가려낸다면 나아갈 방향을 잡기 쉬울 것이고 그리하여('제발 그런 일이 필요하지 않기만을…!' 바라마지않지만) '우발적인 붕괴'를 맞더라도 스스로 방어할 수 있을 거라고 생각했지만 포스터 앞, 미미한 빛 속에서 그녀의 불안은 깊어지기만 했다. 왜냐하면 그녀가 피해자 혹은 방관자로 지금까지 어쩔 수 없이 목격해야 했던 일들에 아무런 이

이제껏 이런 공연은 없었다!
천지에 둘도 없는 구경거리

世上에서 가장 큰
巨獸 **고래**가 왔노라~

그 외 기상천외한 自然의 비밀!

코슈트 광장(시장광장 바로 옆)에서

12月 1 ! 2 ! 3 ! 단 三일간
성황리에 유럽 공연을 마친 후 순회 중!!!

입장료 단돈 50포린트
어린이와 군인은 반값

천지에 둘도 없는 구경거리
남녀노소 불문 얼른 서두르시라!

성적인 설명의 그림자도 드리우지 않았던 게 이제껏 문제였
지만, 지금 이 순간에 보니—마치 이 '미미한 빛'(세상에서 가
장 큰 거수 고래, 그리고 그 외 기상천외한 자연의 비밀)이 당장은
많아도 너무 많다는 듯이—설마 무언가 단단한, 그렇지만
이해 불가능한 이유가 이런 일의 작동에 없을 수도 있다고,
곱씹지 않을 수가 없어서였다. 글쎄, 하필 왜 서커스를? 여
기서? 세상의 종말이 임박한 이 마당에? 악취 심한 저 짐승

은 말할 것도 없고, 꿈에 나올까 무서운 저런 임시변통 트럭을 마을에 들일 생각이 난다고? 이대로도 마을이 충분히 위협받는 때에, 누가 여흥을 가질 시간이 있나, 다들 혼란스럽기 그지없는 이런 때에? 바보 같은 농담일세! 참으로 어처구니없고 잔혹한 생각이야! 아니면 혹시… 혹시 정확하게 그런 의미인가…? 모든 것은 끝났으며 더 이상 아무것도 문제되지 않는다? '로마가 불타고 있는 동안 누군가 퉁탕거리고' 있겠다, 그런 건가? 그녀는 서둘러 광고탑을 벗어나 길을 건넜다. 그쪽 방면으로는 2층짜리 집들이 늘어서 있었고 몇몇 집에서 창문을 통해 희미한 빛이 비쳤다. 그녀는 핸드백을 단단히 그러잡고 바람 쪽으로 몸을 숙였다. 마지막 계단 출입구에 도착하자 그녀는 재빨리 주위를 둘러본 다음 대문을 열고 들어가 잠갔다. 난간은 얼음처럼 차가웠다. 집 안에서 애지중지 보호되어 화사한 그늘을 드리우던 야자수는, 그녀가 떠나기 전에도 솔직히 구제할 가망이 없기는 했지만, 이제는 겨울 날씨에 소생의 희망까지 사라져, 얼어 죽어 있었다. 숨 막히는 정적이 흘렀다. 드디어 도착했구나. 메시지가 적힌 종이쪽지 하나가 문손잡이 뒤에 끼여 있었다. 그녀는 얼핏 살펴보고 얼굴을 찌푸린 뒤 안으로 들어가, 두 벌 자물쇠의 열쇠를 잠그고 바로 안전 체인을 걸었다. 문에 등을 기대고 눈을 감았다. '고맙기도 하지! 집에 왔다.' 이 아파트는 사람들 말처럼, 다년간의 노고 끝에 보상받은 당연한 열매였다. 이제 고인이 된 두 번째 남편이 한 오 년 전에 중풍이 들어 갑작스레 죽고 그 또한 매장을 하고 나자, 얼마 지나지 않아, 첫 번째 결혼에서 얻은 아들, '전혀 개선의 가망 없이 한시도 가만있지를 못하고 항시 떠돌아다니는'—나쁜 쪽으로만 기우는 성벽을 고스란히 물려받았는지 툭하면 술에 찌들던 그의 아버지를 빼다박은—아들과의 관계도 결코 한 지붕 아래서 같이 살 수 없게 악화돼, 아들이 셋집에 전대轉貸를 얻어 들어가자, 피할 수 없는 상황은 단념할 수도 있다고 깨닫기도 했거니와, 자신의 상실을(여하튼 남편 둘을 먼저 보내고, 아들도—곁에 있는 것이 아니니—역시 떠나보내고) 의식하다 보면 우울하긴 해도 마음이 조금 가벼워지기도 해서, 쉰여덟의 나이까지 이제껏 항상 '바보같이 다른 사람 종노릇'이나 했는데, 마침내 자신만을 위해 살아가지 못할 이유가 뭐냐고, 또렷하게 머리에 드는 것이었다. 그리하여 이제 그녀에게 너무 큰 단독주택을 팔아, 현저한 차익을 남기고, 도심에 있는(현관에 인터폰도 달린) '매력적인' 작은 아파트를 사고, 생애 처음으로, 지인들이 두 남편을 잃은 탓이려니 의사를 존중하며 십분 수긍해주고, 잘하는 일 하나 없다고 모두들 알고 있는 그 아들을 눈치껏 입에 올리며 그 탓을 하긴 했지만, 그때까지 침구 조금과 몸에 걸치고 있던 옷가지 이상은 가져본 적이 없던 그녀는 자신의 소유물을 완전히 향유하기 시작했다. 그녀는 마룻바닥용 모조 페르시아 러그를 사고, 창문에 걸 실크망사 커튼과 화사한 색의 블라인드를 사고, 크고 무거운 낡은 붙박이장을 치워버리고 새로운 장을 맞춰 넣었다. 지역에서 인기 높은 인테리어 잡지 〈러카시쿨투러〉의 참신한 조언을 얻어 현대적인 스타일로 부엌을 새로 꾸미고, 벽도 다시 칠하고, 낡고 투박한 가스 난방기를 몰아내고 욕실을 완전히 수리했다. 그녀는 지칠 줄 몰랐고, 이웃에 사는 비라그 부인이 혀를 내두르며 한 말처럼, 에너지로 넘쳐흘렀다. 그녀는 주요 공사가 끝났으니 이제 겨우 제대로 일다운 일을 해보겠구나, '작은 둥지'를 꾸미는 일에 착수할 수 있겠구나 생각했다. 머리엔 아이디어가 가득했으며 상상력은 끝을 몰랐으므로 그녀는 쇼핑 원정에서, 한번은 연철 틀로 된 복도용 큰 거울을, 한번은 '아주 실용적인' 양파 세단기를, 또 다른 때는, 보고만 있어도 호사스러운, 소도시의 파노라마가 상감으로 새겨진, 눈길 사로잡는 옷솔을 사 오곤 했다. 이랬는데도, 아들이 떠났던 슬픈 기억—아들은 눈물로 집을 떠났으며, 간신히 문밖으로 내쫓고서('몇 날 며칠이고!') 그녀는 어렴풋이 찜찜한 감정을 떨쳐버릴 수 없었다—으로부터 한 이 년이 흐를 때까지도, 열병 든 사람처럼 쫓아다닌 덕분에 아파트에 빼꼼하니 안 채우고 남은 구석이 없을 정도였는데, 여전히 그녀는 이상하게도 자신의 삶에 무언가 빠졌다는 갈피 못 잡을 느낌에 부대꼈다. 마지막으로 아기자기한 도자기 인형들을 사서 장식장 수집품을 완성해 채웠지만, 곧바로 이 또한 공허를 채워주지 못한다는 느낌만 더했다. 그녀는 머리를 쥐어짜 문제들을 되짚어 보고 이웃에게 조언까지 청했다. 그러다 어느 오후(우연히 푹

신한 안락의자에서 최신판 '이르마' 자수를 놓고 있던 때) 도자기 백조와 기타를 든 집시 여자들에게 시선이 머무르다, 눈물 짓는 작은 소년들 옆으로—꿈을 꾸듯 행복하게—누워 있는 도자기 소녀들에게로 시선을 옮겼는데, 갑자기 무슨 '중요한 물건'이 빠졌는지가 떠올랐다. 꽃이었다. 옛집에서 날라 온 고무나무 두 그루와 시들시들한 아스파라거스가 있긴 했다. 하지만 이들은 새롭게 부활한 이를테면 '모성적 본능'에 흡족한 대상이 되기에는 조금 아쉬운 면이 많았다. 그래서 지인들 중에 '예쁜 귀염둥이들'을 좋아하는 사람이 제법 있어, 곧 아름다운 꺾꽂이 가지와 새순과 구근을 다양하게 얻었고, 그러다 보니 화초를 잘 다루는 친구들, 프로버즈니크 박사나 마더이 부인, 머호 부인과 어울려 지낸 지 몇 년도 안 되어 그녀의 창문틀엔 세심하게 가꾼 소형 야자나무, 필로덴드론, 산세비에리아가 빽빽하게 자라났을 뿐만 아니라 나중에는 각종 푸크시아, 수박무늬잎 물통, 선인장 무리가 어디 더 둘 곳도 없이 많아져, 처음에는 하나, 그 뒤에 한꺼번에 총 세 개의 화분대를 루마니아 구역에 있는 자물쇠 수리공 가게에서 주문해야 했다. 이렇게 해놓으니 '마음 푸근하고 아늑한' 작은 보금자리가 됐다는 느낌이 들었다. 이 모든 것이—보드라운 깔개들, 고운 색깔의 커튼, 편안한 가구, 거울, 양파 세단기, 옷솔, 찬사를 자아내는 꽃들, 이들이 선사하는 차분함, 안정감, 행복과 만족감—정말 전부, 모조리 순식간에 끝장날 수 있단 말인가? 그녀는 완전히 지쳐 힘이 빠졌다. 왼손에 쥐고 있던 종이쪽지가 손가락 사이에서 흘러내려 마루에 떨어졌다. 그녀는 감았던 눈을 뜨고 부엌문 위에 걸린 시계에서 까불거리며 숫자에서 숫자로 깡충깡충 건너뛰고 있는 초침을 바라봤다. 더 이상 위험이 그녀를 위협할 일은 없긴 해도, 호젓한 안도감이 간절하건만, 불안정한 느낌은 고집스럽게 지속됐다. 어떤 때는 이런 데로, 또 어떤 때는 저런 데로, 그때그때 무엇보다 중대해 보이는 생각이 그녀의 마음속을 사납게 달음질했다. 그래서 외투를 벗고, 장화를 벗고, 심하게 부은 발을 주무르고, 푹신하고 따뜻한 슬리퍼에 발을 집어넣은 뒤, 제일 먼저 창문가에서 텅 빈 간선도로를 아래위로 조심스럽게 훑어봤고(하지만 '사람 하나 보이지 않고, 응달로 숨어 다니는 이조차' 없었다… '오로지 거대한 서커스 화물차만… 그리고 대근한 훅훅 소리만') 그런 후 모든 것이 제자리에 있는지 점검하기 위해 온갖 찬장과 옷장을 샅샅이 살피고, 한참 만에 철저하게 손을 씻는 일로 점검을 마치려다, 마지막으로 딱 한 번 더, 혹시 가장 중요한 일을 잊었을 경우에 대비해 앞문의 자물쇠들을 살펴보는 게 낫겠다는 생각으로 멈칫했다. 그즈음에 마음이 약간 가라앉아 쪽지를 집어 읽고는 화가 뻗쳐 부엌의 작은 쓰레기통에 세차게 내던지고(넉 줄의 글이 한 줄씩 아래로, '잘 계셨어요, 엄마, 저 들렀어요' 적혀 있고, 위의 세 줄엔 줄이 그어져 있었다) 거실로 돌아와 난방을 켜고 불안을 다스리기 위해 차례차례 식물들을 하나씩 살펴봤다. 식물들에게 아무 탈도 생기지 않았다면, 다른 모든 일도 제자리로 딱딱 맞아 들어갈 거라는 판단에서였다. 그녀가 없는 사이에 친절한 이웃이 해준 일에는 실망하거나 흠잡을 데가 전혀 없었다. 집 안을 매일같이 환기해주고, 그녀가 빈틈없이 돌보던 화분들도 아주 열성적으로 세심하게 보살펴줬는지, 흙은 너무 마르지도 너무 축축하지도 않았고, '조금은 단순하고 말이 거침없지만 심성 하나는 근본적으로 곱고 성실한 친구'는 사려 깊게도 아주 까다로운 야자수 잎의 먼지도 닦아주었다. '어쩜, 로지, 정말 보배 같은 사람이라니까!' 플라우프 부인은 감정에 북받쳐 한숨을 쉬었다. 그러자 아주 짧게나마, 그 풍만한 몸뚱이로 늘 부산스럽게 돌아다니는 모습이 눈에 선했다. 그제야 그녀는 녹색 사과 빛깔의 안락의자 하나에 주저앉아 손상되지 않은 그녀의 모든 소유물이 '아주 깔끔한 순서로' 완벽하게 나열돼 있는 모습을 가만가만 한 번 더 훑어볼 수 있었다. 바닥, 천장, 꽃무늬 벽지를 바른 벽들로 확고부동하게 단단히 둘러싸여 있다 보니, 지금까지의 모든 고난과 역경이 그냥 나쁜 꿈, 긴장한 신경의 험악한 산물, 역겨운 상상이었던 것만 같았다. 맞다. 모두 꿈이었을 것이다. 수년 동안 봄에 날이 풀리면 대청소를 하고, 가을에는 잼을 만들고 절임 음식을 저장하고, 오후에는 코바늘 뜨개질을 하고, 판에 박힌 일상사를 늘 하던 대로 살피고, 열정적인 실내 정원 가꾸기를 낙으로 삼던 그녀였으니, 외부 세계의 미친 소용돌이, 들고나는 정신 나간 활동과는 의젓하게 거리를 두고, 내부 세계의 온화한 피난처에서만 생각하고 관찰하는 버릇이 들어, 친근한 시야 밖에 있는 것은 무엇이든 안개처럼 흐릿하게 그리고 형체 없는 아지랑이로만 알고 지냈기 때문이리라. 그리고 지금은—전 세계에 자물쇠를 닫아건 것처럼 아직 한 번도 어지럽혀지지 않은, 보안의 문 뒤에서 평화롭게 앉아 있으니—재수 없는 여행의 경험이 덜 현실적으로 보이기 시작했고, 투명한 베일이 그 일과 그녀 사이에 내려앉는 것 같아서, 그녀는 기차 지선의 요란한 승객들, 평직 외투를 입고 사람 겁주는 남자의 모습, 한쪽으로 고개가 꺾인 뚱뚱한 여자, 가엾게도 주위를 메운 그림자 속에서 맞고 있던 불행한 사람을 간신히 가려낼까, 기이한 서커스는 이제 식별 불가능할 정도였고, 노란색 시간표에 굵게 엇갈려 그어진 가위표도 아련해졌으며, 나락에 떨어진 영혼처럼 집으로 돌아가려고 이쪽저쪽으로 안간힘을 쓰며 길을 걷던 자신의 모습도 더욱 희미해갔다. 지린내 나는 변소, 선로들 사이의 지저분한 자갈, 운전석에서 그녀를 향해 손을 흔들던 서커스 일꾼의 끔찍한 이미지가 마음 언저리에 여전히 견디기 힘들게 세차게 소용돌이치긴 했지만 지난 몇 시간의 고통이 현실성을 잃어감에 따라 자신을 둘러싸고 있는 주변의 윤곽은 점점 더 또렷해졌다. 여기, 화분과 가구에 에워싸여, 해악이 범접하지 못하리라는 의식이 깊어지자, 더 이상 폭행이 두렵지 않았고 지속되던 경계로 인한 긴장도 천천히 누그러지는 게 느껴졌지만, 몸 전체로 퍼져 나가는 항구적인 불안은 위장에 든 귀리죽처럼 자리 잡고 앉아 좀체 가시지 않았다. 게다가 그녀는 예전에 느껴보지 못한 심한 피곤을 느꼈고, 그리하여 바로 잠자리에 들기로 결심했다. 삽시간에 샤워를 마치고 속옷을 빨고 두꺼운 잠옷 위로 따뜻한 나이트가운을 두른 뒤, '잘 차린 저녁을 배불리 먹을' 수는 없겠지만, 자기전에 요기는 해야겠다는 생각에 그녀는 찬광을 들여다봤다. 그녀가 살고 있는 이 집의 중심축 역할을 하는 찬광은 작금의 때를 고려해본다면, 눈이 휘둥그레지게 풍성한 음식들이 숨겨져 있었다. 넓적다리 햄은 줄에 꿴 파프리카를 목걸이처럼 두르고 있었고, 향신료 재운 소시지와 훈연 베이컨은 높은 고리에 걸려 있었고, 바닥의 그늘 속에는 설탕 봉투, 밀가루, 소금, 쌀자루 등이 낮게 바리케이드를 이루고 있었다. 양쪽 벽을 차지한 선반에 말끔하게 봉투며 자루들이 자리하고 있어 커피콩, 양귀비 씨, 호두, 향신료는 물론이거니와 감자, 양파자루들도 같이 정리되어, 그 방대함이, 바깥의 눈부신 식물들의 아름다운 숲이 그 엇비슷한 느낌을 전하긴 하지만, 선견지명을 충분히 증명하는 철저한 식량 요새를 이루고 있었고, 가운데 벽의 선반에는 자애로운 외관의 절임 단지들이 계급에 따라 왕관을 쓰고 군대식으로 각을 이뤄 배열돼 있었다. 이 모든 것은, 시럽에 담근 과일과 짭짜름한 절임부터 토마토 주스를 거쳐 꿀에 담근 호두까지, 초여름부터 그녀가 틈틈이 만들어둔 것이었다. 그녀는 평소 하던 대로 쉽게 결정하지 못하고 유리그릇 사이로 두

리번거리다가 한참 만에 럼주에 조린 체리 절임을 들고 방으로 돌아왔다. 연녹색 사과 빛깔 안락의자에 앉기 전에, 진짜 궁금증이 동해서가 아니라 그냥 하던 버릇으로, 텔레비전을 켰다. 그녀는 등을 기대고 몸을 죽 편 다음 지친 발을 둥근 발방석에 올렸다. 샤워를 마쳐 몸도 개운한 데다, 기분 좋게 따뜻한 온기 속에서 아주 기쁘게도 오페레타를 다시 방영하고 있는 것을 알았다. 어쩌면 희망이 있는 거겠지, 아마 예전의 평화와 안정의 감각이 돌아오고 있는 거겠지. 너무나도 잘 아는 대로, 세상이 무한히 그녀의 도달 범위를 넘어, 별에 사로잡힌 아들이 지겹도록 반복하기 좋아하던 백치 같은 문구처럼, '빛은 시각을 초월하듯이' 남아 있을 것이며, 그녀 자신을 포함해, 조용한 작은 둥지에 파묻혀 체면과 배려의 자그마한 오아시스 속에서 살아가는 사람들이, 무슨 일이 벌어질지 모를 외부에, 공포와 전율 속에서 삶을 근근부지하는 동안에, 사납게 날뛰는 무정부주의 텁석부리 수염 동속들이 본능적으로 지휘권을 얻으리란 점도 명백하게 알았기 때문이었다. 그러니 그녀는 그저 단순히 세상 돌아가는 방식에 저항 한 번 하지 않고 불가해한 법칙을 받아들일 것이다. 사소한 기쁨을 다행으로 알고 지내며, 파괴적인 불운들은 당연히 그녀 삶의 방식을 비껴갈 것이라고 자신을 달래고, 아무 탈 없으리라는 확신이 그릇되지 않았다는 믿음을 쌓아 올렸다. 숙명은 그녀를 비껴가고 존재의 작은 섬을 보호할 것이다. 그녀는―여기서 플라우프 부인은 맞는 단어를 찾아 헤맸다—자신과 주변 사람들의 평화 외에는 아무것도 바란 적 없는 자신이 운명의 먹이가 될 처지가 되는 일은 결코 용인하지 않을 것이다. 밝은 오페레타의 매력적이고 섬세한 가락이(《마리자 백작부인》이다…! 그녀는 바로 알아보고 기쁨으로 전율했다) 부드러운 봄바람처럼 방 안을 쓸고 지나갔다. '달콤한 노래의 물결'에 흔들거리는 마음이 멀리 떠나자, 기겁했던 비상 열차, 그리고 그 속에 짐짝처럼 실린 천박한 사람들은 새록새록 떠오를 때마다 섬뜩섬뜩하더니 더 이상 위협이 되지 않았다. 그들이 이제는 두렵지 않고 오히려 경멸스러웠는데, 사실 여행을 시작했을 때, 지저분한 객차에서 처음으로 그들을 훔쳐보며 느낀 인상으로 돌아간 셈이었다. 두 종류의 화물짝 잡배는('걸신들린 듯 살라미를 먹어대며 시끄럽게 떠드는 유형'과 '침묵으로 악행을 저지르는 유형') 이미 마구 뒤섞여, 그녀는 마침내 마음 놓고 이를테면 이런 애석한 상황에서 우뚝, 텔레비전 수상기에서 쏟아져 나오는 음악이 일어 온 땅과 온갖 공포를 뒤덮은 것처럼, 그들을 내리 깔보았다. 텔레비전 앞에 앉아 이 사이로 달달한 체리를 짜개면서, 그녀는 대담하게 생각을 바꿔, 당분간 저기 바깥에 야밤의 어둠을 틈타 모여든 인간쓰레기들은 마음대로 휘젓고 다니겠지만, 예정된 과정과 온당한 방식으로, 일단 광란의 도가니가 도를 넘을 때에 이르면, 그들은 기어 나왔던 장소로, 당연히 허둥지둥 물러날 것이라고, 우리의 공정하고 질서 정연한 세상의 울타리 너머, 그들이 속한 곳으로, 감형 없이 영원토록 쫓겨날 것이라고 생각했다. 그런 날이 당도할 때까지, 참된 정의가 용장用杖을 가할 때까지, 더욱 소신 있게, 고삐 풀린 지옥은 날뛰라지, 그래도 그녀는 다 묵살해 넘기겠다는 자세를 고수할 것이었다. 이런 엉망진창, 이런 비인간적인 압제, 죄수나 다름없는 이런 날도적들은 일절 상관하지 않겠다, 일이 지금처럼 굴러가고, 거리가 그런 인간들로 득실거리는 동안, 이런 수치스러운 문제들이 끝을 맞을 때까지, 하늘이 밝아지고 상호 이해와 냉정한 규제가 대낮의 질서로 다시 돌아올 때까지, 그녀는 바깥에 발을 내딛지도 않을 것이고, 어느 방식으로든 휘말려 연루되지 않을 것이고, 어떤 말도 귀담아듣지 않을 것이다. 이런 생각으로 마음이 잠잠해지고 굳건해져, 수많은 시험과 시련을 거쳐, 마침내 서로를 발견하는 타실로 백작과 마리자 백작부인의 승리의 결말을 지켜보며, 그렁그렁한 눈으로, 피날레 도입부의 행복에 휩싸여 막 녹아들려는 찰나, 돌연, 문가에서 인터폰이 지잉 울렸다. 그녀는 가슴께를 부여잡고 공포로 몸서리쳤다.('그놈이 나를 찾았어! 나를 따라왔던 거야!') 그런 뒤 짐짓 격분한 얼굴빛으로 꾸미고('진짜! 감히 어떻게!') 벽 위에 있던 시계를 흘깃 보고 문으로 종종걸음을 쳤다. 이웃이나 친구들일 리는 없었다. 원래는 교양과 예절을 문제 삼아, 요즘에는 저녁 일곱 시가 넘으면 시내의 드잡이에 휘말릴 용기가 없어서 사람들은 서로 방문하지 않았고, 그러니 평직 외투 차림의 악몽 같은 인물은 아닐 거라고, 그 가능성을 배제해버리고 나면, 짚이는 사람은 뻔하디뻔했다. 하레르의 집으로 옮긴 이후로 죽, 불행하게도 매번 사흘을 못 넘기고 아들은 주로 술에 푹 전 상태로, 별이니 행성이니 강박적으로 정신 나간 이야기를 몇 시간이고 해대서 사람을 성가시게 하거나, 요즘 들어 더욱 빈번하게, '거듭되는 당부와 금제에도 자신이 수없는 고통을 끼친 어머니에게 환심을 사려고' 눈물을 글썽이며, 환멸에 찬 그녀로서는 어딘가에서 훔쳐 온 것이라 믿어 의심치 않는 꽃들을 품에 지니고서, 불쑥 나타나는 습관이 들었던 것이다. 그녀는 아들이 집을 떠날 때 했던 말을 이후로도 수천 번 되풀이하고 있었다. 너는 여기 오면 안 된다, 나를 괴롭혀서는 안 된다, 나 좀 편안히 내버려두어라, 너를 만나고 싶지 않다, 이 집 안에 발 들일 생각은 하지도 말아라, 그랬다. 진짜 의미 그대로, 진짜로 그를 보고 싶지 않다고 했다. 너와 함께 산 비참한 세월은 이십칠 년이면 족하고도 남는다, 단 하루라도, 단 일 분이라도 너 같은 아들을 가진 게 부끄러워 얼굴 붉히며 지내지 않고 싶다고 했다. 그녀가 자신을 안타까워하는 벗들에게 고백한 대로, 머리에 떠오르는 방법은 다 시도해봤고 토로하다, 나중에 가서는 아들이 제대로 된 존재로 살아갈 능력이 없다고 해서 어미가 대신 벌을 받아야 할 이유는 없노라고 핏대를 세웠다. 그녀는 술로 완전히 망가진 남편 벌루시커에게도 시달렸지만, 아들은 제 아비보다 도가 더하다고 지인들에게 두고두고 토로했다. 그들은 그녀에게—그녀 역시 자주 그들의 말을 따랐지만—'이런 미친 아들이 나쁜 버릇들을 버릴 때까지 단호하게 그냥 집에 들이지 말아야 한다'고 충고했다. 하지만 이는 '어미의 연약한 심경으로 배겨내기' 힘들뿐더러 진짜 해결법이라고도 할 수 없었다. 어쨌든 정상적인 생활양식을 선택하겠다는 의지가 아주 약하거나 아예 없는 동안에는, 방문하지 말라고 매몰차게 선을 그어도 소용없이, 여전히 부랑자처럼 떠돌아다니는 아들 벌루시커는 다음다음 날이면 나타나 환한 얼굴로 '이제 의지를 굳혔다'고 한 번도 아니고 수차례, 수십 차례 공언을 해댔다. 희망 없는 발버둥에 지치고, 요즈음에는, 고칠 수 없는 아들의 단순함으로는 어머니가 그에게 무엇을 바라는지도 이해하지 못한다는 체념이 들어, 늘 변함없이 내쳤으므로 이번에도 그러려고, 인터폰 수화기를 집어 들려는데, 보통 더듬거리며 애원하던 목소리('저… 저, 저기 그냥, 저예요… 엄마…') 대신에 은밀하게 속삭이는 여자의 목소리가 들리는 것이었다. '누구라고요?' 놀란 플라우프 부인은 다시 묻고서 잠시 귀에서 수화기를 멀리 뗐다. '저라고요, 피리, 에스테르 부인!' '에스테르 부인요? 여기? 이 시간에?' 그녀는 놀라서 외치고는 머뭇거리며 가운 자락을 여며 가다듬기 시작했다. 이 여자는, 플라우프 부인이, 그리고 그녀가 아는 한 마을의 모든 사람이 '거리를 두는 사람' 중 한 명이었다. 따지고 보면 낯선 사람이나 다름없었다. 거리에서 만났을 때 피치 못해 자연스레 쌀쌀한 목례 정도 나누는 일은 제쳐두고서라도, 일 년이다 가도록 하다못해 날씨 이야기로도 열두 마디 이상 말을 나누지 않았으니, 이런 상황을 감안하면 에스테르 부인의 방문은 너무나도 뜻밖이었다. 에스테르 부인이 사시사철 입 방아에 오르내리는 것은 그저 부인의 '뒷말 많은 과거, 문란한 도덕의식이나 현재 혼란스러운 가족 상황' 때문만이 아니었다. 무례하고 잘난 체하고 밀어붙이는 태도와 '뚱뚱한 외모에 아주 걸맞은 야한 의상'이 좀 더 존경받는 인근 가정들의 감정을 해치거니와, 다른 한편으로는 카멜레온 뺨치게 '위장하고 시치미를 떼며' 아첨하려는 뻔뻔한 시도들이 혐오감과 반감을 더 일으키며, 그 어느 쪽도 어마어마한 오만함 속에서, 낯가죽 두껍게 짐짓 모른 척하기 때문이었다. 이 것만으로 성에 차지 않는지, 몇 달 전부터 부인은 최근의 무질서하고 불안한 분위기에 경계가 느슨한 틈을 악용해서 여성위원회의 위원장으로, 애인인 경찰서장의 영향력을 통해, 임명받은 이후 예전보다 더 건방지게 고개를 쳐들고는, '늘어진 턱살을 흔들며 딴에는 매력이랍시고, 메스꺼운 히죽히죽 웃음을 만면에 짓고' 의례상의 방문을 빙자해 예전에는 발도 들이지 못하던 집을, 환심을 사겠다고 슬금슬금 비집고 들어오기 시작한 것이었다. 뻔하지, 지금도 무언가 그런 불손한 짓을 저지르려는구나, 그 속셈이 아주 번연히 보였다. 그래서 플라우프 부인은 먼저 이런 경우 없는 처신은 다 뭐냐고 톡톡히 한소리 해야겠다는 굳은 결심으로 문을 향해 소리 없이 자박자박 걸어갔다.('이 인간은 사람들을 언제쯤 방문하는 게 적절한지 최소한의 예의도 못 차리는구먼!') 그리고 지금은 다들 쉬는 시간이라는 직접적인 상징의 표현으로, 바로 내쫓아줘야지 했지만, 일은 생각처럼 그렇게 돌아가지 않았다.

* * *

　일은 생각처럼 돌아가지 않았다. 아니 그렇게 돌아갈 리
도 없었다. 에스테르 부인은 자신이 지금 누구를 상대하고
있는지 아주 잘 알았다. 그렇다고 그런 문제로 골머리 앓는
것도 아니어서, 자신의 친구인 경찰서장이 날마다 귀에 속
삭인 것처럼, '키로 보나, 몸무게로 보나… 다른 일은 말하면
입 아플 정도로 대단한 거인에 장부인' 그녀이다 보니, 타고
난 우월성에, 반대는 용납 않는다는 악명대로, 완고한 플라
우프 부인의 저항을 납작하게, 아무렇지도 않게 눌러버렸다.
몇 차례 사근사근하게 '자기야'라고 사탕발림을 한 후에 에
스테르 부인은 쩌렁쩌렁 울리는 남자 같은 말투로 돌변하더
니 자신이 명명백백히 이슥한 밤 시간에 찾기는 했지만, '도
저히 미룰 수 없는 개인적인 문제와 관련해' 지체 없이 전달
하는 일이 막중한 탓이라고 선언을 했다. 그리고 예상대로
충격받은 플라우프 부인이 얼떨떨해 얼어 있는 짧은 틈을
이용해, 대문 사이로 마구 비집고 들어와 기습적으로 계단
을 오르고 버릇처럼 머리를 한쪽으로 꺾고('머리를 쿵 부딪히
고 싶지 않아서…') 열린 문을 통해 현관 복도로 직행했다. 그
쯤에서, 화급한 방문으로부터 주의를 전환하고자, 에스테르
부인은 집의 '탁월한 위치', 복도 양탄자의 '독창적인 무늬'
와 전반적으로 '정말 부러운, 고상하고 훌륭한 취향'에 대해
치사의 말을 약간 나불대긴 했지만, 주위를 몇 번 번갯불같

이 날카롭게 쏘아본 뒤 '흔하디흔한 천박한' 취향이라고 결론지을 즈음에는 벌써 겉옷을 옷걸이에 걸고 있었다. 에스테르 부인이 '주의를 전환하려는' 술책을 의도했다고 말하기는 어려울 것이다. 사실 자신의 목적을 위해서라면—각별히 그날이 지나가기 전에 십오 분 남짓이라도 벌루시커의 어머니를 만나야 한다는, 말하자면, 그런 필요의 긴급성을 유념하고, 그래서 그다음 날 벌루시커를 만날 기회가 생기면 그 방문을 언급할 수 있을 테니—수많은 방식으로 어떻게든 이뤄낼 수 있을 것이었다. 하지만 에스테르 부인은 어쨌든 가장 손쉬운 해결책(사실 즉시 저 꺼림칙한 안락의자 중 하나에 앉아 대화를 조종해 '국가 전반에 명백한 개혁과 회복의 요망, 그리고 이런 맥락에서, 치열하고 열성적인 지역 여성위원회의 현재—온갖 방면으로—더욱—활기찬—작업'이란 주제로 돌리면 될 일이었지만)을 고르지 않았다. 그런 생각을 안 해본 건 아니지만, 안락하고 편안하며 둔감하고 무기력한 공기, 당밀 같은 이런 예쁘장한 '심술 사나운 작은 독사의 둥지'는 자신에게 너무 강한 인상을 줘서, 엄청난 노력으로 반감을 억누르고 성질을 죽이느라, 집주인의 무기고 속 각종 항목을 주의에 주의를 기울이며 조사하는 척해야 했기 때문이었다. 황당하고 성이 나서 한마디 말도 못 뱉고 씩씩대며, 다만 달음질로 뒤쫓아 와, 얼굴이 벌게진 채 뒤에 바싹 붙어, 어질러지는 물건마다 바로 놓고 있는 플라우프 부인을 두고, 그녀는 물건이 잔뜩 올려진 장식장의 무게에 답답한, 방 안 구석구석을 샅샅이 훑어보고서, 거짓 칭찬을(아직은 패를 다 보일 때가 아니었기에) 늘어놓으며, 우렁찬 알토의 목소리로 입담 좋게 '그래요, 틀림없지, 여성들은 주위의 생명 없는 물건들에 의미를 부여해요. 여성들이, 오직 우리 여성만이 그 가정에 개별적인 매력을 불어넣어요'라고 말하고, 한편으로 저 작은 장신구들을 큼직한 자신의 손바닥으로 병아리 목을 잡아채듯 낚아으스러뜨리고 싶다는, 자꾸만 커지는 유혹과 필사적으로 고투를 벌였다. 에잇, 꼴같잖아서, 이런 빗 거는 선반들과 레이스 덮개, 백조 목 모양의 재떨이, 면벨벳 '페르시아' 카펫, 우스꽝스럽게 성긴 나사 커튼들하며, 진열장 유리 뒤에, 그렇고 그런, 뜨겁고, 끈적끈적하고, 답답한 내용의 중구난방으로 감상적인 소설들이, '게으른 쾌락과 물렁한 욕망들'에 고삐 풀려서 좀스럽게 간섭 없이 빠지면 세상이 어떤 지경에 이르게 될지 적나라하게 보여주는 것 같아서였다. 에스테르 부인은 모든 것을 쳐다보고 기억 속에 기록해두었다. 어느 것도 눈을 벗어나지 않았다. 그리고 그 모든 것을 흡수한 뒤, 모든 자제력을 동원해, 향수로 오염된 아파트의 공기로 숨을 쉬는 쓰라린 기쁨을 누리며 한층 고문을 당했다. '구역질 나게 앙증맞은 인형의 집의 구린내'와 한 치 다르지 않은 냄새였고, 십 리 밖에서도 거주자의 측은한 상태를 웅변해주는 냄새, 움찔 몸을 뒤로 물러서게 하는, 문지방에 섰는데도—자신이 선출된 이후 비공식적인 방문에서 돌아올 때마다 경찰서장에게 버릇처럼 빈정대던 말처럼—토하고 싶은 진심 어린 욕구를 자극하는 악취였다. 그냥 조소 삼아 하는 말이든 진짜 욕지기가 나는 상태든, 부인의 말동무, 서장은 그녀가 그냥 일상적인 시련과 고난을 두고 엄살 피우는 것이 아니란 점은 확실히 알았다. '수십 년간의 갖은 노력을 마침내 대중이 알아봐준 덕분에' 에스테르 부인이 지역 남성 합창단 지도자(옹색하고 무가치한 자리였지만 행진곡, 노동가와 봄의 찬가 같은 이른바 '독점 레퍼토리'로 그나마 치욕이 완화되었다) 위치에서 여성위원회의 위원장 자리, 허울 좋은 강철 의지의 인물로 승격된 이후로, 그녀는 그런 아파트에서 나날을('한꺼번에 몇 시간씩') 낭비해야 했는데, 자꾸 드는 생각이라곤 그녀가 내내 의심했던 일들이 사실 의심의 그림자 너머 극명한 진실이란 것뿐이었다. 왜냐하면 그렇게 심신을 약화시키는 상황에서야말로—지나치게 달콤한 저장식품들과 보송보송한 솜털이불 사이, 장식 술을 나란히 빗겨놓은 러그와 덮개를 단단히 매듭지어 묶은 안락의자들 사이, 모든 강력한 촉구가 서글픈 결말을 맺는 것을 아주 생생히 보았고, 치명적인 진구렁 속에서 자신이 지역 사회의 유지랍시고, 웃기지도 않는 실내 덧신을 신고, 똑같이 웃기지도 않는 오페레타를 숨넘어갈 듯이 보고, 더 건강하고 단순한 사람들을 경멸로 대하는 사람들이 득시글거리는 곳에서—온갖 온당한 충동이 망각으로 가라앉아버리는 것을 보았기 때문이었다. 그녀는 그 현상 전체를 너무나도 잘 이해했다. 그렇게 수개월의 작업 끝에 위원장 감독하의 신기원이 될 대대적인 청결 캠페인을 진수했건만, 그 운동이 불행하게도 좌초해버리는 것을 두 눈 똑똑히 보았다. 솔직히 말해서, 다른 식으로 반응하리라는 기대도 하지 않았으니, 이 기생충 인간들의 멋진 사교계가, 자부심으로 충만해서는, 신중하게 고려한 자신들의 논거를 차갑게 거부해도 놀랍지도 않았다. 왜냐하면 끝없는 변명들(예를 들어 '십이월에 대청소를? 나중에 좀 더 적당한 봄 대청소 시기가 되면 모를까…' 같은) 저변에, 에스테르 부인은 반대하는 마음속의 고갱이를 곧장 꿰뚫어보았기 때문이었다. 비록 그들에게는 정당해 보일지라도, 자신의 눈에는 비이성적인 공포에서 비롯된, 이 사람들의 역겨운 수준의 무기력과 무능력과 비겁한 노예근성으로, 전반적인 재건 혹은 부흥은 그들에게는 전반적인 쇠퇴로 보일 것임을 십분 이해했다. 모든 새로운 일에 불굴의 지지로 덤비다 보면, 혼돈으로 향하는 똑같이 열정적인 기류의 아슬아슬한 흔적들이 감지되기 마련이고, 그래서 꽤나 당연히, 그렇게 자유롭게 촉발된 폭력들은 보호는커녕, 그들이 붙들고 있는 회복 불능으로 죽어 매장된 것들을 산산조각 박살을 내버리고, 특색 없는 그들의 이기적인 삶의 따분함을 '드높은 집단행동의 열정'으로 대체할 것이라고 의심부터 하는 것이었다. 근래의 이런 비정상적이고 무법적인 사건들의 의미를 해석하는 데, 그녀의 친구인 서장과 생각 올바른 한두 명을 제외하면, 그녀는 아마도 이 시내에서 홀로 의견을 달리한다는 점을 부인할 수 없겠지만, 그렇다고 이런 점이 염려의 이유가 되지도 않았고, 생각을 고쳐먹어야겠다는 마음도 들지 않았다. 무언가 '모든 것의 정당성을 선사할 승리가' 머지않아 찾아올 거라고 살며시 그녀에게 속삭였기 때문이다. 이런 승리의 실체가 무엇이냐는 질문에는, 간단한 한두 문장으로 대답할 수 없긴 하지만 그녀의 믿음은 너무나 확고해서 아무리 저항이 심해도, 아니, '슬리퍼 질질 끄는 고상한 어릿광대 노친네 일파'가 아무리 많아도 절대 겁을 집어먹지 않았다. 그들을 두려워할 이유가 없을 뿐만 아니라 더욱이 진짜 적은, 감성과 지성의 이런 전투가 개인적인 투쟁이 된 이유이기도 하지만, 에스테르 죄르지, 그 작자임을 그녀는 익히 잘 알기 때문이었다. 완전히 세상과 담을 쌓은 기벽의 은둔자, 하지만 기실 단순히 병약하고 게으른 사람이며, 말로만 남편인, 두려움 섞인 존경을 한 몸에 받아도 그녀와 달리 '시민운동이라고 할 만한 어떤 일에도 참여한 기록이 없고', 침대에 수년을 누워 지내느라 애매모호한 명성을 획득하고서, 적어도(말하자면) 일주일 한 번씩 창문 밖을 엿보기나 하고… 그런 그가 진짜 적이 될 수 있느냐고? 그는 그보다 더한 사람이었다. 에스테르 부인에게 그는 '가망 없고 넘을 수 없는 지옥의 벽'이기도 하고, 동시에, 가장 영향력 있는 시민들 사이에서 어렵사리 얻은 자리를 유지하기 위한 유일한 희망이기도 했다. 다른 말로 완벽한, 흠집 없는 덫, 효과를 의심해봤자 헛된, 그녀로서는 도망갈 수도 망가뜨릴 수도 없는 올가미였다. 지금도, 언제나처럼, 그는 작전의 열쇠 역할을 지속했고, 그녀의 높은 야망을 충족하는 사슬의 결정적인 연결고리였다. 바로 그 남자가, 수년 전에, 그 사람이 하는 말로 '등 문제 때문에' 지역 음악학교의 학장직을 그만뒀을 때, 그녀에게 별일 아니란 듯이, 한없는 냉소 조로 '가정주부로서의 서비스는 차후 더 이상 필요하지 않노라'고 통고하는 바람에, 그녀는 저금을 긁어모아 제법 돈을 지불해 시장 옆에 혼자 세를 얻어 나가야 했다. 바로 그 남자가, 더욱 괘씸한 소행으로—복수하려는 게 아니면 무엇이겠느냐마는—함께 나눠 맡던 얼마 되지도 않던 책무를 다 저버리고, 분명 그녀가 다른 사람들한테 들은 말에 의하면, 더 이상 음악이란 데 흥미가 없고 다른 일들로도 시간 뺏기고 싶지 않다는 이유로 마을 오케스트라의 음악감독 자리도 사임했다. 하지만 에스테르 부인은, 하소연 들어주는 귀만 있으면, 의—도오—적—으로—다가 조율이 엇나간 피아노로 머리 쪼개지는 가락 맞지 않는 음들을 참 대단히도 뚱땅거린다고, 누구에게라도 타박해댔을 것이다. 이것도 물론, 게으름을 피우느라 쇠약해지고 고단한 자신의 몸을 간신히 일으켜, 무시무시하게 높게 쌓인 말랑한 쿠션과 담요 더미에서 그가 탈출할 수 있을 때의 이야기였지만. 끝없던 굴욕의 세월을 돌이켜보면 마음 같아서는 가진 것을 다 바쳐서라도 손에 잘 감기는 도끼 하나와 흔쾌히 바꿔, 참고 넘길 수 없는 남편을 누운 그 자리에서 잘게 짓쪼개버릴 터이지만, 이는 조금이라도 가능성 있는 방책이 아님을 그녀는 아주 잘 알았다. 에스테르 없이는, 마을은 그녀에게 여전히 마음의 문을 닫아걸 것이고, 그녀가 심혈을 쏟는 일이라면 무엇이든 계속 그와 맞부딪치리란 점을 인정하지 않을 수 없었다. 그들의 별거의 원인으로 남편이 혼자서 조용히 작업할 수 있는 고독이 필요하다고 설명했기 때문에, 그녀는 하는 수 없이 결혼의 외관을 유지해야 했고, 절절히 바라마지않는 이혼의 생각도 억눌러야 했다. 더 나쁜 점은 에스테르의 총애를 받는 그의 신봉자, 구제불능 미치광이 벌루시커, 플라우프 부인이 첫 결혼에서 얻은 타락한 아들의 도움으로, 남편이, 처음에는 쉬쉬했지만 나중에는 온 마을이 다 알도록, '지저분한 속옷'까지 포함해 모든 빨래며 설거지를 하는 버릇이 들기 시작했음을 하는 수 없이 받아들여야만 했다. 상황은 부정할 수 없게 심상찮았지만 에스테르 부인은 기가 꺾일 사람이 아니었다. 비록 그녀는 개인적인 복수와 '공익을 위한 분투' 중에 어느 쪽이 더 적절한지, 혹은 에스테르에게('고스란히') 되갚는 일과 조금은 불안정한 자신의 '위치'를 난공불락으로 구축하는 일 중에 무엇이 더 중요한지 몰랐지만, 그녀가 확신하는 한 가지는, 이런 불행한 사건들의 상태가 영원토록 지속되진 않을 것이고, 그녀가 일단 완전히 응당한 권력을 쥐고 충분히 높은 계급에 도달하면, 그녀는 '완강하게' 자신을 웃음거리로 만들고 삶을 나락으로 만든 그 한심한 얼간망둥이에게 매운맛을 제대로 보여줄 수 있으리라는 것이었다. 그녀가 일이 이런 식으로 벌어질 수도 있다고 생각하는 데는 충분히 온당한 이유들이 있었다.(단순히 '이는 이러해야 하므로, 그런 식으로 될 것이다' 같은 경우가 아니니까) 위원장의 직위는 '자유재량을 제한받지 않는 권력 행사'의 기회를 선사할 뿐만 아니라, 그에게 종속된 처지에서 멀어져나간다는 고무적인 징표이기도 했고, 위원회가 구상 중인 과감한 수단들에 대해 고집 센 부르주아의 지지를 얻는 방법을 발견했기 때문이란 점도 물론이거니와, 동시에 그녀가 에스테르와의 쓸모 많은 연결을 재정립하고 나면, 애석하게 이제껏 부족했던, 그녀의 자신감은 이제 한이 없을 것이고, 이후 제대로 된 길에 올라 목표로 곧장 행진해나가는 일만 남고, 그녀를 막을 사람은 아무도 없을 것이며⋯ 그 계획은 어찌 되었든 극히 간단했고, 모든 '천재적인 한 수'처럼, 누워서 떡 먹기였다. 그저 약간의 문제라곤, 보통 그런 경우가 그렇듯이, 아주 적절하지만 유일한 해결책을 성사시키는 게 지난한 작업이란 점이다. 물론 시민운동을 제일 처음 광고하던 아주 초기부터 운동에 대한 무관심과 반대는 에스테르를 참여하도록 '움직여'야 극복되리란 점을 분명히 알고 있었다. 그가 가담하도록 조를 수만 있다면, 허울뿐인 자리를 맡으라고 설득할 수만 있다면, 깔끔한 정원, 말끔한 가정이라는 공허한 슬로건으로 대변되는 그 프로그램은 그때까지 멸시를 받으며 실패를 기록하고 있지만, 폭넓은 범위로, 진짜 강력한 기폭제의 기반을 형성할 수 있을 것이다. 그렇다, 하지만 어떻게? 그게 문제였다. 몇 주는커녕 몇 달을 고

심해서, 그냥 설득하는 데서 무기의 힘을 빌리는 데까지 온 갖 무용한 방법을 버리고 난 후 우연찮게 그를 곤혹스럽게도 발 빼지 못하게 할 확실한 방법을 발견했다. 하지만 그 이후 그녀의 계책이 '저 무른 인간, 벌루시커'와 그의 어미 플라우프 부인, 다들 서로 서먹한 사이인 줄 알고 있고 그래서 한층 더 열성적으로 벌루시커가 받들어 모신다고 알고 있는, 다만 그 둘의 지원에 달린 일임을 깨닫자마자, 차분한 평정이 내려앉았고, 이로부터 아무것도, 아무도 그녀를 뜯어말릴 수도 쫓을 수 없을 거라는 각오가 몰려들었다. 게다가 이제 이런 자그마한('…그래도 제법 가슴은 튼실하네') 여인의 푹신한 카펫과 너무 광택을 낸 가구들 사이에 앉아서, 자신이 담뱃재를 떨어뜨리고 흩을 때마다, 혹은 만족스레 탁자 위에 남아 있는 체리 절임 맛을 볼 때마다, 플라우프 부인의 뺨이 비유 그대로 '완전히 활활 타오르는' 모습을 지켜보는 재미도 은근히 쏠쏠했다. 안주인의 속만 끓이는 무력감('나한테 겁먹었어!' 하고 조금은 만족스럽게 판단을 내렸다)이 천천히 이전의 그녀의 분개 위로 퍼지는 모습을 지켜보는 것도 기뻤다. 그래서 무슨 풀밭인지, 아니면 풀밭의 성긴 흙덩이로 가득 찬 마당에 들어선 것같이 식물들로 빼곡한 방 주위를 돌아보며 그녀는, 이제는 자신이 흥겹다는 바로 그 이유 때문에라도, 낮게 드르르 울리는 목소리로 다시 전환해 인사치레를 늘어놓았다. '그래요. 이렇게들 하는 거로군요. 자연을 실내로 들이는 게 모든 도시생활자의 바람이

지요. 다들 모두 그렇게들 느끼나 봐요. 피리.' 하지만 플라
우프 부인은 대답 없이 억지로 떠밀리듯 그냥 살짝 머리만
끄덕였다. 에스테르 부인도 이를 더 지체 말고 본격적으로
볼일을 꺼내야 한다는 신호로 충분히 이해했다. 물론 플라
우프 부인이 이 문제에서 맡은 역할을 하는 데 동의하느냐
마느냐는—아파트에 침범해 들어오는 일을 막지 못했으니
이미 '동의'의 대답을 했을 줄은 꿈에도 모를 것이다, 순전히
방문객으로 거기 있는 게 '목적'이었으니까—기꺼운 마음이
냐 그 반대의 마음이냐는 거의 중요하지 않았다. 그럼에도
공들여 그녀에게 상황을 설명하고(즉 다시 말하면 '그를 원하
는 게 저라는 생각은 하지도 마세요. 아니고 말고. 이 마을이 에스테
르를 원하고 있어요. 하지만 알 만한 사람은 다 알도록 바쁜 사람한
테 행동에 나서야 한다고 설득하는 일은 어렵지요. 당신의 참하고
순한 아들만이 할 수 있을까…' 같은) 두 눈을 똑바로 바라보며
가능한 한 가장 친근하게 말을 붙였으나, 딱 잡아떼는 거절
에 여지없이 아연실색했고, 영 불편한 마음이 들었다. 왜냐
하면 '얼추 수년 전에 완전히 깨진' 벌루시커와 플라우프 부
인 간의 관계 때문도 아니요, 자기 속으로 낳은 자식이 '따
뜻한 마음은 부족하진 않지만 유난히 고마운 줄 모르고 아
무짝에도 쓸모없다'고 이야기해야 하는 모친이 시달릴 고통
과 통한을 십분 이해하리라는 가정하에, 벌루시커와 관련된
일이라면 무엇이든 자신이 멀리하는 게 부모로서의 의무라
는 것 때문도 아니라, 플라우프 부인이 미미한 무력함에 대

한 자신의 모든 분노를 꾹꾹 억눌러 '안 된다'에 다 집중했다는 게 눈에 선했기 때문이었다. 안 된다는 거절로, 이 마지막 몇 분간의 모욕을, 자신은 작고 약한데 에스테르 부인은 크고 강하다는, 자신이 아무리 이런 일을 부정하고 싶다 해도 도리 없이 자신의 아들은 허겔마이에르에게 하숙인처럼 죽치고 있는, 지역 우체국에서 신문 배달이나 하는 능력도 간신히 갖춘 마을의 백치임을 어쩔 수 인정해야 했던 치욕의 상처를 갖은 셈이었다. 게다가 이 모든 사실을 자신의 친구들이 탐탁지 않게 여기는 낯선 사람 앞에서 자인해야 했으니. 이는 어쨌든 알아들었다는 실토와 다름없었다. 그리고 플라우프 부인, '이런 난쟁이 똥자루'가 자신 앞에서 상당히 무기력하다는 걸 눈치채고서, 그녀가 어쩔 수 없이 거의 이십 분 동안 앉아서 '역정 돋우는 미소'와 조롱 섞인 시선들을 참았다는 사실로 다만 보상을 받았다는 듯이, 아무 주저 없이, 에스테르 부인은 이만 가야 한다는 암시의 말을 오만하도록 낮게 속삭이며, 우묵한 풋사과 빛깔의 안락의자에서 벌떡 일어섰다. 두꺼운 이파리들을 가로지르고, 우연히 벽에 걸린 작은 고블랭* 자수를 어깨로 가볍게 스치고서, 한마디 말없이, 한 번도 사용된 적이 없을 재떨이에 꽁초를 비벼 끄고 묵직한 검은색 가짜 모피코트를 와락 낚

---

* 파리 고블랭Gobelin사에서 생산한, 화려한 색깔의 선명한 회화 장면을 그린 벽걸이 융단 혹은 그와 같은 종류의 직물.

아챘다. 그녀는 완벽하고 냉정하게 상황을 뜯어볼 수 있었지만, 이런 인간은 더 이상 놀라울 것도 없는 줄 익히 알고 있긴 했지만, 일단 누구라도, 플라우프 부인이 지금 막 한 것처럼, 안 된다고 자신에게 언감생심 대들자, 이런 상황에서 어떻게 해야 할지 마땅히 떠오르지 않아 불쾌한 마음에 짜증이 욱하고 올라왔다. 분노가 부글부글 끓다가 그녀를 집어삼켰다. 어찌나 분기에 휩싸였던지, 외투의 마지막 철제 똑딱 단추를(눈은 이글이글 타고, 입술은 단단히 닫고, 목은 뒤로 길게 빼서 천장을 보며) 딸깍 잠글 때, 불안하게 두 손을 쥐어짜며 플라우프 부인이 무언가 '지독히도 불안'하더라는('저녁에… 내가 언니네 집에서 돌아오는데… 그런데… 우리 마을을 몰라볼 뻔했어요… 거리 가로등 불이 왜 안 들어오는지 아는 사람 있을까요…? 이런 일은 전에는 결코 일어난 적이 없어서') 취지로 질문을 하자, 그녀는 겁에 질린 얌전한 주부에게 버럭버럭 악을 썼다. '당연해요. 불안해하지 않을 까닭이 없죠. 우리는 좀 더 엄중한, 좀 더 정직한, 좀 더 개방된 사회의 문턱에 와 있어요. 새로운 시대가 막 저 모퉁이를 돌고 있다고요, 피리.' 이런 심각한 단어들을 주워섬기는 데다 특히나 마지막 말은 훈계처럼 공중에 손가락을 찔러대며 강조했기 때문에 플라우프 부인의 안색에는 핏기가 싹 가셨다. 그렇다고 에스테르 부인은 어느 것 하나 흡족하지 않았다. 이런 일을 보고, 또 이런 '젖통만 큰 할망구'가 끈질기게 한마디라도 바라며, 계단 끝까지 줄곧 따라 내려와 문이 닫힐 때까지, 의

도치 않게 화를 돋운 방문자로부터 안심할 수 있는 대답 하나만을 바라며 쫓아오는 줄은 알지만, 이런 모습을 보상으로 받아들여야만 한다고 아무리 똑똑히 인식하다고 해도, 플라우프 부인이 안긴 자존심의 상처는, '안 된다'는 나무에 박힌 독 묻은 화살처럼, 오랫동안 거기서 흔들렸고, 단순히 기분 나쁜 따끔함에 지나지 않을 일(왜냐하면 어쨌든 그녀에게 이런 자잘한 후퇴는 거의 중요하지 않기 때문에) 도를 더하며 아릿하게 파고들고 있다고, 창피스럽지만, 수긍해야 했다. 플라우프 부인이 말이 나오기만을 기다린 사람처럼 열렬하게 고개를 끄덕였더라면, 그녀는 쉽게 조종 가능한 꼭두각시로 남아서 머리 위로 오가는 충돌은 알지도 못하고, 어찌 되었든 간에 그녀와는 관계없고 그녀의 역할도 그렇게 크지 않은 일들이기에 상당히 순조롭게 끝났을 것이지만, 안 된다는('하지만 안 된다니!') 거절로, 불필요했던 그녀의 존재는 이제 거의 파트너에 버금가는 역할로 승격됐고 이런 보잘것없는 난쟁이가, 자신의 두말할 나위 없는 우월성에 비견해보면 턱없이 낮은 난쟁이가, 무시해도 무방하게 낮은 그녀의 수준까지 자신을 끌어내리고서, 방문객의 현혁顯赫한 우월함에 원수를 갚았다. 이 점을 참을 수도 없었고 덮고 넘기지도 못했다. 물론 이렇게 꼼짝없이 상처받은 의식이 영원토록 지속되지 않는다 해도, 이런 일을 겪었으니 에스테르 부인이 대번에 '사업'을 접을 것인지는 한참 잘못 짚은 일이며 나중에, 그러니까 집에 돌아와 있을 즈음에, 그녀가 이 만남을 친구에게 들려주면서도, 아마 뼈저린 세부 내용은 어물쩍 넘기겠지만, 관두겠다느니 그런 말은 일언반구 꺼내지도 않고, 오직 얼마나 '공기가 훌륭하고 숨이 꼴딱 넘어가게 신선하던지', 플라우프 부인의 숨 탁 막히는 바깥 계단통을 나서자마자 에스테르 부인은 활기를 되찾아, 자신의 판단에 '가장 유익한 효과를 발휘'하더란 말만 덧붙일 것이다. 그래서 너더반 정육점에 이를 즈음 에스테르 부인은 이전의 평정을 회복했으며, 다시 한번 결단력 있고, 무적으로 끄떡없는, 절대적인 침착과 확신으로 가득 찼다. 그리고 이 말, 너덜너덜 찢어진 신경에 영하 십육 도가 단호한 충격을 가하더라는 말은 분명 과장이 아니었다. 왜냐하면 에스테르 부인은 진짜로 '봄이 오면 앓다가 여름이 되면 쓰러져버리는' 부류의 사람에 속했기 때문이었다. 이런 사람에게 기력 떨어뜨리는 온기, 도통 일을 못하게 하는 열기와 하늘에서 활활 타는 태양은 공포의 원천이라, 진을 빼는 편두통과 툭하면 터지는 출혈로 침대에서 꼼짝 못하고 누워 지내야 한다. 그런 부류의 하나였으니 다른 말로, 빛을 내는 난로가 아니라 추위가, 견딜 수 없는 유해들로부터 보호하는, 자연스러운 삶의 매체인 사람들에게, 마침내 서리가 내리고 한대 바람이 구석구석을 휩쓸고 다니면 거의 부활이라도 하듯이, 오로지 겨울만이 그들의 시야를 청명하게 밝히고 통제할 수 없던 열정을 식히고 여름의 비지땀에 녹아 풀어진 생각의 뭉텅이를 재편성할 수 있는 때였다. 그래서 약해빠진 보통 사람이라면 때 이른 매서운 서리에 오싹해할, 얼음장 같은 바람 쪽으로 몸을 숙이고, 바로 벤크하임 벨라 대로를 따라 들어서자, 기분이 씻은 듯이 나았고, 자신의 묵직한 무게감이 새로이 느껴져 마음 상하는 플라우프 부인의 태도에 초연해졌다. 굴하지 않고 초연해야 할 일도 많고, 염원해야 할 일도 많았고 들여다봐야 할 일도 많았다. 그러니, 추위가 파고들어 몸속 곳곳이 원기를 되찾는 동안, 한없이 곧게 뻗은 보도를 따라 한 마리 가벼운 참새처럼 더욱 자유분방하게 자신의 묵직한 중요성을 몰아대며, 되돌릴 수 없는 몰락, 분열, 분해의 과정은 그 자체의 깨지지 않는 법칙에 따라 지속될 것이며, 그리고 나날이, '어떤 일'이든 여전히 기능을 하거나 활기를 띠는 일의 범주는 점차 협소해지고 있다고 못마땅한 마음으로 판단했다. 길 위의 바로 이 집들만 하더라도 건물과 그 거주자들이 서로 연을 끊고 떨어져 나간 이후로, 더 이상 악화될 수도 없을 만큼 방치되어, 그들을 집어삼킬 운명을 기다리고 있는 게 보였다. 회벽토는 무더기씩 떨어지고 있고, 썩은 창문틀은 벽에서 분리되었고, 거리 양쪽에 늘어선 지붕들은 축 처진 티가 확연했다. 들보며 서까래의 구성에 무슨 문제가 있다고 대놓고 드러내듯이, 아니 그냥 기둥이나 서까래만이 아니라 석조, 골격이며 흙까지 응집력을 잃어가고 있다고 대놓고 시위를 했다. 보도를 따라 아무도 모을 생각을 하지 않고, 모으지도 않는 쓰레기가 마을 전체를 가로질러 더욱더 방탕하게 퍼지고 있었고 엉성하게 언덕을 이룬 쓰레기 더미 위로 늘 어슬렁거리며 출몰하는 고양이들은, 불가능한 속도로 불어나 밤중의 거리를 거의 장악한 고양이들은, 점차 대담함이 도를 넘어 에스테르 부인이 두꺼운 고양이 숲을 가로지르고 싶어도, 앞길에서 황송하게도 물러날 생각을 않고, 비킨다고 해도 아주 천천히, 아주 건방지게, 아주 마지못하는 순간이 돼야 비켰다. 그녀는 이 모든 것을 보았으며, 거기에 더해 몇 주째 열리지 않은 가게들의 뜯기고 녹슨 셔터를 보고, 불 꺼진 장식용 가로등의 늘어진 팔을 쳐다보고, 연료가 떨어져 거리에 버려진 차와 버스들을 보았다…. 그러다 갑자기 기분 좋은 느낌이 등줄기를 간질이며 타고 내렸다. 이런 느린 붕괴는 그녀에게, 말기의 환멸을 의미하던 일은 오래전에 지났으며 오히려 이제 몰락이 익을 대로 익은 세상을 곧 대체할 신세계의 전조, 끝이 아니라 시작, '병약한 거짓말이 아니라 혹독하고 가차 없는 진실'에 토대를 둔 세계, '신체적 건강과 행동하는 왕국에 대한 강력하고 아름다운 열망'을 최고의 가치로 강조하는 세계의 도래 같은 것을 의미하기 때문이었다. 미래의 여주인, 그 용감한 후계자의 눈으로 그녀는 마을 전체를 돌아보았다. 그리고 그녀가 '완전히 갈아엎어 새로운 것을 향해, 무한한 약속으로 이어지는 변화'의 문턱에 서 있다고 확신했다. 그런 시각을 증명하는 것은 나날이 무너지는 일상적인 징후들뿐이 아니었다. 통상적인, 하지만 기이하고 낯선, 그들 나름대로, 전적으로 반갑지 않지는 않게 발생하는 상당히 많은 일이 다들, 피할 수 없는 부활이, '모든 사람이 한판 싸움에 가담하고자 의지를 다지기엔' 부족하긴 해도, 천국 그 자체의 신비롭고 압도적인 힘으로 이미 운명 지워졌노라고 다급하게 암시해댔다. 그저께 괸뵐치 정원 뒤에 있는 대형 급수탑이 주위를 둘러싼 납작한 집들 위로 위험스럽게 흔들리기 시작하더니, 그러고도 한 몇 분간 더 진동을 지속했다. 이 현상을 두고 지역 중등학교의 물리학과 수학 선생들이, 급수탑 꼭대기에 망원경을 설치해놓았던 신뢰할 만한 천문 관찰 단체의 한 회원이 몇 시간이고 혼자서 하던 체스에 방해를 받고 숨이 턱에 차도록 놀라 달려 내려와 전해준 그 소식에, 머리를 싸맨 뒤 전해준 의견은, '상당히 불가해한 일'이라는 것이었다. 어제는 중앙 광장에 있는 가톨릭교회의 시계가, 수십 년간 움직이지 않았는데, 치기 시작해서(덩달아 에스테르 부인도 전기가 통한 사람처럼 풀쩍 뛰었고) 모든 사람을 화들짝 놀랬다. 한층 더 기이한 사실은 기계장치의 녹슨 부분 네 군데 중 셋이, 시곗바늘이 제거까지 됐는데도 풀쩍 동시에 움직이기 시작했고, 둔탁하게 째깍거리는 사이사이에 점점 더 짧은 간격으로 흐르는 시각을 뎅뎅뎅 두드려댔다. 해거름이 지고 나면 줄곧 무언가 다른 '불길한 징표'를 오늘도 어김없이 맞닥뜨리리라 예상하고 있었으니 그녀가 헤트베세르* 광장 모퉁이에 있는 코믈로** 호텔 옆에 다다라, 거대한 포플

---

* '일곱 왕'이라는 뜻.

러 나무를 힐끗 올려다보고 눈앞의 광경에 놀라지 않은 것도 당연한 일이었다. 이 거상 같은 나무, 무려 이십 미터가 넘는, 가까운 쾨뢰시강의 엄청난 범람을 지속적으로 상기시키는 존재, 수많은 참새의 경이로운 쉼터, 수세대 동안 마을의 경탄을 사던 기념비적인 나무가 죽은 듯이 호텔의 헤트베세르 광장 쪽 정면 벽에 대고, 광장 전 길이로 걸쳐서, 반은 무너진 홈통에 무거운 가지들이 뒤엉켜서 겨우 그 사이 골목으로 무너지지 않고 지탱하며 누워 있었다. 나무 몸통이 사나운 돌풍에 둘로 뚝 부러진 것도 아니었고, 벌레가 먹었거나 수년간 산성비를 맞아 병든 것도 아니었다. 전체가, 뿌리며 그 모든 게 도로의 단단한 콘크리트에서 분리됐다. 이런 지고한 존재도 언젠가는 결국 무너지리라 예상은 했지만, 그래도 예상일 뿐, 지금 하필 일어나야 했다는 점, 그 뿌리가 정확히 바로 이 순간에 붙잡고 있던 손을 놓았다는 점은 에스테르 부인에게 기이하지만 중차대한 의미를 부여했다. 그녀는 섬뜩한 마음으로 유령을, 어둑한 광장에 비스듬히 누워 있는 나무를 뚫어지게 쳐다봤다. 그런 뒤 막 그들만의 비급에 입문한 사람의 알 듯하다는 미소로, '어떻게 다른 식으로 생각하겠어?' 한마디 하고, 제멋대로 입술 위로 비어져 나오는 미소를 계속 지으며 '기적'과 '조짐'들은 끝나려면 아직 멀었다는 은밀한 인식 속에서 가던 길을 계속 갔

** '홉(맥주 원료)'이라는 뜻.

다. 정말 틀리지 않았다. 불과 몇 발자국 못 가, 이제는 더욱 기이한 현상을 불을 켜고 찾아 헤매던 그녀의 눈에 리게트 거리를 소리 없이 어슬렁거리는 작은 일단의 사람들이 들어왔다. 이런 시간에—거리에 조명이 전무한 작금의 마을에서는 어두워진 이후 대문 앞을 나서보려는 시도조차 용기를 요하는 일이다 보니—그들의 존재는 완전히 불가해한 일이었다. 이 사람들이 대체 누구인지, 이 시간에 여기서 뭘 바라고 있는지는 도저히 짐작할 엄두도 나지 않았다. 사실 그녀는 굳이 그런 상상을 해보려는 노력조차 하지 않았다. 그녀는 즉시 이를, 급수탑, 교회 시계, 포플러 나무의 상태와 마찬가지로 단순히 주저앉은 뒤 일어나는 일, 파멸에 뒤따르는 부활의 또 다른 조짐으로 읽었기 때문이었다. 그렇긴 해도, 가로수길 끝 코슈트 광장의 원형 경기장에 들어서서 조용히 기다리고 있는 사람들을 자꾸 마주하자, 재차 뜨거운 열기가 온몸을 뚫고 지났다. 지지부진한 수개월 뒤에('몇 년! 몇 년이나…!') 그녀의 온갖 인고와 강건한 믿음 뒤에('어쩌면…!') 준비가 행동에 길을 내줘야 할 결정적인 순간이 실제로 올 수도 있으며 '예언이 실현되는 일이' 완전히 불가능하지만은 않다는 생각이 갑자기 떠올랐기 때문이다. 광장 이쪽에서 그녀가 볼 수 있는 데까지 대충 둘씩 셋씩, 쉰에서 예순 명의 사람들이 시장통의, 밟아서 납작 얼어붙은 잔디밭에 서 있었다. 발에는 방수 부츠나 무거운 단화를 신었고, 머리에는 귀마개 달린 모자나 기름때가 전 농사꾼 챙 모자를 썼고, 여기저기에 손에 쥐고 있는 담배들이 갑작스러운 생명으로 타올랐다. 이런 조건, 이런 어둠 속에서도 그들이 모두 외부인이라는 건 알아보기 어렵지 않았다. 쉰 혹은 예순 명의 이방인이 손발이 얼얼한 추위 속에서 저녁도 지나 밤이 시작되는 시간에 어정거리며 서 있다는 사실은 그 자체로 놀랍기 그지없었다. 입을 꾹 다문 채 꼼짝 않는 모습은 더욱더 이상했다. 에스테르 부인은 대로의 어귀에 서서 평복 차림으로 가장한 세상 종말의 천사를 쳐다보듯 그들에게 눈을 못 떼고 있었다. 혼베드 골목에 있는 그녀의 셋집으로 가장 빨리 가는 길이 광장을 사선으로 가로질러, 그러니까 사람들 사이를 죽 뚫고 가는 길이었지만, 막 광장을 향해 발을 떼려다 그녀는 본능적인 공포로 움찔—단 한 번 아주 조금 움찔—했고, 들쑥날쑥 무리 지은 사람들 가장자리를 니은 자 모양으로 빙 두르며, 저편에 도착할 때까지 숨을 죽이고 그림자처럼 잰걸음을 바삐 놀렸다. 혼베드 골목 모퉁이에 도달한 뒤 마지막으로 돌아보며 그녀는 아마, 거대한 차량의 형체를 발견하고 며칠 동안 서커스단이 도착(비록 정확한 날짜는 없었어도)한다는 말을 들었던지라, 서커스인 줄 알고서 낙담으로 억장까지 무너지진 않았겠지만, 군중이 '변장한 새 시대의 전령들'이 아니라 십중팔구, '누더기 차림의 서커스 암표상들'이라는 것을 곧바로 감지하고 꽤나 기운이 빠졌을 것이다. 그들은 끝도 없는 탐욕에, 매표소가 아침에 문을 열자마자 입장권을 모조리 사 모아 약간의 돈이라도 만지려고, 추위에 떨며 온밤을 날 수 있을 사람들이었다. 그녀의 실망이 한층 더 쓰라리게 다가오는 이유가 더 있긴 했다. 열띤 몽상이 빚은 태만한 착각을 갑자기 불쾌한 마음으로 깨달은 탓도 있지만, 이제는 악명 높은 단체의 알선과 도착에 대해 개인적으로 보고를 받으며 몰래 즐겼던 자랑스러움이 줄어드는 탓도 있었다. 일주일 전 그녀로서는 최초의 중요한 공개적 개가凱歌였는데, 배짱 없는 시집행위원회 구성원의 저항을 경찰서장의 결정적인 지지와 함께 박살을 내버렸었다. 그때 그 사람들은 외딴 촌락과 소읍에서 오는 모든 보고나, 하등 근거 없는 소문들까지, 기묘한 공연단이 등장하는 곳마다 공포와 불안을 야기한다더라, 게다가 한두 가지 불미스러운 사건까지 있었다더라, 슬며시 비치며 마을 구역 내의 진입을 완전 금지하기를 바랐다. 그렇다. 의미심장한 첫 번째 성과였다.('평범한 호기심에 대한 양도 불가능한 권리'에 관한 그녀의 연설은 신문에 실어도 손색없다는 사람도 많았다) 그렇긴 해도, 지금은 그 승리의 열매가 영 달지가 않았다. 그녀가, 너무 늦게 알았지만, 그녀 주위로 어슬렁거리는 사람들의 진짜 정체와 관련해 우습지도 않게 어리석은 오해를, 바로 이 서커스 때문에 하게 됐으니 한심한 노릇이었다. 그녀로서는 거대한 화물차의 매력적인 신비보다는 우스꽝스럽고 통렬한 이 사실이 더욱 뼈저리게 다가와 자신의 '평범한 인류의 호기심'을 만족시키기 위해서라도 떠들썩한 관심과 소문에 걸맞게 아주 생경한 차량에 가까이 걸어가 두리

번거리는 법 없이, 다만 기죽이는 경멸의 눈살을 보내고 '냄새 고약한 초대형 트럭과 건방진 불한당들' 둘 다로부터 등을 돌려버렸다. 짤그락거리는 발걸음을 성큼성큼 좁은 집 앞 포장도로 아래로 옮겼다. 걸핏하면 화를 내는 성질머리는, 어떻다 말할 필요도 없이—플라우프 부인과의 조우 뒤에 따랐던 것과 똑같이—속담으로 하자면, 아니 땐 굴뚝보다 연기가 더 나는 격이었다. 이윽고 혼베드 골목의 끝에 다다라, 다 부서져가는 정원의 문을 콰당 닫을 즈음에, 이미 그녀는 실망을 극복하고 떨쳐냈다. 오직 내일이 끝날 무렵에는 자신이 운명의 신하가 아니라 진정한 주인이 될 것이라고 떠올리기만 해도 마음이 가벼워졌기 때문이었다. 그러자 곧장 숨쉬기가 더 쉬워졌고 다시 한번 자아의 충만한 중요성이 느껴졌다. 자신은 '승리를 갈구하고 이를 결연히 뒤쫓기 때문에' 설익은 백일몽 같은 생각일랑 다 떨쳐버리는 굳건한 사람이 아니던가. 늙은 와인 판매상인 집주인은 앞쪽 건물을 차지하고 있었고 그녀는 뒤쪽에 다 쓰러져가는 막일꾼 막사 같은 건물에 살았다. 집을 조금 손봐야 하겠지만 그대로라도 불만스럽지는 않았다. 낮은 천장 탓에 마음대로 허리를 쭉 펴고 설 수도 없고 그러다 보니 방 안을 움직여 다니는 것도 어렵지만, 게다가 잘 안 맞는 조그마한 창문들과 습기로 바스러지는 벽들은 어떻게든 손질이 꽤 필요하지만, 이제껏 에스테르 부인은 이른바 검소한 생활의 대단한 신봉자여서, 이런 중요하지 않은 것들은 거의 알아채지도 못했다. 그녀의 신념에 따르면 집에 침대 하나, 옷장 하나, 전깃불 하나, 세면대가 있고, 지붕에서 '사람 사는 데로' 비만 새지 않는다면, 인간의 온갖 필요는 다 갖춘 셈이었다. 그러니, 거대한 스프링 철제 침대, 외짝문 장롱, 세숫대야와 물 단지를 얹은 민걸상, 용마루 전등을 제외하고(그녀는 양탄자도, 거울도, 커튼도 참지 못했다) 니스 칠도 하지 않은 탁자와 등받이를 잃은 의자 하나가 식사용으로 쓰였고, 접이용 악보대는 점점 늘어나서 집까지 들고 와야만 하는 공식적인 서류 업무에 썼고, 여기 더해 손님들이(누구라도 있다면 말이지만) 외투를 걸 수 있는 옷걸이가 있었다. 마지막 물품과 관련하여, 손님이라고는 그녀가 경찰서장과 만난 뒤로는 서장 외에 누구도 맞은 적이 없었다. 안 그래도 매일 저녁을 그와 보내기도 했다. 왜냐하면 가죽 허리띠와 어깨띠, 광을 낸 부츠와 옆구리에 찬 리볼버 권총에 정신없이 그녀의 다리 힘이 다 풀린 날로부터, 그녀는 서장을 가까운 친구, 외로운 여자의 원조에 맞춤인 남자로만이 아니라 가장 깊고 위험한 비밀까지 믿고 털어놓을 수 있는, 약해지는 순간순간에 흉금을 터놓을 수 있는 친밀한 공모자로 여겼기 때문이었다. 하지만 그와 동시에─모든 합의된 기본적인 조건들 외에도─문제가 아예 없는 사이는 아니었다. 서장은 시큰둥하게 조용히 입을 다물고 있는 편이긴 했지만, 이따금 갑작스레 성질을 터뜨렸고, '비극적인 가족 상황'에─꽃 같은 한창 시절에 아내가 죽어버려 뒤에 남은 두 작은 사내아이는 엄마의 애정 모르는 어린 시절을 보내야 한다—불행하게도 툭하면 술에 절어 있었으며, 이 문제에 관해 거듭 따져 물으면 그의 통탄에 유일하고 진실한 위안은 에스테르 부인의 여성적인 따뜻함에서 찾을 수 있다고 열렬히 주워섬기는 통에, 이러다 보니 이날까지 그녀가 벗어날 수 없는 짐이자 속박이 된 것이다. 진짜 바로 오늘까지, 에스테르 부인은—서장은 그녀가 오기 훨씬 전에 도착했어야 했건만—바로 이 순간에 그가 습관적인 고문 같은 침울한 상태에 빠져 교외의 한 선술집에 앉아 있을까 두려웠다. 그래서 그녀는 바깥의 발자국 소리를 듣자 곧장 부엌 식탁으로 가 즉시 식초와 중조 상자를 꺼냈다. 이전의 경험으로 이런 상태의 유일한 치유법이(아깝게도) 이 지방에서 꽤나 많이 쓰는 '리버프뢰치*'라고 하는 혼합액임을 알아서였다. 일반적인 견해들과 달리, 그녀는 이것이 다음 날의 숙취로 인한 속쓰림뿐 아니라 그날 술기운을 없애는 데도—토하기만 한다면—유일하게 효과적인 약이라고 믿었다. 그런데 뜻밖의 방문객은 서장이 아니라, 하레르, 벌루시커의 집주인이었다. 그는 아마 곰보 자국 때문인지 마을 사람들이 '독수리'라고 부르는 석수장이인데, 거기, 바닥에 아주 납작, 널브러져 있었다. 다리가 자꾸만 중심을 잃고 무너지는 몸을 무한정 지탱할 능력이 없어, 분부를 받잡고 무력하게 흔들거리는 손이 문의 손잡이를 잡기 직전에

---

* 거위—포도주 소다수란 뜻으로, 보통은 숙취 해소용 음료로 마신다.

풀려버린 모양이었다. '거기 누워서 뭐 하고 있어?' 그녀는 쪼아대듯 그를 향해 소리쳤지만, 하레르는 움직이지 않았다. 그는 작고 볼품없는 난쟁이 같은 사내였다. 땅에 허물어져 내린 듯 웅크려, 그 허약한 다리는 접고 있는 모양새가, 정원 바깥에 보관해둔 밀가루반죽 광주리 안에 완벽하게 맞아 들어갈 것 같았다. 게다가 싸구려 팔린카 냄새가 얼마나 진동하는지 얼마 안 돼 그 무시무시한 냄새가 마당 전체를 덮다가 집의 구석구석을 파고들었고, 침대에 든 늙은 안주인까지 깨웠는지, 마당으로 난 커튼을 옆으로 걷고, 왜 '점잖은 사람들이 포도주로 만족해하지 않는지 모르겠다'며 입을 삐죽였다. 하지만 그때 하레르는 심경의 변화라도 일었는지 의식을 되찾고, 에스테르 부인 생각에 이게 다 장난이었나 싶을 정도로 아주 유연하게 문간에 벌떡 일어섰다. 하지만 장난은 아니었음이 금방 드러났다. 한 손에 팔린카 병을 흔들어대며 석수장이는 갑자기 다른 손으로 조그만 꽃다발을 꺼냈고, 아주 위험스러운 방식으로 흔들거리며, 경박함이라고는 전혀 없이 아주 강렬하게, 그녀를 곁눈질로 보았다. 에스테르 부인은 전혀 상대도 해주지 않고, 특히나 그가 숨을 훅 들이마셨다 뱉었다 헐떡거리며 자신이 원하는 것은 다만 옛날에 그랬던 것처럼 에스테르 부인이(왜냐하면 '당신, 마나님, 오직 당신만이, 이 불쌍하고 가련한 나의 심장에 위안을 줄 수 있기' 때문에) 자신을 안아주는 것이라는 말을 알아듣고 나자, 그녀는 그의 외투를 그러잡고, 공중으로 그를 치켜들고, 조롱도 우스갯말도 없이 정원 문 방향으로 집어던졌다. 몇 미터 떨어져 반쯤 빈 자루같이 무거운 코트가 착지했고 (엄밀히 따지자면, 여전히 노려보며 고개를 절레절레 젓고 있는 노부인의 창문 바로 앞이다), 하레르, 이 새로운 낙하가 이전의 낙하와 두드러질 정도로 차이가 있는지 가늠이 안 되지만, 이를 통해 환영받지 못한다는 감은 잡히는지 들입다 도망을 쳤다. 뒤에 남은 에스테르 부인은 방으로 돌아와 열쇠를 돌려 문을 잠그고, 당한 모욕을 마음에서 쫓으려고 침대 옆 소형 라디오를 켰다. 기운 돋우는 쾌활한 곡조는—마침 〈유쾌한 전통 선율〉 시간이라—언제나처럼 마음을 간질이더니, 씩씩대던 성질을 조금씩 조금씩 눅였다. 정말 마침가락이었다. 그런 난입에 익숙해야 하긴 하지만, 이 무책임하고 무력한 인물들이 한밤중에 휴식을 방해하는 일이 처음도 아니긴 하지만, 예전에 알던 인물 중 하나, 예를 들면 하레르 같은 사람이(그녀로서는 그와 행복하게—'물론 가끔, 더도 덜도 말고 가끔씩만'—시간을 보낼 수도 있으므로 진짜 반감이 없지만) 느긋이 쉴 짬을 가질 생각도 못하는 '그녀의 새로운 사회적 지위를 완전히 묵살할' 때마다 자꾸 분노가 치솟아 들끓었다. 에스테르 부인에게 적대적인 누구든 '정확하게 그런 기회'를 노리고 있을 것인데. 그랬다. 그녀는 자신만의 정적과 평온이 필요했다. 내일이면 그녀도 알다시피 전체 운동의 운명이 결판날 것이었다. 조금의 의심의 여지도 없이 그녀가 필요한 것은 휴식이었다. 똑같은 이유로, 마당을 들어서는 경찰서장의 틀림없는 발소리를 듣고서 처음 든 바람도, 그냥 그가 혁대, 어깨띠, 부츠, 총, 이 모든 장비를 입은 그대로 돌아서서 집으로 돌아갔으면 하는 것이었다. 하지만 문을 열고 그녀의 어깨에도 닿지 않는 작은 키의 비쩍 마른 사내, 아마도 또 술에 취한 인물을 보자, 아까와는 상당히 다른 욕망이 갑자기 그녀를 사로잡았다. 그는 발도 제법 가눌 뿐만 아니라, 그녀를 향해 호통칠 성싶지도 않고, 다만 흡사 '튀어 오르려는 검은 표범'처럼 거기 서 있었다. 그의 잡아먹을 듯한 매서운 눈초리로, 술에 탄 중조보다는 헌신적인 열정을 필요로 한다고, 그녀는 바로 이해했다. 그녀의 친구, 벗이자 동지는—그날 저녁 그녀의 희망들을 훨씬 능가해—굶주린 전사가 되어 그녀에게 왔다. 이런 사람에게 저항하기는 어려운 법이었다. 남성적인 결단력이 결코 모자라지 않았고, 그녀가 '좀체 다다르기 힘든 오르가슴의 경지로 자신을 흥분시키는 장화 신은 남자의 진가를 정확히 알아보는 능력이 있음을' 부정하지는 않는다. 그도 그렇지만 그녀는 그저 그런 능력의 누군가라도—이 사람처럼—그녀에게 개인적인 출세를 떵떵대며 약속하면 콧방귀 뀌고 물리칠 사람이 아니었다. 그래서 그녀는 아무 말도 하지 않았고, 어떤 해명도 묻지 않았고, 그를 물리치지도 않고, 다만 더 이상의 야단법석 없이, 갈수록 열이 오르는 표정에, 매초 더욱, 더욱 기대에 찬 시선에 응답하여, 나른하게 드레스를 아래로 벗고 나와, 속옷을 마루의 옷더미에 떨어뜨리고, 그가 아주 좋아해서 특별용으로 따로 둔 불꽃색 짧은 베이비돌 잠옷 속으로 미끄러져 들어가, 명령에 복종이라도 하듯, 침대에 네 발로 엎드려 부끄러운 미소를 꾸몄다. 그즈음에 '그녀의 친구, 벗이자 동지'도 똑같이 차고 있던 장비를 다 벗고, 불도 껐다. 무거운 부츠는 신은 채, 습관적인 고함소리 '전투 준비!'와 함께 그녀에게 몸을 날렸다. 그리고 에스테르 부인은 실망하지 않았다. 몇 분 지나지 않아 그녀는 그날 저녁 서장에게 생긴 골치 아픈 기억을 모두 날려주었고, 그들은 난폭한 짝짓기로 숨이 턱에 차 헐떡이며 같이 침대에 무너져 내렸고, 점차 술이 깨고 있던 서장이 적절한 군대식으로, 만족한다는 감사의 말을 전하고 나자 그녀는 그에게 플라우프 부인과의 만남과 시장 광장에서의 소동을 약간 교정된 버전으로 설명했다. 그러자 그녀는 너무나 황홀하게 자신감이 들면서 차분해졌고, 몸 전체에 비범하게 달콤한 평화가 번져, 다음 날은 영광의 왕관을 드리울 것이며 어느 누구도 마지막 승리의 열매를 자신에게서 빼앗지 못하리라는 확신까지 스몄다. 그녀는 수건으로 몸을 닦고 물 한 잔을 마신 뒤 침대에 등을 대고 바로 누워, 두서없는 서장의 일과 설명을 듣는 둥 마는 둥 들어줬다. 이제는 이런 '자신감과 침착'보다 중요한 것은 없으며 '달콤한 마음의 평화', 그녀 온몸 구석구석에서 일고 있는 희망의 메시지가 잔물결처럼 뚫고 흘렀기 때문이었다. '뚱뚱한 서커스 책임자'가 계속 '통상적인 지역당국 허가증'을 내어달라고 오랫동안 들볶으며 붙잡아두더라는 게 무슨 문제인가, 서장이 '머리부터 발끝까지 신사'에 세계적으로 이름났다는 서커스 단장이 우아하긴 하지만 약간은 구린 냄새가 나는 인물임을 알아보았던들 무슨 상관이며, 아직 안 딴 세권 한 병을 손에 들고, 법질서의 수호자로서 적절하게 두루 살피시어, 삼 일간의 원정 공연이 어떤 방해나 장애 없이 이뤄질 수 있도록(그리고 그런 요청을 서면으로 작성해주십사) 적당한 수의 경찰 병력을 배치하겠노라 보장까지 해주십사 했던들 무슨 대수인가. 그녀는 막 '몸이 말을 시작하면' 모든 것이 의미를 잃어버리게 마련이라는 느낌을 진짜로 실감하기 시작했고, 허벅지, 꽁무니, 젖가슴과 사타구니의 욕망이 그저 부드럽게 지그시 잠 속으로 떠가는 일보다 더 기쁘고 마음 벅찬 일도 없으니 그 모든 것이 다 부질없어 보였다. 너무나 흡족했던 그녀는 그에게 오늘밤은 더 이상 그가 필요 없다고 솔직히 털어놓았고, 깃털이불의 따스함 너머로 발을 딛는 모험에 나섰다가 움츠러드는 일을 몇 번 되풀이하던 서장에게, 엄마 잃은 '고아들'을 두고 모성에서 우러난 견실한 충고 몇 마디를 해주며 그를 집으로 가라 보냈고, 문을 지나 살을 에는 추위 속으로 그가 빠져나가는 모습을 지켜보며, 워낙 터무니없는 통속연애소설과는 담을 쌓은 사람인지라, 엄밀히 사랑이랄 순 없지만, 어느 정도 자부심을 가지고 그에 관해 생각을 했고, 그런 뒤 유혹적인 베이비돌 란제리를 두툼한 플란넬 나이트가운으로 갈아입고서, '누려 마땅한 잠'을 청하러 침대로 미끄러져 들어갔다. 주름진 깔개를 팔꿈치로 매끈하게 펴고, 발로 깃털이불을 위로 끌어 올리고선 처음에는 왼편으로 그다음에는 오른편으로, 누워 있기 가장 편안한 자세를 찾아 몸을 뒤척인 뒤 말랑하고 따뜻한 팔에 얼굴을 파묻고 눈을 감았다. 그녀는 누우면 곯아떨어지는 사람이라, 불과 일이 분 후에 조용히 깜박깜박 졸기 시작했다. 가끔 경련으로 하는 발길질, 얇은 눈꺼풀 아래 굴리는 눈동자, 한층 규칙적으로 오르락내리락하는 이불은 주위 세상에 벌어지는 일은 더 이상 제대로 의식하지 못한다는 정확한 표식이었으며, 내일은 다시 그녀의 것이 되겠지만 지금은 급격하게 힘이, 형편없고 언짢은 세간 살림의 여주인으로서 좌지우지 운명을 결정하던 힘이 줄어들고 있었다. 세숫대야는 더 이상 존재하지 않았고, 손도 대지 않은 중조 물잔 역시 그랬다. 장롱, 옷걸이와 구석에 던져둔 때 묻은 수건, 모두 사라졌다. 벽과 천장은 그녀에게 의미가 없었다. 그녀 자신은 사물들 사이의 사물, 무방비로 잠든 수백만 사람 중의 하나, 다른 사람들처럼 매일 밤 단 한 번 들어갔다가 되돌아올 길이 없을 수도 있는 존재의 비통한 관문을 돌아가고 또 돌아가는 육체에 지나지 않았다. 그녀는 목을 긁었지만 그러는 자신을 더 이상 깨닫지 못했다. 잠깐 얼굴이 일그러져 미소를 지었지만 딱히 누구를 향해 짓는 미소는 아니었다. 울다 제 풀에 잠드는 아이처럼 그녀는 짧게 흐느꼈지만 이는 다만 고르게 가다듬느라 헝클어진 숨일 뿐, 아무 의미도 전하지 않았다. 근육이 풀렸고 턱은 죽어가는 사람처럼 천천히 벌어지며 떨어졌다. 서장이 시퍼런 서릿발을 헤치고 집에 도착해, 입은 옷 그대로 세상모르고 자고 있는 두 아들 사이로 몸을 던질 즈음에 그녀는 이미 잠의 깊은 중심부를 뚫고 들어갔다…. 짙은 방의 어둠 속에 어느 것 하나 움찔하지 않는 것 같았다. 법랑 세숫대야의 더러운 물은 초자연적으로 잔잔했고, 옷걸이 위 세 개의 고리 위에, 정육점 진열대에 걸린 무거운 소고기 갈비짝처럼, 그녀의 스웨터, 비옷, 튼튼한 누비 재킷이 걸려 있었다. 자물쇠에서 늘어진 열쇠꾸러미는 앞선 에스테르 부인의 운동량을 다 고갈했는지 흔들리기를 멈췄다. 그리고 바로 이 순간을 기다리기라도 했는지, 이런 궁극의 부동성과 완전한 진정이 무슨 신호라도 되었는지, 내리누르는 침묵 속에서(혹은 어쩌면 그 침묵을 벗어나) 세 마리 어린 쥐가 에스테르 부인의 침대 아래에서 벗어나 모험에 나섰다. 조심스레 첫 번째 쥐가 쪼르르 미끄러져나가고, 곧 다른 쥐 두 마리가 따랐다. 그들은 작은 머리를 튀어 오르는 순간에라도 즉시 멈출 듯이 긴장하여 들고서, 조용하게, 본능적인 소심함에 여전히 얽매여, 몇 발자국 움직일 때마다 멈칫거리고 얼어붙으며 방을 둘러보는 일에 나섰다. 침략 중인 군대의 정찰을 나간 용감무쌍한 정찰대처럼 맹공격 전에 적의 위치를 파악하고, 무엇이 어디에 놓였나, 무엇이 안전한지 혹은 위험스러워 보이는지 눈에 새기며, 침대 아래 빠져나갈 구멍, 문, 탁자, 찬장, 약간 기우뚱한 둥근 의자와 창틀 사이의 정확한 거리를 지도로 그려나가듯이, 쥐들은 벽 아래 굽도리널과 부슬거리는 방구석과 썩어 들어가는 마루의 널찍한 틈들을 조사했다. 그러다가 어느 것도 건드리지 않고, 눈 깜짝할 사이에 다시 구석의 침대 아래로, 줄줄이 벽을 질러 바깥으로 나가는 구멍으로 쏜살같이 달아났다. 무언가 벌어지기도 전에 미리 일어나리라고 예감한 그들은 실제로는 예감하지 못할 일이건만 이런 의심할 나위 없는 예상 감각에 즉각적인 도망을 택했기 때문이다. 그들의 갑작스러운 퇴각의 이유는 일 분도 지나지 않아 분명해졌다. 에스테르 부인이 몸을 움직여 그때까지 방해받지 않던 정적을 깰 즈음에는, 세 마리 쥐가 집 뒤편 바깥 벽 언저리에 완벽하고 안전하게 웅크리고 있은 지 한참이었다. 그렇게 부인은 저 밑바닥 잠의 해저에서 일어나, 의식이 희미하게 깜박거리는 얕은 바다로 몇 분간 떠올라, 두꺼운 이불을 걷어차고, 막 깨어나려는 것처럼 팔다리를 뻗었다. 물론 그럴 일은 한참 멀었고, 몇 번 힘겨운 한숨 뒤에, 금방 막 떠나왔던 심해로 다시 가라앉았다. 그녀의 몸은—아마 그냥 이불을 덮고 있지 않아서겠지만—원래 컸던 덩치보다 더 커진 것 같았다. 침대에 비해서도 영 컸고 전체 방에 견주어도 아주 컸다. 그녀는 조그만 박물관의 어마어마한 공룡이었다. 문이고 창문이고 그녀가 들어가기에 턱없이 작은데 어떻게 그곳에 들어갔는지 아는 사람이 없는 공룡이었다. 그녀는 침대에 팔다리를 대자로 뻗어 누워 있었고 둥근 배는—늙은 남자의 술배를 똑 빼닮았다—느릿한 펌프처럼 솟았다 떨어졌다. 나이트가운은 허리 주위에 다 모여들었고, 더 이상 체온이 따뜻하게 유지되지 못하자 굵은 허벅지와 배에 소름이 돋았다. 피부만 변화를 감지할 뿐, 자는 사람은 깰 줄을 몰랐다. 소음은 예전에 잦아들었고, 더는 놀랄 만한 게 없어서 세 마리 쥐는 다시 한번 방 안으로, 이번에는 조금 더 마음을 놓고, 하지만 극도의 경계를 유지하며 작은 도발에도 달아날 태세를 갖춰 모험을 나섰고, 마루를 가로질러 이전의 경로를 되밟았다. 너무 빠르고 너무 조용해서, 그들의 존재는 지각의 역치를 거의 넘지 않았다. 자신들의 흐릿한 그림자 같은 본질을 한 번도 저버리지 않고, 그들은 계속해서 원정의 범위와 행동반경의 위험성 사이의 균형을 맞춰나갔다. 그러니 아무도 그들을 발견하지 못했다. 어두운 방 귀퉁이의 아주 조금 더 어두운 반점들은 눈이 피곤해서 보이는 환각이 아니라, 형체 없는 한두 마리 야행성 새들이 저 아래 드리우는 그림자가 아니라, 강박적으로 조심성 많은 동물 셋, 지치지도 않고 먹이를 찾아다니는 그들이었다. 사람이 조용하게 곯아떨어지자마자 그들이 나왔던 이유도, 그들이 돌아온 이유도 그렇다. 그러나 쥐들이 아직 탁자 다리를 타고 올라가 빵부스러기 사이에 누워 있는 남은 빵조각을 슬쩍하지 않는 것은 어떤 예상외의 일도 일어나지 않을 거라는 확신이 서야 하기 때문이었다. 그들은 껍질부터 사각거리기 시작했지만, 조금씩 조금씩 간이 커져 이제 대놓고 날카로운 작은 코를 빵 속에 박고 야

금거렸다. 빠른 턱의 움직임에 조급함의 징후는 없었지만 이쪽저쪽으로 세 방향에서 잡아당기다 보니 거의 다 먹을 즈음에 빵은 탁자 밖으로 굴러 둥근 의자 밑으로 떨어졌다. 쥐들은 물론 빵이 땅에 부딪힐 때 얼어붙어 다시 한번 주둥이를 공중으로 치켜들고, 여차하면 돌진해 도망갈 태세였지만 에스테르 부인 쪽은 온통 조용하니 느리고 고른 숨소리 외에 없었다. 족히 일 분은 긴장을 놓지 못하다가 재빨리 바닥으로 미끄러져 내려와 둥근 의자 밑으로 갔다. 그리고 나중에 깨달았지만, 사실 그들로서는 여기가 더 나았다. 짙은 어둠이 더 나은 보호책이 되어줄 뿐만 아니라, 그들의 남다른 탁월한 본능이 이제 형체도 알아보기 힘든 빵조각일랑 얼른 버리라고 말한다면 침대의 이불 아래로 후퇴해 족쇄 없는 바깥으로 빠져나갈 때까지 노출의 위험도 줄기 때문이었다. 어쨌거나 밤은 천천히 이울어가고, 목이 쉰 어린 수탉 한 마리가 날뛰듯 꼬끼오 울자 똑같이 화가 뻗친 개 한 마리가 짖기 시작했다. 뒤척이며 잠자던 몇만 몇십만 사람들이, 그들 중 에스테르 부인 역시 다가오는 새벽을 감지했고, 마지막 꿈속에 들었다. 세 마리 쥐가 수많은 동업자들과 함께 종종걸음 쳐, 이웃의 허물어진 헛간 속 다 갉아먹고 남은 얼어붙은 옥수수자루 사이에서 찍찍거릴 즈음에, 부인은 절망적인 코골이를 한 번 길게 뿜고 몸서리를 치며 머리를 베개 위에서 세차게 좌우로 비틀다, 놀라 휘둥그레진 눈을 하고 갑자기 침대 위에 앉았다. 그녀는 가쁜 숨을 몰아쉬고 사납게 방 이쪽저쪽으로 눈길을 휘둘렀다. 아직 어스름한 방 안에서 자신이 어디 있는지 알아보고, 방금 버리고 나온 모든 것이 소멸해 없어진 줄 차츰 이해했고, 그런 뒤 불타는 두 눈을 문지르고, 소름 돋은 팔다리를 주무른 뒤, 멀리 던져진 이불을 끌어당겨 안도의 한숨을 쉬며 그 속으로 다시 기어 들어갔다. 하지만 다시 잠드는 일은 천부당만부당했다. 끔찍한 악몽이 의식에서 사라지고 다가오는 오늘, 무엇을 이뤄야 하는지가 마음속에 떠오르자, 즐거운 흥분의 전율이 온몸으로 흘러 다시 잠들기 어려웠다. 상쾌한 기분으로 당장이라도 행동에 돌입해도 되겠다 싶어 한시라도 미적거리지 말자고 결심했다. 행동은 지체 없이 계획에 따라야 하니까. 그녀는 털이불을 떨치고 나와 약간은 어정쩡하게 얼음장 같은 마루에 섰다. 누비 재킷을 둘러쓰고, 씻는 데 쓸 물을 길어오려고 빈 주전자를 들고 마당으로 나갔다. 그녀는 차가운 공기를 가슴 한가득 들이쉬고, 머리 위 구슬픈 회색 구름장 꼭대기를 올려다보며, 이런 가차 없고 강건한 사내 같은 겨울 새벽, 겁쟁이들은 기죽어 고개를 감추고 '활기를 다시 띠게 된 자들은 용감하게 앞으로 모험을 찾아 나서는' 이때보다 상쾌한 것이 있을까 자문했다. 모르긴 몰라도 그녀가 사랑한다고 할 만한 것은 이 얼음 아래 꽝꽝 울리는 땅, 살을 도려내는 듯한 공기였고 꿋꿋하고 고집 세게 연대를 이룬 구름이었다. 이런 구름은 약하거나 꿈꾸는 시선을 단호하게 격파하니, 깊고 맑은 하늘의 측량할 수 없는 잠재적인 애매

모호함에 두 눈이 혼란스러워질 일도 없었다. 그녀는 재킷 옷자락이 바람에 벌어져 매서운 바람이 살을 파고들어도 그대로 두었다. 낡은 나무 바닥의 슬리퍼 위로 한기가 발을, 말 그대로 불태우고 있었지만, 하던 일을 서둘러야겠다는 생각은 들지 않았다. 그녀는 남아 있던 침대의 온기조차 멀리 씻어내줄 찬물 생각에 들떴지만, 그것이 특히 이런 새벽 경험의 정점이 되리라 잔뜩 기대했는데, 실망이 이만저만 아니게도, 엄청난 추위에 펌프가 작동하지를 않았다. 어제 누더기와 신문지로 최대한 단열한다고 했는데. 그녀는 어쩔 수 없이 어젯밤 쓰고 남은 세숫대야 속 물 위 더껑이를 걷어내고서는, 샅샅이 몸을 닦겠다는 생각은 포기하고, 얼굴과 작은 가슴팍에 조금 물을 토닥이는 수밖에 없었다. 그런 식으로 무성한 아래 거웃도 씻고, '물이 이렇게 더러운데 대야에 주저앉을 수는 없는 노릇'이란 생각에 군대식으로 마른 수건으로 온몸을 문질러 닦는 정도로 만족해야 했다. 차디찬 냉수욕의 낙을 포기해야 하는 게 짜증났지만 이런 쩨쩨한 일로 하루를('다른 날도 아니고 오늘 같은 날은…') 망쳐서는 안 되었다. 닦는 일을 끝내고, 지금으로부터 몇 시간 뒤 떡 벌어진 짐가방을 내려다보며 당황에 물들 남편 에스테르의 표정을 상상하자, 자신이 하루 종일 '고약한 냄새를 풍길' 것이라는 성가신 가능성은 접어두고 방 이곳저곳을 기계적으로 분주하게 정리하기 시작했다. 손이 거의 날아다녀 해가 훤히 밝아올 즈음 옷을 다 차려입고 방도 쓸고 침대도 정리했을 뿐만 아니라, 어젯밤 범죄의 증거도 발견하고서(이를 크게 신경 쓴 건 아니었다. 이런 일에 이제 익숙해지기도 했지만, 이런 쪼끄만 흥청망청이들에게 조금은 애정이 솟기도 했으니까) '조그만 귀염둥이 녀석들'이 감히 이 방에 돌아올 엄두를 낸다면 다들 배불리 먹고 천국에 갈 수 있도록 '잘 듣는 쥐약'을 남은 빵조각에 뿌렸다. 그리고 더 이상 치우고, 집어 들고, 정리할 게 없자, 입가에 거만한 미소를 띠고 옷장 꼭대기에서 다 낡아 찌그러진 여행용 가방을 내려 뚜껑을 열었다. 그런 뒤 가방 옆 바닥에 무릎을 꿇고 앉아 장롱 선반에 가지런히 넣어둔 블라우스와 수건들, 스타킹과 속바지를 눈으로 훑었다. 그리고 몇 분 안 걸려 이들을 모두 아가리처럼 벌린 깊은 굴속으로 옮겼다. 녹이 슨 잠금쇠를 달가닥 닫고, 외투를 재빨리 걸쳤다. 그 모든 기다림 끝에, 모든 억누름 끝에, 이런 가볍디가벼운 짐을 동무 삼아 출발하는 일, 다른 말로 행동에 돌입하는 일, 이 일이 바로 그녀가 오랫동안 염원했던 바였다. 이런 짜릿한 사실은 왜 그녀가 높게(아마 너무 높게) 잡은 쿠데타의 중요성과 영향을 실제보다 과대평가하는지 어느 정도 설명이 되었다. 왜냐하면 이 모든 꼼꼼한 계획, 세심한 계산과 한없는 신중함은—실제로 나중에 스스로도 인정하듯이—분명 도를 지나쳐 꽤나 불필요한 행동들이었기 때문이었다. 그도 익히 아는 옷가방, 그 속에서 세탁한 속바지, 속옷, 양말, 셔츠 대신에 완전히 예상도 못했던 무언가, '권리를 완전히 자각한 희생의 최초이자 최종 통고'가 될 수 있을 깜짝 놀랄 무언가를 발견만 해도 그만이었다. 그리고 오늘을 기점으로 무언가 새로운 점이 있다면, 암암리의—에스테르에게 대항하는 그리고 '나은 미래'를 위한—싸움에서 공개적인 공격으로 단순히 전략상 전환하는 것뿐이었다. 하지만 여기 얼어붙은 좁은 혼베드 골목 자갈보도를 지나가다 보니, 작전 연기라는 숨 막히는 대기大氣에서 직접 행동이라는 어지럽게 신선한 순풍 속으로 이왕 발을 들이게 되었다 해도, 아주 신중하게 앞뒤 재는 일로도 마음을 놓기에는 어림없어 보였다. 그래서 시장 광장을 향해 헤엄치듯 미끄러져 나가는 동안, 그녀가 사용할 단어들, 벌루시커 사는 데에 일단 닿은 뒤 그를 완전히 무력하게 만들 문장에 들어갈 단어들을 곱씹고 다듬었다. 의문의 여지란 없었다. 예상치 못한 경로로 접어들어도 무섭지 않았다. 마음속으로 누구에게도 뒤지지 않게 확신이 섰다. 온갖 신경과 정력을 임박한 접전에 쏟다 보니, '추잡한 암표상들' 단체가 어제 이후 진짜 떼거리의 군중으로 불어난 것을 흘끗 보고 먼저 느낀 것은, 충격이라기보다 드잡이에 휘말리지 않고는 반대편으로 건너가지 못할 수도 있다는 생각에 솟구친 짜증이었다. '지금 같은 경황에 시간 낭비란 조금도 용인되지 않는데!' 하지만 불어난 무리를 억지로 헤집고 가는 수 외에 다른 방도가 없었다. 사람들은 움직이지 않았고(그리고 그녀를 막고 나섰기 때문에, 그녀 눈에 더 이상 초자연적이지 않았고) 얼쩡대는 이들은 광장만이 아니라 이웃한 거리 입구까지 꽉 들어차 있어서, 그녀는 가방을 공격용 무기로 삼기도 하고, 가끔씩 조심하느라 머리 위로 들어올리기도 하며 히드 거리까지, 음흉하게 반짝대는 눈동자들과 불손하게 더듬어대는 손길들에 시달리며 요리조리 뚫고 지나갔다. 거기 자리한 사람들 대부분은 외부인, 딱 봐도 촌무지렁이들이네, 고래 소식에 여기까지 구경 나왔어, 에스테르 부인은 생각했지만, 복닥거리는 주중 시장에 물건을 팔러 와 그나마 안면이 있는 마을 근교 작은 농사꾼들의 얼굴에도, 무언가 불안하고 낯선 표정이 깃들어 있었다. 사람들 사이의 거리나 군중의 두께로 미루어 짐작건대, 서커스 운영진은 틀림없이 유일무이할 공연을 곧 개시할 조짐을 보일 생각이 없어 보였다. 그녀의 시선을 사로잡을 정도로 또렷한 사람들의 두 눈 속 얼음 같은 긴장은 이런 탓으로 돌리고, 그녀는 더 이상 짜증나는 안달에 휩쓸리지 않도록 마음을 다잡았는데, 어제는 그럴 기회가 없었으나, 이 수많은 군중의 모든 일이, 그 모든 일이 오직 그녀 덕분이라는 자랑스러운 자기만족에 그래도 아주 잠깐은 뿌듯했다. 따져보면 그녀의 기념비적인 중재가 없었다면 '서커스도 없고 고래도 없고 그 어떤 흥행 상연'도 없었을 것이다. 아주 잠깐, 아주 짧은 순간만 그랬다. 일단 그들을 뒤로하고 히드 거리의 옛날 집들을 지나 바로 어포르 빌모시 광장으로 향하는 경로에 마침내 접어들자, 이제는 완전히 다른 일에 의식을 집중해야 한다고 스스로를 다그쳤다. 삐꺽거리는 여행가방 손잡이를 더욱 사납게 움켜쥐고, 더 딱딱한 군대

식 걸음으로 뒤꿈치를 포장도로에 쾅쾅 내리찍었더니, 어느
새 성가신 방해로 틀어졌던 생각이 벌루시커의 귀에 들어
갈 단어들의 미로로 빠져들었다. 그러다 그녀는 두 명의 경
찰과 부딪힐 뻔했고, 시장 쪽으로 가는 모양이었던 경찰은
엄청난 존경으로 그녀를 환대했지만, 그녀는 그 인사를 무
시로 화답하고 말았다. 방금 무슨 일이 있었는지 나중에야
깨닫고 아직 정신 팔린 모습으로 뒤를 향해 손짓을 해댈 즈
음에 경찰들은 이미 거리 한참 아래에 가 있었다. 히드 거리
와 어포르 광장 교차점에 다다르자, 이제는 따지고 고민할
시간이 없었고, 꼬리를 물던 생각도 말하자면 꼬리를 접었
다. 그녀는 모든 단어, 유용한 모든 화법을 수중에 단단히
거머쥐었다고 느꼈고, 일이 어떻게 돌아가든 무엇에도 놀라
지 않을 것이라고 느꼈다. 수십, 수백 번 어떻게 시작을 할
지, 상대방이 무슨 말을 할지 그 장면을 상상 속에 돌려봤
다. 상대를 자신의 손바닥 보듯 잘 알기 때문에, 그녀는 마
지막 손질을 가해서 앞으로 다가올 일들이 완전히 그녀에게
유리하게 해결될 수 있도록, 가능한 정도가 아니라 아주 확
실하게, 가장 효과적인 문장으로 숨 막히게 치솟은 탑을 지
어 올렸다. 처량한 겉모습—움푹 들어간 가슴, 구부정한 등,
뼈만 앙상한 목덜미하며 무엇보다도 '촉촉하게 젖은 따뜻한
눈매'—만 떠올려봐도 충분했다. 크고 무거운 우편 행낭을
옆구리에 낀 채 벽을 따라 휘청거리고 가끔씩 멈칫 길게 목
을 늘이며 끝도 없이 절룩절룩 걸어 다니는 걸음만 상기해

봐도 충분했다. 걸음걸음마다 실제로 다른 사람은 전혀 볼 수 없는 것을 다시 또다시 멈춰 확인하며, 그렇게, 아마 지금도 틀림없이 벌루시커라면 할 법한 일을 여전히 하고 있을 것이었다. '만약 안 그러면,' 다른 손으로 여행가방을 옮기며, 그녀는 차가운 미소를 지었다. '쪼그라든 그놈 불알을 조금 쥐어짜주지. 물렁한 녀석. 보잘것없는 놈. 어떻게든 들볶아서 얻어내야지.' 그녀는 가파르게 경사진 지붕의 하레르 집 앞에 서서, 꼭대기에 깨진 유리를 콘크리트로 박아놓은 담장을 잠시 쳐다보다 대문을 벌컥 열었다. 마침 창문에서 내다보고 있던 하레르는 예리한 '독수리 눈'으로 이미 그녀를 알아채고 있었는데, 그 태도에서 '한가한 잡담이나 할 시간은 없으며, 그냥 아무 경고도 없이 자신의 길을 가로막는 것은 풀이든 정원 잔디이든 짓밟겠다'는 뜻이 충분히 엿보였건만, 그 점을 힘주어 강조라도 하듯, 에스테르 부인이 가방을 한 차례 흔들었건만, 하레르는 이 행동을 그녀가 자신을 만나러 오는 길이란 뜻으로 완전히 잘못 짚고, 아무것도 그를 말리지 못할 만큼 용감무쌍하게도, 그녀가 집은 건너뛰고 막 오른쪽으로 돌아 지금은 벌루시커의 집으로 쓰이는 뒤꼍 낡은 세탁장을 향해 정원을 건너가려 할 때, 문 뒤에서 튀어나와 그녀 앞에 몸을 던지고, 조용히, 필사적으로, 그리고 간청의 시선으로 올려다봤다. 에스테르 부인은—어젯밤 손님이, 침묵 너머로, 용서를 갈구하고 있는 줄은 즉시 알아봤지만—가차 없이 무자비하게 굴어, 한눈에 그를 재보더니 입 한 번 열지 않고, 가는 길 위에 놓인 굽은 잔가지 옮기듯 가볍게, 여행가방으로 밀쳐냈다. 그리고는 마치 그가 없는 것처럼, 그를 괴롭히는—왜냐하면 지금은 어젯밤 일이 너무나도 선명히 기억나기 때문에—모든 죄의식과 창피는 아주 보잘것없는 것처럼, 가던 길을 계속 갔다. 어쨌건, 부정해봐도 소용없다. 진정으로 아주 보잘것없었다. 플라우프 부인도 그랬고, 넘어진 포플러 나무도 그랬고, 서커스, 군중도 그랬다. 심지어 경찰서장과 지낸 시절의 기억도 아주 달콤하긴 해도, 지금은 아무 의미가 없었다. 그래서 쓸쓸한 실망에 다져진 사람들 특유의 기발한 독창성으로 하레르가 집의 다른 쪽 방향으로 내달리고는 '죄의식과 부끄러움'으로 얼굴이 벌게져, 그녀 앞에 다시 조용히, 다시 한번 벌루시커의 판잣집으로 가는 정원 길을 막아섰을 때, 그녀는 '못 봐주겠네!' 말을 뱉고 그냥 계속 갔다. 열에 잔뜩 들뜬 지금 그녀 마음속에는 오직 두 가지, 에스테르가 몸을 구부려 가방을 보고 꼼짝없이 덫에 걸렸다는 것을 깨닫는 장면과 틀림없이 여전히 냄새나는 방구석 침대 위에 입은 옷 그대로 누워 있을 벌루시커의 모습만 들어차 있었기 때문이다. 분명 담배에 찌든 퀴퀴한 냄새를 풍기며 그는 찬란히 눈빛을 빛내며, 보고 있는 것이 별이 반짝이는 밤하늘이 아니라 갈라지고 형편없이 늘어진 천장인지도 모른 채, 올려다보고 있을 것이다. 그녀는 아주 똑똑히, 날카롭게 두 번 문을 두드린 뒤에다 허물어져가는 낡은 문을 열었다. 방 안의 모습은 예상했던 그대로였다. 심하게 축 처진 지붕 아래 퀴퀴한 담배 냄새, 어질러진 침대. 다만 그 '찬란히 빛나는 눈'은 어디에도 보이지 않았다…. 그런 점에서 물론, 반짝거리는 저 위 하늘도 없었다.

협상

베르크마이스터 하모니
The Werckmeister Harmonies

허겔마이에르 씨, 히드 거리의 프페퍼 상회라는 허가받은 주류 판매점, 더 대중적으로는 '페페페르'로 알려진 술집의 주인은 보통 이 시간쯤이면 침대에 들기를 바라기 때문에, 손목시계를 연신 흘끔거리며 더욱 단호한 표정을 짓기 시작했다. 이는 곧 이미 귀에 거슬리게 화가 돋은 목소리에 더욱 사나운 어조를 강하게 띠겠다는 의미였고('여덟 시야, 문 닫을 시간이라고, 이 사람들아!') 조만간 구석에서 꾸준하게 가르랑거리는 석유 스토브를 잠그고 전등불을 끄고, 문을 열고, 내켜하지 않는 손님들을 저 너머 달갑지 않은 칼바람 속으로 몰아내겠다는 으름장이었다. 이런 일은 행복하게 미소 짓고 있는 벌루시커에게는 새삼스럽지 않은 일이었고, 늘 그렇듯, 단추를 예전에 풀어헤친, 혹은 어깨 너머로 던져 걸친 두꺼운 작업용 재킷들, 누비 외투 차림의 사람들 틈에 끼여 앉아 있다가, '해니미하고 달니미' 돌아가는 일을 설명해달라는 요청에 불려나갔다. 실은 부추김을 받았다. 이는 그들이 어젯밤에도, 그 전날 밤에도, 또 헤아릴 수 없는 수많은 그전의 밤들에도, 문 닫을 시간이라고 시끄럽게 윽박지르는 완고한 주인의 주의를 돌릴 수만 있다면, 그래서 무척이나 간절한 '마지막 프뢰치*' 한 잔을 얻어낼 수만 있다면 늘 하던 일이었다. 끝없이 반복되다 보니 설명은 매끈할 대로 매끈하게 다듬어져, 일종의 여흥으로서 단순하게 시간을 죽이는 역할만 할 뿐, 사람들의 관심을 끄는 일은 진즉에 중단됐다. 무엇보다 잠의 즐거움을 최고로 치고, 정연한 '관례'를 유지하기 위해서라도, 그래서 자신은 '이런 소용없는 낡은 속임수에 넘어가지 않는다'는 점을 그들이 알아야 한다는 생각에 문 닫는 시간을 삼십 분 일찍 부르곤 하는 허겔마이에르에게는 분명 흥밋거리가 아니었다. 하물며 시끌벅적 죽치고 두런두런 앉은 운전수, 칠장이, 빵장수, 짐꾼들 어느 누구도 흥미는 없으나 이런 고정 대사들에, 끍힌 자리투성이인 유리잔 속 싸구려 리슬링의 조악한 맛처럼 익숙할 만큼 익숙해서, 벌루시커가 혹시 의욕이 넘쳐, '친근한 친구들'을 대상으로 '우주의 어지러운 광대함'이라는 주제로 인도하기 위해, 은하수를 향해 빗나가려고 덤비기라도 하면, 끽소리

---

* 백포도주에 소다를 섞은 음료.

도 못하게 목 조르고 두드려 패는 것이었다. 새로운 포도주, 새 잔들, 그리고 새로운 여흥거리는 하나같이 '과거보다 더욱 형편없기 마련'이란 점이 분명하기 그지없었고, 미심쩍은 어떤 혁신에도 전혀 관심이 없는 것은, 수년간의 경험에 비춰 어떤 변화나 변경, 어떤 종류의 개조도, 이는 대체로들 동의하는 일이긴 하지만, 부패만 가져오더라는, 입 밖에 내진 않지만 공통적인 상정들 때문이었다. 그래서 이런 일이 일상사로 벌어지게 된다면, 다들 이런 식으로 어디가 어긋날까 날을 세우는 것이었다. 특히나 지금은 많은 일이 엄청나게 벌어지고 있어서, 가뜩이나 이상하게 매서운 추위가 십이월의 초입부터 영하 십오 도에서 이십 도를 넘나들며, 딱히 이유도 없이 걱정스레 계속되고 있었고, 그동안 내내 눈한 송이 내리지 않더니 갑자기 서리가 몰아쳐 내리고서 가시질 않는 것이었다. 보통 이전 경험으로 계절의 시작에 기대하던 바와 상반되는지라, 그들을 둘러싼 무언가('하늘이? 아니면 땅이?') 아주 급진적인 방식으로 변했다고 의심할 수밖에 없었다. 벌써 몇 주 동안 그들은 불안과 혼란을 오가며, 신경이 곤두서는 침울함 속에서 살고 있었고, 게다가 바로 오늘 저녁에 나붙은 포스터들을 보면, 인근 교외에서 들려오는 흉악한 소문으로만 접하던, 어마어마한, 거의 필연적으로 불길한 고래가 내일이면 틀림없이 오게 생겼으니(결국, '이게 무슨 뜻인지 누가 알겠는가? 이것이 무슨 일로 이어질지…?') 그들은 벌루시커가 순회 장소 중 꼭 들르는 이 정거장에 도착할 즈음에는 적잖게 술에 취한 상태였다. 그야 물론, 누군가 그를 잡아 세우고 그 문제로 질문을 할 때마다('나는 이해가 안 돼, 야노시, 나는 최후 심판의 날 같은 요즘이 이해가 안 돼…') 나도 모르겠다는 혼란한 얼굴을 짓고 과중한 부담에 시달리는 머리도 가로젓고, 서커스를 둘러싼 위험과 이로 인한 지역의 전망에 대해 어렴풋한, 어떤 식으로든 이해할 수 없는 신비로운 분위기를 두고 페페페르에서 오가는 말을 입을 벌린 채 다 듣고 있긴 해도, 그는 그 모든 기괴한 설명에 어떻게 특별히 의미를 둬야 할지 몰랐다. 그렇다 보니 대체로 무관심한 얼굴들을 앞에 두고 하는 그의 상연에는 오직 그만이, 질리지 않고 열성적으로 덤볐다. 자신의 생각을 다른 사람들과 나눈다는 생각, '이런 자연의 성스러운 순간'을 그들과 함께 경험한다는 생각에 벌루시커만이 흥분으로 잔뜩 달떴다. 그가 지금 얼음으로 갇힌 도시의 불편에 무슨 마음을 쓰겠는가? 사람들이 '언제나 되어야 싸라기눈이라도 구경하게 되는지' 하는 말을 한다고 해서, 그가 무슨 흥미를 보이겠는가? 어디 하나 변함없는 공연이 공식적으로 끝난 뒤 달뜬 흥분을 생각해보라, 오직 몇 초 동안 유지되는 감격적인 침묵 속이지만, 다시 한번, 예전에 그랬듯이, 달콤하고 순수한, 억누를 수 없는 환희를 경험하리라는 기대감에 다른 정신은 없었다. 그러니 그에 대한 관례적인 보상, 한잔 포도주의 그 이상한 맛이 한 번도 입에 맞은 적은 없어도 덜 불쾌한 듯이 느껴지고, 더군다나 소다로 희석시킨 포도주니

수년을 마셔도 도저히 길들지 않는 싸구려 팔린카와 맥아주 같은 다른 한턱 술도 거절하지 못하는 것이다. 왜냐하면 그가 이런 정례적인 한턱, 아마도 곧 목전에 다가올 '다정한 친구들'의 애정의 징표를 거절하고 무언가 달콤한 술을 주문하여 꺼리는 마음을 무심코 드러낸다면, 사실 나는 항상 달달하고 거품이 이는 음료를 선호하였노라 털어놓는다면, 허겔마이에르가 더 이상 페페페르에 그가 얼쩡거리는 일을 참아주지 않을 수도 있기 때문이었다. 그런 하찮은 취향 따위로, 술집 주인과 단골손님 양쪽의 잃어버리기 십상인 신뢰를 무릅쓸 생각은 하나도 없었다. 그래서 그가 열정적으로 존경하는, 유명한 은인과의 볼일이(이런 따뜻하고 숨김없는 교우관계는 스스로도, 지역 주민들로서도 온전히 이해할 수 있는 일이 아니어서, 빌루시커는 이 과분한 우정에 보답하고자 늘 성심성의를 다했다) 끝나는 저녁 여섯 시쯤 되면, 모든 잡무를 처리한 뒤 에스테르 씨를 떠날 때가 되면, 그는 급수탑 뒤 이곳 술집에, 까마득한 옛적부터, 자신의 영원한 방랑길의 주요 안식처 중 하나로 삼아, 얼어붙은 듯 고집스레 그대로라서, 안심과 친교의 벽, 그 속에서 찾을 수 있는 '선의의 사람들'이라는 동무들 때문에라도, 매일같이 드나드는 것이었다. 돌같이 차가운 얼굴의 주인 허겔마이에르에게 자주 고백하듯이, 그는 이 술집 겸 여관을 사실상 두 번째 집으로 여기고 있기에, 이상한 독주 한 잔으로, 고작 포도주 한 잔 때문에 이 모든 것을 마다할 마음은 전혀 없었다. 비록 두 번째라고 부르긴 했지만, 사실 첫 번째라고 부르는 편이 나을지도 몰랐다. 인간적인 친구의 친근함과 온기는, 공손한 곤혹과 수줍은 분위기를 띠고 그가 아주 세심하게 시중을 드는 연세 많은 친구의 커튼 드리워진 방의 영원한 황혼을 떠나면서 느끼는 행복감과 느긋한 해방감은, 하레르의 뒷마당에 있는 한때는 세탁장이었다 지금은 그의 방이 돼버린 거처에 외따로 지내다 보니 몹시 아쉬워진 감정이었는데, 여기, 오직 여기, 페페페르에서만, 그런 감정을 발견할 수 있었다. 여기서 그는 일원으로 받아들여진다고 느꼈고, 요청이 들어오면 '하늘 천체의 규칙적인 운동 중 아주 특별한 순간'이라는 공연을 지금은 거의 흠잡을 데 없이 하기만 하면 되었다. 그는 일원으로 인정을 받았다. 그리고 그에 대한 청중의 믿음에 근거가 충분하다는 확신을 심어주기 위해 이따금 열정 이상의 공연을 펼쳐 보여야 한다 해도, 걸쭉한 농지거리가 오로지 순수하게 늘 선뜻 나서는 자신, 다른 사람과 꽤나 다른 자신의 '상판대기'를 겨냥하는 줄 모르지는 않으나 자신도 반박의 여부 없이 허겔마이에르 술집에 착 달라붙어 있는 단골의 일원이라고 느꼈다. 그렇기는 하지만 그들 사이에 자신의 존재가 인정받았다는 의무감만으로는—당연히 북돋아주기야 하겠지만—홀로 더듬거리는 미사여구의 웅변을 지속할 능력이 거의 없었을 것이고, 더불어 그럴 수 있도록 돕는 '대상' 들이 없었더라면 불가능했을 것이다. 노간주 팔린카를 홀짝대며 정처 없이 흔들거리고 있는—그가 동지적인 연대감을 느끼는—운전수, 짐꾼, 칠장이, 빵장수들 덕분에 그가 '우주의 경이로운 장엄함'을 엿볼 수 있는 부단하고 정기적인 기회를 얻게 되었으니까. 부추기는 말을 들으면, 눈에 보이는 주변의 세계가—이마저도 그는 다소 부옇게 인식하고 있지만—즉시 멀어져갔고, 자신이 어디에 있는지, 누구와 있는지에 대한 인식도 끊어졌다. 단 한 번 휘두른 마법사의 지팡이가 그를 마법의 영역으로 날려버렸다. 지상의 물체는 시야에서 벗어나, 무게, 색깔, 모양이 어떻든지 간에 만연한 밝음 속으로 녹아들었고 페페페르 자체가 증기로 된 구름 속으로 올라간 듯했다. 그는 신이 머무는 하늘 아래 그 신도들과 홀로 남겨지고, 그의 눈길은 그가 말로 뱉고 있는 '경이'들에 흠뻑 빠져들었다. 여기 모인 이상한 사람들이 상당히 완고하게 페페페르 사방 벽 안에서 뭉그적거리는 데만 관심 있고, 거대한 미지로 과감히 나서는 모험은 아예 떠올릴 일이 없다시피 하며, 실제로 관중의 관심을 돌리려는('자자, 들어봐, 야노시가 별에 관해 다시 이야기하려고 해!') 외로운 외침에 주의를 기울이는 기색도 거의 없는데, 설마 그런 환상이 실현되겠느냐는, 천부당만부당한 도리질은 접어야 한다. 이 사람들 중 몇은, 난로에 가장 가까운 모퉁이에 들러붙어 있거나 외투 벽걸이 아래 있거나 술집 바에 퍼져 누워 있는 사람들은, 자고 싶은 갈망이 갑자기 엄습해 대포알을 맞아도 깨지 않을 것이었지만, 이해할 성싶은 사람들도 내일 도착할 예정이라는 괴물에 관한 대화의 실마리를 잃어버려 흐리멍

덩한 눈을 하고서, 이게 뭐하자는 건지 알아듣는 데 한참이나 걸리는지 그저 멍하니 가만있기만 했다. 그러나 이들도 의심할 바 없이, 닦달하며 손목시계를 쳐다보는 뚱한 여관 주인을 슬며시 훔쳐봤다면, 가로 누워 정신없든 세로 선 사람들이든 일상적으로 늘 하던 행동, 계속하라고 찬성을 해 주긴 했을 터이지만, 이런 술동무 중 오직 한 명, 심홍색 얼굴빛의 빵장수 조수만이 고개를 크게 한 번 끄덕여 알은척할 뿐이었다. 그래도 벌루시커는 이런 식으로 시작되는 명백한 침묵을, 이제 막 자신에게 주목할 참이라는, 의심할 바 없는 표시로 해석했다. 그리고 맨 처음 이런 위업을 제안했던 주택 도장업자, 머리에서 발끝까지 석회로 뒤덮인 그의 도움을 받아, 남아 있는 방향감각을 최대한 활용해 연기 자욱한 술집의 가운데에 자신이 설 공간을 만들었다. 그들은 이래저래 가로막고 있는 가슴 높이의 스탠딩 탁자 두 개를 뒤로 치우고, 지금까지 보조 노릇을 하던 칠장이의 도와달라는 강압 같은 간청이('어이! 벽으로 바싹 붙어라, 좀!') 헛되이 돌아가, 유리잔에 멍하니 매달려 희미한 생명의 징후들만 내보이는 이들의 휘청거리는 저항을 만나면 부득이 그들에게도 같은 방법을 쓰면서, 온통 질질 끌려가고 마지못해 뒤로 물러서느라 불거진 야단법석 후에, 공간을 터 무대를 마련했다. 조금은 무대가 두려운 벌루시커는 그 안으로 발을 들이고, 칠장이 외에도, 금방 마련된 그 청중 중에서 어쩌다 가장 가까이 있다는 이유로, 확연한 사팔눈에 키가 껑충한 운전수와 우선은 그냥 '세르게이'라고 부르는 몸집이 튼실한 짐꾼, 둘을 골랐다. 방금 나서서 도와준 것만 봐도 알 수 있듯, 또록또록 맨정신인 칠장이의 주의력에는 의문이 없었지만, 나머지 두 명은 그렇지 않았다. 지금 무슨 일이 벌어지고 있는지, 왜 자신들이 이런 식으로 수선스럽게 떠밀렸는지 딱 봐도 종잡지 못하고 감감해하는 데다, 몸을 지탱하고 있던 빼곡한 사람의 버팀목도 빼앗기고 나자, 그들은 어렴풋이 불만스러운 태도로 멀거니, 앞에 놓인 공간을 바라보고 있었고, 벌루시커가 평소처럼 서두 삼아 하는 설명에 주목하거나 그 경과를 따라가기는커녕 황홀한 서두에 뿜어져 나오는 빛이 닿지도 못한 채 처지는 눈꺼풀과 씨름하기 바빴다. 자신들을 궁지에 몰아넣고 있는 밤이 아무리 일시적이라고 해도, 자꾸자꾸 어지럽게 내려앉자, 둘이 개인적으로 흉내 내고 있던 어지러운 회전이 경이로운 천상의 행성들의 회전과는 도저히 어울리지 않았기 때문이었다. 하지만 이런 것은 '우주의 위대한 질서 속 인간의 하찮은 위치'에 대해 지껄이던 프롤로그를 딱 끝마치고, 흔들거리는 그의 친구들에게 중요한 발자국을 막 떼던 벌루시커에게 딱히 큰 문제가 되지는 않았다. 그에겐 그 세 명이 거의 눈에 안 들어왔다. 반대로, 대표로 뽑힌 이 세 명이 없다면 휴면기의 상상력이 깨어나는 법이(적어도 깨어날 수 있다고 치면) 드물디드문 그의 '다정한 친구들'과 달리, 그 자신은 건조하게 타들어가는, 조그마한 지구의 땅뙈기를 벗어나 '측정할 수 없는 천국의 바다'로 이미 헤엄치고 있었다. 자신의 이성과 공상의 세계에서, 그렇게 뚜렷한 두 개의 지역으로 나뉘지 않은 그곳에서, 지난 삼십오 년 세월을 그는 별이 총총한 창공의 고요한 물거품을 가르며 보냈기 때문이었다. 그는 자랑으로 떠벌릴 만한 소유물이 없었다. 우체부 제복 외투와 가죽끈 달린 가방, 제복에 딸린 모자와 장화를 빼면 빈손인 그는 자연스레 자신의 모든 것을 머리 위 무한한 둥근 천장의 어질한 거리로 재었고, 어마어마하고 무궁무진하지만 익숙한 놀이터는 그에게 완전한 움직임의 자유를 허용하긴 했지만, 똑같은 자유의 죄수가 되어 전혀 다른 '기력 쇠하도록 건조한' 그 아래에서는 어디에도 속할 곳을 찾을 수 없었으니, 이번에도 그는 눈을 빛내며, 지금 그러고 있듯, 흐릿하고 몽롱한 얼굴들, 그래도 친근하게 여겨지는 얼굴들을 바라보며 기꺼운 마음으로, 이번에는 흐느적거리는 꺽다리 운전수부터 그들이 다들 아는 평소의 역할을 부여하기 시작했다. '당신은 태양이에요.' 그는 운전수의 귀에 대고 낮게 속삭였다. 말을 건 사람이 이런 일에 취미가 전혀 없다는 생각은 그에게 들지도 않았다. 사람이 다른 누군가로 오인받는 일은 짜증나는 일이고, 사실 모욕이지만, 특히나 그의 눈꺼풀이 자꾸만 감기고 있고, 밤이 교활하게 기어들어온 이런 때에는 아주 살짝이라도 항의를 해볼 수 없는 노릇이겠지만, '당신은 달입니다.' 벌루시커는 근육 뻣뻣한 짐꾼에게 돌아섰고 그는 '어쨌거나 매한가지'라는 뜻으로 무심하게 어깨를 으쓱했으며, 방금 조심성 없는 움직임 한 번으로 잃어버린 균형을 다시 찾기 위해 필사적으로 사방에 팔을 휘둘러댔다. '그럼, 나는 지구인가 보구먼, 내가 잘못 안 게 아니라면.' 칠장이가 기대감에 차 고개를 끄덕이며, 사납게 마구 흔들리고 있는 세르게이를 잡아 원의 중심에 세우고는, 계속되는 땅거미의 침식으로 점점 얼굴이 뚱해지는 운전수와 마주하도록 돌려놓았다. 그런 뒤, 해야 할 일을 아는 사람에 걸맞게, 그들 뒤로 의기양양하게 발걸음을 옮겼다. 그리고 이렇게 배치된 네 명을 빙 둘러싼 사람들로 완전히 가려져 있던 허겔마이에르가 저항의 몸짓으로 하품을 하고, 돈으로 되살 수도 없는 시간의 경과에, 자신에게 등을 돌리고 있는 모든 사람의 주의를 끌기 위해 잔을 시끄럽게 달그락거리고, 상자 뚜껑을 쾅쾅 닫는 동안 벌루시커는 모든 사람이 훤히 이해하도록 아주 깔끔하게 시연으로 해설해주겠노라고, 그의 말마따나 '우리 같은 평범한 사람이 영원의 한 귀퉁이를 잠깐 훔쳐볼 수 있을' 틈바귀를 제공해보겠노라고 약속을 늘어놓고 있었고, 한 가지 바라는 건, 그들이 '영속성, 자유, 운동의 자유를 제공하는 공허가 유일한 지배자'인 끝없는 우주 속으로 그와 함께 걸어나가, 여기에, 이해할 수 없고 무한하며 침묵이 울려 퍼지는 왕국에 드리운, 뚫을 수 없는 어둠을 상상해보라고 요청했다. 페페페르의 상주민이라면 너도나도 잘 아는, 이런 어리석을 정도로 거창한 취지와 이제는 지루한 담론은, 적어도 과거에는 걸쭉한 광희狂喜의 웃음이라도 이끌었지만, 요즘엔 반응이 완전히 냉랭했다. 그렇다 해도, '뚫을 수 없는' 새까만 어둠은 대체로 그들 주위에 보이는 상태와 다를 바 없는 탓에, 그에 협조하는 척하는 일은 어렵지 않았다. 그리고 그런 안타까운 상태에도, 벌루시커가 이 '무한한 밤'에 완전히 뻣뻣하게 굳은 사팔뜨기 운전수를 '모든 따뜻함의 근원, 다른 말로 생명을 주는 빛'으로 여기라고 그들에게 알려주니, 즐거움에 낄낄거리는 목쉰 웃음이 스멀스멀 기어 나오는 걸 보면, 영 흥이 돋지 않는 것도 아니었다. 두말할 것 없이 감도 안 잡히는 우주 공간의 방대함에 비교하면 이 안의 여유 공간은 턱없이 좁아서, 행성들이 움직이기 시작하는 시간이 되면 벌루시커는 이에 수반되는 불완전한 척도의 구현을 체념하며 받아들였고, 속수무책 낙담에 빠진 운전수가 가슴에 머리를 파묻고 자신이 서 있는 축 방향 주위로 돌고 있어도 가만히 세워둘 시도조차 하지 않고서, 그저 관례적인 방식으로 세르게이와 점점 열성을 더해가는 칠장이에게만 지시를 내렸다. 하지만 이 단순한 일에도 난감한 일은 어김없이 끼어들었다. 짓궂은 모습과는 대조적으로 지구가 점차 정신이 나는 관중을 향해 웃음까지 띠며 쑥스러운 곡예사처럼 편안하게 껑충한 태양 주위를 이중으로 도는 복잡한 궤도 동작을 마치는 동안, 달은 벌루시커가 슬쩍 건드리자마자 무언가 끔찍한 불운의 소식에 혼이 빠진 사람처럼 풀썩 주저앉았고, 호의로 가득한 각고의 신중한 조치에도 불구하고, 다시 그를 두 발로 세우려는 온

갓 시도는 또다시 슬픈 실패로 끝났으며, 그래서 한창 열정에 사로잡혀 사방으로 뛰어다니며 계속 더듬거리긴 하지만 영감에 가득 찬 독백('이제… 여기서 우리는… 오직 일반적인 움직임만… 경험하게… 됩니다…')을 하던 벌루시커도 심하게 몸이 안 좋은 짐꾼을 좀 더 유용한 보조원으로 대체하는 게 낫겠다고 수긍했다. 바로 이 순간, 하지만, 관중의 즐거움이 정점에 치닫자, 달은 정신을 가다듬고, 마치 그의 갑작스러운 어지럼증에 강력한 치료제라도 발견한 듯이, 쪼그리고 앉았던 다리를 바루고 똑바로 세우더니, 궤도에, 비록 반대 방향이긴 했지만, 혼자서 올랐고, 이제 돌기 시작하더니, 그 기운에 휩쓸려 내처, 익숙한 차르다시*의 스텝을 아주 빼다 박은 그의 행성 움직임을 지치지도 않고 지속할 것처럼 과시하면서, 한술 더 떠 어느 정도 말할 힘까지('… 자, 어떠냐… 엇차… 빌어먹을… 얼쑤…') 회복하는 것이었다. 마침내 모든 것이 준비되고 삼십 초가량—잠시라도 조심스럽게, 계획된 결합 속에 놓인 지구, 달, 태양이 천상의 하모니를 펼치는 영광스러운 장관을 즐기는 사람들을 훼방하고 싶지 않았으니까—한쪽으로 서서 땀에 젖은 이마를 훔치고 있던 벌루시커는 이제야 돌아가는 일에 본격적으로 착수했다. 그는 짧게 모자를 들어올려 눈 위로 내려온 머리카락을 뒤로 쓸어넘기고, 극적인 모습으로 두 팔을 앞으로 활짝 펴서, 그가

---

* 헝가리 전통 민속 춤곡.

다들 지녔으리라 믿어마지않는, 모든 사람의 진지한 주목을 집중시키고서, 내면의 강한 불꽃으로 활기를 띠고, 달아오른 얼굴을 하늘 방향으로 들어 올렸다. '처음에, 말하자면… 우리는 우리가 목격하고 있는 비범한 사건들을 거의 깨닫지 못합니다….' 그는 조금은 나직이 시작했고, 그의 속삭이는 소리를 들으며 모든 사람이 나중에 와자하니 쏟아낼 폭소의 예감에 즉시 말을 멈췄다. '태양의 눈부신 빛'은 팔을 드넓게 펼쳐, 자신을 가라앉히려는 문젯거리들의 바다에 허우적대며 이를 갈고 있는 운전수를 향하고, 최면에 걸린 듯 회전하고 있는 칠장이에게 뻗었다. '지구로 온기를 지니고 흘러듭니다… 그리고 빛은… 태양을 향하고 있는 지구 쪽으로, 그건.' 그는 심술궂은 얼굴로 미소 짓고 있는 지구의 상징물을 살살 진정시켜, 태양 쪽으로 얼굴을 돌려 세웠다. 그러고는 그의 뒤에 가 서서, 거의 껴안을 듯 앞으로 기대고서, 어깨 위로 목을 길게 뺐는데, 자신은 다른 이들을 위한 단순한 매개체일 뿐이라고 암시하듯, 의무감 가득한 진지한 표정으로, 이른바 '눈이 멀 것 같은 광휘'라고 칭하며 휘청거리는 운전수를 향해 실눈을 깜박거렸다. '우리는 이런… 찬란함 속에 서 있습니다. 그런데 갑자기 우리는 동그란 월면月面을 봅니다….' 여기서 그는 세르게이를 붙잡고 그의 궤도에서 칠장이 주위로 동그랗게 몰고 가 태양과 지구 사이 중간에 두었다. '둥근 월면이… 살금살금 갉아 먹기 시작하고, 붉게 타오르는 태양의 몸체에 검은 자국이 납니다… 이 갉아 먹은 자리는 점점 더 커집니다… 보이시죠…?' 벌루시커는 다시 칠장이의 뒤에서 나와, 속수무책 펄펄 날뛰기 직전인 짐꾼을 살살 제자리로 떠밀었다. '보이시죠… 그리고 머지않아 달의 덮개가 넓어지자… 우리는 하늘에서 오직 이런 낫 모양의 밝은 태양빛만 봅니다. 그리고 그다음 순간.' 벌루시커는 흥분으로 목이 잠겨 속삭였고 눈은 부지런히 운전수, 짐꾼과 칠장이 사이를 똑바로 오갔다. '이를테면 그때가 오후 한 시라고 칩시다… 우리는 아주 극적인 전환을 보게 됩니다… 왜냐하면… 예상치도 못하게… 몇 분 안 되어… 주위의 공기가 서늘해집니다… 느낄 수 있으세요…? 하늘은 어두워집니다… 그런 뒤… 완전히 까맣게 어둠이 짙어집니다! 경비견이 울부짖습니다! 겁먹은 토끼는 풀밭에 납작 엎드립니다! 사슴 떼가 질겁하고 미친 듯이 앞다퉈 도망갑니다! 그리고 이런 무시무시하고 이해할 수 없는 땅거미 속에서… 새들조차도('새들!' 하고 외치며 황홀경에 벌루시커는 팔을 드높여 하늘을 가리켰고, 그의 낙낙한 우체부 외투가 박쥐 날개처럼 펄럭이며 열렸다) 저 새들도 혼란으로 가만히 둥지에 자리 잡습니다! 그런 뒤에… 침묵이… 가라앉고, 모든 살아 있는 것은 숨죽이고 가만있습니다… 우리들 역시, 몇 분 동안 아무 말도 할 수 없습니다… 저 언덕들이 우리에게로 진군하는 중인가? 하늘이 우리에게 떨어질 것인가? 땅이 우리 발 아래 열리고 우리를 집어삼킬 것인가? 우리는 도무지 알 수 없습니다. 이것이 태양의 개기일식입니다.' 그는 이런 마지막 구절들을 처음 하는 말인 것처럼, 예언자 같은 똑같은 무아지경에 빠져, 몇 년 동안 해오던 그 순서 그대로, 어떤 자그마한 변이도 없이(결과적으로 그의 말에서 새삼스레 놀랄 일은 하나도 없었다) 말했고, 독특하게 효과적인 단어들은, 그의 진을 빼고 기운을 말리는 그 방식은, 그가 완전히 지쳐 어깨에서 흘러내리는 가방끈을 고쳐 메고 기쁨에 젖은 미소로 청중을 쳐다보고 있을 때면, 그럼에도 불안하게 하는 여운을 조금은 지니고 있어서, 북적이는 술집에서 삼십 초가량은 어떤 소리도 들을 수 없었다. 정신을 수습하던 손님들은, 이제는 새로운 혼란의 물결을 경험하고서 벌루시커를 향해 멍하니 눈만 끔벅끔벅하고, 마음은 굴뚝같으나, 벌루시커가 해낸 일에 기분 좋게 만족스러운 몇 마디 찬사는 벙긋하지 못하고 있었다. 마치 오랜 지기인 '멍청이 야노시'가 견딜 수 없이 '건조하게 타들어가는 세상'으로 돌아오기 힘들다고 여기는 이유는 그가 결코 한 번도 '별들의 거대한 대양'을 떠난 적 없기 때문이지만, 한편 그들은, 어항의 잔물결을 통과해 들어온 빛에 반짝거리는 수많은 사막의 물고기들은, 결코 이곳에서 한 발자국도 벗어나지 않았음을 알게 되어 마음이 어수선하다는 듯이.

여관이 순식간에 줄어들었던가?

아니면 세상이 너무 광활하였나?

그들은 이런 말들을 그렇게 많은 세월

허투루 들었던가?

'어두워지는 하늘'

그리고 '발아래 열리는 땅'

그리고 '둥지에 내려앉는 새들'

그들의 사나운 쨍그랑 소리는

하지만 오직 한 번 다시

그들 속 무언가

아직까지, 그들이 알지 못하는

타는 듯한 가려움을 덜어주었나?

알 수 없다. 단순히 그들 말처럼 눈 깜박할 동안 '다른 가능성의 문을 열어둔' 것이든, 그저 딱 끝을 기다리고 있었는데 그 마지막을 잘못 알았든, 어떤 경우든, 페페페르 가게의 침묵이 너무하다 싶게 길어지자, 다들 말문을 잃고 서로만 바라보다가, 날고 있는 새의 나른한 원호를 아주 정신이 쏙 빠져 쳐다보는데, 갑자기 날던 꿈에서 억지로 깨어나 뿌리박고 있던 대지로 되돌아오는 사람처럼, 포착하기 어렵고, 어릿하고, 형체 없는, 찰나의 감정이, 화들짝, 공중에 떠도는 담배 연기를 의식하고, 그들 위에 매달린 양철 전등, 손에 꽉 쥐고 있는 빈잔들이, 바 뒤에 있는 허겔마이에르가 신속하고 가차 없이 외투 단추를 여미고 있는 모습이 눈에 들어오자, 다 휩쓸려 나갔다. 왁자하니 탄성을 질러대며, 사람들은 이제 천상의 천체에 골머리를 썩이던 일은 완전히 잊은 채, 환한 얼굴로 자랑스러워하는 칠장이와 다른 두 사람에게 야유 조의 찬사를 쏟아내고, 단단히 악수를 하고 수도 없이 철썩철썩 등을 두드리며 시끄러운 가운데, 어느새 포도주를 한 잔 받은 벌루시커만 남겨졌다. 민둥해진 그는 작업용 재킷과 누비 외투로 이뤄진 숲에서 벗어나 좀 더 숨통이 트이는 술집의 구석으로 물러났다. 오늘은 더 이상 다른 이들의 도움을 기대할 수 없기 때문에 다시 외톨이가 되어, 정말 숨이 턱 멎는 세 행성의 합일과 그들의 그다음 역사를 지켜본 충실한 목격자는, 그 구경할 만한 발표와 그도 한통속인 양 쾌활하게 굴던 왁자지껄한 환희 후에 여전히 어질어질한 채, 그만 홀로, 번쩍이는 태양의 저쪽 표면 너머로 헤엄치며 벗어나는 달을 지켜보았다. … 왜? 그는 지구에 돌아오는 빛을 보고 싶었기 때문이었다. 사실 보고 있기 때문이었다. 새롭게 밀려드는 온기를 느끼기 원해서, 그리고 현실에서 느끼고 있기 때문이었다. 그는 사람을 겁주고, 얼음처럼 차가운, 비판의 날을 세우는 공포의 응달 속에서 자유로이 해방됐다고 파악할 때 느끼는 깊은 감정을 경험하고 싶었고, 실제로 경험하고 있기 때문이었다. 하지만 그가 이를 설명할 수 있는, 혹은 말이라도 꺼낼 수 있는 사람은 아무도 없었다. 왜냐하면 관중은, 그네들이 하던 풍습대로, '한가로운 잡담'이라고 치부되는 일에 귀를 기울이지 않기 마련이었고, 지금은 귀신에 홀린 듯한 일식이 지나고 나자, 공연이 끝난 양 여기고 우르르 마지막 프뢰치를 애걸하며 죄다 몰려가버렸기 때문이었다. 빛의 귀환? 부드러운 온기의 물결? 심오한 이해와 해방? 이쯤 되니, 벌루시커의 생각의 흐름을 주워듣기라도 했는지 허겔마이에르가, 저도 모르게 없는 사람으로 여겨지는 일에 더 이상 참지 못하고 끼어들었다. 이제는 반쯤 잠든 채, '마지막 주문'을 한 잔씩 나눠 주고, 불을 끄고 문을 열고 그들을 갈 길로 내몰고는 '썩 나가, 밑 빠진 술독들아, 저리 가!' 고함을 쳤다. 더 손쓸 길은 없었다. 사람들은 이제 이날 저녁은 진짜로 끝났구나, 하는 사실을 체념하고 받아들여야만 했다. 객들은 추방되고 몇 갈래 길로 떠밀렸다. 그들은 아무 말 없이 줄줄이 밖으로 나갔고, 대부분 추가적인 여흥의 열망을 딱히 보이지 않는 반면, 여기 두엇 저기 몇몇은 서서, 벌루시커가 문가에서 그들에게 따뜻하게 밤 인사를 건네자(어떤 이들은, 너무 갑작스레 잠기운이 다 달아나도록 혹독한 추위 속으로 내몰리자, 외벽에 대고 토하느라 정신이 없어서, 모든 사람에게 작별을 고하는 일이 불가능했다) 전날에도 그랬듯이, 그전에도 얼마나 많은 밤을 그랬는지 몰라도, 그를 눈으로 쫓으며, 여전히 환상의 주술 안에 머물고 있는 그가 독특하고 갑갑한 특유의 걸음걸이로, 앞으로 몸을 숙이고, 고개를 숙이고 작은 발로 자박거리며, 여차하면 ('무언가 중한 일이 기다리고 있는 사람처럼') 달려 나갈 태세로, 사람 끊긴 길을 따라 갈 길을 가는 모습을 손으로 입을 막고 킬킬거리며 지켜보다가, 그가 급수탑을 끼고 모퉁이를 돌아 벗어나자, 건장하게 와자 웃음을 터뜨렸다. 특히나 요즘같이, 짐꾼이나 칠장이, 빵장수 모두 '어떻게 된 게 시간이 멈춘 듯하다'고 느끼는 지금은, 그들이 늘 하던 말처럼 '순 공짜 쟈밋거리'를 제공하는 벌루시커 말고는 그렇게 웃어젖힐 일이 많지 않았기 때문이었다. 그의 행동도 행동이지만, 그 우스꽝스러운 외관, 늘 반짝거리는 순한 새끼사슴 같은 눈, 길이로나 색깔로나 딱 당근 같은 코, 옆구리에서 떠나지 않는 우체부 가방, 뼈다귀 같은 몸에 걸친 한없이 헐렁한 외투, 이 모든 것이 어떻게 형용할 수 없지만 이상하게, 그렇게 잦지 않은 활기의 마르지 않는 원천이 되어주는 것이었다. 그렇다고 페페페르 앞에 모인 무리가 완전히 잘못 넘겨짚은 것만은 아니었다. 벌루시커는 진짜로 '중요하게 할 일'이 있었다. 사람들이 그의 뒤에서 소리를 치고 그 일을 두고 지분거리면 조금 쑥스럽게 그는 '잠자리에 들기 전까지 빠짐없이 거리를 다 돌아야' 한다고 해명을 늘어놓는데, 온 거리를 다 돈다는 말인즉슨, 어두컴컴한, 지난 며칠간 여덟 시에 불이 꺼져, 더 이상 제 목적으로 쓸모가 없는 가로등 기둥들 전반을 아울러 뛰어다니겠다는 의미였고, 얼어붙어 침묵에 잠긴 도시를 둘러보며, 성요제프 공동묘지에서 성삼위공동묘지까지 뛰고, 바르도스 수로에서 빈 광장들을 가로질러 철도역까지 뛰고, 그 길을 따라, 종합병원과 재판소(감옥까지 붙어 있는), 물론 바르와 허물어지고 가당을 수도 없이 드넓은(복구할 수가 없어, 십 년마다 치장벽토를 덧칠하는) 얼마시 궁전까지의 순회를 완수한다는 것이었다. 이 모든 일이 대체 무슨 소용이며 무슨 의미가 있는지, 누구도 정확하게 알지 못했고, 누군가가 고집스레 질문이라도 할라치면 그가 와락 얼굴을 붉히며 '내부의, 아아, 끊이지 않는 충동에 이끌려' 그런다고 변명한다고 해도 석연찮은 구름은 걷히지 않았다. 그의 대답은 한때 하레르 뒤뜰의 세탁장이었던 그의 집과 모든 다른 사람의 집 사이를, 혹은 신문배달 사무소와 페페 페르 사이, 혹은 철도 전철기와 거리들과 자그마한 공원들 사이를 구별할 수도 없고 구별하려는 의지도 없다는 의미에 불과할지도 몰랐다. 다른 말로 자신의 삶과 다른 이들의 삶 사이에서 어떤 필수적인 유기적 차이를 판가름할 수 없어, 너지바러드 대로에서 분유공장까지 문자 그대로 마을 전체 를 자신의 거주지로 여기고는, 주인이라면 규칙적으로 매일 같이 필히 순회를 해야 하기 때문에, 모든 사람을 믿고, 얼 간이라는 평판으로 보호를 받으며, '자유로이 우주로 가는' 고속도로에 대한 상상으로 신명나게 길이 들어, 그에 비하면 마을은 이런 세 손가락 마디의 꼬깃꼬깃한 둥지에 지나지 않아, 맹목적으로, 지치지도 않고 지난 삼십오 년간 해왔던 대로 배회를 한다는 뜻일 수도 있었다. 그리고 그의 전 생애 는 자신의 내부 현장 속 낮과 밤 사이 벌어지는 끝없는 여행 이었기에 '잠자리에 들기 전에'라는 말도 그렇고 '온 거리를 다 돌아야' 한다는 그의 말은 조금은 너무 단순화한 발언이 라고 할 수 있었다. 먼저 그가 동트기 전까지 한두 시간밖에 자지 않는다는 게(그리고 그것도 완전히 옷을 입고 거의 잠을 깬 상태여서 일반적인 의미의 '잠자리'로 치부하기도 어렵다) 첫 번째 이유이고, 두 번째로 이런 기이한 '달리기'는 따지고 보면 지난 이십 년 동안 마구잡이로, 마을 여기저기를 쫓아다닌 것이라, 커튼 드리운 에스테르의 방도, 우체국도, 배급소도, 코믈로 호텔(여기서 아픈 친구의 점심을 갖다 날랐다)도 급수탑 뒤에 있는 선술집조차도 실은 그의 영원한 비행의 정거장이라기보다 그저 스치며 지나는 곳이었기 때문이다. 동시에 이런 쉼 없는 발길은—바로 그런 특성으로 에둘러 말하자면 사람들은 그를 자신들 같은 사람에 못 미치지만 향토색을 조금 더하는 이채로운 사람 정도로 여겼는데 그렇다고 눈을 안 떼고 엄중하게, 혹은 노파심으로 계속 주시해야 하는 대상으로 여기지는 않았고, 무턱대고 심히 경계를 보이는 건 더더욱 드물었다—비록 단순한 무지에서든, 마음속 깊이 자리 잡은 본능적인 반응이든, 그를 어떻게 여기느냐 은근히 물어보면 적지 않은 이들이 사실 그런 식으로 여긴다고 표현할 것이었지만, 벌루시커로서는 빙글빙글 어지러운 둥근 하늘의 천장을 시야에 계속 둘 수 없다면, 줄곧 오로지 그 아래 땅바닥 말고는 달리 바라보는 곳이 없었으니 결과적으로는 실제 마을은 전혀 '바라보고' 있지 않은 셈이었다. 그는 다 낡은 장화, 무거운 업무 외투, 휘장이 달린 공식 모자와, 옆구리에서 유기적으로 자라난 듯한 어깨끈 가방을 걸치고 특유의 뒤뚱거리는 걸음으로, 등은 구부정하게 굽히고, 고향 마을의 붕괴되고 있는 건물들을 무한히 순회했다.

하지만 보는 일로 따지자면, 그는 오직 땅, 보도, 아스팔트, 자갈길, 거의 지나갈 수 없을 정도로 쓰레기가 얼어붙은 길 위 사이로, 똑바른 길, 굽은 길, 점차 올랐다가 서서히 떨어지는 길 사이로 싹이 터 제멋대로 퍼져 있는 잡초만 보았고, 도로의 갈라진 틈이나 빠진 판석에 대해 그보다 더 잘 아는 이는 아무도 없었지만(그는 눈을 감고 발바닥에 느껴지는 감촉으로만 정확하게 지금 자신이 어디 있는지 짚어 말할 수 있었다) 그와 함께 나이를 먹은 벽들, 담장, 대문, 아주 자잘한 세부장식의 처마에 관해서는, 그에게 조금도 변함없이 남아 있어서 감지하지 못했고, 그래서 사실상 그들의 아주 기본적인 현실만(다시 말해 그들이 거기에 존재한다는 현실만) 알아봤다. 이런 일은 마찬가지로 지역 자체나, 지나고 나면 온통 흐릿한 계절이나 그를 둘러싼 사람들에게도 일반적으로 해당됐다. 그의 기억으로는 아주 어린 시절, 얼추 아버지가 장지에 묻혔던 때부터, 자신이 같은 거리들을 걷고 있는(거듭 말하지만 본질이란 면에서 그렇다는 이야기다, 왜냐하면 그가 진짜 알고 있는, 여섯 살 아이가 부모 집 밖으로 과감하게 탐험할 수 있는 데는 머로티 광장 주변 작은 구역이 전부였다) 것 같았다. 그리고 사실대로 말하자면, 그 시절의 어린 그와 지금의 그 사이에는 깊은 골은커녕, 감지할 수 있는 어떤 구분선도 없다고 할 수 있다. 아득하고 희미한 옛날, 그가 처음으로 관찰하고 이해할 수 있는 머리가 나던 때부터(아마도 묘지에서 집으로 걷던 날부터?) 그를 꼼짝없이 사로잡은 존재는 비범하게 광활한 공간 속에서 아주 작은 빛으로 반짝거리는, 별이 총총한 똑같은 하늘이었다. 키가 자라고, 몸은 가늘어지고, 관자놀이의 머리카락은 세기 시작했지만 그때나 지금이나, 그는 삶에 유용한 잣대는 어느 하나 지니지 않았고, 그가 부분을 (필연적으로 달아나고 있는 부분일지라도) 이루고 있는 전체 우주의 불가분의 유동이 어떻게 변할 수 있는지를, 시간의 경과를 구분하는 법을 배워, 그리하여 다가올 운명을 현명하게 감지하는 능력이 생겼을 법도 한데, 그런 종류로는 어느 것도 발달하지 않았다. 감정적인 동기나 어떤 개인적인 개입도 없이 그는 이해가 가지 않아 서글프지만, 자신의 주위를 넘실대는 인간사의 느릿한 조류 사이에 서 있었고 그의 '친애하는 벗들'이 서로에게 무엇을 바라는지 이해하고 체험하려는 노력은 모두 수포로 돌아갔다. 왜냐하면 그의 의식의 더 큰 부분은 경이에 몰두하고 있어서, 좀 더 일상적인 문제에는 어떤 여유 공간도 남아 있지 않기도 했고(그의 어머니에게 과도한 수치감을 안기고 지역 주민들에게는 극도의 재미를 주며) 시간의 거품 속에, 하나의 영원한, 뚫을 수 없는 투명한 순간 속에 붙들려 있기 때문이었다. 그는 걸었다. 터덜터덜 걸었다. '맹목적으로, 지치지 않고' 휙휙 날아다녔다. 그의 영혼 속에서 그의 위대한 친구가 일전에 말했듯이, 완전히 틀린 말은 아니지만, '개인적인 코스모스의 치유 불능한 아름다움에… 눈이 멀어 지치지도 않고' 수십 년 동안 그 위의 똑같은 하늘을 올려다봤고, 그 아래 콘크리트와 잡초로 된 거의 변함없이 같은 경로를 밟았다. 그리고 그의 삶에 뭐라도 역사라고 불릴 만한 게 있다면 그런 삼십오 년의 세월 동안, 머로티 광장 구역을 벗어나던 바로 그 순간부터 그의 순회가 마을 전체를 보듬던 때까지 자꾸 깊어만 가는 궤도가 전부를 이룰 것이다. 놀랍게도 그의 모든 면모에는 어린아이였던 시절이 꼭 그대로 남아 있었고, 마치 그의 운명을 바꿀 수 없는 것처럼, 어떤 눈에 띌 만한 변화를 겪지 않은 그의 마음도 마찬가지였으며, 경이롭게도, 서른다섯의 두 배로 나이를 먹는다 해도 비역사적으로 남을 것이었다. 하지만 그가 주위에 일어나는 일을 전혀 알아차리지 못한다고, 사람들이 그를 얼간이로 여겨도 전혀 낌새도 못 채고 무엇보다, 타고난 대로 그냥 제 하는 일 하게 두라고, 마치 대사면을 내리듯 서로 찔러대는 팔굽질도 윙크도 알아차리지 못한다고(그냥 예를 드는 거지만 페페페르 가게를 점유한 술꾼들도 등 뒤에서 그러듯이) 치부하는 일은 큰 오산일 것이다. 그는 이런 일들을 완벽하고도 명확하게 인식했다. 그리고 어떤 목소리가, 여관 술집 안이든, 거리 위에서든, 코플로에서든, 배급소에서든, 천상의 순환로에 '어이, 야노시, 우주는 잘 지내고 있던가?' 같은 커다란 고함이 불쑥 끼어들 때마다, 그 조롱조의 말투를 다 자신을 위해 호의로 하는 말이려니 여기고, '몽상의 구름 속을 헤매다' 들킨 것처럼, 죄지은 사람처럼 얼굴을 붉히고 눈을 피하고 희미한 가성의 목소리로, 대답 비슷한 말을 웅얼거렸다. 왜냐하면, 그 아름다움을 생각만 해도 가슴이 벅차, 자신으로서는 '우주의 당당한 제왕과 같은 평온'은 감히 잠깐 훔쳐보는 눈길로도 황송하긴 하지만, 지속되는 그의 이탈 중에(우울한 에스테르 씨와 페페페르의 술꾼들 사이에 모든 다른 것처럼 기꺼이 그의 빈약한 지식을 나누겠다는 초라한 변명을 내세우고 기회만 닿으면 착수하던 설명을 하다가) 이 사람들이 우주의 숨은 기쁨만큼이나 그의 안쓰러운 처지나 안타까운 무용의 상태에도 그만큼 신경을 쓰라고 극히 타당한 면박을 주는 줄 잘 알기 때문이었다. 그는 대중의 되돌릴 수 없는 평결을 이해하고 있을뿐더러, 그런 평결에— 이건 비밀도 아니지만—자신도 크게는 동의하며, 자주 자신을 '진짜 미치광이 바보'라고 칭하고, 당연한 일과 싸우려는 생각도 품지 않고, '마땅히 그가 속해야 하는 곳에 가두는' 게 아니라, 고맙게도 거듭 후회를 표하는데도 그도 잠깐, '신이 모든 영원을 위해 빚어낸' 대상에서 눈을 떼지 못하는 자신을 잘 참아주는 마을에 어마어마한 빚을 지고 있다는 것을 잘 안다고 공공연히 치하까지 했다. 실제로 자신이 얼마나 깊은 회한에 차 있는지 벌루시커는 한 번도 말한 적이 없었지만, 어찌 되었든 그는 도처에 깔린 수많은 조롱으로 '반짝이는 눈'의 수많은 눈총을 진정 하늘 말고는 달리 돌릴 데가 없었다. 하지만 이 말을 뜻 그대로 이해할 필요도 없으며, 그렇게 생각할 수도 없었다. 왜냐하면 다른 이유도 아니고 티 하나 없는 작품을, '신의 영원한 창조물'을, 적어도 여기 카르파티아산맥 한 자락에 몸을 숨기고 있는 계곡에서 어떤 때는 축축한 안개로, 어떤 때는 앞이 안 보이는 구름으로 된 거의 영원토록 두꺼운 연무로 뒤덮여 있었기 때문에, 그래서 벌루시커는 자꾸 짧아지는 여름, 해가 바뀔수록 아무도 모르게 살금살금 자꾸 달아나고 있는 여름의 기억에 부득불 의지하여 거의 즉각적으로, 한 해 또다시 한 해 더 어두워지는 하늘 아래 고르지 않은 보도 위 쓰레기의 두꺼운 기복지도를 탐구하며, 에스테르 특유의 노련하게 비유한 문구처럼, '더욱 맑아진 전체성에 던진 찰나적인 시선'으로 아쉽게 되살려야만 했다. 그의 시선에 잡힌 순수한 광휘의 장관은 어느 순간에 그를 으스러뜨리고 그다음 순간에 그를 부활시켰다. 그리고 비록 나머지('모든 사람이 흥미를 가지는' 것들이라고 생각되는) 다른 일도 말을 잘 할 수 없긴 하지만, 그의 언어적 구사력은 그가 보고 있는 게 무엇인지 어렴풋이 몇 마디라도 설명하기 힘든 수준이었다. 그는 우주에 대해 아무것도 모른다고 털어놓았고, 사람들 또한 그의 말을 믿지도 않았고 이해하지도 못했지만, 사실 이는 상당히 맞는 말이었다. 그는 진짜 우주에 관해서는 아무것도 몰랐다. 벌루시커가 알고 있는 것은 엄밀하게 지식이 아니었다. 그는 척도의 감각이 전혀 없었고 이유를 따지는 논리에 대한 욕구가 전혀 없었고, '저 고요한 천국의 시계태엽 장치'의 순수하고 놀라운 역학에, 몇 번이고 이리 재고 저리 재고 전념하는 허기 같은 갈망도 없었다. 그가 우주에 대해 엄청난 관심을 쏟는다고 해서 반드시 우주도 그에 대해 관심을 갖지는 않는다는 정도는 알았으니까. 그리고 이런 그의 이해는 일반적으로 이 땅의 삶, 특히 그가 살고 있는 마을로 확대돼—그의 경험상 각각의 역사, 각각의 일, 각각의 운동과 각각의 의지의 행동은 끊임없는 반복적 주기의 일부이기 때문에—이웃, 친지와 그의 관계는 똑같이 무의식적인 그런 가정하에, 자신으로서는 변화가 없는, 감지가 안 되는 곳에서 변화를 감지할 수 있는 타인들 사이에서, 그는 늘 하던대로, 잡고 있던 구름의 손을 놓아버리는 빗방울인 양, 그저미리 정해진 업무를 쉼 없이 수행하는 일 이상은 하지 않았다. 그는 급수탑 아래를 지나고, 퀸될치 시민정원의 나란히심어진 오크나무들 사이 어마어마한 콘크리트 원을 일주했다. 하지만 이 일은 그가 그날 오후, 그날 오전, 어제, 그저께, 사실 수많은 오전, 정오, 오후, 저녁으로 했던 일이었기때문에, 지금, 돌아서서, 간선도로와 나란히 나 있는 히드 거리로 내려가기 시작했을 때, 그에게는 앞선 경험과 이를 구분하는 게 의미가 없었으니, 굳이 구분을 짓지도 않았다. 그는 엘데이 산도르 거리 교차로를 가로지르며 엄숙하게 자분정에 둘러 모여 움직이지 않는 사람들에게 아주 친근한 태도로 손을 흔들고(그에게 그들은 멀리 그냥 점이고 그림자였지만) 익숙한 걸음으로 뒤뚱거리며 히드 거리 맨 아래로 나아갔다. 그리고 역을 빙 돌아 신문 배급소에 들러, 당직 직원과팔팔 끓는 차를 마셨다. '끔찍한 일기'와 뒤죽박죽인 시간표를 불평하던 당직은 무슨 '거대한 운반차량'에 깜짝 놀랐었다고 했다. 그리고 이런 일은 그 전날이나 그저께 일어났던 일의 정형적인 반복이라는 말만으로 모자란다고 할 수 있었다. 그러니까, 말하자면, 쌍둥이처럼 정확히 같은 방향으로, 정확히 같은 단계를 밟아 진행하고 있었다. 마치 모든 운동과 지시의 겉모습 밑에 완전하고 불가분의 통합이 있고, 이런 통합이 어떤 인간들의 사건도 하나의 무한한 순간으로 몰아넣을 수 있는 것처럼…. 그는 베스퇴에서 오는(그건 그렇고 시간표를 벗어난 뜻밖의 도착이었다) 야간 완행열차의 경고 호루라기 소리를 들었다. 그리고 녹슨 기관차가, 당황하긴 했지만 경례를 붙이고 있는 역장 앞에 끼이익 천천히 멈춰 서자, 그는 보급소 창문 바깥으로 근래 좀체 드문, 이채로운 일종의 유령의 등장으로 갑자기 북적거리는 철도역을 재빨리 살피고 차를 줘서 고맙다고 당직에게 말하고, 작별을 고하며, 심하게 연기를 내뿜는 기관차 옆에서 길을 잃은 사람처럼 모여 옹송그리는 무리 사이를 헤치고 빠져나와, 역 앞마당을 지나고 계속해서 벤크하임 벨라 대로의 집 없는 고양이들을 지나 길을 계속 갔다. 다른 곳이 아니라 바로 여기, 서리가 끼어 잔잔히 반짝거리는 보도를 따라 난 자신의 구두 발자국에 제 발을 겹쳐놓았다. 자꾸 흘러내리는 가방의 어깨끈을 바루면서, 그는 재판소와 그에 딸린 감옥소를 두 번 빙 두르고 바르와 얼마시 궁전을 두어 번 순회하고, 헐벗은 수양버들 밑 쾨뢰시 운하의 제방을 따라 달리고, 게르만 지구의 다리 쪽으로 가서, 키소라흐바시 묘지를 향해 몸을 틀고, 온 소도시를 손아귀에 넣은 것같이 움직이지 않고 조용한 군중을, 그야 지금으로는 이런 추측을 할 도리가 없겠지만, 내일 밤부터 깨뜨릴 수 없는 유대로 결합될 운명인, 그 무리를 완전히 무시하고 지나갔다. 그는 아무 흔들림 없이 그런 황량한 풍광을 가로지르고, 군중 사이를, 버려진 버스와 차들 사이를 움직였다. 그 자신의 삶을 지나가듯이, 지금 어떤 중력의 장에 따라 움직이고 있는지 따져 묻기를 꺼리는 아주 작은 행성처럼, 비록 가소롭지만, 자신의 역할을 하고 있다는 인지의 환희에 완전히 사로잡혀, 그런 기념비적인 평정과 정밀한 체계 아래서 움직여 갔다. 헤트베세르 광장 통로에서 그는 쓰러진 포플러 나무와 마주쳤다. 하지만 그의 관심은 도랑에 드러누워 있는 나무의 벌거벗은 꼭대기가 아니라 그 위로 서서히 밝아오는 새벽 하늘로 쏠렸다. 그리고 나중에 마찬가지로 몸을 데우기 위해 들른 코믈로 호텔 야간 수위실의 답답한 유리칸막이에서, 저녁에 목격한 일로 여전히 얼굴이 벌건 수위가('… 어제, 아마 여덟 시나 아홉 시쯤이었을 거야') 어마어마한 트럭이 거리를 굴러가고 있던 일에 대해('너는 그 비슷한 건 하나도 못 봤을걸, 야노시! 자네가 그 무지 크다고 하는 코스모스는 발부리에 쫓아오지도 못해') 이야기했을 때도 귓등으로 흘려들었다. 왜냐하면 주술처럼 그를 홀리는 새벽, 지구, 그에 따라 마을이나 그 자신도 밤의 그늘 아래에서 빠져나올 것이라는 '약속을 어김없이 지키고' 섬세하게 아롱대는 빛으로 한낮의 밝은 빛에 자리를 내주는 새벽이 다가오고 있기 때문이었다…. 수위가 어떤 말을 지껄였건, '묘하게 시선을 사로잡는 명물'이라거나 이 최면에 걸려 '분명히 미친 군중'이 몰렸다고 묘사했건, 뒤에, 호텔 출입구에 서 있던 때에, 그에게 무슨 제안을 했건 ('이건 꼭 봐야 해, 이 친구야') 벌루시커는—먼저 역에 들러 새로 온 신문을 받아야 한다는 말로 얼버무리고—아마 그에게 아무런 관심도 보이지 않았을 것이다. 비록 그 역시, 자기 식으로, 고래에 관해 궁금하긴 했지만, 밝아오는 하늘 아래 홀로 남아—너무 두껍게 구름이 하늘을 덮고 있어 제대로 보이진 않지만, 보이는 한 멀리—'밤이 출현할 때까지 무진無盡한 빛으로 나아가는 천상의 우물'을 바라보고 싶어서였다. 철도역 배급소로 가는 길이나 역에서 돌아오는 길에, 시장 광장으로 가는 조밀한 사람들의 물결이 빠르게 서로 밀어닥치고 있어서 조금 부대꼈지만, 조금 빠르게 총총걸음으로 걷는 데 익숙한 그는, 보아하니 좁은 보도에서 충돌을 피하려면 지속적으로 제동을 걸어 속도를 줄여야 했지만, 이런 힘겨운 진행은 거의 의식하지 못했다. 하긴 우주적 깨달음으로 드높은 이런 엄숙한 인류의 홍수 속에 떠돌아다니는 것에는 무언가 가장 자연스러운 면모가 엿보여서, 이렇게 갑작스럽게 많아진 사람들도 거의 알아차리지 못하고, 그는 한층 더 깊이, 이제 얼굴을 **태양**을 향해 돌리고 있는 **지구**의 하찮은 거주자로서, 찰나인 광휘의 순간 속으로 침잠했다. 그렇게 강렬한 광휘에 휩싸이다 보니 마침내 가로수길 끝에 있는 시장에 다시 도달했을 즈음에(그의 가방에는 어제 신문 오십여 부가 가득 찼다. 보급소에서 알게 된 일이지만, 새 신문들은 다시 어딘가 길을 잃었다) 그는 큰 소리로 '사람들아, 지금은 고래일랑 놔두고, 한 사람도 빠짐없이 다들, 하늘을 응시하라'고 외치고 싶은 심정이었다…. 불행하게도 조바심 난 얼어붙은 군중은 이제는 코슈트 광장을 거의 가득 메우고서, 머리 위로 번쩍번쩍 번져가는 천상 대신에 황량하도록 음산한, 그들 앞에 놓인 깡통 빛깔 억대바위 트럭만 봤다. 그리고 긴장 섞인 기다림으로 판단컨대 분명—서커스 공연의 출현치고는 다소 비정상적이라 할 만한, 흡사 '만져질 듯 선명한' 긴장이고 보니—그 무엇도 그들의 관심을 순례의 목적에서 다른 데로 돌릴 수 없을 것 같았다. 무엇보다 가장 이해하기 힘든 일은 이들이 여기서 도대체 무엇을 원하는지, 뭐 하느라 넋이 빠져 꾸역꾸역, 오직 서커스 전단 한 장에 끌려드는지였다. 왜냐하면 '오십 미터짜리 트럭의 하물'이라는 불길한 예견이 얼마큼 진실인지, 마을에서 마을, 도시에서 도시로 고래를 따라다니며 지금쯤 거의 군대 수준으로 불어난 '마물魔物에 홀린 무리'에 관련된 터무니없는 뜬소문이 그래도 근거가 있는 이야기인지 어떻게 알 수 있느냐는 질문에 대한 해답은, 코슈트 광장까지 조심스레 나와본 지역민(야간 수위도 그런 용감한 정신을 가진 사람으로 쳐줄 수 있을 것이다)이라면, 떠돌아다니는 '괴물'에 달라붙은 빈한한 차림새의 지친 군중과 파란색 페인트를 칠한 족히 이십 미터는 넘는 무시무시한 주석 거상巨像 자체가 답을 하고 있으니, 쉽게 해답을 얻을 수 있기 때문이었다. 그걸로 답을 하고는 있지만 동시에 어떤 것도 드러내지 않았다. 그래, 그렇게 순전히 이 현장의 광경만 놓고 보더라도, 어제까지만 해도 '냉철한 정신의 상식적인 사람들'이 주장한, '모든 일'에 미스터리란 없다는, 흥미를 자아내기 위해 순회 서커스가 기발하게 꾸며낸 통상적인 속임수에 불과하다는 말은 틀렸음이 충분히 증명됐다고 치자, 그렇게 전혀 근거 없어 보이던 뜬소문이 사실이라 쳐도, 지금까지 여기 어물쩍 기웃거리고 남은 몇몇 지역민은 그 대단하다는 거수 고래가 뭐기에, 왜 여전히 사람들이 꾸역꾸역 물결을 이루는지 종잡을 길이 없어 답답하긴 마찬가지였다. 마을 사람들 말에 따르면 이 그림자처럼 어둑한 대군은 이 도시를 둘러싼 촌락에서 모여든 사람들이라고 했으니, 못 돼도 삼백 명은 넘는, 충성심을 넘어 강건해 보이는 사람들이 근처 향촌 출신이라는 점에는 (가까운 마을이든 부락이든, 베스퇴, 서르커드, 센트베네데크와 쾨테지안의 황량한 교외 지역 말고 어디서 오겠냐마는) 의문의 여지가 없어 보였지만, 거창하게 듣기 좋은 계획, 전국적 국가회복 운동 이후 삼십 년이 지났는데, 어떻게 아직도, 무섭고 흉악한 모습의, 아무짝에도 쓸모없는, 가장 상스럽고 저속한 기적에 목마른, 어쩌면 위협적인 특질을 지닌 큰 폭도들이 남아 있는지 눈으로 보고도 믿기지 않았다. 스물 혹은 서른 명의 사람들을, 이런 이유든 저런 이유든 그 부류에 맞지 않아 보여(그리고 나중에 그중에서 가장 결의가 굳은 사람들로 드러난다) 제쳐두면, 남아 있는 거의 삼백 명의 사람들은 뚜렷이 한 종류의 무리였다. 삼백 개의 털 재킷, 누비로 된 조끼, 거친 융단의 오버코트, 기름때 전 촌부의 모자, 쇠뒷굽을 단 장화, 모든 것이 깊은 유사성을 암시했고 바로 그 모습에 떼거리와 점잖게 거리를 두고 구경 삼아 나왔던 야간 수위 같은 사람들의 왕성한 궁금증이 싹 달아나 비가역적인 우려로 탈바꿈했다. 하지만 거기에는 다른 무언가가 더 있었다. 침묵, 목소리 하나 터져 나오지 않은 채 질식할 듯, 깨지지 않는, 불길하게 이어지는 침묵. 기다리고 있는 수백의 사람들은, 자꾸 안달이 나도 완고하게 인내하며 완전히 조용하게, 즉각 동요할 태세로, 그저 그런 볼거리에 몰린 사람들의 활기찬 흥분 대신에 완전한 침묵 속에 '공연'을 둘러싸고 거의 무아경으로 도취되어 함성 지를 곡조가 시작되기만을 기다리고 있었다. 그러면서도 다른 사람들과 일절 관련 없는 사람인 양, 왜 모든 사람이 하필 거기에 와 있는지 어느 누구도 상관할 바가 아니라는 듯, 혹은 반대로 이들 모두가 한 사슬에 묶인 거대한 죄수 무리로, 그 사슬이 도망칠 시도의 싹조차 잘라버린 듯, 그들 사이에 어떤 의사소통이나 대화도 의미가 없다는 양, 각자 동떨어져 있었다. 악몽 같은 침묵은 하지만 이런 '말기의 불안'의 이유 중 단 하나에 지나지 않았다. 다른 이유는 의심할 바 없이, 몇 겹의 사람들로 에워싸인 괴물 같은 트럭 속에 숨겨져 있었다. 수위와 엇비

숫하게 궁금증이 이는 다른 관찰자들이 즉시 추측해냈을 테지만, 대갈못으로 고정된 양철 상자 같은 트럭에는 어떤 손잡이도, 핸들도, 어떤 종류의 틈도, 하다못해 문이라고 짐작할 수 있는 어떤 것도 없었기 때문에, 그러므로(비록 말도 안 되게 불합리하게 들리겠지만) 여기 몇백은 되는 관중의 눈앞에, 앞이든 뒤든 옆이든 간에 어떤 문도 없는 장치가 서 있어서, 이 인파는 사실상 순전히 우둔한 고집으로 이를 열어서 엿보려는 시도를 하는 것 같았다. 그리고 여간해서 나아질 것 같지 않은 이 불편한 긴장과 불안에는, 어쩌다 보니 여기 숨어 어정대는 주민들도 여태 풀지 못하긴 했지만, 고래와 청중의 관계가 아마도 완전히 한 방향이라는 점이 적잖이 한몫한다고 감지되긴 했다. 그런 정황으로 보면 그들을 이리로 이끈 힘은, 흔치 않은 구경거리를 보겠다는 열렬한 흥미보다는, 무언가 애매모호하고 오랫동안 지속되는, 모든 실질적인 의도에도 불구하고 이미 판결이 난 시합의 목격자가 되고 싶다는 그들의 정신에서 비롯됐을 가능성이 훨씬 커 보였다. 그들이 들은 바로, 이런 줄다리기 같은 시합에서 가장 오싹한 요소는 단연코, 자신을 '단장'이라고 칭하는 보기에도 느글느글하고 몸무게가 많이 나가는 주인과, 떠도는 소문에 따르면 한때 권투선수였다지만 서커스 전반의 조력자로 신세를 망쳐버렸다는 우람한 짐승, 이 두 남자로 된 짝패가 그들의 관중, 아무리 봐도 변덕스럽다거나 무관심하다고 비난할 수 없는 관중에게 보이는 콧대 높은 경멸이었다. 분명 기다린 지 수 시간째였지만 광장에서는 어떤 일도 일어나지 않았고 이후에 공연이 시작될 거라는 어떤 징후도 없었다. 그래서 수위를 포함한 일부 지역민들은 이렇게 고의로 공연이 연기되는 이유는 하나밖에 없다고, 군중이 건조한 냉기 속에 손발이 얼얼해져도 꼼짝없이 그대로 있을 거라는 걸 알고 있는 고래의 안내원들이 군중에게 인내를 종용하는 야비한 즐거움에 취해, 그 자신들은 어디 다른 곳에서 나 몰라라 흥청망청 좋은 시간을 보내고 있을 거라고 의심하기 시작했다. 그리고 이성적인 설명을 찾기 위해 부득이 이런 생각이 꼬리를 물다 보니, 계속 같은 의심에 접어들기도 어렵지 않은 법이었고, 그러면 '이런 동중同衆의 사기꾼'들이 몰고 온, 주저앉을 듯한 트럭이 아무것도 담고 있지 않거나, 있더라도 그저 아무도 흥미를 갖지 않는 것을, 소위 '비밀'이라고 둘러대 잘 팔리는, 효과적이긴 해도 인위적인 입소문으로 속이고 있는 냄새나는 시체에 지나지 않으리란 확신도 은근히 들고…. 이런저런 비슷한 잡다한 방식으로, 마을 사람들은 좀 바람이 덜 드는, 그리고 이목을 끌지 않는 구석에서 지고한 묵상을 지속했고, 한편 벌루시커는 그를 둘러싼 불안은 전혀 알아차리지 못하고 일출을 바라보며 꿈을 꾸던 눈 그대로, 꾸무럭꾸무럭 지나갈 때마다 활기차게 사과를 하면서 군중의 앞쪽, 화물차 있는 데까지 나아갔다. 아무것도 그를 성가시게 하지 않았고 무언가 어디 어긋나 들어가 있다는 생각은 들지도 않았다. 무리의 앞에 이르러 여덟 개의 이중 바퀴에 올려진 거대한 운송기관을 인지한 뒤 그는 이를 마치 동화에서 빠져나온 물건, 보자마자 바로 크기 그 자체만으로 실망을 주지 않을 물건처럼 물끄러미 올려다봤다. 눈을 동그랗게 뜨고 차량의 바깥쪽을 앞에서 뒤까지, 놀라움으로 고개를 절레절레 저으며 훑고는 마치 반짝거리는 종이로 싸거나 리본을 둘러 포장한 상자의 선물을 마주한 아이처럼, 포장을 풀고 나면 무슨 물건을 발견할까 곰곰이 생각에 잠겼다. 무엇보다 그는 가장 먼저 마주치는 측면에 그림인지 글씨인지 기어가고 있는 표식에 마음을 뺏겼다. 바닥에서 위로도, 오른쪽에서 왼쪽으로도 읽어 내려가보려고 시도했지만 무슨 뜻인지 알 수 없어, 가장 가까이 있던 남자의 어깨를 가볍게 톡톡 두드리고 '실례합니다. 혹시 말입니다. 저기 뭐라고 쓰였는지 알고 계십니까?' 하고 물었다. 남자가 질문에 응해주지 않자, 조금 더 크게 두 번째 시도를 했고, 입을 닥치라는 충고가 담긴 낮고 길게 으르렁거리는 소리로 퇴짜를 맞고서 벌루시커는 자신도 역시 다른 사람들처럼 그 자리에 못 박힌 것처럼 가만 서 있는 게 낫겠다고 생각했다. 하지만 그는 얼마 지나지 않아, 두 번 눈을 깜빡이고, 가방의 끈을 다시 메고 목을 가다듬은 뒤, 친근한 표정을 만면에 지어 보이며 그 옆에 있던 찌푸린 인물에게 돌아서서, 살면서 이런 광경은 한 번도 본 적이 없다, 어쩌다 순회 서커스가 때때로 돌아오긴 하지만, 이런 적은 없었다, 전혀 눈길 끄는 공연도 아니었다, 물론, 나는 막 도착하긴 했지만, 그런 어마어마한 생물은 무엇으로 채워져 있는지, 아마 나무로 깎은 것일 가능성이 크긴 하지만, 그냥 상상이 가지 않는다, 그리고 입장료가 얼마인지 어르신은 알고 계시는지, 왜냐하면 나는 50포린트쯤 가지고 있는데, 몇 푼 모자라 입장을 거절당하면 아주 아쉬울 것 같다, 친근하게 말을 걸었다. 옆에 있던 그 인물은 이런 중구난방 속살거리며 붙이는 말을 들었는지 말았는지 대꾸 하나 없이 계속 트럭의 꽁무니만 뚫어져라 바라봤고, 벌루시커는 무슨 질문을 해도 이 사람한테서는 대답 얻을 길이 없겠구나, 결론을 내리고 물러섰다. 처음에 벌루시커는 그냥 사람들 사이에 도는 갑작스러운 긴장만 감지했는데 이후, 그들 시선의 방향을 따라가다 보니, 트럭 뒷면의 주름 철판이 내려오고 있는 모습이 보였다. 그리고 두 개의 통통한 팔이, 아마도 방금 전에 먼저 안에서 고정쇠를 풀었겠지만, 밑으로 서서히 문을 미끄러뜨리다가, 반쯤 내려오자 문을 갑작스럽게 툭 떨어뜨렸다. 그래서 철판의 밑부분이 보도에 닿아 부딪히고 옆부분이 트럭 뒷면 가장자리를 때리자 엄청난 소리가 덜커덕 났다. 출구로 우르르 몰려가던 사람들에 휩쓸려 앞쪽에 선 벌루시커는 고래의 거주지가 보기에도 오직 안에서만 열릴 수 있다는 사실이 전혀 놀랍지 않았다. 왜냐하면 그렇게 특이한 서커스단이라면, 이 패거리도 분명 평범하지 않아 보이지만, 그런 문제는 별난 해결법으로 변통하리라는 것을 당연히 의심하지 않았기 때문이었다. 게다가, 다른 것은 제쳐

두고 이제는 서커스의 '출입구'임이 분명한 곳에 서 있는, 육척은 족히 넘어 보이는 집채만 한 살집의 거구에 그의 관심이 쏠렸기 때문이기도 했다. 이 인물이 누군지는 매서운 추위에도 불룩 튀어나온 덥수룩한 상체에 더러운 러닝셔츠만 입고 있다는 사실뿐 아니라(어쨌거나 '잡역부'라면 열기를 싫어하리라) 흉측하게 망가지고, 전체적으로 짜부라진 코에서 짐작이 되었고, 이런 외관은 날카롭기보다는 바보스럽다는, 의외로 순수한 인상이라는 느낌이 들었다. 그는 팔을 공중 높이 치켜들고, 막 기나긴 잠에서 깨기라도 한 듯이 큰 소리로 끄응 앓고서, 출구 주위로 모여든 군중 사이로 가볍게 뛰어내리더니, 마지못해 주름판을 한쪽으로 끌고 가, 찌그러진 그 물체를 트럭에 기대어 두었다. 그런 뒤 승강 계단용으로 세 개의 넓은 목제 판자를 내리고, 길목에서 비켜서서, 납작한 금속 상자 하나를 움켜잡고 표를 팔기 시작했다. 표정이 완전히 지겹고 따분해 보였는데, 조금 흔들거리는 경사로를 발을 질질 끌며 올라가는 손님들의 줄이든, 기대에 차서 금방이라도 터질 듯이 긴장된 분위기든, 그런 일을 하는 사람들이 흔히 말하듯이 그에겐 천당이든 지옥이든 거기서 거기라고, 티끌만큼도 흥미가 없다는 그런 의미 같았다. 벌루시커는 흥분으로 몸을 후들후들 떨며 줄에 섰다. 관중, 화물차, 철제 상자, 매표원 모든 게 아주 신이 났다. 자신 앞에 있는 무관심한 거구의 짐승에게 감사하는 눈길로, 그는 자신의 표를 받아들고서, 얄팍한 지갑이 경비를 부담할 수 있어 안도하며 매표원에게 고맙다고 했다. 자꾸만 바뀌는 이 웃 사람에게 거듭 대화를 터볼까 노력하다가, 그의 차례가 마침내 돌아오자, 그 역시 삐걱거리는 계단 판자를 조심조심 발을 떼어 신중하게 건너고, 어슴푸레하고 어마어마한 '고래―집'의 공간 속으로 들어섰다. 기둥과 대들보로 된 낮은 단 위, 한쪽에 달아놓은 푯말에 손으로 쓴 글자 그대로, '경이적인 블러어흐벌BLAAHVAL'이라는 으리으리한 거수巨獸가 누워 있었다. 분필로 작게 기입한 나머지 설명을 읽고 '블러어흐벌'이 정확하게 무언지 나름대로 깨우치려 해도, 조금이라도 머뭇거린다 싶으면 뒤에서 밀려드는 군중의 압박에 앞으로 떠밀려가버리니 알 길이 없었다. 이리 가라 저리 가라 방향 표시가 없어도, 이러쿵저러쿵하는 사람 설명이 없어도, 거대한 생물은 눈에 확 들어왔다. 벌루시커는 미스터리한 그 이름을 입으로 속살거리며, 공포와 경이가 뒤섞여 입을 떡 벌리고, 결코 흔하지 않은 구경거리를 멍하니 눈으로 쫓았다. 고래를 보는 것, 한편으로 보고 있는 전체를 전반적으로 파악한다는 것은 같은 뜻이 아니었다. 어마어마한 꼬리지느러미, 마르고 갈라진 철회색 껍질과, 중간쯤 아래 기이하게 부풀어 오른 몸체, 하나로도 족히 수 미터에 이르는 등지느러미를 가늠해보는 일은 대단히 가망 없는 과업 같았다. 그냥 너무 크고 너무 길었다. 눈에 전체가 한꺼번에 다들어오지도 않았고, 죽은 눈은 제대로 쳐다볼 기회도 없었다. 벌루시커는 어기적어기적 걷고 있는 줄에 간신히 몸을 끼워 넣고서, 마침내 기발하게 받쳐서 활짝 벌려놓은 턱까지 이르렀는데, 그는 어두운 목 안을 들여다보거나, 시선을 멀리 떼어 바깥 몸의 양쪽 깊은 구멍에 쑤욱 잠긴 두 개의 작은 눈을 찾아보거나, 눈 위로 낮은 쪽 이마에 있는 두 개의 분수공을 알아보거나, 이들 부위를 따로따로 떼어 보고 있어서, 다 같이, 어마어마한 머리를 그냥 통합된 전체로 보는 일은 불가능했다. 어쨌든 머리 위에 불빛이 켜져 있지 않아서 제대로 알아보기도 힘들었고, 멈춰 서서 쉬엄쉬엄 그 공포를 즐기거나 무시무시하게 전시해놓은 입이나 입안에 든 움직이지 않는 광대한 혀를 찬찬히 감상하는 일도 불가능했다. 그래도 그를 가장 놀라게 한 일은 그 입도 아니고, 완전히 감을 잡을 수 없는 생물의 크기도 아니라, 완벽성과 확실성을 안고 공공연하게 전하는 말이었다. 한없이 낯설고 한없이 먼 세계의 경이들을 목격한 이 거수가, 이런 순하지만 무시무시한 대해와 대양의 주민이 실제로 여기 와 있고, 사람들이 자유롭게 만질 수도 있는 이 생물이 꼭 포기하고 퇴위한 것은 아니노라고. 이 모든 것에도 불구하고 벌루시커가 그의 행복한 아연실색에 의외로 아무 방해도 받지 않고 서 있는 동안, 무겁고 냄새 심한 어둠 속에서 계속 고분고분하게 터덜터덜 걷고 있는 다른 사람들은 그와 비슷하게 감동받은 티도 내지 않고, 눈에 확 들어오는 메신저는 별로 큰 관심거리가 아니라는 듯한 완강한 인상을 풍겼다. 사실 그들은 중간에 꼼짝없이 묶인 딱딱한 거수에 겸연쩍은 눈길을 몇 번 던지긴 했는데, 그 눈길에, 이 자리에 적절한 경의에 찬 공포의 요소가 완전히 결핍되지는 않았지만, 눈은 가만있지 못하고 공포와 열망으로 사방을 나풀거리며 마치 무언가 다른 걸 발견하리라는 듯, 그들 모두의 기대를 뛰어넘을 어떤 가상의 존재를 찾으리라 기대하는 듯, 화물차의 모든 곳을 훑고 있었다. 스산한 불빛 속에 한층 황량함만 돋우는 다 무너진 대형 화물차에는 그런 기대에 부응하는 것이라곤 없었다. 문 바로 안에, 줄의 한 쪽으로, 금속제 로커가 몇 개 서 있었다. 그중 하나가 열려, 여덟 개에서 열 개쯤, 쪼글쪼글 슬퍼 보이는 몇 개의 배아가 담긴 포르말린 병이 있었지만 아무도, 벌루시커조차도, 신경을 쓰지 않았고, 화물차의 다른 끝은 커튼을 쳐서 나눠놓았는데, 조금 널찍하게 갈라진 틈이 있었으나, 그 사이 역시, 대야와 물 단지를 빼고 딱히 흥미를 끌 물건들은 보이지 않았다. 끝으로 벌린 입의 동굴 딱 맞은편에, 칸을 후미와 나누는 주름진 칸막이 벽에 난 문이 있었다.(비록 손잡이 없는 다른 문이긴 해도) 일꾼들을 위한 침실 같은 데로 이어지리라 짐작되는 문이었는데 다른 어떤 곳도 아니고 여기에, 군중은 가장 분명한 흥분의 조짐을 보이긴 했으나, 벌루시커는 이런 일을 눈치챘더라도, 그런 기이한 행동의 이유를 아마 이해하지 못했을 것이다. 고래에 완전히 홀린 벌루시커는 고래 말고는 아무것도 보이지 않았고, 기막힌 물체의 반대편까지 조사하고 나서, 어느 결에 다시 외부로 나와 높은 단에서 비교적 안전하게 내려와서도 얼이 빠져 있어서, 줄에서 그를 앞장섰던 이들이 다 보고 나와 원래 시작했던 거의 그 자리에 돌아왔으나, 수많은 기다림의 시간에도 왠지, 고래를 보긴 봤어도, 원래 의도했던 목적을 얻어내지 못한 듯이 보이는 낌새도 눈에 들어오지 않았다. 그의 인식의 언저리에 들어오지 못하고 말고. 아마도 바로 그 이유 때문이었는지 모르지만, 자신이 저녁에 다시 돌아와 누구보다 앞서 정말 특별히 참을성 많은 숭배자들을 거느린 이 기이한 친구의 잊을 수 없는 현상을 풀어보겠다 굳게 결심했고, 그래서 그가 쾌활하게 손을 흔들어 인사한 야간 수위와 달리, 그는 서커스 전시를 그 자체로 무엇 못잖은 대단한 장관으로 여겼고, 수위가 그에게 거친 목소리로 다가와 은근슬쩍 '이봐, 안에 뭐가 있는지 말해봐… 사람들 말이 무슨 귀족 이야기를 하고 있던데…' 물어오자, 그는 그 질문을 자신의 사고방식에 맞춰 활기차게 '아녜요. 아르쥅란 씨! 완전히 웅장해요. 진짜라니까요! 이건 제왕이에요. 단연코 제왕이라고요' 하고서 발갛게 타오르는 두 볼을 하고, 불쑥 던진 그의 말에 놀라 어리둥절한 양반을 두고 떠났다. 가방을 가슴께에 꼭 껴안고 군중을 헤치고 나아가면서, 이미 열두 시가 지났고, 오늘은 수요일이라 에스테르 부인이 '세탁 가방'을 들고 기다리고 있을 거라는 데 생각이 미치자 그는, 오후에도 신문 배달할 시간은 충분하니까, 집으로 돌아가 그 문제를 처리하자 결심했다. 그래서 그는 히드 거리로 향해―마을을 벗어나, 멀리 떨어진 피난처까지 돌진하는 게 차라리 낫다는 의구심은 품지도 않고—속도를 냈다가 종종 완전히 멈췄다가, 짓궂은 미소를 띠며 하늘을 가늘게 찡긋 올려다봤다. 몇 분이면 가닿을 집까지 짧은 거리를 가면서, 다시 또다시 그 눈앞에 흐릿하지만 그래도 어떻게 된 게 온전한 전체가, 예사 상상력은 다 뛰어넘는 아주 방대하고 순수한 사체가 자꾸만 보여 그의 머리를 온통 채웠다. '얼마나 어마어마한가…! 얼마나 비상한 생명인가…! 그 비상한 생명을 만들어놓고 흥겨워했을 창조주는 또 얼마나 속 모를 미스터리한 존재인가?' 그렇게 생각을 이어가다 보니, 이윽고 이른 아침의 숭엄한 명상의 고지까지 되짚어갔고, 그들을 시장 광장에서의 경험과 연결할 수 있었으며, 한마디 말없이, 오직 그의 영혼 깊은 곳에서 중단되지 않고 소곤거리는 마음속 혼잣말이, 심판의 행동 중 전지전능한 창조주의, 온화하긴 해도 최종적인 몸짓들이, 그 자신의 전능을 말로 다 할 수 없을 수십억 창조물에게, 지금 당장은 겁을 주긴 해도 기분 들뜨게 하는 구경거리 고래에 이르기까지 세심하게 뻗쳐 있노라고 뭉게뭉게 돋아나 자리를 잡았다. 이따금 머리를 숙이고, 잠시 후 그 특유의 자세로 고개를 들어 하늘을 쳐다보며, 그리하여 다시 한번, 존재하는 모든 것이, 한 가지 생각의 다른 부분으로, 형제자매처럼 모든 다른 부분과 연결돼 있음을 깨닫고 고요한 환희에 흠뻑 빠져들었다…. 그는 히드 거리의 일견 사람이 살지 않는 것 같은 집들을 속도를 내어 지났다. 더욱 발길을 재촉해 어포르 빌모시 광장의 구슬픈 고요를 가르며 뒤레르 거리 아래로 뼛속까지 스미는 추위에 떨며 나아갔다. 오히려 스스로 그런 추위에 휩싸이도록, 아니 오히려, 자신을 앞질러 혹은 둘로 나뉘어 한쪽은 아래에서 속도를 올리고, 한쪽은 위로 멀리 날아올라 고도를 높였다. 이런 비상과 허공의 질주는 곧 곤두박질치고 멈춰 끝이 났는데, 왜냐하면 그가 하레르 댁의 정문으로 접어들어 낡은 세탁장으로 이어지는 길로 달려가 문을 열자, 거기에 이미 누군가 있어서 놀라 얼어붙었기 때문이다. 노골적으로 쳐다보는 누군가, '환한 표정'이 못마땅한 누군가, 어떤 서론도 없이 벌컥 화를 내며 '무슨 경우 없는 짓이냐? 대체 무슨 연유로 그런 얼빠진 얼굴을 하고 돌아다니는 것이냐? 문은 제대로 잠가놓고 다니는 게 더 낫지 않겠어? 대놓고 도둑들을 불러들이는 꼴이라니!' 물어왔다. 부인은 보통 그 옷가방을 하레르 댁에 남겨놓거나 문지방은 넘지 않고 그에게 전해주지, 들어와서 그와 간단한 문안을 주고받는 일은 없기 때문에, 절대 그런 일은 없기 때문에 예상치 못한 황공스러운 '공범', 에스테르 부인의 등장은, 여기 그의 누추한 소지품들 사이에, 특히나 지금 그녀의 얼굴이 홍당무처럼 붉게 달아올라, 알고 봤더니, 정말로 아침부터 기다리느라 화가 나서 부어 있는 모습을 보자, 벌루시커는 제 눈을 믿을 수 없고 정신이 하나도 없어 갑자기 자신이 어디에 있는지, 무엇을 하던 중인지 아무 생각도 떠오르지 않았다. 청하지 않은 이런 영광과 최고천*에서 너무

빨리 떨어지는 자신의 하강에 어질하여, 그는 쑥스러움으로 (왜냐하면, 의자 하나 없는 방이라, 에스테르 부인은 어쩔 수 없이 그의 침대에 앉아야 했기 때문에) 얼굴이 온통 새빨개져 서둘러 남은 빵 껍데기, 기름종이에 싸인 돼지기름, 빈 깡통과 양파 껍질들을 둥근 의자에서 쓸어 바닥에 떨어뜨리고, 그런 뒤, 자신을 지켜보는 손님의 엄중한 안광 아래 금방 청소한 곳, 그리고 유일하게 앉을 수 있는 곳에 자리를 잡는 동안, 부인이 눈치채지 못하게 흩어진 양말짝 몇 개를 찬장 아래로 차 넣으려 애썼고, 바보 같은 웃음을 지으며, 더러운 팬티 한 장을 바로 침대에서 치우려고 했다. 그가 무엇을 만지든, 그러나, 상황은 개선되기는커녕 바로잡을 길 없는 방의 상태를 선명하게 드러냈고, 그래도 포기를 모르고, 방구석의 곰팡이 핀 사과 속과 하레르 씨의 방문들을 숨김없이 드러내는 석유스토브를 둘러싼 담배꽁초, 도무지 닫히려 들지 않는 옷장문과 씨름을 벌이는데, 에스테르 부인은 자신이 말하는 것에 그가 '손톱만큼도 신경을 쓰지 않는' 것을 알아채고 참다 못해 빼액 소리를 치고, 그에게 말할 무지하게 중요한 일이 있으니 '하던 일을 당장 멈추고' 앉으라고 명령했다. 그는 머릿속에 너무 많은 생각이 소용돌이쳐서 몇 분간, 귀에 거슬리는 다들 익숙한 그 목소리가 하는 말을 알아듣지도 못한 채 그저 고개를 끄덕이고 눈을 깜빡이며 꼼지락

---

* 불의 순수한 요소로 이뤄져 있다고 고대 사람들이 믿었던 제일 높은 하늘.

대고 헛기침만 해댔다. 그리고 그녀가 눈을 천장에 고정하고, '다가올 날들'과 '세상이 기다리고 있는 무거운 심판'에 대해 몹시 감정에 휘말려 버럭버럭 외쳐대는 동안에, 열렬한 동의의 표정으로 꼼짝 않고 둥근 의자만 바라보는 일 말고는 다른 반응을 보일 수가 없었다. 그런 상황이 오래 지나지 않아, 갑작스럽게 내용을 전환하며, 에스테르 부인의 드높은 시선 역시 그를 향해 틀어졌다. 비록 이제야 조금씩 알아듣기 시작한 말이 마음 놓이는 일과는 한참이나 멀긴 했지만. 왜냐하면 그는 그 전날 밤에 어머니와 이 손님이 '좋은 친구로 헤어졌더라'는 말을 듣고(즉시 어머니의 마음을 달래는 일에 에스테르 부인의 조력을 얻을 수 있겠구나 희망이 솟구쳐서) 순수하게 기뻐했다가, '증가하는 서류 작업의 양과 새로운 직위와 관련된 평판 때문에' 에스테르 부인이 '바로 오늘' 현재 전차転借 셋집에서 집으로 다시 옮겨 갈 것이며, 그 일에 앞서—'더러운 세탁물'을 두고 이룩된 오랜 세월, 그늘에 가려졌던 비밀스러운 그들의 행동을 다 폭로하는—그녀의 옷을 그에게 딸려 보내겠다는 계획에 질겁했기 때문이었다. 이런 일이 벌어지면 아내 이름을 입에만 올려도 부들부들 떨며 그쪽으로는 지금도 지나치게 민감한, 친구이자 모시는 어르신의 건강이 더욱 위태로워질 것이 틀림없었다. 그리고 에스테르 씨가 완전히 건강을 되찾도록 간병하고, 적합한 작업 환경을 조성하려고 벌이던 모든 고된 일은, 지금 그의 공모자가 진짜로 목적한 바를 이룬다면 성과도 없이 치명타를 입을 게 뻔했다. 물론 그녀가 그렇게 하는 것을 막기는 힘들 겠지만, 새로운 정치적 운동의 구축을, 지역민들이 에스테르 죄르지를 원하고 있다고, 다른 어떤 사람도 이 일을 이끌 수 없노라고 그녀가 지나가듯 슬쩍 언급한 후에 덧붙인 말이 그에게 아주 큰 안도로 다가왔다. 그런 중요한 직위에 내정 되는 일은 엄청난 명예를 안겨줄 것이며, 그가 그 자리를 받 아들인다면 그녀는 가장 행복하고 자랑스러운 아내가 될 것 이니, 수락만 한다면 남편은 그런 책임의 무게를 짊어져야 하고, 그 무게는 지금 그녀가 진 무게보다 훨씬 더 막중하기 에, 그녀는 잠시라도 그를 방해할 엄두조차 낼 수 없을 것인 만큼, 자연스레 살림을 옮기려던 그녀의 계획은 연기될 수밖 에 없다고 속살거리며 덧붙였던 것이다. 다만 한 가지 문제 는, 에스테르 부인은 단념하는 듯한 몸짓을 하더니, 플라우 프 부인이 그 모든 문제를 즉시 벌루시커, 마음만 먹으면 반 드시 성공시키는 자신의 아들에게 맡겨야 한다고 하긴 했지 만, '… 다만 나는,' 마무리를 지으며 손님은 목소리를 높이 더니, '남편의 여차하면 무너질 듯 가냘픈 건강 상태와 남과 어울리지 않는 성향을 아는 아내로서, 그가 그런 주선을 수 락할지 아주 의문'이라고 반복했다. 마침내 그녀가 무슨 말 을 하고 있는지 어림잡은 벌루시커는 정말 어머니가 자신에 대한 반감에도 불구하고—그녀로서는 안 그랬다면 완벽하게 이해가 가는 일이지만—이런 복잡한 문제의 해결을 위해 자 신에게(그것도 '즉시!') 도움을 기댄 일과, 에스테르 부인이 그런 눈부신 자기희생을 통해 미처 몰랐던 그녀 성격의 일면을 드러내 보인 일, 둘 중 무엇에 더욱 기뻐해야 할지 몰랐다. 확실한 건 어쨌든 그런 생각으로 그는 점점 더 흥분에 휩싸였고, 그 열의가 지나쳐 자리에서 벌떡 일어나 잰걸음으로 방을 왔다 갔다 하며, 그 방문객의 확신을 사려는 목적으로, '그 임무를 맡을' 것이며 '틀림없이 성공시키도록' 최선을 다하겠노라고 다짐했으며, 그 말에, 대체로 근엄하고 심각한 표정의 여인은 짧지만 진심 어린 웃음을 터뜨렸다. 이 호쾌한 웃음소리는 즉각적인 찬성을 의미하지는 않았으며, 손님은 상당한 토론과 간곡한 권유 후에야 겨우 설복당해 벌루시커의 제안을 받아들였다. 그런 뒤에야 그에게 '운동에 관한 필수적인 사실' 전부를 아주 모호한, 머리에 들어오기 힘든 용어들로 통겨주고, 종이에 '바로 오늘 오후 새로 선출될 책임자가 고용하기 시작할, 선동과 선전 기술을 지니고 일거리를 맡을' 이들의 명단을 작성해준 후, 그 옷가방과 메시지 문제에 대해 굽힐 뜻은 없음을 강경히 내비쳤다. 그들이 하레르 집 정문을 벗어나, 거의 정오인데도 누그러질 기미 없이 서리가 끼어 있는 뒤레르 거리까지 걸어가는 사이, 벌루시커는 코슈트 광장에서 벌어진 '경이로운 공연'에 대해 잔뜩 설명을 늘어놨지만, 그녀는 완전히 무관심하게 그의 말을 흘려듣고 여행가방과 그녀 행동의 상세한 사항들만 이야기했으며, 요커이 거리의 모퉁이에 다다라 헤어질 때까지도 고집스레, 벌루시커가 똑 부러지는 남편의 동의를 들고 오후 네 시까지 도착하지 않는다면, 그녀, 에스테르 부인은 원래 의도했던 대로 '벤크하임 벨라 대로에서 저녁을 먹겠노라'고 되풀이해서 말했다. 그러고 나서 그녀는 발뒤꿈치로 휙 돌아서서, 한 손에는 세탁물로 가득한 가방을 들고 다른 손엔 쪽지를 쥔 벌루시커를 남긴 채 그녀가 주장하는 대로라면 '다급한 용무'를 위해 멀어졌다. 거의 일 분간 멀어지는 뒷모습을 바라보던 그는, 자신의 나이 든 친구가 '이런 모범적인 여인의 진가'를 늘 의심하긴 했지만, 그녀의 행동에 또렷이 드러나는 선의와 그를 향한 희생심은 분명 그를 납득시키고도 남을 것이라는 확신이 들자 한층 마음이 뭉클했다. 가혹하고 고압적으로 보이는 그녀의 영혼 속에 누군가를 존중해주는 면이 있다는 점은 그전에도 명명백백하긴 했던 터였다. 그녀가 벌루시커를 처음 찾아와, 그가 쾌히 비밀로만 해준다면, 이후로, 남편의 더러운 빨래를 '자신의 두 손으로' 세탁하고 싶다고 했을 때, 수년 전 그때 이미, 그녀가 그 모든 지난 세월을 거치며 그렇게 차갑게 자신을 쫓아낸 남편을, 그녀 존재의 아주 뿌리 깊은 곳에서부터 무조건적인 정절과 존경으로 대하는구나, 잘 드러났다. 갑자기 자신을 찾아온 이 손님이 '집으로 살림을 도로 옮기겠다'는 속이 뻔한 계략으로 무엇을 성취하고 싶은지 알고 나니, 엄밀히 말해, 그녀가 자신에 대한 남편의 근거 없는 반감을 잘 돌려세워 그 직임을 떠맡을 수 있도록, 말하자면, 그가 정치적 운동에 참여하도록 설득하는 일에는, 그런 조직하에 그들뿐만 아니라 전체 대중 앞에 에스테르 죄르지의 놀라운 '자질'들을 드러내겠다는 심오한 목적이 있을 것이라는 판단이 드니, 그는 전보다 더욱 확실히, 벵크하임 대로에 있는 집의 외로운 입주자는 더 이상 그녀의 비범한 고집에 저항할 수 없고 그런 충직하고 단호한 열정을 직면해서 더 이상 할 수 있는 일도 없으리라 생각했다. 무언가 돌풍이 사납게 일었고, 발걸음을 떼자, 그는 숨을 앗아가버릴 듯한 얼음장 같은 바람에 맞서 싸워야만 했다. 안 그래도 무거운 여행가방은 시시각각 무거워졌고, 길은 미끄럽고, 빼곡히 자리 잡은 길 잃은 고양이 떼는 한갓지게 어슬렁거리며 아주 뻔뻔하게 길을 비켜줄 생각을 좀체 하지 않았지만, 그 무엇도 한껏 부푼 기분을 방해하지 못했다. 전에는 어르신의 집으로 이런 좋은 기별을 가득 들고 향했던 적이 없었다. 그러니 오늘은 모든 것이 좋은 쪽으로 풀릴 것이라 확신했다. 왜냐하면, 그가 매일 드나들 때부터, 그러니까 에스테르 부인이 집을 떠난 지 얼마 안 되어 매일 식사거리의 운반자로서 죽 드나들 때부터, 주거지와 침통한 집주인을 점차 알아갈 때부터, 다 이런 것을 바랐기 때문이었다. 무엇보다 '음악학 연구가, 그 연구의 방향과 중요성의 전반적인 규모는 아직 마을에 알려지지 않았으나, 다만 순전한 겸손에 이를 부정하는 음악이론가가, 게다가, 심한 허리 통증에 시달려 사실상 침대에 묶여 은둔할 수밖에 없는, 남다른 존경이 당연한 이런 엄청난 저명인'이, 그도 놀라자빠지게끔, 그를 자신의 *친구*

로 여긴다고 언명한 이후로 더욱 그랬다. 그리고 그는 어쩌다 자신이 선생의 우정에 대한 자격을 갖췄나, 왜 에스테르 교수는 이런 특별 대우의 수혜자가 될 만한 다른 사람(속에 든 생각을 정확하게 파악하고 알아차릴 수 있는 누군가, 아무리 해봤자 설핏하게 이해할 수밖에 없는 한심스러운 자신 말고)을 뽑지 않았나 도무지 이해를 못해 갈팡질팡하긴 했어도, 어쨌든 그날 이후로 죽 그는 자신뿐만 아니라 마을 전체를 집어삼키며 위협하는 죽음 같은 비통과 환멸의 진구렁에서 선생을 구할 책임은 그에게 있다고 느꼈다. 사람들의 생각과는 반대로, 만나는 모든 사람이 '무정부 상태로 빠지는 붕괴'에 사로잡혔고, 일반적인 세론으로 더 이상 피할 수 없는 상태라고 늘 입에 올리는 것을 벌루시커가 아예 알아차리지 못하는 것은 아니었다. 모든 사람이 '막을 수 없는 혼돈으로의 쇄도' '예측 불가능한 일상생활' '다가오는 대참사'에 대해, 이 섬뜩한 단어들의 오롯한 *무게*에 대한 명확한 인지는 아마 없이 이야기하고 있었다. 그의 추측으로는, 이런 유행병 같은 공포의 확산은 하루하루 증가하는 진정한 재난의 확신에서 잉태되는 것이 아니라, 내재한 공포에 대한 감수성이 결국 실제 대재앙으로 이어지게 하는 상상력의 감염성에서 비롯되기 때문이었다. 다른 말로 사람이 품격 떨어지지 않는 정연한 세상의 제어를—부주의로 원시 상태의 법칙으로 탈선하여—잃어버린다면, 제 역할을 수행하지 못했던 이 사람은 그의 깊은 내부 접합부들이 헐거워졌기 때문이라고 잘

못 파악하는 '그릇된 예감'으로 그러는 것이다…. 아무리 그가 설득하려고 노력해도 이런 친구들이 당최 그의 말을 들으려 하지 않는 것도 무척 속이 상하긴 하지만, 아무래도 덜어지지 않는 침울한 어조로, 그들이 살고 있는 시대는 '기만적인 미래와 기억나지도 않는 과거 사이의 불가해한 지옥'이라는 주장이 그는 가장 슬펐다. 그런 암담한 생각들은 그가 매일같이, 지금 마침 딱 도착한 벤크하임 벨라 대로에 있는 집에서 익히 듣고 있는 끈질긴 고통 가득한 독백과 정서를 떠오르게 하기 때문이었다. 이보다 더욱 우울한 일은 뭐냐면, 아무리 부정하고 싶은 마음이 굴뚝같아도, 에스테르 씨, 가장 섬세한 시인의 감수성, 비교할 수도 없는 깊은 사려와 진정한 영혼의 모든 위대한 재능이라는 축복을 타고나, 진실한 우애의 징표로 빠뜨리는 법 없이 꼬박 적어도 삼십 분 이상은 피아노로, 음치인 그에게, 유명한 바흐의 악절들을 쳐주는 이 사람이 어느 누구보다 환멸에 찼음을 부정하기 어렵다는 점이었다. 그리고 그가 이런 환멸의 많은 부분을 숙환으로 인한 전반적인 쇠약과 침대를 벗어나지 못하고 묶여 지내는 단조로움 탓으로 돌리긴 했지만, 날로 회복이 길어지는 일은 전적으로 벌루시커 자신의 탓이 아닐까 자책했고, 그가 자신의 의무를 더욱 신중하게, 한층 철저하게 수행한다면, 결국 완전히 회복할 가능성이 있을 수도 있으므로, 그의 위대한 친구가 마침내 '수술도 불가능한 백내장'에서 비롯된 영혼의 어둠을 벗어날 수 있기를 바랄 따름이었다.

언젠가 그런 순간은 닥칠 것이라고 그는 한 번도 의심치 않았다. 그리고 이제 막 집으로 들어서, 책 선반이 길게 줄지은 복도를 조심스레 지나며, 그날 새벽이나 고래 혹은 에스테르 부인과 관련된 일들을 어디부터 설명해야 하나 고심하는데, 그는 회복의 시기가 마침내 끝날지도 모른다는, 그렇게 열렬하게 바라마지않던 완전한 회복의 순간이 실제로 멀지 않았다는 느낌이 들었다. 그는 무거운 가방을 다른 손으로 옮기며 익숙한 문 앞에서 멈춰, 사기를 진작하고 모든 것을 용서하는 빛, 그 순간이 이르렀다면, 에스테르를 비출 때만 기다리고 있는 그 빛을 떠올렸다. 그렇다면 시선을 줄 만한, 발견할 가치가 있는 일이 있을 테니—그는 평소 습관대로 세 번 문을 두드렸다—하나의 조화로운 전체 속에서 육지, 바다, 걷는 사람, 선원, 하늘과 땅, 물과 공기 그리고 서로의 의존 속에 사는 모든 것, 삶이 막 열리는 참이거나 이미 날아가버리고 있는 것들을 이해하는, 끝없이 아름다운 힘의 수호 아래 불후의 질서를 목격하는 일이 그에게 허락될 것이니까, 깨어 있는 영겁에서는 탄생과 죽음이 오직 순식간의 일일 뿐임을 알게 될 것이며, 이를 이해한 그의 얼굴은 놀라서 환히 빛날 것이다. 산, 나무, 강 그리고 계곡의 온기를—그는 부드럽게 문손잡이를 잡았다—그는 느낄 것이고, 인간 존재의 숨은 깊은 속을 발견할 것이고, 마침내 그를 세계에 묶고 있는 끊을 수 없는 매듭은 감금하는 사슬이나 유죄 선고가 아니라, 그도 집을 가지고 있다는 파괴할 수 없는 감각을 전하는 단단한 탯줄이라고 이해할 것이다. 그리고 그는 모든 것을 껴안고 활기를 주는 상호성의 어마어마한 환희를 발견할 것이다. 비, 바람, 태양과 눈, 새의 비행, 과일의 맛, 풀밭의 냄새, 그리고 그의 불안이나 비통은 과거의 살아 있는 뿌리와 그의 명확한 미래라는 떠오르는 비행선에 필요한 단순히 거추장스러운 밸러스트*가 아니었을까 의심할 것이다. 그런 뒤—그는 문을 열기 시작했다—에스테르 씨는 마침내 우리의 모든 순간은 동틀 녘과 해 질 녘을 순환하는 지구의 왈츠를 따라 행진하며, 겨울과 여름의 잇따른 물결을 타고, 가로질러, 행성과 별을 꿰며 지나간다는 것을 알게 될 것이다. 손에 여행가방을 들고 그는 방 안으로 들어섰고 눈을 끔벅이며 어스름 빛에 섰다.

---

* 바닥짐. 균형이나 무게를 위해 놓는 물건.

* * *

    그는 어스름 빛에 서서, 혼란스러운 미소를 짓고 있었다. 그리고 에스테르 역시 도착할 당시의 애처롭고 어지러운 그의 감정 상태에 대해 익히 알고 있던 터라, 그를 진정시키고서, 거절하기 힘든 태도로, 인사를 대신한 손짓을 하며 그에게, 담배 피우는 데 사용되던 탁자 곁 늘 앉던 자리에 앉아 추운 날씨에 건너오느라 언 몸을 녹이라고 하고, 열광의 불꽃이 사그라지도록 기다리는 동안에 그의 오래 친구는 엄선된 조리 있는 말 몇 마디로 그의 흥을 돋궈주겠다고 청해 들였다. '그러면 더 이상 눈이 내리진 않을 거로군.' 그는 서두 없는 말을 꺼내고는, 앞서 홀로 이어가던 생각을 다시 하게 되어 기뻤다. 그날 아침부터, 씻고 옷 입는 데 드는 시간이 이미 지난 뒤 하레르 부인이, 아주 마음 놓이게도, 떠나자마자 온통 사로잡고 있는 그 모든 것을 아우른 말이었다. '이 순간, 이 세상 상태로 판단한다면 다들 그렇게 떠벌리겠지만.' 그렇다고 그 그럴싸한 발언의 타당성을 일어나서 직접 자신의 눈으로 확인하는 일은 그답지 않은 일이었고, 그렇다고 지금 안락의자에 앉아 있는 흥분한 방문객에게 부탁해서 무거운 커튼을 걷고, 황량하게 텅 빈 거리에 불어닥치는 얼음 같은 바람의 물결을 타고 소용돌이치는 신문지와 침묵에 얼어붙은 무덤 같은 집들 사이로 급히 떨어지는 종이봉지들을 살펴보라고, 한마디로 그를 대신해, 볕 좋은 날을 염두에 두었을 어마어마한 창문들을 통해 밖을 살펴달라고 청하고 싶은 생각도 없었다. 그가 보기에 이런 것들은 완전히 무의했다. 우선 마지못한 행동에는 포기의 달인인 그로서는 그 일에 발을 들이는 일이 이미 가치가 없어 보이기도 했지만, 대부분 질문 그 자체가 틀린 것 같아서였다. 그래서 깨어나자마자 조금이라도 질문할 가치가 있던 유일한 질문이 바깥에 눈이 오느냐 안 오느냐였는데, 이는 단단하게 커튼을 내린 여닫이창문에서 등을 지고 그가 지금 위치한 침대 위에 앉아서 결판내도 될 일이었다. 크리스마스와 관련된 평화, 행복하게 울리는 종소리만이 아니라, 눈 그 자체도 이런 영원한 겨울 속에서, 어떻게 된 게 잊었으니까. 하긴, 살을 에는 추위가 가혹하게, 자신으로서는 마지막, 태평하고 열정적인 취미, 무엇이 먼저 무너지게 될지, 집인지 아니면 집의 거주자인지 내기를 하고 있는 이 주변으로 몰려드는 이런 때를, 어쨌든 겨울이라고 부를 수 있다면 말이지만. 전자인 집을 살펴보자면, 더도 말고 새벽에 불만 지피라고 고용된 하레르 부인이 빗자루와 그녀가 걸레라고 부르는 넝마들로 무장하고, 청소라는 명목으로 일주일에 한 번씩 와서는 밖에서 서리가 아주 효과적으로 하는 일들을 안에서 수행하려고 무진 애를 쓰는지, 그 비슷한 효과를 보이며 공격해대는 데도 불구하고 집 안은 어느 정도 맵시를 유지하고 여전히 버티고 서 있었다. 그녀는 넝마를 괜히 맹렬하게 펄럭거리고 다니며, 가볍고 잽싸게, 몇 번이고, 틈만 나면, 본뜨기도 힘든 액운을 달고, 복도, 부엌, 식당, 뒤편의 방들을 괴롭혔다. 한 주가 돌아올 때마다, 작은 장신구들이 사방으로 쏟아져 내리든 말든, 표면에 금이 가고 다리도 불안정한 연약한 가구들을 새로운 구석으로 밀어붙이고, 그 주위에 물을 흠뻑 끼얹어 쉬지 않고 문질렀다. 청소라는 명목으로 그녀는 종종 부서지기 쉬운 빈과 베를린 식기 세트를 한두어 점 깼고, 그래서 그는 그녀의 좋은 의도들에 대한 보상으로 은수저 하나나 가죽 장정의 장서로—지역 골동품 상인들의 확실한 만족을 주는 일이겠지만—사례하기도 했다. 말하자면 그녀가 모든 것을 아주 가차 없이 털고, 닦고, 씻고 정돈하는 바람에, 안이고 밖이고 공격을 받아 이제는 아주 위험한 지경에 이른 그 가여운 건물 내에서, 이 '가정질서의 서투른 챔피언'이 감히 결코('작업 중인 선생님을 방해해? 당치 않아요!') 범접하지 못하는 널찍한 응접실만이 예전처럼 남아, 유일한 은신처 기능을 했다. 물론 그녀에게 다른 일은 그만두고 오로지 돈 받는 만큼의 일에만 몰두하라고 말하는 일은 불가능했다. 이런 일에 수반되는 은연중의 무례는 따로 하고서라도—에스테르는 항상 명령을 내리는 일이나 결정의 낌새가 보이는 일이라면 무엇이든 피했다—그 여인이 그나 그 주변에 접근할 수 없다고 해도, 무언가 신비로운 자선의 힘에 사로잡혀, 여전히 부서지지 않고 남아 있는 물건이라면 그 무엇에도 대항하는 혹독한 전투에 기꺼이 참전했고, 혹여 대놓고 그만하라고 해도, 응접실이라는 안전한 항구 외에는 어떤 선택권도 주지 않는 곤경을 지속할 게 분명했다. 이런 곤경이 완전히 폐만 되는 것은 아니었다. 여기서 그는 온 마을에 파다하도록 음악학적 연구라는 것에 몰두 중이라고 알려져 있기 때문에, 그리고 이런 오해는 하레르 부인의 접근을 저지하므로, 그는 직접적으로 그를 둘러싼 부서지기 쉬운 장식품과 세간이 다칠까 염려하지 않아도 되었고, 더군다나 이곳에서만은, 이런 행운의 오인 덕에, 이른바 '인간의 진보라는 애처로운 우매함에 맞선 전략적인 침잠'이라 불리는 그의 고투가 방해받지 않을 것이라고 확신할 수 있었다. 우아한 황동 다리가 달린 난로가 그들 말마따나 '명랑하게 불타오르고' 있었는데 공교롭게도 이 난로가, 얼핏 첫눈에 보기에 되돌릴 수 없이 시간이 좀먹지 않은 방 안의 유일한 품목이었다. 한때 눈부셨던 페르시아산 깔개, 비단 벽지, 깨진 천장에 달랑거리는 쓸모없는 샹들리에, 돋을새김 장식의 안락의자 두 개, 긴 의자, 대리석 상판의 흡연 탁자, 식각 거울, 둔탁하고 위태로운 스타인웨이 피아노, 셀 수 없이 많은 쿠션들, 태피스트리, 도자기가 들어찬 장식장, 상속받은 이 모든 가족 응접실의 기록들이 하나하나 아주 오래전에 희망 없는 발버둥을 포기했기 때문이며, 그들이 서 있는 곳에서 산산조각나지 않고 해체되지 않도록 막고 있는 유일한 존재는, 십중팔구, 그들을 두껍게 세파와 단절시키는 십 년치 먼지와, 아마도 온순하고 영속적이며 실질적으로 정지된 그 자신이었을 것이다. 지속적인 상주常駐와

본의 아닌 경계는, 하지만, 그 자체가 절대 건강한 상태를 구성하지 않으며 두드러지게 강력한 생명력의 단언도 아니었다. 어쨌든, 정말 장례식에 가장 어울리는 자세를, 침실 하나에서 언젠가 끌고 온 한때 장식용이었던 2인용 침대 위에서, 신실한 점유자가 취하고 있기 때문이었다. 아주 푹신푹신 두둑하게 돋운 베개들에 누워 있는 점유인은 아무리 돌려 말한다 해도 수척하다는 말 이상은 못 들을 만큼 뼈만 앙상하게 남았고, 몸의 상태는 몸속 장기들의 이해 가능한 봉기보다는, 자연적이지만 난폭한 악화의 과정을 늦추려는 힘에 지속적으로 항거하며 나름의 이유들로 안락 종신형을 스스로 선고했던 정신 탓에 서서히 무너지고 있었다. 그는 아무 움직임 없이 지친 손을 좀먹은 담요 위에 얹은 채 침대에 누워 있었고, 꺼진 듯이 푹 처진 이런 부동성이 정확하게 그의 신체 골격이 취하는 일반적인 자세였다. 이는 천천히 진행되는 샤이어만병* 같은 골격 질환의 초기 병단련도 아니었고, 갑작스럽고 치명적인 감염의 위험 아래 놓인 것도 아니라, 완전히 허탈한 쇠약을 겪은 결과 근육, 피부, 입맛이 나빠져 영원히 침대에 자체 감금된 탓이었다. 신체의 구조가 베개와 깔개의 부드러운 함정에 대항하고 나서는 일도 있었다. 하지만 요즘은 오직 벌루시커의 방문과 평상시 아침과 낮 시간의 의례로만 간신히 깨지는, 의지에 찬 휴식

---

* 서이어만Scheuermann병의 오기인 듯하다. 척추골단에 뼈연골증이 생기는 질환.

체계가 고수되고 있기에, 행동과 사회성의 세계로부터의 최종적인 퇴거가 그의 영혼의 투지나 견고함을 부식시키지 못한다고 하는 편이 공정한 언사일 것이다. 세심하게 손질한 회색 머리카락, 짧게 깎은 콧수염, 잘 어울리는 일상복의 엄격한 조화 모두 동일한 증거를 드러냈다. 잘 접어올린 바짓단, 풀 먹인 셔츠, 꼼꼼하게 맨 넥타이, 짙은 고동색의 실내복, 그러나 무엇보다도 아주 창백한 얼굴에 자리 잡은, 여전히 밝게 빛나는 연하늘색 두 눈이 그랬다. 여전히 칼날처럼 날카로운 눈으로 그는 퇴락하는 그의 환경과 그 자신의 몸을 휙 훑기만 해도, 말쑥하니 차린 자신의 겉모습 깊숙이, 그의 매혹적이고 우아한 소유물의 취약한 표면 저 깊은 아래, 이 모두가 바로 자신처럼 수명 짧은 똑같은 천으로 직조되어 훤히 보인다는 듯, 어떤 자그마한 악화도 바로 감지했다. 그리고 그가 그런 예민한 감각으로 감지하는 것들에는 자아와 소유 영역의 공통된 교감뿐만 아니라, 죽음 같은 방의 평온과 바깥세상의 생명 없는 냉기 사이에 의심의 여지 없이 존재하는 깊은 동류의식도 있었다. 가차 없는 하늘은 거울 같아서 항상 똑같은 세상을 되비추고, 그 아래 자욱하게 피어오르는 슬픔을 느릿느릿 되돌려 보내고, 하루하루 더욱 어두워지는 땅거미 속에서, 마지막으로 뿌리 뽑히기 직전, 가지를 쳐낸 헐벗은 호두나무들이, 물어뜯기는 바람에 구부러졌다. 간선도로들은 인적이 끊겼고, 거리는 '찌끼를 먹고 사는 집 없는 고양이와 쥐와 몇 마리 돼지들만' 남은 것처럼 텅 비었다. 한편 마을 너머, 으스스하게 버려진 저지대의 평야들은 차분히 훔쳐보는 꾸준한 시선의 의도를 묻고 있었다. 이런 슬픔, 이런 땅거미, 이런 불모지, 이런 고적함은 그 자체가 사막 같은 에스테르의 응접실에서 등가물을 발견할 수 있지 않느냐, 메스꺼움, 환멸, 침대에 결박된 일상을 묶는 고착된 신조가 내뿜는 온통 마음 빼앗는 빛줄기 속에서, 형체와 표면 둘의 갑옷을 뚫을 수 있는 빛줄기 속에서 나무와 천, 유리와 강철, 바닥에서 천장까지 생존하고 있는 모든 것들의 본질을 파괴하고 있지 않느냐고. '안 내리지, 더 이상 눈은 볼 수 없을 거야.' 그는 의자에서 안절부절 몸을 비틀며 앉아 있는 불안한 방문객에게 차분하고 진정시키는 눈길을 던지며 다시 단언하고, 앞으로 몸을 숙여 발을 덮고 있던 담요의 주름을 반듯하게 폈다. '더 이상 눈은 없어.' 그는 다시 베개에 몸을 깊이 파묻었다. '눈 생산 공정은 멎었어. 그러니까 눈은 단 한 송이도 다시는 떨어지지 않을 거야. 자네도 잘 알다시피.' 그가 덧붙였다. '우리끼리 말이지만, 이건 정말 별거 아니야…'. 왜냐, 그 이유는 아주 가벼운 손짓 하나로 얼버무렸다. 전에도 몇 번씩 거듭 설명했기 때문이었다. 무서울 정도로 강수가 줄어든 가을에 내려앉은 치명적으로 이른 서리는('아, 행복한 시절이여, 비가 양동이째 퍼붓던 때여!') 오직 한 가지, 울리는 종소리처럼, 되돌릴 수 없는 사실을 의미할 뿐이었다. 자연은 자신의 도구들을 내려놓고 정규적인 임무를 중단했으며, 한때 형제와 같던 하늘과 땅의 유대는 완전히, 완벽하게 끊어졌으며, 이제 흩어진 법칙의 쓰레기 사이로 기댈 곳 없이 남겨진 채 우리가 궤도를 돌고 있는 어딘가에서 마지막 행동은 부조리하게 시작되었고 결국에 가서는 '곧 우두커니, 운명의 칙명대로, 백치같이, 이해를 못하고 천천히 우리에게서 멀어지는 햇빛을 눈만 끔벅이며 바라본 채, 몸을 떨게 되리라'는 것이다. 매주 아침, 집을 떠나면서 하레르 부인은 반쯤 문이 열린 방 안을 들여다보고 빼먹는 법 없이, 한번은 급수탑이 확연히 흔들거렸다거나, 하루는 중앙 광장에 있는 교회 종탑 속 톱니바퀴가 돌기 시작했다거나(오늘은 공교롭게도, '한 무리의 무법천지 악당들'에 관해, 그리고 헤트베세르 골목에 뿌리째 뽑힌 무슨 나무에 대해 수다를 떨었다) 점점 더 사실 같지 않은 이야기들을 물릴 정도로 잔뜩 들려주곤 했는데, 그는 더 이상 이런 사건들이 사실 같지 않다고 여기지 않았고, 이런 소식들은, 전달자의 선천적인 우매함에도, 모든 점에서 진실이라고 여겨 결코 의심하지 않았다. 그가 이런 일에 달리 무슨 상정을 할 수 있겠는가. 원인과 결과의 사슬, 이런 예측가능성의 개념은 둘다 착각이고, '그리하여 합리성은 영원히 모호해져버렸다'는 생각의 절대적인 확증이기 때문이었다. '우리는 끝장이 났어.' 에스테르는 방 안을 샅샅이 훑다가, 날아올랐다 금방 꺼지는 난로의 불똥에, 명상에 잠긴 시선을 고정했다. '우리는 우리의 생각, 행동, 상상력에 실패했어. 심지어 우리가 왜 실패했는지 이해하려는 안쓰러운 시도조차 실패했어. 우리

는 우리의 하느님 아버지를 팔아먹었고, 명예와 지위 때문
에 사회적 견제 수단인 존중의 관례들도 상실했고, 영원한
척도에 대한 고상하고 엉뚱한 믿음을 유지하는 일도 소홀히
했어. 십계명과의 거리로 우리의 가치를 빗대어 짐작했는데
말이지… 다른 말로 실패작이 된 셈이지. 이 우주에 낯부끄
러운 실패작이라서, 가면 갈수록 설 자리를 잃어가는 거야.
하레르 부인의 수다를 믿는 사람들 같으면,' 그는 발언과 무
아경 사이에서 곰지락대고 있는 벌루시커를 향해 미소를 지
었다. '그런 사람들은 종말과 마지막 심판에 대해 이야기하
고 있겠지. 그 사람들은 종말이든 마지막 심판이든 있을지
알지 못하니까… 그런 일은 아무 도움이 되지 않을 거야. 세
상은 혼자서 상당히 행복하게 허물어지고 황폐하게 파멸할
거야. 그래서 모든 것이 새로 시작하게끔, 그래서 무한정 진
행을 하도록. 이는 완전히,' 그는 눈을 천장으로 치떴다. '우
주 공간에서 무력한 우리의 궤도비행만큼 명백한 일이니까.
일단 시작하면 멈출 수가 없잖은가.' 에스테르는 눈을 감았
다. '어지러운 느낌이 드는군. 어지러워. 그리고 신에게 죄송
스럽지만, 지루해. 만들어지고 부서지는 데, 탄생과 죽음으
로 끊임없이 고통스럽게 원을 맴돌고 있는 연유에, 차갑고
기계적인 역학의 맹목적 명백함보다 원대하고 절대적인 계
획이 있을 것이라는 생각은 어떻게든 떨쳐버린 사람들처럼
지루하게 느껴져. 그건 한때 아마… 아주 먼 옛날에… 그런
느낌이 있었을 수도,' 그는 손님이 꿈틀거리는 모습에 다시

눈길을 주었다. '있지만, 오늘날 모든 게 실현돼버린 이런 서러운 인생살이 골짜기에서, 우리는 그런 문제에는 입을 닫는 게 더 나을 수도 있어. 적어도 이 모든 일에 시동을 걸었던 존재의 희미한 기억은 그대로 내버려두는 게 나아. 입을 다물고 침묵하는 게 낫지.' 살짝 더 낭랑한 어투로 그는 마지막 말을 되풀이했다. '고인이 된 우리 수호신의 분명 아주 숭고했을 의도들을 짐작도 하지 말아야 해. 왜냐하면 우리가 얼마나 최선으로 목적을 향해 노력했는지 추측하는 일로 치자면, 알다시피 아주 질리도록 많이들 추측했지만, 그 과정에 어떤 성과도 이루지 못했으니까. 이런 점에서 우리는 여기 어떤 성과도 이루지 못했고, 다른 것도 거둬들인 게 없어. 이쯤해서 한번 짚고 넘어가고 싶은 게, 왜냐, 또렷한 시력이라는 바람직한 선물로 과분한 축복은 받지 못했기 때문이지. 우리가 재삼재사 세상을 향해 덤벼들 때 끊임없는 과도한 호기심은, 아주 까놓고 말해서, 혁혁한 성공과는 한참 멀었어. 그리고 기이한 순간에, 무언가 시시한 비밀을 발견하면 우리는 즉시 호된 대가를 치러. 내가 형편없는 농담을 하더라도 봐주시게.' 그는 자신의 이마를 쓸었다. '돌을 던진 맨 첫 번째 사람을 한번 그려보게. 내가 위로 돌을 던지니까 다시 아래로 내려오네, 멋지지 않은가, 그 사람은 그렇게 생각했겠지. 하지만 진짜 무슨 일이 일어났을까? 내가 돌을 던지니, 내려와. 그리고 내 머리를 강타해. 교훈은 이거야. 실험해보자, 하지만 조심해서.' 에스테르는 온화하게 친구에게 충고했다. '하찮은 일에, 하지만 적어도 해가 없는 진실에, 우리 모두, 물론 천사 같은 자아를 지닌 자네를 빼고, 우리의 피부로 직접 경험해서 타당한 것들에 만족하는 게 낫지. 그렇게 되고 나면 기실, 단순히 우리는 그저 입이 떡 벌어지는 창조 속에서 다만 어떤 중요하지 않은 실패의 가여운 피험자들이 되지. 인간사 전부는, 자네가 이 말을 이해했으면 좋겠다만, 광대한 무대의 외진 구석에 있는 어리석은, 피투성이 비참한 돌림쟁이의 연극 같은 행동, 잔혹하게 고통스러운 실수의 고백이나 이런 창조가 꼭 걸출한 성공은 아니었다는 고통스러운 사실의 더딘 인식에 지나지 않아.' 그는 옆 탁자의 유리잔에 손을 뻗어, 물을 꿀꺽 마셨다. 그리고 의문의 눈길로 안락의자 쪽을, 조금 불안하지 않았던 것은 아니지만, 사심 없는 가사 도우미 역할에서 이제는 한참 벗어난, 그의 충직한 방문객이 오늘은 여느 때보다 더 불안정하다고 속대중하며 바라보았다. 한 손에 옷이 가득한 여행가방을 움켜잡고 다른 손에 작은 종이를 들고 선 벌루시커는, 다정하고 진지한 에스테르의 말이 소나기같이 그에게 쏟아지자, 자신의 그림자 속에 웅크리고 있는 것처럼, 혹은 결코―벗지―않을 우체부 외투라는 펼쳐진 꽃잎 사이에 아늑하게 자리 잡고 있는 것처럼 보였는데, 갈수록 어떻게 해야 할지 갈피를 못 잡는 모습이 역력했다. 에스테르에게 그는, 경청 잘하고 교감 잘하는 그의 성격대로 어르신의 말을 방해하지 않고 가만히 듣고만 있어야 할지, 그러지 않고 그의 평소 습관에 따라 마치 교대 삼아 쉬라는 듯, 밤새 천상의 왕국에서 새벽의 고요에 잠긴 거리를 걷는 동안 그에게 들이닥친 경이감을 바로 터뜨려야 할지 속씨름하느라 머뭇대는 것처럼 보였다. 어쨌든 그가 두 가지 충동에 한꺼번에 따르기는 불가능하고, 벌루시커에게서 그런 혼란의 초기 징후를 보는 일이 새삼스레 놀랄 일도 아니었다. 그는 벌루시커가 등장하는 방식에 익숙했다. 열에 잔뜩 달뜬 얼굴로 그가 문 안으로 드는 모습을 지켜보고—이는 신성한 전통 같은 등장이었다—그가 '이런저런 장대한 현상에 표현할 길 없는 환희를 다스릴 수 있을 때까지' 자신 특유의 쓸쓸하고 상당히 신랄한 유머로 손님을 즐겁게 하는 것이 자신의 일이라고 에스테르는 받아들였다. 그들은 몇 년을 이런 식으로 해왔다. 에스테르가 말을 하고 벌루시커는 들었다. 그러다 제자의 얼굴 표정이 풀어지고 처음 부드러운 미소가 떠오르는 순간, 주인은 손님에게, 기꺼이 바통을 넘겨주었다. 내용은 문제가 아니었다. 다만 그가 늘 조금 불편했던 부분은 '훌륭한 맹목과 오염되지 않은 매력'으로 응대하는 이 젊은 친구가 초반부에 보이는 열정적인 태도였다. 방문객은 지난 팔 년 동안 매일 정오와 늦은 오후마다 더듬거리고 쉽게 흥분하는 문장으로 그에게 길고긴 끝없는 하나의 이야기를 들려주었고, '형언할 수 없는 지력의 존재에 대한 조용한 증거'들로, 그의 온 삶에 늘 영원한 방랑 위로 구름이 잔뜩 긴 창공을 바라보고 다니며 잔뜩 매료됐던 행성과 항성, 햇빛,

자꾸 바뀌는 그림자들과 머리 위로 궤도를 도는 천체들의 조용한 역학에 대한 무한한 환상극을 들려주었다. 에스테르 쪽에서는 그런 우주적인 문제에 어떤 반대의 논평도 하지 않기로 했다. 비록 종종 가벼운 기분전환의 일환인 양 '영구적인 궤도'를 두고('놀랄 일도 아니야.' 그가 한번은 안락의자 방향으로 과장되게 윙크를 보내고, '수천 년 동안 지구가 자전축 주위로 빙글빙글 돌았으니 사람들이 다들 다소는 방향을 못 잡는 거겠지. 그들의 모든 관심은 단순히 발 짚고 서 있는 것에만 있으니까') 농담도 했지만, 나중에 그는 그런 개입조차 생각 없는 처사로 간주하여 그만두었다. 벌루시커의 섬세하고 연약한 우주의 상상을 파괴할까 두렵기도 했고, 과거나 다가오는 미래, 동료 인류의 애처로운 상태를, 기억도 못하는 시절부터 이 우주를 정처 없이 쏘다니려 드는 인류의 '안 그래도 충분히 불쾌한' 이런 충동 탓으로 넘기는 실수를 저지를 수 있다는 생각도 들었기 때문이다. 서로 차곡차곡 쌓아가는 대화 체계 속에서 천계에 관한 주제는 그러므로 완전히 벌루시커의 영역에 맡겨져 있었고 사실 더 깊은 차원의 용어 뜻에서도 그대로 적용된다고 할 수 있었다. 두꺼운 구름을 모두 통과해 하늘을 보는 일이 아주 오래전부터 불가능했다는 점은 차치하고서라도(그런 이유로 이를 구름이라고 부르기도 무색했다) 그는 벌루시커의 코스모스는 실제의 어느 것과도 관련이 없다고 확신했다. 그의 생각에 이는 아마 이미지, 어린 시절에 한때 얼핏 살폈던 우주의 질서, 이후 개인적인 영역인 된 질서의 이미지, 지워지지 않는 굉장한 풍광일 것이며, '마력과 순수한 몽상이라는 숨은 모터로 돌아가는' 천상의 메커니즘이 있다고, 혹은 있을 수도 있다고 상정하는 의심 없는 종교였다. '타고난 성향으로 뭉친' 지역사회는 벌루시커를 단순한 백치에 지나지 않는다고 여기지만, 그로서는(그도 이런 면모를 벌루시커가 개인적인 끼니와 전반적인 협력을 제공하는 역할을 맡고 나서야 깨달았지만) 자신의 투명한 은하계의 고속도로를 거니는, 딱 봐도 제정신 아닌 이 방랑자가, 타락이라고는 모르고, 쑥스럽긴 해도 보편적인 영혼의 너그러움을 지니고 있어, 실로 '현 시대를 상당히 갉아먹고 있는 퇴폐의 힘에도 불구하고 천사들이 존재하고 있다'는 증거임을 의심하지 않았다. 불필요하고 쓸모없는 존재란 게—에스테르는 얼른 덧붙였다—단순히 그런 실재의 역할을 알아보기를 중단했다거나 적극적으로 무시한다는 의미만이 아니라, 자신이 이를 바라보는 관점도 시사하는데, 정교한 감수성과 관찰력을 지닌 연구자가 그러하듯, 너그러움과 타락 없는 청렴을 각별한 명예와 훈장으로 알아보며, 그 명예라고 불릴 만한, 혹은 영예 같은 장식품이 무언가 특이한, 쓸모없는, 증명이 필요 없는 것들에 속해, 무슨 과잉이나 잉여처럼, '설명도 변명도 존재하지 않는' 경우는 없다고 납득하고 있었다. 그는 외로운 나비연구가가 희귀한 나비를 사랑하듯 그를 사랑했다. 그는 벌루시커가 상상한 코스모스의 무해하고 가벼운 성질을 사랑했고, 자신의 생각을—당연히, 또 그 나름의 지혜로도 이해를 넘어서는 지구에 관한 생각을—그와 공유했다. 젊은 친구가 규칙적인 방문으로 보여주는 선의의 굳은 약속을 넘어, 이런 방문은 '완전한 고립의 결과로 피할 수 없는 광기의 위험으로부터 그를 지켜주는' 일도 하지만, 이 한 사람의 관중은 그에게 천사의 잉여분 같은 존재를 모든 의심을 넘어 확실하게 하는 증거를 거듭 제공했고, 그 자신의 침통하고 심도 깊은 이성적인 관점이 벌루시커에게 해로운 영향을 끼칠까 완급을 조정하지 않아도 되었는데, 왜냐하면 발작적으로 터지는 그의 엄중한 훈계 조의 어구들은 마치 한낱 가벼운 화살처럼 튕겨 나가거나, 아니 오히려 신경 하나 건드리지 않고 생채기 하나 만들지 않고 그대로 그를 뚫고 지나가기 때문이었다. 물론 그는 절대적으로 이를 확신할 수는 없었다. 벌루시커가 귀를 기울이긴 해도, 보통의 경우에 그 집중력이 어디를 향하고 있는지 확인하기 어렵긴 했지만, 이번에는 그의 단어가 어떤 진정의 효과도 주지 못하는 것 같았고, 그를 안절부절못하게 하는 원인이 그 가방과 손에 쥔 찢어진 종이 한 장인 건 분명해 보였다. 에스테르는 즉시 이 지속적 긴장의 이유를 이해한다거나, 그렇지 않으면 벌루시커가 손가락 사이에 꼭 쥐고 불안스레 비틀고 있는 종이쪽지가 무슨 중요한 의미를 지니는지 알 수는 없는 노릇이었지만, 그런 가느다란 증거에 기초해 오늘은 방문객이 친구라기보다 전달자의 사무로 그를 방문했다고 의심했다. 그리고 그는 메시지가 그 앞으로 보내졌다는 생각만으로도 공포에 휩싸였기 때문에, 침대 옆 탁자에 유리잔을 도로 놓고, 마음의 평온을 유지하고 벌루시커의 발언을 막기만을 바라는 마음에, 무르지만 끊임없는 고집으로 깨진 생각의 흐름을 이어갔다. '한편으로 우리의 가장 걸출한 과학자들은, 이런 부지하세월 뒤죽박죽 오류에도 지칠 줄 모르는 영웅들은, 마침내 하지만 조금은 불행하게 신성한 메타포에서 빠져나왔지만, 곧장 이런 억압적인 역사를 득의만면한 대대적 진군, 그 사람들 말을 빌리면 **의지**와 **지적 능력**의 승리에 따르는 초자연적인 발전 같은 것으로 치부하는 덫에 빠졌어. 그리고 자네도 알다시피, 나는 더 이상 이런 일에 놀랄 기력도 없긴 해도, 우리가 나무에서 어정어정 기어 내려왔다는 게 왜 전 세계적인 축하의 이유가 되어야 하는지 아직도 이해가 되지 않는 게 솔직한 심정이야. 그들은 이게 잘된 일이라고 생각하는 건가? 나는 전혀 재미를 모르겠는데. 게다가 우리에게 제대로 들어맞지도 않고. 얼마나 오래 두 발로, 이렇게 수천 년의 연습을 거친 후 쉬지 않고 걸어갈 수 있는지 생각해보면 알아. 고작 하루 반나절이야. 우리는 그 점을 잊어서는 안 되네. 똑바로 서는 법에 관련해서 말하자면, 나자신을 그 예로 한번 들어봄세. 특히나 내 질환이 이대로 악화되면, 자네도 알겠지만, 베크테레프병*이라고 부를 수 있다더군. 그래서(내 주치의, 성격 좋은 프로버즈니크 의사가 피할

---

* 강직성 척추염. 척수관절염의 옛 용어.

수 없는 줄 알라고 하던 말에 따르면) 내 남은 생애 동안, 요컨대 살아갈 수 있다면, 다 체념하고 단순히 직각으로 굽어 엎드린 단 하나의 자세로 보낼 걱정을 해야 할 판이지. 해골을 박고서, 말 그대로, 꼼짝없이 계속 구부정한 자세로, 과거 언젠가 기립 자세를 취해보려 분별없이 처신했던 일의 심각한 결과들로 현저히 고통받으며 속죄하는 자세로 살아가야만 한다네…. 똑바로 서서 두 다리로 걷는 일은 그러니까, 우리 추악한 역사적 발전의 상징적인 시작점이지. 그리고 사실대로 말해서, 나는 우리가 더 고상한 자세로 끝을 맞을 수 있을까 하는 점에서 그리 희망적이지 않아.' 에스테르는 슬프게 고개를 가로저었다. '왜냐하면 우리가 혹시나 약간의 기회를 손에 쥐더라도 그런 기회를 자주 낭비해버리니까. 이를테면 달 착륙 여행의 경우, 그때만 해도 우아한 작별의 진지한 모범이 되겠구나 했었는데, 그렇게 나한테 엄청난 인상을 남겼지, 오래 지나지 않아, 암스트롱과 다른 우주인들이 돌아오자, 나는 모든 일이 그저 신기루였으며 내 기대는 헛되었다고 허탈해했지. 아무리 숨 막힐 듯 놀랍더라도 이 모든 시도의 아름다움은 이런 알지 못할 흠집들을 지녀. 장대한 우주적 모험의 선구자들이, 내게는 완전히 이해 불능의 이유들로, 달에 착륙하고서 어라, 지구에 있지 않네 깨달았는지, 거기 머물지 않아 그렇게 망치니까. 그리고 나는, 너는 알겠지, 사실 말이다… 흠, 이곳을 벗어나기 위해서라면 어디든지 갈 것이야.' 에스테르의 목소리는 속삭임 수준으로 가라앉았고 그는 최종적인 우주 비행을 떠나는 상상이라도 하는 것처럼 눈을 감았다. 이런 우주를 가르는 마법 같은 여행의 매력이 휑뎅그렁한 광활함 속에 오래 있을수록 구미를 떨어뜨리는지 엄밀히 알 수는 없지만, 한꺼번에 몇 초 이상은 절대 지속되지 않았고, 그래도 그의 마지막 발언의 시큼한 맛을 희석하고 싶지 않지만, 너무 성급하고 미숙한 언동인 채로 두고 입 다무는 일도 마음 편치 않았다. 게다가 사실, 이런 상징적인 대항해의 유혹은 이미, 개념이 떠오른 바로 그 순간에 좌초하기도 했지만('나는 어찌 되었든 그렇게 멀리는 가지 못할 거야, 아무리 멀리 가더라도, 내 운수 사나운 꼴로 보면, 지구 땅바닥이 내가 처음 보는 것이겠지.' 혹은) 조금이라도 움직이면 찾아오는 불편이 보기보다 훨씬 더 엄청나다는 사실도 한몫했다. 그는 의심쩍은 모험에 참여하겠다는 현실적 욕망이 없을뿐더러, 무언가 실험 삼아 덜컥 익숙하지 않은 상황에 든다는 생각도 그다지 끌리지 않았다. '환상의 황홀과 결실 없는 추종의 비참함' 사이에 날카롭게 그어진 선을 모른 척 가로지른 적도 없는 사람이다 보니, 그런 어질어질한 여행길 대신 그가 할 수 있는 일이라곤 '되돌릴 수 없이 여기 붙박이는 일'이 전부임을 능히 알았다. 공교롭게도 그는 시의 앞을 지르는 늪지를 건너가는 데 실패하고, 오십 년의 세월을 사납게 시달리며 습지처럼 악취 고약한 어리석음에 옥죄이며, 그가 태어난 마을에 쇠사슬로 묶여 있었다. 황홀하게 몰입하는—얼마나 덧없던가—백일몽의 순간은 이를 거슬러 대처해내기엔 역부족이었고, 그런 진흙탕 속에서는 아주 짧은 걸음도 힘에 부친다는 점은 부정하기 어려웠다. 그가 이 집을 몇 년 동안 떠나지 않는 다른 이유도 있음을, 물론, 부정하지 않는다. 우연히 다른 주민들과 만나, 마침내 무모하게 위험을 무릅쓰고 나간 거리 한 구석에서 몇 마디 말을 주고받을 기회조차도 그가 은퇴 생활로 이뤘던 그 모든 진전을 무위로 돌려버릴 거란 느낌 때문이다. 그는 소위 음악예술원 학장으로 수십 년을 지내는 동안 시달렸던 모든 것을 잊고 싶었다. 끝도 없는 어리석은 공격들, 텅텅 빈 멍한 눈길, 활짝 피는 지능이라곤 전적으로 결여된 젊은이들, 썩은 영혼의 아둔한 냄새, 압박으로 다가오는 사소한 일, 안이한 만족, 강한 자부심과 무겁게 짓누르는 낮은 기대감, 아무리 가볍다 해도 이런 것들로 자신은 거의 붕괴될 참이었다. 그는 피아노를 도끼로 박살 냈으면 좋겠다는 바람으로 여지없이 눈을 반짝거리는, 자신이 떠맡았던 옛날 말썽꾸러기들을 잊고 싶었다. 책임자의 의무로 여러 구색의 술취한 개인 지도교사들과 눈이 촉촉한 음악 애호가들을 모아들여야만 했던 '심포니 대관현악단'을 잊고 싶었다. 다달이, 이런 가증스럽고, 마을 결혼식 자리를 빛내는 데도 부족한, 상상할 수 없을 만큼 무능력한 악단의 얄팍한 재주에 의심 하나 없이 아주 열렬히 보내는 청중들의 천둥 같은 환호도, 그들에게 음악이라는 습관을 들이려던 끝없는 노력과 신성한 악보 한 가지 이상은 연주할 줄 알아야 한다고 줄곧 되뇌던 헛된 탄원도 잊고 싶었다. 그의 '기념비적인 인내로 버틴 지속적인 시련'을 기억 속에서 깡그리 지워버리고 싶었다. 그의 기억에서 지우고 싶은 사람은 많았다. 곱사등 재단사 벌네르, 어리석음에서 능가할 자 없는 중등학교 교장 레헬, 지역 시인 너더반, 강박적인 체스 고수이자 급수탑 고용인 머호베네츠, 얌전한 몸가짐에 두 남편을 거느렸던 플라우프 부인, 면허증은 있으나 사람들이 무덤으로 가는 길을 성공적으로 터주는 데 탁월한 프로버즈니크 의사, 그 모든 사람들이, 지속적으로 코바늘 뜨개질을 하는 누스베크 부인에서 가망 없이 미쳐버린 경찰서장까지, 사춘기 전의 여자아이들을 보는 눈이 있는 지역 위원회 의장에서 마지막 거리 청소부까지 그냥 잊어도 마땅한 사람들이었다. 짧게 말해 '캄캄한 어리석음의 모든 번식지'는 일거에 영원히 격멸해야 했다. 물론 그가 가장 진심으로 모른 채 남기를 바라는 사람은 에스테르 부인, 그가 '신의 은총으로' 몇 년 전에 갈라선, 위험천만 선사시대 야수인 그의 아내였다. 무자비한 중세의 수전노를 그녀만큼 닮은 사람을 못 봤고, 그가 용서할 수 없는 젊은 시절의 부주의로 비롯된 지하세계의 결혼 코미디에 묶여 있어야만 하는 사람이었고, 둘도 없이 암울하고 음산한 본질 속에 어떻게 해서, 아주 성공적으로 마을 사교계의 '다원적인 환멸의 장관'이란 장관은 다 모아놓은 사람이었다. 결혼 생활을 시작하기도 전에, 악보에서 눈을 떼 올려다보다가, 남편이 된다는 사실에 화들짝 생각이 미쳐, 약혼자를 좀 더 철저하게 살펴보게 되자, 그는 이 과숙한 피앙세를 믿기 힘든 세례명으로('주름진 감자 자루처럼 보이는 사람을, 차마 뛴데*라고 부를 수 있는가?' 깊은 고민에) 부르는 길을 어떻게 피할까 하는 풀 수 없는 문제에 봉착했다. 어느 정도 지난 뒤에는, 이런 호칭 문제는 상대적으로 그리 중요해 보이지 않았다. 비록 해결책으로 지어낸 다양한 별칭을 큰 소리로 부른 적도 없지만. 떨떠름해도 자신이 지휘해야 할 끔찍한 성가대의 특질과 맞장구처럼 척척 들어맞는 그의 결혼 파트너의 '치명적인 외모'는, 드러난 반려자의 내면적인 특징으로 받은 충격에 비하면 아무것도 아니었다. 강행군 행진곡, 한 가지 박자, 그 하나만 인정하고, 경계경보, 오로지 그 한 가지 멜로디만 듣는 여지없는 군인, 규율 엄한 사람을 아내로 맞았으니. 그리고 그가 발을 맞춰줄 수 없게 된 이후로, 싸움터 트럼펫 같은 그녀의 목소리에 그는 치를 떨었고 결혼은, 그의 관점에서 사탄 같은 감방, 달아나지도 못할뿐더러 탈출할 생각도 저 너머에 존재하는, 덫으로 바뀌었다. 그들의 약혼 시절을 부끄럽게 회상해보면, 그가 무의식적으로 기대했던 '기본적인 생명—력과 불쌍한 사내의 도덕적 확실성에 대한 달랠 길 없는 욕구' 대신에, 그는 과장이 아니라, 역겨움에서 우쭐한 야망으로 심화돼 '우매함'으로 치닫는 무언가를, 병영을 본뜬 조악한 기백을 접종해놓

---

* 엘프, 요정이라는 뜻.

은 일종의 '저속한 산술'을 대면하지 않을 수 없었다. 거칢, 둔감함, 심히 파괴적인 증오의 지옥불과 무신경한 상스러움이 수십 년 세월을 넘자 그는 완전히 무력해졌다. 무력했지만 방어력도 없었다. 그녀를 참을 수도 없었으나(아주 잠깐이라도 이혼을 언급하면 무지막지한 욕설이 머리 위로 마구 쏟아지니) 없앨 수도 없었기 때문이었다. 그렇게 그는 거의 삼십 년 동안 들볶이며 그녀와 한 지붕 아래 참고 살았고 그러던 어느 날, 삼십 년 악몽의 세월 후에, 그의 삶은 '더 이상 내려갈 데도 없이' 낮은 지점에 도달했던 것이다. 그는 버려진 예배당을 개조해 쓰는 음악학교 학장실 창가에 앉아 지금 막 문밖으로 내몬 장님 피아노 조율사 프라흐베르거가 내뱉었던 불안한 언질의 의미를 곱씹고 있었다. 그는 옅은 땅거미를 내다보다 짐이 가득 든 비닐백을 내려뜨린 사람들이 집을 향해 차갑고 어두운 거리를 걸어가는 모습이 눈에 들어왔고 불현듯 천천히 그 역시 집으로 출발해야 한다는 생각이 스치자 목을 조르는, 전혀 예상치 못한, 굉장히 익숙하지 않은 느낌에 사로잡혔다. 그는 일어서고 싶었다. 아마 물 한 잔 마셔야겠다는 생각이었던 듯한데 발이 꼼짝을 하지 않았다. 그 순간에, 그는 그게 통풍이 안 되어 일어난 잠시 지나가는 발작 증상이 아니라 오십 년이 넘는 동안 황혼과 집으로의 귀로에 지쳐서 생긴 영구적인 피곤, 넌더리, 비통함과 이루 형용할 수 없는 극도의 비참함에 사로잡힌 탓이라고 이해했다. 그가 대로에 면한 집에 도착해 대문을 닫을 즈음에, 더 이상 견딜 수가 없음을 깨닫고 누워야겠다고 결심했다. 자리에 누우면 다시는 일어나지 않으리라. 그리하여 단일 분도 더 잃지 않으리라. 그날 밤 침대에 몸을 누이던 그 순간에 그는 '광기, 저능, 따분함, 멍청함, 꼴사나움, 몰취미, 조잡함, 유치함, 무지와 대체적인 어리석음으로 향하는 인간의 타락이라는 커다란 짐'은 다시 오십 년 세월을 더 자고 일어나도 떨쳐버릴 수 있는 게 아니라는 점을 알았기 때문이었다. 이제껏 신중했던 태도는 죄 떨쳐버리고 그는 부인에게 가급적 빠른 시간 내에 집을 나가라고 정중히 청했고, 신체적 쇠락을 이유로 차후 모든 특권과 의무에서 물러나 직임을 사퇴하노라고 행정사무실에 통고했다. 그 결과, 제일 놀란 사람은 자신이긴 했지만, 그의 아내는 무슨 동화처럼 탁 하고 다음날 갑자기 사라져버리더니, 몇 주 뒤 그의 연금과 관련된 공식적인 결정이 특급우편으로 '음악 연구 분야에 탁월한 작업'이 잘되기를 바란다는 바람과 도저히 알아볼 수 없는 서명을 담고서 도착하였다. 그리하여 그날 이후 지금에 이르기까지 아무 방해도 받지 않고, 늘 해야지 생각하던 일을 최우선으로 여기고 살게 되었다. 즉 침대에 비스듬히 기대고, 밤낮으로, '동일한 쓰라린 주제'하의 변주들처럼 악구들을 작곡하며 지루함을 쫓게 된 것이다. 기관의, 아니 그의 아내의 기막히게 예외적인 행동에, 누구에게, 아니 무엇을 두고 감사드려야 하는지, 처음 안도의 물결이 그를 엄습했다 지나고 나니, 그의 때 이른 퇴임은 오직 '소리의 세계'를 파고드는 긴 세월의 연구가 최종의 아주 결정적인 전환점에 이르렀기 때문이라는 일반적인 확신은 명백하게 전적으로 근거가 없는 오해, 잘못 도출된 가정에 기초하긴 해도, 그의 경우에 음악적 연구 덕택이라면 아주 틀린 말이요, 오히려 반ⁱ음악적인 계몽의 순간, 몇 세기 동안 얼버무리고 숨긴 것들, 그에게는 특히나 절박했던 추문의 '결정적인 폭로' 덕택이란 점에 틀림이 없어 보였다. 그 운명적인 날, 그는 문을 잠그기 전에 아무도 안에 남아 있지 않은지 점검하기 위해 건물들 사이로 관례적인 저녁 순찰을 돌고 있었고 그러다 중앙 홀까지 가게 되었다. 프라흐베르거, 분명 다들 잊어버린 모양인지 혼자 남아, 전처럼 흔히, 한 달마다 하는 피아노 조율 작업에 열중하고 있는 그를 우연히 만나, 그가 혼잣말로 중얼거리는 말을 부득이하게 엿듣게 되었다. 그런 웅얼거리는 소리를 들으면 보통 에스테르는 자기가 있다는 표를 내지 않고, 감수성에서(혹은 어쩌면 불쾌감에서) 우러난 아량으로 살그머니 빠져나와 누군가 다른 사람을 시켜 서둘러 마치라고 했을 테지만, 마침 그날 오후엔 아무도, 청소부조차도 그 건물에서 발견할 수 없어서 그날 일에 몰두하고 있는 그를 일깨우는 일은 자신의 손에 맡겨졌다. 손에 소리굽쇠를 쥐고, 아마도 흔들리고 있는 A와 E 사이를 좀 더 명확하게 구별하기 위해서인지, 조율 명장은 그가 하던 습관대로, 악기에 거의 가로질러 눕다시피 해서, 조금이라도 움직일 때마다 한마디씩 어김없이 안 할 수가 없는지, 즐겁게 일방적인 대화를 하고 있었다. 처음에 그의 발언은 한가한 잡담에 지나지 않은 것처럼 보였고, 프라흐베르거 자신에 한에서도 그 이상은 아니지만, 그때까지 '우연히 아직 조율이 맞는 화음'을 발견하고서 재차 소리를 지르자('어떻게 이 작고 어여쁜 5도가 저기에 들어갔을까?* 진짜 유감이구나, 애야. 하지만 너를 한두 번 줄감개를 풀어줘야겠구나…') 에스테르는 그 말에 귀를 쫑긋 세웠다. 젊은 시절 이후로 죽 그는 확고부동한 확신 속에서 살아왔다. 그에게 조화와 울림으로 된 전능한 마법을 구성하던 음악은, 상상할 수 있는 한 완벽의 근사치에 가까운 존재였기에, 둘러싸고 있는 세상의 쓰레기와 불결에 대항하는 인류의 유일하고 확실한 보금자리를 제공했는데, 환기도 되지 않는 답답한 홀에서 나는 싸구려 향수의 악취 속에서 프라흐베르거의 노망난 수다는 그런 투명한 관념을 모욕하는 조악한 폭력으로 느껴졌다. 프라흐베르거에 대한 분노가 봇물처럼 터졌다. 격발에 휩싸여 들입다, 성격과는 상당히 반대로, 그는 혼란스러워하는 노인네를 홀 밖으로 팔을 비틀어 끌어냈다. 그리고 장님 지팡이를 손에 쥐

---

* 피타고라스가 최초로 발견했다고 하는 협화음은 간단한 정수의 비로 만들며 이런 피타고라스 순정률은 완전5도 음정의 비율로 쌓아올려 12반음계를 만드는데 한 옥타브인 5도권을 다 돌면 원래 음으로 돌아오지 않고 조금 높게 되어 어긋난다. 이를 보완하기 위해 조금씩 차이가 나지만 대수적으로 계산한 평균율이 건반악기에 보편적으로 사용되었다. 여기서 조율사가 말하는 5도는 순정 5도로 피타고라스 음률에 맞아 그가 들고 있는 소리굽쇠에 맥놀이 현상이 없이 '들어맞는' 음정이지만, 피아노의 평균율 조율과는 틀어지게 된다.

어주기는커녕 그의 뒤에다 숫제 집어던지듯 던졌다. 그러나 조율사의 단어들은 그렇게 쉽게 갖다 버릴 수 없었다. 사이렌의 목소리처럼, 그 단어들은 귓속에서 통곡을 했고, 그를 고문했고, 이런 별 잘못 없어 보이는 잠깐의 잡담이 곧 어디로 이끌지 이미 어림짐작이라도 한 듯, 그는 그 모든 말을 마음속에서 몰아낼 수가 없었다. 조율사의 말에 자연스럽게 자신이 예술원 교육 시절에 배운, '지난 이삼백 년간 유럽 악기들은 소위 **평균율** 음높이에 따라 조율을 해왔다'는 취지의 문장이 선명히 떠올랐다. 그리고 그 당시에는 이런 단순한 발언 아래 정확하게 무엇이 깔려 있는지는 그의 관심사가 전혀 아니었으므로, 어떤 특별한 의미를 알아보지 못하긴 했지만, 쾌활한 프라흐베르거가 한 차례 혼자서 투덜거리는 소리는 이제 내심 무언가 애매한 미스터리가 있다고, 음악적인 발성의 완벽함에 대한 그의 필사적인 믿음이 으스러지기 전에 벗어나야 하는 일종의 모호한 짐처럼 지그시 다가왔다. 그래서 그 뒤 그는 퇴직 후 몇 주가 지나, 자신을 뿌리째 뒤흔들 듯 휘몰아쳤던 가장 위험스러운 피곤의 소용돌이들을 넘어서자마자 그 주제에 몰입하는 끝없는 고투에 이를 앙다물고 착수했다. 그리고 그 주제에 몰입하다 보니, 끝까지 버티는 고집스러운 자기기만의 판타지들의 족쇄를 벗어나야 한다는 고통스러운 몸부림이 수반된다는 점이 금방 확연히 드러났다. 왜냐하면 복도에 가득 찬 먼지 낀 책장의 관련 책들을 다 읽는 동시에, 사면초가가 된 가치들을 지금까지 방어하려는 데 썼던 마지막 환상들로 '음악적 저항'까지 완수해내야 했기 때문이다. 그렇게 프라흐베르거가 '순정 5도를 줄감개 한두 번 푸는' 것과 똑같이, 그래서 단지 돌이킬 수 없이 최종적으로 어두워진 하늘이 남을 때까지, 그 역시 용감무쌍한 신기루의 발상들을 퇴색시켰다. 꼭 필요 없는 것은 벗겨내며, 아니 오히려 개념의 기저를 이루는 필수적인 것을 일깨우며, 그는 무엇보다도 먼저 음악적인 소리와 비음악적인 소리의 감별을 시도했다. 전자인 음악적 소리는 배음倍音 혹은 배진동overtone이라는 단순 물리적인 현상에서 발생하는 특정 대칭들이다. 즉 고유의 진동은 이른바 주기파로 전체 연속 시리즈를 구성하는데 이들은 정수들의 관계로 표현할 수 있다는 사실에 고유의 특징이 있다. 그런 뒤 계속 두 가지 소리가 서로 하모니를 이루는 관계 속에 존재하게 되는 필수적인 조건들을 조사했다. 그리고 '기쁨' 혹은 그런 음악적 감정의 등가물은 앞서 언급한 두 개의 소리나 음색이 최대한 많은 수로 화성을 생성할 때, 그리고 서로의 소리가 임계적으로 근접한 경우는 가능한 한 가장 최소로 있을 때 일어난다. 이 모든 것으로 마침내 그는 어떤 의혹의 그림자도 한 점 없이 12음계 조성의 개념을 분석하고 항상 한탄스러웠던 음악적 역사의 정거장들을 밝혀낼 수 있으리라, 거의 결정적인 결론에 도달했었다. 그는 새로운 무언가를 배울 때마다 그 무심한 마음의 상태 때문에 구체적인 세부는 곧잘 잊어버리는 통에 부득이 기억을 늘 새롭게 하며 내용을 넓혀나가야 해서, 그렇게 열에 들뜬 몇 주를 지나는 동안 그의 방은 발 디딜 틈 없이, 함수, 미적분 수식들, 콤마, 센트*, 진동수로 목록을 작성한 엄청난 양의 종이들로 된 산에 파묻혔다. 그는 피타고라스와 그의 수학적 수호신을, 그리스의 대가는 어떻게 자신을 존경하는 제자들에 둘러싸여 그 자신의 용어들로, 모두, 누른 현의 길이를 기초로 한 계산을 통해서 완전히 정신이 혹하는 흥미진진한 음악적 체계를 확립했는지 이해에 들어갔다. 그리고 고대 연주가로서 음악적 경험과 기교 그리고 본능적인 기발한 재간을 통해 완전히 귀에 의존했던 아리스토제누스**도 분명 순음들 사이의 보편적인 관계를 들었기 때문에, 그가 취할 수 있는 가장 최선의 과정은 유명한 올림푸스 테트라코드(4현금)에 그의 악기의 배음 음계들을 조율하기만 하면 된다고 믿었던 그의 탁월한 식견에 전적으로 감탄했다. 다른 말로 '세상의 통합에 깔린 원칙을 탐구하는 철학자이자 화성적 표현의 충성스러운 하인'은 완전히 변별되는 괴팍한 전제들로부터, 놀라울 정도로 유사한 결론을 내린다는 사실을 인정하고

---

* 앞서 말한 진동수의 비로 만드는 반음계는 대수함수로 증가하며 이런 반음의 1/100을 센트라고 한다. 평균율은 이렇게 복잡한 수식 대신 한 옥타브를 간단히 1200등분해 사용하여, 완전5도는 700센트이며 순정5도(C-G)는 702센트가 된다. 비율에 따른 음정은 이명동음의 경우 실제로 음정이 달라지는데 이 차이를 콤마 comma, 혹은 피타고라스 콤마라고 한다.

** 아리스토텔레스의 제자, 철학, 음악가, 《하모니의 요소들(화음원론)》(BC330경) 저자.

놀라워하는 단계를 거쳐갔다. 동시에 그는 어쩔 수 없이 그 다음에 따르는 일, 더 정확히 말해, 소위 음악 과학 발전의 슬픈 역사가 자연적인 조율의 한계를 실증하는 모습을 인지하지 않을 수 없었다. 즉 문제 많고 골치 아픈 제한으로 악기의 높낮이 조절이 어렵기 때문에 점점 더 참을 수 없는 연주를 하게 되는, 더 높은 음역의 악기를 사용하는 것을 단호히 배격하는 일을 목격했다. 다른 말로, 어쩔 수 없이 필연적인 질문—음조(음의 고저)의 한계의 의미와 가치—이 점차, 하나씩 하나씩 잊히는 동안에 그 사건들이 치명적인 경과를 따르는 것을 지켜봤다. 그 길은 살라망카의 대가 살리나스*, 중국의 거장 차이 윈으로 이어지고, 스테빈, 프레토리우스, 메르센**을 거쳐, 할버슈타트의 오르간 연주자***까지 이르렀으며, 이 마지막 사람에 이르러 이 방면의 쟁점을

---

* 프란시스코 데 살리나스(1513~1590). 스페인 부르고스 태생 맹인 오르간주자, 작곡가, 음악이론가이며 평균율 이전 르네상스 시대 중전음율·평균전음율meantone system을 처음으로 창안한 사람 중 한 명이다.

** 프레토리우스는 현대에 근사한 중전음율 방법을 제시, 맥놀이 현상에 대해 처음 언급했다. 스테빈은 평균율의 음정간격 2$^{\frac{1}{12}}$의 값의 근사치를 계산했으며, 수학자이자 철학자 메르센은 로그함수를 이용해 수학적으로 계산했다.

*** 안드레아스 베르크마이스터(1645~1706). 독일 오르간주자, 음악이론가, 바로크시대 작곡가. 이론서 및 작곡을 통해 순환적 평균율 이론을 완성한 인물로 널리 알려져 있고, 이 장의 주요 내용은 그에 따른 역사적 과정을 따라가고 있다. 그 외 후기작 《Harmonologia Musica》(1702)라는 교육서가 유명하며, 단순 대위법 및 '전위대위법'을 포함한 여러 바로크시대 음악 작법을 다루었다. 전위대위법에서 잊힌 이론을 환기하고, 배제되는 방법을 활용하고, 또한 독자적인 간단한 작법론을 소개하기도 한다. 차후 소설의 이야기 진행에 이런 전위대위법 원리들을 엿볼 수 있다.

1691년 《폰 무지칼리셴 템페라투르(음악 평균율)》을 통해 그 자신도 아주 흡족할 정도로 그럭저럭 최종적으로 해결하고 나니, 더 이상 할 일은 없어 보였다—다만 복잡한 조율의 문제만 빼고. 말하자면 어떻게 사람들이 고정 음조에 조율한 악기를 사용하는 동안 가능한 한 자유롭게, 유럽식 음계의 7전음정을 모두 채택할 수 있는지 쟁점은 남아 있었다. 마음대로 좌지우지할 권리를 손에 쥐고 베르크마이스터는 칼을 호탕하게 휘둘러 고르디오스의 매듭을 잘랐다. 오직 옥타브 사이의 정확한 음정만 유지하며, 열두 개 반음의 유니베르숨****을—그에게는 얼마나 천상의 음악*****이었던가!—열두 개의 단순하고 똑같은 부분으로 나눴고, 그리하여 어렴풋이 순음 조성을 갈망하는 이들의 미미한 저항을 쉬이 극복한 후에 작곡가들에게 크나큰 기쁨을 안기며, 견해는 공고히 자리 잡고 상황은 종료됐다. 이런 화나고 부끄럽기 짝이 없는 언어도단의 상황에 에스테르는 충격으로 정신이 아찔해졌다. 아름다운 화성, 아주 출중한 그 음향의 진동이란 생각에 어쩌다 지금까지 자신은 단순하기 그지없이 유해한 습지 속에 꾸물거리며 붙잡혀 있었을까, 수 세기가 넘는 동

**** 유니버스universe의 라틴어.

***** 천상의 음악musica universalis 혹은 천계의 교향악은 고전 철학에서 천체의 움직임을 음악처럼 비율적으로 보는 개념이다. 수학적, 종교적 개념으로 나타난다고 믿었으며 피타고라스는 천체가 하모니의 비율에 따라 사람 귀에 들리지 않는 독특하고 오묘한 소리를 낸다고 생각했다.

안 왕국으로까지 자리 잡은 하나의 화음 속 온갖 거장의 작품들이 '그 중심부까지 다 틀린' 격이었다니. 전문가들은 떼지어 거장 안드레아스의 탁월한 독창성을 칭송하지만, 사실대로 말하자면 그는 혁신가라기보다는 전임자들의 착취자라고 할 수 있었고, 그들은 이런 평균 조율법이, 마치 이런 싸구려, 사기가 세상에서 가장 명백하고 흠잡을 데 없는 사실인 것처럼 대놓고 떠들었고 그것뿐만 아니라 그 현상의 참된 현실을 들춰내려는 시도에서, 문제를 조사하기 위해 선택된 사람들은 죽은 베르크마이스터보다 한 수 위의 기발한 재주를 선보였다. 어떤 때는 음조의 등거리 이론의 발생과 전파에 따라, 어떻게, 이제껏 쓸 수 있는 아홉 개 음정의 감옥 안에서 딱하게 유폐됐던 불운한 작곡가들이 아직은 알려지지 않고 탐험되지 않은 미개척지를 대범하게 모험할지를 두고 토론했다. 다른 때는 지금은 아이러니한 인용부호를 써 '자연적인' 조율이라고 칭하는 것들은 조바꿈에 반드시 맞닥뜨려야 할 심각한 문제를 안긴다는 사실을 언급하고서, 아예 사람들의 감수성에 호소하며, 천재의 작품들 연주에서 단순히 *아*이주 *쬐금* 음높이의 절대 순음에서 일탈을 수반한다는 이유로, 다들 무엇과도 바꿀 수 없을 '베토벤 혹은 모차르트 혹은 브람스'의 전 작품을 다 저버릴 거냐고 따져들었다. '우리는 옹졸하게 사소한 일은 초월해야 한다'는데 그들 모두 동의했고, 한 두어 명 어영부영 유화의 일환으로, 조심스레 절충의 말을 꺼내보는 상아탑 거주자가 있긴 했지만, 거의 대다수는 우월한 미소를 짓고서 그 단어를 인용문구 속으로 밀어 넣고, 독자들에게 입을 디밀고 은밀한 어조로, 순정조율은 실로 신기루이며 순음 같은 것은 없다고 속삭였다. 그리고 비록 있다고 해도, 모든 일이 여하튼 그렇게 순조롭게 돌아가거늘, 무엇이 문제가 되겠는가… 이 지점에서 에스테르는, 이렇게 모아들인 인간적 결점의 증거들과 이런 음향학의 걸작들을 함께 쓰레기통 속으로 일소했는데, 이는 그가 미처 눈치채지 못하는 사이, 하레르 부인에게, 가까운 중고서적상은 말할 것도 없이, 커다란 환희를 불러일으켰고, 게다가 이런 특정한 제스처가 공들인 연구의 종말을 대중적으로 선언하는 역할을 하게 되자, 그는 적당한 결과들을 끌어내야 할 시간이라고 느꼈다. 그는 자신이 단순히 기술적인 문제가 아니라 '심각하게 철학적인 중요 사안들'을 다루고 있음을 잠깐이라도 의심하지 않았다. 하지만 더욱 깊이 고심하고 나자, 자신이 '프라흐베르거가 순정 5도를 살짝 하향 조정하는 일'에서 출발해 열정적인 조사를 거쳐 음조를 파고드는 중에 피할 수 없는 믿음의 위기에 도달했음을 깨달았다. 그는 절대적이고 명백한 권위를 지닌 천재의 작품들이 모두 속한 화성의 체계가, 그가 환상을 품고 있다고 비난받을 일 없던, 지금까지 흔들리지 않는 확신에 기초했던 화성의 체계가 과연 존재는 하는지, 자문하지 않을 수 없었다. 시간이 흘러 제일 처음의, 그래서 아무래도 가장 쓰디쓸 감정의 물결이 지나고 열정이 어느 정도 식고 나자,

그는 '그의 이해 능력 안에 놓여 있다면 어떤 것에든' 맞서는 일에 나섰고, 그리고 일단 이런 사태를 받아들이자, 무슨 일이 벌어졌는지 명확하고도 정확하게 볼 수 있어서 조금은 영혼이 가벼워지는 느낌이 들었다. 세상은 에스테르가 확단한 대로, 단순히 '무관심한 권력과 온통 씁쓸한 수많은 사건의 전환'으로 이뤄져 있었다. 세상의 다양한 관심사는 양립할 수 없고 땡땡, 꽥꽥, 까악까악 시끄러운 소리들로, 불협화음의 굴절된 분투의 소리에 지나지 않는 소음, 모두들 오직 깨닫기만 하다면 저기 세상에 떡 버티고 있는 소음들로 역시 꽉 차 있었다. 하지만 '지상의 동료 인간들'은 역시나 외풍 불고 단열도 안 되는 이런 판잣집살이에 처한 줄 알면서, 세상없어도 기정사실로 받드는 무언가에서 달콤함과 불빛에서 아주 멀리 배제되는 일은 참을 수 없어, 영원히 기대의 열기로 불타고 있고, 어떻다 정의 내릴 엄두도 못 낼 무언가를 기다리고, 모든 유효한 증거가 매일같이 계속 축적되어, 그 존재 자체를 부정하는데도, 그래서 그들의 기다림이 순전히 무위로 끝날 것임을 보여주는데도 불구하고 희망하며 기다리고 있었다. 믿음이란, 여기서 에스테르는 자신의 어리석음을 절실히 되새기며, 믿고 안 믿고의 문제가 아니라 이런 일들이 모두 실제로 그렇지 않을 수도 있다고 믿는 일이라고 생각했으며, 같은 방식으로 음악은 자신의 더 좋은 부분의 발화發話나 더 밝은 세상에 대한 모종의 개념이 아니라 손쓸 수 없는 불치의 자아와 안타까운 상태의 세상을 덮고 위장하는 일이었다. 아니다, 그저 위장하는 일이 아니라 그런 사실에 대한 완벽하고도, 뒤틀린 부정이었다. 작동하지 않는 치료이며, 신경만 무디게 하는 독주였다. 우리 시대보다 더 운이 좋았던 시절이 있었다. 아니, 그런 식으로 그는 그 시대를 묵살했다. 피타고라스나 아리스토제누스의 시대만 생각해봐도 된다. 그때 '우리 동료 인간'들은 의심으로 마음이 어지럽지도 않았고 그들의 해 끼치지 않는, 어린이 같은 확신의 그늘에서 벗어나야 한다는 절박함도 없었다. 그들은 하늘의 화성은 천상의 분야라고 알았기 때문에 어렵사리 순음으로 조율한 악기로 이끌어낸 음악으로 항성 간 공간의 광활함을 얼핏이라도 볼 수 있는 정도라면 만족했다. 나중에 하지만, 질서정연한 우주론으로부터 이른바 해방된 뒤에 이 모든 것은 없는 것만도 못하게 되었고 명백한 혼돈 속에 발을 담갔다 혼란에 빠진 거만한 무리들은 아무것도 받아들이고 싶지 않아서, 깨지기 쉬운 꿈에 지나지 않는 것을 완전무결한 진실로 실현하는 일에 대신 매달렸으며, 물론 이는 손을 대는 순간 바로 바스러지기에, 그들이 할 수 있는 일들로 대충 꿰맞추지 않을 수 없었다. 이 임무는 살리나스와 베르크마이스터 같은 사람들에게 떠넘겨졌고, 이들이 밤낮으로 매진해 거짓된 일을 진실로 바꾸는 작업을 아주 눈부시게 성공해내자 너무나 고마운 대중은 만족으로 느긋하게 앉아서 자체 조사를 벌이며, 완벽해, 바로 이거야, 윙크를 해댔다. 바로 이거야, 하고 에스테르는 혼잣말을 했다. 첫 번째로 든 생각은 그의 낡은 피아노를 도끼로 깨버릴까 아니면 그냥 집 밖으로 던져버릴까였지만 쉽게 속아 넘어간 부끄러운 기억을 벗어나는 길로는 구미가 그다지 당기지 않았다. 그래서 상황을 짧게 되짚은 뒤에 그는 스타인웨이를 원래 있던 자리에 그대로 두고 무언가 좀 더 적당한 자기—체벌을 찾아보기로 결정했다. 조율 소켓에다('현재의 상업적 풍토'에 손에 넣기 힘들었던) 민감한 주파수계까지 장착하고, 그는 금방이라도 무너질 것 같은 악기에 점점 더 많은 시간을 쏟기 시작했다. 그리고 이처럼 지극정성으로 한 적도 없기 때문에 그 임무를 마칠 때쯤에 듣게 될 소리가 그를 놀래는 일은 없을 거라고 철썩같이 믿었다. 이것은 복귀—조율의 시기, 혹은 그가 선호하는 말처럼 '베르크마이스터 작품의 조심스러운 조정' 시기였지만 실제적으로 그 자신의 감각을 조정하는 시기였고, 앞의 프로젝트는 흠 하나 없이 성공적인 반면에 후자의 작업은 솔직히 성공적이라는 단어를 붙이기 어려웠다. 왜냐하면 위대한 날이 밝아 마침내 그가 아리스토제누스의 정신 아래 복귀—조율한 피아노 앞에 자리 잡고 앉아, 의도했던 대로 남은 생애 동안 오로지 하나의 모음곡(평균율 클라비어 곡집 중에서 무궁무진하고 탁월한 더 상위 조표의 주옥같은 곡들이 이런 목적에 완벽하게 맞았다)만 연주하는 데 전념할 수 있게 됐을 때 그가 제일 처음 고른 작품, C 장조 서곡은 잔뜩 기대한 '하늘을 솟구치는 무지개' 효과를 제공하는 대신에, 그가 전혀 대비하지 못했다고 하지 않을 수 없는, 참을 수 없이 신경을 긁는 소음으로 그의 귀를 파고들었다. 유명한 내림마단조 전주 역시, 이성스럽게 조율된 악기로 만들어낸 소리는 시골마을 결혼식 장면보다 어울리는 비유가 없을 지경으로, 손님들이 속이 뒤틀리고 헛구역질을 하고 갈수록 술에 취해 의자에서 스르르 미끄러지고, 무겁게 분을 바른 뚱뚱보 사팔뜨기 신부가, 다른 누구보다 더 술에 취해, 미래의 꿈에 들떠 뒷방에서 나오고… 시달림을 덜기 위해 프랑스 서곡의 요소들을 참조한 두 번째 책에 있는 올림바장조 전주를 연주하려고 시도했지만 그가 친 다른 모든 작품만큼 끔찍하게 들렸다. 지금까지, 그가 모든 시간을 '전반적인 복귀—조율'에 바쳤다면, 그때 이후부터는 가장 길고 고통스러운 적응의 시간이었고, 정말이지 모든 신경과 힘줄을 시험하며 꾸준한 강단으로 단련해갔다. 그렇게 몇 달간의 노력 끝에, 그는 좋아한다기보다, 단순히 귀청을 찢을 듯한 시끄러운 소리를 참는 데 성공하자, 하루에 두 번 두 시간을, 간신히 육십 분 채우는 고문으로 줄이기로 결심했다. 그 시간을 게을리 잊어버리지도 않았다. 벌루시커가 규칙적인 방문객이 된 후에도 등한시하지 않았다. 실은 젊은 그 친구가 음식 제공자의 역할을 능가해 일반적인 잡역부 역할과 절친한 동무가 되자마자, 그는 자신의 깊은 환멸과 매일의 자기 징벌이라는 고통스러운 비밀을 그와 나누기 시작했다. 그는 벌루시커에게 음계의 구조를 설명해줬다. 일견 고정된 일곱 개의 연달은 음처럼 보이지만 8도 음정에서 단순히 평등하게 일곱을 나눈 것이 아니라, 그런 기계적인 면 없이, 그냥 별자리의 일곱 개 별처럼 일곱 개의 구별되는 음질을 지니고 있다고 했다. 그는 그에게 음악적 음향, '인식 음계'에 관한 특기할 만한 장벽과 한계에 관해서도 가르쳤다. 즉 멜로디는—정확하게 일곱 음질의 각기 다른 분산 때문에—옥타브의 아무 음에서 마구잡이로 진행하며 연주할 수 없는 이유가 '음계가 우리가 좋을 대로 오르락내리락하며, 신들과의 회합을 즐기는 규칙적인 사원의 계단'이 아니기 때문이라고 깨우쳐줬다. 그는 그에게 부르고스의 맹인에서 플랑드르 수학자까지 '탁월한 전문가의 애석한 순위'를 소개해줬다. 그리고 그 훌륭한 작품이 '가장 천상의 악기로 연주되면' 어떻게 들리는지 예를 들면 잘 알 수 있을 거라며, 요한 세바스찬의 연주로 향응하는 일도 잊지 않았다. 수년을, 날이면 날마다, 매일 오후에, 입맛 끌지 않는 점심은 몇 순갈 뜨고 밀어놓고서, 그는 벌루시커와 이전의 만용에 대한 이런 고행의 속죄 행위를 같이 나눴다. 그러나 지금은, 그가 돌돌 뭉친 쪽지와 초초하게 거머쥐고 있는 가방의 비밀을 발견할 수밖에 없는 순간을 늦추기를 희망하며 이런 정례에 한 번 더 기대를 걸고서, 그는 요한 세바스찬의 작품 중 무언가를 '그의 교화를 위해' 연주하고 단호하게 이를 지속하리라 결심했다. 이런 책략은 그러나 그가 출중한 마지막 발언 후에 너무 긴 공백을 남겼기 때문인지, 혹은 벌루시커가 남은 용기를 쥐어짠 모양인지 헛

일이 되어, 눈을 반짝거리는 이 손님이 한발 먼저 말을 시작했다. 그래서 한참은 더듬거리며 벌루시커가 말을 잇게 되었고, 그 처음으로 망설이며 그 가방에 떠맡았던 자신의 역할을 이야기하자, 에스테르는 즉시 그의 공포들이 완전히 실체 없는 것은 아니라고 깨달았다. 실체가 없기는커녕—하긴 전갈인 것은 알았지만 그 내용이나 전갈을 전하는 사람의 신원이 경계의 허를 찌르긴 해도—그는 항상, 그의 아내가 집을 떠난 뒤, 그녀를 쫓아낸 데 대해 결코 그를 용서하지 않을 뿐만 아니라 그에게 되갚을 어떤 계략을 짜낼 거라고, 특히나 그녀에게 나가라고 할 때 취했던 그의 냉담한 방식이 복수를 부르리란 점을 알고 있었다. 그 이후로 많은 세월이 흘러, 그녀가 떠났던 날이 태곳적만큼 아득하게 느껴졌지만 그는 에스테르 부인이 다시는 그를 방해하지 않을 것이라고 한순간도 안도한 적이 없었다. 그가 고의로 공식적인 이혼 절차의 '기억을 지워버렸다'고 해도, 이게 어느 정도까지 그에게 피막 역할을 했다는 사실에도 불구하고, 세탁물로 가득한 가방으로 펼치는 연극에, '그 잡년이 무슨 수를 써서라도 그 문제를 포기하지 않을 것'이라는 눈치가 뻔히 보여 모를 수가 없었다. 그는 한 주 또 한 주 가르강튀아같이 거대한 그의 배우자가 남편은 이런 비밀스러운 조치는 아무것도 모른다고 능청을 떨면서, 그의 퇴직 이후로 죽, 그의 빨래를 계속했고, 잘 속아 넘어가는 벌루시커에게 세탁소에서 온척, 그를 통해 이를 돌려보내는, 이런 우습지도 않은 코미디를 감내해야만 했다. '그게 그녀가 그나마 잘하는 유일한 일이지, 더러운 빨랫감을 다루는 일'이라는 게 그럴 즈음 에스테르의 생각이었다. 하지만 이제 그는 앞선 시절 부주의로 어떤 비싼 값을 치르게 되었는지 똑똑히 보였다. 그는 곧바로 그녀의 옷가지를 가방 밑바닥에서 발견하고, 이는 '바로 오늘 오후'에 집으로 돌아오겠다는 아주 놀랍도록 조악한 방식의 선언임을 알았기 때문이었다. 하지만—이것만으로 충분하긴 했지만—여기에 복수의 시간이 진정으로 왔다는 전형적인 암시는 없었다. 대체 어쩌자는 건지 이해가 안 간 에스테르는 느닷없는 혼란에 처했지만, 벌루시커가 서둘러 떠듬거리며 이를 설명하고 나자 에스테르 부인의 남다른 사악한 '모략'은 이 일 이후에나 따르리란 점을 알았다. 아니다. 그 여자가 너무 두려운 나머지 칭송을 줄줄이 늘어놓고 있는 벌루시커에게, 그녀는 즉시 이사 들어올 작정은 아니지만 어느 때라도 밀고 들어올 수 있음을 넌지시 알리는 협박을 딸려 보낸 것이다. 그 쪽지에 나타난 대로라면 그녀는 다만 그에게, 무슨 청결 운동의 수장 역할을 부탁하는 것이었다. 말하자면, 그를 '지도자로 골랐다는' 말이었다. 명단을 같이 보내셨다고, 벌루시커가 평소처럼 웅얼거리며 열광적으로 덧붙였다. 그 대의에 자기편으로 끌어들어야만 하는 모든 지역 시민의 명단이었고, 그러기 위해서 삽시간에 그 집들을 다 돌려면—시간과의 싸움이었다—지금 일 분이 아깝기에, 내일이 아니라 오늘 중에 즉시 시작해야만 했다. 그가 만약에 해내지 못한다면, 그녀가 메시지의 말미에 '같이 식사를 하는 저녁'이란 말로 은근한 암시한 대로, 무엇이 그를 기다리고 있는지는 의문의 여지가 없었다. 그는 그의 친구가 한참 이야기를 하는 동안 말을 꺼내지도 않았고, 질 낮은 모의를 하고 있는 할망구에게 겁을 집어먹은 벌루시커가, 그녀가 '충성과 전례 없는 상냥함'을 보인다고 치켜올리는 말을 중단한 뒤에도 입도 벙긋하지 않고, 그저 한때 장식용이었던 침대의 부드러운 쿠션에 누워 눈으로 벽난로에서 튀어 오르는 불꽃들을 쫓았다. 저항을 해야 할까? 그 종이를 갈기갈기 찢어야 할까? 그녀가 이 집에 '언제가 될지 모르는 저녁'에 감히 접근해오면, 마치 과민한 대학 초년생이 무방비의 예술원 피아노를 공격하듯이, 도끼라도 들고 그녀를 공격해야 할까? 아니다. 에스테르는 그런 속임수와 위력에 직면해 그가 할 수 있는 일은 없다고 속으로 생각했다. 그래서 이불을 밀치고 침대 가장자리에 굽은 등을 하고 앉아 천천히 고동색 실내복을 벗었다. 이런 답변이면 형언할 수 없이 마음이 놓일 친구에게, '마음 달래는 망각의 더할 나위 없는 기쁨'을, *테스테스 비스 마이오르** 등등 때문에, 아주 짧더라도 잠깐 보류하는 수밖에 없겠노라고 말했다. 이렇게

---

* 'testes vis maior'에서 'vis maior'는 보통 '신의 섭리'라는 숨은 뜻이 있으며 법률적으로 '불가항력'에 해당한다. 'testes'는 'testis(고환)'와 'teste(증인)' 둘 다에 해당하는 복수형으로, '불가항력의 증인들'로도 '불가항력의 고환들(남자들)'이란 뜻으로도 읽힐 수 있다.

재빨리 단호하게 나선 것은 전전긍긍하다 제정신이 나간 탓이 아니라, 전투에 휘말리고 싶은 마음은 내키지 않기도 하고 가장 나쁜 것은 피하기를 바라는 그가 취할 수 있는 유일한 가능성임을 즉시 인지했기 때문이기도 했다. 기왕에 최소한의 저항의 몸부림도 없이 협박에 항복할 거면 더 이상 길게 두고 생각하는 일은 없도록 해야 했다. 그러나 이런 과단성이 집을 나갈 준비에 그대로 적용되는 것은 아니었다. 실로, 벌루시커에게 그 가방을, 일시적으로, 집에서 가장 먼 지점에 모셔두고(그 가방은 적어도, 존재감은 지우지 못하겠지만, 옮겨놓을 수는 있으니까…) 그 장소를 '소독하라'는 임무를 맡긴 후에 그는 옷장 앞에서 아주 무력하게 망설이고 있었다. 자신의 판단에 의혹을 품은 것이 아니라, 그저 어디에서 시작할지, 그다음에 무슨 일을 해야 할지 몰랐다. 그래서 연속 동작의 한 부분을 순간적으로 잊어버린 사람처럼 거기, 옷장 문을 노려보고 문을 열었다 닫았다 하며 서 있었다. 그런 뒤 다시 침대로 돌아갔다 또 옷장을 향해 발길을 옮겼다. 그리고 이 순간 희망이 없다고 깨달았는지 한 번에 한 가지 일에 정신을 집중하자 마음먹고, 칙칙한 잿빛 하늘색 슈트와 이번 같은 장례식에 더욱 어울리는 검정 슈트 중 어느 것으로 할지 결정하려 애썼다. 그는 한번은 이걸 골랐다가, 다시 저걸 고르며 둘 사이에 자꾸 마음이 흔들려 셔츠, 넥타이, 신발, 모자까지도 난감하게 고르지 못했고, 벌루시커가 갑자기 부엌에서 시끄럽게 도시락을 달그락거리는 소리에 깜짝 놀라지 않았다면 아마도 저녁이 한참 깊을 때까지 미결정의 상태로 남았을 것이다. 문득 그 쩔그렁대는 소리에 그가 원하는 것은 회색도 검정도 아닌 제3의 선택, 저 바깥에 보호를 할 수 있는 갑옷이 이상적인 슈트라는 생각이 스쳤다. 그는 재킷, 조끼, 외투 중에서 고르는 게 아니라 투구, 흉갑과 정강이받이 중에서 고르고 싶었다. 강요당한 일에 수반된 모든 어리석은 모욕이, 에스테르 부인이 그를 거리 청소부와 똑같은 사람으로 바꿔놓는 일이 그가 곧 마주하게 될 실로 치명적인 진짜 어려움들에 비하면 아무것도 아니란 점을 너무 잘 알고 있었기 때문이었다. 어언 두 달 전 가장 가까운 거리 모퉁이까지 가는 짧은 걸음을 시도했던 때처럼, 곧 곤란한 상황에 처하고 말리라. 땅과 공기, 그 모든 판단 불가능한 거리감을 비롯해 '저절로 무너져 내릴 태세의 지붕마루와 풀 먹인 레이스 커튼의 질식시키는 달콤한 향내' 사이에 오가는 전형적인 대화들, 게다가—그들을 기다리는 그 모든 복잡한 일에 덧옆처—처음, 두 번, 다른 시민들과 아주 행운처럼, '우연히 거리에서' 마주치며, 온갖 어려움에 에워싸이게 된다. 그가 거기, 바위처럼 굳건하게, 잠자코 평화롭게 서 있는 동안 그들은 그에게 다시 만나 기쁘기 한량없다는 인사를 무자비하게 쏟아낸다. 그는 다양한 사람이 법적으로 정당화된 자제력의 결핍을 흠씬 충족하고 지적, 정신적 매력 풀세트를 오롯이 차례로 늘어놓는 동안에도 단단히 버텨야 한다. 그리고 가장 나쁜 점은 여기서—그 생각만으로도 앞이 아득하게 깜깜했다—그가 사회에서 물러나 '신성한 무관심이라는 포상 같은 축복을 즐기며' 피하고 있는 곤경, 되돌릴 수 없을지 모를 참여의 행동을 저지르거나 동조와 위로를 보여야 하는 정말 구역질나는 덫에 꾀어들어가지 않도록, 그들의 답답한 우둔함에 귀먹고 눈먼 채 남아 있어야 한다는 점이다. 조력자 친구가 몇몇 측면에서 임무의 부담을 덜어줄 거라고 믿고서, 그는 실제 무슨 일에 착수해야 하는지는 크게 신경 쓰지 않았다. 어디 바느질 봉사회를 조직하든, 화분 심기 경쟁에서 이기든, 전면적인 변화에 바쳐진 이런 명백히 강박적인 운동을 지도하는 데 그가 무슨 역할을 하든지 그에게 아무 의미가 없었으니까. 그리하여 모든 에너지를 그런 말도 안 되는 광경에 저항하는 데 쏟으며, 옷 입기를 마치고 흠잡을 데 없는(공교롭게도 회색인) 복장을 거울에 마지막으로 비춰보자, 그는 잠깐이지만 아무 탈 없이 그 끔찍한 장래의 산책에서 돌아올 희미한 가능성을 엿보기도 했다. 그렇게 되면 그때 세상의 안타까운 상태와 말로 풀어놓기 한층 어려워지는 그의 일반적인 생각의 흐름에 대한 통찰, 예를 들어 난롯불에서 내뿜는 불똥과 '불가사의하지만 사악한 의미'의 소실 같은 주제로 해주던 말들을 아주 통탄한 마음으로—에스테르 부인의 예측할 수 있는, 그래도 놀라운 요구 때문에—중단했던 데부터 정확하게 계속할 수 있을지도 모른다. 그래, 희박해도 가능성은 있지. 하지만 치명적인 어려움들을 대면해야 하는 그의 분투가 아예 필요하지 않을 수 있는 상황은 더 이상 기대할 수 없었다. 그가 점점 얇아지는 복도의 두 줄 책들을 따라, 벌루시커를 뒤에 딸리고(그는 이제 찬합 통을 쾌활하게 달랑거리고 있었다) 거리 바깥으로 이르는 건물의 땅거미 진 문턱을 지나자, 들이마시는 공기가 독처럼 예리해지고, 점점 어지럼증이 심해지는 것 같았다. '중산층 관습의 물결'에 압도당하는 일에 대한 걱정 대신, 그때부터 그의 다리가 어지럽게 출렁이는 이 혼란스러운 공간에서 그를 지탱해줄 것인가 하는 의문만 한참 그를 쫓아왔고, '폐, 심장, 힘줄과 근육이 스스로 안 된다고 시끄럽게 쩌렁쩌렁 대답해오기 전에' 거기에서 물러나는 일을 고려하는 게 더 현명한 처사 아니겠느냐는, 또 다른 질문이 더해졌다. 집으로 돌아가는 일은, 돌아가서 문을 잠가버리고 거실로 숨어들어 쿠션과 덮개로 녹진하도록 따뜻하게 세상과 담을 쌓는 일은 유혹적이었지만, 그가 '명령에 불복종한다면' 무슨 일이 따를지 눈에 선했기에 심각하게 이를 고민해볼 수도 없었다. 그 괴물의 머리를 후려치는 일도 마찬가지로 유혹적이긴 했다. 그는 어지러워 지팡이에 몸을 기댔고, 갑작스럽게 불안해진 그의 친구가 펄쩍 뛰어와 그를 부축했다.('어디 잘못된 데 없지요, 에스테르 씨, 예?') 마침내 그는 균형을 되찾아 마음에서 우러난 저항의 생각들을 흩고서, 그 주위로 빙글빙글 돌고 있는 어지러운 세상의 상태가 세상의 완벽하게 자연스러운 특징이라고 받아들이려 애를 쓰며, 벌루시커의 팔을 단단히 붙들고 가던 길에 다시 올랐다. 길에 다시 오른 그는 그의 수호천사인 벌루시커가, 그 여자를 두려워하기 때문인지 무시로 드나드는 곳들을 보여줄 수 있어 기쁨에 넘치기 때문인지, 거의 죽어가는 늙은 친구를 지나는 거리들로 여차하면 끌고 갈 태세라고 판단했다. 그래서 그의 공포를 누그러뜨리는 ('아니야. 아무것도 아니야… 진짜 아무것도 아냐') 말들을 웅얼거리며, 그는 정신이 아득하게 어지럽다거나 자꾸 힘이 빠진다거나 하는 잃는 소리는 길동무에게 일체 발설하지 않았다. 한편 그들의 걸음을 방해할 것이 없다는 데 흡족해진 벌루시커가 걸쭉한 회색빛 아침 연무 주위로 서서히 밝아오는 새벽의 탄생에 관해, 마치 평생 처음으로 눈을 못 뗄 마력에 사로잡힌 사람처럼 열광적인 독백을 늘어놓기 시작하는 동안에, 에스테르는, 불과 얼마 전 희망들은 벌써 먹장구름 너머로 날아가버리고, 이제는 진짜로 귀가 먹고 눈이 멀어져버린 것같이, 중심을 유지해 한 발 앞에 한 발을 내딛는 일에만 온갖 주의를 기울여, 가장 가까운 모퉁이에 도달해 한숨 돌릴 수 있기만을 바랐다. 그는 양쪽 눈에 다 백내장이 생긴 듯, 그래서 안개 낀 공간 속을 헤엄치고 떠도는 느낌이었다. 귀가 울리고 다리가 후들거리고 온몸에 화끈하게 화기가 지났다. '이러다 기절하겠어…' 하고 그는 생각했고, 구경거리가 되기 십상인 그런 의식 소실에 대한 두려움보다, 그냥 실제로 확 쓰러졌으면 좋겠다는 마음이 더 들었다. 그가 거리에서 쓰러지면, 들것에 실려 집으로 호송되고, 에스테르 부인의 계획은 망쳐질 것이며, 그는 가능한 한 가장 단순한 방법으로 올가미를 벗어날 수 있다는 데 생각이 미쳤기 때문이었다. 열 걸음만 더 가면, 이런 행운의 사태 전환이 일어나기 충분하겠지, 계산이 섰지만, 그런 전환의 기대가 불행하게도 꺾이는구나, 알아차리는 데는 채 다섯 걸음도 필요하지 않았다. 그들이 1848년가街의 집들을 높아지는 번지수를 따라 지나고 있는데 기절은커녕 갑자기 기분이 나아지기 시작했던 것이다. 다리는 더 이상 후들거리지 않았고, 귀울림도 멎었고 가장 역정 나던 어지럼증도 없어졌다. 다른 말로 그가 걷기를 중도에 끝낼 어떤 변명거리도 남지 않았다. 그는 우뚝 서서 새로이 듣고 보았다. 일단 눈이 보여 주위를 둘러보자, 자신이 '이 가망 없는 도시의 수렁'을 마지막으로 유람한 후에 무언가 분명 변했다는 느낌을 피할 수가 없었다. 뭐가 정확하게 어떻게 된 건지, 처음 어쨌든 깜박거리는 혼란의 순간에는 콕 집을 수 없었다. 하지만 그가 그 현상을 구분해낼 수 없다고 해도, 그는 하레르 부인의 수다가 완전히 근거 없는 것은 아니었다고 수긍했다. 완전히 근거가 없지는 않았다. 얼토당토않지만 사실이었다. 하지만 내면의 한 구석에서 다른 목소리가 하레르 부인은 그 일의 본질은 파악하지 못했다고 속삭였다. 그들이 대로와 간선도로 모퉁이에서 처음으로 잠깐 쉴 즈음에 그가 '그 문제를 차근히 따져보니', 그의 충성스러운 청소부의 의견과는 반대로, '대단히 사랑하는 고향' 마을은 가만히 세상의 종말을 기다리고 있는 게 아니라, 그런 종말에 살아남은 곳처럼 보였기 때문이었다. 그를 놀라게 한 일은 평상시 정처 없던 행인들의 백치 같은 모습이나, 무언가 대단한 사건을 불안한 기대로 창문에서 흘기죽거리며 내다보는 얼굴에도 쓰여 있던 한없는 인내의 표정, 다른 말로 '영혼이 나른한 보통의 똥 무더기 냄새'들 대신에, 벤크하임 대로를 둘러싼 거리들이 그때까지 인식되지 못한 고적감을 띠고 있었고 말문 막히는 무미건조한 방치의 외관이 그에게 익숙한 '무변광대하게 텅 빈 허무'를 대신하고 있었다는 점이었다. 전반적인 적막감에 싸인 이웃 지역은 치명적인 악역惡疫의 여파를 내비치긴 해도, 삶의 모든 부수적인 일과 돌발적인 일들은, 전염병이나 방사선병이 임박한 경우처럼 모든 사람이 공포로 도망가버릴 때와는 반대로, 그 장소에 그대로, 본질적으로 변함없이 해를 입지 않고 남아 있다는 게 기이했다. 이 모든 일이 몹시 기이하고 놀라웠지만 일단 깨닫고 나자, 가장 충격적인 일은 뭐냐면, 그가 무언가 터무니없는 변신으로 너절해진 지역에 서 있다는 본능적인 인상을 받고 나자, 눈먼 사람조차 풀려고 덤빌수밖에 없을 이런 난제에 대한 대답, 진짜 설명이 아득히 멀리 닿지 않은 곳에 있었다는 점이었다. 하지만 그래도 매 순간 이 광경에는 그가 볼 수 있어도, 분명 보여야 하는데도, 분간이 가지 않는 어떤 붙박이 고정점이 있다고, 서서히 가물가물 잡히고, 점차 초점이 맞아가는 이미지 속에 근본적인 무언가, 침묵이나 적막한 분위기, 삭막하지만 해는 입지 않은 버려진 거리—모든 다른 것의 토대가 되는 하나의 지점이 있다는 확신이 점점 더 들었다. 그는 지금 휴식 장소의 기능을 하는 모퉁이 벽 출입문 측벽에 반쪽 어깨를 기대어, 건너편 건물들을 바라보고, 건물의 창문과 반달형 채광창, 엄청난 크기의 갈라진 구멍을 눈여겨보고, 상인방 각목재 사이로 빛을 발하는 조각보 얼룩들을 바라보았다. 그런 뒤 벌루시커가 종알거리는 동안, 그는 두 손을 치장 벽토에 대고, 손가락 사이로 바스락거리는 물질의 상태가 무슨 일이 있었는지 말해줄까 하여 더듬어보았다. 그의 시선에 방풍 램프와 광고로 도배된 광고탑 기둥이 들어왔다. 그는 헐벗은 밤나무 꼭대기를 관찰하고, 눈으로 간선도로의 양쪽 끝으로 훑어 내리고서, 거리, 크기의 면에서 아니, 비율의 불일치의 측면에서 해명을 추구했다. 하지만 거기서 어떤 대답도 찾지 못하자, 그는 마을의 표면적인 무질서에 무언가 의미를 부여할 수도 있는 축을 짚어보려고, 눈을 찡그려가며 저 멀리까지 두루 찾았지만, 아직 이른 오후를 어스름 황혼으로 만들어버리는 이런 궂은 하늘 아래에서 명확한 개괄적인 통찰을 찾는 일은 무용지물이라는 참담한 굴복으로 끝나버렸다. 이 하늘은, 이 이해가 가지 않는 부피, 그들 위로 묵직하게 내리누르는 이 복잡한 무게는 그래도 변하지 않았다고, 아주 털끝만큼도 본질이 바뀌지 않았다고 결론지었다. 그리고 이런 결론은 이들 표면의 아주 극미한 변화를 상상하는 일조차 완벽한 시간의 허비를 암시하므로 그는 탐색은 그만두고, 호기심을 억누르기로 결심하고, 그의 '첫 본능적인 반응'을 팽팽하게 곤두선 신경계의 변덕스러운 기능 장애로 떠넘겼다. 될 대로 되라지, 그는 대체로 한탄스러운 이런 몸 상태에서도 이제껏 꾸준히 개선되던 그 자신의 양호한 과단성에 기댈 수 없음을 인정하고 체념했다. 그리고 이 체념에 쐐기를 박듯이, 표면상으로는 방황하는 주의력을, 벌루시커의 낭랑한 단어를 따라, '좋은 소식의 영원한 전조', 무관심한 하늘의 궁륭에 고정해야겠다고 결심하자, 얼빠진 교수가 잃어버린 안경을 자신의 코끝에서 찾더라는 속담처럼 아뿔싸, 위를 올려다볼 게 아니라 그의 발밑을 내려다봤어야 했구나 깨달았다. 그가 찾고 있는 것은 거기 있었기 때문이었다. 더도 덜도 아니고 바로 그 위를 밟고 서 있는 줄은 몰랐구나. 그는 그 위에 서 있었다. 이제껏 그 표층을 터벅거리며 밟고 왔고 또 바로 코앞 미래에도 꾸역꾸역 밟고 가야할 팔자였는데, 이제야 알아차리자, 그는 이런 뒤늦은 인식을 모든 게 너무 분명한, 너무 가까운 탓으로 돌렸다. 의심받지 않은 근접성이 문제였다. 그가 이를 무시한 것은 만질 수 있고, 실제로 모든 곳으로 걸어 다닐 수 있기 때문이었다. 처음 몇몇 순간에 본 광경들에 '계시록의 종말론적인' 그리고 '충격적으로 혁명적인' 무언가가 있다고 감지했던 것이 결코 잘못 판단한 것이 아니라고 그는 더욱 확신했다. 있는 그대로의 실상이 그렇게 당황스러웠던 것은 아니었다. 왜냐하면 시민으로서 열정의 용량이 쩨쩨할 정도로 작은 이 마을은,

무언가 암묵적인 동의로 공통된 기반의 모든 부분을 임자 없는 땅이라 여기고, 몇 년 동안 그런 결과로 이제 아무도 소위 도로 유지 보수라는 '쟁점'에 근심하지 않았으니까. 잡동사니 물결 속 면면의 비통상적인 내용물에 어안이 벙벙한 것도 아니었다. 그 수량이란 정말 '… 가관이야, 대단해!' 혀를 내두를 지경이었다. 매일 그 보도를 밟고 지나가는 이만여 명의 보행자—매일 다니는 하레르 부인도 이를 알아차렸더라면, 그에게 틀림없이 알려주지 않았을 리 없겠지만—와 달리, 에스테르 자신으로서는 죽었다 깨어도 감히 상상도 못할 엄청난 양이었다. 그의 표면적인 반응은 '… 이거 참'으로 단순했지만 마음은 섬뜩했다. 이건 불가능해, 이렇게 무지막지한 양을 내다 버릴 수는 없어, 여기에다 이런 식으로 실어와 부려놓을 수 없어. 그리고 그가 보고 있는 광경이 정상적인 지능을 가진 개인의 이해력의 한도를 훨씬 넘기에, 이런 비범하고 '괴물 같은 대파괴 작업'의 규모를 감안한다면, 그는 '무시와 무관심에 있어서는 타의 추종을 불허하는 인간의 능력은 의심의 여지없이, 정말 한이 없다'는 섣부른 결론도 마땅하다는 느낌이 들었다. '저 양! 다른 거 빼고 저 양만 해도!' 그는 머리를 젓고, 벌루시커의 한없는 경험담에 귀 기울이는 척하는 일도 팽개치고, 이런 극악무도한 흉물, 사방에 만연한 범람의 규모를 짐작하려고 시도하며, 마침내, 처음으로, 지금, 오후 세 시경에 그렇게 낯설게 그의 방향감각을 어지럽히던 것에 명칭을 붙일 수 있었다. 쓰레기. 그가 눈길을 주는 길이고 보도고 모든 곳이, 이음매 없는, 틈새 없는 폐기물의 갑옷으로 덮여 있었고 이 초자연적인, 반짝거리는 오폐물의 강은, 밟혀 걸쭉해지고, 찌르는 추위에 딱딱한 고체로 얼어, 멀리 어스름 회색 속으로 구불구불 멀어졌다. 사과 심지, 오래된 부츠의 일부, 시곗줄, 외투 단추, 녹슨 열쇠, 사람이 그의 자취로 남길 수 있는 모든 것이 여기 있구나, 냉랭하게 하나씩 짚었다. 당혹스러웠던 점은, 딱히 눈에 보이는 전시물 중에서 아주 새로운 것은 없긴 하니까, '무의미한 존재의 얼음 같은 박물관'이라기보다는 이런 미끌미끌한 덩어리가 집 사이로 뱀처럼 스멀스멀 기어, 창백한 하늘을 반영하듯이 소름 끼치는, 칙칙한 은빛 형광으로 빛을 내고 있다는 것이었다. 그가 어디에 있는지 깨닫고 나자 더욱더 정신이 맑아왔다. 그는 결코 그의 차분한 평가 능력을 잃지 않았지만 오물의 거대하고 어지러운 미로를, 마치 상당한 고지에서 내려다보듯이 계속 평가해가다 보니, 그의 '동료 인간들'이 이런 결점 없고 기념비적인 파멸의 화신을 전혀 알아채지도 못했으므로 하물며 공동체 차원의 단속을 취하자고 하는 일이 아무 의미 없다는 점이 한층 더 굳건해졌다. 어쨌든, 마치 땅이 저절로 쩍 갈라지고 열려 마을의 밑에 무엇이 놓여 있는지 적나라하게 드러내는 것 같았다. 그게 아니더라도 무언가 끔찍하게 부패하고 있는 늪이 얇은 아스팔트 층에서 스며 나와 모든 것을 덮을 것 같아서, 그는 지팡이로 거리에서 문들로 연결되는 보도까지 두드렸다. 소택지에 있는 늪, 그 장소의 관념적인 *푼다멘툼(근본)*이 그렇다고 에스테르는 생각했다. 그리고 멍하니 사색에 잠겨 잠시 동안 거기 서 있으면서, 그는 갑자기 집, 나무, 가로등, 광고탑이 그 바로 아래로 가라앉는 광경이 보였다. 이도 최후의 심판의 한 형태가 될 수 있을까 궁금증이 돋았다. 나팔도, 계시록의 어떤 기수도 없이, 인류가 법석이나 예식도 없이 자신의 쓰레기에 삼켜진다? '마지막 결과물 치고는,' 에스테르는 스카프를 바루며 '완전히 놀랍지만도 않은 끝'이라고, 이런 논고에 마침표를 찍고 현 상태의 개략을 지도로 그리는 일은 완수했으니, 움직일 채비를 해야겠다고 생각했다. 하지만 그는 출입문의 딱딱한 콘크리트에서 발을 떼서 보도의 얼어붙은 진창으로 내딛는다는 생각만으로도 당연한 귀결처럼 반신반의에 휩싸여 지칫거렸다. 묵처럼 굳어 흔들리지 않고 가만있는, 지옥의 퇴적토가 동시에 두껍고 죽지처럼 얇은, 튼튼하면서도 퍼석하게 보이는 것만 같아서, 하룻밤 살얼음으로 뒤덮인 연못처럼, 그 위에 조금만 무게를 싣는 순간 갈라질 것만 같았다. 머리로는 두껍고 깨지지 않는 무한한 덩어리 위 표면인 줄 알지만 몸으로 느끼기엔 종이짝처럼 얇은 표면이 그의 무게를 지탱할 수 없을 것 같아, 감히 발을 내밀지 못했다. 그렇게 움직이지도 못하고 머물지도 못하고 그 사이에서 엉거주춤하며 서 있는 동안에, 혐오와 반감이 다시 한번 치솟아 올랐고 그는 '예상치 못한 상황으로 인해' 에스테르 부인이 규정한 절차를 간소화하여, 그녀가 남겼던 명단을 누구든지 간에 그가 처음 만나는 사람에게 전하리라 결심했다. 그들더러 그 이름 아래 일을 처리하라지. 이런 조건하의 마을에 이런 일을 다루기에는 자신은 완전히 부적합한 사람이다. 남아 있는 조직 과정의 세부 사항은 알아서들 하라지. 그는 제정신도 유지하고 건강상태도 고려하여 얼어붙은 달의 쓰레기 용암을 피해 가능한 한 재빨리 집으로 가는 길을 서둘러야겠다고 결심했다. 불행하게도 누군가를 만날 귀중한 가망은 거의 없었다. 벤크하임 벨라 대로를 따라 보이는 유일한 생명체라고는 강인하게 생명을 부지하는 고양이 종족뿐이었다. 살며시 발을 딛는 크고 작은 고양이 떼가, 그 의미의 무게는 무언가 부차적인 부담처럼 덜어지고 지워졌으나, 그들에게 여전히 중요성을 지니고 있는 얼어붙은 물체들의 잔재 사이를 나태하게 왔다 갔다 하고 있었다. 그들은 모두 과체중에, 딱 봐도 집 없는 도둑고양이, 오랜 꿈에서 깨어난 짐승들, 이런 호의적인 환경에서, 분명 고대의 포식자의 본능으로 되돌아간 목격자, 오랫동안—영원토록 기다림이 지속될 것만 같았으나—예견돼온 암흑기의 황제, '그가 보기에 점진적이며 일반적인 타락의 징후들이 너무나도 또렷한' 이 마을의 새로운 군주였다. 불문가지, 이런 고양이들이 아무것도 두려워하지 않을 것이다. 그리고 증명이라도 하듯 이에 걸맞게, 가까이 어슬렁거리는 떼거리 중 하나가, 턱 사이의 반 토막 난 쥐로 판단하건대 그다지 배가 고프지 않을 텐데도, 출입문에 서 있던 과거의 주인 종족이었던 두 구성원의 모습을 한 잠재적인 먹잇감을 알아보고, 버릇없이 뻔뻔하게 그들에게 다가오고 있었다. 에스테르는 고양이들에게 무슨 특별한 의미를 부여하지는 않았지만 일단 눈에 띄자 놀래 멀리 보낼 의도로 손으로 휘이 쫓는 시늉을 했다. 하지만 분명 속이 뒤집힐 정도 배를 꽉꽉 채운, 거칠 것 없는 무리에게는 헛된 손짓에 지나지 않은 듯했다. 설상가상 고대 인간 종족의 우세한 무게는 다 잃어버린 듯 이런 신호의 효과란 떼거리가 이룬 벽의 보일 듯 말 듯 느릿한 후퇴일 뿐, 그들을 진짜로 내칠 수는 없을 성싶었다. 왜냐하면 그 둘이 물러나기로 작정하고 (그리하여 그 모든 동요에 종지부를 찍고) 극장과 코블로 호텔 방향으로 출발했는데, 고양이들은 그들을 내버려두는 대신에, '그들 나름의 동물적인 본능으로 상대적인 위계의 변화를 감지한 것처럼' 계속 상당 거리를 따라왔다. 못 와도 벌루시커가 에스테르의 저녁을 챙겨 도시락에 담는 호텔까지 멀리 왔는데 그 지점에서 용의자의 뒤를 쫓는 일이 점점 지겨워진 탐정들처럼, 그들은 그냥 포기하고 가장 최근의 것으로 보이는 쓰레기 더미 사이로 흩어져 남은 고기 부스러기 닭뼈, 혹은 참말 살아 있는 쥐를 찾을 때처럼 그들의 예민한 원시적 후각에 의지해 먹이를 찾으러 떠났다. 모든 곳이, 난장판 카니발이 그 길을 지난 지 얼마 되지 않은 것처럼 보였다. 위험스레 쌓인 유리파편들과 싸구려 팔린카 병 조각들이 입을 꼭 다문 호텔 입구 앞 거리에 놓였고 한편 거리의 반대쪽으로 속은 다 뜯기고 기물은 파손된 버스가, 부러진 차축 주위로 무너져 내려 무릎을 꿇고서, 누군가 그 방향으로 밀뜨리기라도 한 것처럼 슈스터의 남성복점 쪽으로, 덮개를 위로 젖히고 서 있었다. 얼마 안 되어 벌루시커는 에스테르와 다시 합류해 그들은 오트혼* 카페에 이르렀고 거기서 (하레르 안댁에 따르면, 분명 땅을 붙잡고 서 있는 일이 너무 지겨워 잡은 손을 놓고 무너져, 무슨 무해한 거인처럼 헤트베세르 골목 사이로 드러누웠다고 하는) 유명한 포플러 나무에 눈길을 주지 않을 수 없었다. 허, 그럼 그렇지, 모든 것이 어김없이 그 영향 아래 있구나, 그런데 기실 쓰레기 하나에만 온통 정신이 팔렸다니, 에스테르는 그쪽을 가리키며 길동무의 관심을 돌렸다. '이보게나, 자네도 내가 보고 있는 것이 보이나?' 하지만 경악을 친구와 나누려던 그의 노력은 아무 소득이 없었다. 그가 입을 여는 순간 자명했으니, 왜냐하면 잠깐의 혼란 (그 자신 혹은 상대편의?) 후에 벌루시커의 빛나는 얼굴을 아주 설핏만 보아도 그가 새벽 몽상의 설명을 끝내고, 마음이 모두 다른 곳에 있음이 고스란히 드러났기 때문이었다. 에스테르 생각에, 그도 그렇겠지, 이제껏도 몰랐는데, 싶었다. 영원토록 도시 거리를 배회하느라 아주 눈에 익었을 텐데 왜 새삼스레 악몽 같은 이런 광경이 눈에 들어오겠는가? 그를 호위하는 친구의 얼굴에 번진 환한 표정에, 발을 질질 끄

---

* 집·가정이란 뜻.

는 구슬픈 걸음도—마치 흉측한 땅바닥과 균형을 이루는—
아주 경축할 만한, 마음을 고양하는 기회라 여기고 있음이
고스란히 드러났고, 오직 자신의 나약함과 경악에서 비롯된
어떤 환각 때문에, 에스테르는 늦어도 너무 늦게 잘못 깨달
았지만, 옛날 마을이 있던 곳, 그 유령 마을에 우연히 접어
들었을 뿐이라고 내비치고 있었다. 그들이 집을 떠난 이후로
죽 에스테르는 현황을 관찰하고 분석하는 데만 오로지 집
중하고, 다른 쪽이 하는 말은 거의 귀 기울여 듣지 않고 있
었고 혹여 다른 쪽의 존재를 깨달았다면 그건 그저 그들의
팔이 연결돼 있어서였다. 그런데 너무나 이상하게도 이제야,
너무 늦게 모든 것을 갑자기 이해하고서, 지금 그가 주의를
기울일 올바른 대상은 오직 하나, 그 옆에 있는 존재, 모자
를 쓰고 큼지막하고 거친 우체부 외투를 입은 남자, 더없이
행복하게 이리저리 거니는 식량의 전달자, 벌루시커 저 사람
임이 눈에 보였다. 지금 이 순간까지, 이 사회가 가망 없이
무너지고 있지만 그래도 작동은 한다고 근본적으로 착각하
고 있었기에, 어김없고 신뢰 충만하며 체계적이고 규칙적인
점심시간이나 이른 오후의 '천사의 방문' 같은, 실제적으로
벌루시커에 의해 편제됐던, 그 자신의 바꿀 수 없는 일상의
정례는 말할 것도 없이, 이제껏 자연스러워 보였어도, 아주
예외적이었으며, 그 꼼꼼한 시간 엄수가 외부의 환경에 어떻
게든 취약하리라는 생각은 아예 떠오르지도 않았었다. 하지
만 지금, 이날에, 특별한 날이라고 마땅히 붙일 수 있는 날

에, 여기 오트혼 카페 앞에서, 그들이 알아왔던 오랜 나날 뒤에 처음으로 에스테르는 그의 동무가 비록 부지불식간의 일이긴 해도 무릅쓰고 있었던 커다란 위험을 갑자기 깨닫게 되었고, 그러자 무시무시한 불안이 엄습했다. 이런 끝장난 인류 풍경의 마지막 버전을 보자, 이런 순수하고 의심 모르는 생물이 어디에 있는지 잘 알지도 못하고, 쉽게 받을지도 모를 공격도 알지 못한 채, 그 자신의 내부 태양계의 별빛에 눈이 멀어('위험에 처한 희귀종 나비가 불타는 삼림지대에서 날아다니는 일에 정신이 팔린 것처럼…') 밤낮으로 이런 잠재적으로 치명적인 쓰레기 더미 사이를 배회하고 다녔다는 게, 바로 이해가 가고 상상이 갔다. 그리고 이런 이해를 하고 나자, 에스테르는 오직 한 가지 결론, 다른 사람의 보호가 절실히 필요한 사람은 사실 자신이 아니라, 오히려 그의 충실한 후원자라는 인식에 도달했다. 그러자 그 즉시 그들이 이후 집으로 어찌해서 다시 돌아간다면, 그는 벌루시커를 시야에서 벗어나지 않게 하겠다고 결심했다. 수십 년 동안 그의 이성과 감수성으로 단단히 지어올린 논리 작용을 통해 합리성이나 좋은 감수성이라곤 궁하기 짝이 없는 세상을 거부하게 되었다는 믿음 속에서 살아왔지만, 아무리 그런 논리로 여전히 그들을 재고 비난할 수 있다 해도, 하지만 지금은 헤트베세르 골목에서 바로샤즈 시청 거리의 죽은 듯한 침묵 속으로 걸음을 옮기며, 어쩔 수 없이 그의 모든 투명한 생각과 이른바 '평정한 추론' 법칙에 대한 고집스러운 집착은 여기서 다 허사였다고 자인해야만 했다. 지금 세상을 대변한다고 여겨지는 이 마을이 살인적인 현실을 유지하고 있는 한, 유달리 끔찍한 시련처럼 다가오는 세속적인 진흙탕의 냄새가 그 속에서 지속적으로 뿜어져 나올 것이기 때문이었다. 몸부림쳐봤자 소용없는 일이었다. 평소 습관적인 에스테르식 기지의 방책은 여기에서 전혀 먹혀들어가지 않는다고 승복해야 했다. 그가 생각해낸 구절들은 세상에 대한 자랑스러운 우위를 확립하지 못하고 속절없이 낭패를 당했다. 단어의 뜻은 다되어가는 손전등 불빛처럼 희미해졌고, 결과적으로 단어의 뜻으로 귀착할 수 있었던 대상들은 다 낡아버린 오십 년 남짓한 세월의 무게 아래 으스러졌고, 모든 냉철한 단어와 모든 냉철한 생각이, 어지럽게 의미를 잃어버린 결과를 맞아, 있을 법하지 않은 그랑기뇰*무대 장치의 덫에 못 이기고 무너졌다. 그런 세상을 향해, 그 속에 '처럼'과 '마치' 같은 비유로 내뱉는 서술들은 신랄한 날카로움을 잃어버린 세상이여, 그 속에 든 모험가들은 무지나 반대 때문이 아니라 거기 맞지 않기에 뭇 일들처럼 아마 휩쓸려 가버릴 텅 빈 제국이여, 그러하노니, 이런 '현실'들이여, 그대는 나와는 아무 관련이 없노라, 에스테르는 몸서리쳐지는 혐오감과 구역질로 마음속에 적어 내려갔다. 딱 그 시간에 그가 이런 미로에 들어서서 그런 과대 망상적이고도 위엄 섞인 미친 선

---

* 공포와 선정성을 강조한 단막극.

언을 하는 일은 별나기 그지없다는 흰 눈을 피하기 어렵다
는 점을 부정하긴 힘들겠지만. 그래도 그는 어쨌든 그렇게
선언했다. 그들이 그다음 휴식 장소로 머문 바로샤즈 거리
의 신문 가판대에서 친절한 신문장수가 그의 말을 오해하고
서 조금 전에 쏟은 탄식에 맞장구치듯, 안심시키려는 일환
으로 자신이 이런 '기이한 인구 감소'의 원인을 안다며 아주
열정적으로 설명하기 시작했다. 그 열정에 기겁해 그 이후로
에스테르의 마음은, 볼일이 성공적으로 완수되어 이 일에서
벗어난다면, 아주 실질적인 방법으로 벤크하임 집에 빗장을
지르고 머물 것이라는 데로만 흘렀다. 여기 밖에서 무슨 일
이 일어나고 있는지, 어떤 재앙이 이 쓰레기의 밀물에 뒤따
를지에는 흥미를 잃었기 때문이었다. 사실 그는 엉겁결에 무
대로 잘못 접어든 누군가가 '공연이 끝나기 전에' 어떻게 더
안전한 자리를 찾을 수 있을까 같은 생각만 할 뿐 모든 일에
흥미를 잃어버렸다. '불협화음 한가운데 부드러운 선율'처럼
사라지자, 어느 누구도 그를 찾을 수 없도록 비밀스러운 곳
의 문 안으로 숨어들자, 마치 한때, 일찍이 적어도 한 명의
'조금 마음 울컥한, 외톨이, 시인 같은 방랑자'의 전형이 만
겨질 듯 명백하게 존재했다는 마지막 기억처럼 숨어들자, 그
런 생각이 귓가에서 달그락거렸다. 한쪽 귀로 예사로이, 벌
루시커가 완전히 몰입해 늘어놓고 있는 이야기, 코슈트 광장
에, 그 지역 사람들뿐만 아니라, 너무 빨해서 용납 가능한
과장이겠지만, '좋이 수백은 됨 직한 사람들이 인근 시골마

을에서' 몰려들었다는, 무슨 고래에 관한 그날 아침 경험의 설명을 듣고 있긴 했지만 사실대로 말하자면 그는 한꺼번에 오직 한 가지 생각에만 대처할 수 있어서, 혹시라도 '다가드는 무슨 공격에도' 버틸 수 있는 난공불락의 요새로 집을 바꾸는 데 얼마나 걸릴까 하는 문제에만 골몰하고 있었다. '다들 거기 있어요.' 그의 길동무가 알려주었다. 그들이 대로를 걸어 올라가 상수도 위원회 사무실(그 이름은 지난 몇 달 동안 상당한 야유를 불러들였다)이 있는 모퉁이를 향하자, 벌루시커는 더욱 열렬하게 이 유람의 정점頂點에 딱 걸맞게, 일생에 한 번 볼까 말까 한 괴물을 그들이 같이 볼 수 있다면 얼마나 기막힌 일이 되겠느냐, 그려 보이기 시작했다. 정말이지 벌루시커가 해주는 찌부러진 코와 때 묻은 조끼를 입은 서커스 주인의 묘사, 시장 광장이 사람으로 흘러넘친다는 말이나, 이른바 대규모 군중이 몇 시간씩 기다리던 일, 고래의 어마어마한 크기, 기이한 생물의 거짓말 같은 모든 세부적인 묘사는, 에스테르의 바람을 누그러뜨리기는커녕 불에 기름 붓는 격이었다. 지금까지 본 것 때문에라도 무언가 넋을 홀리는 마법의 흉물이 있다면, 그 단순한 존재만으로도 이런 한갓진 산책을 마무리하는 정점은커녕(게다가, 그러려고 하다니!) '수없는 대비태세'를 공고히 다져 마무리하는 게 급선무라는 추론 외에 다른 결론이 나지 않았기 때문이었다. 어쨌거나 생각만 해도 더욱 울적하지만, 이런 괴물이 실제로 광장에 있고, 어마어마한 관중과 사기꾼 레슬링 흥행사가 벌루시커 자신의 절망적인 상상의 산물, 인적 끊긴 버려진 마을에 채운 길동무가 아니라고 해도, 그와 더불어 이런 굉장한 구경거리의 존재가 모피점 벽 옆에 나붙은 포스터, 누군가 붓으로 휘갈긴, 아니 오히려 손가락을 잉크에 담갔다 '오늘밤 카니발'이라고 위에 끼적여 덧붙인 포스터로만 존재하는 것이 아니라고 해도, 주위를 둘러보고 또 둘러봐도 난처하게 적막한 이곳에 보이는 생명의 징후라고는, 집 없는 고양이를 빼고는 그들이 살아 있는 전부였다. '살아 있는'이라고 대충 어림친 도식화가 애처로운 자신들에게 적용되는 한에서는 들어맞는 말이라고, 에스테르는 씁쓸하게 운을 달았다. 부정해봤자 무슨 소용이랴, 서로를 꽉 붙잡고, 모퉁이에 있는 상수도 위원회 사무실 방향으로 발을 내디딜 때마다, 살을 에는 칼바람 속에서 버둥거리는 그들의 모습은 아주 기이한 가관이었다. 청결 운동으로 서민들에게 열변을 토하기 위해 충실한 동무를 옆에 붙이고 길을 나선 어느 존경스러운 인물이 아니라, 마치 외계 행성에서 온 눈먼 방문객들처럼 보였다. 그들은 두 가지 방식의 걸음, 두 개의 다른 속도, 그리로 진짜 다른 두 종류의 무력함을 조화시켜야 했다. 에스테르의 매번 떼는 발자국은 의문스레 가물가물 빛나는 바닥을 짚으며, 그의 마지막 걸음, 점차적으로 종국에 완전히 움직임을 멈출 준비를 하듯 내딛는 반면, 속도를 높이라고 자꾸 찔러대는 벌루시커의 극심한 욕구는 이번에 억지로 퇴박을 놓아 다스려야 했고, 한편 에스테르 교수가 그에게 완전히 의존하고 있어서 그의 왼쪽 팔에 기대오는 몸의 무게가 그의 균형감각을 위험에 빠뜨리고 있다는 사실을 부자연스럽게 숨겨야만 하기도 했다. 열의만으로는 친애하는 마에스트로의 영혼의 무게는 백 배라도 떠받칠 수 있지만 신체적인 무게는 그대로 맞아들지 않았기 때문이었다. 이런 상황을, 에스테르는 벌루시커에게 끌려가고 있고 벌루시커는 에스테르에게 제동이 걸리고 있다 파악해도 영 그른 말은 아닐 것이고, 벌루시커는 달리다시피 하고 있는 반면 에스테르는 가만 서 있다시피 하고 있다는 말도 틀린 말은 아니지만, 그들의 진행을 각자로 혹은 부분적으로 나누는 일은 부적절하다고 할 수 있다. 그들의 엉성하고 휘청대는 꼴 우스운 전진은, 그들 사이의 다양성과 그들 발짝 사이에 때로는 빠뜨린 혹은 때로는 넘쳐흐르는 운동량으로 녹아들 뿐만 아니라 그들이 어설프게 매달린 상호의존은 한쪽은 에스테르로 다른 편은 벌루시커로 개별적으로 구별하는 일이 불가능해지기도 해서, 실제로 그들은 하나의 별난 인물상을 형성하고 있는 것 같았다. 그렇게 그들은 기이하게 하나로 연결되어 앞으로 나갔다. 혹은 에스테르가 생각하는 것처럼, '지칠 대로 지친 숲속 작은 요괴처럼, 이런 지옥의 악몽에 절묘하게 어울리는 무언가' 방랑하는 그림자, 길을 잃은 악령처럼, 그들의 이쪽 몸 반이 다른 쪽을 지지하라는 벌을 쓰고, 왼쪽은 지팡이에 기대고, 오른쪽은 즐겁게 찬합통을 흔들며 버둥질로 나아갔다. 그러니 상수도 위원회 정면의 작은 잔디밭을 떠난 뒤 고용보험 사무국을 지나, 계속 길을 가다가, 그들은 양말공장 남성 사교클럽의 출입구에 서 있는 세 명의 다른 인물을 마주쳤는데, 그 인물들도 막 그들을 흘낏 보고(두 그룹 다 서로를 유령으로 여겼을지도 모르겠다) 이런 괴물 같은 외관을 한 허깨비가 그들에게 천천히 다가오자 무서운 운명이 심판하는 손길을 기다리듯 그 자리에 얼어붙었다가 마침내 그들을 알아보고서야 긴장을 풀었다. '아주 용감한 세 사람이 저기 있군.' 에스테르는 아직도 고래 이야기에 푹 빠져 있는 벌루시커를 쿡 찌르고('다른 누구도 근처에 없는 걸로 봐서는'이란 보충의 말을 아끼고서) 다른 편에 옹송그리며 선 잿빛 회색 무리를 가리켰다. 잠깐 숨을 고르며 에스테르 부인이 '운동'과 관련해 이룩하기를 바라던 바를 마음에 되새기고 어떻게든 안도와 경의의 험난한 파도들을 위엄으로 견뎌내자고 마음을 다잡고선, 마주한 세 사람에게 적절한 열정을—도무지 그들이 위대한 청결 운동의 자질을 갖춘 사람으로는 안 보이긴 해도—불어넣어줄 만한 문구를 이리저리 엮어보며 길을 가로지르기 시작했다. '무언가 해야만 해요!' 일단 공손한 인사치레가 한풀 꺾이자, 그가 대성일갈을 했다. 그리고 그들 손아귀에 잡힌 그의 손이 풀려나자 그들 중 한 명, 귀가 잘 안 들려, 반복하는 그의 말마따나 '견해의 교환'을 이룩하기 위해 희생자의 귀에 사정없이 고함을 치는 버릇이 있는 마더이는 아무 요동도 없었지만, 다른 두 명은 이런 요청에 크게 주억거리며 동의하긴 했지만, '무엇을 하느냐'를 두고 나뉜 질문에는 조금 입장이 엇갈리는 것 같았다. 서론만 듣고도, 조처를 취해야 하는 일이 무언가 하는 안건은 자동으로 제쳐두고, 에스테르를 이 상황의 재량권을 지닌 책임자로 평가했는지, 뚱뚱한 푸주한인 너더반, 그 '온화하고 정제된 시詩'의 자질로 마을의 이름 높고 영향력 깊은 주민들 사이에 한 자리 차지한 인물인데, 그는 위원회에 연대의 필요성을 환기했으면 한다고 단언했다. 하지만 장화공장 및 온갖 종류의 기계적인 문제에 강박을 지닌 정비기사 볼렌트는 머리를 가로젓고는 공동 행동의 시작점으로 분별력을 먼저 가져야 한다고 마더이에게 맞대어 조언했고, 마더이는 다들 조용히 시키더니, 에스테르에게 다시 몸을 기대고 목청이 터져나가라 '조심, 또 조심, 무슨 일이 있어도 경계하라는 게 제 조언입니다!' 고함을 쳤다. 그들 중 한 사람도 물론, 이미 기술한 '경계' '분별력' 그리고 '연대', 이들 중심 구상이 그들이 책임지고 추론해나갈 촉망받는 도입부일 줄은 아무 의심을 품지 않고서 반박이라곤 없이 이 토론의 진전에 돌격하지 못해 좀이 쑤신 모습들이었다. 그리고 에스테르는—양말공장 사교클럽으로 들어가는 입구에서 적어도 '하고많은 지역민 중에 전적으로 바보인 세 명'이 잘도 얽혀걸렸다는 데 적이 안심을 하고—흥분으로 아주 부들부들 안달 내는 이 용맹한 지지자들이 가장 기본적인 견해에도 차이점이 표면에 떠오르면 무슨 일이 벌어질지 예상하는 데 조금도 어려움이 없었다. 그래서 계산된 위험성을 받아들이고 둘러선 신사들의 고리에서 자꾸 발을 빼는 벌루시커에게 얼른 말을 넘기고 싶어서, 그는 그런 발작적으로 중구난방 떠벌대는 그들의 말들을 다잡으려고 어떻게('당신들 대답 속 분격한 어조로 가정컨대') 세상의 종말이 진짜로 도래했다고 하나같이 의견이 일치할 수 있느냐고 물었다. 그 질문에 다들 당황한 빛이 역력했다. 아주 잠깐이지만 각기 달리 들떴던 얼굴색이 거의 하나가 되었다. 어느 누구도 에스테르 죄르지가, 옛 시절 기념비에 쓰인 문구, '그는 탁월한 음악적 재능으로 훌륭한 작업을 이뤄내 우리의 매일을 밝혀주었다' 같은 존재가, 교육받은 대중의 우상이, 현재 동석한 친구 너더반이 지은 '우리의 회색빛 삶의 처음이자 끝'이라는 시구도 그렇고 온갖 운문에서 찬사의 대상인 사람이 이런 상황을 이해하리라는 기대를 하지 않아서였다. '천재로 타고난 덕분에' 다른 모든 천재처럼, 당연히 늘 정신이 딴 데 팔려 있다고 짐작했던 사람, 더욱이 볶아치는 세상사의 소음으로부터 퇴거한 사람인데, 어떻게 이런 문제를 털끝만큼이라도 알 수가 있겠는가? 따지는 자체가 우스꽝스러운 판인데, 이 세 명이 완전히 인근 지역에 불길한 변화들을 그에게 알려주는 사람으로—이 커다란 시내에 그 많은 인구들을 제치고—간택되다니, 정말, 이해시키고 알려주다니, 이 둘도 없는 행운을 간파하는 것은 삽시간의 일이었다. 상점들이 때로는 꽉 찼다가, 때로는 텅 비었다, 교육과 관료체계는 와해된 것과 거의 다름없다, 사람들이 집

난방에 엄청 애를 먹는다, 석탄의 부족이 아주 상당한 정도다, 설명하려는 조급함에 서로들 말을 계속 자르며 방해했다. 약국에는 조제약이 동났다, 버스나 차로 여행하는 일은 불가능하다, 그리고 바로 오늘 아침에, 전화가 먹통이 되어버렸다고, 참담하게 않는 소리를 했다. 이게 다소라도 현 상황을 요약한 것이다. 그리고 한술 더 떠서! 볼렌트가 씁쓸하게 덧붙였다. 그냥 그것만이 아니라! 너더반이 불쑥 끼어들었다. 그리고 설상가상으로! 마더이가 고함을 내질렀다. 그리고 설상가상으로 이 서커스라는 게 질서를 재건하려는 우리의 마지막 희미한 희망을 깨부수며 들어왔다, 끔찍하게 거대한 고래를 선보이는 서커스인데 선의에서 우러나 도시에 들어오는 것을 허락했으니 이를 무르려고 해도 지금은 어떤 것도 할 수 없다, 왜인고 하니 특히나 어젯밤의 진짜 이상한 사건들이, 하고 너더반이 목소리를 낮추었고, 여태껏 어느 것보다 수상한 냄새를 풍기며, 마더이가 고개를 끄덕였고, 유별나게 악물스러운 이 서커스단이, 볼렌트가 이맛살을 찌푸렸고, 코슈트 광장에 도착했다, 슬픔과 혼란이 뒤섞인 얼굴로 그들을 바라보고 있던 벌루시커는 완전히 안중에 없이, 이게 무슨 뜻인지 무엇을 노리고 있는 건지, 이제 뭐가 되었건 사실이거나 한 건지, 밝혀내긴 힘들지만, 이는 틀림없이 무슨 범죄적인 음모일 것이라고 설명하며 에스테르에게 하소연했다. '적어도 오백 명은 넘는다고요!' 그들은 주장했지만, 곧바로 이어서 진짜로 그 단원은 둘뿐이라고

들었다고 했다. 이제껏 본 것 중 가장 무시무시한 최고 구경
거리라고 말들 하지만 어느 순간에 밤이 내려 평화로운 지
역민들을 공격할 때만 기다리고 있는 불특정 폭도의 단순
한 핑계로 보이기도 한다고 했다. 어느 순간 고래는 이 일과
아무 상관이 없어 보였다가, 다음 순간에 이 모든 소동의 원
인이라고 했고, 약탈과 노략질로 바쁜 '수상한 도둑떼'가 동
시에 광장에 움직이지 않고 서 있다고 주장했다. 이쯤 되자
에스테르는 들을 만큼 들었다고 여기고 그도 말 좀 하겠다
는 신호로 손을 들어올렸다. 에스테르가 말을 꺼내기도 전
에 방해하고 나서며 볼렌트가 사람들이 겁에 질렸다고 선언
했고, 가만히 보고만 서서 손가락을 배배 꼬고 있을 수는
없다고 너더반이 소리를 쳤고, 그들이 우리의 파멸을 꾸미
고 있는 동안에는 안 되지, 마더이가 그의 특징적인 태도로
덧붙였고, 여기에 아이들이 있어요, 너더반이 눈물을 훔쳤
고, 울고 있는 어머니들도, 마더이가 나팔처럼 방방 요란하
게 울렸다. 무엇보다 가장 소중한 것들, 따뜻한 가정, 우리
가족이, 모두 끔찍한 위협 아래 있어요, 감정으로 목소리가
떨리는 볼렌트가 마지막을 찍었다…. 이런 이구동성의 저항
으로 연맹을 이룬 한탄의 코러스는 누가 끼어들지 않으면
어디로 이어질지 충분히 상상이 갈 것이다. 하지만 아마 상
상은 가겠으나 알 수는 없을 것이다. 일반적인 침울의 공기
로 무겁게 짓눌려 일시적으로 이들은 아주 가쁜 숨만 몰아
쉬고 있었기 때문에, 에스테르는 주도권을 잡고 전면에 나

서, 산산이 부서진 그들의 신경과 고통으로 고문당한 영혼의 상태를 명심하며, 이런 말을 할 수 있어 기쁘지만, 해결책이 있다고, 이런 역경의 상황을 유리하게 이용할 희망은 있으며 정말 단호한 사명감이란 항복을 모르는 법이라고, 선언했다. 더 이상의 야단법석 없이 그는 그들에게 **깔끔한 정원, 말끔한 가정**이라는 이름의 운동에 대한 원칙들의 개요를 소개했다. 이 운동의 중심적인 관심사는, 그들 머리 위 먼 곳으로 눈길을 돌리며 그는, 그 말 그대로라고 설명했다. 그리고 그의 친구에게 이 운동의 세부사항을 소개해달라고 부탁하고, '폐기물 관리 옴부즈맨 우두머리'이자 '쓰레기 감찰관'으로서 잠시라도 세 명의 조직적인 작업 성취는 의심하지 않는다는 확신의 말만 덧붙였다. 한편 벌루시커가 운동 프로그램을 나눠 주고, 아주 진 빠지도록 상세하게 모두 설명하고 마무리 지을 동안 그는 자리만 지키고 서서 간신히 참고 버티다가, 동료가 마치자 휙 돌아섰고, 모든 작별의 행동은 단 한 번 흔드는 손짓으로 압축하고서, 그들이 알아서 정보를 소화하도록 두고 떠났다. 에스테르 부인의 생산적인 단어들의 씨는 기름진 땅에 떨어졌으며 지난 십오 분간의 사건들을 그가 할 수 있는 한 철저하게 마음속에서 싹 지워 버리는 일 말고 그가 할 일은 없다고 확신했다. 그래서 세 명의 청중이 그의 갑작스러운 출발로 인한 어리벙벙함에서 회복될 즈음에 마음에서 우러난 열정의 희열로 내달리며 외치는 '우리는 극복할 거야! 대단한 아이디어야! 연대! 분별력!

경계!', 그가 이를 더 이상 듣지는 않겠지만, 그렇게 인내의 힘을 절대적인 한계점까지 발휘하고 다 소진해서, 마침내 적어도 자신이 맡은 소임의 짐은 벗어버렸다는 빈약한 위안에서 힘을 끌어모으며, 아직은 엉성한 계획들로 돌아가, 할 수 있는 한 조심스럽게 행동의 가능한 경로들을 꼼꼼히 검토하려고 했다. '할당된 임무를 무사히 종료'했다는 소식은 무조건 그리고 늦지 않게('게다가 머지않아 벌써 네 시야!') 그의 아내 귀에 들어가야 하며, 안 그러면 그녀의 위협은 분명 실행될 것임을 알기에, 앞서 왁자하게 짖어대던 소리에 머리가 혼란해 서커스에 관한 그의 공포는 근거가 없다고 지금 옆에서 그에게 설명하려고 노력 중인 벌루시커의 고생에 종지부를 찍기 위해서라도, 그는 '이쯤하면 일은 잘 해결됐다고 생각하니', 집으로 이제 떠나겠다고 선언하고, 그리고 벌루시커에게 의미심장한 시선, 하지만 그의 계획의 전모를 드러내지 않은 시선을 건네고서, 그사이 벌루시커에게 혼베드 골목에 들르고 일을 끝내자마자 즉시 자신을 찾아오라고 신신당부를 했다. 당연히 벌루시커는 '고래를 보려던 계획'을 단념하는 일은 그렇다 쳐도, 그를 이런 차가운 날씨 속에 홀로 남겨둘 수 없노라고 저항했다. 그래서 에스테르는 어쩔 수 없이 조금 더 상세하게 설명하지 않을 수 없어, 전략적 단계들을 속으로 미리 셈하고서, 자신에 대한 걱정은 부질없다고 벌루시커를 안심시키기 위해서만 잠깐씩 멈추며 자상하게 일러주었다. '이것 보게, 친구, 내가 좋아서 매서운 서릿

발 속에 시달리는 건 아니야. 또는, 반대로, 여기 내 존재가 눈의 제국에서 영원을 보내라는 저주를 받은 비극적인 열대 기질의 전형도 아니지. 왜냐하면 보다시피 눈이 없어. 다시 는 어디에도 오지 않을 거고. 그러니 이 말은 꺼내지도 말자 고. 하지만 집까지 남아 있는 이 조금의 거리를 도움 없이도 돌아갈 수 있으니 아예 걱정은 접어둬. 한 가지 더,' 하고 그 가 덧붙였다. '우리의 축하할 만한 모험을 오늘 유종지미로 끝맺지 못했다고 애석해하며 너무 마음 쓰지는 마. 나도 흔 쾌히 그 웅대하고 고매한 존재와 면식을 쌓고 싶어. 하지만 우리 당분간은 이를 포기해야만 하네. 내 생각에,' 그가 벌 루시커를 향해 미소를 지었다. '계통발생론의 한 지점을 당 당히 차지한 생명체와 마주하는 일은 기쁘고 흥미로운 일이 야. 이에 나는 개인적으로 기꺼이 들르고 싶지만 이 산책에 영 지쳐버렸네. 그러니 자네 고래와의 랑데부는 어디 보자, 아마 내일까지 기다려도 되겠지….' 그의 목소리는 예전 같 은 날카로움이 한참 모자랐지만, 기지에 찬 말을 하려던 의 도가 기지 어린 말보다 훨씬 더 잘 드러나리라는 것을 알았 다. 하지만 그의 말 속에 약속의 언질을 내비쳤기 때문에 벌 루시커는 비록 어느 정도 꺼림칙하긴 해도, 그의 제의를 받 아들였다. 그래서 갈라지기 전 같이 가는 나머지 길에 에스 테르는 방해받지 않고 자유롭게 그들의 그다음 만남의 기 회를 계획했다. 청결에 대한 하레르 부인의 파괴적인 열정 덕분에 살아갈 만한 집으로 꾸미기 위해 문에 방책을 첩첩

이 쌓고 창문을 판자로 막아버리는 일을 빼면 다른 할 일은 거의 없구나, 결론에 도달했다. 그리고 이런 결론에 마음이 놓여, '둘이서 사는 삶은 어떤 모양새일까'에 관해 심오한 추측에 들어갔다. 균형감은 더하지만 배려는 또 빼지 않고서 그는 집의 자석 같은 늪지 속 응접실 옆 공간 속을, 그와 가능한 한 가까이, 벌루시커의 방으로 배정하고서 '평화롭게 같이 보내는 아침들'과 '하모니로 가득한 조용한 저녁들'을 그려보았다. 그 둘의 모습이 눈에 선했다. 깊은 평온 속에서 같이 앉아 있고 오후에 내린 커피를 마시고 적어도 일주일에 두 번씩 더운 저녁을 준비하고. 그의 친구는 그의 천문학적인 몽상에 착수하고, 그는 또 불가피한 불찬성의 논평들을 흘리겠지. 그런 식으로 그들은 쓸데없는 일들, 세상에 희미해지는 버팀대들, 세상 그 자체를 잊을 것이다…. 그의 계획들이 거기까지 이르고 나자 그는 자신이 어느새(그리고 그런 의식에 당연히 조금 낯부끄러워졌지만) 몇 방울 감상적인 눈물을 흘리고 있었음을 알아차렸다. 그래서 재빨리 주위를 다시 둘러보고 그의 고난들을 회상하고, 그의 약해진 신체 상태('늙은이니까, 진짜로 이제 늙었구나')로 보자면 그런 감정을 내보이는 일은, 이번만은 상당히 용서받을 만하다고 판단했다. 그는 얼음처럼 차가운 도시락 통을 벌루시커로부터 받아들고, 볼 일이 끝나자마자 바로 건너오겠다는 그의 다짐을 받았다. 그리고 몇 가지 다른 훈계 후에, 헤트베세르 골목 어딘가로 그가 시야에서 사라지는 모습을 지켜보았다.

236

✳ ✳ ✳

시야에서 사라졌다. 하지만 그를 놓친 것은 아니었다. 그들 사이에 집들이 가로놓인다고 해도 그는 에스테르를, 그의 존경하는 마에스트로를 여전히 볼 수 있기 때문이었다. 벌루시커의 치밀한 보호 아래 한 시간 외출로 마을에 그렇게 강한 표식을 남긴 그 형체는 건물들의 단단한 덩어리로는 단순히 가려지지 않았고, 모든 것이 그가 여기를 지나쳤다는 사실을 가리켰다. 벌루시커가 보는 곳마다, 그가 여전히 가까이 있다는 걸 알기에, 모든 것이 그의 존재감을 일깨웠다. 그러다 보니 꽤나 한참 후에 실제 헤어졌다는 자각이 들고 이런 기이한 사건의 강세 효과가 잦아들고 늦춰지자, 벤크하임 대로에 있는 선생의 집까지 주인이 돌아가는 동안에 정신이나마 동행하며 그는 다시 숨을 쉬고, 이 산책, 에스테르 씨의 기대하지 못했던 세상을 향한 멋진 짧은 바깥 출입은 '비록 슬픈 일면이 없지는 않지만' 그럼에도 좋게 잘 마무리되었다고 파악했다. 그가 집을 떠날 때 그 옆에 서 있던 일, 처음 몇 발자국 뗄 때 자리를 지키며 그림자처럼 따르던 일, 이 일이 더없이 바라고 오랫동안 희망했던 치유 과정에 얼마나 큰, 가슴 떨리는 진전이 될지 알기에, 처음에 모두, 그가 거실에서 시작해 바깥 대문까지 걸어가는 모습을 지켜보는 일은 엄청난 환희를 주었고, 모든 활동을 자랑스럽게 지켜봤다는 점은 너무나도 과분한 보상 같았다. 하지만,

한편으로, 그 짧은 외출을 '슬픈 일면이 없지는 않은' 경험으로 평이하게 치부해버리면 실제 일어났던 일을 너무나도 건성으로 얼넘기는 말이 될 것이다. 그가 뒤늦게 그의 나이 많은 친구는 매 발자국을 시련으로 여겼다는 사실을 자각하자, 산책 중일 때조차, '자랑스러운 목격자'가 되는 즐거움은 흐려지고 숨 막히는 슬픔의 여운만 남았기 때문이었다. 그는 병자가 처음으로 일어서서 마침내 커튼이 쳐진 그의 방을 떠나는 순간은 회복을, 삶에 대한 욕구의 부활을 예고한다고 믿었지만 단 몇 발자국 가지도 않아서, 그날 오후, 완화는커녕 오직 진짜 심각한 그의 상태만 드러낸다는 사실을 직시해야 했고, 그가 청결 운동에 참여하는 여행길에 올라 대중 사이에 재등장하는 일은 세상으로 돌아간다는 전주가 아니라 마지막 작별이며 세상으로부터의 사임, 궁극적인 거부의 행동일 가능성이 더하다는, 무시무시한 가능성을 마주해야만 했다. 그리고 이는, 그들이 알아온 세월 중에 처음으로 벌루시커를 아주 깊은 불안으로 채웠다. 신선한 공기를 들이마신 첫 숨에 메스꺼움을 느낀 일은 흥조였다. 비록, 에스테르가 그가 기억하는 한 아주 오랫동안, 분명 적어도 지난 두 달은 집 밖으로 발을 거의 내딛지 않았기에 전혀 예상하지 않은 일이라고는 할 수 없다. 하지만 에스테르의 육체적 악화의 정도나 더불어 도시 자체의 처량한 상태, 그 곤두선 긴장이 단계적으로 베일을 벗으며 불의에 대책 없이 들이닥치자, 전무했던 자신의 경계심과 부주의에 갈수록 끔찍한 죄책감에 시달렸다. 눈치채지 못했다는 죄책감, 진실은 모른 체하고 헛되게 조만간에 개선되리라 바랐다는 죄책감, 아주 힘든 걸음에 그의 친구가 해라도 입는다면 다른 탓을 할 것도 없이 자신의 탓일 것이라는 자책감, 그보다 더한 죄책감은, 부끄러움과 당혹감과 가장 통렬한 정신적 고문의 고통은, 마을에 품위 있고 걸출한 지성을 선보이려던 마음과 달리 다 쓰러져가는 백발노인만 드러낼 수밖에 없었고, 남은 유일한 이성적인 선택이 집으로 곧장 돌아가는 길이건만, 그가 에스테르 부인에게 한 약속을 이유로 이마저도 할 수가 없었다는 점이었다. 그래서 에스테르 씨의 의존성을 위장하지도 못하고, 에스테르 씨는 한마디 말도 없이 그의 팔을 붙잡고, 가야만 했다. 그에게 기대는 의존성이 위임의 징표라고 여기고서, 이런 형세로 간다면 어떻게든 친구의 주의를 돌리는 노력 외에 그가 할 수 있는 일은 없다고 느꼈다. 그래서 그가 두 시경에 아주 행복한 마음으로 들고 왔던 소식들에 관해 이야기하기 시작했었다. 그는 일출에 관해 말했다, 마을에 관해 말했다, 어떻게 오늘 새벽빛에 마을이 어디 한 부분 빠짐없이 구석구석 따로따로, 두드러지며 깨어나는지에 대해 말했다. 그는 말하고 또 말을 이었지만 자신이 하는 말에 자신도 거의 주의를 기울이지 않아서 단어들은 흥취가 돋지 않았다. 그는 저쪽 상대편의 눈을 통해 모든 것을 보지 않을 수가 없었다. 어쩔 수 없이 지속적으로 에스테르의 시선을 쫓았고, 상대의 눈이 우연히 찾은 것은 무엇이든 항상 그 자신이 자유롭게 풀어내고 있는 확신들이 아니라 후자의 칙칙한 관점을 증언하는 것을 무력하게 깨닫지 않을 수가 없었다. 처음 순간에 그는, 답답하게 한정된 감방으로부터 자유로워지는 일은, 그의 친구가 삶에 대한 욕망과 기력을 회복하는 가장 자연스러운 일이라고 그가 '세부사항이 아니라, 사물의 전체성으로 주의를 돌리도록' 설복할 수도 있겠다고 믿었었다. 하지만 그들이 코믈로 호텔에 다다를 즈음에 에스테르의 눈길이 닿은 곳의 이러한 세부들은 자신이 들려주는 보고 속의, 갈수록 공허하게 울리는 단어들로 씻어버릴 수 없음이 분명해졌다. 그는 차라리 입을 다물고, 이후 시련과 고난의 길을 말은 없어도 솔직한 인정으로 충분히 공감하며 그 고통을 완화하도록 하자 결심했다. 하지만 이런 결심은 허사가 되었다. 그들이 호텔을 떠났을 때 더욱 필사적으로, 물론 더하는 일이 가능할까마는, 단어들이 그의 입에서 쏟아져 나오는 것 같았다. 음식 대기줄에 서 있는데, 뭔가 섬뜩하게 무시무시한 소식을 듣고 당혹스러웠던 탓에 그랬다. 더 정확히 말해, 부엌에 있던 사람들이 전달해주던 소식을 들을 때는 그러려니 했다. '시장 광장에 있는 사람들은 다짜고짜 공공기물을 때려 부수고 다닐 깡패들'이라는 취지로, 사실 열두 시가 지나자마자 여기가 털린 바와 다름없이, 못해도 훌리건처럼 코믈로의 비치된 음료 및 술들을 몽땅 박살을 내버렸다고 했는데, 이 말이 그저 믿기지 않아서 '상상이 빚어낸 공포'라고, '전염성 강한 두려움과 불안들'에 보통 따르는 침울한 징후 중의 하나라고 치부했지만, 아주 뜻밖으로, 그가 자신을 기다리고 있는 에스테르에게로, 꽉 채운 반합 도시락을 들고 돌아가다가 난데없는 광경이 눈에 들어왔던 것이다. 이제껏 전혀 알아차리지도 못했는데, 정말로 살벌하게 호텔 앞에 있던 복도며 앞마당과 포장도로가, 어떻게든 피하고 넘고 가야 할 산산이 깨진 술잔들과 병 조각들로 덮여 있었다. 혼란스러웠던 그는 친구의 완전히 타당하고 당연한 질문들에 잠시 주저하며 대답하고서, 거기서부터 재빨리 고래에 대해 하던 말로 넘어갔고. 나중에—마더이 씨 일행과 업무를 성공적으로 마무리 짓고—어떻게든 고래와 관련된 공포를 누그러뜨리려고 도모했다. 이는 사실 부정이었다. 그 자신이 먹이가 된 공포에 대한 부정, 천국을 향한 완고한 몸짓 하나면 그가 아는 대로 이성적인 삶으로 돌아오리라는 것을 확신했지만, 그가 호텔 부엌에서 들었던 말들이 잊히지 않았고 특히나 우두머리 주방장의 '밤에 거리를 배회하고 다닌다면 누구든 목숨을 걸고 다니는 거지!'라는 발언이 머리에 붙박였다. 그가 그날 아침 서커스 차량 앞에서 기다리며 함께 시간을 보냈던 '친절하게 도와주는 사람들'을 무뢰배나 노상강도들이라고 하는 것은 분명 실수라고, 마더이 씨 같은 남자도 오금이 저릴, 무시무시한 뜬소문들이 이렇게 멀리 퍼졌기 때문에 벌어진 잘못이라고, 그러니 즉시 그리고 모든 점에서 확실하도록 자신이 알아봐야겠다고 벌루시커는 생각했다. 그래서 상상 속에서 그는 에스테르 씨를 집까지 호위하며 바래다주면서, 바로샤즈 거리에서 시장 광장으로 전진해갔고, 여전히 꼼짝 않고 기다리고 있는 군중 한가운데 도착해서 든 첫 번째 직관은 한 사람을 골라서 그와 그 문제를 논의하겠다는 것이었다. 주방장의 무책임한 주장의 기억이 그 자신의 생각(단 하나 냉정한 훈계… 단 하나 차분한 권고…)과 섞여 아우성을 질러댔기 때문이었다. 그는 자신이 고른 남자에게 그들에게 대해 무슨 말이 도는지, 시내에 있는 사람들이 툭하면 성급한 억측 결론을 내버리곤 한다는 것을 알려줬고, 에스테르의 상태에 대해 들려줬고, 다들 그 위대한 학자의 이름은 들어서 정통하리라는 자신의 확신을 언명하고서, 그가 영 걱정이라는 자신의 불안을 고백했고, 그의 책임이 막중한 줄은 아주 잘 알고 있다 주장했고, 마침내 조금 자신의 부족한 말주변을 용서해주길 빌고는, 하지만 그는 불과 몇 분 안 지났지만, 그가 우호적인 인물에게 말을 하고 있다는 확신이 들고 그의 새로운 친구도 그를 완벽하게 이해했을 것이라 믿어 의심치 않는다고 재빨리 덧붙였다. 그가 말을 붙였던 사람은 이 말 어디에도 대답을 않고 다만 그저 그를 머리에서 발끝까지 오랫동안 뚫어져라 노려보기만 했다. 그런 뒤 벌루시커의 겁먹은 얌전한 표정을 알아채고, 미소를 짓고, 그의 등을 탁 치고서, 주머니에서 팔린카 병을 꺼내어 그에게 붙임성 있게 권했다. 엄한 조사를 벌이며 보인 침묵 뒤에 남자의 얼굴에서 긴장이 풀린 미소를 보고 벌루시커는 마음이 놓이긴 해도, 선의의 징표로 권한 술을 함부로 거절할 수는 없겠다고 느껴, 그의 새로운 우정에 야무지게 도장을 찍기 위해서라도, 추위로 뻣뻣한 손으로 병을 받아들고, 뚜껑을 돌려 열고, 상대의 신뢰를 얻고, 그가 그들 사이에 존재하는 '상호 의합의 인물'임을 확신시키려고 내용물을 훌쩍 마시는 흉내만 내도 될 것을, 가능한 한 아주 크게 꿀꺽 들이켰다. 그는 즉시 무모한 짓에 대한 벌을 받았다. 왜냐하면 목이 타들어가는 독주에 숨 막힐 정도로 심하게 기침 발작을 해댔기 때문이었다. 꼬박 삼십 초 뒤에, 숨통이 트이기 시작해 사과의 미소를 지으며 술에 약한 자신을 용서하기 바란다는 말을 하려고 했지만 그의 말은 누차 되풀이되는 기침에 묻혀버리고 말았다. 그는 몹시도 당황했고 그의 새로운 지인과 친근한 관계를 세울 기회를 망쳐버렸을까 두려웠다. 하지만 찌르는 통증도 진짜 격심해 극통의 최고조에 다다르자, 지푸라기라도 잡듯이, 그는 옆에 움직이지 않고 섰던 남자를 무의식적으로 움켜잡았고 이런 모습이 꽤나 웃겼던지 그 상대뿐만 아니라, 가까운 주변에 서 있던 사람들 사이에 약간 기분 돋은 웃음소리가 비어져 나왔다. 조금 더 풀어진 분위기 속에서 숨을 가다듬으며, 그는 얼마나 에스테르 씨가, 자신의 입으로는 부정하지만, 위대한 작업으로 바쁜지 그리고 다름 아닌 바로 이런 이유이긴 해도, 벤크하임 대로에 있는 평온을 되찾는 일은 그들 모두의 의무라고 절실하게 느낀다고 설명했다. 그런 뒤 새로운 친구에게 몸을 틀어, 이런 대담이 그에게 상당한 도움이 되었다고 털어놓고, 개인적으로 자신에게까지 베풀어준 선의에 대해 거듭 감사하다고 했으며, 나중에 그 이유('아주 흥미로워요, 정말이에요!')를 설명해줄 수 있을지 모르겠으나, 지금은 그만 가봐야 한다는 점에 사과를 했다. 그만 가봐야 한다, 그리고 이제 그와 악수를 하고 떠나려고 하는데 상대방이 손을 놓아주질 않았다.('그 이유를 지금 말해주세요, 지금 듣고 싶어요') 그래서 벌루시커는 하는 수 없이 방금 했던 말을 되풀이했다. 그만 가봐야 한다고—그는 돌연한 손아귀 씨름에서 풀려나려고 애를 썼다—하지만 그들이 언젠가 다시 만나리라 믿으며 혹시 못 만난다면 페페페르, 허겔마이에르 가게에서 찾을 수 있고, 아니면—그는 이리저리 그를 이해하지 못하겠다는 듯이 적잖이 놀라서 쳐다보았다—어쨌든 아무에게나 물어봐라, 벌루시커 야노시 이름은 모든 사람이 아니까, 그는 이 사람이 무엇을 원하는지 이 줄다리기가 무엇을 뜻하는지 상상이 가지 않는데 이런 줄다리기가 홀연 끝나자, 그 또한 생뚱맞았다. 그 순간에 그의 친구가 손을 놓았고, 게다가 광장에 모인 수백 명이 모두 몸을 돌려 엄청나게 불안한 표정으로 트럭으로 향하는 것이었다. 그 기회를 틈타, 그를 붙들던 이상한 매너에 여전히 충격을 받은 채로, 그는 재빨리 잘 있으라는 인사를 하고 두꺼운 군중 속으로 걸어 들어가, 몇 발자국 뒤 군중이 그를 삼킨 뒤 겨우 돌아보는데, 그가 정말 멍청하게도, 잘못했다는 끔찍한 생각이 불현듯 스쳤다. 해가 안 가게 그에게 행사하던 사나운 힘자랑을 뭔가 사악한 의도로 의심하다니 정말 얕은 생각이었다고 즉시 잘못을 시인하고서, 의심을 품었던 일조차 그쪽에게 무례하게 구는 일이라 낯부끄러워졌다. 가장 찜부럭한 생각은 좋은 뜻에서 한 제스처를 용납이 안 되게 곡해해서 그 맞상대도 해주지 않은 채 허겁지겁 떠났다는 점이었고, 막돼먹은 행동거지 때문에 느끼는 부끄러움은, 갑자기 악수를 두고 놀란 덕분에 금방 술이 깨고 퍼뜩 정신이 났다는 점만 어느 정도 이런 마음의 불편을 덜어주었다. 진짜 자신이 방금 무슨 짓을 벌였는지 이해가 되지 않았다. 그 친구의 인내와 공감은 감사를 받아야 하지 근거 없는 불신으로 화답해서는 안 된다는 생각이 들어서―에스테르 부인 댁에 가는 임무 때문에, 다시 군중 속에서 그 남자를 찾아내 즉시 문제를 깨끗이 해결할 짬이 나지를 않아서― 그들이 다음에 만났을 때 그의 실수를 벌충하겠다고 단단히 결심했고, 그러는 사이, 만연한 주의집중의 이유를 해명해줄 지점에 서서히 다가가고 있었다. 지금은 사위가 상당히 어두웠다. 오직 가로등만 깜박거리고 서커스 뒷문을 통해 빛만 비어져 나오고 있었다. 단장은 뒷문 근처가 아니라 멀리 짐차의 정면 쪽에 있었기 때문에 오직 희미한 실루엣만 간신히 알아볼 수 있었다. '그 사람이야!' 벌루시커는 가던 길을 우뚝 멈췄다. 틀림없이 그 사람이었다. 이런 어스름 속에서도 잘 보이는 엄청난 뱃살이 그 사람임을 적나라하게 드러냈다. 덩치가 보기 드물게 대단하다고 하더니, 사실 보이는 바도 낱낱이 소문에 들어맞았다. 잠깐 긴급한 임무는 잊고, 금방 있었던 일도 모조리 잊고, 벌루시커는 조금이라도 잘 보려고, 단장의 등장으로 분명 더욱 동요하고 있던 군중 속을 헤집고 나아갔다. 그런 뒤 충분히 가까워지자, 궁금증에 한마디도 안 놓치려고 발끝을 세우고 서서 숨을 죽였다. 단장은 손가락 사이에 여송연을 쥐고 있었고 발끝까지 오는 모피외투를 입고 있었다. 거기다 그 거대한 배하며, 비범한 넓은 모자의 챙, 방대하게 주름진 군턱은 정성스레 묶은 실크 스카프 속으로 접혀 있어, 즉시 벌루시커의 찬탄을 샀다. 시 광장 곳곳에 뻗치는 단장의 기이한 권위감에는, 육덕한 몸의 당당함뿐만이 아니라 그에게 늘 따라붙는 사실, 한시도 잊히지 않는 사실, 다들 주목하는 대상의 소유주라는 점도 단단히 한몫했다. 그가 내보이는 결코—범속하지—않은 특징의 매력이 풍채에도 기괴한 힘을 실어주었고, 벌루시커는 그 사람 자체가 보기 드문 구경거리인 양 다른 이들이 공포와 경탄으로 구경하는 대상을 차분히 조종하는 이 남자를 바라보았다. 그는 여송연을 이제 일정 거리를 두고 단단히 잡고서 그가 높은 곳에 조망한 모든 것을 절대적인 통솔력으로 장악하고 있었다. 그리고 아주 괴상하게 들리지만, 코슈트 광장에서 통통한 여송연을 빼면 보이는 게 없어서인지, 그가 움직이는 곳마다 '세상의 경이'인 커다란 고래의 그림자 아래 서 있는 것처럼 보였다. 그는 피곤해 보였다. 완전히 기진

맥진해 보이기까지 했는데, 마치 그 속에 든 것에 지친 것처럼, 평범한 일상의 문제가 아니라, 단 하나, 온통 마음을 사로잡은 걱정으로 다 갉아먹힌 것처럼 보였다. 여차하면 헤아릴 수 없는 무게에 깔려 죽을 수도 있다는 수십 년간 이어진 경계에서 배어나온 피곤, 기진맥진이었다. 한동안 그는 아무 말도 하지 않았다. 아마 완벽한 침묵을 기다리는 듯했다. 그러다, 주위가 쥐 죽은 듯 잠잠해지자, 주위를 휘 둘러보고 꺼진 여송연에 불을 붙였다. 올라오는 담배 연기에 얼굴을 찌푸리며, 전체 관중을 설치류 같은 좁은 눈 사이로 담자, 그의 시선이 벌루시커는 완전히 당혹스러웠다. 왜냐하면 이 얼굴이, 저 시선이, 그들 사이가 고작 삼사 미터밖에 되지 않지만, 그로부터 엄청난 거리 뒤에 놓여 있는 것처럼 보이기 때문이었다. '자 그럼,' 그가 오랜 기다림 끝에 말을 했다. 하지만 이미 말을 다 마친 사람, 아니 적어도 대단한 발언은 아니니 기대하지 말라고 그 언질을 일찌거니 비치는 것 같았다. '쇼가 오늘은 끝났습니다.' 그의 깊은 목소리가 울렸다. '내일 매표소가 다시 열릴 때까지 여러분의 행운을 빌며 참석에 진심으로 감사드립니다. 다시 한번 저희 서커스단에 내왕해주시길 바라마지않습니다. 여러분은 놀라운 관중이었습니다만 지금은,' 작별을 고한다고 했다. 이전처럼 여송연을 멀리 쥐고, 천천히 그리고 조금은 힘들게, 그는 고분고분하게 길을 터주는 군중 사이로 거슬러, 짐차 위로 올라섰고 시야에서 사라졌다. 그는 몇 마디밖에 하지 않았지만

벌루시커는 그 짧은 말을 비길 데 없는 서커스의 유일함과
단장의 보기 드문 웅변술을 드러내는 증거로 여겼다.('단장이
라면 저 사람처럼 관중과 애정 어린 고별을 나눠야지…!') 더군다
나, 말이 끝나자마자 숨죽인 웅성거림이 여기저기 불거져 나
오자, 그는 이런 대단한 발견을 그만 유일하게 한 건 아닌가
보다—약간 아마 겁을 먹기도 하며—결론 내렸다. 말하자
면, 처음에는 그렇게 생각했지만, 광장을 횡단해 지날수록
점점 커지는 웅성거리는 소리 때문에, 그는 단장이 돌아와,
미스터리한 분위기가 증폭되지 않도록, 환상적인 괴물에 대
해서, 안 되면 서커스단 자체에 대해서 진부하더라도 몇 마
디 더해주길 바랐다. 그는 주변의 사람들이 무슨 말을 하고
있는지 이해를 못하고 어둠 속에 서 있었다. 어깨의 가방끈
을 초조하게 바투 맞추며, 떠들썩한 소요가, 이게 영 그런
식으로 번질 태세라, 멈추기를 기다렸다. 그는 갑자기 주방
장의 발언과 사교클럽 앞에서 들은 대화가 기억났다. 불만
의 소리들은 여전히 약화되지 않기 때문에 그는 분명 쓸데
없는 지역 주민들의 공포가 쓸데없지만은 않을지도 모른다
는, 일시적이지만 그런 느낌이 들었다. 하지만 그는 웅성거리
는 불만의 소리가 잦아들 때까지 기다릴 여유도, 혹은 그에
대한 이유가 명백해지기를 기다릴 여유도 없었고, 불행하게
도 적절한 이해 없이 떠나야만 했다. 혼베드 광장 들머리로
군중을 억지로 밀고 지난 뒤에도 여전히 오리무중이었다.
어찌 되었든… 에스테르 부인의 거주지로 가는 길의 포장도

로를 따라… 그 빈 거리들을 따라 내려가며… 자신 앞에 번 뜩번뜩 스치는 이 날의 사건들이 여기였는지, 아니면 저기였 는지 혼동되었고 그 순서를 깔끔하게 정리할 수가 없었다. 그날 에스테르 씨와 나간 유람을 생각하면 슬픔이 차올랐 고, 시내와 광장 일을 생각하면, 뭔가 빠뜨리고 떠났다는 가 책이 아릿하게 솟았다. 그의 마음은 너무 빠르게 이 두 가지 상태를 오갔고, 두 문제는 보통 겪는 경험과는 너무나 멀어 서(말하자면 자신의 삶에 고립됐다기보다는 다른 사람들의 삶에 내 던져졌으니) 그는 완전히 어지럽게 잇따르는 이미지에 갈피를 잃어버려서, 그의 마음속에 망설임과 몰이해를 제외하고 아 무것도 남아 있지 않을 정도였고 망설임과 몰이해를 무시하 려는 다급한 강압만 더욱 자라났다. 설상가상 정원 문을 열 면서 시간이 네 시를 훨씬 지났음을 문득 깨닫자, 모든 것을 뛰어넘는 두려움이 훑고 지나갔다. 고집 세고 완강한 성품 의 에스테르 부인이 그를 분명 용서하지 않을 것이다. 하지 만 그를 용서했다. 정말 그랬다. 이뿐만이 아니었다. 사실 같 이 있는 손님들 때문에 자신의 메시지 전달 임무는 안중에 없는 것 같았다. 왜냐하면 그녀는 그의 설명을 듣는 둥 마 는 둥, 무심히 고개만 성마르게 끄덕였고, 문지방에 그대로 서 있던 벌루시커가 그들 캠페인의 성공적인 조직에 대해 자세하게 설명을 하려는데, 부인은 '현재의 심각한 상황을 고려하면, 그 문제 전체는, 일시적으로, 중요성의 순위에서 밀렸다'고 선포하여 그의 입을 먼저 막았고, 그런 뒤 둥근 의자를 가리키고 입을 꾹 다물고 있으라는 엄한 몸짓을 했다. 그제야 벌루시커는 그가 때를 잘못 맞춰 도착했으며, 아마 무언가 중차대한 회의가 진행 중임을 깨달았다. 그는 이 일에 그가 왜 필요한지, 왜 이 아주머니가—그와의 볼일은 이미 끝났는데—그냥 내보내지를 않는지 이해가 되지도 않은 채, 끽소리라도 낼까 두려워 무릎을 꽉 붙이고 앉았다. 사정이 이렇긴 해도, 그가 중요한 모임의 중간에 실수로 끼어들긴 했지만 위원회는 분명 기이한 면모를 내보이고 있었다. 시장은 괴롭기 짝이 없는 비탄에 애가 끓어 머리를 흔들며 방 안을 바쁘게 서성거리고 있었다. 그렇게 두세 번 방을 돌고 나서는 고함을 질렀고('어쩌다 이 꼴이 됐나, 통솔 관료가 정원 잡풀 아래 숨어 있어야 하다니…!') 분노로 얼굴이 시뻘게지자 단단히 졸라매고 있던 체크무늬 넥타이를 느슨하게 풀었다. 경찰서장은 딱히 할 말이 많지 않았다. 그는 침대에 드러누워, 불쾌한 얼굴에, 축축한 손수건을 이마에 펼쳐 올려놓았으며, 제복외투를 그대로 입고, 완전히 꼼짝도 하지 않고 완고하게 천장을 쳐다보며, 강한 악취의 술 냄새를 풍기고 있었기 때문이었다. 하지만 가장 이상하게 구는 사람은 다름 아닌 에스테르 부인이었다. 아무 말도 없었지만 분명 깊은 생각에 빠져 있다가(그녀는 계속 입술을 깨물었다) 한번은 시계를 쳐다봤다, 한번은 문 쪽을 의미심장한 눈길로 쳐다봤다 하고 있었다. 위압에 눌린 벌루시커는 입을 꾹 닫고 자리를 지켰고, 에스테르 씨에 대한 의무감만 아니었다면 분명 벌써 자리를 떴을 테지만, 이런 긴장 팽팽한 비밀회동을 방해할까 봐 손가락 하나 움직이지 않았다. 하지만, 한참 동안이나 아무 일도 일어나지 않고 시장이 족히 이백여 미터 거리를 왔다 갔다 걸었을 즈음에, 에스테르 부인이 일어서서, 목을 가다듬고 '더 이상 기다리는 일은 의미가 없기 때문에' 하고 말문을 열고 중요한 제안을 하나 하겠다며 '쟤를 보내도록 하죠,' 벌루시커를 가리켰다. '그러면, 우리가 하레르가 도착하길 기다리는 동안, 현 상황의 확실한 전망을 갖게 되겠죠.' '어려운 처지야! 어려운 상황이에요, 정말이지!' 가던 길을 우뚝 멈춰서더니, 아주 곤란한 표정으로 시장이 끼어들었다. 그런 뒤, 머리를 다시 흔들고, 그는 '다른 점에서 기특한 이 젊은 친구가' 이 과업에 맞을지 의문이라고 말했다. 그녀는, 하지만('저는, 하지만…!') 의심치 않는다며, 시장에게 거절은 애초에 막아버리는 단호한 대답을 하고, 짧지만 우월한 미소를 건넸고, 그런 뒤 벌루시커에게 몸을 돌려 지극히 진지하게, 그에게 부탁할 일은 다만 코슈트 광장에 가서, '우리 모두의 공익을 위해' 거기서 무슨 일이 벌어지는지 낱낱이 관찰하고 '이 위기 위원회에 가능한 한 단순한 용어로' 보고를 하러 오는 것이라고 설명했다. '기꺼이 따르지요!' 벌루시커는 즉시 '우리 모두의 공익'이란 말에, 다들 여기 모인 게 커다란 그의 친구 때문이라고 이해했기에, 둥근 의자에서 벌떡 일어났다. 그런 뒤 자신 없이, 그가 맞는 일을 하고 있는지 몰라서, 차렷 자세로 서서, 코슈트 광장은 방금 막 지나온 데라서 그들에게 힘을 보탤 준비는 누구보다 더 되었다고 밝혔다. 그리고 안 그래도 관중의 기이한 분위기와 관련해 한두 가지 의문을 따져 살필 생각이었다고 했다. '기이한 분위기?' 경찰서장이 이 말을 듣고 잠깐 일어섰다. 그런 뒤 도로 침대 위로 쓰러졌다. 다 죽어가는 목소리로 에스테르 부인에게 이맛전의 수건을 다시 적셔달라고 청하고 적절한 기록을 할 수 있도록 종이와 연필을 가져다달라고 했다. 왜냐하면 이것은 경관으로서 자신의 공식적인 직분에 몹시 우려되는 문제로 보인다며 자신이 '현 사태의 지휘를 맡아야'겠다는 것이었다. 부인은 시장을 바라보고 시장은 아주머니를—그동안 병자의 이마에 축축한 수건을 대어주고서—'평온을 유지하는 게 최선'이라는 암묵적인 동의를 하며 마주 봤다. 그들은 벌루시커를 손으로 가까이 오라고 부르고, 에스테르 부인은 침대 옆에 종이와 연필을 쥐고 앉았다. '장소! 시간!' 초췌한 서장이 한숨처럼 말을 뱉고 부인이 '적었어요!' 쏘아붙이자, 화증이 부르르 그를 훑고 지났다. 아마추어들 사이의 프로처럼 한심스럽다는 어조로 그는 천천히 또박또박 '뭐—를—적—었—다—고?' 물었다. '장소 그리고 시간, 제가 다 받아 적었어요.' 에스테르 부인이 짜증을 내며 대답했다. '나는 저놈에게 묻고 있었어.' 서장이 격렬하게 벌루시커 방향으로 끄덕 고갯짓을 했다. '어떤 시간에? 어떤 장소에? 어디? 언제? 저 녀석 대답을 받아 적어, 내 말 말고.' 그녀는 화가 뻗쳐 머리를 멀리 돌렸다.

분명 보기 드문 긴장의 상태에서 잠시 말을 삼가려고 한마디도 벙긋하지 않다가, 그런 뒤 약간 침착함을 되찾고, 그녀는 쉴 새 없이 움직이고 있는 시장에게 의미심장한 눈길을 주고는 벌루시커를 건듯 쳐다보고서 '그냥 시키는 대로 시작하라'는 몸짓을 해 보였다. 벌루시커는 안절부절 그가 무슨 일을 하길 바라는지 감이 안 잡히고 드러누운 병자의 화가 어느 순간이라도 그에게 향할까 봐 두려워 발만 꼼지락거리며, 그가 광장에서 본 서커스단에 대한 정보를 '가능한 한 가장 단순한 용어들'로 들려주려고 했다. 하지만 몇 마디 말 뒤에, 새로 알게 된 사람 부분에 이르자, 그는 자신이 실수를 했다고 느꼈고, 실제로도 거기서 서장은 그의 말을 가로막았다. '네가 받은 인상이나 생각한 거나 들었거나 상상했던 일은 나불대지 마.' 서장이 하소연의 붉은 눈을 그에게 던졌다. '객관적인 관측만 고수해! 그 사람 눈 색깔은…? 나이가 어떻게 되는지…? 키가 얼만지…? 두드러진 특징은…? 그 사람 어머니 이름은 보나 마나 모르겠지만.' 체념으로 그가 손을 흔들었다. 벌루시커는 실은 그런 종류의 정확한 자료는 조금 불확실하다고 고백하지 않을 수 없었고, 그 당시에 막 어두워지기 시작했다는 구실을 댔다. 어떻게든 마음을 진정시키고 그 밖에 또 무엇이 기억나는지 기억을 쥐어짜보겠노라 하긴 했어도, 아무리 노력해도 친구의 이미지는 오로지 모자와 회색 외투밖에 기억나는 게 없었다. 다들, 특히나 벌루시커의 마음이 놓이게도 인사불성 병자는 그 시점에 자애로운 잠이 불시에 엄습했고, 자꾸 커지던 불만에 자꾸 어려워지던 질문의 일제사격은 갑자기 끝이 나, 벌루시커가 감당할 수 없이 꼬치꼬치 따져 묻던 비인격적이고 조리 가득한 수준의 수사는 분명 더 이상 강제할 수 없기 때문에, 나머지 보고를 하는 동안에 그가 내심 불안해하던 사실들에 대한 설명을 그럭저럭 해낼 수 있었다. 그는 단장의 여송연과 우아한 모피 외투의 외관을 묘사했고 기억에 남는 작별의 말들을 되풀이했다. 또 단장이 떠날 때의 주변 상황 그리고 관중이 이를 어떻게 받아들였는지 묘사했다. 그리고 그 앞의 위원회는 이런 견지에서 앞서 말한 일을 속속들이 이해하리라 믿어 의심치 않았기에, 그는 시장 광장과 일반적인 시내의 상태들 때문에, 에스테르 씨에 관한 한 어떻게 해야 할지 막막하다고 토로했다. 이 걸출한 석학이 건강을 회복하고 창작의 힘을 유지하려면, 그에게 무엇보다 필요한 것은 절대적인 안정, 안정적인 조건이라고 반복하고서, 날로 자꾸만 심각해지는 그에게는 완전 불가해한 동요도 안 된다, 오늘 오후에 그런 동요를(이를 피하려고 최선을 다했지만…!) 집을 떠나면서 겪지 않을 수가 없었다, 그런 고도의 감수성의 복을 받은 남자에게는 아주 사소한 무질서의 기색이라도 유해하고 기분을 가라앉힌다는 것을 모든 사람이 안다, 이것 때문에, 벌루시커는 특히나 심란한 전반적인 불안이 시장 광장 대중을 그대로 파고드는 모습을 지켜봤기 때문에 그의 모든 생각이 에스테르 씨에게 쏠릴 수밖에 없다고 털어놓았다. 그는 당장 현재의 업무에서 그 자신의 역할과 중요도는 에스테르 부인과 위원회와 비교하여, 없느니만 못하리라고 완벽하게 이해한다, 그럼에도 자신을 믿어달라고, 무슨 요구든 그에게 맡길 수 있으리라는 확신을 가져달라고 그들에게 통사정했다. 그에게 개인적으로 에스테르의 행복은 다른 무엇보다도 중요하다고 덧붙이고 싶었고, 거기까지 이르자, 시내의 운명이(그리하여 모시는 선생님의 운명이) 지금 자신 앞에 보이는 인상적인 위원회에 위임되어 있어서 얼마나 자신의 마음이 놓이는지 말하고도 싶었지만, 하지만 불행하게도 이도 저도 입에 올릴 수 없었다. 왜냐하면 에스테르 부인이 단 한 번 단호한 몸짓으로 그의 입을 막아버렸기 때문이다. '아주 좋아, 네 말이 천 번 맞다. 우리는 앉아서 이야기하며 노닥거리고만 있을 수 없어. 무언가를 해야 해.' 그들은 그가 밖에서 무엇을 해야 하는지 되풀이해보라 시켰고, 그는 신이 나서, 구구단을 외우는 아이처럼, 가장 중요한 포인트를—즉 '군중의 크기… 분위기… 혹시 나타난다면, 괴물이란 사람의 외관'을 주의해서 보라던 말을—죽 나열했다. 그런 뒤, 마지막에 대해 설명을 덧붙일까 하는 생각은 접고, 철저하게 더불어 재빨리 해치우라는 다짐을 엄숙하게 받고 나자, 몇 분 내로 돌아오리라 약속하고, 침대를 차지하고 있던, 마침 그 순간 자던 중 신음을 끙 내던 서장을 깨우지 않기 위해 발끝걸음으로 위원회 방을 떠났다. 위원회로부터 신임을 받았다는 자부감에 완전히 푹 잠겨, 아니 오히려 그 자신의 시행착오와 고난들을 통해 '위기 위원회' 전체가 에스테르 씨를 후원해줄 거라는 안도감에 그는 마당을 가로질러도 계속 발끝으로 걸었고 거리에다 나와 비딱한 낡은 문을 뒤로 닫고 나서야 정신이 나 정상 걸음으로 돌아갔다. 에스테르 부인 댁에 방문함으로써 엄밀하게 그의 마음이 놓였다고 확언할 수는 없지만 적어도 여사님의 과단성은 불안과 불확실을 쫓아내고 원기를 돋우는 힘을 지녔다. 그리고 비록 그의 질문에 어떤 대답을 받지는 못했지만, 그는 여기, 마침내, 그의 문제들을 안전하게 맡길 수 있는 사람이 생겼다고 느꼈다. 이전의 상황 아래에서는 그가―세상 물욕 모르고 천진난만한 그가―혼자서 이해하고 여러 일을 결정해야 하는 처지였는데 그에 반해 이번에는 그에게 맡겨진 일, 단 하나의 사명만 이루면 되니, 이는 진짜, 엄청나게 어렵지는 않을 것이라고 생각했다. 그는 머릿속으로 그가 둘러봐야 할 일을―적어도 열 번은―열거해봤고 오래 지나지 않아, 아리송한 '괴물'과 관련된 부담에서도 (그가 그 고래를 다시 들여다봐야 한다는 말인지 풀이하고 나서는) 벗어나 마음이 가벼웠다. 그런 걱정일랑 벗고 나니, 그리고 여사님의 차분한 시선을 기억하면, 그의 전체 임무와 관련해 거니채지 못해 뒤숭숭했던 혼란의 안개가 동시에 걷히는 느낌이었다. 그래서 광장의 입구에서 거의 부딪힐 뻔한 하레르 씨가 서둘러 그를 지나치며('모든 일이 지금은 다 괜찮겠지만 자네 같은 젊은이는 거리에서 얼쩡거리지 않는 게 훨씬 나아…!')

그에게 말을 걸자 참석의 이유('아니요, 잘못 아셨어요, 하레르 씨, 여기가 정확하게 제가 있어야 할 곳이에요…!')를 설명할 수 있었다면 더없이 행복했겠지만, 단순히 미소로만 답하고 군중 속으로 사라졌다. 광장은 이제 수없이 많은 작은 모닥불이 지펴져 있었고 여기저기서 스물 혹은 서른씩 떼를 지어 높게, 더 높게 튀어 오르는 불꽃 옆에서 언 몸을 녹이고 있었다. 사정이 이러해서 그들 사이를 뚫고 지나기가 한결 수월했고, 다소나마 명확하게 모든 것을 볼 수 있어서, 벌루시커는 이들의 상태를 어떤 훼방도 안 받고 단 몇 분에 두루 살폈다. 어떤 훼방도 없는 단 몇 분에, 이런 '철저한 조사'라도, 군중의 엄청난 규모에 즉각적인 가늠은 들지 않았고(모든 것이 그전과 같다면 무얼 유념해서 봐야 하는 걸까?) 모닥불 가를 한적하게 어슬렁거리며 손을 문지르고 있는 역력히 평화로운 군중을 관찰하면서, 그는 어떤 특별한 위협도 여기에 없다고, 그런 '분위기'조차 없다고 느꼈다. '아무도 움직이지 않음. 주변 기색도 양호함.' 그는 나중에 보고할 말을 꾸며봤지만 뱉으려니 또 그 단어들이 참말 같지가 않았고, 진짜 그렇다 보니 그의 임무가 슬슬 갈수록 난처하고 곤혹스럽게 다가왔다. 몰래 이 사람들을 관찰하고, 그가 마치 적인 양 그들 사이를 걸어 다니고, 그들을 익명의 중범죄자나 살인자들처럼 의심하고, 그들의 가장 순수한 몸짓을 어떤 사악한 의도의 증거로 여기다니, 벌루시커는 얼마 못 되어 자신은 이 일을 수행해나갈 능력이 없다고 깨달았다. 이전의 무서워 옴쑥 질린 상태에서는, 부인의 엄한 기세에 정신이 확 들어 기운을 차렸다면, 이제 여기서 우애롭게—의아하게도 갑자기 가정의 온기가 느껴지는—화톳불의 온기 주위로 모여든 이 사람들 사이에서 단 몇 분간을 지내자 사소하지만 낯부끄러운 오해가 떨어져 나가는 느낌이었다. 주방장, 너더반과 그의 친구들, 에스테르 부인까지 공유한 전염병 같은 강박에, 이런 '해명을 갈급하는 허기로 발생한 내부의 불안'이(그리고 에스테르 씨와 관련해 잠시 동안 품었던 그의 불안 역시) 서커스나 아주 오래 참고 기다리는 관중에게서 그 대상을 발견하고서 빚어진 오해들이었다. 의심할 바 없이 신비로운 서커스와 신비롭게 충성스러운 관중 속에서, 다만 그 신비만 씻겨나간 그림이 자신 앞에 또렷해지면, 단순하고 완벽하고 명백하게 이해가 될지도 모른다고 혼자 고개를 주억거렸다. 그는 불가에 있는 어느 한 무리에 끼어들었지만 고개를 숙이고 불꽃을 꼼짝없이 바라보거나 가끔씩 서커스 짐차 방향으로 흘깃 훔쳐보며 지키는 그의 동무들의 침묵에 더 이상 동요되지 않았다. 그 미스터리는 고래 이상은 없다, 그 자신이 바로 그날 아침 제일 처음 봤을 때 경험했던 그런 충격과 다르지 않다고 점점 더 명백하게 이해가 가기 때문이었다. 그렇게 이상한 일인가—그는 얼굴에 미소를 띠고 주위를 슬그머니 바라보며 안도감에 그들을 하나하나 모조리 행복하게 얼싸안아라도 주고 싶었다—여기 있는 모든 사람이 그 기상천외의 생물에 포로처럼 사로잡혔을 뿐인데? 그들 자신들 깊숙이, 기상천외한 존재를 지나치다 싶게 예외적인 반응으로 기다리고 선 게 결코 쓸데없는 일이 아니라고 생각하는 것이 그렇게 대단한 경이는 아니잖은가? '눈에서 비늘이 벗겨지는' 느낌이 들어 너무 기쁜 나머지, 그는 그 경험을 어떻게든 나누고 싶었다. 그래서 공모자의 눈길로 찡긋거리며 주위에 둘러선 사람들에게, 정말 놀랍지 않으냐고, '끝없는 생물의 풍요로움'은 사람 혹할 정도로 놀랍다고 털어놓고, 이런 특사 같은 존재는 오늘과 같은 날에 '분명 한때 우리가 잃어버렸다고 믿었던 모든 것'을 상기시킨다고 덧붙여 말했다. 그런 뒤 대답은 기다리지 않고, 사람들에게 작별의 손을 흔들고, 군중 사이로 길을 계속 갔다. 마음 같아서는 그런 소식을 들고 서둘러 돌아가고 싶었지만 그가 받은 지시를 쫓아 고래 역시('괴물이라니…!' 그는 무시무시한 칭호에 슬며시 웃음을 지었다) 조사해야만 했다. 그래서 위원회에 할 설명에 완벽을 기하기 위해서, 할 수 있다면 그는 '모든 것의 특사'를 재빨리 한 번 더 훔쳐보기로 마음먹었다. 이런 날 저녁, 아주 불길하게 시작했지만, 이야, 이제 아주 다행으로 끝날 것 같구나, 그저 다들 동무가 되어 떠나가게 되었구나. 짐차는 열려 있었다. 그리고 짐차에 아직 가로지르는 널을 도로 치우지 않아서 그는 단순히 '재빨리 살짝 보는 일'이 아니라 안으로 발을 들일 수도 있겠다는 유혹에 그만 항복하고 말았다. 그는 홀로, 이제 오로지 두 개의 깜빡거리는 전구의 불빛을 받으며 누워 있는 고래를 바라보았다. 고래는 얼어붙는 바깥보다 더 차가운 양철 벽 안에 들어찼기 때문인지, 여느 때보다 더 커 보이고, 더욱 무시무시해 보였지만, 그는 고래가 두렵지 않았고, 기실은 존중 가득한 미혹 외에도, 처음 만남과 현재 사이에 일어난 사건들로 둘 사이에 낯설고, 은밀한, 거의 유쾌한 관계가 조성된 것처럼 느껴졌다. 그러고서 떠나려고 할 즈음에 우스꽝스러운 꾸지람까지 막 하려고 하는데('네가 얼마만큼 문제를 일으켰나 봐봐, 너는 누구에게도 더 이상 해를 끼치지 못하는데…') 짐차 저 깊은 안 어딘가에서 예상치 못하게 불명확하게 잘게 끊긴 목소리가 울려 퍼졌다. 누가 이런 소리를 내고 있나, 금방 그 목소리를 알 듯도 했다. 그리고 금세 알게 되다시피 잘못 들은 게 아니었다. 뒤편에 있던 문에, 이전에 추리한 대로, 거처로 마련된 구역으로 이어지는 데에 다다라, 양철 벽에 귀를 대고, 몇 마디 말을 주워들었는데('… 나는 모습을 선보이라고 했지, 여기서 어리석은 이야기들을 지어내라고는 안 했어. 그를 밖으로 내보내지 않을 거야. 돌려세워…!') 서커스 단장의 목소리가 틀림없었다. 그다음에 들리는 바로는, 천천히 둔감하게 웅얼거리는 낮은 소리였다가 한껏 날카롭고 갑작스러운 끼룩끼룩 소리가 뒤따랐는데, 처음에는 완전히 알아들을 수가 없었지만, 한참 시간이 걸려서야 단장이 우리에 갇힌 새나 곰들 틈에서 혼잣말을 하고 있는 게 아니라 누군가와 일부러 말을 나누고 있다는 것을 알아챘으며, 그 기이하게 웅얼댔다가, 끼룩끼룩거리는 소리는 분명 사람이 만들어내는 소리가 틀림없어서, 웅얼거리는 소리는 지금도 영 웅얼대는 소리로 들리긴 해도, 그래도 능숙치 못한 헝가리어로 '그 사람 하는 말이 바로 그겁니다. 그들이 무슨 짓을 한다 해도 그를 막을 수 없습니다. 그리고 그는 단장님이 무슨 말을 하고 있는지 이해하지 못하겠다고 합니다…'와 비슷하게 얼핏 들렸다. 여기까지 듣고 나자, 벌루시커는 자신이 어느 토론에, 아니 논쟁에 더 가까운 다툼에 초대받지 못한 목격자(게다가 한층 호기심을 더욱 누를 수가 없게 된 목격자)의 입장에 있다는 정신이 퍼뜩 났다. 비록 논쟁의 주제가 무엇인지, 단장이 딱 봐도 긴장된 분위기에서 누구에게 이야기를 하고 있는지는('그에게 말해. 나는 서커스단의 명성을 위험에 빠트리고 싶지 않아. 마지막이라고 했던 게 결단코 마지막이었어…' 막 이런 말을 내뱉고 있었다) 명확하지 않아도, 그가 새로이 터져 나오는 웅얼대는 소리와 수반되는 끼룩끼룩거리는 소리를 구별해내고 그에 뒤따른 희미하게 헝가리어로 그르렁대는 소리를 조각조각 해석하는 데('그는 더 높은 상부는 알지 못한다고 합니다. 그리고 단장도 심각하게 그러리라 진심으로 여기진 못할 거라고 합니다…') 성공하긴 했어도, 그는 여전히 누가 이야기를 하고 있는지, 혹은 얼마나 많은 공모자가 숨은 방에 있는지 알지 못했는데, 그다음 낚아챈 대화로 감을 잡았다. '저 핏덩이 어린애 둔한 머릿속으로 알아듣게 넣어 좀 줘봐.' 화를 참지 못하고 단장이 소리쳤다. 그사이 그의 여송연 냄새를 맡을 수 있어서 벌루시커는 단장의 입술에서 뱀처럼 올라오는 연기를 그릴 수 있었다. '나는 그를 내보내지 않을 거라고. 그리고 설령 만에 하나 그를 내보낸다 해도 그는 한마디도 할 수 없어. 그리고 너는 그의 통역사 노릇도 못해. 너는 여기 남아 있어야 될 테니. 밖으로 내가 그를 데려가지. 그러지 않으면 그는 해고 야. 그러지 않으면 사실 너희 둘 다 해고야.' 그 발언의 잘못 알아들을 리 없는 위협의 어조를 인식하자, 불현듯 벌루시 커는 이 웅얼거렸다가, 끼룩끼룩거리는 소리가, 다시 한번 그 순서로 서로 이어졌는데 전에는 들어본 적이 없던 그 말 들이, 같이 묶을 수 있는 인간의 언어이며 그러므로 다른 두 사람이 더, 잠자는 자리에(그가 추측하기로는, 단장의 까다로운 성격에 아마 편리함의 필요를 절실히 내비치긴 했어도, 좁게 다닥다 닥 붙어서) 낭랑한 목소리에 명령 조의 목소리 남자와 나란 히, 그 안에 있음을 알아차렸다. 더군다나 둘 중 하나, 웅얼 대는 사람은, 필히 그날 아침에 그가 본 코가 으스러진 집표 원일 것이었다. 그에게 못마땅하게 달라붙은 바로 그 이름, '잡역부'를 생각하면 이 가정이 더욱 그럴듯해 보였고, 그가 이렇게 가늠하고 나서, 엿듣게 되자, 얼마 안 되어 갈수록 사 나워지긴 해도 어느 내부적인, 말하자면 비공식적인 성격이 또렷한 말―싸움이란 생각이 깃들었고, 두―사람으로 된 서 커스단의, 모든 상황을 종합해보면 다른 구성원이라는 생각 이 들었고(대화의 주제가 밝혀지고 난다면, 곧 그렇게 되겠지만, 모 든 그의 의문들이 해답을 얻을, 그런 장소에 우연히 걸려들었다는 육감이 들었다) 이 사람의 모습이 실제로 눈에 보일 듯 다가와, 그는 마치 양철 문 뒤에 그 커다란 몸의 집표원이 격렬하게 반대를 하고 있는 두 편 사이에, 기이하고 분명 제대로 발음을 하지 못할 언어와 단장의 언어 사이에 조용히 중재를 하는 그 모습이 또렷이 상상이 갔다. 저 언어는 무엇일까, 잡역부가 통역사 역할을 하고 있는 저 사람은 누구일까? 즉, 가려진 살림 공간에 있는 저 제삼자가 누구인지 알아내는 일은 벌루시커가 현재로는 할 수가 없었다. 웅얼거리는 거인의('그는 단장이 그를 떨어뜨릴까 두렵기 때문에 나와 함께 있기를 원한다고 합니다'라고 짐작되는 통역의 말 같은) 반응이나('내가 그의 무례에 아주 분개한다고 전해!') 피어오르는 여송연 주인장의 날선 말참견도 크게 도움이 되지 않았다. 도움은커녕 오히려 더욱 혼란스럽게만 했다. 지금까지 보이지 않는 고래 동행단의(안 보일 뿐만 아니라 일부러 몸을 숨긴) 한 명은 여기까지 운송해(어떻게, 무릎에 얹어?) 와야 했다는 것이나, 그는 전시물로 내놓을 생각은 없는 전시물로 고용되었다는 것이나, 그럴싸한 설명을 찾기가 대단히 어려웠기 때문이었다. 게다가 고압적으로 꾸짖는 대답은('그는 이 일이 웃기지도 않는답니다. 저 바깥에 그의 추종자들이 있다는 건 다들 아는데. 그를 따르는 사람들은 그가 어떤 사람인지 한시도 잊지 않을 겁니다. 어떤 평범한 힘도 그를 막을 수 없어요, 그는 자석의 힘을 지니고 있어요') 자명한 권위를 내뿜고 무소불능으로 군림하던 단장이 자신보다 더 우위의 존재를 마주하고서는 막다른 궁지에 몰려 있음을 번연히 시사했다. '아주 건방지군!' 단장이 호통을 쳤지만, 또렷이 그의 의존성과 무력감이 드러났다. 그리고 문 뒤에서 더욱 불안이 커지던 목격자 역시 움찔 몸서리를 치며, 적어도 이런 무시무시한 힘에 우렁차게 쩌렁거리는 목소리가 분명 이 다툼의 끝을 내겠구나 하고 생각했다. '소위 그의 자석 같다는 힘은' 목소리가 조롱하듯이 우르릉거렸다. '꼴사나운 신체적 홈이야! 잘못 타고난 기형이라고. 네가 이해를 하도록 천천히 말을 하마. 기―이―혀―엉. 어떤 지식이나 힘도 지니고 있지 않다고. 그런 줄은 그도 나만큼 잘 알고 있어. 그 대공이라는 칭호는,' 목소리가 멸시로 젖었다. '내가 사업적인 차원에서 그에게 부여한 것이야! 내가 그를 지어냈다고 그자에게 말해! 그리고 우리 둘 중에서, 나 혼자만, 그가 언어도단의 거짓말에 거짓말을 겹쌓고 있는 세상에, 그가 뒤흔들고 있는 세상의 어중이떠중이들에 조금이나마 개념을 지니고 있어!' '그를 따르는 자들이 저 밖에서 기다리고 있다고 말합니다.' 대답이 돌아왔다. '그리고 그들의 술렁임이 커지고 있어요. 그들에게 그는 대공입니다.' '좋아.' 단장이 버럭 고함쳤다. '그는 해고야!' 이런 대화를 통해서, 그들이 싸우고 있는 주제와 그 인물들을 둘러싼 미스터리 때문에, 그것 자체로 겁을 집어먹기 충분해, 벌루시커는 그저 양철 격벽을 두고 돌처럼 얼어붙어 있긴 했어도, 공포가 진짜로 그를 사로잡은 것은 바로 지금이었다. 그는 '기형'을 거쳐 '동요'까지, '자석 같은 힘'을 지나 '폭도'에 이르기까지 묵직한 단어들이, 그가 지난 마지막 몇 시간 동안 도저히 이해할 수 없었던 모든 것이 존재하는 광장으로 떠밀고 있는 것 같았다. 사실 지난 몇 달 동안 분명 의미가 없었던 모든 현상이 갑자기 조목조목 윤곽선이 선명한 단 하나의 끔찍한 그림으로 자리 잡았고 무지와 무의식에서 비롯된 확신(코믈로 바닥의 부서진 유리, 그를 움켜잡고 쇠고랑을 채우는 듯한 친절한 손길, 혼베드 광장에서의 불안한 토론, 시장 광장에서 끈기 있게 기다리고 있는 군중은 서로서로 아무 상관없다는, 그럴 리가 없다던 믿음처럼)을 결딴을 내어버렸다. 무슨 불길한 그리고 이런 '묵직한 단어들' 때문에 그의 어지러운 인상과 경험들이 보태져 그의 마음속에 아로새겨졌던 희끄무레한 이미지들이, 안개가 걷히기 시작하는 풍광처럼, 돌이킬 수 없이 명료해지기 시작했다. 그러니까, 이 모든 현상이 '커다란 문제'를 의미하는 하나의 사건의 증상들이라는, 아니 가리키고 있다는 가능성을 암시했다. 정확하게 그게 대체 무엇일지 지금 이런 적대감 단계에서 짚기는 너무 일렀지만 아무리 굳게 저항해도 조만간 알게 될 것이었다. 왜냐하면, 그는 그 길에 장애물을 놓아 방해라도 할 듯이 그 일에 저항했기 때문에, 그래서 이런 식으로 피하는 게 상책이란 듯이 스스로를 방어했기 때문에 이때까지는 꿈틀대는 직감을 억눌러 이런 명확한 연결을 감지하지 않았을 뿐, 예를 들어 서커스와 함께 도착한 그 군중과 지역민의 불길한 예감 사이의 피할 수 없는 연결을 알아채지 못했을 뿐이었다. 이런 바람은 하지만 시간이 갈수록 희미해지고 있었다. 단장의 노기가 폭발하자, 지금까지 그가 겪은 경험의 다양한 가닥이, 주방장의 말로부터 너더반과 그 친구들의 울적한 확신까지, 소위 '괴물'로 암시되는 가능성들에 추위로 딱딱하게 군은 군중의 기억에 남는 불만까지, 줄에 꿰듯 한데 모이자, 이 모든 일이 단정적으로 오싹한 연관성을 지니고 있었기 때문이었고, 그가 지역 주민의 우려를, 지난 이십사 시간 동안 특히나 극심하게 자란 그 우려를 묵살했던, 그리고 정말 빙긋 웃음까지 짓던 그때, 그들이 옳았고 그는 틀렸음을 인정하지 않을 수 없었기 때문이었다. 단장의 걸출한 작별 연설에 뒤이어 그에게 처음 의아한 생각이 떠올랐던 순간 이후로 벌루시커는 위기의 압박감을 잘도 피해왔었고 모든 조합 가능한 사실들이 지역민의 어두운 예감들을 옹호할 수 있다는 가능성도 묵살해왔었다. 혼베드 광장에서 그가 에스테르 씨에 대한 자신의 불안 뒤편 어딘가에, 일반적인 우려가 '여기까지 오는 중에 그 역시 사로잡았다'는 의심을 슬그머니 의식했던 때를 거쳐, 바로 지금 그가 문에서 벗어날 능력까지 잃어버린 현재에 이르러 그는 어쩔 수 없이, 지금까지 밀려드는 공포의 물결 뒤로 그래도 지속적으로 풀렸던 두려움이 더는 없어지는 일은 없을 것이며, 이런 현상 밑바닥에 자리한 의미의 그늘이 최종적인 의미가 될 것이며, 여기서 일어나는 컴컴하게 불길한 악결과에서 벗어날 방법은 없다고 절실히 의식해야만 했다. '좋다네요.' 문 너머 전투는 아직 계속되었다. '그가 이제부터 혼자서 꾸려나갈 거라고 말합니다. 그는 단장과 헤어지고 고래에는 더 이상 관심을 안 가질 거랍니다. 그리고 나를 데려갈 겁니다.' '너를?' '나는 갈 겁니다, 그가 가자고 하면요.' 잡역부가 무심하게 말했다. '그는 돈을 의미합니다. 단장은 가난합니다. 단장에게 대공은 돈을 의미합니다.' '너도 나한테 대공 나부랭이라고 떠벌리지 마.' 단장이 이번에 통역자에게 달려들었다. 그런 뒤 잠시 후 그가 덧붙였다. '그에게 나는 말다툼은 좋아하지 않는다고 말해. 작은 조건하에서 그를 풀어주지. 그 입을 계속 다물라고. 뻥긋 한마디도 안 돼. 저놈은 죽은 사람처럼 아주 입을 꼭 다물어야 해.' 단장의 지친 목소리에는, 초기의 천둥이 분개의 신음으로 잦아든 걸 보면 싸움은 결정이 났고 패배한 기색이 완연했다. 그리고 빌루시커가 끼룩끼룩거리는 소리로 제대로 감을 잡았다면, 서커스단의 통제력을 잃어버린 단장이 무슨 일이 있어도, 막기를 원했던 무언가가 있는데, 불가피하게 이제 이 일이 따르게 된다 이해했고, 그러자 번개처럼 눈부시게 스친 불길한 감에 자신이 길 중간에 돌진하는 차량의 헤드라이트에 마비돼 옴짝달싹 못하는 고양이 신세라는 느낌이 들었다. 그는 근육 하나 움직이지 못하고 그저 얼어붙은 트럭의 안쪽 문을 멍하니 무력하게 바라만 보았다. '그가 어떤 조건도 없을 거라고 말합니다.' 통역사의 말이 이어졌다. '단장은 돈을 얻습니다. 대공은 그의 추종자들을 얻습니다. 모든 것은 값이 따릅니다. 싸워봤자 의미가 없습니다.' '그놈 폭도들이 지나는 마을들을 파괴하면,' 단장이 지친 목소리로 대들었다. '잠시 후에 갈 곳이 아무 데도 안 남을 거야. 그 말 통역해.' 즉시 대답이 돌아왔다. '그가 어느 때라도, 어느 곳으로 가고 싶은 마음은 없다고 합니다. 그를 나른 사람은 항상 단장이었지요. 그리고 그는 잠시 후에가 무슨 뜻인지 이해 못하겠답니다. 지금도 남아 있는 시간은 없어요. 단장과 달리, 그는 모든 것은 개별적인 의미를 지니고 있다고 믿습니다. 따로따로. 의미는 단장이 상상하는 것처럼 전체 속이 아니라 개별적으로.' '나는 아무것도 상상하지 않아.' 단장은 긴 침묵 끝에 대답했다. '내가 아는 사실은 그가 군중을 잠재우지 않고 들쑤신다면 이 마을을 발기발기 찢어버릴 거란 거지.' '지금 이 사람들이 짓고 있는 거나 나중에 짓게 될 거나,' 잡역부가 동요로 더욱 날카로워진 끼룩끼룩 소리를 대신해 말을 했다. '그들이 하는 일이나 그들이 할 일이나 거짓말과 엉터리 착각입니다. 그들이 생각하는 일이나 생각할 일들은 똑같이 어리석을 겁니다. 그들은 겁을 먹고 있기 때문에 생각을 합니다. 겁먹은 사람은, 아무것도 모릅니다. 그것도 좋다는군요. 모든 것이 산산조각이 난다면요. 몰락으로 모든 건설이 이뤄져요. 거짓말과 착각은 얼음 속의 공기방울과 같습니다. 건설하는 중에는 모든 것이 어중간한 반으로 끝나지만, 몰락에는 모든 것이 이미 완전히 전체입니다. 단장은 겁을 먹고 이해하지 못해요. 그의 추종자는 겁을 먹지 않고 이해를 해요.' '제발 그에게 알려줘.' 단장이 불쑥 끼어들었다. '내가 염려하는 한에서 그의 예언은 순전히 허튼소리일 뿐이라고. 저 잡놈들한테 팔릴지는 모르겠지만 난 아냐. 그에게 이것도 말해, 나는 더 이상 안 들어준다고, 더 이상 볼 일도 없이 손 뗀다고, 그의 행동에 어떤 책임도 지지 않을 것이야. 그러니 이 순간부터 이 사람들아, 자네들은 자네들 꼴리는 대로 자유야… 혹시 감히 한마디 여쭙자면,' 그는 강조를 위해 목을 가다듬고 덧붙였다. '자네 소공자님을 침대에 눕혀 이불을 덮어주고, 사우어크림*을 두 배로 듬뿍 줘, 그런 다음 교과서를 꺼내서 제대로 헝가리어 말하는 법을 배우는 게 나을 거야.' '대공이 소리치잖아요.' 잡역부는 이제 지속적으로 거의 히스테릭한 끼룩끼룩거리는 소리 위로, 상관에게 대놓고 무심하게 핀잔 비슷한 말을 했다. '그는 자유롭게 독립되어 있답니다. 그는 사물들 사이에 위치해 있습니다. 그리고 사물 사이에 그 혼자만이 전체를 봅니다. 그리고 그 전체는 몰락입니다. 그의 추종자들에게 그는 **대공**입니다만 본다는 점에서 그는 대공 중의 가장 위대한 대공입니다. 오직 그만이 전체를 볼 수 있다고 합니다. 그는 거기에 전체란 없음을 볼 수 있기 때문에요. 그리고 대공에게 이것은 사물들이 어떠해야 하는지… 항상 그래야 하듯이… 그는 그 자신의 눈으로 봐야 합니다. 그들은 대공의 예지력을 완벽하게 이해

---

* 헝가리식 사우어크림Tejföl. 헝가리에서 샐러드, 소스, 스튜, 고기 요리 등 많은 음식의 재료로 쓰인다.

하기 때문에 그의 추종자들은 대혼란을 불러일으킬 겁니다. 그의 추종자들은 모든 일이 착각임을 이해합니다만 왜인지는 모릅니다. 대공은 압니다. 전체란 존재하지 않기 때문이라고요. 단장은 이것을 파악할 수 없습니다. 단장은 길을 막고 있습니다. 대공은 지겹다고 합니다. 그는 밖으로 나갈 겁니다.' 열정적인 끼룩 소리는 곰 같은 으르렁 소리에 맞춰 중단됐다. 아니면 단장은 더 이상 할 말이 없었는지 모르겠으나, 그가 말을 했대도, 벌루시커는 듣지 못했을 것이다. 그가 뒷걸음질치면서 그의 귀 역시, 은유적으로는, 귓전에 울려대는 단어에서 뒷걸음질쳐, 그 마지막 말들이 까무룩 잦아졌기 때문이었다. 사실 물러나다가 받쳐놓은 고래의 콧등에 부딪히기까지 했다. 그러고 나자 어떻게 된 게 그 주위의 모든 것이 움직이고 있었다. 트럭은 그 아래서 미끄러져 나가고, 사람들은 그 옆으로 달렸고, 그가 두터운 군중 한가운데 접어들었음이 보이자 이렇게 거대하게 몰려들던 감각이 멈췄다. 그의 새로운 친구, 그들이 곧 수행하라고 요구받을 일은 무시무시하다고 전해주고 싶은 사람, 그들이 들으려고 기다리고 있는 말은, 그것이 그들이 이토록 내내 기다리고 있던 말이라고 해도, 어떠한 일이 있어도 결코 들어서는 안 되는 말이라고 전해줄 친구는 그 어디에도 찾을 수가 없었다. 아무 곳에도 찾을 수가 없었다. 그 발견에 따른 어마어마한 중압감이 갑자기 그에게 내려앉아 순식간에 그가 서커스가 열린 그날 오후, 그날 그에게 일어났던 그 외 모든 일로 형성됐던 모든 생각을 으깨고 파괴했기 때문이었고, 그의 머리가 빙빙 맴돌고, 어깨가 쑤시고 한기가 들고 더 이상 얼굴을 볼 수 없이 단지 흐릿한 형체만 간신히 보였기 때문이었다. 그는 모닥불 사이를 뛰어다녔지만, 단속적으로 튀어나오는 벌루시커의 단어들('기만'이라거나… '악마'라거나… '수치'라거나)은 숨이 달리고 막히느라 거의 알아들을 수 없었다. 그는 다른 이들을 도우고 싶은 마음이 간절했지만, 도울 수가 없었다. 적어도 개인적으로는, 무지와 맹신의 초기 시절 이후에 번개처럼 갑작스럽게, 단순히 대공의 존재를 넘어, 대공이 무엇을 원하는지 알기에, 그들만큼 그리고 그들보다 더 많이 알게 되었지만, 할 수 있는 일은 없었다. '엄청난 일이 벌어지고 있어.' 말이 입속에서만 팔딱거리며 맴돌았고 이 소식을 어디서부터 전하러 가야 하나 종잡을 수가 없었다. 에스테르 씨가 머리에 떠올랐다. 그는 대로를 향해 출발했지만, 갑자기 마음을 바꾸고 돌아섰다가, 겨우 몇 미터 가다 그의 첫 번째 경로가 여하간 가장 현명했다 후회하는 것처럼 멈췄다. 그리고 이제껏 제동이 걸려 느려졌는데 갑자기 모든 것이 다시 한번 급하게 달음박질을 시작했다. 모닥불의 불빛들이 그의 주위를 맴돌았고, 사람들은 다시 뛰고 있었다. 그들을 피하려고 정신없는 중에도 그는 기이한 침묵이 광장에 내려앉았음을 알아차렸다. 자신 속에서 시끄럽고 힘차게 올라오는 아주 가쁜 숨소리 외에는 어느 것도 들리지 않았다. 움직이는 물레방아바퀴에 가까이 귀를 기울이고 있는 것 같았다. 어느새 자신은 혼베드 광장에 있었고 다음 순간 그는 에스테르 부인 집 문을 두드리고 있었지만, 들어가기 전에 속에서 쿵쿵대던 말을 아무리 몇 번이나 되풀이해도 소용없이, 큰 소리로 내뱉어도 소용없이('엄청난 일이 벌어지고 있어요. 에스테르 부인! 에스테르 부인, 죄송하지만, 뭔가 끔찍한 일이 일어나고 있어요!') 그 집 주인이든 손님들이든 다들 말을 못 알아들은 것같이, 어느 누구의 이목도 끌지 못했다. '분명 괴물은 괴물이지, 안 그래? 너에게 겁을 주더라, 이 말이 맞아?' 부인은 자신만만한 미소를 띠고 그에게 물었고, 공포에 동그래진 눈으로 그가 대답으로 고개를 끄덕이자, '놀랄 일이 아니야. 놀랄 일이!' 그냥 한숨만 쉬었다. 등등하던 미소가 즉시 더욱 애먹은 표정으로 엇바뀌었고, 머뭇머뭇 항의하는 벌루시커를, 앉은 사람 없던 둥근 의자로 이끌고 가 세차게 밀어 앉히고, 그를 '여기 모인 몇몇 이런 친구들조차 불안을 면할 수 없긴 했지, 하레르 씨가 좋은 소식을 가지고 등장할 때까지'라는 말로 진정시키려고 시도했다. 그건 왜냐하면('감사하게도!') 골칫거리 유랑단이 한 시간 안에 고래며 대공이며 모두 시를 떠날 것이 분명하기 때문이라며, 그리고 그건 벌루시커가 마음을 어느 정도 놓을 수 있다는 뜻이라고 했다. 하지만 벌루시커는 격렬하게 머리를 가로젓고 자리에서 벌떡 일어나 내내 그의 머릿속을 울리던 구절을 되풀이했고, 그런 뒤 '가능한 한 명백하게' 그가 할 수 있는 최선을 다해, 어떻게 무심코 극렬한 논쟁을 목격하게 되었는데 거기서 엿들은 말로 대공은 떠날 생각이 추호도 없음을 알게 됐다고 설명하려고 했다. '그 일은 끝났어. 예전에 바뀌었어,' 부인은 마음 내켜하지 않는 벌루시커를 자리에 도로 밀어 앉혔고, 문제를 더 잘 파악하라고 을러대듯, 왼손으로 벌루시커의 어깨를 지그시 눌렀다. 왜 대공이라고 불리는 단순한 범죄자의 존재가 그렇게 평정을 잃고 놀라게 했는지, 이유는 별거 아니다, '내 눈치가 맞다면,' 그녀가 부드럽게 우월한 미소로 '너는 진짜 지금 막 문제의 핵심을 알아챘기' 때문이라고 덧붙였다. 네 심정을 완벽하게 이해한다, 불굴의 안주인은 모든 사람이 그녀 말소리를 듣도록 목소리를 올렸고, 벌루시커는 어깨에 올린 손의 무게 때문에 움직일 수가 없었다. 이해하다마다, 왜냐하면 나도 똑같은 경험을 했으니까, 가면을 쓴 서커스 기형괴물의 실체를 처음으로 마주했을 때(그리스 트로이 목마처럼, 내가 말하는 뜻을 잘 알겠지…!) 느끼는 감정은 그녀도 모르는 바가 아니라고 말을 이었다. '불과 삼십 분 전에,' 에스테르 부인의 고함이 작은 방에 울려 퍼졌다. '이 인물의 계획들이, 서커스 사업에 고용살이하는 이 변절자는, 혹은 방금 우리에게 보고한 하레르 씨에 따르면, 아무도 비난할 수 없는 이 단장이자신 입으로, **우리 가슴에 똬리를 튼 독사**라고 칭하던 인물의 계획은 실현될 것이며 누구도 그 일에 대해 할 수 있는 일은 없다는 게 어느 모로 보나 확실한 일이었어. 그리고 그 시점에 우리가 그렇게 생각 안 할 이유가 전혀 없었는데, 하지만 지금, 똑같이, 우리는 반대로 여길 수 있는, 어느 모로 보나 확실한 증거를 확보했지. 그 이후로 이 관리자가, 이 일의 책임감을 새로이 깨닫고서 좌시만 하지 않고 개입하겠다는 의지를 표하고서 곧 이런 악마 같은 존재를 치워주겠다는구나. 하레르 씨의 수고 덕에—에스테르 부인은 열정적으로, 한층 고양되어 지속했는데, 그녀의 말은 모인 사람들의 이해를 노린 말이 아니라, 흡사 그녀 자신의 누구도 가타부타 못할 입지를 강화하는 말 같았다—미스터리한 뒷배경에 뭐가 도사린지는 우리도 잘 알아. 다들 마치 한 사람처럼, 꾀죄죄한 잡동사니 무리와 그보다 더욱더, 가뜩이나 해괴하고 요상한 서커스단을 걱정하고 있었다고 할 수 있지. 그런데 우리가 더 이상 두려워해야 할 게 없기 때문에, 기껏해야 우리의 임무는 단순히 서커스단이 출발했다는 첫 소식이 오길 기다리는 것이지. 공포감을, 다른 때라면 용서가 되었겠지만 지금처럼 악화시키는 일은 중단해야 한다고 제안하는 바야.' 그녀가 미소로 벌루시커를 내려다봤다. '네가 지금 그러고 있지. 하지만 그 대신 이제 우리 모두, 우리의 미래 행로를 고려해봅시다. 왜냐하면 여기서 벌어진 일 뒤에 우리는,' 그리고 여기서 그녀는 구석에서 어깨가 구부정하게 있는 시장을 노려봤다. '적절한 결론들을 도출해내지 않으면 안 되니까요. 그렇다고 무조건으로 우리가 즉시 모든 쟁점을 해결할 수 있다는 말은 아닙니다.' 에스테르 부인은 머리를 저었다. '아니고 말고요. 그런 말을 입에 담는 건 천부당만부당한 일이죠. 그럼에도 일들이 운 좋게 저절로 해결됐기에, 우리는 적어도, 대부분의 측면에서 무슨 저주에 시달리고 있는 듯한 이 소도시를('우유부단의 저주!' 에스테르 부인의 오랜 친구, 하레르가 외쳤다) 더 이상 옛날 방식으로 통치할 수는 없다고 결론지을 수는 있을 겁니다!' 벌루시커가 도착하기 전부터 시작했을 이 연설은, 그 자랑스러운 수사적 고도와 정통한 양식口識은, 힘 있는 연설자 스스로 자부심이 우러나지 않을 수 없을 정도였다. 진중하되 환희의 도취로 절묘하게 균형을 맞춘 연설은, 의문의 여지없이 바로 이 순간에 절정에 이르렀고, 에스테르 부인은, 승리감으로 눈을 반짝이며, 한동안 만족감에 푹 잠겨 있느라, 그 끝이 났다. 자신 앞의 한 점에, 갈피 못 잡는 표정으로 눈을 박고 있던 시장은, 지지의 의미로 힘차게 고개를 끄덕이고 있었지만, 그의 전체 안색은 안도감이 물씬한 상태와 온통 마음 앗긴 불안 사이를 쉴 새 없이 오가고 있었다. 경찰서장의 의견은 충분히 가정할 수 있었다. 비록 당시에 머리는 뒤로, 입은 넓게 벌리고 여전히 침대 위에서 쿨쿨 세상모르고 자고 있어서, 의견을 제시할 입장에 놓이지는 않았어도, 자애로운 잠이 가로막지만 않았더라면 앞서 들은 기나긴 생각의 나열에 틀림없이 그로서는 아무 생각 없이 찬성을 던졌을 것이다. 그러니 어쨌든 행동과 말을 할 수 있는 능력이 아직 남은 사람은 하레르, 좋은 소식을 가져온 그가 유일무이했고, 그가 아무 조건 없이 거의 환상적인 에스테르 부인의 숭배자를 자처하던 터라, '마음을 뒤흔들고 설득력 있는 연설'이라고 전폭적으로 지지하는(만약 그의 심장과 눈이 말을 할 수 있다면 더욱 시끄럽게 지지의 말을 늘어놓았을 것이다) 찬탄을 퍼부었다. 그는 이 사건과 관련된 자신의 역할에 힘입어 수여된 영광스러운 관심에 몸 둘 바를 모르는 듯 혼란에 압도되어, 다양한 크기의 곰보 자국이 그득한 얼굴을 얼룩덜룩 물들이고 있었다. 그는 외투 걸이 아래 무릎은 단단하게 당겨 붙이고 앉아 한 손에 재떨이로 쓰이는 정어리깡통을 들고, 다른 손은 계속해서 언제라도 담뱃재 한두 톨이 금방 쓴 마룻바닥에 떨어질까 겁을 집어먹은 듯 담뱃재를 털어댔다. 그래서 그는 뻐끔하고 털고 뻐끔하고 털었고, 그의 생각에 서로 눈 마주칠 위험 없이 올려다봐도 되겠다 싶으면, 에스테르 부인을 내려 뜬 눈썹 아래로 쳐다보았다가, 재빨리 멀리 시선을 피하며 다시 담배를 털었다. 겉보기에는 피하려는 것 같아도, 일이 꼬여들기만을, 늦든 빠르든 눈이 마주치기만을 기대하는 게 분명했다. 모든 죄지은 사람들처럼 그는 판사의 얼굴을 똑바로 쳐다볼 용기를 불러 모을 수만 있다면 뭐든 가리지 않고 할 태세였다. 그는 숨겨진 어두운 악덕의 무게에 허덕일지언정 그 비탄과 맞바꾸어서라도 그 용기를 바라 마지않는 사람의 인상을 강하게 풍겼다. 실로 그에게, 현재 시장 광장에 팽배한 상황들보다 엄청나게 중요한 문제였고, 그래서 에스테르 부인이 하는 말이 뭐든 다짜고짜 '전폭적으로 지지'부터 하고 나섰다. 부인이 하던 말을 그렇게 허겁

지겁 먹어댔으니, 부인의 마지막 의견 진술 뒤에 따르는 침묵에 한층 허기진 것도 당연지사였고, 안 그랬으면 시장이 나서 깔끔하고 흠잡을 데 없이 그린 에스테르 부인의 심상에 까탈로 꼬치꼬치 따지며 논평을 해 '흙탕물'을 튀기려고 할 때, 그가 이를 자기 말의 신뢰성에 대한 의문 제기라기보다 여기 안주인의 품위에 대한 노골적인 모욕으로 여기는 일은 없었을 것이다. 그렇지 않았다면 두 발로 발딱 서서, 손에 담배를 들고, 격분의 순간에 그들 직위의 차이는 잊어버리고 시장에게 입 닥치라는 절대 모호하지 않은 뜻의 몸짓을 해 보이는 일도 없었을 것이다. '하지만,' 시장은 이제껏 관자놀이를 문지르고 있던 손을 주름진 이마를 지나 정수리에서 벗어진 바로 목 뒷덜미까지 신경질적으로 쓸어 넘기고 말했다. '이 소위 **대공**이 그의 마음을 바꾸고 여기에 머물겠다고 하면! 하레르에게 어떻게 하겠다 하고 싶은 대로 둘러댔겠지만 그 말에 꼭 구속받으리란 법은 없지. 우리가 무슨 일에 봉착할지 누가 알겠어? 우리가 너무 서둘러 행동하는 건 아닌지, 한 가지 영 께름칙한 게 우리가 어쩌면—말 꺼내기 거시기 하지만—후퇴 나팔을 너무 일찍, 너무 갑자기 불지 않았나 하는 거야…!' 전갈은, 하고 에스테르 부인이 정색하고 말문을 열고, 벌루시커가 다시 의자에서 일어나려고 시도하자 그녀는 겁먹은 아들을 안심시키려는 어머니 같은 손길로 그를 지그시 눌렀고, 하레르가 분명하게 전달했다고 알고 있다, 여전히 건재하고 아직 손가락 하나 퇴각하지 않은 위원회의 수뇌부로부터 단장에게 말 그대로 충실하게('… 그랬기를 바라지만…' 하고 뜸을 들이며) 다시 한번, 단장의 경찰 지원 요청은 이미 몸져누운 경찰서장이 어제 그에게 무슨 약조를 해줬건, '불행하게도 우리들 재량 밖의 일'이라고 잘 알아듣게 상기시켰노라고 말했다. 아무리 용감해도, 우리 재량하의 순경의 수는 마흔두 명에 지나지 않는다는 단순한 사실로 보아도 쉽게 동요할 가능성 있는 군중을 통제하라고 그들을 출동시키는 일은 가볍게 취할 수 있는 조처는 아니라고, 강조했다. 그리고 '하레르 씨로부터 들어 알다시피' 그도 이런 점을 신중하게 생각할 거라 생각하기 때문에, 그녀 에스테르 부인은, 당장 떠날 거라는 그의 결정을 굳게 믿고 있으며, 소문에 따르면 그는 전에도 그런 상황에 처한 적이 있고, 그래서 그가 그의 말을 지키지 못한다면 무슨 일이 벌어질지 잘 안다고 하니까, 그 말에 꺼림칙했던 어떤 의문도 다 떨어져 나가더라고 했다. '저는 그 남자를 봤지만 시장님은 못 보셨잖습니까' 하고 하레르가 양심에 찔려, 하지만 무엇보다 부인을 옹호하려고 편을 들었다. '그리고 그는 아주 의지 강한 남자예요. 그가 그냥 서커스단에 여송연을 흔들기만 해도 메뚜기처럼 펄쩍 그에게 튀어올 걸요!' 여주인은 그의 열정적인 호응에 아주 감사하다고 차갑게 대꾸하고, 동시에 그에게 당장 눈앞의 문제로 돌아가, 그 단장과의 만남에서 혹시라도 잊어버리고 말 안 한 게 있는지 기억 속을 샅샅이 뒤져보라고 요청했다. '어디 보자,'

그가 조용하게 대답하고 마치 비밀을 털어놓기라도 하듯 몸을 앞으로 숙이고 말했다. '사람들이 중구난방으로 쑤군거린 말이지만, 그는 눈이 세 개고 몸무게가 십 킬로그램도 안 나가는 것 같다고 하데요.' '고맙다만'—에스테르 부인은 짜증을 내며 말을 끊고—'그 질문을 다른 식으로 해보지. 그럼 이해하겠지. 단장이 이미 우리에게 전해줬던 말 외에 무언가 다른 말을 했어?' '글쎄요… 아니요.' 겁을 집어먹은 전달자가 눈을 내려뜨리고 불안스럽게 열린 깡통 속으로 재를 털었다. '이번 경우에,' 부인이 잠깐 망설이다 진술을 이었다. '이렇게 제안하는 바입니다. 당신, 하레르는, 광장으로 나가서 그 서커스단이 움직이기 시작하면 우리에게 즉시 보고하러 돌아와요. 우리는, 그리고 시장님은 당연히 여기 남아 계시고. 너는 말이다, 야노시, 내가 개인적인 부탁이 있다….' 그리고 이 지점에서, 한 십오 분이 족히 흐른 뒤 처음으로 그녀는 벌루시커의 어깨를 놓아주긴 했는데 그가, 하레르에게, 시장에게, 경찰서장과 에스테르 부인에게까지 겁을 집어먹고 문을 향해 곧장 달려 나가려고 했기 때문에 곧바로 그의 팔을 잡았다. 그가 이런 충격 상태를 극복해 정신을 차렸다 싶으면—그에게 용기를 북돋우는 시선을 주고 친근한 방식으로 가까이 몸을 기울였다—그가 자신을 대신해 해줄 뭔가 중요한 일이 있다며, 그녀, 에스테르 부인은, 현 위치를 떠날 수 없기 때문에, 불행하게도, 아무리 마음은 굴뚝같아도, 다른 일을 돌볼 수 없어 안타깝다고 했다. 서장은, 술 넘새가 풀풀 풍기는 침대를 가리켰고, 그의 애석한 상태는 겉보기에는 설핏 '소모한 음주량' 탓으로 보이겠지만 사실 두 어깨에 놓인 책임감의 무게로 인해 지쳐 나가떨어져 있어서, 이런 기괴한 날에, '아버지로서의 의무'를 수행하지 못하게 되었다. 내가 하려고 하는 말이 뭐냐면, 에스테르 부인은 공들여 말을 가다듬었다. 그러니까 서장의 두 아이를 돌볼 사람이 이런 어려운 시기에 집에 아무도 없다며, 그러니 누군가 그들을 먹여야 하고, '이제 거의 일곱 시가 되었고, 아이들은 분명 겁에 질려 있을 것이라서', 아이들을 안심시키고 잠자리에 들여야 하기 때문에, 그녀, 에스테르 부인은 즉시 벌루시커를 생각해냈다는 것이다. 아주 자잘한 일, 그녀는 벌루시커의 귀에 자장가처럼 부드럽게 속삭였지만, 익살맞게 '우리는 그런 잔챙이들도 잊어서는 안 되지' 말하고서, 그가 그 임무를 맡겠노라 동의한다면—그녀 자신이 얼마나 바쁜지 보아 알겠지만—엄청나게 고마울 따름일 뿐이라고 덧붙였다. 벌루시커는 그녀에게서 도망치기를 원하는 마음에서라도 기꺼이 동의했을 것이고, 또, 그러겠다고 단단히 약조의 대답을 할 참이었지만, 그는 그럴 기회가 없었다. 딱 그때 유리창 창문이 마치 강력한 폭발 같은 소음에 흔들렸기 때문이었다. 이 소리가 어디서 나는지 의문의 여지가 없었기 때문에 그리고 그 소리가 방에서 시그러지기 전에는, 시장 광장에 무슨 일이 벌어졌기에 거기 모인 사람들이 저처럼 울부짖는지 알기에, 모두들 얼어붙어 완벽한 정적 속에서 소리가 잦아들기를 기다렸고—멈춘 뒤에는, 이 소리가 되풀이될 건지 기다렸다. '가고 있어요!' 하레르가 희미해지는 함성 이후 찾아온 침묵을 깼지만 움직일 마음은 안 내키는지 섰던 자리에서 꼼짝하지 않았다. '그들은 머물 거야!' 시장이 떨리는 목소리로 떠듬거렸다. 그런 뒤 집으로 어떻게 돌아가야 할지도 모르는데 괜히 집을 떠났다는 깊은 후회를 늘어놓고, 아마 뒷마당들을 통해 가는 길도 이제는 완전 공담空談이 되어버렸다고 한 뒤, 그는 갑자기 침대로 가더니 자는 사람 다리를 흔들고 고함을 질렀다. '일어나! 일어나라고!' 그 자신 측의 지나친 흥분으로 위원회의 비밀회담 중 팽팽한 분위기만 보탰다는 비난은 거의 받지 않을 서장은 이렇게 무자비하게 당겨대는데도 전례 없이 차분함을 잃지 않고 쿠션에 팔꿈치를 받치고 천천히 일어나 앉아서, 충혈된 두 눈꺼풀 사이로 주위를 들여다보았다. 그런 뒤 이상한 방식으로 단어만 강세를 두며 다 괜찮다고, 하지만 자치구 지원부대가 도착할 때까지 골탕 먹일 짓은 하지도 않을 거라고 대답하고, 침대로 다시 쓰러져 잃어버린—불가해하게 그리고 이렇다 할 이유 없이 끊겨버렸던—꿈의 가닥을 다시 복구시켜, 최대한 빨리 회복할 유일한 기회인 잠 속으로 빠졌다. 에스테르 부인만이 유일하게 침묵을 지켰다. 부인은 단호한 눈길을 천장에 고정하고 기다렸다. 그런 뒤 천천히, 의도적으로 각각 눈을 맞췄고, 얇은 입술 주위로 스치는 흥분의 미소를 간신히 억누르고 말했다. '신사 분들, 지금은 결정적 순간입니다. 우리는 상황을 해결할 바른 길에 접어든 참이라고 믿습니다!' 다시 한번 하레르는 서둘러 동의했지만, 시장은 여전히 의문이 가시지 않은 듯이 넥타이를 만지작거리고, 머리를 좌우로 크게 흔들었다. 손이 이미 문손잡이에 가 있는 걸 보면, 벌루시커 혼자만이 딱딱하고 형식적인 그녀의 선언에 영향을 받지 않은 것 같았다. 그리고 떠나도 좋다는 지시가 떨어지자 문에서 뒤돌아보며 띄엄띄엄 끊어진 목소리로('… 하지만… 에스테르 씨는요?') 말하고서 아주 세상이 다 무너져 내린 듯한 실망에 굳은 얼굴로, 무거운 심호흡을 하며 하레르를 바로 그의 뒤에 딸리고 그 집을 떠났다. 실로, 그의 움직임 하나하나가 그가 단지 더 이상 머물 재간이 없어서 가고 있다는 암시를 했고 어디로 가야 할지 갈피를 못 잡는 모습이 안타깝게도 자명해 보였다. 실로 그의 세상은 무너졌다. 그가 그렇게 격심한 낭패감을 느낀 것은 에스테르 부인과 위원회에 희망을 두었는데 낙담만 했기 때문이었다. 너무 흥분한 나머지 이들이 두 가지 보고의 순서를 헷갈리는 비참한 실수를 저지르지 않았을까(에스테르 부인의 첫 번째 말, '그 일은 끝났어'가 여전히 그의 머리에서 울렸다) 그래서 하레르의 보고를 자신 뒤에 두었고, 그의 말을 전혀 신용하지 않아서, 그냥 그의 말을 귀담아들으려고도 하지 않았던 것이리라. 더군다나 그의 좌불안석 모습 때문에, 왜 이렇게 어수선하게 구는지 의아해하며 걱정하는 일도 없이 바로 에스테르 부인은 그의 입을 막아버렸고 그대로, 그는 도와달라고 그들에게 의지할 마지막 기회도 잃어버렸다. 얼마 안 되어 에스테르 부인이 시장의 완전히 타당한 근거의 공포를 가라앉히는 임무에 전념하고 있을 적에, 저런 단호한 안주인의 저돌적인 *생각—과정*들에 영향을 주려고 버둥대는 일은 소용없으며, 시장 광장에서 벌어질 끔찍한 사건들이 나락으로 굴러 떨어지리라는 예상은 홀로 감당하며 알고 있어야 한다는 걸 아연히 깨달았다. 오직 혼자서, 그리고 거기 아무도 벤크하임 대로에 있는 그의 친구에게 무슨 일이 일어날지에는 관심이 없음을 이해했기 때문에, 에스테르 씨 역시 혼자서 돌보아야만 했고, 정확하게 이런 이유 때문인지, 전에 광장에서 그랬듯이, 엄청난 침묵이 뒤덮이며 내려앉았다. 사람들이 그의 주위로 말을 하고 있는 것이 보이지만, 그의 귀에는 아무것도 들리지 않았고, 어쨌든 어느 것이든 어떻게든 듣고 싶지가 않았다. 그가 다만 바란 것은 그 강한 손이 그의 어깨에서 마침내 치워지기를, 아무것도 건진 게 없이 들른 이곳을 떠날 수 있기를, 그의 발길 주위로 날래게 몰려드는 집들을 느낄 수 있기를, 그래서 그가 서커스 차량 문가에서 엿들었던 속수무책 계획을 손 놓고 보고만 있을 수도 없지만 이에 맞서 할 수 있는 일도 없어 드는 이 무력감을 잊을 수 있기를 바랐다. '그의 발길 주위로 날래게 몰려드는 집들의 느낌' 속에서 이런 무력감을 끽소리 못하게 욱여넣는 일 외에 달리 할 수 있는 일은 없었다. 그는 잠시 마당 문에 멈춰, 하레르 씨에게 '거기에

가지 말라'고 사정했다.(하지만 귀라도 먹었는지, '대단한 여인이
야! 대단한 여인네야!' 열에 들떠 대답만 반복하고 하레르는 코슈트
광장 방향으로 이미 뛰고 있었다) 그런 뒤 그는 가방끈을 고쳐
메고 시장 광장과 빠르게 멀어져가는 집주인에게서 등을 돌
리고, 반대방향의 좁은 골목을 따라 내달렸다. 그러자 집들
과 마당 울타리들이 비틀거리며 그를 지나치기 시작했지만
그의 눈에는 아무것도 보이지 않았고, 발아래 네모난 보도
석조차 볼 수 없었으며 그것도 보인다기보다 오히려 몹시 과
열된 그들의 돌진이 느껴졌다고 할 수 있었다. 비스듬한 나
무 둥치들이 그를 스쳐 지나갔고, 메마른 가지들은 살인적
인 추위의 예감에 떨고 있었고, 가로등들은 그가 가는 길에
서 놀라 비켰다. 모든 것이 질주하고 있었다. 그가 가는 곳마
다 하지만 아무 소용없이, 모든 것이 네굽을 치며 달음질쳤
다. 집들도, 골목길 판석도, 가로등도 나무들도(불길하게 떨리
고 있는 나무의 가지들도) 멈춰서길 원하지 않았기 때문이었
다. 그러기는커녕 그가 그들을 억지로 뒤로 보내려고 떠밀어
댈수록 다시 또다시 나타나기를 반복하며 어떻게 그의 앞
에 들이밀고 끼어드는 것처럼 어느 하나도 지나지 않은 느낌
이었다. 처음엔 병원, 그런 뒤 스케이트장, 나중에 에르켈 광
장의 대리석 분수대가 그 앞에 휙 지났지만, 그의 속눈을 덜
컹거리며 지나는 이미지들의 혼란 속에 아무리 노력해도 그
가 있는 곳처럼 보이는 데 있는지 아니면 에스테르 부인 집
에 가까운 관할을 여전히 못 벗어나고 있는지 판단할 수 없

었다. 그런 뒤 이 모든 것에도 불구하고, 마치 우연히 코슈트 광장의 대공의 영토는 가능한 멀리 두고 '자신의 영토'로 더욱 가까이 들어가려던 그의 염원이 실현된 것처럼, 어느새 1848년 대로와 마을을 벗어나는 간선도로의 교차점에 닿아 있었고, 달아나려고 헤매던 감각을 마비시키는 미로에서 반쯤 깨어나, 그는 플라우프 부인의 아파트 빌딩 입구에 서서 버저를 누르고 있었다. '엄마, 저예요…' 몇 번을 벨을 울린 뒤 통화기에 대고 소리를 질렀고, 스피커의 지지직 소리로 수화기는 집어 들었지만 침묵만 지키고 대답이 없다는 사실을 알았다. '엄마, 저예요. 잠깐 드리고 싶은 말씀이…' '이 시간에 거리에서 뭐 하고 있는 거니?' 인터폰이 그를 향해 꾸짖었다. 너무 크고 갑작스러워 그는 하려던 말을 잊어버렸다. '지금 이런 시간에 거리에서 뭐 하고 있는 거냐고 물었다!' '끔찍한 일이 일어나고 있어요, 엄마.' 그는 설명을 하려고 인터폰에 더욱 가까이 몸을 숙이고, '다만 드리고 싶은…' '끔찍한 일?' 목소리가 버럭 다시 호통을 쳤다. '그럼 너도 알긴 안다는 말이지? 그러고도 한밤에 거리를 쏘다니는 짓은 왜 못 그만두는 거니? 입이 있으면 말해봐. 이 시간이 되도록 무얼 하고 있었니? 어미 죽는 꼴을 보려고 그래? 지금까지도 충분히 내 인생을 엉망으로 망치지 않았니?' '엄마, 엄마, 잠깐만 제 말 좀 들어보세요. 잠깐만요…' 벌루시커는 인터폰 속으로 말을 더듬었다. '진짜… 엄마에게 해 끼칠 뜻은 없어요… 저는 다만 무… 무… 문 잘 잠그고 계시라고 말…씀드리고 싶어서요, 그…그리고 아무도 집에 들이지 마세요, 왜냐하면…' '너 술 마셨냐!' 화기를 가누지 못하고, 목소리가 도로 호통을 쳤다. '다시 술 마시고 있었어, 다시는 술에 손도 대지 않겠다고 약속하고서! 계속 술을 마셔, 셋방이 있으면 뭘 해, 있으나 마나, 당연히 거리를 쏘다니고 돌아다녀야지! 잘하는 짓이다.' 도어폰이 쉬익쉬익거렸다. '다른 식으로 버릇을 고치든지, 이런 식으로는 안 되겠다! 네가 집에, 즉시 집에 안 가면 다시는 여기 발도 못 드밀지 알아! 알아들었어?' '알았어요, 엄마….' '그럼 잘 들어라. 단단히 새겨들어! 네가 거리를 쏘다닌다, 그런 말을, 알겠니, 그러다가 말썽에 휘말렸다는 소리를 듣는 순간에 나는 당장 내려가 너를 찾아내서 머리카락을 잡아끌고… 그리고 가둬버릴 테다… 너도 어디일지 알겠지! 나도 더 이상 참지 않아, 알아듣겠어, 네가 다시는 내 얼굴에 먹칠하게 하지는 않을 거라고!' '그럴 일 없어요, 당치 않아요 엄마….' '엄마 부르며 어리광도 피우지 말고, 날 괴롭히지 마라. 그 자리에서 썩 꺼져. 가버리라고.' '예… 안녕히 주무세요, 엄마… 저 그만 갈게요….' 그리고 방금 그러겠다 인터폰에 말한 것처럼 그는 가려고 했다. 하지만 아무래도 그는 상황의 심각성을 어머니에게 제대로 전달하지 못한 채 체념하고 물러설 수가 없었다. 그래서 그는 거기 잠시 생각에 빠져 서 있으며 돌아와서 다시 시도하자고 결심했으나 그러다 그가 경험한 일, 그가 목격한 일, 무슨 일이 있었고 무슨 일이 일어날지를 에스테르 부인에게도 설명할 수 없는데, 하물며 그의 어머니를 해득시킬 리 만무하다는 생각까지 미쳤다. 그가 대공이며 잡역부에 관해 말을 꺼낸대도, 어머니는 한마디도 믿지 않을 것이라서, 어느 것도 믿지 않는다면 다시 화만 버럭버럭 낼 것이라서 설명을 할 수가 없었다. 하지만 어머니를 부당하다느니 과도하게 짜증을 낸다느니 비난할 수도 없는 것이, 사실 자신의 귀로 듣고 확인하지 않았다면, 이를 직접 보고 겪지 않았다면, 설마 그런 게 있겠느냐고 터무니없다고 제일 먼저 도리질 쳤을 것이다. 그럼에도—벌루시커는 사람 없는 거리를 구불구불 내려갔다—대공은 진짜 존재했다. 그리고 이런 사실로는 어떤 것이라도 이성적인 관점에서 조망해내기 불가능했다. 무슨 무슨 전령이라고 표명하는 엉터리 신비주의 거짓말도 아니요, 해를 끼치는 비인간적 욕망도 없었기 때문이었다. 단순한 그의 존재로만 그 자신의 기준으로 사물을 판단하는 버릇을 단념하도록 강요하기 충분했고 세상에는 또 다른 원칙들이 있어서 그를 빙퉁그러진 사기꾼으로 낙인찍으려고 한다고 믿도록 부추겼다. 동시에 이 단순한 존재는—벌루시커는 계속 정처 없이 거닐었다—엉터리 신비주의와 비인간적인 욕망 양쪽의 일부이며, 기만적인 가장과 파괴적인 분노 또한 그 일부를 이루고 있었다. 이를 단장과 거만하게 부닥치던 과정에서 그는 굳이 감추려고도 하지 않았었다. 이런 요소들이 이 사람의 부분을 이루고 있어도, 이 사람을 규정하지는 않았다. 왜냐하면 이들은 모두 단순히 이례적인 그의 존재—정말 무시무시할 정도로 이례적인 존재—의 있을 법한 결과들이기 때문이었다. 이런 이례적인 면모에 가려진 내용이 무엇인지와 그 범위가 어느 정도인지, 이제껏 흘린 한두 발언으로 얼핏 짐작할 수 있을까, 이 모두 물론 벌루시커의 이해력이 도저히 그 너머로는 미치지 않았다. 그는 비틀비틀 이 거리 저 거리로 헤매고 다녔다. 대공의 단어들이 머리에 윙윙거리며 맴돌았다. 단장의 견해가 전적으로 사실임이 틀림없다면, 그래서, 대공이 하고 있는 일이 진짜 사악한 협잡이라고 해도, 서커스단에서 두말할 필요 없이 가장 신비로운 이 구성원은 잘 속는 대중을 이용해 그 맹신에 기반한 힘을 누리기를 노리는 단순한 날사기꾼이 아니라는 점을 그는 상당히 확신했다. 단장과는 달리, 대공의 말들은 심히 무시무시하게 다가왔고, 무자비하고 완전히 생경한 그들의 뗑뗑 울리는 소리는 헝가리어 이해 능력이 완벽하달 수 없는 중개자를 통해 조각조각으로 통역돼서 한층 공포스러운 분위기를 조장했다. 이는 그 심오함과 실로 불가항력을 더했고, 아니, 그보다 그 단어들은 그렇게 전적으로 자유롭게, 바닥이 안 보이게 규제 없이 분방해서, 체계적인 생각의 규율로 결합하려는 어떤 시도도 무위로 돌렸다. 무위, 대공은 유형적인 세계의 관습이 더 이상 적용되지 않는 곳, 불가능과 불이해로 혼합된 장소에 존재하는 것들의 그림자에서 태어난 사람 같았기 때문이었다. 그런 점에서 그는 그렇게 강력한 자력을 발산했고 그가 '자신의 사람들' 사이에서 받는 존경을 고려한다면, 그의 직위는 어떤 서커스의 여흥거리 별종 괴물들을 훨씬 뛰어넘었다. 그러므로 그리 특이한 존재를 이해하려는 시도는—이때쯤 집, 나무, 보도의 판석, 가로등이 속도가 줄기 시작했다—의미 없고 희망 없는 일이니 그냥 세부득이 항복하자—그리고 그는 시장 광장에 있던 얼굴 속 팽팽한 긴장을 기억했다—그러니, 에스테르 씨가 의심도 하지 않고 무방비로 있는 동안에 약탈은 에스테르 씨의 거처(부지불식간에 그들의 관심을 거기로 끌어들인 것은 그, 그 자신이었다!)를 포함할 터이고, 마을이 한마디 무서운 명령에 약탈되도록 놔두는 수밖에, 이런 생각에 자포자기하고 멀찍이 지켜만 보는 일은—그 주위의 모든 것이 느려지더니 이제는 멈췄다—아무래도 자신으로서는 하지 못할 짓이라고 느꼈다. 머릿속에 꽥꽥 새된 소리가 들리는 듯하자, 새삼 새로운 공포의 물결이 넘실넘실 몰려들었고, 그러자 사람들에게 '문을 걸어 잠그고, 그대로 있어요'라고 경고하는 것 이상의 일은 할 수 없음을 알기에, 그는 그 공포 속에 가만 멈춰 서 있었다. 모든 사람에게 말하리라, 그는 결심했다. 에스테르 씨에서 페페페르 술집의 형제 같은 술친구들까지, 철도역 배급계 직원들에서 야간 경비까지, 모든 사람에게 경고를 들려줘야 한다고, 경찰서장이 품고 있는 작은 새끼들까지, 불현듯 이들까지 떠올라 주위를 둘러보자 마침 그 아이들과 오직 한 블록 떨어져 있음을 깨달았다. 아무튼 그의 보살핌 아래 맡겨진 그 아이들부터 시작해서, 그리고 그의 마에스트로, 그렇게 하고 나면 나머지 범위로 확대해 경고하자, 마음을 먹었다. 서장이 살고 있는 단지는 2층에 중요한 하숙인이 몸을 숨기고 있는지 알지 못한다며 시치미 떼듯 최고급 위장을 하고 있었다. 치장벽토는 거의 떨어져나가 벽은 헐벗다시피 했고, 상당히 위쪽까지 제법 되던 배수관이 없어졌으며, 대문을 보자면, 문을 열어놓느냐 닫아 놓느냐 하는 고민을 영원히 해결하기라도 한 듯 아예 문손잡이가 없었다. 그 건물은 내다버린 쓰레기 더미를 요령껏 잘 타개해야만 접근이 가능했고, 보도에서 입구까지 이어지는 통로는 게다가, 누가 어쩌다 출입구 정면에 아주 정확하게 남겨두고 잊었는지 철책으로 길게 막혀 있었다. 건물 바깥 사정이 이렇다 보니 내부라고 다른 식으로 꾸며놓았을 리가 없어서, 그가 계단통에 들어서자마자, 엄청난 돌개바람이 쳤고, 자연이 여기의 주인이자 지배자라는 사실을 그에게 일깨우려는 듯이 그의 챙 모자를 시원스레 머리를 드러내며 날려버렸다. 그는 콘크리트 계단을 밟아 오르기 시작했지만 찬바람은 거나하니 줄기는커녕, 한층 더 종잡지 못하게 돌변을 일삼으며 어느 순간은 죽은 듯 잠잠해졌다가, 아차 하는 순간에 새로워진 폭력과 활력으로 그를 괴롭혔다. 그는 모자를 벗어 손에 꽉 쥐고 한편으로는 코로 숨을 쉬는 일에 집중했다. 마침내 해당 층에 도달해 벨을 누르고서 그는 진짜 허리케인을 막 무사히 헤쳐 나온 사람처럼 아주 불안하게 문이 열리기를 기다렸다. 불행하게도 아무도 문을 열지 않았고 떠들썩한 벨소리는 이에 반응해 둥둥거리는 겁먹은 발자국 소리에 맞춰 잦아들었다. 그래서 그는 다시 벨을 눌렀다. 다시 한번 그리고 다시 한번. 그리고 안의 누군가 어려움에 처했다는 결론에 도달할 찰나에 자물쇠에 열쇠 돌아가는 소리를 들었다. 하지만 그런 뒤 동동거리는 발자국 소리에, 다시 고요가 뒤따랐다…. 아파트 안쪽은 따뜻했다. 더운 듯도 하였다. 꽃무늬가 그려진 벽지는 아래 굽도리널부터 위로 자라난 눅눅한 얼룩이 피어 있었다. 그는 장애물 경주라도 벌이듯이 좁은 복도를 가로질러 흩뿌려진 외투, 신문들, 신발들을 어렵사리 헤쳐 나가, 부엌 쪽을 흘깃 쳐다봤고 그를 맞아들인 궁금증 도는 방식의 이유를 여전히 찾으며, 응접실에 도달했다. 거기서 그의 얼어붙은 몸은 이가 딱딱 맞부딪힐 정도로 끔찍한 오한에 사로잡혔다. 그는 어깨를 가로지른 가방끈을 당겨 벗고, 외투 단추를 풀고 몸의 떨림을 멈추려고 얼얼한 팔다리를 열심히 문질렀다. 갑자기 그는 누군가 자신의 뒤에 서 있다는 쭈뼛한 느낌이 들었다. 그는 섬뜩한 기운이 뻗쳐 몸을 돌렸고, 진짜 잘못 느낀 게 아니어서, 응접실 문가에 두 명의 어린아이가 아무 말 없이, 움직이지도 않고 그를 쳐다보고 서 있었다. '오.' 벌루시커가 탄성을 질렀다. '너희들 진짜 사람 놀라게 하는구나!' '우리는 아빠가 집에 온 거라고 생각했어요….' 대답하고 그들은 계속 뚜렷이 쳐다봤다. '그럼 너희들은 아빠가 집에 오면 항상 숨니?' 소년들은 아무 대답을 하지 않고 가만히 서서, 진지하게 그를 바라만 보았다. 하나는 여섯 살쯤, 다른 한 아이는 여덟 살쯤 되어 보였다. 동생은 금발에 형은 갈색 머리카락이었지만 둘 다 서장의 눈을 빼닮았다. 옷은 이웃의 나이 든 형들에게서 아마도 물려받은 것 같았다. 셔츠며 바지들이, 특히나 바지는 모두 너무 많이 빨아서 못 알아볼 정도로 색이 다 날고 바랬기 때문이었다. '저기. 설명을 좀 하마.' 벌루시커는 그들이 그를 또렷이 쳐다만 보고 있는 게 아니라 초조하게 그를 가늠해보고 있음이 느껴져 설명하기가 다소 당황스러웠다. '너희 아빠는 늦게 돌아오실 거다. 너희들을 침대에 재우라고… 부탁하셨어. 실은 나는 곧장 가야 하는데, 이 일도 중요해서,' 그는 다시 몸을 떨었다. '내가 간 뒤에 문을 걸어 잠가야 한다. 누가 벨을 울리든지 간에 집에 들여서는 안 돼… 무슨 말이냐면,' 아이들이 꼼짝도 않고 어떤 움직임도 보이지 않아 그는 더욱 무안해져 '너희들은 지금 침대로 가야 한단다.' 말을 덧붙였다. 그는 외투의 단추를 잠그기 시작했고, 그들과 무슨 일을 해야 할지 몰라 목을 어설프게 가다듬고서, 그들의 빤한 시선을 멈춰보려고 그들에게 미소를 지어보이자, 어린 동생이 약간 긴장을 풀고 조금씩 가까이 움직여 와서 그에게 물었다. '가방 안에 뭐예요?' 너무 갑작스러운 질문에 놀라 당황한 벌루시커는 얼떨결에 가방을 열고서 그 속을 들여다보고 쪼그리고 앉아 아이들에게 보여주었다. '신문, 그게 전부야… 난 그걸 집집마다 배달해.' '그는 우체부야!' 문지방에 선 형이 연장자에게 어울리는 업신여김과 짜증을 보이며 단언했다. '우체부가 아니야!' 다른 쪽이 쏘아붙였다. '아빠가 그는 바보라고 했어.' 그는 방문객에게 몸을 다시 돌리고 의심스러운 눈초리로 요모조모 살폈다. '당신 정말… 바보예요?' '아니, 아니야.' 벌루시커가 고개를 흔들고 일어섰다. '너희들이 지금 보고 있다시피 난 바보가 아냐.' '아쉬운데.' 작은 애가 실망으로 입술을 삐죽 내밀었다 '나는 바보가 되고 싶어요. 그리고 왕에게 당신 나라는 쓰레기라고, 좋은 말, 제대로 된 말을 하고 싶은데.' '멍청한 소리 좀 마.' 큰 애가 동생 뒤에서 흉측하게 얼굴을 찌푸렸고 벌루시커는 역시 큰 아이의 동조도 얻으려고 질문을 했다. '어째서? 그러면 너는 무엇이 되고 싶으냐?' '저요? 저는 좋은 경찰이 되고 싶어요.' 소년은 자랑스레 대답했지만 낯선 사람에게 자기 계획의 전모를 드러내기를 주저하는 모습이었다. '그리고 모든 사람을 감옥에 넣고요.' 그가 팔짱을 끼고 문설주에 어깨를 기댔다. '모든 술꾼하고 모든 바보를 다.' '술꾼들도, 맞아.' 작은 아이가 동의하고, '술꾼들에게 죽음을!' 고함을 지르고서, 팔짝팔짝 뛰고 방 안 여기저기 신이 나서 뛰어다녔다. 벌루시커는 지금 무언가 말을 해서 그들의 신뢰를 얻고 침대로 가라는 그의 말을 고분고분히 따르게 해야 한다고 느꼈지만 알아듣게 할 만한 말이 딱히 떠오르지 않아서, 그의 가방을 닫고 창문 쪽으로 발을 옮겨 어두운 거리를 내다봤다. 그런 뒤 에스테르 씨에게 가야 한다는 생각이 문득 떠오르자 마음이 조급해졌다. '미안하지만 애들아.' 그는 떨리는 손으로 모자를 집어 들고 손가락으로 머리카락을 쓸었다. '나는 가야 한단다.' '저는 벌써 제 제복을 가지고 있어요.' 아이가 대답 대신 불쑥 말을 던졌고, 벌루시커가 떠날 채비를 하는 걸 보자 복도 쪽으로 냉큼 뛰어가 말을 덧붙였다. '저를 안 믿으신다면 보여드릴게요!' '저도요! 저도요!' 동생이 팔짝팔짝 뛰고 붕붕 차 소리를 내고, 형을 바짝 쫓아갔다. 벗어날 길이 없었다. 벌루시커가 복도로 두어 발자국 떼기도 전에 뒤의 문이 열렸다가 꽈당 닫히고 형제들이 차렷 자세로 해죽해죽 벌어진 표정을 하고 서 있었다. 둘 다 진짜 경찰용 짧은 제복 상의를 입고 있었다. 작은 쪽은 바닥을 쓸었고, 형 쪽은 무릎까지 닿았다. 그들 모습은 우습기도 하고, 셋 모두 반코트 두 벌 어느 쪽에나 다 들어가도 될 것 같았지만, 반코트는 너무나도 잘 만들어지고, 비율도 아주 정확해서 그들이 옷에 맞춰 자라기만 하면 될 것 같았다. '아이고… 진짜….' 벌루시커는 근사하다는 말을 우물쭈물 뱉고, 밖으로 나오려는데 작은 애가 등 뒤에서 상자 하나를 내밀고 위로 눈을 비스듬히 뜨고 천진하게 말했다. '여기, 이것 봐요!' 그래서 하는 수 없이 벌루시커는 날카롭게 다듬은 막대를 칭찬하고 '적의 눈을 후벼낼' 거라는 정보도 들어주었다. 그런 뒤 그는 스웨덴 면도칼이 '적의 목을 따는' 데 아마 가장 적합하리라는 말에 맞장구도 쳐줘야 했고 마지막으로 마개 달린 단지에 넣어둔 젖빛 유리 지저깨비가 술 마시러 몰래 숨어드는 '누구라도 쫓는 데' 효과적일 거란 데 수긍도 해주었다. '그런 건 아무 것도 아녜요…! 다 제가 동생에게 준 거예요. 유치원 애들이나 갖고 노는…!' 큰 애가 부엌 문간에서 얄보는 투로 말했다. '하지만 진짜 흥미로운 걸 보고 싶다면 이것 봐요!' 그렇게 말을 하고서 그는 주머니에서 진짜 리볼버 권총을 꺼냈다. 그는 권총을 손바닥에 놓고 그 주위로 천천히 손가락을 감싸 쥐었고 이 모습에 벌루시커는 저도 모르게 움찔 물러났다. 거의 말이 나오지 않을 지경이었다. '그런데, 저기… 그건 어디서 난 거냐…?' '그게 지금 무슨 상관이에요!' 소년은 어깨를 으쓱하고 집게손가락으로 총을 돌리려고 했으나 과도한 가속도 때문에 무위로 돌아가, 총은 쟁그랑 소리를 내며 바닥에 나가떨어졌다. '내가 맡아도 되겠니…' 벌루시커가 말하고 조심조심 손을 내뻗었지만 소년이 한발 빨리 리볼버를 낚아챈 뒤 그를 똑바로 겨누었다. '그건 위험한 물건이야…' 벌루시커가 두 손을 앞으로 내뻗고 설명 조로 말했다. '너는 그걸 가지고 놀아서는 안 된다…' 그런데도 총은 꼼짝을 않았고 그가 처음 응접실에 도달했을 때와 똑같이 그 둘 다 그를 빤히 쳐다보고 있어서 그는 자동적으로 뒷걸음질을 치기 시작해 앞문에 도달했다. '좋아.' 그가 등 뒤의 손잡이를 누르며 말했다. '정말 걱정되는구나. 하지만… 지금은…' 문이 열렸다. '제발 원래 있던 자리에 돌려놓거라. 안 그러면 너희 아빠가… 너희들을 혼낼 거다. 이제

조용히 침대로 가…' 그는 문틈으로 미끄러져 나왔다. '착하
게 굴고, 자러 가거라.' 마침내 그는 조심스럽게 문을 닫고서
다른 누구도 아닌 자기 자신에게 웅얼거렸다. '… 그리고 모
든 것을 닫아걸고… 아무도 들이지 말거라….' 그는 안에서
웃는 소리를 들었다. 문의 자물쇠가 돌아가는 소리가 들렸
다. 그런 뒤 그는 챙 모자를 움켜잡고 사나운 돌풍이 그 주
위로 휘몰아치는 계단을 내려갔다. 자신 앞에 깜박이지도
않고 붙박인 두 눈, 아무리 해도 찌르는 듯이, 꿰뚫을 듯이
번뜩이는 눈길에서 벗어날 수가 없었다. 혼돈스러운 방의
열기에 부들부들 떨었다면, 지금은 그 건물을 벗어나자 추
위로 떨기 시작했다. 그는 뼛속까지 파고드는 추위에 몸을
떨고 있었지만 동시에 이제껏 그에게 양립할 수 없던 일, 두
어린아이들과 잔혹한 얼음장 같은 열망이 양립할 수 있다는
생각에 몸서리가 쳐졌다. 그는 한쪽 어깨에서 다른 쪽으로
가방을 옮기고, 외투 끝까지 단추를 잠갔다. 그 열망을 다른
식으로 생각하는 일은 배길 수 없을 것 같아서 그저 단단히
그러쥔 피스톨, 닫힌 문 뒤에서 들리던 비웃음소리를 생각
하지 않으려고 애쓰며, 가능하면 빨리 벤크하임 대로에 있
는 집에 닿을 생각에 집중했다. 그 각오가 허사였는지, 품이
큰 경찰관 제복을 입은 두 소년이 그의 눈앞에서 춤을 추고
있는 것 같았고 그는 갑자기 장전되었을지도 모를 무기를 거
기 그들에게 남겨두고 왔다는 양심의 가책에 움칠대며, 돌
아가야만 하나 거듭 궁리했다. 하지만 결국에는 그 유혹을

완전히 단념하게 되는데, 그가 아르파드 거리에서 주도로로 접어들자, 그리 멀지 않은 곳에서 도심부 방향으로 어딘가에, 지붕들 바로 위로, 붉은 빛이 올라오는 모습을 봤기 때문이었다. 무시무시한 생각이 휘몰아쳤다. '그들이 이것저것 태우기 시작했어.' 그러자 갑자기 그의 모든 죄책감과 의구심이 사라졌다. 그는 한쪽에서 달싹거리지 못하도록 가방을 바싹 죄고 차곡차곡 자리 잡은 집 없는 고양이들을 뚫고 에스테르의 집을 향해 달리기 시작했다. 그는 달렸다. 그리고 도착하고 난 뒤 출입구 서서, 그의 팔을 쭉 뻗다가, 간신히 남아 있던 순간적인 명료한 사고로 그가 불쑥 마에스트로를 찾아가면 아무것도 모르는 그를 놀래기만 할 거라고 깨닫고 나자, 거기에 그대로 서서, 비장한 적대감을 품고 누구라도 무방비의 집으로 침입하려는 자는 물리치리라 다짐했다. 어떻게 그런 일을 해낼 것인가는 아무 생각이 없었다. 잠시 동안이지만, 조금은 예상치 못한 일종의 공격에 말도 제대로 못하게 공포에 질렸고, 다만 단순히 방화의 가능성에 (왜냐하면 여기서 본 걸로는 확신할 길이 없었기 때문에) 까마득히 정신이 하나도 없나 보다, 추측만 해볼 뿐이었다. 한편으로 하늘은 계속 붉었고 벌루시커는 문 앞에서 왔다 갔다 금방이라도 행동에 돌입할 태세로, 한 번은 왼쪽으로 네 걸음, 다음 번은 오른쪽을 네 걸음씩, 다섯 걸음째는 다른 쪽이 방비되지 않고, 두껍게 내려앉은 어둠에 시야에서 놓칠까 봐 네 걸음 이상은 떼지 않고, 자리를 지켰다. 그 이후로 일이 아주 급속하게 벌어졌다. 사실 순식간의 일이었다. 갑자기 그는 발자국 소리를 들었다. 부츠 신은 수백의 발소리가, 지쳐서, 진이 빠져 땅을 질질 끌며 다가오고 있었다. 한 무리의 사내들이 그 앞에 서고 서서히 그를 둘러쌌다. 그는 그들의 손을, 무언가 말을 하고 싶어 하는 듯한, 뭉툭한 손가락을 보았다. 그리고 뭔가 말을 걸어보려고 했다. 하지만 그들 뒤로 쉰 목소리 하나가 울려 퍼졌다. '기다려!' 그리고 그의 얼굴을 보지 않고도 회색 평직 외투를 알아보았고, 사람들로 두른 고리를 열어젖히며 그에게 다가오는 인물이 다름 아닌 시장 광장에서 새로 사귄 친구임을 즉시 알았다. '무서워 마시게. 자네는 우리하고 함께 감세.' 그 남자가 귀에 대고 속닥인 후 팔로 그의 어깨를 둘렀다. 그리고 벌루시커는 아무 말도 하지 못하고 그저 그들과 함께 출발했다. 상대도 아무 말을 하지 않았지만 벌루시커 앞으로 몸을 구부리고 남은 손으로 어둠 속에서 벌루시커 옆으로 어색하게 웃으며 밀고 들어오려는 인물을 한쪽으로 밀쳤다. 그는 그 뒤로 땅을 질질 끌고 있는 지친 수백의 발소리를 들었고, 저쪽 아래 길고양이가 쇠막대를 치켜들고 조용히 진군하는 도중 앞에서 두려움에 싸여 흩어지는 모습을 보았다. 하지만 그는 그의 어깨에 얹힌, 털모자와 무거운 부츠를 신은 부대 사이로 그를 이리저리 몰고 가고 있는 손의 무게 말고는 아무 느낌이 없었다. '무서워 말게.' 다른 쪽이 되풀이해서 말했다. 벌루시커는 재빨리 고개를 끄덕이고 하늘을 올려다봤다. 하늘을 올려다보는데 갑자기 하늘이 원래 그래야 하는 곳에 있지 않다는 느낌이 훅 끼쳤다. 두려움에 잠겨 다시 쳐다보고 거기에 진짜 아무것도 없다는 사실을 재차 확인하고 그는 고개를 숙이고는 털모자와 장화들 사이를 걸으며 뒤져봤자 아무 소용이 없음을 깨달았다. 그가 찾고 있는 것을 놓쳤기에, 이 땅에, 이 진군에, 작당으로 다붙은 세부細部들에 집어먹혔기에.

* * *

　'세부들, 세부분을 노려.' 에스테르는 특별히 치솟는 감정 없이 묵묵히 다짐했다. 서투른 자신의 솜씨를 남 일처럼 거리를 두고 망치로 손을 스무 번째 찧으며, 이런 결정적인 인생의 시점에 세우고 있는 복잡한 바리케이드에 마지막 손질을 가하던 중이었다. 욱신욱신 아픈 손가락을 움켜쥐고 그는 창문을 덮고 있는 두툼한 판자와 널빤지의 혼돈을 조사했다. 이 개탄스러운 광경과 관련한 그의 결점들에 달리 손쓸 도리가 더는 없기도 하고, 수십 년 세월을 거치며 그는 부끄럽게도 이런 방면의 기술은, 적어도 정확한 각도로 망치질하는 기술은 등한시하긴 했지만, 이제는 모르긴 몰라도 그의 작업의 막바지에 이르렀으니, 그는 그런 고통스러운 경험들을 차후로는 피할 것이라고 마음먹었다. 그는 집으로 돌아온 뒤로, 몇 분 잠깐 휴식한 후에 직접 뒷마당에서 땔감을 모아 책장 사이에 차곡차곡 쌓아두었다. 그중에 대충 맞아 들어갈 만한 장작개비 하나를 고르고―사소한 수정은 필요 없는지 찬찬히 살펴보면서 이러한 수정은 의미 깊은 현존現存의 불필요한 과잉에서 솟아난다는 생각을 했다. 몇 시간 전 입구에서 생각의 가닥들을 정리하며, 이런 사념이 이전의 생각은 몽땅 휩쓸어버릴 수도 있겠다, '혁명적'이라고까지 여겨도 되겠다는 생각이 들었었다―그는 마지막 창문을 덮고 있는 마구 뒤섞인 널빤지들의 맨 아래 남은 공간에 이를 맞춰 넣었다. 첫 망치질에 완벽하게 못대가리를 치리라는 희망 속에 단단히 결심하고 입술을 깨물고 망치를 치켜들었지만, 단순한 결심만으로는 정확한 방향과 타격의 힘 둘 다 보장하지 못하리라 지각하며 망치를 바로 내려버렸다. '망치가 못대가리로 왔다 갔다 하는 데는 원호가 결정적으로 중요한 요소야….' 짧게 그 문제를 곱씹고 결단을 내렸다. 한편 '사소한 수정'을 하겠다던 생각으로 되돌아가, 부상당한 왼손의 온 힘을 이용해 창문틀에 대고 널판을 밀고서 그는 막무가내로 오른손으로 망치를 휘둘렀다. 이 망치질은 이미 자초한 피해보다 더 큰 피해는 가져오지 않았다. 게다가 못대가리가 아주 조금 더 나무 속으로 박혔다. 하지만 이미 흔들리는 주의력의 찌꺼기들을 모아서 소위 원호에 집중하는 일에 유용하게 쏟아붓겠다는, 조금 전까지 합리적으로 여겨지던 생각에 관해서는 생각을 고쳐 없던 일로 하기로 작정했다. 여하튼 그의 손에 쥔 망치는 갈수록 불안하게 후들거렸고 그런 실험의 결과들은 할수록 예측 불가능하게 될 것이라서, 세 번째 망치질 후에 그는 연달아 세 번의 시도에 못을 놓치지 않았던 것은 그의 집중의 수준과는 전혀 상관없이, 아마도 순전히 행운 덕분이거나, 혹은 그의 공들인 표현대로, '아주 곤죽이 되도록 손가락을 체계적으로 짓이기 전에 한숨 돌리라는 신의 가호' 덕분이라고 인정하지 않을 수 없었다. 실로 지금까지 실패로 돌이켜보면 기구의 희망 경로에만 오롯이 눈을 박고 있는 일은, 일을 그르칠 확률을 공고히하는 최상의 방법이 분명했다. 망치의 궤적을 조종하는 일은—지금까지 과소평가된 이 작업은 결코 사소하지 않아, 사고방식의 운명적인 전환에 맞먹는지라—깔끔히 다듬은 자신의 경구로 덧붙이자면, '아직 존재하지 않는 상황을 혼자 몽상만 하거나 혹은 아직 생성되지 않은 무언가의 경로를 일찍이 결정하는 일과 같다'는 의미와 다를 바 없기 때문이었고, 본보기는 본보기일 뿐 육십 년간 백치 같은 잔실수들을 거듭 저지르고도 다시 저지르고 있으니, 집으로 돌아오는 마지막 몇 미터 거리에 마침내 품은 생각이…. 그리고 이 순간에 무언가 그에게 이런 문제에 더 많은 힘을 쏟는다면 분명 일을 제대로 할 것이라고 속삭였다. 더 많은 힘이라, 혼자 되뇌었고, 그리고 전 존재를 가둬두고 있는 아주 사소한 딜레마로부터, 뒷걸음질로 거리를 두는 일이 접근해 다가가는 일이라는 짐작조차 없이, 이에 따라 지적인 존재를 완전히 지우는 일이 실질적 논리의 행사를 차단하지 않는다고 의심조차 하지 않고, 그는 좀 더 견고한 일, 손 앞에 놓인 일로 마음을 돌렸다. 그가 서 있을 힘도 없긴 해도, 지금까지 그의 실패 이유들은 '틀림없이 알맹이의 부족보다는 방법의 부재에 기인한 과실'들 탓이라 딱 짚어내고 그는 원호에 집중하겠다는 생각을 완전히 버릴 필요는 없다고 판단했다. 먼저 이쪽, 그런 뒤 저쪽을 조사하면서 시선을 손에서 조급하게 깐닥거리는 망치에서 못으로 왔다 갔다 옮기며, 개념상의 원호에서 경로를 실제로 지휘, 조종할 수 있는 지점이 어디에 있는지 모든 주의를 집중하고 찾았다. 그렇게 재빨리 그런 가능한 지점 두 개를 찾아내고 나니, 그 둘 중 어느 것에 더 비중을 두어야 하는지 결정하는 일 말고 더 남은 일이 없었다. '널판의 못은 움직이지 않지만 망치의 위치는 변동이 심해…' 천장을 올려다보고 눈을 굴리며 따져보았다. 그렇게 따지면 두말할 나위 없이 후자에 집중하는 일이 당연해 보였지만, 그가 다시 이를 휘둘러 내리쳐보며 망치의 각도를 관찰하고서, 관찰에 따른 냉철한 변증법으로 도출하니 망치가, 꽉 쥔 손을 더 단단히 쥔다고 하더라도, 못을 칠 운은 열에 하나가 될까 말까 한다는 점은 시큼하니 찌푸린 얼굴로 인정해야만 했다. '중요한 건 이거야,' 그는 다시 생각을 고쳐먹었다. '어디에 망치를 부딪치느냐… 즉… 망치질하고 싶은 대상이 무엇이냐는 거지.' 이런 생각은 매력적이었다. '중요한 건 사실 오직 그거 하나야.' 그리고 마침내 맞는 답을 찾아낸 줄을 본능적으로 아는 사람처럼, 댕돌같은 기세의 시선으로 뚫어져라 목표물을 노려봤다. 그리고 확신에 가득 차, 그의 손을 들어올렸다. 겨냥은 정확했고 게다가 이보다 더 완벽할 수 없다고 만족스럽게 끄덕였다. 적절한 조절 주도권을 확보했다고, 다들 편이라도 드는지 모든 다른 관련 동작이 한꺼번에 발전했다. 기구를 쥐는 방식이 상당히 잘못되었음을 깨달았고, 손잡이 끝부분을 잡는 것이 훨씬 편하다고 깨달았고, 이제 한번 칠 때 얼마만큼 힘을 쏟아야 하는지, 최대 효과를 위해 어느 거리부터 내리쳐야 하는지 알았다. 그리고 마지막으로 이런 비옥한 결실의 순간에, 못을 엄지손가락으로 아래로부터 받치고 있다면 그가 망치 뒤에 그의 온몸 무게를 실을 필요가 없음을 대오 각성했다…. 쥐는 법과 움직임을 이런 식으로 조절하니 마지막 두 널판은 번개 같은 속도로 고정한 일도 놀랍지 않았다. 손수 부린 솜씨를 점검하기 위해 집을 빙 둘러보며(상당한 성취를 이뤘네, 그는 생각했다) 그는 사소한 오류와는 거리가 한참이나 먼 망치질은 보이는 대로 수정하고, 낮은 천장 전등 불빛 속에 헤엄치는 홀로 돌아와 보니, 이제 막 신선한 성취감의 즐거움을 음미하자마자 창문 작업이 끝난 게 못내 섭섭했다. 그는 기꺼이 망치질을 계속해나가고 싶었다. 그는 망치, 못의 미로를 헤매며 몇 시간의 어설픈 실패 후에, 마지막 순간의 발견으로 어려움을 해결하고서 실로 '신선한 성취감의 즐거움'에 취했다. 더군다나 점검 여행의 막바지 언저리 어딘가에서, 그는 어떻게 그가 기술로, 이런 기초적인 작업의 대단찮은 신비를 해독해냈기 때문에 그리고 그랬을 뿐인데도, 아주 독특하게 그리고 혼란스럽게 그의 발전을 안내했고, 무시할 수도 있을 사소한 부분의 생각으로부터 '혁명적 생각'을 품게 되었는지에 대한, 기대하지 않던 갑작스러운 식견이 텄다. 충격이 엄청났던 외출의 귀로에서 '새로이 태어난, 완전히 단순화된 에스테르'가 문지방을 넘어서던 순간에 들었던 생각이 그때는 '혁명적'으로 다가왔었는데, 실로 갑작스러운 깨달음이었다. 하지만, 모든 그런 깨달음처럼 전조가 전혀 없던 것은 아니었다. 처음 점검을 떠나기 전에 그는 그의 수고의 딱 봐도 가소로운 성격만 의식하고 있었다. 이런 수고의 최고 목적은 그의 왼손을 산산조각으로 바스러뜨리지 않도록 막는 일이었고, 상당한 지력을 총력으로 기울여 돌진하기에는 영 시시한 일이었다. 그러다가, 이후 금방 알게 됐지만, 잡아먹을 듯이 눈을 부라리며 노리는 일이 오히려 일만 망쳐 놓치기 일쑤거나, 아니면 적어도 우스운 꼴만 더하더란 것인데, 이런 것이나 기구와 그 적용에 대한 처음의 무지를 더불어 계산에 넣는다면 방금 못을 탕탕 치는 기술을 숙달하는 데 기여했던, 기구의 사용과 관련된 이전의 미스터리들보다 더 깊고 더 복잡한 쟁점이 존재하는 듯했기 때문이었다. 정신없이 서둘던 일의 다양한 단계를 떠올려봤고 그때에도 일반적인 마음 상태의 당연한 결과로, 그는 어떤 최종적인 해결이 완전히 그 문제를 이성적으로 생각했기 때문은 아닐 것이라는 떠오른 의심을, 어떤 것으로도 떨쳐버릴 수 없었다. 살금살금 내딛는, 사전 실질 조사가 치열한 지력의 흥기로 점철하던 때, 그 자신의 말을 빌리면 '단호한 싸움꾼 장군의 표면상의 화력'을 '왕성한 작용과 반작용의 사슬'로부터 분리해낼 적에, 그는 논리적 실험적 과정을 적용해서가 아니라, 시시각각 필요성의 본성에다 지속적이고, 완전히 불수의적인 적응을 하여 숙달을 이루었기 때문이었다. 틀림없이 그의 지성적인 성향이 반영됐겠지만 이를 전혀 인지하지 못하고 이뤄진 과정이었다. 외관상 판단하면, 분명 깨달은 바는 이런 아주 보잘 것없는 임무에 비한다면 파급력이 큰 심각한 사안에 융통성 있게 기술을 조합해내던, 지속적이고 끈질긴 도전으로 현명한 발견들을 거둬들였다고 그는 상황을 요약했다. '방법을 찾는 일의 실행에서 잘못된 점은 없어. 잘못된 방법을 밝히고 이후 적절한 변형을 찾는 일이 '호사스럽고 번드르르한 논리'에는 전혀, 하나도 신세를 지지 않았다고 오히려 모든 것은 즉흥에, 늘 새로운 탐구적인 동작의 시동에 빚지고 있다고, 그건 몰랐던 거지. 그랬던 거야. 좀 더 단단히 고정해야 하는 느슨한 널판들이 어디 있는지 살펴려고 집을 둘러보는 순회를 나가며 그는 생각했고, 그와 엇비슷하게 신체 지령 메커니즘에, 현실 원칙에 부착된 우리의 신체에, 기름 잘 친 인간 유기체의 부분들이(그는 부엌에 들어섰다) 능동적으로 통제하는 마음과 집행의 손 사이에서 맞물려 끼어들어 있지만, 그렇다고 가리키는 것은 어디에도 없이, 환각과 환각을 받아들이는 눈 사이에, 그런 일이 가능하다면, 시선의 환각적인 성질의 선명한 의식 사이에 조화를 부리며 숨어 있듯이, 너무나도 잘 숨어 있었다. 다양한 범주의 발상 중에서 선택의 자유도 그 자체가 대체적으로 각도와 높이, 원호의 꼭대기와 못의 끄트머리 사이의 실험적 경로를 결정한 것처럼 보였다. 반면에(그는 부엌 옆에 있는 하인들 곁방의 작은 두 창문을 조사했다) 실험의 수행, 유용 가능한 옵션의 채택, 끝없는 정확도 가능성 중에서는 자신을 이끌던 자동적인 방향성, 혹은, 투박하지만 간단하게 말하자면, 시도했다는 자체가 저절로 해결했고, '옵션의 자유선택권' 중에서 정확한 경로를 결정짓는 것 같았다. 그런 선택이라 해도 자유롭지 않고 고르는 행동도 허락되지 않는데, 왜냐하면 사건의 순서에 개입하는 일을 제외하면 유일하게 능동적인 옵션은 각종 실험의 결말을 감지하고 감정하는 일이었기 때문에, 이런 이유로('조금 구체적으로 그려보자면…' 하고 에스테르는 고민했다. 조금 구체적으로 이를 말해보면) 그 과정은 잽싸게 인간화가 되고, 아주 개코같이 하찮은 경우들에 늘 그렇듯이 예를 들어 못에 망치질하는 일처럼, 해결법을 찾는 데 성공한 일을 우리들이 장악하고 있는 무언가 '굉장한' 생각 혹은 특별히 '탁월한' 통찰력 덕분으로 돌리는 믿음이 자라난다. 하지만 아니(그는 순회를 계속하며 응접실로 가는 길에 있는 벌루시커의 방을 지났다) 그 과정을 장악하는 것은 우리가 아니었다. 과정이 우리를 장악했다. 우리가 이를 장악한다는 겉모습 뒤의 이런 과정은, 적어도 우리의 머리가, 야심 찬 생각들로 가득 찬 우리의 머리가 얌전히 인지와 평가의 의무들을 충족하는 동안에는 아닌 척 딴전을 피우며 의심을 끌지 않는다. 나머지로 말하자면(그는 방문손잡이를 돌리고 미소를 지었다) 나머지는 머리의 사고 범위 내에 놓여 있지 않았다.(그리고 이를 생각하며 그는 갑자기 볼 수 있게 된 장님처럼 느껴져 사물들 사이 진정한 관계를 보게 되는 것 같았다. 그리고 눈을 감고, 어디 있는지 거의 잊어버리고서 열린 문간에 뿌리박힌 듯 그대로 있었다) 그에게 수백만 개 사물들이 영원히 변하며 쉼 없이 들끓고 있는 모습이 보였다. 그들끼리 끝도 시작도 없는 간결한 대화를 하며, 각각 수백만의 사건이 일고, 각각 수백만의 관계를 맺어, 따로 수백만이지만 균일한, 그래서 다른 모든 것과의 단일의 한결같은 관계를, 그들 사이에 드잡이 같은 관계를 이루고, 그 존재 때문에 저항을 하고, 또 본디 모습으로 지탱하려고 그 저항을 이겨낸다. 그리고 그는 사방에 가득 스민, 생생하고 방대한 공간 속 일부인 자신의 환영이 보였고, 그때 막 홀의 마지막 창문 앞에 선 자신을 보았다. 그리고 처음으로 그가 항복을 한 힘을, 그가 흡수되고 있는 이 같은 현상을 이해했다. 그 순간에, 그는 이 모든 일 뒤의 원동력을 간파했기 때문이다. 압박은 존재의 운동량 구실을 하고, 운동량이 충동을 불러들이고, 다시 충동은 참여에 길을 터주고, 이와 같이 규정된 관계 속에서 공격적인 참여가 일어나고, 이 지점에 이르면 우리 자신의 존재 자체가 미리 내정된 탐구적인 반사들 일습─纍을 통해 뭐든 우호적인 것을 고르려고 애쓴다. 그러니 성취는 그런 관계가 진짜로 존재하는가에 의존할 것이다. 물론 당연한 수순으로 이렇게 성공적으로 서로 접해 이동하는 일이, 비인간적인 단순한 실재가, 자신이 보기도 하고 그렇게 인지도 했듯이, 단연 되든 안 되든 운에 맡기는 일 같은 특징을 지녔기 때문에 이는 인내에 의존하고, 고투를 벌이며 벅적거리는 정교한 우연에 의존한다는 생각이 불쑥 스쳤다. 그는 이런 무한하고, 날카롭고, 선명한 전경을 찬찬히 뜯어봤고, 그 전망은 지극히 예외적인 현실성으로 그를 흔들었다. 뒤숭숭하니 흔들리는 건 그의 불안으로 만들진 이 세상이, 무한한 용량의 현실을 지닌 세상이—적어도 인류는—종말을 맞이해야 한다는 점을 보고 있기가 너무 가슴 무지근하기 때문이었다. 중심도 없듯이 끝 간 데도 없는데 맞이하는 종말. 그리고 우리는 이런 박동하는 수백만 틈바구니에 자리하고서, 우리를 이끄는 반사들로 조화를 이루고 상호 소통한다…. 하지만 물론 골똘히 바라보자면 이들 중 어느 것도 경각보다 오래가지 않았고 파닥대는, 깜박이는 환시가 뭉치는가 싶으면 바로 쪼개졌다. 와해됐다. 아마도 난로의 불빛이 까물까물 꺼져간다 경고하는 불똥처럼, 부서지고 흩어졌다. 마치 그 존재의 무의미함을 자각한 것처럼, 단 한 번 번쩍하는 빛 속에서 사그라지지만 다만 오직 그렇게 그 짧은 강렬함으로 그가 집으로 오는 길에 눈여겨본 모든 것에, 그의 치명적인 결정에, '잠재적으로 치명적인 실수'에 지나지 않는 출입구 옆 판단의 순간에, 온통 날카로운 빛을 환히 밝혔다. 그는 쇠살 막이 위에 발을 짚고, 잉걸불을 살펴보고, 불씨를 살리려고 최선을 다하고서, 장작 세 개를 던져 넣고, 창문을 향해 발걸음을 옮겼다. 의미 없는 걸음이었다. 아무리 열심히 살펴봐도 판지와 못 대신에 그에게 보이는 전부는 창문에 반사된 자신의 그림자였다. 뿌리 뽑힌 포플러 나무 옆, 발아래 쓰레기를 두고 오트혼 카페 앞에 선 자신이 보였다. 이런 기이한 날에, 극적이었던 오늘 오후 일찍이, 자신이 뒤쫓긴다는 것을 발견했을 때, 그래, 그게 맞는 말이었다, 그의 집에서 거리로 뒤쫓긴 때, 그가 패배를 마주한 지점이었다. 그가 강제로 항복한 지점, 아무리 그의 총들을 잘 닦아뒀더라도, 아무리 냉철하게 그의 상황을 뜯어봐도, 아무리 그가 통상의 '냉정한 판단'이든 뭐든 적용해보려고 해도, 자신을 향해 줄줄이 밀집대형으로 늘어선 반대들에 무슨 힘이든 힘껏 쏟아붓더라도 꼼짝없이 실패하고 말리라는 것을 인정해야만 했던 지점이었다. 처음으로 여기서 제대로 그르쳤구나, 이해하는 데도 실패하고, 무능하게 부패의 규모를 따지고 씨름하지도 못한 것을 알아봤다. 하지만 그는 여기서, 아무리 그래도('유전적인 시각상실에 시달리는 사람처럼…!') 다들 떠받드는 정신적 무기력에, 그가 무엇을 하고 있는 건지 아무리 몰랐다 하더라도, 진정 호되게 그르친 줄은 알아보지 못했다. '그가 수십 년간 예상했던 형태들의 몰락이 설핏 뒤틀렸다고' 제꺽 알아채지 못한 일이 딱히 그에게 놀랄 일은 아니었기에, 아예 꿈쩍도 못하게, 전반적인 외출 금지는 겸허히 받아들여―이런 점은 이전의 위치와 일치하기도 하고―이하의 사항들처럼 자제하겠다고 판단했다. 그게 뭐든지 간에 그가 바깥 거리에서 지켜본 일은 아주 조금의 주의 집중을 바칠 가치가 없다. 그리고 만약 시 자체의 바뀐 환경에서, '지성과 고상한 취향'의 가치들에 기초한 그 자신의 존재를 아주 대놓고 무시하기로 택한다면, 선택 가능한 유일한 방책은 반대급부로 자신도 이를 무시하는 것이다. 그는 사실 아주 타당하게, 이 '수없는 대비'는 특히 그를 목표로 삼았다고 생각했다. 이는 그의 마음속에 뭐든 천박하고 파괴적인 힘에 항상 저항해왔던 것들을 즉각 기어코 때려 부수고 가루로 바수어버리려고 들었기 때문이었다. 이는 이성을, 자유롭고 명쾌한 생각의 행사를, 그가 여전히 자유롭고 명쾌하게 남아 있을 수 있는 마지막 피난처를 그로부터 뺏기 위해 으깨버릴 것이다. 마지막 피난처라는 말에 부쩍 벌루시커가 떠올랐다. 그리고 걱정스러운 노파심에 그와 세상 사이에 여전히 존재하는 거의 사용하지 않는 부서질 듯한 낡은 다리를 허물어버리겠다고, 점점 무법세상인 사회로부터 멀리 거리를 두던 이전의 법칙들을 더욱 엄격하게 적용하고서, 그의 유일한 친구만 동무 삼아 물러나리라 결심했다. 반대쪽 강둑으로 옮기는 거지, 상수도 관리소 방향으로 가는 길에 그렇게 에스테르는 결심했다. 그리고 벤크하임 거리에 있는 그의 집을 진짜 요새로 탈바꿈시키는 방법을 고심하며 온갖 머리를 짜내 지고한 보안 상태를 유지해야 한다. 그렇게 유지할 것이다. 다른 말로 악몽 같은 오물, 인적 끊긴 거리, 뿌리 뽑힌 포플러 나무로 의혹에 휩싸이게 된 모든 것을 되찾을 것이고 한편, 그를 그답게 만들던 모든 일도 꾸준하게 방해받지 않고 지속하리라는 희망은 품었다. 하지만 하나를 얻으려면 다른 하나를 버려야 한다. 그가 지엄한 보안을 얻는 에누리 없는 그 대가는 그가 여태껏 하듯이 지속해서는 안 된다는 사실이었다. 지속할 수 없기에 지속해서는 안 된다. 왜냐하면 사교클럽 바깥 성가신 경험에서 돌아오는 길에 그들의 공통된 미래가 어떠할지를 두고, '체념의 단순한 환희'를 두고 아주 기이한 느낌을 경험했기 때문이었다. 엄청난 무게가 그의 어깨에서 떨어져 나가는 것 같았다. 그는 자꾸자꾸 가벼워지는 느낌이었고 헤트베세르 골목 모퉁이에서 벌루시커와 헤어질 때는 발길이 가는 대로, 가벼운 기분에 이끌리면 이끌리는 대로 두었다. 자아라는 감각이, 정체성이 속절없이 가라앉기 시작하는구나, 깨달아도 비통한 마음 하나 없었다. 녹아들기 위해, 가라앉아 다시는 떠오르지 않기 위해 그는 마지막 수를 두어야 했고, 최종적으로 단안斷案을 내려야 했다. 그는 시위를 당겼고, 결정도 내렸다. 그러면 축복받은 평온의 땅에 있는 저편의 해안에 도착한 뒤, '사실상 쓰라린 패배를 승리로 간주'해야 하는 결정만 남게 될 것이었다. 그는 바깥세상이 괴로울 정도로 썩어빠진 곳이 되었다는 이유에서 내부 면책 권역에 죽은 듯이 누워 있어야 한다. 행동의 의도와 의미는 철두철미한 의미의 결핍으로 부식되어 들어가고 있기 때문에 그는 가려운 데는, 간섭하고 싶은 답답한 욕망은 무시해야 한다. 이런 일에 제정신인 사람의 유일하게 타당한 반응은 이에 대한 반발이기에, 자신과도 그는 떨어져 거리를 두어야 한다. 아니 발을 빼고 틀어박혀야 한다. 접촉을 끊고 거리를 멀리 유지해야 한다. 그렇게 에스테르는 살을 에는 추위를 뚫고 집으로 돌아오는 길에 묵묵히 생각했다. 그리고 동시에 점점 더 의미 없는 형국에 관심을 두는 일도, 열심히 눈 떼지 않고 오래도록 지켜보는 일도 말할 것도 없이 지속해야 한다. 왜냐하면 시선을 딴 데로 돌리는 일은, 오해 대신에 고분고분하게 편드는 것처럼, 어떻게든 '법의 통제력을 잃고 있는 세상'에 반발하며 핏대를 세운다고 해도 결코 놓아 보내지 못했다고 인정하지 못하고 꽁무니를 빼는 것처럼, 비겁함에 지나지 않으니까. 예전에는 핏대를 세웠고 왜 이게 비이성적인 일일까 알고 싶어서 파고드는 일을 중단하지 않았다. 그의 귓전에 계속 윙윙대고 쫓아도 가지 않는 파리처럼. 하지만 그는 계속 윙윙대도록 둘 생각은 없었다. 왜냐하면 그가 일의 형상에 지치지 않는 탐문과 반대를 해대던 때는 세상이 그의 지력에 부속되기보다 그가 세상에 속박되는 결과를, 세상의 포로가 되는 결과를 야기한다고 이해했기 때문이었다. 자신이 한참이나 틀렸구나, 집에서 겨우 몇 걸음 떨어져, 그 꾸준한 악화가 상황의 진수라고 본 일은 틀린 가정이라고 생각했다. 왜냐하면 이는 사실 무언가 좋은 요소가 그 속에 지속된다면서도 또 한편 그게 뭐든 그런 증거는 없다고 말하는 것과 마찬가지였다. 그리고 이 산책에서 절대 그런 것은 없다는 확신을 얻었다. 이를 잃어버려서가 아니라 '이 지역이 보이는 최근의 변형'은 애당초에 의미라고는 티끌만큼도 지니고 있지 않아서였다. 일리가 있을 턱이 없었다. 일리가 전혀 없을 의도 말고는 없었어, 에스테르는 출입구 앞에 걸음을 늦추며 그렇게 생각했다. 이들은(압력 아래) 붕괴된 것도 썩어버린 것도 아니었다. 자기 나름대로 영원히 완벽했다. 어떤 의도의 기미도 없이, 그에 딸린 유일한 질서는 혼돈에만 맞아 들어가는 것처럼, 완벽했다. 그래서 지성의 무거운 대포를 이에 겨누고, 지나새나 쏘아대고, 그냥 아예 존재하지 않는 것에, 이후로도 존재하지 않을 것에 대고 행동을 취하기를 바라고, 이를 눈알이 빠지도록 노려보고 또 노려보고, 이 속을 들여다보는 일은 지치기도 하거니와(그는 자물쇠에 열쇠를 꽂았다) 의미도 없고 불필요한 일이었다. '생각은 다 폐기해야지.' 그는 마지막으로 뒤를 돌아보며 생각했다. '자진해서 모든 독립적이며 명료한 생각은 마치 해로운 어리석음인 양 폐기할 거야. 더 이상 이성에 진력하는 일도 거부할 거야. 이 순간부터, 말할 수 없이 기쁜 포기의 환희에만 틀어박힐 거야. 딱 거기만 의지해야지.' 에스테르는 혼자 되뇌었다. '더 이상 잘난 척은 않고. 마침내 조용히, 입 벙긋하는 법 없이 조용해져야지.' 그리고 그는 문손잡이를 돌리고 들어서서 문을 잠갔다. 엄청난 무게의 짐을 벗어나는 것같이, 문지방을 넘기도 전에 벌써 깊은 안도의 기분이 몰려들었다. 마치 옛날 자신이 떠나고, 바깥 거리가 암시하던 모든 것이 떨어져 나가는 것 같았고, 그의 힘과 옛날의 모든 자신감을 다시 되찾는 느낌이었다. 점차, 점차 판자를 대던 기이한 역사 속에서 이를 잃어버렸다가, 그러다 금방 거실의 창문 옆에서 찾았다. 하지만 다른 형태로, '바깥 경관의 끔찍한 결함들'을 재단하는 어느 거만한 재판관이 아니라 '왜'라는 의문과 겸허함으로 반응하는 수감자로 바뀌어, 그리하여 진정으로, 확고하게 찾았다. 혁명적이라고 일컬을 만했지, 실제로 사소한 세부사항에서 마지막 손질을 거치던 못 박는 문제의 진행과정과 이로부터 솟아난 아주 특별한 깨달음을 곰곰궁리를 하는 동안 혁명적이라고 간주했었는데, 문간에서 내렸던 그 판단은 이름 붙이자면, 지금은 그저 자만심, 그 자신의 자만심이라는 것이었다. 사물들 사이에 어떤 질적인 차이는 없음을 알아보는 일을 용납하지 않는 자만심, 숙명적인 환멸에 처하는 벌을 받고 마는—이런 질적인 차이에 따라 사는 일은 초인의 자질을 요하기 때문에—건방진 자기 과신이었다. 하지만 환멸에 진짜 이유가 없긴 하지만(그는 널판 하나를 부드럽게 쓸었다) 아니, 어쩌면 환멸을 느낄 이유라면 다른 것들처럼 예를 들어 찬탄처럼 이유가 많다. 다른 말로 아무 이유가 없다. 인간의 지적능력이 자신은 모르는 사이에, '실제 사건들 사이 방향 감각'에서 그야말로 따돌림당했다는 사실은 이런 실제 관계들이 내포하는 보편적인 불안이 얼토당토않다는, 까닭이 없다는 뜻은 아니다. 인간이란 것이 단순히 영원한 불안에 묵종하는 하인이라는 사실이 반드시 환멸이냐 찬탄이냐는 극명한 선택을 의미하지도 않는다. 번쩍하는 깨달음의 섬광을 뒤따라 얼어붙은 마법의 왕국이 순식간에 사라진다 해도, 여파는 그렇지 않았다. 그는 그저 지나가버린 생생한 물결의 광경 속에 서 있었지만 그가 느낀 감정은 환멸도 찬탄도 아니었다. 흡사 유산 상속처럼, 이런 광경은 무시무시한 방식으로 자신을 초월한 다는 수용, 그가 지탱할 수 있는 범위만큼만 그가 깨칠 수 있도록 하는 역으로 이례적인 은총을 감수하는 일종의 체념, 일종의 인내였다. 그리고 그 순간에 그는 문간에 서 있으면서 내린 분명 중대한 결정은 완전히 유치한 무지였다고, 명료성과 상호의존적 연쇄, 조직적으로 짜 맞추는 작업의 '지긋지긋한 실패'를 두고 벌였던 추정은 터무니없이 큰 잘 못, 지금은 이렇게 선명하게 보는 것을 보지 못하도록 막던, 깜깜한 백내장을 안고서 살아온 '족히 육십 년 세월', 그 육십 년의 축적된 실수에 근거하고 있음을 깨달았고, 지성과 합리성은(그는 널판 속 물결무늬의 복잡한 선들을 차분히 짚었다) *세계*의 고통스러운 빈틈이라기보다 부분으로 속한, 세상의 그림자라고 이해했다. 세상의 그림자. 지성은 끝도 없이 들쑤시는 대화 속에 우리의 존재를 조종하는 반사작용들과 동조하여 움직이기 때문이었다. 그렇게 동조해서 움직여야 한다. 연결되어 움직이는 사건들의 진동에 따라 해석해야 하니까, 그러고도 이 대화가 무슨 목적인지 귀띔도 주지 않는다. 이 그림자가 추구하는 일은 우리에게 그 자신의 움직임의 성질 외에는 어떤 정보도 주지 않으려는 것이니까. 더 엄밀히 따지면, 에스테르는 이는 거울 속의 그림자일 뿐이라고 생각했다. 이미지와 거울이 완전히 일치하지만 허상의 그림자는 그럼에도 이를 분리할 방도를 찾고 있는 곳의 거울, 이런 분리는 영원한 옛적부터 그대로였었고 분리될 수도 둘로 자를 수도 없어, 그리하여 그 속에서 떠밀려 다니는 무중력의 희락을 잃고(그는 거실 창문에서 발을 뗄 때 물러났다) 지식으로 사들인 단단한 영원을, 영원에 참여하는 달콤한 노래, 깃털보다 가벼이 팔랑거리는 노래로 대체했다. 이런 식으로 되는 거지, 그는 문을 향해 움직이며 머리를 숙였다. 철회한 초대처럼, 자신의 역할을 놓친 사고력이 자신을 사고하는 과정으로 깨달음을 얻는 거지, '그 자신 자체로' 말하자면 모든 공산에도 어떻게든 존재하던 뭔가 다른 것을 깨닫거나, 자기 자신에게 자신의 미로를 이리저리 거닐고서 초대와 철회 양쪽 모두의 증언을 서는 헷갈리는 연대기를 뒤에 남기는 셈이야, 그렇게 그런 식으로 되는 거야, 계속 느긋하게 에스테르는 걸었다. 우리로서는 불가해한 대화를 나누는 '세상', 바짝 진땀만 빼는 '어쨌든 요점이 무엇이냐'는 질문을 던지는 그 세상의 파악할 수 없는 무형의 내용은 만족 모르는 이에게 절제로, 무한을 잡는 그물로, 깜박이는 것들을 포획하는 언어의 기능을 하고, 이런 식으로 둘이 되고, 사물 자체가 그 의미가 된다. 그 의미는, 손처럼 이런 미스터리하게 소용돌이를 돌며 제멋대로 뻗어나간 고운 실의 얽힌 가닥들을 풀고 그리고 주워 모을 것이고, 벽돌 빌딩의 시멘트처럼 서로 착 붙일 것이다. 하지만—이 대목에 그는 불에 다가가면서 환한 열기를 느끼고 웃었다—그 자신과 많이도 닮은 이런 손은 가닥을 놓치겠지만, 이런 서로 대립되는 힘의 대화는 계속될 것이고 벽도 무너질 일은 없을 것이다. 그 자신이 허물어지지 않는 것처럼. 하지만 그는 이제껏 그가 매달려 있던 모든 것을 손에서 놓아주어야만 했다. 이는 지식은 대대적인 착각 혹은 짜증나는 우울로 이끈다는 자각, 이런 단순한 자각 과정의 필수불가결한 부분이었기 때문이다. 그리고 그가 응접실에서 복도로 돌아왔을 즈음에 그는 더 이상 그런 식으로 '생각하고' 있지 않았으나, 이는 그가 생각하기를 '포기했다'거나 지금까지 생각해낸 것들을 물린다는 게 아니라 돌림노래 같은 *자기—지시적인* 사변의 탐닉에서 자유로워졌다는 말이었다. 이런 해방을 통해 프라흐베르거와 마주친 날 오후, 음악이라는 착각을 빠져나오듯이, 아마도 이번에는 진정 혁명적인 형태로, 오장을 짓찧는 우울증에 안녕을 고했다. 잃고 또 잃으면서도 가공의 직위에 고집스레 매달리며 경계를 늦추지 않던 이루 말할 수 없이 많은 순간에 종말을 고하고, 판단을 내린다는 바보 같은 속박에 종말을 고하고 나니, 현재로는, 마침내 그는 그 자신의 처지를 정확하게 '평가'할 수 있었다. 다 끝났다, 모든 것에 종말을 고하자고, 에스테르는 생각했다. 그리고 이런 기괴한 저녁에, 그는 실질적으로 그의 이전 삶이 전부 무너져 내리는 시끄러운 우당탕 소리를 들을 수 있었고 삶이 이전까지 매분 매초 헤덤비며 다녔던 것처럼―'앞으로' 덤비고 무언가 '이룩하려' 덤비고 '달아나려' 덤비고―점검의 여정을 마치고 나서 그가 망치로 두드려 박은 바로 그 마지막 널판으로 돌아오자, 당연히 그는 그가 헤덤비며 돌진하던 일이 중단됐다고, 그가 다시 되튕겨 나가는 것이 아니라 마침내 발이 땅에 착륙했다고, 그 모든 준비 끝에 마침내 마음 든든한 '어딘가'에 도착했다고 여겼다. 그는 침침한 천장등 불빛에 서서, 양옆으로 망치를 쥔 손을 내리고, 진정 '성취감의 신선한 즐거움'을 흠씬 느끼며, 눈에 띄게 출중한 못대가리 하나를 바라봤다. 그가 미처 닫지 않았던 응접실의 열린 문에서 졸졸 빛이 흘러들어왔는지, 혹은 아마도 머리 위 천장 빛의 희미한 광휘가 떨어진 건지, 앙증맞고 화색 넘치는 작은 못대가리에 빛이 반짝거렸다. 그는 마치 문장이 끝난 곳의 마침표인 것처럼 이를 뚫어지게 바라봤다. 왜냐하면, 여기 지금, 이는 그의 순회 여행의 끝일 뿐만 아니라 이때 그의 마지막 연속 생각도 종결됐기 때문이었다. 그래서 그의 확장된 에움길과 결국 '생각의 거대한 무게'에서 풀려난 후 그는 그가 시작한 곳으로 되돌아갈 것이다. 한 번도 체험하지 못한 가벼운 마음의 귀갓길이 되리라. 관계의 진실한 본질을 들여다보는 은전을 입고, 막 이해와 현실자각의 모험을 경험하기도 했고, 체념의 결정적인 순간에 도달했던 있을 법하지 않은 방식을 아주 있을 법하지 않은 방식으로 인식하는 기이한 노력으로부터 회복되기도 했으나, 허어, 못의 머리에 행복한 작은 반짝거림 속에는 정말 신비한, 잊지 못할 감정 외에는 아무것도 남아 있지 않았다. 제일 처음, 명백하게 참을 수 없는 마을의 상태에도 불구하고 집에 돌아오던 길에 솟구치던 그 흥분, 그는 살아 있다는 데 단순하게 기뻤고, 그가 숨을 쉬고 있다는 데, 벌루시커가 곧 그의 옆에 있으리란 데 기뻤고 집과 거실 난로에 따뜻한 타오르는 불빛에 기뻤다. 여기는 이후로 진짜 집이, 가장 작은 물건조차 의미를 지닌(에스테르는 주위를 둘러봤다) 그의 집이 될 것이다. 그래서 그는 망치를 마룻바닥에 내려놓고 하레르 안댁의 앞치마를 벗어놓고 벌루시커의 방에 난롯불을 지피기 전에 잠깐 쉴 수 있도록 응접실로 몸을 돌렸다. 신비로웠지만 복잡하지 않았다. 그렇게 단순했기 때문에 그 주위의 모든 것은 가장 자연스러운 방식으로 그들의 원래 의미를 되찾았다. 창문은 다시 밖을 내다볼 수 있는 창문이 되었고, 난롯불은 다시 온기를 전달하는 난롯불이 되었고, 거실은 모든 흥밋거리를 앗긴 대대적인 손상에서 피난처 구실을 하기를 그만두었고 바깥세상은 그와 유사한 방식으로 더 이상 '참을 수 없는 고문'의 현장이 아니었다. 그 바깥세상은 벌루시커가 배회하고(그가 그의 약속을 지키려고 한다면) 아마도 서둘러 발걸음을 떼고 지나고 있을 터였다. 그래서 그는 몸을 누이고 천천히 침대 위로 쭉 뻗고, 저 창문 바깥의 광경은 그날 오후 선보였던 광경이 아니라고 다독였다. 악몽 같은 쓰레기는 마치 '구렁텅이라는 이름의 절망'에서 피어오르는 독에 미혹된 것처럼, 단순히 병든 마음이 본 슬픈 악몽이라고, 무언가 그에게 그렇게 귓속말을 했다. 어두운 예감에 떠돌던 병든 마음이 대상을 찾은 환시라고 여겼다. 그러므로 바깥에 축적된 쓰레기는, 사람들이 비이성적이고 혼란스러운 서민들의 공포를 말끔히 지우듯이, 그렇게 종내 말끔히 정리할 수 있는 것들로 여겨도 되리라. 하지만 이런 청소와 재생의 가능성은 오직 순간 스친 생각일 뿐, 이제 응접실이, 그 속의 가구, 카펫, 거울과 전등, 천장의 금, 난롯가에 까불거리며 튀어 오르는 불꽃들이 그의 주의를 온통 차지했다. 아무리 노력해도 자신이 왜 생전 처음으로 여기 있다는 느낌이 드는지, '인간의 어리석음'으로부터 도피한 이곳이 왜 갑자기 철벽으로 된 평화, 화해, 기꺼운 만족감의 섬이 되었다는 느낌이 드는지 그는 전석詮釋할 수가 없었다. 생각할 수 있는 모든 것을 꼽아봤다. 많은 나이, 외로움, 가능한 죽음에 대한 공포, 무언가 궁극적인 평온을 간절히 갈망한다거나, 그의 섬뜩한 예언이 사실이 됐음을 본 뒤에 공포에 사로잡혀 우는 소리를 한다는 생각도 해봤고, 그가 미쳤을 가능성, 삶의 갑작스러운 전환을 맞자 진짜 위험들은 더는 생각하기 싫어 겁쟁이처럼 꼬리를 내렸을 가능성, 앞서 말한 모든 일의 중첩 결과일 가능성도 떠올려봤다. 하지만 어디로 머리를 굴려봐도 딱 맞아떨어지는 이유는 없었고, 실로 그가 세상을 관찰하는 지금의 이런 자세보다 정신이 더 말짱하거나 균형 잡힌 적은 없었다고 생각했다. 그는 암적색 실내복을 바루고, 목 뒤로 손깍지를 꼈다. 그리고 약하게 째깍거리는 손목시계 소리를 알아채자, 갑자기 그가 삶 내내 탈출하고 있었음을, 삶은 지속적인 도피라는, 의미 없는 일에서 음악으로, 음악에서 죄의식으로, 죄의식과 자책감에서 논리적 추론으로의 도피, 마침내 그것에까지 탈출하며, 후퇴에 후퇴를 거듭했음을 깨달았다. 운명을 관장하는 그의 수호천사가 교활하게도, 목표에서 반대 방향으로 마치 거의 바보 같은, 단세포적인 환희를 수용하도록, 그를 조종해간 것 같았다. 그 지점에서 어떤 것도 이해될 수 있는 일은 없으며, 세상에 이유가 있다면 이는 자신의 이해 범위를 훨씬 초월했고, 그러므로 그가 실제로 소유한 것을 알아차리고 지켜보는 일로 충분하다고 이해했다. 그리고 지금 잠깐 몇 분 동안 눈을 감고 있으면서 집 주변의 벨벳같이 부드러운 윤곽들만 오로지 의식하자, 그는 진짜 '사물들의 거의 바보 같은 단순한 환희 속으로' 후퇴하는 것이었다. 그의 머리 위로 껴안고 보호를 하고 있는 지붕, 안도감이 곳곳 스며든 방들, 책으로 둘러놓은 복도의 영원한 어스름 빛, 직각의 건물을 충실히 따라가면 정적 속의 정원으로 이어졌고, 지금 당장은 방치되고 있는 정원이지만 봄이 다시 돌아오면 흐드러지게 꽃을 피울 것이다. 그는 발자국 소리, 하레르 안댁의 단추 달린 슬리퍼, 벌루시커의 부츠 소리, 귓가에 깊이 아로새겨진 소리들이 새로이 들리는 것 같았다. 바깥 공기의 냄새를 맛보고 속의 먼지 냄새를 맡을 수 있을 것 같고, 살며시 기복이 이는 마루 널과 샹들리에 전구들 주위로 피어오르는 아지랑이를 깨닫고, 그리고 그는 이런 모든, 맛, 냄새, 색깔, 소리, 완전히 둘레에 선을 두른 피난처의 유익한 달콤함을 알았다. 행복한 기억으로 퍼 올리는 마음의 평정과 다른 점은 다만 계속해서 상기시키려는 분투가 필요가 없다는 것이다. 그들은 사라지지 않았기 때문이며, 그들은 존재하기 때문이며, 에스테르의 확신처럼, 내리 존재할 것이기 때문이었다. 그리고 너무 졸려 잠에 빠져들었다가 몇 시간이 지난 후 깨어나자 머리 아래 베개까지 온기가 들었다. 그는 눈을 바로 뜨지 않았다. 그리고 작정했던 대로 몇 분 동안만 잠들었다고 생각했기 때문에, 베개의 온기에 잠에 떨어지기 직전 집의 보호적인 분위기가 새로이 떠오르자, 자신의 고마운 세속적인 부유함에 관한 복기는 자신이 떠났던 지점에서 정확하게 따라잡을 수 있을 거라고 생각했다. 그는 몸에 바싹 두른 담요처럼 그를 감싸고 있는 평화로운 고요 속으로 다시 가라앉을 시간적 여유가 있다고 생각했다. 모든 것이, 가구, 카펫, 거울, 샹들리에가 떠난 그대로 남아 있다가 그를 맞이하는 영속적인 난공불락의 질서 속으로 가라앉을 시간도 있으며, 아주 자질구레한 것들을 찬찬히 살필 시간이, 무궁무진한 획득 보물로 정체를 드러내고 있는 모든 부분을 발견할 시간도 있으며, 복도를 건너, 그의 상상 속에서 계속 커져가는 광경 속에서, 돌아올 준비를 하고 있는 사람, 이 모든 것에 의미를 줄 사람, 벌루시커가 안으로 들어오는 모습을 그려볼 시간도 있으리라. 이런 '자비로운 달콤함'의 모든 요소는 그와 관련됐기 때문이었다. 벌루시커는 모든 과정의 원인이며 대상이었다. 그리고 그러지 않을까 때로 의구심이든 적은 있어도 이제껏 알지 못하다가 지금 더욱 절실히 다가오는 생각이, 그의 삶에서 이런 결정적인 전환은 뭐라고 꼬집을 수 없는 우연의 결과가 아니라 오로지 벌루시커 덕분이라는 것이다. 그렇게 길고 오랜 세월 동안 날이 갈수록 정교하게 소태같이 쓴 그 자신의 일상에 신비한 해독제 역할로만 알고 지냈는데, 그 얼굴의 진짜 생김새와 생각만 해도 목부터 메는 취약함이 지금에서야, 반쯤 졸리고 반쯤 깬 상태에서 도드라지는 그의 정수가 감지됐다. 아니, 오늘에서야, 더 이전, 오트혼 카페에서 집으로 오던 길에 오롯이 발견했었다. 거기에서 돌아오던 길에서, 하지만 처음, 분명, 헤트베세르 골목에서, 카페와 쓰러진 나무를 흘깃 본 뒤 곧장, 그 광경에 외톨이처럼 혼자 남겨졌다는 마음에 하늘이 노래지는데, 사실 혼자가 아니라는 생각이 번개처럼 스쳤다. 이는 아주 찰나, 거의 중요하지 않은 의식의 수백만 분의 일초였지만 너무 예상치 못했던 터라, 너무 깊어, 곧장 그의 동무에 대한 불안으로 꽁꽁 둘러싸, 시야에서 치워버리듯이, 그 속에 사라지고 숨어들었고 참을 수 없는 도시의 상태에 반응하여 목숨 부지하러 탈출하자는 그의 결정 속으로 도피했다. 그러다, 의문의 여지 없는 그 증거들마다 이루 말할 수 없는 의미들을 발견하며, 어디에 굴복하는지 의심은 품지 않고 그는 같이하는 미래의 삶 속으로 빠져들었다. 어릿어릿 부연 이 느낌은 그를 떠난 것도 아니어서, 오후와 저녁 일의 줄거리를 짚어가며 걷던, 집으로 갈 때까지 남아 있던 모든 걸음마다, 가시지 않고 맴돌았다. 이는 그들이 헤어진 순간에 왜 저도 모르게 눈물이 북받쳐 올랐는지에 대한 설명으로 거기에 숨어 있었고, '그가 집에 돌아오던 길에 경험했던 전례 없는 심정의 가벼움'으로 묘출되었다. 문 앞에서 그가 택한 결정 속에, 집에 바리케이드를 치던 그 모든 행동마다, 이후 점검과 재조정의 순시 속에 그리고 마침내, 다시 새로운 의미와 소용으로 다가온 통치 권역의 집 속에 있었다. 그 모든 모서리마다, 한마디로, 그의 백일몽의 흐릿한 빛 속에 아무것도 숨기지 않고, 이 기이한 하루의 모든 사건의 각 축마다, 거기에 벌루시커가, 서 있었다. 진정 그의 마음을 건드린 것이 무언인지 애초부터 잘 인지하고 있었다고, 그가 직면한 일을 돌에 새겨진 이미지처럼 즉시 알아챘다고 확신했다. 자신의 성장에 자양분이 되어준 이미지, 그의 삶의 전체 경로를 바꿔버린 유일한 이미지였기 때문이었다. 사실, 뒤늦은 생각이지만, 그는 이를 인식하지 않을 수 없었다고 생각했다. 그 당시부터, '언뜻 달아나던, 번득 떠오르던 의식' 속에 그때 잠깐, 한계 없이, 고요하게 움직이는 해류에, 알아차리지도 못하는 새에 실려 간다고 느꼈었다. 딱 그 순간에, 오트혼 카페를 두고 떠나며, 슬프게 쓰러진 나무를 지나고 나서, 카페와 모피 상인의 집 사이 어딘가에서 그, 에스테르는 분개와 말로 못할 절망이 섞인 감정에 압도되어, 멈춰 섰다. 그가 멈추자 팔을 걸고 있던 벌루시커도 더럭 멈춰 서야 했다. 그는 길동무에게 그도 알아차렸는지 묻기라도 하듯이, 쓰레기를 가리키며, 무슨 말을 하고서, 그를 쳐다보는데, 더도 없이 다만 '빛나는' 평소의 얼굴이 마치 조금 전까지 떨어져 나가기라도 했던 것처럼 돌아오는 게 길동무의 표정에서 엿보이는 것이었다. 본능적으로 바로 직전, 이 표정을 거스르는, 상반되는 무언가 일어났음을 눈치채고서, 더욱 열심히 바라봤지만 그런 눈치를 보강할 증거는 아무것도 발견하지 못했다. 그래서 이미 그의 무의식적인 생각으로 넘어가, 더 이상 의아해하지 않은 채 그냥 길만 계속 갔다. 진짜로 의심하지 않았지, 하지만 모든 수수께끼를 해소하고 나니까, 반쯤 조는 상태에서 완전히 말짱한 상태로 깨어나면서, 그 전체 사건이, 벌루시커가 타블로*로 화한, 마음 찡한 단순한 현시로 생각됐고 오후나 저녁의 여정 중에 일어났던 모든 일이 뚜렷이 해석 가능하게 초점이 잡혔다. 그 당시 잠시 느끼고만 지난 것이 지금은 눈에 보였다. 그의 믿음직한 보호자가 거기, 어깨는 축 처지고, 머리는 숙이고, 그 주위로 온통 헤트베세르 통로의 집들로 둘러싸여 있고, 한편에서 그가, 그의 오랜 쇠약한 친구 에스테르가 쓰레기를 가리키고 있다. 축 처진 그의 어깨, 숙인 고개, 갑작스럽고 암담한 우울의 공격을 고스란히 드러내는 징후가 아니라 그

---

* 중세 미술의 벽화에 대조되는 말로 들고 다닐 수 있는 '판화tabula'에서 유래했다. 성상이나 제단화가 이에 해당했고, 현대로 와 독립된 회화나 사진작품이라는 의미로도 쓰이며, 흔히는 작중에서처럼 극적인 한 장면을 묘사하는 타블로 비방tableau vivant, '활인화'의 준말로 사용된다.

런 깨달음은 거의 그의 가슴을 찢어놓았는데, 그가 쉬고 있었기 때문이었다. 쉬고 있었다. 그는 제대로 두 발로 서 있을 수도 없는 사람을 그야말로 나르다시피 하느라 너무나 지쳐서 쉬고 있었다. 조금 부끄럽기라도 하듯, 살그머니, 그의 친구가 혹여 쳐다보다 그 자신의 나약함이 탄로나 부담이라도 지울까 노심초사, 남몰래 쉬고 있었다. 그런 모습이 새삼스럽게 다시 보였다. 이렇게 처진 어깨가 보였고, 굽은 등 뒤로 주름진 우체부 외투가 보였고, 숙인 머리 위에 걸린 모자에서 삐져나온 몇 가닥 머리카락이 눈을 가린 모습이 보였고, 어깨에 가로 멘 가방이 보였고… 그리고 더욱 아래, 다 낡은 부츠가 보였다…. 그는 자신이 이런 가슴 아리는 이미지에 대해 알 만한 것은 모두 안다고, 이해될 수 있는 한에서는 완벽하게 모두 이해한다고 느꼈다. 그런 뒤 이전에 만났던 벌루시커의 환영도 다시 보였다. 아주 오래전, 그게 육 년, 칠 년, 아니 벌써 팔 년 전의 일이던가? 정확하게 기억할 수 없었지만, 아침에 하레르 부인이 권유했던('여기 주위에 우리가 필요한 건 말이죠, 선생님, 선생님께 식사를 가져다드릴 일손이에요!') 바로 그날 오후, 그는 처음 부인의 뒤꽁무니에 바싹 붙어 응접실에 모습을 드러냈다. 당황에 혀가 굳어 하는 일이 무엇인지 제 소개를 하고서, 주시는 돈은 받고 싶지 않다고 사양하고, 거기다가, 아주 기꺼이 '무보수로' 그에게 고맙게도 맡겨만 주시면 에스테르 선생님의 심부름이라면, 가게에 간다거나 편지를 부친다거나 때때로 기회가 닿는다면 마땅을 치우는 일처럼, 무엇이라도 수행하겠노라고 했다. 그리고 그가 아니라 집의 주인이 *그에게* 호의를 베풀고 있는 것처럼, 겸연쩍게, 물론 그런 제안을 조금 기이하게 여기는 것도 아주 당연할 것이라는 말을 덧붙였고, 그런 뒤 무안해하며 사과 조의 미소를 내다보였었다. 그렇게 이런 식으로 그 자신의 앞마당뿐만 아니라 그의 인생에, 자기희생적인, 보이지 않는, 흔들리지 않는, 더욱이나 근면성실하고, 아낌없는 배려가 그의 집으로 들어왔다. 하레르 부인이 집의 바탕을 돌보듯이, 벌루시커는 집의 영역이 그 자신의 두 눈 앞에서 소멸하는 모습을 지켜보고 있던 고용주를 그 자신으로부터 보호했다.(육 년, 칠 년, 아니 벌써 팔 년 전의 일이던가? 적어도 칠 년은 지난 일이라고 그는 생각했다) 그리고 벌루시커는 그가 실제 거기 없을 때조차 힘닿는 데까지 순전한 존재감만으로 방패막이가 돼주었다. 그가 오고 있다는 인식만으로도 자신을 향해 덤비는 두뇌 작용의 가장 심각한 귀결들을 다른 쪽으로 돌리거나, 아니 적어도 완화하거나 무마하거나 다스릴 수 있었고 '세상'을 향한 끊임없는 생각의 처참한 연속에 쫓기는 사람이 한번 사로잡히면 되돌릴 수 없는 자기 융해의 오솔길로 접어들지 않을 수 있었다. 다른 말로 벌루시커는 그—에스테르를, 근시안적인 허영심에서, 때를 가리지 않는 당시 시대 지배적인 신념들이 어떻게든 인류의 살림살이 하나하나까지 체계를 재정립하고자 덤비고, 마을과 실로(점지된 운명을 당해도 싼) 전체 나라의 얼개를 얼마나 바쁘게 찢어대는지, 잘 보여주는 살아있는 전형인 그를, 그리고 '눈이 휘둥그레 쳐다보는 천재' 벌루시커가 오늘 아침에 일깨우지 않았다면 그의 고정관념에 따라 틀림없이 망가지고 말았을 그─를, 마을과 실로 온 나라 때문에, 혹은 차라리 '세상'을 자신의 한정적인 관점에서 보려드는 모든 고정관념 때문에, 그런 모든 근시안적 허영의 행동 때문에, 온갖 재단을 해대는 생각의 연속 때문에, 정의하기 힘든 풍요로운 삶, '현실 요소 사이의 유효한 관계들'에 기초한 유기적으로 얽힌 복잡한 장치의 삶에 가해지는 파괴라는 씁쓸한 값을 지불하는 일에서 구해주었던 것이다. 벌루시커가 하지만 진정으로, 이날 아침 그를 일깨웠다. 아니 그가 오트혼 카페 밖에서 처음으로 경험한 뒤 이 순간 나른한 의식까지 이어지며 어렴풋이 감지되던 이 느낌을 일깨웠다고 할 수 있었다. 어느 쪽이든 그 순간에 그는 부득불 그의 친구의 착실함과… 사랑이 무엇으로부터 그를 보호하고 있는지 간파하지 않을 수 없었다. 그 순간에 그는 지금까지 '지성과 고상한 취향'이라는 든든한 뿌리의 존재, 그의 소위 자유로움과 청명한 생각, 그가 항상 비밀스럽게 믿고 있듯 일상적인 이들 위로 높게 치솟은 친구의 영혼의 능력은 쉬파리 방귀보다 못한 가치의 존재가 아님을 깨닫게 되었고, 이는 그가 친구의 견실한 사랑 외에는 어떤 것도 자신의 흥미를 돋우지 못함을 인정해야만 하는 순간이었다. 이런 약 칠 년간의 시기 동안에, 그의 친구를 생각할 때면, 항상 '천상의 천사에서 나온 과잉의 여분

이 무형으로 체현'된 것처럼, 무언가 완전히 피안적인 존재, 완전히 정령화하거나 순수한 나래로 치솟는 존재, 피와 살을 가진 생물이 아니라 과학적 조사의 가치가 있는 착한 요정처럼, 그의 거처를 들렀다 떠나는 비물질적인 존재로 봤다. 하지만 이제 그는 그를 다르게 보았다. 머리에 챙 달린 모자를 쓰고, 복숭아뼈까지 내려오는 우체부 외투를 걸친 그는 점심께 집으로 들어선다, 가볍게 처음 노크를 하고, 계세요, 말을 하고, 일이 끝나면, 찬합 도시락을 어깨에 철커덕거리며 걸치고 자신의 어설픈 부츠가 응접실의 고요한 분위기를 방해하지 않도록 발끝으로 살금살금 복도를 따라 걸어가, 더욱 조용히 움직여 입구에 다다른다. 그렇게 그는 적어도 다음번 방문까지 집주인의 집착으로 무거웠던 집의 분위기를 밝혀주며, 신비로운 박애로, 다정한 관심과 상당히 복잡한 '단순성'으로 그를 치유했다. 집주인의 모든 요구를 시중드는 일이 당연한 일이 아닌 줄은 알아차리지도 못하도록 감동적인 신중함으로 둘러싸고 그런 심오한 항구성으로, 정말 말뜻 그대로 진력하며 지성으로 돌봤다. 에스테르는 이제 잠이 다 깼다. 하지만 침대에 꼼짝 않고 그대로 있었다. 상상 속에서 벌루시커의 얼굴이 그 앞에 갑자기 떠올랐기 때문이었다. 커다란 두 눈과 넓은 이마의 얼굴, 민담에 나올 것 같은 붉고 긴 코, 늘 미소를 짓고 있는 입매, 그가 '가정'의 진정한 요소를 자신의 집의 허울 뒤에서 발견한 것과 똑같이 그렇게 지금, 처음으로 불현듯 뻔히 보이는 겉모습 뒤에 진정한 얼굴의 생김새가 보이는 것 같았다. 그의 열띤 방랑길에 '천사 같은' 홍조가 증류되어 날아가서, '천상적 측면'의 역광 뒤로, 지상의 본래 속악(俗惡)을 발견할 수 있을 것 같았다. 그 얼굴이 저절로 미소를 떠올리건, 혹은 이제껏 침통하던 표정에서 빠져나와 다시 밝아지건, 그저 그 속에 더 이상 찾아보고 뒤져야 할 일이 없다. 미소 하나면 넉넉했다. 침통해도 충분했고 밝아져도 충분했다. 그의 진짜 관심사는 더 이상 천상적 측면이나 그 유대가 아니라, 그 얼굴, 중요한 것은 벌루시커의 우주가 아니라 벌루시커의 시선을 담고 있는 얼굴이었다. 침착한 분별력을 지닌 그 얼굴은 거실의 거주자, 거주자가 늘 어지럽히는 질서, 거실의 정돈된 안녕을 두루 보살피는 걱정의 표정을 늘 띠고 있었고, 이는 에스테르 생각에 신중함과 성실함의 표본, 사소한 임무를 언제든 돌볼 준비성, 그 자신이 이제 물들어가는 준비성을 보여줬다. 그는 이제 눈을 뜨고 침대에 앉았다. 주위를 둘러보고 친구의 귀환에 대비해 또 무엇을 준비해야 하나 눈여겨 살폈다. 그의 애초 계획은 창문에 바리케이드를 치고 난방을 하고 뒤이어 정문과 마당으로 열리는 문들을 막을 작정이었다. 하지만 바리케이드의 중요성은 근본적으로 변했기 때문에, 그가 방어벽을 친다는 순전한 관념을 보는 방식도 따라 변했고, 이제까지 수행됐던 양식과 집을 메워 넣은 각종 충전재와 덧댄 속들을 돌아보는 그 순간에도, 그 전체가 자신의 어리석은 판단력 부족이었다는 안쓰러운 기억으로 변해서, 마음을 벌루시커가 쓸 방에 대한 문제로 집중해서 쏟겠다고 결심했다. 말인즉슨 불을 지피고, 필요하면 깔끔하게 청소도 하고 잠자리를 준비하고 내조에 적극적인 동무(틀림없이 바쁘게 그의 사명 같은 '임무'를 완수하느라, 마을을 두서없이 쏘다니고 있을 것이다)를 기다리겠다는 것, 말하자면, 그가 벤크하임 대로에 있는 집으로 돌아오겠다고 약속한 대로 귀로의 생각이 그에게 떠오르기만을 기다리겠다는 것이다. 그는 벌루시커가 당연히 늘 하던 일을 하고 있으려니 여겼기 때문이었다. 어딘가 거리를 걸어 다니거나, 헤트베세르 골목에 광고를 했던 행사에 용케 도달했는데 관중 속에서 지연이 된다거나, 알 도리가 없지만. 그러다 몇 번 시계를 훔쳐보고서야 평정을 잃고 당황하기 시작했다. 자신이 잠깐 눈을 붙였던 게 아니라, 몇 분이 아닌 거의 다섯 시간 동안 잠들었구나, 충격으로 깨달았다. 거의 다섯 시간 가까이 지났어, 그는 깨닫고 놀라서 벌떡 일어나 즉시 옆방에 불을 지필까, 창문이 없으니 대문으로, 현관문으로 달려가 벌루시커가 오나 내다볼까, 동시에 두 방향으로 튀어 갈 것처럼 갈피를 못 잡고 우왕좌왕했다. 사실 그는 둘 다 하지 못했다. 응접실에 불이 꺼졌음을 알아채고서 처음 든 생각은 이를 다시 점화하자는 것이었고 장작개비들 아래 신문지 조각들을 놓고 가능한 한 많은 장작을 쌓아 올렸다. 하지만 좀체 불이 붙으려 하질 않았다. 한참이 걸려 두 번이나 장작더미를 분해하고 다시 쌓아 점화를 하고서야 불꽃이 피어올라 번졌다. 하지만 이 일은 그다음 방에서 그를 기다리고 있던 일에 비하면 아무것도 아니었다. 몇 년 동안 사용하지 않았던 컬로르* 난로가 꼬박 한 시간 애를 먹이며 불이 붙지 않았다. 그는 하레르 부인이 하던 시늉을 내봤지만 점화될 기미가 없었고, 그래서 장작을 피라미드 모양으로도 쌓아 올리고, 느슨하게 걸쳐 괴기도 하고, 난로 문을 팔락거려보기도 하고, 할 수 있는 한 세게 불어보기도 하며 별의별 방법을 다 동원했지만 나무는 결연히 불을 붙이려는 시도들을 거역했다. 별무소용으로 시들하니, 너무 옛날일이라 제 기능이 무엇인지, 이런 경우에 어째야 하는지 다 잊은 듯이 두껍게 피어오르는 연기 기둥만 빼면 꿈쩍 않고 그대로였다. 하지만 이쯤 되니 장차 벌루시커의 둥지가 될 곳은 전쟁터의 꼬락서니를 하고서, 마룻바닥은 그을음 묻은 널빤지와 작은 판자와 재들이 뒤널려 있었고, 그는 맴도는 연기 사이에서 고생하며 일 분마다 신선한 공기를 찾아 거실로 나와야 했다. 이런 도피 중에 한번은 손질 까다로운 실내복을 내려다보고는, 부엌에 두고 잊은 하레르 부인의 앞치마가 떠올라, 이런 생각에 기분이 영 못마땅해서 거실로 다시 나가는데 그의 귀에 무언가 불이 붙어 부드럽게 타오르는 기분 좋은 소리가 들리는 것이었다. 그래서 다시 돌아가 보니 그의 분투가 무소용이 아니어서, 누가 연통의 마개를 뽑기라도 한 듯이

---

* 주철로 된 긴 원통형 장작 난로의 상표명.

컬로르가 타고 있는 걸 발견했다. 거리 쪽으로 난 창문에 덧댄 판자를 떼어내면 되겠지만 불붙이는 데 너무 시간을 많이 잡아먹느라 그럴 시간이 없어서 그는 작은 곁방을 지나 부엌을 건너 현관복도로 퍼져 연기가 빠져 나가도록, 가능한 한 활짝 모든 문을 열어젖혔다. 그리고 실내복에 묻은 그을음을 문질러 털어내려 했지만 그럴수록 더 더러워졌다. 몇 분간 몸을 데운 뒤에 당연히 하레르 부인의 앞치마를 입고, 한 손에 걸레와 빗자루와 쓰레받기를 들고 다른 손에 쓰레기통을 들고, 자신이 어질러놓은 난장판의 증거를 지우기 위해 벌루시커의 방으로 발길을 서둘렀다. 지금까지 도자기와 식기류, 조개껍질과 고둥껍질 등이 놓인 유리 진열장과 조각장식 식탁과 침대들로 둘러싸인, 하레르 부인의 관리책임하의 이 장소가 에스테르 가문 유산 박물관 같은 분위기가 났다면, 지금은 화마에 그을린 박물관의 인상을 더 풍겼다. 그것도 소방대가 애쓴 보람도 없이 더 이상 손도 못 쓰고 조금은 서글프게 막 떠난 자리 같았다. 모든 것이 검댕과 재로 뒤덮였다. 아직은 그렇지 않은 데가 있다 하더라도 손에 걸레를 쥐었으니 곧 그렇게 되겠지, 하레르 부인의 저주에 걸린 것처럼 제 손으로 직접 보태고 있으니까. 그도 이런 일의 빌미는 하레르 부인의 저주라기보다 자신의 흥분과 부주의임을 잘 알았다. 하는 일에 집중을 못하고 계속 거실 창문에서 혹시 소리가 들릴까, 너무 늦은 밤에 문을 닫아걸었을 경우 통상 일반적인 합의에 따라 그렇게 하던 대로, 오래

기다리던 사람이 창문을 두드릴까 귀를 놓을 수가 없어서였다. 침대의 먼지를 조금 떨어내고 컬로르에 장작도 차곡차곡 쟁여 넣고서, 다른 일은 둘이 같이 아침에 계속해도 된다는 생각에 그는 의미 없는 작업은 포기하기로 결심했다. 거실로 돌아와 의자를 잡아끌어 벽난로 옆에 앉았다. 그는 벽시계를 거의 일 분마다 들여다보며, 그때그때 시간이 너무 느리다, 너무 빠르다는 마음의 상태에 따라 어느 순간은 '벌써 세 시 반이야' 하다가도 다음 순간은 '세 시 사십오 분도 안 되었어' 하고 오락가락 생각이 바뀌었다. 어떤 때는 그가 약속을 잊어버렸든, 제시간에 도착을 못 할 것 같으니 이런 오밤중에는 여하한 일이 있어도 그를 방해하고 싶지 않았든, 안 올 모양이라는 확신이 들었다. 그러다가도 또 그가 역의 신문배급소에 아직도 앉아 있거나 야간 방랑길에 한 번도 빠뜨린 적 없는 코믈로 호텔 수위와 있다고 굳게 믿고서, 만약 딱 그 순간에 떠나야겠다는 생각이 떠올라 출발한다면 도착까지 얼마나 걸릴까 계산을 시작하는 것이었다. 그러다 나중에는 더 이상 '아이쿠, 벌써 사십오 분이야' 혹은 '아직 네 시는 아니네' 하는 생각조차 않는 때도 있었다. 그럴 때는 꼭 누군가 창문을 두드리는 소리가 들린 것만 같아서 서둘러 문을 열어주러 가, 밖을 내다봤으나, 이상한 서커스에서 나오는 희미한 불빛과 환하게 불을 밝힌 코믈로 호텔과 극장과 불빛 아래 판단컨대 크긴 해도 갈 생각은 없어 보이는 군중이 모여든 것만 보일 뿐, 실망만 안고 물러나 원래 자리에 가서 앉았다. 벌루시커가 그가 정신없이 푹 자는 동안에 들렀을지 모른다는 생각도 들었다. 노크에 아무 대답이 없자 더는 파고들지 않고 집에 돌아간 거지, 아니면, 아주 드물긴 하지만 아마 서커스에서, 매일 가는 데니까 어쩌면 허겔마이에르 가게에서 누가 권한 술에 곤드레만드레가 되어 그런 상태로 그 앞에 나서기 부끄러워진 것이리라 어림하기도 했다. 그는 어떤 때는 엉금엉금 제자리걸음을 하고 어떤 때는 가도 너무 간 시곗바늘을 무시로 쳐다보다가, 침대에 몸을 뉘었다가, 일어나서 두 난로를 다시 채워 넣고, 눈을 비비며 잠에 떨어지지 않기 위해 오후가 되면 벌루시커가 보통 앉던 안락의자에 앉았다. 하지만 오랫동안 앉아 있을 수가 없었다. 엉덩이가 아파오기 시작했고 다친 왼손이 불에 덴 듯 화끈거렸다. 곧 더 이상 기다리지 말자고 결정했지만 불과 몇 분 안 되어 결정을 뒤집고 작은 바늘이 '12'에 갈 때까지 기다리자 생각했는데, 깨어나 보니 시계는 일곱 시 '10'분을 가리키고 있었으며, 진짜로 누군가가 창문 유리를 덜커덕 흔들고 있는 것 같았다. 그는 일어서서 숨을 죽이고 가만히 귀를 기울였다. 이번에는 그가 상상한 일이 아니라고, 누덕누덕해진 그의 신경이 그냥 농간을 부리는 일이 아니라고 확실을 기하고 싶었기 때문이었다. 하지만 한 차례 두드려대는 두 번째 소리에 그는 의심이 다 풀리고 밤샘 경계로 피곤한 기운이 섭슬려 나갔다. 거실을 나갈 즈음 일찍감치 주머니에서 열쇠를 꺼내 급하게 복도로 내려갔고,

버둥대며 깨어 있으려던 노력이 새로이 목표를 되찾고서 문에 도달했을 때는, 숨이 턱 막히는 추위에도 끝없던 기다림의 시간이 그의 방문객에게—아직은 더 이상 방문객이 아니라 하숙인인 줄은 모르고 어쨌거나 도착을 하긴 한—좋은 얘깃거리라도 되는 듯이, 신선하고 흥거운 기대감에 휩싸여 문의 열쇠를 돌렸다. 하지만 아주 실망스럽게도 그 앞에 선 사람은 벌루시커가 아니라 하레르 부인이었다. 게다가 하레르 부인은 불안한 모습이 역력했고, 정말 그녀답지 않게 이상하게 행동해서, 그가 꿈인가 생시인가 가늠할 새도 없이, 이 시간에 무슨 연유로 찾았노라 아무 설명도 없이 다짜고짜 문을 통과하고 그를 스쳐 지나, 손을 쥐어짜며 복도를 다급하게 달려 응접실까지 총총 갔다. 응접실에서는 그녀가 이전에 한 번도 하지 않던 행동, 안락의자 하나에 앉아 외투의 단추를 끄르고 할 말을 잃은 황망한 표정을 짓고, 그냥 앉아서 공포에 잔뜩 질린 기운을 생생히 드러내고 뚜렷이 그를 쳐다보기만 했다. 그녀는 평소 옷차림처럼 유달리 두꺼운 치마, 연노란색 카디건, 붉은 벽돌색 오버코트를 입었다. 이런 차림새의 하레르 부인이 문간에서 일을 잘 마무리했다는 생각에 흐뭇하게 '수요일에 다시 올게요!' 인사하고, 단추 달린 실내 슬리퍼를 길거리용 두툼한 부츠로 갈아 신고 질질 끄는 걸음으로 집을 떠났던 일이 겨우 어제 아침 일이었던 게 떠올랐다. 하지만 지금 그녀는 한 손을 가슴에 대고 다른 손은 한쪽으로 무력하게 늘어뜨린 채 붉은 두 눈 아래 검은 그림자를 달고 있었다. 이제껏 눈치채지 못했는데 이제 보니 단추도 엉망으로 채워져 있었다. 완전히 헬쑥하니 어리 둥절 제정신이 아닌 사람처럼 무너져 앉아 지금 자신이 어디 있는지도 모르거나 무슨 일이 있었는지도 거의 짐작 못한 채 이러한 의문들에 대답을 비통하게 기다리고 있다는 인상을 풍겼다. '저는 아직도 겁이 나요, 교수님.' 그녀는 숨이 막혀 헐떡거리고 절망으로 머리를 가로저었다. '이게 진짜 끝난 건지 아닌지 저는 아직도 믿기지가 않아요. 그래도.' 그녀의 목소리가 갈라졌다. '군대가 이미 여기 왔어요!' 속수무책으로 당혹한 에스테르는 그녀가 하는 말을 한마디도 이해하지 못하고 난로 옆에 서 있었다. 그녀가 이러다 곧 울음이라도 터트리겠다 싶어 그는 한발 앞으로 나서 그녀를 다독거리려 하다가, 그녀가 울기로 작정하면 그가 할 수 있는 일은 없다는 생각에 차라리 그대로 두자 싶어 침대 모서리에 앉았다. '정말이지, 교수님. 제가 죽었는지 살았는지 모르겠어요.' 그녀는 코를 훌쩍이고 외투 주머니에서 구겨진 손수건을 꺼냈다. '남편이 제가 가야 한다고 고집해서 왔어요. 하지만 진짜 제가 죽은 건지…,' 두 눈을 훔쳤다, '산 건지 모르겠어요….' 에스테르는 목을 가다듬었다. '도대체 무슨 일이 벌어졌기에?' 하레르 부인은 말도 말라는 몸짓을 해 보였다. '제가 일이 벌어지기 전에 누누이 말을 했었는데. 교수님께도 말씀드렸죠. 기억하시죠. 괸될치 정원에서 탑이 흔들렸을 때요. 알 사람들은 다들 알아요.' 에스테르는 참을

성을 잃기 시작했다. 분명 그녀의 남편이 다시 술에 취해 넘어지면서 어딘가에 머리를 부딪친 모양이었다. 하지만 군대가 이 일하고 무슨 상관인가? 그게 무슨 뜻인가? 도대체 왜 이리 야단법석인가? 그는 다시 누워 벌루시커가 나타날 때까지, 정오쯤이 될 평소 시간까지 그냥 몇 시간이라도 짧게 잠을 잤으면 싶었다. '처음부터 차근차근 말해보도록 하게, 하레르 안댁.' 여자는 다시 눈가를 두드리고 손을 무릎에 올렸다. '어디서부터 시작해야 할지도 모르겠어요, 이런 일을 당하면 입도 벙긋 못하고 다들 말문이 콱 막힐 거예요, 왜냐하면요, 제가 어제 하루 종일 아침부터 밤까지 그 사람 코빼기고 뭐고 보지를 못했는데, 그래서 좋아, 그이가 집에 올 때까지 기다리자, 내가 그 사람에게 한마디 잔소리 좀 하지, 혼자 그랬죠, 교수님도 이해하시겠지만, 그이가 동전 한 푼까지 다 들고 나가다니 말이 안 되잖아요, 반면에 진짜 거짓말 안 하고 까놓고 말해서 저는 할 일이 넘쳐 애를 태워가며 손을 놀리는데, 하기야 물론 술꾼이 그러려니 하긴 해서, 그 일로 어찌 해볼 도리는 없긴 해도, 저일랑 그이 오기만을 하루 종일 기다렸다 단단히 따져 묻는 수밖에요, 저는 시계를 봤죠, 여섯 시, 일곱 시, 일곱 시 반, 그리고 여덟 시, 이 사람이 지금이면 아주 제대로 취했겠구나, 코가 비뚤어졌겠어, 숙취로 거의 죽다 산 게 바로 어젠데, 혼잣말을 하지요, 그런 심장을 하고, 아시죠, 그이 심장이 좋지도 않은데, 하지만 적어도 오늘 같은 날은 그러지 말라고 말해야지, 마을이 그런 속 시꺼먼 폭도들로 가득한 때는 안 된다고, 휘청휘청 집으로 오다가 그에게 무슨 일이 생길 게 틀림없다고, 하물며 그 고래인지 뭔지, 사람들이 빌어먹을 물건을 뭐라는지, 그게 있잖아, 그것 잊지 말라고 혼잣말을 해요, 사정이 그런데 무슨 일이 일어날지 내가 무슨 예상을 할지 뻔하잖아요, 설거지를 끝내고, 부엌에 걸린 시계를 봐요, 그리고 비질을 한 바퀴 돌고 텔레비전을 켜고, 전에 방영했는데 재방영 요청에 다시 틀고 있는 오페레타를 들여다봐요, 그런 뒤 부엌으로 다시 한번 더 가서 시간을 보니 아홉시 반이에요, 그때쯤이면 진짜 걱정을 시작해요, 그이는 그렇게 오래 밖에 있지는 않거든요, 돼지같이 취해 해롱거려도 그 시간이면 집에 왔어요, 그러니까, 그이가 술에 푹 절면 다시 말해 남들처럼 제대로 가누지도 못해 어디고 드러누워야만 해서 잠이 들곤 하는데 몸이 으슬으슬 추우면 집으로 와요, 하지만 사람은 안 오고, 저는 그냥 텔레비전을 보면서 거기 앉아 있어요, 그이 생각하느라 아무것도 안 들어오지만, 그이한테 무슨 일이 있는 건 아니겠지, 그이도 더 이상 젊지 않은데, 그러니 좀 더 그런 데로 정신머리가 나야 하는데, 이런 밤 시간에 찾아서 거리를 돌아다니는 대신에 혼잣말만 하지요, 큰 소동을 일으키려 잔뜩 들뜬 수많은 얼굴 험악한 폭도들이 있는데, 저는 무슨 일이 벌어질지, 일이 이렇게 돌아갈지 이미 알았으니까요, 탑이 흔들렸을 때, 교수님 기억하시겠지만, 그렇게 될 거라고 말했지요, 하지만 아녜요…' 하레르 부인은 손수건을 비틀며 계속 말했다. '열한 시도 지났어요, 그리고 전 여전히 텔레비전 앞에 앉아 있어요, 국가가 나오고 끝나고 수상기가 쉬익 시끄러운 소리를 내고 있는데 그래도 그이는 집에 안 와요, 저기, 그때쯤 저도 더 이상 참을 수가 없어서 나가서 무언가 아는 게 있나 싶어서 이웃들을 찾아갔지요, 초인종을 울리고, 노크를 하고 창문을 두드리지만, 마치 내 소리는 듣지도 못한 양, 꼼짝도 하지 않아요, 집에 있는지 다 아는데, 그러니까 이렇게 코가 얼어붙어 떨어질 지경으로 추운 날씨에 그 사람들이 대체 어디 있겠어요, 그래서 저는 그 사람들 이름을 부르기 시작했어요, 상당히 큰 소리로요, 나인 줄 알아듣고 안으로 들여보내줄 수 있게요, 마침내 들여보내주긴 하는데 남편에 관해 물으면 그 사람들은 아무것도 몰라요, 그런 뒤 뒤미처, 이웃들이 오늘 밤 마을에 무슨 일이 벌어지고 있는지 아느냐고 물어 와요, 제가 어떻게 알겠어요, 그랬죠, 엄청난 폭동이 났다더라, 사람들이 온통 때려 부수고 난리도 아니다, 사람들이 그러더라고요, 그래서 저는 남편도 저기 밖에 있나 보다 생각이 들었지요, 진짜로요, 교수님, 저는 이웃 사람들 바로 앞에서 쓰러지는 줄 알았어요, 거의 서 있을 수도 없이 간신히 집에 도달해서, 부엌에 들어서자마자 저는 자루처럼 털썩 의자에 주저앉았죠, 그렇게 앉아서 마치 금방이라도 울음이 터질 것 같은 마음에 머리를 손으로 움켜잡고 있었죠, 온갖 상상이 다 들어요, 입에 담지도 못할 그런 일까지도, 마지막으로는 아마도 그가 집에 돌아와 벌루시커가 사는 세탁실에 숨어 있을 거다, 전에도 종종 그러면서 조금이라도 술이 깰 때까지 피난처로 삼았으니까, 벌루시커가 그를 돌보고 있으리라 하는 생각까지 하지요, 하지만 그가 그런 일의 결말이 어떨지 안다면 남편은 결코 거기 가지 않을 것이다, 왜냐하면 그가 비록 취해서 살림할 돈을 다 가지고 내빼긴 했어도 그는 진짜 정직한 사람이니까요, 그 점은 저도 진짜 인정해요, 그래서 저는 문을 열고 아무도 거기에 없는지 샅샅이 둘러보고 집으로 돌아왔지만, 그때쯤 되자 온종일 일하느라 불안은 말할 것도 없이 너무 지쳐, 피곤으로 이러다 기절하겠다는 생각이 들더군요, 그래서 생각을 돌려 다른 일에 몰두할 겸 잠이라도 깨게 커피를 조금 내려야겠다고 결정했지요, 교수님은 한참이나 저를 아셨으니 일할 때 어물거리는 사람이 아닌 거 아실 거예요, 그런데 거짓말이 아니라 어쩌다 가스레인지에 그 형편없는 커피를 올리느라 거의 삼십 분이 걸렸는지 원, 커피단지 뚜껑을 돌려 열 힘도 없고, 팔에는 아무 힘도 없는 데다, 덮친 격으로 주의가 너무 산만해서 내가 무얼 하러 갔는지조차 계속 잊어먹어요, 결국 여차저차 주전자를 올리고 불을 붙이기는 했지만요, 그 커피를 마시고 잔을 씻고 다시 시간을 봐요, 그리고 이제는 자정임을 알고서 가만히 부엌에 앉아 기다리느니 뭐라도 하는 게 나을 것 같아서 무언가 하기로 결심했어요, 내내 기다려도 남편은 오지 않고, 교수님은 돌아가는 시곗바늘을 보는 일이 어떤지 분명 아시겠죠, 저로 말하면 그럴 기회가 아주 많았어요, 기억하는 한, 사십 년 남짓 저는 일하고 시계 쳐다보고, 그가 오나 안 오나 궁금해하는 일 말고는 거의 하지를 않았으니까, 제가 남편에게 이런 대접 받을 일을 했는가는 신은 아시겠지요, 무심도 하시지, 제 처지였으면 이러진 않으셨겠지요, 어쨌든 결심을 하고, 선생님이 지금 보고 계신 몇 가지 옷을 걸치고, 겨우 몇 발자국 뗐는데 그리 멀지 않은 곳에 한 오십 명 되는 사람들이 바로 앞 모퉁이에서 보이는 거예요, 저는 그들이 누구인지 무엇인지 식별할 필요가 없었어요, 전 그냥 시끄럽게 박살나는 소리를 듣는 순간 알았고, 오른쪽이고 왼쪽이고 쳐다보지도 않고 바로 뒤로 돌아 집으로 들어가 문을 잠그고 집의 불을 꺼야겠다 혼잣말을 했어요, 그리고 거짓말 아니라, 제가 새까만 곳에 혼자 앉아 있으니까 부서지는 굉음이 점차, 점차 가까워져서, 제 심장은 터질 듯이 두방망이질 쳐요, 참말 잘못 들은 게 아니로구나, 제가 당시 무슨 일을 겪었는지 상상도 할 수 없으실 겁니다, 거기 앉아서, 여전히 숨을 죽이고서…' 하레르 부인은 새로 울음이 북받쳐 올랐다. '도울 사람 하나 없는 텅 빈 집에 완전히 혼자, 이제는 이웃집에 달려갈 수도 없이, 저는 그냥 거기 앉아서 무슨 일이 일어날지 기다리고만 있어야 했어요, 그 속은 죽음처럼 깜깜한데 저는 아무것도 보지 않으려고 두 눈 역시 꼭 감았죠, 그래도 두 개 위층 창문이 아래로 부서져 내리는 소리는 다 들려요, 거긴 커다란 판유리

네 개가 있는 덴데, 이중 유리창으로 해 넣었거든요, 하지만 그 당시 내가 그 값을 치르느라 일주일 내내 쉬지 않고 얼마나 일했던가, 이런 생각은 나지도 않아요, 그저 거기 앉아 저 사람들이 저걸로 만족하게 해주십사, 신께 빌었지요, 혹시나 그 사람들이 마당으로 들어올까 두려워서요, 그때 그들이 무슨 일을 할지 누가 알겠어요, 그럴 생각만 났다면 아마 집도 다 부쉈겠지요, 그러나 그때 신이 제 기도를 들으셨는지 그들은 멀리 벗어났고 다시 옆집의 창문을 부수고 있을 즈음에 저는 그 깨진 창문 두 짝과 함께 펄떡이는 심장 소리를 들으며 가만있어요, 하지만 여전히 불을 켤 엄두도 못 내고 맙소사, 한 시간은 족히 손가락 하나 꼼짝 못하다가 더듬더듬 더듬어 방으로 가, 입은 그대로 침대에 몸을 누이고 죽은 사람처럼 조심스럽게, 시시각각, 그 사람들이 돌아와 1층 창문 두 개도 부수려나 귀를 기울여요, 뭐라 해야 할지 적당한 말도 못 찾겠어요, 제 마음속에 지난 일을 모두 이야기할 시간도 없긴 하지만요, 세상의 끝, 지옥의 문들이 열렸다거나, 온갖 그런 장황한 말들 있잖아요, 교수님이시라면 제 심중을 헤아려서 딱 맞는 말을 떠올리시겠죠, 저는 그저 장작처럼 뻣뻣하게 몇 시간을 내리 거기 누워 있어요, 가장 좋은 일은 잠이 들어 그런 말도 안 되는 생각들이 머리에 맴돌지 않도록 하는 일이었겠지만, 도무지 감은 눈이 붙어 있으려고 하질 않는 거예요, 그가 새벽녘에 마침내 집에 돌아온 모습을 보고, 그가 원상 복귀한 데 기운이 날 처지가 아니었어요, 그는 술도 마시지 않고 아주 말짱한 정신으로 침대 옆에 섰다가, 내가 살았다는 기색 하나 없이 뻣뻣하게 누워 있기만 하자 외투고 뭐고 옷을 다 입은 채로 이불 위에 앉아서, 불안한 마음을 다독이려고 하더군요, 혼자 속으로 기운을 차려라, 모든 게 괜찮다, 남편은 이제 집에 왔다, 우리는 어떻게든 버텨나갈 거다, 생각해요, 남편은 부엌에서 물 한 잔을 제게 가지고 왔어요, 그리고 그걸 마시자 저는 천천히 주위 일에 분별력이 나고 우리는 그래서 방의 불을 켰지요, 그전까지 남편에게 제가 켜지 못하게 했거든요, 남편이 마음을 가라앉힐 시간이다, 어차피 부엌에 불이 들어왔는데 여기도 불을 켜자, 깨진 창문 두 개를 두고 왜 이렇게 골머리를 앓는가, 시위원회가 이를 변상할 텐데, 해요, 이 사람이 집에 들어오면서 그 모습을 보긴 봤구나, 물론 출입구에 흩어진 조각들을 밟고 들어왔을 테니까, 저는 그들을 감히 쳐다보지도 못했지만, 하지만 그가 도로 유리잔을 부엌에 갖다 놓고 돌아와서 말하기를, 위원회 쪽에 지금은 자신의 말이 먹히니까 그쪽에서 이 일을 처리할 거라네요, 그때 저는 침대에 앉을 정도로 회복되어 그에게 무슨 일이 있었느냐, 밤새 어디 있었느냐, 그리고 당신은 속에 인정이라고는 한 방울도 없더냐, 계속해서 그가 바깥 어딘가를 살금살금 돌아다니는 동안에, 나를 홀로 빈집에 남겨둔 일을 쪼아댔어요, 비록 진짜 속으로는 참으로 다행이구나, 당신이 돌아와서 얼마나 잘된 일인지, 어떤 해도 입지 않았다니 기적이로구나, 말하고 싶긴 했지만 그런 일이 어떤지 아시잖아요, 교수님, 공포하고 그런 시꺼멓게 험악한 폭도들 하며 창문에 있던 이중창이 박살난 일은 말할 것도 없고, 하지만 제 남편은 그냥 앉아서 제가 뱉는 소리를 듣고 기이한 방식으로 저를 쳐다보고만 있어요, 그래서 제가 그에게 도대체, 무슨 일이 난 건가 묻고서 위층 창문에 관해 소상히 말하려던 참에, 하지만 제 남편이 말하기를, 벌어진 일은 벌어진 일이라면서 손가락을 치켜들고는 오늘부터 당신은 나에 대한 시각을 바꿔야만 할 것이다, 나는 마을 위원회인지 뭔지 사람들이 뭐라 부르든지 간에 위원회 위원이다, 말해요, 그리고 한술 더 떠, 나는 아무개 이런저런 훈장도 얻을 것이다, 하더군요, 글쎄요, 교수님, 제가 그 말을 한마디도 알아듣지 못하고 눈만 끔뻑이며 그를 쳐다본 게 이해가 가시죠, 그이는 고개를 주억거리더니 그런 뒤 그들은 밤새 교섭을 하며 보냈다고, 무슨 술집에서가 아니라 시청 모임에 있었다고 그래요, 특별히 이런저런, 폭도로부터 마을을 구해낼 위원회 일에 참여하게 되어서 말예요, 말은 뻔지르르 좋긴 좋다, 하지만 당신이 그런 회의하느라 나는 이 빈집에서 온갖 위험에 시달렸다, 너무 무서워 불도 못 켰는데, 이 말에 그가 대답해요, 말도 안 되는 소리 마라, 나는 당신하고 다른 모든 사람들의 안전을 위하여 온밤을 깨어 있었다, 그러더니 마실 만한 것이 있는지 물어와요, 하지만 그때 저는 다시 그이가 집에 있는 게, 아주 멀쩡히 내 옆 침대에 앉은 일이 너무 기뻐, 어디어디 가면 있을 거다, 하고 그만 말해줘버려요. 그는 찬광을 샅샅이 뒤져 과일절임 단지 뒤에 팔린카 한 병을 찾아내요. 말하기 슬프지만 숨겨야 해서 숨겨둔 곳이 거기거든요. 저는 그이에게 저 사람들은, 거리에 있는 사람들은 누구인지 물었어요. 남편은 사악한 불평분자들이다, 하지만 우리는 틀림없이 저들을 모두 제압했다. 지금쯤 그들을 한데로 몰아넣었다 대답하고는 군대가 도착했고 지금은 질서가 잡혔다, 하더군요. 그는 벌컥 술병을 마시고 군인들이 사방에 있다, 상상을 해봐라, 그들은 탱크도 같이 갖고 왔다. 거기 너지템플롬* 앞 펍쇼르에 있다고 해요. 저는 다시 한 모금 꿀꺽 들이켜는 건 허용하지만 그만 됐다고 말하고 병을 제 옆 침대 위에 두어요. 어떻게 군대가 여기에 왔느냐, 남편에게 물어요. 내 머리로는 어떻게 탱크가 거기 있는지 상상도 안 갔고, 그러자 그는 서커스 때문이다, 서커스가 이 모든 일의 뒤에 있었다. 하지만 그들은 진짜 공격을 했다고 해요. 소름이 그이 온몸에 죽 솟는 게 보였죠. 얼굴이 정말 먹장이 되더군요. 공격을 하고, 물건을 훔치고 빌딩에 불을 질렀다고, 상상해봐라, 그랬어요. 전화교환소의 불쌍한 저보 유트카와 그녀의 친구, 그들 역시 희생됐다는군요, 교수님도 저보 유트카를 기억하시겠지요—하레르 부인의 눈은 눈물로 가득 찼다—그들도 그들이지만 다른 사람들

---

* 큰 교회라는 뜻.

도 죽었다, 하고 남편이 말해요, 그런 뒤 다시 저는 나 자신이 죽은 건지 산 건지 알지 못하겠더군요, 우체국을 제외하고 군인들이 공공건물들을 차지했다는 말은 처음 듣는 일이었으니까.' 그녀는 설명했다. '그리고 역에서, 그들은 한 여인을 발견했다고 전해줬어요, 그걸 상상해봐라, 아이도 역시, 하지만 더 이상 듣고 있을 수가 없어, 저는 그에게 당신은 그런 일이 벌어지고 있는데 어떻게 위원회가 우리를 보호하고 있다고 말할 수 있는 거냐 묻자, 이 질문에 그는 위원회가 존재하지 않았다면, 특히 교수님의 사모님이 아니었다면, 사모님이, 적어도 제 남편의 말을 빌리면 한 마리 사자처럼 용감하게 투쟁을 떠안지 않았다면, 무슨 말인고 하니 그분이 거기 없었다면, 그분이 두 경찰을 차로 어떻게든 몰래 뚫고 가보라고 설득하지 못했다면 군대도 없었을 것이다, 그러면 깨진 창문이 두 개 이상, 제가 유리창이 네 장이라고 고쳤죠, 부상자와 사망자가 아마 더 되었을 것이라고 해요, 경찰은, 제 남편은 이 점에 이를 갈았는데, 어디고 눈 씻고 봐도 안 보였다고, 땅으로 꺼졌나, 그이가 딱 그런 식으로 노골적으로, 땅으로 꺼져서 코빼기도 안 보이더라고, 단 주도에 차를 몰고 간 두 사람을 빼고는요, 모든 경찰이 정신머리가 나갔다고, 과장이 아니라, 머리가 나갔다는 한 가지 이유밖에 없다고, 남편은 심각한 얼굴로 강조했어요, 경찰 서자앙은, 그이는 서장을 길게 자앙 하고 뺐죠, 그이는 그 사람을 아주 싫어하니까, 저야 이유는 모르지만 진짜 미워한 지도 두서너 해는 더 되었을걸요, 얼마나 싫은지 그 사람 이름만 나오면 그이가 맞는지 몰라볼 정도니까요, 안 믿어지시겠지 요, 대부분 사람들은 그이가 서장과 잘 지내는 줄 알죠, 그 가 항상 이 일을 부정한다는 점 말고 그 진실을 알지 못하지 만, 여하튼 경찰서장이, 그이 말마따나 분대의 우두머리가, 사실, 그이 설명대로 정신머리가 나가버려 경찰들이 다들 허둥댄 거라고, 이 순간에 그이 얼굴이 얼마나 새빨개지던 지, 그이가 얼마나 서장을 싫어하는지 다 보였죠, 서장은 취 해 나가떨어졌다고, 남편이 말해요, 너무 취해 하루 종일 잠 만 잤다, 상상해봐라, 하루 종일, 그들이 서장을 가끔씩 흔 들어 깨웠지만 아무리 해도 무슨 일할 상태가 안 되니 소용 이 없었다, 그런 뒤 이른 새벽 언젠가 서장이 위원회를 떠났 는데, 모든 사람이, 교수님의 사모님을 비롯해, 분명 그가 무 언가 중요한 일을 하러 떠난 거라고 생각했지만 아니었다, 군대를 데리고 돌아온 두 경찰관은 진탕 마시고 정신을 잃 은 서장을 봤다고 털어놓더래요, 어딘가에서 다시 알아서 변통을 했나 보다, 대중을 위한다는 점에서, 남편의 말 그대 로예요, 그 사람은 나 몰라라 콧방귀도 안 뀐다고 했어요, 물론 자신도 술을 마신다, 하지만 사람들의 사활이 걸린 일 을 두고 일을 그런 식으로 하진 않을 거다, 남편이 그러더군 요, 그는 자신은 이만하면 되었다 스스로 통제가 가능하지 만 경찰서자앙으로 말하자면, 그이는 다시 서자앙이라고 길 게 뺐어요, 아니다, 그는 그답게 모처에서 술을 퍼마신다, 게

다가 아무도 그가 어떻게 되었는지 몰랐다, 왜냐하면, 오직 그 두 경찰이 집으로 향하고 있는 것처럼 보이는 그를 태웠다고 전해 듣고서야 파악을 했으니, 저로서는, 저는 그냥 드러누워 이 모든 끔찍한 일을 들어요, 하지만 더욱 고약한 일은 아직도 많아서, 그들이 저지른 그 모든 파괴, 겹겹이 품고 있는 모든 쓰레기하며, 남편 말이, 그리고 얼마나 많은 사람이 다치고 얼마나 많은 사람이 죽었는지 아무도 모른다고, 그리고 그야말로 그 사람들이 어디에 있을지 모른대요, 남편은 그들이 그저 신물 난다며 고개를 저었죠, 왜냐하면, 일단 군대가 도착하고 탱크가 교회 앞에 서자마자, 사람들이 다시 슬금슬금 거리로 발을 내딛자마자, 바로 여기 주도로에, 교수님 있잖아요, 너더반 정육점 바로 앞에, 남편이 저를 안심시키려 집으로 돌아오다가, 아주 망연자실하는 비라그 부인을 만났다네요, 부인 말이 이웃 사람을 찾으러 나가던 참이래요, 이웃은 밤새 부인의 창문가에 앉아 끔찍한 사건들을 보며 지냈는데, 완전히 혼자만 있어 무섭다고 건너오라고 요청해서 같이 창가에 앉아 있었는데, 비라그 부인이 하는 말이, 그들이 거기 있지 않았더라면 더 좋았을 거라고, 왜냐하면 자정이 지나자 또 다른 무리가 대로를 따라 내려오며 대체 무슨 생각인지 몽둥이를 휘두르고 그들의 길에 선 집 없는 고양이들을 죽도록 패더라고, 비라그 부인이 남편에게 말했대요, 그리고 그들은 갑자기, 남편이 그 이름을 일부러 이야기하지 않았지만, 비라그 부인의 이웃의 아들을 보았대요, 남편은 정확하게 이웃 사람이라고만 했는데, 하지만 나는 아무 의심도 하지 않았어요, 남편이 그러기를 바라던 대로요, 왜냐하면 그이는 더도 아니고 딱 제가 의심 품는 일은 원하지 않아서, 에둘러 그 말만 하더니 침대 옆에 몸을 굽혀 팔린카 병을 잡으려 하기에, 저는 지금은 그 병을 건드리지도 말라고 말했지요, 그리고 비라그 부인이라고, 하고 물었어요, 그는 그렇다, 비라그 부인이다, 대답해요, 저는 맹렬히 생각을 하지요, 하지만 아무것도 떠오르지 않았어요, 남편은 계속 그들은 창문 밖을 바라보고 있었다, 그리고 그들의 눈을 믿을 수가 없었다더라, 거기에 비라그 부인 이웃의 아들이 있다, 몇 겹 두꺼운 폭도들 틈에 끼여 있다, 당신은 믿지도 못할 것이고, 그이 말이에요, 그럴 염도 내지 마라, 짐작도 못했을 터이니, 우리는 우리 가슴에 독사 한 마리를 숨겨주고 있었다, 그래요, 그리고 전 그냥, 아직도 무슨 말인지 몰라, 그이만 쳐다봤죠, 누굴 두고 하는 말이냐, 그렇게 그에게 물어도, 그는 그 아주머니가 그러니까 비라그 부인의 말이, 이웃이 그런 모습은 한 번도 본 적이 없을 정도로 아주 성이 뻗쳐, 얼마나 아들에게 물릴 대로 물렸는지, 아무래도 상관없다만, 더 이상은 이대로 두지 않을 거라고, 아들은 오직 자신에게 치욕만 안겨준다면서 지칠 대로 지쳤다, 더 이상은 참아주지 않겠다며 고래고래 소리를 치고는 외투를 잡더래요, 그리고 진정하라고 쉬쉬거리며 잡는데도 소용없이(하레르 부인은 짧게 어안이 벙벙한 표정을 곁눈질했다)

가버리더라네요, 내가 필요하면 머리채라도 잡아 그를 끌어낼 테다, 거의 눈이 뒤집혀 고함을 쳐대니, 비라그 부인은 진짜 겁을 집어먹었고, 그들이 너더반 가게 앞에 서 있자 그녀가 그들을 따라갔는데, 자정이 한참 이울 때 갔는데 아직 돌아오지 않고, 얼마나 많은 다른 사람들이 그러고 있을지 남편은 한숨을 쉬었죠, 그런 뒤 그가 비라그 부인을 떠나 대로를 조금 걸어 내려오자, 이이가 이제 이불 위에 완전히 무너질 듯 구부정하게 앉아서 하는 말이, 완전 쑥대밭으로 엉망이더래요, 요커이 거리로 접어들자, 그 거리에서 그는 우연히 군인들을 마주쳤고, 당연히, 마을 안으로 질서를 위해 군부대를 불러들인 게 우리니까, 주민증 내놓으라며 괴롭히지도 않고 그냥 동그라미 친 이름과 인상 설명들 목록을 보여줬대요, 그때까지 군인들은 밤새 무슨 일이 있었는지 봤던 목격자들을 시청에 모아 다 심문하고서, 이제 소대로 나눠 평화를 유지하고 말썽꾼들을 색출하고 있더라고 남편이 설명하더군요, 하지만 요커이 거리에서 그에게 보여준 목록은 남편 말로는, 이름은 오직 한두 개만 실려 있고, 나머지는 거의 지역민이라고 보기 힘든 이방인에 폭도들의 인상 설명이었다네요, 그리고 그는 이 목록을 쳐다만 보았대요, 제 눈을 믿을 수가 없더래요, 비라그 부인 말도 안 믿기는 판에, 그리고 군인들이 그에게 목록에서 누구 알아볼 만한 사람이 있느냐고 묻자 너무 겁에 질려 아는데도 모른다고 대답했다는군요, 그동안 저는 침대에 누워 있었는데 그이가 그 이름을 말하자 제 귀로는 믿기지 않더라니까요, 정신이 나갔구나, 하고 생각했죠, 하지만 남편이 군인들이 그를 찾아 나갔으니 낭비할 시간이 없다고, 그런 이유로 우선 나를 진정시키고 얼른 옷을 입혀 지체 없이 빨리 교수님께 전달하러 보내자는 생각에 집에 왔더랍니다, 왜냐하면 그들 두 사람, 그이하고 교수님은 그 사람을 그만큼 책임지고 있으니, 하지만 남편이 무슨 작정으로 이러는지 궁금스레 바라만 보았죠, 내가 그랬잖느냐, 저는 혼잣말처럼 투덜대요, 내가 진즉에 알았다, 그가 그리 될 줄 다 알았다, 그가 처음 나타났을 때 그를 떠맡아서는 안 되었다, 바보를 떠안으면 오직 문제만 일으키는 꼴이다, 말했지요, 하지만 남편은 당연히 내 말을 들은 척도 안해요, 멍청이를 들여봐야 무슨 소용인가, 생각했죠, 그 돈 받자고 그런 미친 짓을 하다니, 나는 어디에도 가지 않을 거다, 여기서 한 발자국도 안 나갈 거다, 그러면서도 저는 침대를 벗어나 무슨 바보처럼 옷을 걸쳐요, 그런 뒤 우리는 출입구로 나와요, 수많은 유리 파편이 널린 데로, 남편은 그를 찾으러 나가보지만, 곧장 시청에 가야 한다고 해요, 교수님 사모님이 그에게 아무리 늦어도 일곱 시면 나타나겠다 약조하라고 했기 때문에 가야 한다고, 알겠다, 일곱 시면 나는 또 혼자가 되겠구나, 아무도 없이 혼자, 하고 말하지만 그는 이는 꼭 해야 하는 일이다, 야무지게 쏘아붙이고, 수훈을 세웠으니, 뱉은 말은 지켜야만 한다, 이제는 말발이 서는 사람이고, 그에게 꼭 일곱 시까지 오라 다짐까지 받더라며 계속 말을 하더군요, 그이에게 요커이 거리와 대로의 갈림길에 이를 때까지 이렇게도 간청해보고 저렇게도 빌어보고 그랬는데, 차라리 벽을 보고 말하는 게 낫지, 그는 멀리 역까지 갔다가 다시 돌아올 거라네요, 그리고 저더러 교수님 댁에 가서 제가 할 일이 있는지 보래요, 저 자신에게 이는 아무짝에도 소용없다, 한 발자국도 안 나겠다고 한 혼잣말도 의미가 없었는지, 저는 혼란스러워 어쨌든 여기, 갑자기 눈이 먼 것처럼 옆길로 눈 한 번 주지 않고 왔어요, 그래서 문에서 인사드리는 것도 잊어버리고, 교수님이 저를 지금 어떻게 생각할지 모르겠어요, 제 말은 새벽이 밝자마자 누군가 쳐들어오다니, 안녕하냐는 한마디도 없이, 해도 너무 한다고 선생님이 생각하실까 하는 뜻에서, 하지만 무슨 말인들 했겠어요, 교수님, 모든 일이 주위에서 무너지고 있는데 사람의 마음이 난장판으로 어지러운데요, 군대니 뭐니 다 오고.' 하레르 부인이 목소리를 떨어뜨렸다. '탱크니 뭐니 하고….' 에스테르는 침대 가장자리에 꼼짝도 않고 앉아 있었다. 부인이 느끼기에 그녀도 뚫고 다른 델 바라보고 있는 것 같았다. 그 모습이 소금 기둥 같더라, 말을 마치고 나니 그렇더라, 이후에 그녀가 그날 정오 집에 돌아온 하레르에게 해준 말이 그랬다. 그런 뒤 말은 못하고 지켜만 보던 사이 그녀의 고용인은 벌떡 침대에서 일어나, 서둘러 옷장으로 가서 옷걸이에 걸린 코트를 벗겨내더니, 마치 모두 그녀 탓이기라도 하듯, 힐난 조의 시선을, 흘낏 그녀를 향해 흘긴 뒤, 한마디 말도 없이 박차고 뛰어나갔다. 그녀는 두려움으로 눈을 깜빡이며, 안락의자에 앉은 채 남아, 화가 북받쳐 문이 꽈당 시끄럽게 닫히는 소리를 듣자 어깨를 으쓱하고 다시 눈물을 터뜨리고, 손수건을 펴서 코를 풀고, 응접실을 둘러봤다. 그제야 그녀는 창문에 널빤지를 댄 것을 알아차렸다. 대체 저 널빤지가 저기에 무슨 연유인가, 도무지 이해할 길이 없어 그녀는 천천히 자리에서 일어나, 그쪽으로 걸어가 풀이 죽은 얼굴로 하나하나 두루 살폈다. 그녀는 손 하나로 널 하나를 죽 따라가며, 이거 진짜로구나 혼자 확신하고, 약간 입을 뿌루퉁 내밀고 그런 쪽으로 일가견이 있는 사람처럼 다른 널들을 다 톡톡 치고서는, 판유리 네 장이 머리에 떠올라 씁쓸히 한숨으로 웅얼거렸다. '이런 일은 밖에서 했어야지, 이 안에서가 아니라!' 그녀는 난로까지 발을 끌고 가서 불을 살펴보고 나무 조각 몇 개를 그 위에 던지고, 머리를 절레절레 가로젓고, 불을 끄고 마지막으로 어두운 응접실을 바라보고는 되풀이했다. '안이 아니라, 밖에서…'

* * *

　밖으로, 그냥 바깥이 아니었다. 폐허가 된 여기, 없어진 셔터 옆 창문 밖으로 한때는 눈길을 모으던 특이한 '오르토페드' 간판을 지닌 이곳에서, 나가란 말이 아니라 '기어 나왔던 가장 깊은 지옥의 구렁'으로 도로 돌아가라고, 구석에 있던 남자가 말했다. 비록 두드려 맞아 부은 입은 '썩 꺼져'와 '여기서 나가' 그리고 '밖으로'를 반복하긴 했어도 눈은 자신 앞 구석에 고정하고 있었다. 한편 그들은, 이런 벼랑에 선 비통한 도전의 말이 마지막 신호라도 되는 듯이, 겁에 질린 구두장이에게 조금도 신경을 기울이지 않고, 다만 막무가내로 부수고 들어올 때 보였던 말이 따로 필요 없는 정확한 단결력으로, 다 부서진 작업장 안에서 하던 일을 멈췄다. 그리고 일제히 그들의 활동을 포기해버리고 가죽으로 가득한 뒤집힌 찬장을 떠나, 오줌에 젖은 외과용 교정화, 슬리퍼와 부츠가 점점이 흩어진 마루를 건너, 그리고, 한 사람도 빠짐없이, 다시 거리로 나왔다. 비록 그들은 볼 수 있는 지점에 있지는 않지만, 모여든 무리들이 분산할 때의 기억으로 그리고 때로는 가까이 때로는 멀리 들리는 소란스러운 아우성을 듣고—대충 비슷한 크기의 그룹으로 나뉘었던—다른 작은 무리들이 모두 거기 어느 누구도 빠지지 않고 칠흑 같은 어둠 속에 있음을 감지했다. 혹시라도 있다면, 파괴적인 행진의 진로를 지배하는 것도 동료와 떨어진 진정한 독립성

356

을 본능적으로 부추기는 이런 지각이 유일했다. 왜냐하면 그들의 누적된 분노는 목표도 방향성도 지시하지 않았고, 단순히 저지른 사악한 행동들보다 한층 더 횡포하게 도를 더하라고만 사주했기 때문이다. 지금처럼, 외과용 교정화 제작자를 손보며, 명령에 고분고분하던 그들은 고삐 풀린 화증머리 서슬 그대로 이에 버금가는 다음 목표물을 찾아 나서, 밤나무가 늘어선 길을 진행해 가다 시내 중심으로 갔다. 극장은 여전히 불타고 있었고, 가끔씩 치솟아 오르는 진홍색 불꽃 속에 포장도로 근처를 배회하는 세 그룹이 모여들어, 여전히 조각상들처럼, 불이라면 아주 넌더리 난다는 표정을 띠고 지켜보고 있었지만, 나중에 광장에서 그들 동료들이 이제는 불타는 예배당 옆에서 꽤나 큰 군중과 맞닥뜨렸을 때 일어날 일처럼, 여기서도 적용되어 서로서로 떼를 가르며 지나, 무시무시하게 끝나지 않는 원정의 속도를 바꿀 필요는 전혀 없이, 느릿하지만 고른 추동력을 유지하며 스쳐 지났다. 그래서 이전에 극장을 거쳐 광장의 입구까지 유지되던 그 속도가, 이후 숭배의 장소 뒤로 성이슈트반 거리의 적막한 침묵에 이를 때까지도 유지되었다. 이제 그들 사이에 한마디도 오가지 않았고, 가다가다 성냥에서 짧게 불꽃이 일면 타오르는 담뱃불이 상응해 벌겋게 달아올랐고, 얼어붙은 추위 속에 거의 무의식적으로 다른 사람들과 보조를 맞춰 움직이는 동안에 그들의 눈은 앞선 남자의 등이나 아래 포장도로에 고정됐다. 그들이 시작했던 지점, 그들 자신이

지레 겁을 먹던 때, 그들이 창문 뒤에 무엇이 있는지 볼 수만 있다면 줄지은 창문 전체를 다 박살 내던 때에서 한참이나 지난 뒤라, 지금 그들은 물건들은 손도 대지 않고 남겨두었으며, 그렇게 가장 가까운 모퉁이에 도달하고서, 그들의 관심을 끄는 구역이 있어 이를 빙 두르고서, 파란색이 덕지덕지 발린 철제문을 발견했다. 철제문은 잡초가 무성한 얼음 뒤덮인 공원으로 연결됐고, 공원 부지 내에 캄캄해진 빌딩 두어 채가 있었다. 그들이 철 막대를 이용해 몇 번 내리치지도 않았는데 자물쇠는 박살이 났고 한참 전에 수위가 도망간 작은 수위실은 완파됐지만, 공원의 여러 경로 하나를 가로질러 간 첫 번째 집을 부수고 들어가려는 일은 그리 쉽지 않았다. 거기, 간신히 바깥 현관문을 뚫고 들어가자, 또 다른 문 두 개와도 씨름해야 했는데, 틀림없이 마을에서 소식을 전해 듣고 사람들이 이런 공격이 있을까 무서워, 열쇠로 닫아걸고 빗장을 지른 것뿐 아니라 의자며 책상들로 차곡차곡 쌓아 막아놓았던 것이다. 이를 미리 내다본 것처럼 할 수 있는 방어는 다 해놓았지만, 큰 소용도 없이 지금은 먹잇감에 옥죄며 다가드는 짐승처럼, 선발대가 얼마나 부질없나, 질책의 대꾸라도 하듯, 그들은 계단을 떼 지어 올라갔다. 난방이 된 기나긴 중이층中二層 복도는 아주 깜깜했고, 야간 당직 간호사는, 움직일 수 있는 사람들의 도움을 받아 다가오는 소리를 듣고 아주 마지막 순간 뒷문으로 빠져나가기 전에, 각 병동의 아주 작은 등까지 스위치를 내려버렸다.

문을 잠그고 막은 데다 이렇게 불까지 껐으니 이 정도면 충분히 안전하지 않을까 은근한 확신에서 한 행동이었고, 예감은 영 심상치 않긴 해도 설마하니, 거리로 쏟아져 비인간적으로 난동을 일삼는 놈들이래도 그렇게 야멸차고 비열하게 병원까지 공격하겠느냐는 희망 아닌 희망에서 벌인 일이었다. 하지만 여기 숨었구나, 두려움에 납작 누워 담요를 덮고 있던 침묵이 어디 있는지 오히려 다 드러내기라도 한 듯, 마지막 문을 부수고 들어와 복도에 있던 전등불을 찾아 올리고 나자, 오른쪽 첫 번째 병동에 있던 사람들이 먼저 발각되고, 뒤집어대는 침대에서 쫓겨났다. 이때쯤 마침내 그들 마음에 생각이라곤 다 동이 나, 떠오르는 게 없어서, 그들은 바닥에서 처량하게 신음하고 있는 이들을 어떻게 해야 할지 모르고 서 있었다. 환자들에게 내뻗는 팔은 경련이 일었고, 발길질을 하려고 해도 발 뻗을 기운이 없었다. 그들의 파괴력은 더 이상 목표를 겨눌 수 없음을 입증이라도 하듯, 무력감은 한층 명백해지고 파괴 행동은 더욱더 터무니없어졌다. 그들이 여기 들어와 하려던 일에서 점점 멀어져가기 때문에, 그들은 단순히 쓸고 다니고, 벽에서 소켓을 뜯어내고 이를 딸각거리고, 윙윙거리고, 깜박거리는 벽의 아무 기구들에다 눈에 들어오는 대로 내동댕이쳐 박살 냈고, 사물함에 든 약품은 무엇이든 눈에 띄는 대로 바닥에다 내던지고, 병이며 온도계를 짓밟고, 아무 죄 없는 개인적인 물품들, 안경집, 가족사진들, 종이봉투 속에 썩고 있던 과일 찌꺼기까지 모조리 뭉갰다. 때로는 작게 따로 흩어졌다. 때로는 다시 뭉치며, 물결에 떠밀리듯 앞으로 나갔지만, 완전 비무장의 사람들을 마주쳐 형평성을 어느 정도 잃었고, 멍한 두려움, 묵묵히 참아내는 저항의 부재를 이해 못해, 점점 그들은 팔다리에 힘이 빠졌다. 이런 무조건적인 항복으로 진을 빼는 진창을 마주하여, 이제껏 이런 진창이 그들에게 가장 크고 가장 씁쓸한 즐거움을 선사했건만, 어쩔 수 없이 퇴각할 수밖에 없었다. 그들은 가능한 한 최종 침묵의 한계선에서(멀리 간호사들이 닫힌 문 뒤에서 지르는 고함소리가 희미하게 들렸다) 조용히 흔들리는 네온불빛 아래 서서, 이후 분노와 혼란에 휩싸여 먹잇감을 붙잡으러 가거나 위층으로 계속 유린을 지속하는 대신에, 마지막 동료까지 기다렸다가, 오합지졸 군대처럼 모든 군기가 나간 듯, 빌딩에서 휘청거리며 나와 공원을 가로질러 철문으로 도로 어정거리며 건너가 오랫동안 멈칫거리며 처음으로 잃어버린 추동력을 내보이며 어쩔 줄 몰라 서성였다. 더 이상 어디로 가야 할지, 어떻게 된 건지 알지 못했다. 극장이나 교회당 앞에 힘을 소진해버린 다른 분대들처럼, 살인적인 추동력이 바닥나버렸으며, 한편으로 지옥의 극악한 임무에 못 미치고 종말을 맞았음을 인정하고 고개 숙일 수밖에 없는 일이 차마 견딜 수 없기 때문이었다. 그날 저녁 모든 것을 전멸시키라는 대공의 단 한 번 손짓에 미숙하게 덤벼들었으나 성공하지 못했음을 의식하자, 그들은 갑자기 견딜 수 없는 무게감에 짓눌렸다. 그리고 혼란에 멈칫거리다가, 마침내 병원 문을 떠나며 그들의 모든 무자비한 광란과 파괴는 아무 의미가 없을지도 모른다는 생각에 접어들자, 이전의 힘찬 박자의 꾸준한 발걸음으로 돌아가지도 못하는 데다 지금까지의 단결심 자체가 편편이 조각나버리는 것이었다. 진군은 무너지고, 독살스레 잘 통솔된 대대는 가련한 무리가 되었고, 걷잡을 수 없는 경멸로 주도된 결집력은 사라져버려 스물에서 서른 명씩 제 생각에 골몰해 터덜거리는 개인들로 부서졌다. 그들은 다음에 무슨 일이 있을지 추측에 나서지도 않거니와 그만큼 알지 못하기도 하지만, 더 이상 상관도 하지 않았다. 붙잡혀 풀려날 수도 없지만, 도망가려는 욕망이 꿈틀거리는 것조차 막는 텅 빈, 끝없이 텅 빈 땅에 들어섰기 때문이었다. 가게 하나를 더 부수지만(간판에는 다만 'HAJD ZALON' 글자만 알아볼 수 있었다) 창살문을 뜯어내고 문을 부수고 들어가는데도 그들의 모든 동작에 새로운 포위공격이 아니라 후퇴임이 속속들이 엿보였다. 마치 각자 치명적인 총상을 입고, 거의 쓰러지기 일보 직전에 처절한 고통을 끝낼 수 있는 마지막 은신처를 찾아 나선 것 같았다. 실로, 일단 문지방을 넘고 나서, 불을 켜고 눈을 굴려 주위를, 잔뜩 세탁기만 채워져 있는, 가게가 아니라, 공장의 저장창고에 더 가까운 곳을 둘러보는 그 눈길에 이전의 가차 없던 시선은 흔적도 없었다. 자청해서 잡혀 들어간 죄수처럼, 그들은 여기든 어디 다른 데든 무슨 대수인가, 표정 없는 얼굴로 한참 동안 닫지 않은 문이 흔들리며 끼익

거리는 소리를 들으며, 그들을 죄어오는 은신처에서, 얼어붙은 평평한 상점 바닥에 변덕스러운 사이렌 소리가 천천히 사그라지자, 출입구에서 멀리 물러났다. 그들 중 한 명이 갑자기 몽땅 넌더리가 치솟은 건지 아니면 처음으로 동료들에게 파고든 상황의 심각성을 알아차린 탓인지, 입술을 경멸에 차 삐죽거리며, 뒤로 홱 돌아 뭐라고('… 똥똥…!') 씩씩거리고, 마치 무슨 항의라도 하듯이, 항복해야 할 때가 온다면 차라리 혼자 항복하고 말겠다는 듯이 거리로 다시 쿵쿵거리며 시끄럽게 나갔다. 다른 사람 한 명이 그들 앞에 아주 일정하게 군사적인 정연함으로 가지런히 놓인 기계 중 하나를 철 막대로 치기 시작했다. 가장 연약한 지점을 찾고서, 부서진 플라스틱 포장 틈으로 모터를 뜯어냈고, 산산조각 파편이 튈 정도로 박살을 냈다. 다른 사람들은 하지만, 처음 두 사람의 행동에 더 이상 관심을 두지 않고, 아무것도 건드리지도 않고 다만 늘어선 기계들로 생성된 좁은 복도들 사이로 엉거주춤 움직이기 시작해, 그들 사이나 어느 누구든 가능한 거리를 두고 퍼져 나가, 리놀륨 장판이 깔린 바닥에 누웠다. 이런 세탁기 숲 속에 충분히 멀리 거리를 두는 일은, 서로를 보지 않을 정도로, 그래서 서로에게 보이지 않을 정도로 멀리 흩어지는 일은, 그들의 간절한 바람과 달리, 몇몇 드문 예외를 빼면, 거의 불가능했다. 벌루시커의 경우도 별다르지 않았다. 어쨌거나 그는, 이런 일에 더 이상 의미가 없긴 해도, 사람들이 그로부터 멀어지지 않는 일이 당연해 보였고, 예를 들어 두 개 건너 '복도'에 시큰둥한 표정으로 구석 멀리, 그의 앞을 바라보다, 앉은 무릎에 펼쳐놓은 공책에 고개를 숙이고 바쁘게 적어 내려가는 사람까지도 별스럽지 않았다. 어쨌거나 누군가는 그들 중 가장 무자비한 사람, 그의 섬뜩한 관리인이었던 사람이 방금 그의 면면들, 즉 모자, 평직 외투, 부츠와 그의 끔찍한 기억까지 몽땅 남기고 떠났기에, 이제 벌루시커가 '모든 것이 괜찮은' 줄 알 재간이 없으니, 아무래도 누군가는 족쇄 없이 풀려난 이 먹잇감을 계속 주시하고 있어야 할 테니까 그러려니 했다. 그들이 그를 어떻게 할 작정이었는지 그를 거기서 그때 혹은 나중에 끝장내버릴 작심이었는지 지금 벌루시커에게 매한가지 아무 흥미가 없었다. 아무 공포도 남아 있지 않았고 도망갈 시도도 하지 않았다. 이런 살인적인 그리고 치료적인 밤에 서식하는 무슨 힘이든 그 힘으로부터 그가 도망갈 마음이 없다는 발견만으로도 도망가는 일을 불가능하게 하기에 충분했기 때문이었다. 그가 그들로부터 벗어날 기회는 있었다. 그래, 아마 그것도 여러 번 그러고도 남았지만, 그가 지켜봐야 했던 것들, 그 끔찍한 부담으로부터 다시는, 도망갈 기회는 결코 없을 것이었다. 물론 처음부터 마지막 그의 재탄생의 순간까지, 처음 받았던 끔찍한 충격에 거의 눈이 멀다시피 한 사람이라, 이런 경우에도 지켜봤다고 할 수 있다면 가능한 말이겠지만. 에스테르 씨 댁 앞에서 시장 광장에서 만난 그의 친구가—나중에 깨달음 전에—그를 구해주고, 그에게 팔을 두르고 '부츠와 단화를 질질 끄는 소리들'과 함께 중심가 대로 집 사이로 행진해 내려갈 때 그가 느꼈던 끔찍한 속수무책의 무력감, 그 이후 백여 미터를 내려가, 그야말로 침묵의 명령에, 집들을 공격하기 시작할 때 가공할 정도로 견딜 수 없던 느낌들, 그도 그들의 절망적인 추동력을 익혔을 때, 그가 선두로 뛰쳐나갈 수도 있었으나, 그의 어깨를 동지애로 강하게 붙들고 있던 힘이, 아주 자주 무슨 경고처럼 더욱 세차게 그러잡으며 실제로 그를 저지할 때 그가 느꼈던 공포감, 두드려 맞고 있는 사람을 한편으로 방어해주고 싶기도 하고, 다른 한편으로 두들겨대는 사람이고 싶기도 하던 때 그가 마주했던 이런 무력감과 참을 수 없이 들두들기던 압박은, 진짜 공포, 극도의 공포로 곧 대체됐고, 이런 공포는 저항도 도망도 배제할 뿐만 아니라, 또한 수십 년 세월 눈부신 착각의 숲에서, 어찌해볼 도리 없이 어리석은 얼간이, 그를 바로 이런 지옥의 밤이 아주 우악스레 훔쳐낼 거라고 적나라하게 가리키고 있었다. 벌루시커는 더 이상 그들이 어디로 가는지 알지 못하고, 오직 또 다른 문을 깨부수고 있다고만 인식했고, 그들이 출발한 이후 처음으로, 이전부터 모든 창문을 부수고, 현관 위 전등불을 박살 내고 있긴 했지만, 결국에 그런 집 하나를 모두들 밀고 들어갔다. 그의 옆을 지키고 있던, 당연한 듯 잔인한 즐거움을 누리며 그를 밀어대는 속 검은 길동무와 함께, 다른 불한당들과 함께 작은 건물 속에 휩쓸려 들어가자, 거기서 모든 것이 이상하게 천천히 일어나기 시작했다. 한 늙은 여인이 그들 앞에 나서며, 고함을 질러댈 때는 그 소리조차 느려졌다. 그리고는 두어 명이 뭔가 귀찮은 마음에 일그러진 무심한 얼굴로 노파에게 다가갔다. 그들 중 한 사람이 태평하게 휘두르던 주먹이 아직도 눈에 선했고 뒷걸음질하려고 해보지만 한 발도 움직일 수 없었던 그 노파도 여전히 생생했다. 그런 뒤 초인간적인 노력으로, 꼼짝이라도 하려면 천근만근의 무게를 당기는 것처럼 힘겹게, 그는 머리를 틀어 두 눈을 최종적으로 말문이 막힌 방의 한구석으로 고정했다. 그리고 그 방구석에는 아무것도 없었다. 다만 형언할 수 없이 뭉개지는 덩어리, 희미한 그림자가 굴러들어와 천천히 마룻장에 안착하고 아무것도 가려져 있지 않은 가파른 벽, 침대도 없고 옷장도 없이, 헐벗어 시큼한 냄새를 풍기며, 방구석에서 날 수 있는 가장 공허하고 시큼한 냄새를 피우며 벽을 타고 올랐다. 그래도 벌루시커의 눈에는 그곳이 공포로 가득 채워진 것 같았다. 무슨 일이 벌어지건, 무슨 일이 벌어질 수 있건 그 속에 푹 잠긴 것처럼, 그때까지 존재하는 줄도 몰랐던 괴물의 심술궂은 눈초리를 들여다보는 것처럼, 공포가 가득했다. 시선을 거둘 수도 없었다. 방 어디로 떠밀려 다녀도 시선은 구석에 붙박여 있었다. 낱낱이 아주 또렷하게 그려지는 그 구석, 그리고 흡사 어둠과 두꺼운 증기 속에서 나온 쪼그린 난쟁이처럼 꼼짝 않고 지키고 선 구석의 그림자 말고는 아무것도 보이지 않았다. 이는 부신 빛으로 눈을 멀게 했고,

그의 의식 속으로 타들어왔고, 그의 시선에 족쇄를 채웠다. 그래서 사람들이 이제 떠나고 있는데도 소용없이 움직여 다니는 곳마다 그는 이를 끌고 다녔다…. 그는 그들이 움직이면 그들과 함께 움직였고 그들이 멈추면 그도 멈췄지만, 그는 이를 의식하지 못했고, 더불어 그가 한 일, 혹은 그에게 벌어진 어떤 일도 의식하지 못했다. 사람들이 만들어내고 있는, 이전이든 직후이든 사람들이 무슨 떠들썩한 소리치례를 하건, 그에게 내려앉았던 침묵의 무게에 짓눌려 아주 오래, 오랫동안 그 상태로 머물렀다. 몇 시간 동안, 분이나 세기의 단위로 잴 수 없는 시간 동안, 그는 이 끔찍한 이미지를 빙글빙글 끌고 다녔고 그가 무얼 지고 다니는지 감지하지 못했으며, 그를 묶고 있는 사슬이 센지, 아니면 고뇌에 찬 절망감으로 자신이 매달린 아귀힘이 더 강한지, 더 이상 식별할 수 없었다. 어느 순간에 누군가 그를 땅에서 벌떡 들어 올리는 것 같더니 너무 과도하게 들어간 힘 때문에 들어올리던 사람이 제풀에 균형을 잃고 흔들렸다. '뭘 먹어 이렇게 가벼운 거야?' 다른 쪽이 화가 뻗쳐 투덜거리고 그를 다시 내려놓았다, 아니 한쪽으로 세차게 떠밀어버렸다. 그런 뒤 나중에는, 그는 보도 위에 누워 있는가 싶더니, 사람들이 그의 입에 팔린카를 털어 붓고 있었고, 이 바람에 다시 벌떡 제 발로 일어서니, 다시 한번 그의 어깨 위인지 팔 아래인지 손이 들어왔다. 그 손은 짐작건대 그가 달아나는 일을 몇 번이고 가로막았고 지금도 강하게 그리고 꾸준하게 그를 그러잡고 있지만, 괜스레 움켜쥐고 있는 셈이었다. 비록 그가 다가올 미래에 재기하리라는 예감이 결핍되었다고 해도 이로 주눅이 드는 것이 아니라 그를 짓누르고 있는 광경이, 빈 방 구석의 의미가 지닌 힘을 막을 수 없기 때문이었다. 그건 그가 내던져지거나 밀쳐지거나 휩쓸려가는 곳마다 그가 본 전부였고, 그 앞을 지나는 그 외의 것들은, 달아나는 인물, 타오르는 불은 모두 안개처럼 희미하게 휙 번뜩이며 지나가버릴 뿐이었다. 벗어나려고 아무리 발버둥 쳐도 벗어나기가 불가능했다. 잊는다 싶으면 바로 다시 기억 속에 떠올랐고 그가 어디에 있든지, 이곳과 저곳이 별 차이 없이, 그 이미지가 끌어당기는 힘에 망석중처럼 얼어붙었다. 그러다 갑자기 죽음 같은 피곤이 그를 덮치고, 곱아든 발가락이 얼음장 같은 부츠 속에서 아파오기 시작하자, 그는 보도에 드러눕고 싶었지만(또?) 텁석부리 수염을 긁적이는 평직 외투의 그 남자는—벌루시커는 아직 그를 사부의 존재로 인지할 수 없었다—조롱 조의 꾸지람만 내놓았다. 이 꾸지람은 그의 의식을 뚫고 들어온 첫 단어였고 완전히 까닭 없지만은 않은 이 빈정대는 목소리('왜 그래, 나사 풀린 녀석아, 팔린카 더 줘?')에 그가 어디에 있는지 누구와 있는지 재차 떠올랐고, 마치 무한정 시큼한 냄새가 풍기는 그 구석이 끔찍한 밤 장면의 배경 무대로 변한 것처럼, 악몽 같은 조명 불빛을 받으며 그의 교관이, 무시무시하고 복잡하게 얽힌 그의 얼굴 면면이 처음으로 눈에 들어왔다. 아니다, 다만 바란다면, 팔린카가 아니라, 그저 잠이었다. 그는 잠에 곯아떨어져 마음속에 더욱 명확한 윤곽선을 그리기 시작하는 경험들을 이해하지 않아도 되게 보도 위에서 얼어 죽고 싶었다, 그래서 그저 모든 일이 '끝나기만'을 바랄 뿐, 더 이상은 없었다. 다행인지 방금 받은 질문의 말투에 즉각 그의 이런 생각은 언감생심 쑥 들어가버렸다. 그리고 그 질문이 어쩐 일인지 진짜 그럴 의도냐고 캐묻기라도 한 것처럼, 그는 격렬하게 머리를 흔들고, 일어서서, 그의 친구가 다시 어깨에 손을 얹자, 자기도 모르게 몸서리를 치고, 그의 옆에서 보조를 맞추고 얌전히 행진했다. 그리고 그는 남자의 얼굴을 뜯어봤다. 그 남자의 뒤로 어둡게 숨은 구석이 놓였고, 매부리 같은 코, 턱의 두꺼운 그루터기 잔수염, 충혈된 눈꺼풀, 왼쪽 광대뼈 아래 심하게 생채기가 난 살갗이 보였다. 그리고 그 사람 속 바닥없는 분노의 깊은 우물을 가늠하기 어렵다는 점이 아니라, 그가 시장 광장에서 어제 만났던 얼굴의 주인과 동일하다는 점에 마음이 심란해졌다. 즉, 에스테르 씨와 헤어진 이후, 코슈트 광장에서 갑작스럽게 튀어나온 내다보지 못한 걱정에 휩싸여 다가갔던 그 남정네가 이런 증오의 카니발에서 그의 지휘자로 행동하고 있는 사람과, 이제는, 아마도 전부 부지불식간에, 그의 전체 삶을 절개해 열어젖히는 인정사정없는 외과의로 기능하고 있는 사람과, 한 치 어긋남 없이 똑같음을 해득해야 했다. 그런 섬뜩한 생김새들 속에 어제도, 그 전날에도, 그렇게 계속, 또 그전에도, 그렇게 오늘날 순수하고 결백한 본연의 얼굴까지 거슬러 오를 수 있을 면면을 가리고 감추는 것은 아무것도 없었기 때문이었다. 이런 얼굴들이 모두 축적되어, 차갑지만 완전히 인간적인 표정으로 과시하듯 선보이는 망령 같은 얼굴이, 탁월한 권위를 내두르며, 말하자면 어느 누구보다 교묘하고 약삭빠른 잔인함으로 파괴에 임하며, 고삐 풀린 진군의 모든 움직임을 진두지휘했고, 벌루시커가 완전히 무너지며 자포자기 상태로 나자빠지는 얼김에 겪은 갖가지 시련과 고난은, 무언가 난폭하지만 유익한 연극처럼—치료를 위해 지불해야 하는 대가인 것처럼—그와 팔을 엮고 다니며, 틀림없이 이를 즐기고 있는 안색을 내보였다. 벌루시커는 그 얼굴을 유심히 쳐다봤다. 그리고 얼굴을 들여다보자, 그가 그 얼굴에서 발견한 '망령 같은 차가운' 표정 속, 불가사의한 비밀은 점점 더 줄어드는 것을 알아채기 시작했다. 인정사정없는 가면은 오직, 서른다섯 해의 뒤죽박죽과 병약함 속에서, 그가 아마도 보지 못했던 무언가를 가차 없이 반영하는 거울이라서 그런가 보다, 넘겨짚다가, '아마도'라고 했던 생각을 하지만 곧장 '아니, 전적으로 확실히'로 바꼈다. 이로 그가 마침내 오래 미적거리던 수면에서 깨어나 마치 오랫동안 잃어버렸던 자아를 찾은 것은 물론, 그 달콤했던 흐리터분한 상태 역시 벗어난 그 결정적인 순간을 깊이 아로새기기 위해서였다. 귀먹은 침묵이 깨졌다, 그의 포획자 뒤로 눈이 멀게 부시던 방의 한 귀퉁이가, 그리고 꼼짝도 않던 그 구석의 그림자도 꺼졌다. 주위에 공원과 길, 그런 뒤에 한 쌍의 철문이 선명해지며 눈에 들어왔다. 그리고 용서할 수 없는 무지에 그만 혼자라는 점에, 그리고 여기에 낯선, 병원 문 앞에 선 다른 사람들은 그렇지 않다는 데 그는 더 이상 놀라고 황망한 느낌이 들지 않았다. 그렇게 놀랄 일도 없었고, 거기에서 달아나야 한다는 필요성도 조금도 남아 있지 않았다. 처음 몇 분 동안 그 안을 파르르 뚫고 지난 공허감의 전율은 그 역시 완파해버렸기 때문이었다. 그의 조각들은 영원히 온갖 방향으로 굴러가버렸다. 그는 번뜩하는 단 한순간에 사라져버렸고, 무無로 졸아들었다. 이제 그가 지금 의식하는 오직 한 가지 일은 입안에 맴도는 뜨겁고 쌉쌀한 맛의 현실과 다리, 특히 왼쪽 다리에 쑤시는 통증이었다. 악마 같은 안개가, 벤크하임 대로에서 흉하게 일그러진 투사들을, 넋이 나가 파괴적인 비현실적 생물들로 내비치던 저세상의 안개가 걷히고, 지금 그가 새롭게, 갑자기 획득한 명료한 시각으로 그들을 바라보고, 또 수백 속에 모여들어 있던 때의 그들을 떠올려보자, 그들에게는 저세상 같은 혹은 생경한 점이 없다, 아니 한 번도 그런 적이 없었다고 뒤집어 깨달았고, 그들은, 그리고 그들만이 아니라 그들의 '파괴적이며 자석 같은' 지도자도 '악마'의 특성을 잃어버렸다. 사실, 해가 갈수록 한층 커지고, 더욱 어두워지기만 하던 눈에 낀 비늘이, 모로 뜬 눈으로 잘못 보게 만들던 그 비늘이 눈에서 영원히 벗겨졌구나, 그는 환멸에 차 깨달았고, 얼빠진 우둔함에 '현실의 진정한 본성'을 가려놓고 아둔패기에게나 어울리는 자리로 몰아대던 엉터리 위안에서 자유로워졌다. 그의 깨달음은 청천벽력이란 말도 무색하게끔 아주 재빨랐고, 그리하여 지금껏 자신이라고 믿었던 사람은 의심의 여지 없이, 더 이상 없다고, 존재하지 않는다고 통철했다. 그래서 그를 받아들였던 그룹이 오랜 망설임 뒤에, 병원 정문의 자리를 버리고, 또 집들과 전신주와 어느 보도블록 하나 빠짐없이 도로 원래 자리를 찾고 나자, 그의 마음은, '스스로 잃은 방위를 다시 다잡으려는 마음'은, 더 이상 전전긍긍하며 재고명부를 점검하는 대신에 사물들을 꾸준하고, 무심한 시각으로 나열하며 둘러볼 채비를 했고, 그의 수십 년 세월을 떠받치고 있는 기둥들은 비스듬히 기울었구나, 이해하지 않을 수가 없었다. 아침과 오후, 저녁과 밤이 무너졌다. 그가 어제까지만 해도 무언가 영구적인 평형 속에, 완벽한 기계처럼 조용히, 시선을 벗어나 정교하게 작동한다고 상상했던 것들은, 발끈 잘하고, 척박하고, 조악하고, 차갑고, 별나게 반발적인 면모를 띠었고, 한편으로 환멸적인 냉철한 감각을 지닌 존재가 되었다. 그가 그렇게 순진하게 사랑해마지않던 자신의 집은, 정원에 둘러싸인 그 집은, 그에게 부리던 값싼 마법이란 마법은 모조리 마지막 남은 자취까지 잃었다. 이제 그가 마지막 작별 순간처럼 무심히 마음에 떠올려보자, 초석硝石이 희게 피어오른 낡은 벽들과 아래로 처진 고르지 못한 천장들을 제외하고 아무것도 남아 있지 않은 것 같았다. 그에게 속한 것이 아니라 하레르 집에 딸린 일개 세탁장이었다. 어떤 길도 이제 그곳으로 이어지지 않았고, 어디 다른 곳으로 이어지는 길도 없었다. 한때 구름 위를 정신없이 걷던 그에게, 모든 틈, 모든 구멍, 모든 문은 이제는 회복기 환자인 그가 '세상의 심부로 들어가는, 오금이 저릿저릿한 진짜 입구들'을 쉽사리 발견할 수 있도록, 말끔히 메워졌기 때문이었다. 그는 두꺼운 작업복 외투와 기름 번득이는 비옷 사이에 짙은 어둠 속을 터벅터벅 걸었다. 그의 발아래 보도를 뚫어지게 쳐다보며 페페페르, 보급소와 코믈로를 떠올리고, 이런 곳들은 그가 접근할 수 없으며, 모든 거리, 모든 광장, 모든 굽이와 모퉁이가 녹아 없어지고 부서져버렸다고 자각했다. 그러면서도 동시에 예전의 구불구불 휘감기던 길들은 더욱 날카롭게, 한층 완벽하게 마치 지도 위에 선 것같이 볼 수 있었지만, 지도의 기저를 이루던 원래 풍경은 사라졌기에, 그 대신 차지한 곳에 옛날 방식으로는 한 발자국도 내디딜 수 없다고 느꼈다. 그는 이런 암울한 낯선 마을에 선행했던 일들은 무엇이든, 모조리 잊는 게 최선이라는 생각이 들었다. 어제 태어난 아기처럼 다소 불안정한 걸음으로 비척거리며… 아니, 그 전이던가… 그게 언제였든지 간에 새로이 태어난 사람처럼… 그는 지난 아침들, 반쯤 기억하는 꿈의 여운, 느릿한 파몽破夢, 집을 떠나기 전 물방울무늬 컵에서 김이 솟는 차를 잊었고, 철도 위에 번지는 새벽을, 희미한 푸른 여명 속 보급소에서 나던 신문의 냄새를 잊었고, 아침 일곱 시부터 정오 한 시간

전 무렵까지 그가 지나던 우체통들, 온갖 문들, 창틀, 입구의 우편함, 그리고 나날이, 모든 잡지가 기필코 도착할 수 있도록 해당 구독자의 문가에, 창틀에, 우편함에, 쓰레기통에, 두 곳은 문지방의 도어 매트 아래, 달리하던 수백 개의 움직임을 잊었다. 그가 하레르 부인에게 아직 정오가 되지 않았느냐, 그가 출발할 시간이 되었느냐 어김없이 묻던 질문도, 에스테르의 부엌에서 냄비들이 쨍그랑거리는 소리도, 코믈로 요리사 앞에 늘어선 기나긴 줄도 기억에서 지울 것이다. 그는 벤크하임 대로에 있는 집은 무너지도록 두고, 대문, 복도, 조심스러운 노크도 잊고, 바흐와 피아노는 최종적으로 꺼지라고 하고 거실의 희미한 빛은 영원히 어둠 속으로 젖어들도록 내버려둘 것이다. 허겔마이에르는 두 번 다시 생각하지 않고 어느 누구에게도 다시는 일식의 설명을 선보이지 않을 것이다. 카운터의 싸구려 유리잔들도, 웅얼거리는 대화의 물결 위로 떠돌아다니는 담배 연기의 구름도 떠올리지 않을 것이고, 무슨 일이 있어도 문 닫을 시간이면 급수탑을 향해 출발하던 일도 하지 않을 것이고⋯. 그는 다른 사람들과 '장화와 단화가 긁히고 질질 끌리는 소리'에 맞춰 이리저리 떠돌았고 세가 약화된 무리가 쾨뢰시 운하를 가로지른 뒤 머로티 광장에 있는 어릴 때 살던 집 담장에 도달하자, 어머니의 겁에 질린 얼굴이 갑자기 나타나는 일이나, 문의 인터폰으로 조각조각 흘러들던 어머니의 목소리도, 그에게 아무 의미가 없었고, 정원이 딸린 그 집 자체, 헐벗은 나무들, 그들 뒤에 숨은 두 개 반의 전세 낸 방들은 더욱 의미가 없었으니, 그는 그저 모른 체 얼굴을 비켜버렸다. 그는 그 집이나 지난 삶의 망령이 깃든 다른 어디도 보고 싶지 않았지만 무서운 스승 한 발 뒤에 따라가면서 과거와 고별하며 벌이는 실질 조사는 갑작스러운 종결을 맞았다. 왜냐하면 여기, 머로티 광장에서 그의 기대와는 사뭇 다르게 만약 그가 이를 계속한다면, 은근슬쩍 비통의 감각이 매복했다 결국 그를 바닥에 메다꽂을 거라는 갑작스러운 느낌이 들이닥쳤기 때문이었다. 무언가 위험하고, 수수께끼 같은, 강렬한 통증이, 나열 위주의 융통성 없는 엄한 작업들은 구제불능으로 교활하지 않을 것이라고 부정하고, 이런 식의 '무신경한 회계분석'은, 얌전한 재고조사는 심히 위험천만하다고 단언하며, 확 끼치는 것이었다. 비록—의도적으로 이제부터 무엇에든 '망각'이란 형을 선고하겠다는 생각을 접고—이런 '위험하고 수수께끼 같은 강렬한 통증'을 똑바로 대면하긴 해도, 그는 사실 그 자신이 이 모든—그러니까 위험의 가능성에서—헛다리 짚으며 실수하는 일의 극단까지 치닫는 데 어느 무엇보다 중요한 결정인자이고, '아주 깊은 속고갱이까지 거짓말을 하는 신기루'를 무찌르는 것도 자신이며, 상실로 인해 느끼는 고통에 더 이상 위협받지 않을 사람도 자신이라고 생각했다. 그렇게 그는 뼈에 사무치는 교육을 받았으니, 이제는 그 자신을 '다른 사람들과 똑같다'고 선언할 수도 있을 정도였다. 그가 그렇게 죽을 만큼 지치지만 않았다면 그의 '마음'이 '죽었다'는 점에 관해서는 그들이 마음 푹 놓아도 된다고, '두 발로 서는 법을 배우더니 모든 것을 이해하는구나'라고 그를 놀려먹은 말은 이제 쓸모없는 조롱밖에 안 된다고 널리널리 알리고 싶은 마음이 굴뚝같았다. 전쟁 시기 인간의 법칙보다 더 높은 힘은 없기 때문에 그는 더 이상 세상이 '황홀한 마법의 장소'라서, 보이지는 않지만 그래도 존재할 거라고 믿지 않는다, 그리고 그들이 처음에는 무서웠다는 점을 부정할 수야 없지만 이제는 자신을 그들의 방식에 맞춰나갈 수 있겠다고 느끼고 '그들의 삶을 훔쳐볼 특별한 기회를 준 데 감사할 따름'이다, 정말 전하고 싶었다. 그래서 그는 그들과 머로티 광장을 지나, 계속 길을 가며 그가 언젠가 힘을 회복하여, 그들에게 그의 추정들이 얼마나 순진하고 아이 같은 억측이었는지 설명할 수 있게 되기를 끈기 있게 기다렸다. 우주는 광대하며 지구는 그 안에 든 무척이나 자잘한 점이긴 해도, 그 우주를 움직이는 동력은 궁극적으로 환희라는 착각으로 스스로를 달랬으니, '시간의 새벽부터 모든 행성과 항성을 흠뻑 물들이던' 환희에 빠져 그리고 이 모든 것은 선이며 게다가 무언가 비밀의 핵심, 중심점을 지니고 있다고, 엄밀히 의미가 짚이는 건 아니지만, 그래도… 한 번의 숨결보다 더욱 가볍고 한층 섬세한, 그들의 잊을 수 없는 광채는 이성적으로 거부할 수도 없으며 보지 못한 사람들만이 무시할 수 있는 일종의 본질이나 물질 같다고, 가정이나 하는 사람으로 분명 이들은 그렇게 여겼으리라. 그의 이런 강박과 함께, 이 지독한 기진맥진이 자취를 감추면 좋으련만, 또한 그들에게 그로서는 당연히 끔찍했던 밤 시간이 지난 뒤 그가 구름을 완전히 벗어나 정신이 말짱히 났다고 말하고 싶었기 때문이었다. 당신은 나를 온 생애를 눈 감은 채 살아온 사람이라고 상상했겠지요, 하고 그는 말하리라. 그리고 내가 눈을 뜨자, 그 수백만의 행성과 항성들, 큰 환희의 그 우주는 휙 사라져버렸어요, 병원 문, 집들, 길 양편의 나무들, 내 주위의 당신들 모두가 보였어요, 그리고 즉시 진짜로 존재하는 모든 것이 내 속에 자리를 잡았다는 걸 알게 되었지요, 저는 간신히 보일락 말락 지평선의 지붕 사이를 보았어요, 그리고 그 비밀의 우주가 사라져버린 것뿐 아니라 저 역시나 사라져버렸어요, 지속적으로 생각하던 삼십 년 세월의 태반이, 내가 고개를 돌리는 데마다 내가 보고 있는 것을 빼면 아무것도 없어요, 모든 것이 그들의 진짜 모습을 띠고 있었어요, '사람들이 불이 들어올 때 극장에' 있는 것과 같아요, 이 말이 그가 한다면 했을 말이었고 또한 그는 '거대한 구체'의 무한하게 큰 영역에서 나와 처음에는 겁을 주는 헐벗은, 낮은 구릉, 양을 치는 들판에 둘러싸인 사람처럼 느껴지기도 했고, 변칙적으로 장난기 가득한 꿈으로부터, '사막에서 잠을 깨는' 것 같았다. 어느 존재도 닿으면 만져지는 존재물entia을 넘어, 어떤 것도 담고 있지 않고, 어떤 요소도 그 자체를 능가할 수 없는 곳에서 각성한 것 같았다. 혹여 덧붙여 말한다면, 그는 마침내 아무것도, 지구나 그 지층에 흩어진 물체들을 제외하고 아무것도 실제로 존재하지 않았지만, 그래도 그런 방식으로 존재하는 것들은 엄청난 무게를 지닌, 엄청나게 견고한 존재이며, 자신 속으로 무너져 내리는 의미를 지니고 있고, 그 의미는 어떤 것도 내포하지 않는다고 마침내 깨달았기 때문이라고 할 것이다. 그는 지금은 그들처럼, 그도 '천국도 지옥도' 없음을 안다고, 실제로 존재하지 않는 것으로 결코 평가하며 재지 못함을 아니까, 그들에게 믿어달라고 요청했을 것이다. 오직 악에 대한 설명만 있고 선은 없으니, 그러므로 '어디에도 선도 악도' 존재하지 않으며, 상당히 다른 법칙이, '더 큰 힘을 쥐고 있는 권력이 절대적인 권력'이라는 강자들의 법칙이 지배하는 줄도 안다. 이로부터 어떤 심각한 결론도 내릴 수도 없고, 내려서도 안 된다. 더더군다나 '자신의 감정에 노예로 얽매이게 되는 사람은 모든 것을 잃는다'니 뭐니, 가당찮다, 전혀 아니다, 하고 설명을 했을 터였다. 왜냐하면 생전 처음으로 그는 그 자신 속에서 기능하고 있는 감정 어느 것도 더 이상 느끼지 않았기 때문이었다. 그의 머릿속 병든 뇌가 정상적으로 가동하기 시작할 때까지 그는 그냥 시간이 조금—진짜 많이는 아니고 조금—필요하다고, 지금 당장은 머리가 오직 욱신대고, 울려대고 쿵쿵 두드려대고만 있어서 머리가 마땅히 해야 할 일을 도저히 할 수 없는지라, 예를 들어, 왜, 모조리 다 강철처럼 견고하다면, 자명해야 하는 모든 일이 아주 헷갈리게 보이는지, 왜 최종적으로 선명해야 할 일들이 그 윤곽을 잃어버리는지, 다른 말로, 어떻게 그날 밤이나 그 속에서 일어났던 모든 일이 동시에 그렇게 명확하면서도 흐릿하게 보일 수 있는지… 그가 이런 궁량까지 도달하던 즈음에, 그들은 더 이상 간선도로를 행군하고 있지 않았고 서이보크 씨 전시 매장으로 들어서서 케러빌 가게 안, 세탁기들 사이에 앉아 있었는데, 그가 하고 있던 '초긴장상태 정신노동' 때문에 그는 그들이 얼마만큼 그 안에 있었는지도 알지 못했다. 그의 수호자는 언제인가 모르게 사라져버렸고 그의 자리를 대신하는 새 경호원은 그의 공책의 마지막 페이지들에 이르고 있어서, 적어도 한 시간은 흘렀다고 어림짐작을 했다. 그런 뒤 '그런 게 무슨 대수냐' 싶은 생각이 들자, 그는 중단되기 전 하고 있던 일로 돌아가, 언 발을 문질렀다. 장화를 벗어 던지고 거기 낮은 복도 기계들 사이에 아예 살러 들어온 사람처럼, 가까운 세탁기에 등을 기대고서, 그는 가끔가다 공책을 들고 있는 남자를 관찰했고, 그러고는 도로 장화를 당겨 신고, 신발끈을 맸다. 그리고 위험할 수도 있겠다는 생각에 그는 방심하는 틈에 저도 모르게 잠에 떨어지지 않도록 아는 방법은 다 동원했다. 안 된다, 결단코 잠에 취해서는 안 된다, 계속 옥죄는 다리의 피로는 언젠가는 끝날 것이다, 그러니 다시 말을 할 수도 있게 될 것이라고 자신을 다독였다. 왜냐하면 그는 기필코 다른 이들에게, 그의 운명을 조종하던 사람들의 말을 들었다면 그는 머리 욱신거리며 여기 있지 않았을 것이지만, 이런 자질구레한 일은 넘어, 어느 무엇보다 확실한 점은, 뭐라고 달리 찾을 것도 없이 그저 그에게 억수비처럼 쏟아졌던… 좋은 충고들을 받아들기만 하면 된다고 꼭 말해야 하기 때문이었다. 그는 어머니에 대해서도 말할 작정이었다. 쉴 새 없이 호되게 야단치던 일은 물론이요, 경고의 명목으로, 공교롭게도 그가 듣지를 않았으니 쓸모없는 경고였지만, 그를 영원히 내쫓았으며, 그 전날 밤에도 어김없이 그가 '정상적인 길'을 따르지 않는다면 머리끄덩이를 틀어잡고 '말귀를 알아들을' 때까지 흔들어 대겠노라고 경고했다고, 자기 어머니가 그랬다고 할 것이고, 물론 에스테르 부인도, 그가 너무 어리석어 잘 배워 따라 하지도 못하는 본보기 같은 사람인데, 여태 그의 심중에는 오직 군건하고 민활한 사람, 그녀의 길을 막고 서는 모든 것을 발로 뭉개버리는 가차 없는 사람이라고만 여겼는데 아니더라고, 지금은 난생처음으로 부인이 준열하게, 또렷이 보였고, 마침내 경찰서장, 쩡쩡거리는 우렁찬 목소리와 여행가방의 의미가 이해되기도 한다, 그는 또한 어제 그랬듯이 허물어져서는 안 된다는 점도 알며, 오히려, 예를 들어 혼베드 옆길에 있는 부인의 방에서 위원회의 반대를 극복하고, 시장 광장에 있는 사람들에게 거의 길을 터주다시피 했다는 점을 미루어, 그녀로부터 배울 점도 많음을 안다고 언급할 것이다. 하지만 가장 중요한 사람, 에스테르 씨도 빼먹으면 안 된다. 무한한 인내를 지니고, 그가 본 것은 존재하지 않는다, 그가 하고 있는 생각은 잘못되었다고 몇 년이고 말하고 있는 그분에 대해서도 이야기해야만 한다. 하도 어리석어 에스테르의 말을 믿지 않은 탓에 그분을 무언가 엄청 소모적인 오류의 희생자로 상상했는데, 정작 희생자는 자기 자신이었다고 할 것이다. 뭇 사람 중에도 가장 출중하다는 칭송을 들어 마땅한 분이다, 어느 누구보다 명정하게 사태를 파악하는 사람이지만, 그가 아는 지식의 애절한 무게 때문에 몸져누워 있는 것도 정말 당연하다. 벌루시커는 그 집 안락의자에 앉아 얼마나 자주 '세상이 착하거나 아름다운 힘의 은혜를 통해 유지된다고 믿는 사람들은 누구라도, 이보게나, 이른 환멸에 무너지게 마련이라네' 같은 이런저런 말에 귀 기울이며 있었던가. 불과 얼마 전에도 에스테르는 그에게 '나를 보게! 경험에서 배우지 못한 사람의 꼴이 딱 이렇다네! 다른 모든 사람들처럼' 깨우쳐줬건만, 눈이 멀고 귀가 멀어, 그는 이런 말을 전혀 이해하지 못했고 그 경고의 말들을 귀담아듣지도 않았다. 그래서 이제 그들이 함께 보낸 수년의 세월을 돌이켜보니, 그가 자신의 거듭되는 빛, 우주 공간과 '우주의 마법 같은 메커니즘'에 관해 중언부언해도 지겨워하지 않던 모습이 새삼 놀라웠다. 한편으로 그 오랜 친구가 그를 지금(아니, 조금 시간이 지나 힘이 다시 돌아온 뒤에) 볼 수 있다면, 자신이 벌루시커의 가르침에 쏟은 어마어마한 시간은, 그 모든 수백의 훈계는 완전히 헛되지 않아서, 제자가 이제 오로지 '응접실에서 배웠던 측면에만 기초'해서 세상을 평가하는 모습을 직접 보게 될 테니, 분명 기절초풍할 것이라고 생각했다. 에스테르가 이 모든 것을 보게 될 때가 정확히 언제쯤일지는 짐작할 수 없었다. 그로서는 벤크하임 대로에 있는 그 집에 아무것도 남은 게 없었고, 이제 영원히 여기에 속해 있기 때문이었다. 그렇다. 모두 정해졌다, 벌루시커는('다 정해졌어…') 고개를 끄덕이고, 충혈된 눈을 비비며, 갑자기 그 아래 있던 얼음처럼 차가운 바닥이 가파르게 경사지는 느낌이 들어서 그와 마주한 세탁기에 발을 받쳤다. 이때쯤 되자 어렴풋이 누군가 그의 새 수호자에게 다가와, 공책을 집어 들고 몇 장 넘기고서 새 수호자를 향해 묻는 것만 감지됐다. '이게 뭐야?' 하고 웅얼거리자 '난들 아나… 자네 마지막 유언일지…' 그런 뒤 서로 마주보고 웃음을 짓고… 다른 쪽이 공책을 멀리 던졌다… 그리고 하는 말이 '눈부시게 서걱거리는?… 매서운 서리? 그만 끼적거려, 헛똑똑이 놈아.' 그게 마지막이었다. 이제는 얼음처럼 차가운 바닥이 너무 기울어지더니 거길 미끄러지고 굴러가다, 그는 바닥없는 구덩이에 떨어지기 시작하고 엄청나게 긴 시간 동안 계속 떨어지고 또 떨어지며 하염없이 퍼덕거렸으며, 한참을 그러다가 마침내 단단한 바닥에 닿았고 다시 차가운 얼음장 바닥에 있는 자신을 발견하는 순간 눈을 떴다. 그는 더 이상 세탁기에 기대고 있는 게 아니라 그 옆 리놀륨 바닥에 고슴도치처럼 몸을 잔뜩 웅크리고 모로 누워 있으며, 너무 추워서 사지를 온통 부들부들 떨고 있고 진짜로 바닥이 경사진 게 아니라 피곤이 덮쳐 그렇게 느껴졌을 뿐이며, 진짜로 고꾸라져 아래로 떨어진 것도 아니고 그냥 잠이 들었음을 이해하는 일은 그렇게 어렵지 않았으나, 진짜 이해하기 어려웠던 일은 일단 화들짝 놀라 몸을 바로 추스르고 일어서서 알게 된 사실, 그가 사이보크 씨 가게에 그것도 혼자 있다는 점이었다. 그는 여기저기, 위로 아래로 끝없는 세탁기기의 줄을 따라 뛰어다녔지만 곧 잘못 본 게 아니라고, 착각이 아니라고 받아들일 수밖에 없었다. 그만 뒤에 남기고 그들은 가버렸다, 진짜 정말로 아무도 없이 그 혼자였다. 어떻게 하다 벌어진 일인지 이해할 수가 없었고 '이젠 또 어쩌려고?' 큰 소리로 부르짖지만 그의 목소리만 텅텅 빈 상점 안에 울려 퍼졌다. 그런 뒤 마음을 가라앉히려 속도를 줄이며 일부러 걷는 속도로 자신을 훌쳐 잡았고 이렇게 몇 분이 지나자 실제로 한결 마음이 차분해졌다. 그가 사리에 맞춰, 그들이 어쩌다 여기 없다 하더라고, 이제는 그도 그들 중 한 명이라는 사실에는 변함이 없으며, 그들 사이의 유대는 깨지지 않을 것이라고 추론했기 때문이었다. 그래서 그는 그들이 돌아올 때까지 조금 쉬어볼까, 그리고 더욱 잘 이해할 때까지 마음속으로 그들에게 배웠던 바를 하나씩 곱씹고 또 곱씹어보기로 결심했다. 그리하여 그는 '자신의' 세탁기로 돌아가 다리를 쭉 뻗고 다시 기대고서 어느새 생각에 깊이 잠겨들려는데, 그로부터 이삼 미터 되지 않는 바닥에, 그의 새로운 보호자가 앉았던 자리에서 얼마 떨어지지 않은 장소에서 왠지 익숙한 물체가 눈에 들어왔다. 그는 곧바로 이것이 아까 집어던지던 공책임을 알았고 이에 갑작스레 흥분이 그를 휩쓸고 지나갔다. 공책의 소유주이자 저자가 그냥 그 공책을 굳이 보유해야 할 가치가 없어 될 대로 되라는 생각에 버렸다는 상상은 가지도 않았고, 일부러 자신더러 읽으라고 남겨뒀다는 확신이 스쳤기 때문이었다. 그는 그쪽으로 걸어가 공책을 집어 들고서 구겨진 장들을 고르게 펴고, 앉았던 장소에 돌아와, 이를 무릎에 놓고, 삐죽삐죽 갈긴 글씨를 살펴봤다. 그리고 일단 시작을 하자, 어디 한눈파는 법 없이 잔뜩 곤두선 진중한 집중력을 발휘해 읽어 내려갔다.

　… 그런 뒤 우리가 왼쪽이나 오른쪽 어느 쪽으로 돌든 차이가 없이, 우리는 모든 거리마다, 광장마다 흘러넘쳤다. 오직하나의 방향성이 우리를 내몰았고 모든 굽이마다 다시 또다시 허허로운 공포와 참혹을 간구하는 굴종이 우리에게 닥쳤기 때문이었다. 잃을 게 아무것도 남아 있지 않았기 때문에모든 것이 견딜 수 없었고, 배겨낼 수 없고, 도리를 벗어났기 때문에 어떤 명령도, 하다못해 지시를 내리는 단어조차 없었고, 계산적인 시도도 없고, 모험을 무릅쓸 일도, 어떤 위험도 없었다. 모든 집, 모든 담장, 모든 광고탑, 전신주, 가게 혹은 우체국, 심지어 가볍게 떠돌아다니는 구수한 빵 공장 냄새까지 견딜 수가 없게 변했고, 법과 질서의 모든 계율 역시 온갖 사소하게 요구하는 의무도, 돌아가는 일들의 완고하고, 무

관심하고, 만연한 불가해를 직면하는 게 아니라 이 모든 것에
도 정도가 있을 거라고 암시하려는 시도로 쏟아대던, 끝도 없
고 희망도 없는 에너지의 소모도 배겨낼 수 없었고, 인간 행
동의 설명할 수 없는 근본원리들 역시 참을 수가 없었다. 아
무리 목 놓아 소리쳐도 우리에게 천천히 내려앉은 침묵의 방
대한 장갑裝甲 속에 좁은 틈새 구멍마저도 뚫을 수 없었을 것
이다. 그래서 우리는 한마디 말 없이 눈부시게 서걱거리는 매
서운 서리 위를 걸어 나가면서 신발이 긁히고 부딪히는 소리
만 들으며, 고집스레 멈추지도 않고 까딱하면 부러질 듯 바
짝 긴장하여 공기 안 통하는 어둑한 저 거리 아래로 진행했
다. 다른 사람을 보는 법도 없고, 서로 눈 마주치는 법도 없었
다. 혹여 우리가 그런다면, 마치 자신의 손이나 팔을 바라보
는 것 같았다. 우리는 이미 같은 시야를 가진 한 몸이 되었고,
단 하나 가눌 수 없는 치명적인 충동, 파괴의 배고픔에 시달
렸기 때문이었다. 정녕 우리를 저지할 것은 아무것도 없었다.
무거운 벽돌들이 사부자기 공기를 헤엄쳐 가게 전면과 무모하
게 깜박거리고 있는 더러운 사삿집의 창문을 박살 내고, 한편
집 없는 고양이들은 부신 스포트라이트에 눈이 먼 듯 그 자
리에 못 박혀 서 있었고, 우리가 그들 목을 조르는 동안 근육
하나 옴쭉하지 않고 소극적으로 고통에 시달리고, 어린 나무
들은 하릴없이 갈라진 토양의 바닥에서 쫓겨나가 졸린 듯이
드러누웠다. 하지만 아무것도 새로운 비극의 깨달음, 이제껏
속아왔다는 우리의 감각, 우리 공포의 무의식적 분노를 달랠

수 없었다. 왜냐하면 아무리 우리가 찾는다 해도, 우리는 우리의 혐오와 절망에 맞아떨어지는 대상을 찾을 수 없기 때문에 그래서 똑같은 무한의 격노로 우리는 우리의 도상을 막아서는 모든 것을 공격했다. 우리는 상점을 부수고 들어가, 움직일 수 있는 물건은 창밖으로 집어던지고, 아스팔트 위에서 내리밟았다. 그 물건을 움직일 수 없다면 쇠막대나 부서진 셔터로 쾅쾅 박살을 냈다. 그런 뒤 드라이기, 비누, 빵 덩이, 상의, 정형용 교정화, 음식 통조림, 책, 가방, 어린이 장난감, 우리가 밟고 지나간 알아볼 수 없는 파괴의 잔해들을 지나, 길가에 주차된 차들을 뒤집었고, 적막한 표지판과 광고판을 잡아떼고, 누군가 안에 불을 밝혀놓고 가버리는 바람에 전화교환실을 차지하고 파괴했다. 우리가 그 건물 현관으로 몰려든 인파와 한참 북대기다 벗어날 때는 이미, 거기서 역시 발밑에 밟혔던 두 명의 전화교환수는, 의식을 잃고, 맥없이, 무릎에 손을 축 늘어뜨린 채 낡은 넝마처럼 벽에서 미끄러져 누워 있었다. 한편 뜯긴 전화선은 꼬이고 얽혀 피로 덮인 탁자로부터 늘어졌고, 교환대는 바닥에 알아볼 수 없도록 엉망으로 너저분히 흩어져서 광경을 흐렸다. 우리는 아무것도 불가능한 것은 없음을 보았고, 모든 일상적인 나날의 지식이 쓸모없음을 확신했고, 끝 간 데 없이 방대한 공간의 오직 반짝하는 순간의 노획품이기에 우리가 하는 일은 의미가 없음을 이해했다. 순수한 속도의 힘은, 떠돌아다니는 한 점 먼지의 성질은 아무것도 알 수 없으니까. 운동과 물체는 서로를 전혀 의식할 수 없으니까, 반짝하고 마는 이런 하루살이 위치에서 노략질을 일삼는 방대한 공간 규모는 어림도 잡을 수 없음을 충분히 이해했다. 우리는 어느덧 우리가 출발했던 곳으로 돌아올 때까지 손에 쥐어지는 모든 것을 부수고 찢었다. 하지만 우리를 걸고넘어지는 일도 멈추는 일도 없었고, 파괴의 맹목적인 환희는 몇 번이고 우리 능력을 뛰어넘으라고 종용해대서, 우리는 항상 불만족스럽게, 항상 침묵에 싸여, 남아 있는 드라이기, 비누, 빵 덩이, 상의, 정형용 교정화, 음식 통조림, 책들, 가방, 어린이 장난감 부스러기를 짓밟아 뭉개어 새로이 또 새로이 길가의 잔해에 거의 도시 전체로 퍼져나가도록 덧쌓아 올리고, 한 떼기 쓰레기 땅을 다른 쓰레기 땅과 서로 맞물렸으며, 방어할 길을 추구하고 있는, 하지만 방어가 되지 않는 하찮고, 헛된 복종과 분개의 진창 속을 돌파하려고 했다. 이제 우리는 칠흑 같은 어둠에 에워싸여, 교회 앞에 있는 광장으로 이어지는 거리로 어느새 돌아왔다. 끓어오르는 피비린내의 욕구가 막을 길 없이 솟구쳤다. 마음이 위험스럽게 가벼워졌다. 현황眩慌한 저항의 박동이 펄떡였다. 모든 것이 도전이었고, 우리가 벗어버려야 하는 숨 막히는 일종의 짐이었다. 수많은 옆길과 좁은 길이 모여드는 간선도로의 한 들머리 지점이 있었다. 그리고 그런 도로 하나의 머나먼 끝의 어둠 속에서 세 명의 인물을 식별할 수 있었는데, 그들은(흐릿한 윤곽은 몇 걸음 더 내딛자 남자, 여자, 아이로 밝혀졌다) 자신들에게 다가오는 위협적인 폭도들을 알아채고, 공포로 얼어붙었고, 뒷걸음질로 벽에 바싹 다가붙으며 짙은 어둠 속으로 사라지길 바랐다. 하지만 너무 늦었다. 세상 어느 것도 그들을 도울 수 없었다. 그들이 이제까지 아마도 그들의 집 방향으로 난 그늘진 구석에 몸을 용케 숨긴다고 해도 이제는 어떤 피신처도 찾을 수 없을 것이다. 그들의 운명은 이미 결정이 나버렸다. 왜냐하면 우리가 가동하고 있는 가차 없는 정의의 전당에서 그들이 숨을 곳은 더 이상 없기 때문에, 죽어가는 가족, 가정과 집의 깜부기불을 짓밟는 게 우리의 임무라고 확신하고 있기 때문에, 어찌 되었든 그들은 죽을 것이며 '피난처'라는 사람들의 모든 생각은 가망이 없고 무용했다. 숨을 자리를 찾는 일은 의미가 없고, 미래를 믿는 일도 의미가 없었다. 모든 기쁨, 모든 장난기 가득한 웃음, 모든 가짜 결속의 위로와 평온한 가절佳節은 구름이 끼고 도리 없이 섭슬려 사라졌다. 우리 중 몇 명, 선두에 섰던 스물에서 서른 명은 즉석에서 그들을 쫓아갔다. 그리고 교회 앞에 있는 꽉 막힌 네모 광장에 도착해서는 그 도망자 무리를 요모조모 충분히 뜯어본 뒤, 우리는 쌓인 폐허와 돌무더기 건너 그들에게 나아갔다. 그들은 공공연히 샛길 중 어디 안전한 한 도로로 도망가려 하긴 해도, 그 뻣뻣한 자세는 필사적으로 냅다 도망을 치는 게 아니라 차분히 집으로 가고 있는 사람들의 외관을 유지하기 위해, 급격하게 줄어드는 혼신의 용기 그 잔재를 쥐어짜고 있음을 고스란히 드러냈다. 우리가 진짜로 원했다면 성큼성큼 몇 걸음이면 그들에게 도달할 수 있었겠지만 이는, 아직 그때는 모르지만, 구미 당기는 놀라움, 위기와 위험들로 가득 찬, 쫓는다는 어두운 마력을 포기한다는 의미였다. 이런 것들은 사냥꾼이 끈기 있게 사슴의 흔적을 따라가듯이 사냥꾼을 쫓아다니는 주술이어서, 사냥감이 최종적으로 지쳐서 운명을 받아들이고 거의 스스로 목숨을 내놓을 때까지 그것을 해치우지 않도록 막는다. 그러니 우리는 즉시 그들에게 달려들지 않고서, 그들이 위험을 모면할 수도 있겠다, 마치 악몽에서 깨어나는 것처럼, 몰살하려 다가드는 시선의 공간에서 벗어날 수 있겠다고 믿도록 내버려뒀다. 우리가 그들에게 진짜 위협인지 혹은 단순히 웃고 넘길 오해인지는, 물론 당분간은 결정할 수 없을 터였다. 그들은 아마도 몇 분간은 더 그런 마음에 지내다가 실수도 아니고, 오해도 아니고, 실제 무언가 아직은 명확하지 않은 겁박의 대상이란 사실을, 우리가 뒤따르는 이들이 의심의 여지 없이 그들, 다른 사람 아닌 그들, 이런 시무룩이 말 없는 그룹이 선택한 표적임을 깨달을 것이다. 이들 두꺼운 벽에 오들오들 떨고 있는 시민계급의 집 문짝을 깨부수지 않는 한, 우리의 길목에 그들, 우리에서 한참을 벗어난 이 길 잃은 양들 말고는 아무도 없었고, 이 무슨 기묘한 액운인지, 적절한, 제대로 된 징벌의 배상을 바라는 우리의 지독한 배고픔을 가라앉힐 수 있는 이들, 그러면서 동시에 증가시킬 수 있는 이들이 오직 그들밖에 없었기 때문이었다. 아이는 어머니에게 달라붙었고, 어머니는 아버지를 꽉 붙잡았고, 그 아버지는 자꾸만, 더욱 잦게 머리를 돌리며, 한층 불안하게, 더욱 발길을 재촉하고 있었다. 하지만 아무 소용이 없었으니, 그 사이의 간격은 늘어나지 않았고 이따금씩 속도를 늦춘다면, 그건 오직 그다음에 더욱 가까이 그들에게 다가가려는 작전이었다. 아주 이상하게도, 그들이 희망과 실망의 파도 사이를 오락가락하고 있겠구나 짐작하면 우리는 사나운 흥분을 느꼈기 때문이었다. 그들은 처음 오른쪽 모퉁이를 돌아 다른 샛길로 접어들었고 이때쯤에 선연한 절박함을 내보이며 남편에게 매달리고 있는 그 여자까지, 그리고 계속해서 두 눈에 이해할 수 없는 공포를 담고 우리를 흘낏 뒤돌아보는 아이까지, 숫제 그들이 아비 보조를 맞추느라 곱디뎌 넘어지지 않도록 달려야만 하는 궁지에 몰렸고, 더욱 빨리, 더더욱 빨리 걷고 있던 아버지는 아직도 진짜 질주를 해야 할지, 혹여 그렇게 했다가 우리 역시 달리도록 내모는 꼴이라, 그런 경우에 그들에게 여전히 상상도 가지 않는 대적의 순간에 가족과 자신을 동시에 살릴 희망도 절대적으로 없어져버리리라는 두려움에 마음 가닥을 잡지 못했다. 우리 앞에 무력하게 흔들리는, 그들을 위해 준비된 일이 무엇인지 확실히 알지조차 못하는 외로운 세 영혼을 보는 쓸쓰레하고 악랄한 즐거움은 박살이 난 마을의 광경으로 발하는 마법 주술의 매력까지 압도했고, 우리 발밑에 짓밟았던 소용없는 모든 허접쓰레기 조각들이 불러일으키던 만족감보다 더 많은 의미를 던졌다. 그런 영구적인 망설임 속에서, 그런 유예된, 관능적인 연기 속에서, 그 지옥같이 길어지는 지연 속에서, 뒤틀리고 신비로운 고대의 시큼한 향취를 되찾았기 때문이었다. 시시하고 쩨쩨한 움직임에도 무시무시한 위엄과 자긍심을 부여하여, 우연히 뭉쳤다 다음 날이면 멀리 뿔뿔이 흩어질지라도, 오늘 이 부족의 추진력은 누구도 멈추지 않을 것이고, 그들이 끝났다고 이제 더 이상은 없다고 생각해도 누구도 자신의 죽음을 다른 이의 손에 맡기지 않을 것이었다. 그들은 하늘과 땅과, 불운으로, 슬픔으로 긍지와 공포로 더불어 자유를 애타게 그리는 습관은 포기하지 못하도록 하는 야비하고 마음 혹하는 속내 부담까지, 영원히 하나가 되었다. 저쪽 멀리 어딘가에서 둔탁한 웅얼거리는 소리가 들렸지만 금방 잦아들었다. 우리 앞에 몇 마리 길고양이가 담장 사이의 틈새로 조용한 안뜰로 미끄러져 들어갔다. 날씨는 얼어붙을 듯 찼고 공기는 아주 건조해 목이 따끔거렸다. 아이가 기침을 시작했다. 이제 그들이 접어든 길은 분명 집 방향이 아니라 마을을 벗어나고 있었고, 그 남자 역시 그들의 상황이 차츰 희망이 없음을 파악했다. 가끔씩 그는 아마 익숙한 입구의 문에서 망설였지만, 그것도 아주 잠깐, 그들의 노크 소리나 벨 소리에 누군가 문을 열어주고 그들이 추적자들을 피해 안으로 발을 들이미는 순간, 우리가 그들을 따라잡으리라 예상하기 어렵지 않아서였으리라. 물론 그들이 이런 속셈 뻔한, 어린애 같은 해결법으로는 아무래도 성공하지 못한다는 계산도 신중하게 해야 하리라. 종내 그들이 무슨 일을 하든, 무슨 노력을 벌이든, 그들이 진다는 점을 하는 수 없이 인정해야 할 테니까. 하지만 사냥몰이 당하는 짐승이 계속 갈 데까지 가는 것과 똑같이 그 역시 항복을 거부했다. 자신의 책임하의 사람들을 보호하려는 절박한 마음의 아버지는 자꾸 새로운 전략을 고안해내려 안달을 하고 있었고, 그에 따라 타올랐다 점점 더 금방 사그라지는 희망마다 무언가 불확실한 조치에 접어들곤 했지만, 소용이 없이 각 계획은 실패요, 모든 희망은 헛되다고 깨달았다. 갑자기 그들은 가파르게 우회전해 급히 좁은 길로 접어들었지만, 이제는 그를 미리 막을 정도로 우리도 충분히 이 마을에 익숙해져서(우리 중 몇몇은 사실 이 지역 주민이었다) 우리 중 대여섯 명이 단지를 빙 돌아, 그들이 간선도로에 이를 즈음에 우리는 경찰서로 향하는 길을 차단해, 그들에게는 철도역으로 향하는 길 말고는 아무 대안도 남아 있지 않았다. 더욱 지친 모습으로, 그들을 따르는 끈질긴 무언의 파견대에 더욱 겁을 집어먹었다. 남자는 지친 아이를 안아 올렸고, 다음 모퉁이에서 아이를 여자에게 날렵하게 넘겨주고 그들을 향해 고함을 쳤다. 하지만 다른 거리로 잠시 우리 눈앞에서 사라졌던 여자는 아이와 둘이 멀리 도망가는 일을 혼자서는 해낼 수 없다는 듯이, 재빨리 남편에게 되돌아왔다. 다른 무엇보다 그와 영원히 헤어지는 일만은 참을 수 없다고 분명 느꼈으리라. 그들을 불길한 특정 방향으로 몰아가고 있다는 우리의 위장에 그들은 완전히 속아넘어갔나 보았다. 그다음 모퉁이에서 돌아 시 중심가로 돌아가는 유효 가능성이 다분한 도피 경로는 포기하고서, 멀쩡하게 철도역에 도착한다면 그들은 거기서 안전한 피난처를 찾을 수 있으리라는 희망에서인지 그쪽으로 향했다. 그들이 더욱 지쳐갈수록 한층 추적에 짜릿하게 열광하며 우리는 그들을 차근하게 따라잡았다. 그래서 천천히 어둠 속에서도 우리는 남자의 굽은 등, 여자의 두꺼운 스카프의 기다란 술, 둔부에서 계속 철썩이고 있는 손가방, 어쩌다 끈이 풀렸는지 고추바람에 가끔씩 올랐다 떨어지는 털로 된 아이 모자 귀덮개를 식별할 수 있었고, 그리고 그들 편에서는 겁에 질려 우리를 뒤돌아볼 때마다 커다란 덩어리로 그들을 향해 다가가고 있는 우리의 무거운 외투, 우리의 진흙투성이 부츠를 분명하게 볼 수 있었을 것이고, 여기저기 몇은 어깨에 죽은 고양이를 걸머메고, 주먹에 철봉을 쥐고 있는 것도 보였을 것이다. 그들이 역 앞의 텅 빈 광장에 도달할 즈음에는 오직 열 발자국 남짓만 우리를 갈라놓고 있어서, 그들은 남아 있는 몇 미터를 달음질쳐서 무거운 출입구 문을 뜯어 열고 블라인드가 내려지고 커튼이 쳐진 카운터 앞 조용한 버려진 홀 안으로 서둘러 몰려들어야 했다. 하지만 사람 그림자 하나 눈에 들어오지 않았고, 문과 창문마다 어설픈 자물쇠를 차고 있는 대기실은 텅 빈 메아리만 울려 퍼질 뿐, 그들 속에 남은 실낱같은 희망은 즉시 낱낱이 끊어져버렸으며, 그들이 직원실에 희미하게 타고 있는 불빛을 알아차리지 못했다면, 그들의 이야기와 우리의 이야기는 바로 거기, 그 시간에 피할 수 없는 끝장을 맞았을 것이다. 하지만 어쨌든 그것도 아주 오래 지속되지는 않았다. 건물의 한쪽으로 난 창문이 삐걱거리며 열리는 소리가 들리더니 분명 도움을 청하러 튀어가는지, 훑고 지나는 남자의 그림자를 알아챘다. 바로 우리의 코앞에서 사라지려는 시도로, 그림자는 선로를 가로질러 달리고 긴 화물 열차 아래로 숨어들었다. 우리 중 세 명이 즉시 무리를 떠나 부서지기 쉬운 직원실 작은 문의 자물쇠를 열어젖히고 그 남자를 쫓아서 선로 뒤로 흩어져 있던 얼마 안 되는 몇 채 집들에 도달하고서는, 흩어져서 동시에 세 방향에서 그 남자에게 접근했다. 끽끽거리는 그의 부츠 소리와 계속 땅바닥을 미끄러지는 걸음 상태, 시끄럽게 씩씩대는 숨소리가 그의 현재 위치를 가리키는 완벽한 지표 역할을 했고, 우리가 잠 속에서 얼어붙은 듯이 보이는 건물들을 지나 그 뒤로 쟁기질한 밭에 이르러, 그를 구석에 모는 일은 일도 아니었다. 이제는 더 이상 갈 데가 없다는 것을 그 남자도 깨달았다. 그는 강철처럼 단단하고 차갑게 변한 깊은 밭고랑 저쪽으로 조금 더 달려갔지만 그런 뒤 마치 오직 돌아갈 경로밖에 남지 않은 막다른 골목을 마주한 사람처럼, 그 뒤의 밤하늘을 단단히 옭매듯 등지고 체념한 시선으로 우리를 향했다…

내용을 걸신들린 듯 집어삼키며 그는 용수철 접이 공책의 모눈종이 책장들을 계속 넘겼다. 그러다 마지막 장에 도달하여, 다시 한 장을 넘기자—다음 종이는 다시 처음이라—어제의 자아로는 여전히 지독하게 죄책감이 들지만, 오늘 그 모든 무시무시한 내용의 고무적인 브리핑 지침인, 일부뿐인 이런 보고서 역시 맨 앞장으로 되돌아왔고, 그 역시 처음에 제대로 씹어 넘기지 못한 곳은 두 번째는 충분히 흡수할 수 있으려니 하는 믿음에 다시 시작했다. 무엇보다 그렇게 하면 계속 되풀이되는 모든 구절이 주는, 아직은 억누를 수 없는 반발감을 그가 극복할 수 있을 것이고, 두 번째로 그래서 어미 말의 속도에 선뜻 잘 맞추는 수망아지처럼, 질주해대는 입맛 쓴 묘사의 종작없는 돌진에 가능한 한 가까이 단단히 자신을 묶을 수 있을 것이며, 마지막으로 그가 특별히 그를 가르치겠다는 염두에 엮어둔 이 글을 더욱 완벽하게 그 깊은 의미까지 이해할 수 있고 그리하여 그의 힘을 굳건히 늘려서, '바깥에서 맹위를 떨치며 전쟁 중인' 그의 동무들에게 합류할 수 있을 거란 믿음에서였다. 그는 내처 두 번을 읽었지만 그러다 글의 줄이 서로 마구 뒤섞이는 일이 빈번해진다 싶자 어쩔 수 없이 공부를 중단해야만 했다. 그리고 어찌 되었든 그가 그 순간에는—완전히는!—'역겨움을 상당 부분 떨쳐내지' 못하고, 경험에서 '힘을 찾지' 못했대도, 그는 그럼에도 메시지 속에 딸린 숨은 의미의 핵심은 철저하게 이해했다고 확신했다. 그래서 그는 공책을 주머니에 집어넣고, 그의 팔과 다리를 문지르고, 누그러지지 않고 완고하게 떨리는 몸을 어떻게든 잡죄기를 바라면서 일어서서 세탁기 사이를 걸었지만 딱히 큰 도움이 되지 않았기에 이내 그만두고서, 출구를 향해 발을 바꿔 문을 열었고, 눈을 지붕께로 올리고서, 그 너머의 빈 공간을 뚜렷이 처다봤다. 그는 공허를, 동쪽 하늘을, 눅눅한 빛이 흘러든다기보다 흠뻑 적시고 있는 목 졸린 새벽을 빤히 바라봤다. 새벽이 밝는 모습이 어떤지 그는 개의하지 않았다. 이는 다만, 해가 떠오른다는 의미였고, 그는 '저기 바깥에 진행되고 있는 전쟁이 있다. 그리고 그 끝에 다다라가는 밤으로부터 깨어나는 일만이 무자비한 사람에게 보람 있는 일이다'라는 생각에 몰두했다. 전쟁,—그는 계속 지붕들을 훑었다—어떤 규칙도 없는 갈등으로 모두들 바쁜 곳의 전쟁, 한쪽이 계속해서 다른 쪽에 공세를 취하고, 승리 외에 어떤 목적도 똑같이 소용없는 곳에서의 전쟁이었다. 싸움, 왜냐고, 어떤 이유도 찾아 헤매지 않는 사람만, 모든 일에 설명 하나 없더라도 여전히 기꺼이,—그리고 여기서 그는 대공의 충고를 기억했다—왜냐하면 그저 설명이 존재하지 않았기 때문에, 묵인하고 체념하는 사람들만, 여전히 유효하게 남아 버틸 수 있는 투쟁이었다. 이 점을 깨닫고 나자, 그는 에스테르가 혼돈이 진짜 세상의 자연스러운 조건이며 이는 결코 종결되지 않기 때문에 그 결과의 향방을 예측하는 일은 꿈도 못 꾼다고 하던 견해가 정말 타당했다고 수긍했다. 시도하고 자시고 할 가치도 없지, 벌루시커는 생각했고 차가운 장화 안쪽의 아파오는 발가락을 꼼지락거렸다. 예상하는 일만큼이나 판단하는 일도 무의미하고, '혼돈'과 '결과'라는 단어조차 완전히 군더더기이고, 이들의 대립 쌍으로 상정할 수 있는 것도 없다. 그렇게 '모든 것이, 말하자면, 서로의 꼭대기로 던져져,

올라가고' 그래서 그런 식으로 명명된 이름 자체도 싹 지워진다. 그렇게 그들의 의미는 그 자체 내부의 비율에 따라 물어뜯고 있기 때문에 그들 사이의 모든 관계는 혼돈스럽게 뒤섞여 적대적으로 된다. 열린 문 앞에 서서, 동트는 새벽을 바라봤고, 저기 바깥에 실제로 '어떻게 그 속에 든 무엇이든 서로를 향해 돌팔매질을 하고 있는지'가 보였다. 문 앞의 인터폰, 고래, 에스테르 교수 집의 커튼, 둥근 찬합, 총, 연기가 피어오르는 담배, 뒷걸음질 칠 수 없었던 노부인, 팔린카의 맛, 대공의 고음의 첫소리, 그런 뒤 하레르 댁 셋집의 그의 침대, 벤크하임 대로에 있는 집의 청동 손잡이 달린 복도, 그리고 그 꼭대기에, 평직 외투, 새벽, 이들 지붕과 옥상, 호주머니에 공책을 넣은 그 자신. 진짜, 예상 못하게, 서로서로가 엄청난 압력에 으깨지고, 시달리고, 물어뜯기고, 조각조각 찢어발겨졌다. 전쟁, 싸움, 꼬리에 꼬리를 무는 암울한 분쟁,─벌루시커는 그 자신 앞에 으스러진 풍광을 바라봤다─각 사건이 달리 말이 필요 없이 자명한 곳에서 벌어지는 일들, 그러니 놀랄 일은 아무것도 없어, 혼란의 더미 정점을 마무리하듯, 탱크 하나가 갑자기 열두 명가량의 군대를 동반하고 나타났을 때조차 아주 당연한 일로 받아들이는 것도 무리가 아니었다. 벌써 몇 분 전부터 탱크 엔진이 두르르거리는 소리는 깨닫고 있었지만 눈으로는 탱크가 신문 가판대를 부드럽게 한쪽으로 쓸어 넘어뜨리며 시내중심가로 도는 모습만 흘깃, 정말 아주 잠깐 보고는, 그는 즉시 문가에서 물러나 복도 세탁 기기들 사이를 지나, 그런 뒤 번개같이 생각을 가다듬고, 가게 끝까지 서둘러 꼬불꼬불 뚫고 지나, 가벼운 뒷문을 수월하게 밀어 연 뒤에 가게 마당으로 나갔다. 어떤 사람들은 그가 투박한 탱크에 겁을 집어먹은 게 아니더냐고 말하지도 모를 일이지만 벌루시커는 그런 식으로 한순간도 생각하지 않을 것이다. 그냥… 그가 충분히 준비됐다는 느낌이 들지 않았고, 이런 돌연한 판단과 결정에는 단 하나, 한숨 돌릴 여유를 가져야겠다는 목적이 있을 뿐이었다. '시간을 벌어야만 해'라는 생각이 머릿속에서 저 번화가에 탱크가 두르르거리는 일과 엇비슷하게 달그락거리며 뱅뱅 돌았다. 그는 '마음 굳건히 다지고 임무에' 임해야만 하니까, 왜냐하면 그가 마침내 한숨 돌리고 굳건해진다면 무엇이 감히 저 밖의 영속적인 분쟁에 어떤 면에서는… 알게 모르게 끼어들게 된 그를 막아서겠는가? 어떤 사람들은 이제 그가 마당의 문을 타고 넘고 좁은 골목을 달려가기 시작하는 모습이 그 남자의 공책에 적힌 인물과 똑같지 않으냐고, 그 여실한 증거로, 쫓기는 시선이나 그 동작에 절절이 밴 지친 기색이나 완전히 작살이 난 누군가의 외관을 쓰고 있지 않느냐 지적하겠지만, 그는 아마, 아니다, 전혀 그렇지 않다, 이는 단지 겉모습이다, 그는 결판나지도 않았고 어떤 것으로부터도 도망가고 있는 게 아니다, 지금 당장은 그냥… 공개적인 충돌은 피하고 있을 따름이다, 대답할 것이다. 어제까지 그가 여전히 그의 끝없는 순회를 하고 있을 때

는 그가 어느 순간에 정확하게 어디에 있는지, 결코 알 필요
가 없었으니, 한 번도 알지 못했는데, 지금 그는 완벽하게 그
의 위치를 인식했고, 그러므로 또한 자신이 정확하게 어디
로 향하고 있는지도 알았으며 면밀히 그 경로를 산출해, 골
목에서 어느 작은 거리로 빠져나왔고, 보아하니 적절한 처
신 같아서, 이후 골목이나 좁은 길을 우선적으로 고른다는
원칙하에, 아슬아슬하게 더 넓은 도로는 나가지 않으며, 그
런 도로와 아주 붙은 인근도 피했고, 혹은 꼭 대로를 가로질
러야 한다면 그는 밤에 가로등 주위를 떠돌아다니는 고양이
들이 하는 방식으로 살그머니 내다보고, 상황을 두루 살핀
후에야 겨우 조심스레 건넜다. 그는 이따금 살금살금 걷고,
이따금 내달리고, 금방이라도 멈춰 설 듯이 엉거주춤 속도
를 줄이기도 하며 앞으로 나갔다. 그리고 항상 자신의 위치
를 파악하고 있다고 해도 그다음 교차로에서 무엇을 해야
할지 안다고 해도 '어디 갈 데'가 있는 것은 아니었다. 그의
뒤 무엇에서 도망가고 있지도 않고, 가장 중요하게는, 앞에
놓인 무엇을 향하는 중도 아니라는 생각에서였다. 말을 바
꾸면 그는 움직임에 방향성은 있으나 목적은 없다는 자가당
착의 상황도 충분히 받아들였다. 그리고 그는 이런 측면에
서 자기기만에 빠질 의도는 절대 없었지만 모든 일은 더할
나위 없이 괜찮다고, 그러니까 모든 일이 그 자연스러운 혼
돈 속에 있으니 그대로 받아들이자고, 이에 그가 무언가 절
대적으로 손을 써야 하긴 하겠지만, 그냥 조금 뒤에, 곧, 아

주 진짜 조금 지나, 그가 '한숨을 돌릴' 기회를 갖고, 단단히 채비를 하고 힘을 모으자마자, 하긴 하게 되겠지만, 다만 골치 아프게도 이런 기회가, 계속해서 항상 살금살금 걸어가고 달리고 걸음을 늦춰야만 하는 일들 때문에 한순간의 휴식도 그에게 허용되지 않아, 자꾸 늦어지고 있다는 게 문제였다. 그는 그가 쫓기고 있다고 여기지도 않고, 쫓기는 사람 중 한 명이라고 믿지도 않겠지만, 불운이 그만 따라다니며 괴롭히는지, 그가 어느 방향으로 돌아도 아무리 피하려고 해봐도 계속 그들과 마주치게 됨을 인지하지 않을 수가 없었다. 그는 결코 그들로부터 자유로워지지 못하고, 이내 그들의 진로가 그의 진로와 엇갈리곤 했고, 종국에 그는 어떤 출구도 없는 미로를 내달리고 있는 느낌이 들기 시작했다. 이런 느낌은 시내 중심에서 그가 삼십 분 만에 거의 세 번을, 처음 요커이 거리에서, 그런 뒤 아르파드 거리에서, 마지막에는 48년 대로가 페퇴피 광장에 합류하는 지점에서 그들을 마주치면서 시작됐다. 그럴 때마다 그는 거의 순전한 운으로, 어디 우묵한 입구라든가, 페퇴피 광장에서는 빵집 마당으로 모면했다. 곧 그는 태연자약을 가장하고 있다 그들을 보자마자 가장 가까운 피난처로 튀어 늦지 않게 피하는 법을 익혔고, 그리하여 이를 그의 냉정한 머리, 지나는 군인들이나 탱크들에 움찔대는 일 없이 대처하는 능력의 증거라고 굳게 믿었다. 그는 코르빈 사잇길 갈림길까지 되짚어가, 오른쪽으로 돌고, 법원(그리고 감옥) 뒤로 크게 우회하고

서는 정육 공장에서 서쪽 방향으로 뻗어 있는 그물 같은 좁은 거리의 안전망에 거의 도착했는데 갑자기 다시 한번 더 가까운 거리에서 잘못 알아들을 리 없는, 우르릉거리고, 쿵쿵거리고, 끼익끼익거리는 엔진의 소리를 들었고 곧 약제상 가게 앞 칼빈 거리의 끄트머리에서 한 소대의 군인들을 보았다. 다른 쪽 끝에 장식용 분수의 가장자리로 고개를 빼꼼 내밀며 훔쳐보던 그를 그들이 알아채지 못한 것은, 순전히 운, 그리고 약간은 자부심을 갖고 인정하지 않을 수 없듯이, 그 자신의 향상된 반사운동 덕분이었다. 왜냐하면 무슨 딴 맘이 생겨 군인들이 칼빈 거리 쪽으로 급습해볼까 결정하는 경우에 대비해 그는 거의 숨도 고르지 못한 채 즉시 고개를 숙여 숨고, 분수 뒤에 납작 몸을 붙였기 때문이었다. 그런 뒤 다리로 움직거릴 수 있는 한 재빨리 위로 비탈진, 샛길로 달려 나갔으며, 잠시 동안 몸을 숨길 수 있으리란 희망 아래 오래된 루마니아 마을로 들어서자고 마음먹었다. 상당히 매력적인 전략으로 보였는데, 이는 그만, 그다음 모퉁이에서 철로 된 괴물과 거의 충돌할 뻔하고서는 무산됐다. 이 지점에서 그는 어느 방향을 고르든 차이가 없다, 탱크는 그의 마음을 읽을 수 있고 항상 그의 갈 길을 예상하리라는 느낌이 들기 시작했지만, 이것이 그들이 그를 쫓고 있다는 확실한 징후라는 손쉽지만 찜부럭한 결론에 항복할 마음은 없었다. 그는 '공책에 있는 그 남자'가 아니었다, 그의 '운명은 결정된 것도 아니'거니와 그는, 자신이 '사냥꾼'

같은 탱크와 군인들에게 내몰린 '사슴' 같은 것도 아니라고—떼는 발자국마다 따라다니는 평행한 비유比喩를 부정하며—고개를 저었다. 예를 들어, 그가 성삼위일체 공동묘지를 도로 지나면서, 그들이 '진짜 위협인지 아니면 단순히 웃어넘길 오해인지' 결정하는 데 어려움이 있는 것과는 다른 것이, 왜냐하면 그가 '가끔씩 아마 익숙한 문 앞 입구에서 망설이지'는 않지만 그저 엔진의 소리가 들리나 종종 귀 기울이기 위해 귀를 쫑긋 세웠고, 말도 못하게 진짜로 지쳐서 길을 걸었지만 '겁먹어서'도 아니고 '체념해서'도 아니고, 진짜로 '사냥당하는 짐승'처럼, '무력하고 헛되어서'는 더더욱 아니었기 때문이었다. 그는 하지만 진행 방향의 선택이 자신의 의지로 결정되지 않은 지가 제법 되었고, 잠재적인 휴식처에 가까이 가기보다 더욱더 멀어지고 있다는 점은 인정해야 했다. 부정해봐야 소용없이, 그가 다가가고 있는 것처럼 보이는 장소가 철도역이라는 것만 아니면 별로 중요하지 않은 사실이, 비록 거기서 유사점은 끝난다고 생각하긴 했지만, 왠지 마음이 켕겼다. 그래서 자꾸 적대적으로 튀어나오는 공책의 문장들이 마음을 어지럽히자, 그는 남아 있는 힘 어디 하나라도 낭비하는 일은 분명 심각한 실수가 될 터이니 그냥 그 공책을 멀리 던져버리기로 결정했다. 그즈음이 되자 그는 역에서 백 미터가량 떨어져 있었고 이전의 상태와 비교해 보아도 꼬락서니는 더 형편없었다. 발은 장화에 쓸려 아렸고, 들쑤시는 고통으로부터 탈피해보려고 대부분 힘을 왼쪽 다리에다 쏟을 수밖에 없었고, 가슴은 숨을 쉴 때마다 쓰라렸고, 머리는 참을 수 없게 지끈거렸고, 눈은 불붙은 듯 쑤시고, 입은 말라붙었으며(언제 어디서인지 누군들 알겠냐만) 우체부 행낭을 잃어버렸기 때문에, 더 이상 가방에 위안을 찾아 매달릴 수도 없었다. 너무나도 어지럽고 들쑤시며 뼈 근해서, 등 뒤로 그가 방금 지나온 입구 중 하나로부터 하레 르가 속삭이는 목소리를 들었을 때는 상상을 한 거려니, 귀 신 소리를 들은 거려니 넘겨짚은 일도 어쩌면 당연했다. 하 레르는 실제로 무슨 말을 한 게 아니라 그저 단순히 '쓰잇, 쓰잇' 소리만 냈고, 벌루시커에게 가까이 오라고 세차게 손 짓하고, 문 밑으로 그를 우악스럽게 밀어 넣고, 역 쪽을 향 해 목을 빼고 내다보며 꼼짝 않고 거의 일분 남짓 서서 훔쳐 봤다. '이 친구야. 자네를 도와줄 수가 없지 않나, 우리는 서 로 보지 못한 거야, 우리 만나지도 않았어, 자네가 잡히면 자네는 저들에게 어제부터 나를 본 적 없다고, 내 말 들은 적도 없다고 이야기해야 하네. 지금은 대꾸하려고 하지 마. 그냥 알아들었다는 표시로 고개만 끄덕여. 하지만…' 조금 뒤에 하레르는 벌루시커의 귀에 대고 빠르게 지껄였고, 한 편 벌루시커는 여전히 자신은 귀신의 말을 고분고분 듣고 있다고 여겼고, 왜인지는 모르겠으나 그 숨결의 냄새만이 진 짜 기이하게도 익숙하다고 느꼈다. '우리는 네가 무슨 짓을 하고 다녔는지 모조리 알아.' 귀신이 속닥거렸다. '그리고 그 마음 좋은 에스테르 부인, 그분이 아니었다면 너는 진짜 곤란에 처했을 것이다. 네 이름이 명단에 들었으니까. 그러니까 부인의 친절한 마음 씀씀이가 아니었다면 그걸로 끝이었어. 너는 여사님께 많은 점에, 모든 일에 대해 감사해야 해, 알아들었어?' 벌루시커는 고개를 끄덕여야 함을 알았지만 사실 어떤 것도 이해가 되지 않아 대신 고개를 가로저었다. '그들이 너를 찾고 있어! 사람들이 너를 목매달 거야! 그건 이해할 수 있겠지, 안 그래?' 하레르는 성질이 날 대로 나 가능한 한 빨리 내빼고 싶은 모습이 아주 역력했다. '잘 들어! 여사님이 내게 그 불쌍하고 재수 없는 놈, 너 말이야, 네놈을 찾으라고 말씀하셨어. 그분이 그때는 네가 그 명단에 들었는지 확실히 알지 못했어도, 올랐으리라 짐작하는 일은 어렵지도 않은 일이었겠지. 모든 사람이 네가 온밤 거리를 그놈들하고 쏘다닌 줄 다 아니까. 그를 찾아, 군인들이 그를 먼저 잡으면 그의 변명 따위는 들어줄 생각을 않고, 그 자리에서 그냥 목을 매달 거야, 그렇게 말씀하셨지. 알아들었냐고!' 벌루시커는 엉거주춤 고개를 끄덕였다. '마침내 알아들었군. 자, 정신을 차리고 여기를 벗어나, 어디든지, 북쪽이든 남쪽이든 벗어나라고…' 하레르는 모호한 저 멀리를 가리켰다. '그 사람들을 따돌리고, 후딱 뛰어서, 지금 바로 마을에서 사라져, 그리고 그분에게, 여사님께 감사드려라. 이제 가, 역은 조심하고, 하지만 선로를 따라가, 군인들이 기차는 경비를 서고 있지 않으니 기차에 바싹 들러붙어서 가. 알아들었어?' 벌루시커는 다시 고개를 끄덕였다. '좋아. 나도 그러길 바란다. 네 임무는 선로까지 가는 일이야, 나는 나머지는 알고 싶지 않아, 나는 여기 있지도 않은 사람이야, 너는 선로에 도달하고 계속 가는 거야, 빈둥대며 엉망으로 만들지 말고, 미적거리지도 말고, 선로에 딱 붙어서, 알겠어? 네가 갈 수 있는 한 멀리 가, 그런 뒤 무슨 헛간이든 어딘든 피신처를 찾아 들어가, 그런 뒤 우리가 무슨 일을 할 수 있나 알아볼 거야. 부인 말씀이 그래.' '하레르 아저씨.' 벌루시커가 속닥였다. '아저씨는 나를 두고 걱정하실 필요 없어요. 저는 지금 완전히 멀쩡해요… 무슨 말이냐면, 저는 모든 것을 알아요… 저는 바로 멀리 벗어나서 전갈을 기다릴게요… 다만 드리고 싶은 말씀은 저는 지금 조금 지쳤고 어딘가에서 쉴 수 있었으면 해요, 왜냐하면….' '너 지금 무슨 말을 하는 거냐!' 다른 쪽이 그의 말을 막았다. '쉬어? 너는 여기서 밧줄이 네 목에 걸리기만을 기다리고 싶은 거냐? 잘 들어! 개인적으로 네 좋을 대로 네가 무얼 하든 내가 알 바 아냐. 우리는 서로 보지도 못했고, 나를 만났더라도 말 한마디 안 들은 거야…! 알아들었어? 그럼 고개 끄덕여! 이제 가!' 그 귀신이 마치 마지막 경고는 자신에게 한 것처럼 문 아래를 통해 밖으로 미끄러져 나갔고, 벌루시커가 그런 데까지 머리가 났을 때는, 그는 벌써 사라지고 없었다. 자꾸 말을 반대로 뒤집는 이 하레르 아저씨가 그가 알던 하레르 아저씨와 전혀 닮지 않았으며, 전혀 예상 못한 그의 등장이 무언가 있을 법하지 않는 유령 같다는 점은, 그래도 의아하거나 놀랍지 않은 일이나('어쨌든, 전쟁이 벌어지고 있어…') '그 사람들이 너를 목매달 거야!' 속삭이던 단어들에 갑작스러운 공포가 혜살을 놓았고, 혼자만 남겨졌다는 점에 공포가 더욱 커졌다. 공포에 너무나도 주눅이 들어, 문의 피신처를 포기하고 철도역을 향해 출발할 즈음에, 뚜렷뚜렷 살피던 경계심이 이전 수준으로 돌아가기는커녕, '불행하게 그 최소한'도 유지하지 못함이 절로 느껴졌다. 그는 다시 어지럼증을 느꼈고 몇 걸음 비틀거리며 가다 보니 그의 머리를 맴도는('목매달 거야!') 엄청난 단어들이 차츰 잦아들기 시작했다. 그런 뒤 그는 마음속에 자꾸 떠오르는 탱크의 이미지를 없애버리고 멈춰 서서 오로지 선로만 염두에 두고—이 말을 이제는 하레르 씨에게 할 수 없으니, 혼잣말로—'모든 것은 괜찮아질 거야' 하고 말했다. 괜찮아질 거야. 그는 계속 되뇌며 역을 향해 걸었다. 왜냐하면 분명, 모든 것이 분명 하레르 씨가 암시한 대로 잘 풀릴 테니까, 즉시 마을을 떠나, 그렇다고 영원히 떠나는 것은 아니라, 질서가 잡힐 때까지, 선로를 따라가고 군인들을 뒤로 따돌리라는 말을 따르자. 그는 완전히 버려진 듯이 보이는 역 광장에 이르러, 벽에 바싹 몸을 붙이고, 평소보다 한층 주의를 기울이며 각 모퉁이를 살폈고 그런 뒤 이제 됐다고 판단되는 순간이 오자, 깊게 숨을 들이쉬고, 반대편 거리에 몸을 숙여 숨길 수 있도록, 뛰어서 광장을 건넜다. 그러고 나면 신호대를 둘러서 선로에 바로 도착할 수 있을 것이다. 그는 건너는 일에 성공하고 아무도 그를 보지 못했다고 확신하는데 막 다시 달려가려는 참에, 그 옆 어딘가에서, 아마 그의 아래쪽, 가장 가까운 담벼락 언저리에서 약하고 작은 목소리가 수줍게 그를 불렀다.('저기요… 우리 여기 있어요…') 그 목소리에는 어떤 위협도 들어 있지 않았지만 전혀 예상치 못했던 소리이기에 그는 본능적으로 화들짝 길로 되튀며 뒷걸음질 쳤고, 그러던 중 오른쪽 발부리가 보도 갓돌에 걸려 순간적으로 거의 벌러덩 넘어져 바닥에 얼굴을 깔 뻔했다. 팔을 온 사방으로 휘저으며 상당한 어려움을 겪은 후에, 그는 간신히 발로 균형을 유지하고 몸을 돌렸다. 그리고 처음에는 그들을 알아볼 수 없었지만, 알아볼 즈음에, 자신의 눈을 믿을 수 없어 이건 하레르 아저씨와 만난 일은 비교도 안 된다, 이들은 진짜로 귀신이다, 생각했다. 경찰서장의 두 아이들이 벽 옆에, 둘 다 너무 커서 발목 부근에서 잔뜩 아코디언처럼 짜부라진 바지를 입고, 그가 결코 잊을 수 없던 그때 그에게 보여주려고 그들이 걸쳤던 똑같은 경찰 제복을 걸치고 서 있었다. 이제, 다시 한번 그들은 아무 말도 하지 않고 그를 바라만 보다가, 어린 동생 쪽에서 훌쩍거리는 소리가 터져 나왔고 나이 많은 형이 그를 조용히 시키려고, 마치 그 자신의 마음 상태를 속일 요량이었는지 사납게 손을 들어 보였다. 같은 경찰 겉옷, 똑같은 어린아이였지만 어젯밤 난방 과한 아파트에 그가 두고 떠났던 아이들과 닮은 데라고는 전혀 없었다. 그럼에도 그는 그들에게 다가갔다. 어떤 다른 요구도 하지 않고 그냥 그들에게 집으로 가라고만 말했다. '지금… 당장!' 당장이란 말을 벌루시커는 되풀이했다. 그들에게 설명할 시간이 없다는 말은 오직 그의 어투 속에만 담겼다. 그렇게 말하며 그는 그들의 어깨를 잡고 살그머니 돌려세우려고 했지만 알아듣지 못한 듯이 그들은 저항하고 거부하며 꼼짝을 하지 않았다. 작은 아이가 계속 코를 훌쩍이고 시끄럽게 울어댔고 한편 큰 아이는 목멘 목소리로 여기를 떠날 수가 없다고 대답했다. 아버지가 그들을 새벽에 깨워서 이 옷을 입으라고 시키고서는 천장에 총을 쏘았다, 역 앞에서 기다리라고 명령하고서, 하나같이 다들 스파이이며 반역자들이라고 소리를 질러댔고, 계속 고함이 지속되더니 문밖으로 그들을 내몰고 자신은 최대한 철저하게 방어해야 한다면서 문을 쾅당 닫아걸었다는 것이었다. '하지만 지금은 너무 추워요.' 큰 아이가 입매를 울 듯이 씰룩대며 말했다. '하레르 씨가 조금 전에 여기 있었는데 저희들에게 아무 관심도 없었어요. 제 동생은 계속 부들부들 떨고 우는데 저는 쟤를 데리고 무얼 해야 할지 모르겠어요. 우리는 집에 가고 싶지 않아요, 제발 아빠가 제정신이 날 때까지라도 우리도 데리고 가주세요!' 벌루시커는 한참 광장을 바라보고 거리 저쪽까지 눈길을 내달리다가, 마침내 발치의 보도에 눈길을 줬다. 발끝에서 한 십 센티미터 되는 곳에서 그는 작은 갈색의 동글동글한 조약돌을 발견했다. 그 주위로 콘크리트가 완전히 닳아 파여서, 간신히 달랑달랑 박혀 있는 것 같았다. 그가 발 옆 축으로 가볍게 튀기자 조약돌은 굴러 나가더니 두어 번 팔짝팔짝 튀다가 납작한 면을 아래로 가만 앉았다. 그는 몸을 굽히지도, 이를 줍지도 않았지만, 그 조약돌에서 시선을 뗄 수도 없었다. '가방은 어디 있어요?' 잠시 동안 코 훌쩍거리는 것도 잊어먹고 작은 아이가 그에게 묻고서는 금세 훌쩍거리는 일로 되돌아갔다. 벌루시커는 아이에게 대답은 않고 조약돌만 바라보다가, 조용히 말했다. '집으로 가.' 아주 약간만 머리를 까닥해 집 방향을 가리키고, 가라고 그들에게 손을 내저었다. 그 자신은 반대 방향으로 출발했다. 더 이상 '공허감'이 아니라 '서글픈' 느낌이 대신 들었고, 신호대를 돌아서서, 멈추고는 그들에게 따라오지 말라고 말하고서 그들을 못 본 척 무시했다. 그렇게 그 셋은 기찻길 침목을 따라 첫 번째 사람은 훌쩍거리고, 둘째 사람은 멀리 뒤떨어지지 않도록 훌쩍거리는 동생을 잡아끌고, 세 번째 사람은 한 열 걸음 앞서서, 왼쪽 발을 절룩거리며 아무 말도 없이 걸었다.

＊ ＊ ＊

아무 말 없이, 그들은 혼란스러운지 아니면 창피스러운 건지, 고개를 가로저었고 그들이 그에 대해 알고 있는 사실이 무슨 비밀이라도 되는 건지, 눈길은 아래로 던졌다. 한두 마디 어렵사리 입을 달싹거리더라도('… 이 근처에서요? 아니요…') 깊은 침묵은 그가 묻는 누구에게나 남아 있었다. 바느질거리 판매상 가게 앞에 서 있을 때 문득 그런, 내가 아는 걸 꺼리는 거야, 저 사람들은 솔직히 인정할 엄두도 안 나는 거야, 하는 생각이 들었고, 그가 어디 있는지, 자신들은 모른다고 딱 잡아떼고 거짓말까지 하니까, 무기력한 격노가 솟구쳤다. 하지만 가장 끔찍한 일은 이런 사방을 둘러싼 벙어리의 전지全知, 보편적인 협정을 암시하는 거절, 비낀 눈매, 기이하게 숨김없는 분개와 비난의 얼굴빛은 그가 진짜 알기를 원하는 일을 빼고 모든 것을 드러내고 있다는 점이었다. 그는 문에서 문으로, 여기저기 잇따라, 큰 도로의 양쪽 길을 다 아우르며 추궁하고 다녔지만 어떻게 묻더라도 그들이 아무 말도 해주지 않아, 거기 사방을 막고 있는 벽에 든 느낌이었다. 바로 그런 침묵으로 그가 정확하게 맞는 장소를 헤매고 다닌다는 확신이 들어서 그렇다고 오른쪽으로 왼쪽으로나 틀어 다른 데를 가볼 수도 없었다. 하지만 조심조심 집 밖으로 나와보는 사람들의 수가 점차 늘어감에 따라 그들이 하나같이 모두 대답을 거부하리라는 확신도 짙어가자,

무슨 일이 있었는지 그 사람들로부터는, 결코 얻어낼 성싶지 않았다. 사람들은 다들 시장 광장 쪽을 바라봤다. 그리고 그가 극장 앞의 소방차에 다다라, 소방관에게 말을 걸려고 하자, 그들은 대수롭지 않은 듯 손에 쥔 소방 호스로 짜증을 내며 쫓아냈고, 군인들 역시 교통정리를 하듯이 전진하라는 손짓만 해 보였다. 그래서 그는 결국 그가 묻고 다니는 사람이 거기 있나 보다, 거기 무언가 분명 끔찍한 방식으로 있나 보다 속대중이 자리 잡자, 사람들에게 묻는 일을 전부 멈췄다. 그는 몸 주위로 외투를 잡아당기고 걷다가 뛰다가 또 뛰다가 걸으며, 떠밀리는 방향이라면 어디로든, 코믈로 호텔을 지나고, 그런 뒤 작은 쾨뢰시 다리를 건너고, 겁에 질린 얼굴을 하고 두 줄로 나란히 선 사람들을 지나며, 그가 갈 수 있는 한 멀리 발을 놀렸다. 코슈트 광장은 근처에 가보지도 못했다. 훨씬 더 많은 군인들이 한층 적대적으로 큰 도로의 입구부터 막고서, 그에게 등을 돌리고, 광장 쪽으로 기관총을 돌리고 있었기 때문이었다. 그리고 그들 사이를 비집고 들어가보려고 버둥거리자, 앞줄에 섰던 한 명이 돌아보며 뭐라고 말을 했고, 그래도 말이 먹히지 않는다고 생각했는지 갑자기 한 바퀴 핑 돌아, 안전장치를 풀고, 그의 가슴팍에 총열을 밀어대고, 사납게 고함을 쳤다. '돌아가, 여기 구경할 거 하나 없어, 이 노인네야!' 에스테르는 두려움에 한 발을 물리고 막 그가 무얼 하고 있는지 설명하려 하는데 그 군인이, 불복종에 무언가 위험의 기운을 감지했는지, 더욱 신경질적으로 전투 자세를 덜컥 취하고서 다시 기관총으로 그를 위협하며, 한층 더욱(그게 가능한 일이라면) 위협적인 어투로 으르렁거렸다. '돌아가! 광장은 폐쇄됐어! 아무도 가로지를 수 없어! 꺼지라고!' 그 위협의 어조는 무슨 말이라도 꺼낼 기회를 줄 것 같지 않았고, 살얼음판 같은 이런 삼엄한 경계의 태세로, 그가 그 지시에 따르지 않는다면, 그 군인과 거리를 두지 않는다면, 한 발이라도 잘못 움직이면, 여차하면 방아쇠를 당길 것이라고 공공연히 드러냈다. 그래서 하는 수 없이 물러나 그는 쾨뢰시 다리 쪽으로 되돌아갔다. 되돌아가긴 갔지만 다리 앞에서, 줄만 풀렸다 감기듯이 빙 에둘러 돌았다. 무력의 바리케이드는 필사적인 결의를 다지고 갖춘 그에게 다른 방향에서 재차 시도해볼 수 있는 장애물일 뿐, 그를 겁주어 단념시킬 수는 없었고, 성공하지 않는다면 다시 또다시 용맹하게 나서면 그만이었다. 다른 방향에서, 중심가 도로 아래로 가보자, 그 소리가 마음속에서 요란하게 두드려댔고, 다리가 움직이는 한, 폐가 허락하는 한 빨리 수로 옆길을 따라, 광장을 빙 둘러 달리기 시작했고, 숨은 헐떡이고 떠들썩 윙윙거리는 마음속으로, 아무 대안도 남아 있지 않다면 저지선을 뚫기라도 해야 한다 생각했다. 지금은 어떻게 해서든 광장 안으로 들어가, 거기에 그가 없는지, 아니 어쩌면 그가 있는지 알아내러 가야 한다는 느낌을 떨칠 수가 없었다. 가장 나쁜 일, 그가 지금은 감히 생각도 하지 못하는 가장 끔찍한 가능성을 두려워할 필요가 없도록 하기 위해서라도 꼭 확인해야 했다. 그는 달렸다. 아니 심하게 비틀거렸다. 그렇게 수로 곁을 따라가며 공황에 질려 너무 허둥대지 말라고 스스로 타일렀다. 절제력이 급선무다, 그의 심장을 움켜잡는 공포가 그를 압도해서는 안 된다, 그리고 이를 성취할 길은 그가 이제껏 무의식적으로 행했던 일을 하는 것이다, 다시 말해 오른쪽도 보지 말고 왼쪽도 보지 말고 죽 앞만 보고 가보자, 사실 그랬다. 그는 집에서 모자도 지팡이도 없이 외투만 걸치고 달려 나와 마을을 향한 이후로, 바깥세상의 기물 파손의 정도를 감지하고 있었지만, 어떤 것에도 잠깐 시선을 돌리거나 한눈팔지 않았다. 정작 그 광경 자체보다는—그런 일은 상관도 하지 않고 오직 벌루시커의 안위에만 관심이 있었기 때문에—혹시나 폐허들 사이에서 일어났던 일의 모든 정황을 다 함께 조합할 수 있는, 그리하여 그에게 무슨 일이 일어났는지 알아내게 될 무언가를 보게 될까 봐 더 겁을 내고 있었다. 그는 어느 벽 언저리에서 챙이 달린 모자를, 보도 위에서 우체부 외투에서 나온 검푸른 옷 조각을, 길거리에서 부츠 한 짝을 찾을까 봐, 혹은 버려진 우체가방이 차에 치인 고양이의 내장이 터져 나오듯 죔쇠가 풀려, 비어져 나온 다 해진 잡지와 흩어져 있을까 봐 두려웠다. 나머지는 관심이 없었다. 아니 더욱 정확히는 그는 주위 형편을 이해할 능력이 없었다. 하레르 부인의 설명이 어느 순간부터 차츰 잦아들어 종적을 감추기도 했고, 그의 머리에는 원인에 대한 암묵적인 가정의 공간

밖에 남아 있지 않아서, 특히 무엇이 파괴됐는지, 혹은 누가 파괴를 하고 있는지에 대한 의문이나, 지난밤 그가 모르는 사이에—더욱이 그가 의심도 하지 않는 사이에—무슨 일이 있었는지 판단하려는 일은, 한군데 집중하기도 힘든 그의 감당 능력을 한참 넘었기 때문이었다. 자신의 정신 상태가 마을의 상태에 비할 바가 못 된다는 점은 인정했다. 마을이 받은 피해는 전반적으로 비통하기가 이루 말하지 못할 정도라, 벌루시커가 어디 있는지, 그가 어떻게 되었는지에 대한 질문은, 자기기만의 말처럼 다른 누구에게도 아무 흥밋거리가 아니리라 수긍했다. 그에게 하지만, 그처럼 허를 찔리는 낭패를 당하다니, 이 문제만이 못내 걸려 걸음을 뗄 때마다 마음을 짓바쉈고, 그래서 거의⋯ 수로 방죽을 내달리는 이런 옴짝달싹 못할 감옥에 감금돼 있었다. 이런 그의 감옥 쇠창살에는 틈이 있다고 해도, 창살 밖을 내다볼 힘이 없었다. 사실 여기에 당연히 따르는 또 다른 문제가 있었다. 질문 속의 질문, 하레르 부인이 그를 오도한 것이라면, 혹은 그녀의 남편이 끔찍한 혼돈 속에서 실수를 저지른 거라면, 그에 따라 새벽의 전령이, 그녀로서는 알 수 없는 노릇이겠지만, 그 집 하숙인의 운명을 잘못 알고 있는 거라면, 어떻게 될 것인가라는 의문을 계속 품고 다녀야 했다. 이런 의문을 정면으로 유념하고 있어야 하긴 하지만, 한편으로 동시에, 계속해서 그 여자의 설명을 거의 불가능한 일로 일축하고 있었다. 그런 만행을 저지르는 장소에 있고서도, 그런 악랄한 맹공격을 목격하고서도, 생생하게 비인간적인 이런 익살놀음에 참여하고서도 여전히 어딘가, 해를 입지 않고, 거리를 헤매고 다니는 중이라면 아마 거의 기적에 버금가는 일이 되겠지, 하는 느낌이 들어서였다. 혹은 적어도 생각만 해도 소름 끼치는 그 반대의 상황만큼이나 의심스러웠다. 자신이 '늦게 일어나는' 바람에 그의 친구를 방어할 수 없었고, 그러므로 영원히 그를 잃어버렸다는 생각이 쉬지 않고 그를 괴롭히며 파고들었고, 이게 사실이라면 그럼 몇 시간 전만 해도 모든 것을 갖고 있던 그는 '아무것도 없이' 혼자 남겨지게 될 것이었다. 그에게도 결정적이었던 하룻밤이 지나, '완전한 은퇴'의 마지막 행동을 맞이했을 이 아침에 그는 정말 벌루시커 외에 아무것도 남겨지지 않았고 그를 되찾아야 한다는 것 말고는 아무것도 바라지 않았다. 하지만 이를 이루기 위해서는 더욱 사려 깊게 행동해야 한다고 이해했기에, 예를 들어 수로의 둑에서 시내 중심가로 오르면서, '모든 것을 부수고 깨버리고 싶은 끔찍한 충동'을 극복하고, 자제력을 되찾고, '폭력적으로 저지선을 뚫고 들어가는' 일처럼 '일을 그르칠 빌미'를 주어서는 안 된다고 생각했다. 안 된다. 이후로 상당히 다른 식으로 행동해야 한다고 그는 결심했다. 그는 따지며 다그치지 않고 물어만 볼 것이고, 먼저 벌루시커의 외관을 묘사해주고, 그들이 그를 알아보면, 책임 장교에게 대화를 요청하고, 벌루시커가 누구인지 설명하고 그의 전체 삶이 순수함의 증거라고, 그러니 그를 어떤 일에 '연루'됐을 수 있는 그런 사람으로 여겨서는 안 된다고, 오히려 일어난 일에 휘말려들었다가, 충분히 이해가 가겠지만 도저히 빠져 나올 수가 없었을 거라고 설명할 것이다. 그의 경우 어떤 기소 내용의 본질적인 요소는 오해가 반영된 것이거나 거짓말을 가리키기 때문에 그들은 그를 희생자로 여길 것이며 즉시 사면할 것이다, 벌루시커를 그에게 일종의 '잃어버린 수하물'처럼 양도해야 한다. 어떤 다른 사람도 그를 요구하지 않을 것이니까, 에스테르 자신 말고—여기서 그는 자신을 가리킬 것이다—아무도. 적절한 전략을 고르고 단어를 선택하며 거기까지 도달하면서 그는 친구를 발견하지 못할지도 모른다는 생각은 아예 떠오르지도 않았다. 그래서 코슈트 광장의 이쪽 부분을 지키고 있던 한 무리의 군인과 접촉하고, 포병 한 명에게 아주 자세하게 묘사하고 나서, 그 남자가 머리를 흔들 때는 충격이 이만저만이 아니었다. '전혀! 저 사람들 중에 그런 모습에 들어맞는 사람은 없어요. 이 많은 폭도들은 모두들 털모자를 쓰고 있어요. 우체부 외투요? 챙이 있는 모자? 없어요.' 그는 에스테르가 그만 물러나야 한다는 신호로 총을 그를 향해 흔들었다. '그런 인물은 여기 없어요, 그건 확실합니다.' '한 가지만 더 물어도 될까요?' 에스테르는 두 손을 들어 기꺼이 복종할 준비가 됐음을 보여 줬다. '저런 사람들 모아놓은 데가 여기가 유일합니까, 아니면… 다른 곳도 있나요?' '모든 더러운 폭도는 여기 다 있어요.' 군인이 경멸을 담아 으르렁거렸다. '확신컨대 나머지 사람들은 도망갔거나 우리가 이미 쏴버려서 죽은 목숨이겠죠.' '죽어요?' 에스테르는 어지러이 말을 되풀이했다. 그리고 가라는 명령은 귓전으로 무시하고, 어기적어기적 흔들리며 벽처럼 늘어선 무장군인들 뒤쪽을 따라 움직이긴 했지만 그들은 키도 크고 다닥다닥 정렬을 해서, 그들 사이나 위로는 아무것도 볼 수 없었다. 그래서 광장을 다 조망할 수 있는 장소를, 머릿속에 그 단어가 메아리로 길게 울리지 않도록 하기 위해서라도, 어디 유리한 자리를 찾아야 했다. 그는 시장 광장의 저 끝을 향해 발을 돌렸고 부서져 박살이 난 '어러니퍼티커(황금 약국)'로 들어가는 입구에서 아직도 조금은 몽유병자 같은 태도로, 조각상이 받침대 근처에서 떨어져 나간 것을 알아차리고 멈췄다. 그 기단의 꼭대기는 거의 그의 명치께 다다랐지만, 그의 나이로는, 특히나 모든 힘이 쑤욱 다 빠져나가버린 현재 상태에서는 이를 타고 오르는 일이 만만치가 않았다. 하지만 그 군인이 실수를 했고 벌루시커가 분명 거기 있다고('그는 거기 분명 있어. 다른 어디 있겠어?') 증명하고 싶다면, 다른 방법이 없어 보였다. 그래서 받침대에 기대고, 몇 번 실패를 거듭하고 나서 간신히 오른 무릎을 꼭대기에 올려놓았고, 그 순간에 잠시 쉬었다가, 왼쪽 다리로 보도를 아주 세차게 밀고 다른 쪽 가장자리를 움켜잡았고, 그렇게 두 번 미끄러져 내리다가 다시 뛰어 마침내 엄청난 어려움 끝에 간신히 꼭대기에 이르렀다. 그는 여전히 아주 어지럽고, 당연히, 기이하게 높은 기단부에 닿으려고 분려하다 보니, 처음에는 사방이 일종의 물결치는 어둠 같은 데에 덮여 있는 것처럼 보이기도 했고, 자신이 두 발로 가만히 서 있을 수 있을까 상당히 의문이 들었다. 하지만 그런 뒤, 천천히 시야가 깨끗이 개기 시작하더니… 반원을 그리며 배치된 군인들의 이중 저지선이 보였다. 그리고 그들 뒤로, 한쪽으로, 왼편에, 커라초니 야노시 거리와 다 타 버린 교회 사이에, 지프차가 몇 개 있었고, 포장 덮은 트럭 너덧 대… 마지막으로 원 안쪽에 한데로 몰려서 목 뒤로 손이 묶인 사람들이 말없이 움직이지 않고 있었다. 물론 이 거리에서는 두껍게 모인 털모자와 농꾼모자들 사이로 한 사람씩 가려내는 일은 불가능했지만 에스테르는 그가 거기 있다면 틀림없이 꼭 찾아내리라고 잠시도 의심하지 않았다. 그는 건초 가리에서 바늘이라도 찾을 작정이었다, 그 바늘이 벌루시커라면… 하지만 저쪽 건초에서는 아니다. 그는 한 무더기의 사람들을 샅샅이 훑어 내리기 시작하자마자 그의 '잃어버린 수하물'은 진짜 거기 없다고 느꼈다. 군인의 대답에 충분히 어지럽긴 했어도, 그 마지막 말에 그 자리에 뿌리 내린 듯 못이 박혀, 아무것도 못하고 아무 의미 없는 일인 줄 잘 알면서도 그저 거기 서서 군중을 바라만 보고 있었다. 그는 움직이고 싶었다. 기어서 내려가고 싶었다. 하지만 실제로 그렇게 하는 일에 겁을 집어먹었다. 자리를 떠서 도저히 마주할 용기가 나지 않는 진실을 대면해야 한다는 생각은, 실제로 벌루시커를 그들 사이에서 찾을 길 없더라도,

그와는 일면식도 없는 사람들의 면상을 곰곰이 짚어보며 거기 서 있는 일보다 끔찍했기 때문이었다. 머무느냐 가느냐를 두고 거기 망설이며 서 있는 몇 분 동안, 그리고 조금이라도 가려고 움직일 때마다, 어느 목소리가 '하지 마!'라고 속삭였지만, 그 말을 순순히 따르자마자 다른 목소리가 '해!'라고 속삭였고 부지불식 언제 그 문제의 결정을 내렸는지, 정신이 들었을 때 그는 어느 결에 이미 조각상에서 한 스무 발자국 떨어져 있었다. 어디로 향하고 있는지 그 통제권은 이미 자신의 손을 떠났고, 게다가 그가 다른 길을 골랐다면, 그 길은 꼭 벌루시커에게로 데려다줄 것만 같다는 괜한 확신까지 들었다. 그가 느끼기에, 그가 할 수 있는 전부는 예전에 하던 대로 하면 된다는 것, 다르게 말해서 왼편도 보지 않고 바른편도 보지 않고 오직 발아래 땅에만 눈을 계속 고정하자고 느꼈다. 하지만 그게 다 무슨 소용인가? 그는 머리를 들어올렸다. 마치 봉사같이 무작정 헤매고 다니면 어떤 것도 어떻게 해도 절대 구할 수 없다, 마음을 다잡아야 한다, 확실성에 직면하는 일을 이렇게 질질 지속적으로 미루는 일은 해악만 더 끼친다고 그는 스스로 타일렀다. 무엇보다도 무의미하기 짝이 없잖은가. 하지만 그의 모든 결심은 복잡하게 모여든 지프와 트럭 사이를 가로지르며, 커라초니 야노시 거리를 단순히 쳐다보려고 잠시 흘깃거렸던 시선에, 그곳의 혼돈을 보고서 다 휩쓸려 가버렸다. 거리의 이쪽 편 끝, 파손된 벌네르 양복점 출입구 앞에 양쪽 보도와 거리를 다 가로질러 재킷, 외투, 바지들이 엄청난 무더기로 흩뿌려져 널려 있었고, 한편 저쪽 몇몇 집 건너, 아마 다양한 출입구에서 나와 있던 서른에서 마흔 명 되는 사람들이 무리를 이뤄, 그가 볼 수 없는 무언가를 에워싸고 있었다. 하지만 그게 무엇이든지 간에 그는 즉시 의도적이고 신중한 방식으로 행동하리라던 각오를 잊고, 버려진 외투, 재킷, 바지로 된 장애물에 미끄러지고, 나자빠지고, 곤두박질치고, 정신없이, 마음이 무너지며, 몸속의 모든 브레이크가 갑자기 저세상으로 가버린 듯이 내달렸으며, 자신의 머릿속에 아우성치는 소리는 다른 사람 누구도 들을 수 없는 줄은 깨닫지도 못하고서, 아주 조금만이라도 뚫고 지나갈 수 있도록 비켜주면 좋으련만 그가 다가가려고 하면 왜 사람들이 도무지 길을 내주려 하지를 않는가, 절망도 따라 물씬 자랐다. 게다가 그가 즉석에서 생성된 저지선을 뚫고 들어갈 수도 있을 지점에 막 도달할 찰나에, 진료 가방을 든 짧고 통통한 한 남자가 갑자기 군중 속에서 불쑥 나와 에스테르의 팔을 잡고 그를 막고서는 북적이며 모인 사람들로부터 뒤로 당기기 시작하며, 그에게 무슨 할 말이라도 있는 것처럼 저쪽으로 가자는 고갯짓을 했다. 프로버즈니크였다. 이 의사의 돌연한 출현이 사실, 방심을 틈타 딴 쪽으로 끌고 갈 줄은 미리 예상치 못했어도, 조금도 에스테르에게 놀랍지가 않았다. 그가 가까이 산다는 간단한 이유에서 그러려니 한 게 아니라, 가장 끔찍한 그의 공포와 확신을 떠받치는 가슴 철렁하는 징표, 그가 무엇을 보게 될지 짐작한 게 옳았구나, 근거도 되었기 때문이었다. 그런 뒷받침에 의사의 존재가 따로 설명이 필요하지 않은 곳에 완전히 그림이 맞아떨어졌다. 어쨌거나 이 사람이 거리에서 군인들과 같이 순회하며 부상자를, 하레르 부인이 전에 희생자라고 언급했던 이들과 분리하는 일 말고 달리 무슨 일을 하고 있겠는가 말이다. '저기, 있잖습니까…' 다른 사람들과의 사이가 충분히 멀어졌다 판단이 서자 멈춰 선 프로버즈니크가 머리를 저으며 말을 꺼냈다. '굳이 보려고 하지 마세요. 그런 광경은 당신 같은 분에게 맞지 않아요. 제 말대로 하세요…' 이런 문제를 많이 다뤄봤다는, 단호하고 객관적인 전문가의 권위 선 말투였다. 적어도 아무것도 모른 채 의심 없이 일반인이 그런 광경을 맞닥뜨리면 아주 히스테릭하게 반응하는 줄은 아는지 모르겠으나 수차례 경험을 하고서도, 왜 다들 아무리 친절한 의도의 경고라도 종종 정반대의 행동을 일삼는지는 아직 깨닫지 못하였던가, 이 경우가 딱 그런 경우였다. 에스테르는 그가 좋게, 좋게 말한 충고로 결코 단념할 사람이 아니어서, 사실 상당히 반대여서, 그 속에 자기조절 능력이 한 줌이라도 있었다 해도, 마지막 세 구절은 그마저 지워버렸고 그는 의사가 쥔 손을 비틀고 나와 모인 사람들 쪽으로 달려 나가려고 애썼으며, 만약 필요하다면, 둘러싼 고리를 무력으로라도 뚫고 지날 것이었지만 프로버즈니크도 그렇게 호락호락 잡은 손을 놓을 사람이 아니었기에, 그는 풀려나려는 허약한 애를 몇 번 더 쓰더니, 갑자기 그 몸부림을 중단하고, 머리를 내려뜨리고 '무슨 일인가요?' 하고 물었다. '아직 확실히 말씀드릴 수는 없습니다.' 의사는 잠시 생각하다가 정색하고 말했다. '교살된 것 같아요. 아니, 적어도 외견상 흔적의 소견으로는 그렇게 보입니다, 분명.' 그는 잡은 손을 풀고 분개로 팔을 활짝 펼쳤다. '가여운 희생자가 비명을 질렀나 봅니다. 그래서 살인자들이 그 소리를 중단시켜야 했겠지요.' 하지만 에스테르는 의사 말의 끝머리는 듣지 않고 다시 군중을 향해 출발했다. 프로버즈니크는 저쪽이 약간 안정된 정도로 만족스러웠는지, 더 이상 그를 막아서려 하지 않고 손사래를 치며 그의 뒤를 따랐다. 한편 에스테르는 완전히 침착한 상태는 아니지만, 아까처럼 충동적인 기세는 아니었다. 뛰지도 않았고, 둘러싼 데 다다르자, 아무도 비키라 밀지도 않고 그와 의사가 지나갈 수 있도록 그저 몇몇의 어깨를 건드렸다. 사람들은 몸을 돌리고 조용히 한쪽으로 비켜, 즉시 그가 지나가도록 길을 만들어줬고, 지나고 나니 금방 단단한 고리가 닫혀서, 뒤로 나갈 길 없이, 덫처럼 그를 가뒀다. 그래서 돌아서지도 못하고 그는 그대로 땅 위에 팔다리를 벌리고 누워 있는 시체를 바라봤다. 팔은 활짝 벌리고 입도 크게 열고, 눈은 튀어나올 듯이 부릅뜬 채, 배수로로 이어지는 보도 가장자리 위로 머리를 늘어뜨리고 누워 있었고, 누가 이런 짓을 저질렀는지 말해주지도 못하고 꼼짝 않는 놀란 눈과 어쩔 수 없이 마주 보았다. 머리는 돌처럼 변해 더 이상

말은 할 수 없이 단순히 듣고만 있는 것 같았다. 에스테르
그 자신의 머리도 돌처럼 굳어, '누군가의 생명이 육체를 영
원히' 그런 섬뜩한 방법으로 떠난다는 일의 의미를 보고 이
해하는 일과, 그 사람이—특별히 지금 이 순간 앞에서 그가
보고 있는 이는 친숙한 얼굴 이상이긴 했어도—자신이 찾던
사람이 아님을 발견했다는 점, 이 중에서 뭐가 더 충격적인
일인지 가늠이 되지 않았다. 시체는 외투를 입고 있지 않았
고 오직 플란넬 드레스에 완전히 뒤틀린 진녹색 스웨터를
입고 있었고, 얼마나 오랫동안 누워 있었는지 알기는 불가
능해도, 이미 얼어붙지 않았다면 조만간 얼어붙을 가능성이
아주 높아 보였고 이는 오직 프로버즈니크가 능숙하게 판
단할 수 있는 문제였으니, 의사는 에스테르를 비켜 빙 돌아
서서, 이미 방해를 한 번 받은 검시에 착수했다. 그리고 군
중은 더욱 가까이 몰려, 의사의 모든 동작을 쫓으며, 마치
가장 중요한 질문이 그 시체를 옮길 수 있느냐 아니냐인 것
처럼 다리 혹은 손목 혹은 목을 들어 올린다면 부러질까 아
닐까 하는 추측으로 쑥덕거리기 시작했다. 결과적으로 가운
데 공간은 더욱 줄었고 그래서 시체를 지키고 섰던, 완전히
넋을 잃고 주저앉은 어느 여자에게 한참 말을 붙여보려는
시도로 바쁜 두 명의 군인은 질의를 중단하고, 구경꾼들에
게 물러서라고 강하게 요청하고서, 그렇지 않으면 '해산시킬
줄 알라고' 경고했다. 사람들이 마지못해 후퇴했을 때쯤, 손
수건으로 얼굴을 거의 전부 가리고 흐느끼던 목격자에게서

어쨌든, 어눌한 몇 마디라도 끌어내보려던 노력을 포기하고서, 그들 역시 죽어 뻣뻣한 이의 턱을 바루고 사지로 내려가 조심스럽게 펴는 프로버즈니크를 마냥 바라보기 시작했다. 에스테르는 이런 일 전부를 의식하지 못했다. 그는 모든 에너지를 사자의 오싹한 시선으로부터 자신의 눈을 비틀어 떼려는 노력에 쏟았지만 소용없었고, 의사가 시체 주위를 움직이면서, 몇 분 동안 그 눈 사이에 끼어들어 시선을 차단했을 때에야 오직 망연자실한 죽음의 이미지에 마비된 시선을 비낄 수 있었다. 그 순간부터 죽 아무도, 프로버즈니크를 제외하고, 그에게 존재하지 않았다. 그 이미지를 다시, 아주 잠깐이라도, 맞닥뜨리지 않도록 그의 눈은 실제 그에게 착 달라붙었다. 그리고 이런 즉석 검시관이 이전에 오해했다기보다는 그를 일부러 오도한 것이라는 굳은 믿음에, 의사와 함께 시체를 빙 돌고 그쪽이 검시를 계속하려 쪼그리고 앉자, 의사 뒤에 서서 쩌렁쩌렁 고함을 쳤다. '벌루시커는요! 의사 양반, 저기, 벌루시커 본 적 있어요?' 그 이름의 언급에 속닥거리는 군중의 소리가 삽시간에 멈췄고, 그 여자는 전전긍긍 군인들의 눈치를 살피고, 군인들은 이제껏 하려던 대화가 이 말이라도 되는 듯 서로 얼굴을 쳐다봤다. 한편 의사는 에스테르를 쳐다보지도 않고서, 고개만 가로저었다.(그런 뒤 경고의 형태로 '하지만 제가 들은 바로는 지금은 그런 이야기를 꺼내기에 좋은 때가 아닙니다…' 하고 속삭였다) 군인 중 한 명이 종이 한 장을 꺼내, 손가락으로 죽 따라가다가, 어느 한 지점을 쿡 찌르고선 이를 그의 동료에게 보여줬고, 그 동료는 그런 뒤 눈을 에스테르에게 고정했다가 지끈지끈 소리쳤다. '벌루시커 야노시?' '예.' 에스테르는 그들 쪽으로 돌아섰다. '제가 말하던 사람이 바로 그 사람입니다.' 그 말에 그들은 '문제의 그 인물'에 대해 그가 아는 모든 바를 털어놓으라고 요구했다. 그리고 그는 이를, 그 두 군인이 방금 프로버즈니크가 거절한 정보를 제공할 것이라고 이해했기 때문에 질문으로('제가 알고 싶은 것은, 저기, 그는 살아 있습니까?') 대답을 대신하고 그런 뒤 벌루시커의 변호용으로 준비한 복잡한 설명에 돌입했지만 그렇게 멀리 가진 못했다. 금방 그들은 당장 중단하라 손짓하여 막고서, 무엇보다 여기서 질문을 하는 사람은 그들이며, 두 번째로 '천사 같은 존재, 우체부 제복 외투 혹은 도시락 통'에는 관심이 없을뿐더러, 당국자의 관심을 다른 데로 돌리려는 의도라고 해도 '이처럼 두서없이 주절거리는' 일은 그에게 도움 될 턱이 없으니, 그들이 알고 싶은 바는 그저 벌루시커의 소재, 그가 어디 있는지가 전부라고 엄포를 놓았지만, 잘못 이해한 에스테르는 그들은 마음 놓고 확신해도 된다, 그들이 찾고 있는 사람에게 자신의 집보다 더 나은 곳은 없다고 대답했으며, 이 순간에 군인들은 참을성을 잃고 서로를 노한 얼굴로 쳐다봤고, 그래서 에스테르는 여기 역시 답을 찾을 성싶지 않구나 알아챌 수 있었다. 당신들의 입장이 나의 입장과 아주 다르다고 생각하지 말라고 에스테르는 그들에게 호언했다. 결정을 내린 일은 어느 것이나 대체적으로 사람들의 이익을 꾀하도록 열과 성의를 있는 힘껏 다해야 한다고 생각한다고도 했다. 당신들은 분명 그 점에서 나를 신뢰할 수 있다, 하지만 당신들은 또한 내가 당신들을 도울 수 있으려면 벌루시커에 관한 진실을 전해 들어야만 한다는 점도 이해해야 한다고 말했다. 왜냐하면 당신들은 나에게 중대한 이런 문제에 관해(비록 그렇게 하는 게 그들의 의무이긴 하지만) 어떤 말도 해주지 않을 것이기 때문에 내가 질의에 직접적인 대답을 받을 때까지, 당신들의 어떤 질문에도 대답하지 않더라도 놀라지 말라고 했다. 군인들은 이 말에 반응하지 않고 그냥 서로를 쳐다봤고, 그런 뒤 그중 한 명이 고개를 끄덕이고 '좋습니다, 그럼, 제가 여기 있겠습니다' 말했다. 그의 동료가 '가자고, 늙은 이!' 이상의 말은 없이 에스테르의 팔을 붙잡고 그를 앞으로 밀며, 둘러서 쳐다보는 얼굴의 벽을 통과해 그를 이끌었다. 에스테르는 아무 저항도 하지 않았다. 이런 갑작스러운 일의 전환은 그들이 그의 요구에 굴복해, 그의 최후통첩을 받아들였다는 뜻이라고 생각해서였다. 그 거친 대우가 문제의 요지를 변화시키지는 않기 때문에 수감자에게 가하는 처우와 닮았대도 그는 상관하지 않았다. 삼사십 미터를 가자 그 군인이 그에게 왼쪽으로 돌라고 고함을 쳤고 그는 고분고분 커라초니 야노시 거리를 떠나 수로 방향으로 가야 했다. 이 길이 어디로 향하는지는 몰라도 거기가 어디든, 적어도 거기에 가면 '모든 것이 밝혀질 것'이라는 믿음에 그 명령에 행복하게 복종했다. 계속 터벅터벅 걸어가며 그는 당분간은 이 정도로 만족하고 견뎌보자 결심했지만 그들이 수로의 둑에 도착하자, 다시 시도를 해보지 않을 수가 없었다.('적어도 그가 살았는지 알려줄 수는…?') 하지만 그의 호위대는 아주 우악스럽게 그의 말을 가로막았고 그는 질문을 나중으로 미루는 게 낫겠다고 깨달았다. 침묵 속에서 길을 계속 가다 그는 바시히드(쇠다리)로 수로를 건너라는 명령을 받고 건너편 방죽에서 바로 짧은 샛길로 접어들자 그들의 목적지가, 적어도 잠정적으로는, 시내 중심가밖에 없는데, 하고 의구심이 들었다. 거기서부터는 어디로 갈지, 짐작도 가지 않았다. 왜냐하면 어떤 공공건물이든 비상시에는 감옥이나 시체안치소 역할을 할 것이니까. 이런 성과 없는 연달은 추측은 오직 앞선 무서운 이미지만 다시 떠오르게 해서, 다만 장소가 '무너진 돌무더기' 사이 '벽의 언저리'가 아니라 임시 영안실로 바뀌어 그를 고문하는 결과만 낳았다. 그가 짐작했던 대로, 그들은 중심가로 나왔고, 그 순간 그는 추측을 관두고 그런 이미지들을 내쫓고 그런 이미지 주위로 소용돌이치는 생각을 정리하는 데 온 힘을 모았다. 받은 인상들을 점검하고, 그것들을 면밀하게 따져보자, 그리고 무엇이 사실이고 무엇이 단순히 덧없는 예감인지 판별하리라. 그의 세심하고 철저한 검토에서 혹시라도 빠진 것이 있을까 봐, 파멸의 예감을 상쇄할 수 있는 것이라면 무엇이든, 하레르 부인이, 프로버즈니크 의사와 군인들이 했던 말 속에 빌루시커는 단순히 죄수이며 어딘가에 겁에 질려, 이해는 못했지만 해는 입지 않고 앉아서, 자유로이 풀려나길 기다리고 있다는 것을 암시하는 말이라도 혹시 들었을까 봐, 그는 모든 단어, 각 표정들, 중요하지 않은 세부들을 재어볼 것이다. 하지만 어느 방향을 살펴봐도, 그의 친구를 다친 데 없이 말짱하게 되찾을 거란 희망은 조금 알맹이가 부족했다. 하레르 부인의 설명을 빼고 나면 떠받칠 건더기가 없었다. 게다가 금방 그가 떠올린 단어와 세부들은 아주 깊은 의문을 드리우거나―그리고 여기서 거리에 있던 시체가 생각났다―있던 희망도 싹 휩쓸어가 버린다고 절감하지 않을 수 없었고, 상수도 위원회 사무실을 돌아 바로샤즈 거리로 내려갈 즈음에 그는 이미 '생각을 정리하려는' 위험천만의 모험에 착수하지 말걸, 후회하고 있었다. 아무리 하지 않으려 해도, 엄청난 개인적 중요성을 지닌 시체의 모습이 자꾸만 떠올랐기 때문이다. 그는 몇 번이고 다시 그 시체의 신원을 확인해야만 했고, 다시 말해 누구인지 마주해야 했다. 왜냐하면 커라초니 거리에서―남부끄러운 안도감은 별도로 하고―여기 지금까지는 단순했던 그 죽음의 광경이―그의 생각들을 불안감 더는 일과는 한참 먼 방향으로 이끌기는 했지만―이제는 희생자의 신원에 대한 생각으로 무겁게 그를 내리눌렀기 때문이었다. 그는 온몸에 기운이 쑥 빠지고 핏기가 가셨다. 살인자의 흉행한 이빨은 그 목표를 거의 놓치지 않았다, 아니, 그에게 그렇게 보였기 때문이었다. 실로 그들이 목적지에 일단 도착하면 발견할 수도 있는 일, 그가 스스로 마음 다져 준비해야만 할 일까지 미리 내다보이는 것 같았다. 그 여자에게 명중한 무자비한 행동은 벌루시커에게 너무나도 가까워 염려스러웠고 그가 왜 이렇게 느끼는지 그 뒤의 연유들을 쫓을 수 없다고 해도, 그는 이런 근접성이 다른 쪽의 운명을 예견하고 있다는 느낌이 들었다. 그는 보도 가장자리에 축 늘어진 머리가 플라우프 부인의 머리란 사실을 더 이상 부인할 수 없었고, 이는 그가 그 아이의 이미지에 딱딱한 주검, 잔인하게 처형당한 그의 어머니의 시체를 투사하는 일을 막을 수 없다는 의미였다. 그는 이 여자가 한밤중 여기 무얼 바라고 나왔는지 납득이 가지 않았다. 특히나 다른 사람도 아니고 플라우프 부인이, 틀림없이, 그 자신과 달리 무슨 일이 벌어지고 있는지 아주 잘 알았을 텐데. 시의 모든 다른 여자들처럼, 비록 잘 모르긴 해도, 어두워진 뒤에 집은 아예 떠나려고도 하지 않을 사람인 줄 아는데, 그는 이 점이 이해가 되지 않았다. 또한 사람들이 그녀의 집에 침입했을 다른 가능성을 놓고 보더라도, 왜 그녀를 집 밖으로 끌고 나와야만 했을까, 이 역시 너무 이상했고, 왜 어머니와 아들과의 연결이 자명한 이치처럼 당연해 보이는지 너무 불가사의했다. 이런 그의 확신을 타당하다 옹호할 증거는 없었다. 하지만 그의 직감이 그렇다고 말했기 때문에 마음속에 이를 정당화해야 한다는 생각도 나지 않았다. 그리고 아무리 안 그런 척 발버둥을 쳐봐도 소용없이 그는 직감에 사로잡힌 포로였다. 그의 마음을 좀먹어들어가는 불확실성에서 벗어나려는 시도는 나름 가슴 저리게 충격적인 면에서 완전히 성공했지만 가능성들을 가늠하다 보면 뭐든 어떤 가능성이라도 마멸시켜버리기만 했다. 그는 더 이상 호의적인 결과는 믿지 않았고 마지막 몇 발자국을 걸어가며, 호도하지도 않았다. 이번에 어떤 일이 생기든 히스테리 발작으로 동요하지 말고 마음 깊숙이 운명이라고 체념했다. 그리고 병사가 그에게 버럭('오른쪽!') 소리치자 호령에 따라 돌았고 잘 길들어진 낙담한 사람처럼 시청 문으로 들어섰다. 그런 뒤, 어느 계단의 발치에서 다른 군인이 그들에게 합류했고 그들을 계단으로 안내해 올라갔다. 거기서 그는 군인들과 지역 사람들로 한 겹 둘러싸여 문 옆에서 기다려야 했다. 한편 그를 호위해온 군인은 들어갔다가 금방 그를 부르러 돌아왔다. 그를 넓은 홀로 안내해 들이고 거기서 문 옆에 다른 네 명의 사람들과 의자에 앉아 있으라고 말했다. 호위대는 할 일이 끝나자 경례를 하고 떠났고 에스테르는 고분고분 아마 그에게 지정된 의자에, 주위를 둘러보려는 어떤 시도도 없이 머리를 축 늘어뜨리고 자리를 잡았다. 사실, 그 전날 오후에 그랬던 것처럼 다시 몸이 영 좋지 않아서, 머리 들 힘도 남아 있지 않았다. 아마 실내의 과도한 온기와 살을 에는 바깥의 추위 혹은 습기의 차이 때문이었는지도 모르고, 아마, 이제 마침내 자리를 잡고 앉아 있으니 단순히 그의 신체 시스템이 완전히 진을 뺀 기나긴 도보에 항의하고 있는지도 모른다. 이런 어지럼증과 위약감이 가시고 그가 어느 정도 힘을 되찾는 데는 몇 분 상당이 걸렸지만 일단 회복되고 나자 불과 몇 초 만에 그들이 자신을 데리고 가려니 했던 곳으로 데려오지 않은 것을, 그를 기다리는 일은 그가 예상했던 것이 아니며, 모든 걱정과 추측, 그의 모든 희망과 실망들은 피상적이거나 혹은 적어도 너무 서두른 일이었음을 깨달았다. 여기는 감옥도 아니었고 영안실도 아니었다. 어떤 대답도 얻지 못할 것이요 오직 의문만 더할 것이기에, 분명 더 이상 이야기하는 일은 의미가 없었고, 아니 여기 있는 일조차 아무 의미가 없었다. 에스테르가 둘러본 그 주위는 벌루시커가 죽었건 살았건 보이지 않을 곳이란 걸 알 수 있었기 때문이었다. 그의 맞은편 저 멀리 커다란 창문들은 두껍고 무거운 커튼으로 덮여 있었고, 문틀이 높고 땅거미가 진 커다란 홀은 보이지 않는 선으로 똑같이 양분된 것 같았다. 벽을 따라 그가 앉아 있는 이쪽 반에 어디 그 한가운데쯤 누비재킷을 입고 울퉁불퉁한 부츠를 신고 형편없이 멍든 얼굴의 남자가 차지하고 있었고, 그 사람 앞에 한 발 떨어져 젊은 군인이 손을 등 뒤로 잡고(에스테르가 짐작하는 바로는 무슨 장교 같았다) 서 있었다. 그리고 그들 뒤로, 구석에 다른 사람도 아닌 자신의 아내가, 여기서 일어나는 일에 어떤 관심도 보이지 않고 홀의 나머지 반을 긴장한 눈초리로 열심히 훑고 있었다. 저쪽은 어둠 속이라 거의 보이지 않았다. 처음 흘낏 준 눈길에는 그랬고 그 뒤에도 그들에게 등을 돌리고 있는 등받이가 높은, 화려하게 깎은 의자를 제외하고는 여전히 희미하게만 보였다. 의자는 그가 기억하는 한 아주 예전부터 자리를 차지하던 모든 시장의 품위를 보좌하는 역할을 했었다. 늘어선 의자들 중 바로 그의 옆에 앉은 사람은 믿기 어려울 정도로 비대했다. 거의 초자연적으로 둥실둥실 살찐 남자였는데 쌕쌕거리는 숨소리를 내고 있었다. 안 그래도 무거운 호흡을 더욱 무겁게 악화시킬 작정인 것처럼 가끔 향내 나는 여송연을 뻐끔거렸고, 이따금 발작적으로 사나운 기침에 흔들리며 반복적으로 재떨이를 찾아 둘러보지만 찾지를 못해, 결국 항상 담뱃재를 카펫에 떨었다. 오른쪽으로 다른 세 명은 계속 좌불안석이었다. 에스테르는 그들을 알아보고 조용히 인사를 건넸지만 그들은 답인사로 다만 퉁명스럽게 고개만 끄덕하고 말았다. 그런 뒤 어제 양말공장 남성 사교클럽 앞에서 만났던 그 사람들은, 그와 헤어지는 일이 못내 아쉬워 힘들어하던 사람들이 아닌 양 딴판으로, 고개를 돌리고는 에스테르 부인과 장교와 어두운 홀 저 끝 사이를 이리저리 흘긋거리는 데 정신이 팔렸고, 가끔 속삭이는 소리로 만약에 볼렌트 씨 말대로 '저 사람들이 낯부끄러운 줄 모를 저 범죄자의 드높은 콧대를 거꾸러뜨리는 데 성공하고', 그들에게도 말할 기회를 준다면 누가 처음을 맡을지 논쟁을 벌였다. 이렇게 잇따라 자주 오르내리는 어구가 무엇을 가리키는지 짐작하기는 아주 어렵지 않았다. 벌루시커의 운명이 벌써 끝장났다는 쓰라린 확신에 당장 눈앞의 문제들에 관련된 궁금증이라고는 다 죽어버렸지만 에스테르의 눈 역시 대회의실 이쪽 편 가운데에, 심하게 두들겨 맞은 인물과 조바심을 숨기지 않고 드러내고 있는 배석 장교에게 고정됐기 때문이었다. 세 명의 지인을 짜증나게 하는 일은 누비재킷을 입은 남자의 낯부끄러운 줄 모르고 뻔뻔한 '드높은 콧대'임이 한눈에도 뻔했다. 이런 흔들리지 않는 '콧대'로 판단하건대, 심문(분명 심문일 테니까)이 아니라 흡사 결투 모양새를 더 닮은 심문이 신속한 끝장에 이르는 일은 영 그른 것 같았기 때문이다. '중위님'은 에스테르가 도착해서 잠시 숨을 고르며 안정을 찾은 때까지 잠깐 중단하고 어쩔 수 없이 휴식을 갖고 있었는데, 그 역시 그들에게 시선을 고정할 때까지도 아무 말도 하지 않고 다만 씰룩거리는 얼굴로 몸을 누비재킷 사내에게로 숙이다시피 해서 섬뜩하도록 번뜩거리는 눈으로 상대방의 눈을 노려봤다. 진전 없는 고착 상태에, 꾸준하고 날카롭고 강철 같은 시선이 상대방을 항복시킬 뿐 아니라 그를 완전히 격파하리라 굳게 믿는 듯했다. 하지만 그 남자는 눈도 깜짝 않고 이런 일에, 아니 무슨 일이라도 놀랄 내가 아니라고 말하듯이, 두드려 맞은 얼굴에 빈정대는 경멸의 시선으로 완강히 마주 쏘았다. 그리고 장교가 할 만큼 했다는 진저리로 노기를 띠고 남자로부터 홱 돌아서자, 그 남자는 이에 피식 흘리는 웃음으로 대응했다. 분명 장교의 가슴에 잘 닦은 훈장에도, 자꾸 난감하게 실패하자 이전처럼 야기부려 보일 테다 으름장을 놓는 군인의 '강철 같은'

엄격한 시선에도 전혀 흥미가 없나 보았다. 말하자면 장교가 직접 상대해 답을 못 얻으면, 다른 사람들에게 다시(그의 얼굴 상태로 보면, 이런 대안을 선택한 것도 처음은 아니라고 에스테르는 생각했다) 이제껏 두드려 패도 실패하긴 한 모양이지만, 고분고분 길들이기 위해, 말인즉슨 어떻게든 '이 말 안 듣는 고집불통'—여기서 볼렌트의 목소리가 슬그머니 에스테르의 의식 속에 끼어들었다—을 잡도리해서 순순히 불도록 손을 보기 위해 돌려보내도 자신은 상관없다는 뜻이었다. 장교는 성큼 한 걸음 돌아와 마침내 버럭, 죄수를 향해 고함을 내질렀고('아가리 열지 못해?') 한편 다른 쪽은 그를 향해 고래고래 '말했잖아. 장전된 총을 주고, 오 분간만 방을 비워달라고, 그러면 다 불겠다고…' 되쏘고는 마치 '너하고 흥정할 생각은 없다'라고 말하듯이 어깨를 으쓱했다. 그게 전부였지만, 에스테르가 도착하기 전에 무슨 일이 벌어지고 있었는지, 이 결투의 요지가 누비재킷을 입은 이 남자의 대답을 듣는 일, 벽에 다다닥 늘어앉은 사람들 모두—비록 그들끼리는 말하고 싶어 죽을 지경이긴 해도—듣고 싶어 안달인 의문들을 털어놓게 하려는 일이라는 것은 짐작하고도 남았다. 이 남자로부터 그날 밤 사건들에 대해 알고 싶은 무언가가 있었고, 아마 이 남자는 시장 광장의 '살의 충만한 지저분한 돼지' 중에서 군인들의 변덕에 따라 완전히 무작위로 고른 사람일 것이다. 그들은 세부항목을 원했다. 그들은—중위 자신이 이 요구 제안에 단정적인 대답('염병, 혼자서나 뒈져버려')을 하고서 캐물었듯이—'사실, 상황, 정확한 세부'를 원했다. 그렇게 이런 일을 다 견주어, 그들은 완전히, 보편적으로 적용 가능한 그리고 일반적으로 모든 사람, 군인들이나 시민들이나 똑같이 납득할 수 있는 사건의 그림 조각을 다 짜맞출 수도 있을 것이다. 에스테르는 반면에 이런 일은 아무 것도, 아니 실로 어떤 것도 알고 싶지 않았다. 왜냐하면 모든 그런 '사실, 상황, 세부'는 아무리 좋아도, 아니 다른 말로 가슴 찢어지는 만일의 사태라는 측면에서, 벌루시커 문제를 에두르는 이상은 결코 아니며 분명 그에게 이어지지 않을 것이라는 생각이 들었기 때문이었다. 그래서 곧장 귀를 닫아버릴 것을, 그즈음에 양편이 제안 조건을 충족해주겠다 보장하는 합의에 이른 뒤, 팽팽하게 딱딱 질문을 퍼부으면 수감자는 유유히 도발적이고 건방진 그리고 인정머리 없이 차가운 대답을 시작하는 것이었다. 기나긴 침묵 뒤에 남다르게 매끈하고 반질반질 닦인 대화였다.

이름?

그게 당신과 무슨 상관이야?

이름을 말해!

이름은 잊어.

거주 장소?

혹시 내 어머니 이름은 알고 싶지 않아?

내가 물은 질문에만 대답해.

그건 생략하지, 꼭두각시 광대 녀석아.

당신이 욕보이는 건 내가 아니라 당국이야.

당국은 엿 먹으라고 해.

당신 대답하기로 합의를 봤잖아. 이런 식으로 계속 나가면 당신에게 총은 안 주고 대신 혀를 잘라내버리지. 농담 아니야.

똑바로 서 있어. 마을에 온 목적이 뭐야?

좋은 시간을 가지려고. 나는 서커스를 좋아해. 항상 좋아했지.

대공이 누구야?

나는 대공이라곤 몰라. 대공 사돈의 팔촌도 몰라.

내게 거짓말하지 마.

어째서?

시간 낭비니까. 당신 같은 사람 전에도 많이 상대해봤어.

그러시다면야. 계속 하시지. 당신 총집에 있는 그 총이 내게 줄 총이야?

아니. 대공이 만약 반란이 진압되면 다들 제 머리에 총을 쏘라고 하던가?

진압이 돼? 대공은 명령하지 않아.

그럼 그는 무엇을 했나?

그게 무슨 뜻이야? 당신하고는 상관없는 일인데.

대답해.

뭐 때문에? 당신은 어떤 것도 어쨌든 이해하지 못할 텐데.

아무리 날 자극하려고 몸부림쳐봐도 소용없다는 걸 당신에게 경고하고 싶군. 언제부터 그리고 어디부터 서커스단에 붙어 다니기 시작했어?

경고 따윈 개나 물어가라지.

언제 처음 대공을 봤어?

나는 그의 얼굴을 딱 한 번 봤지. 그들이 그를 트럭 밖으로 우리에게 선보일 때는 항상 모피 외투로 감싸고 있었어.

왜 그를 감싸고 있던가?

대공이 추워하니까.

당신은 딱 한 번 얼굴을 봤다고 했지. 자세히 묘사해봐.

묘사해보라고! 그냥 어리석은 것도 모자라, 아주 지겨운 사람이구먼.

그 사람 제3의 눈은 어디 있어? 등에? 이마에?

그냥 이리 데려오지 않고, 찾아서 데려올 배짱 있으면 그러구려, 그럼 내가 보여주지.

내가 그 사람이 두려울 줄 알아? 그가 나를 개구리로 바꿀 거라고 생각해서?

마술 걸어서 뭐하려고? 당신은 이미 두꺼비인데.

나도 마음 바꾸고 당신 머리통을 바닥에 다 깨부술 수도 있어.

해보시지, 어릿광대 씨.

잠시만 기다리고 있어. 어제 몇 시에 대공이 트럭에서 나왔지?

몇 시? 말해봤자 당신들은 이해 못 한다니까.

그가 하는 말을 직접 들었나?

들릴 만큼 그에게 아주 가까이 섰던 사람들만.

그럼 자네는 그가 한 말을 어떻게 아나?

그 잡역부가 대공의 말을 알아들어. 그가 항상 멀리까지 고함을 쳐.

어제는 무슨 말을 했나, 예를 든다면?

자네 같은 두꺼비들은 아무짝에도 쓸모없다고.

그가 당신에게 '모든 것을 다 부숴버려라' 명령했다. 맞아?

대공은 절대 명령하지 않아.

그가 '폐허 위에서 새로운 세계를 건설하라!' 했다고, 맞아?

당신도 꽤나 잘 알고 있네, 어릿광대 씨.

그게 무슨 뜻이야. 설명 좀 해봐. '폐허 위에서 새로운 세계를 건설하는' 게 뭔지.

당신에게 설명해? 무의미해.

좋아. 당신 직업이 뭐야? 부랑자로는 안 보이는데.

왜? 당신 꼴은 더 나은 줄 알고? 당신 가슴팍에 싸구려 짤랑이들은 뭐야? 나라면 그런 꼴로는 돌아다니지 않을 거야.

나는 당신 직업이 무언지 물었다.

나는 당신들을 위해 땅을 엄청 팠지.

당신은 무식쟁이 소농이 아니야.

아니지, 아니 네놈이 그렇지.

당신 말하는 걸 보면 교육을 받았는데.

완전 헛다리를 짚었네. 당신 진짜 시시한 쫌상 몰이꾼이로군.

내가 당신을 길 잃은 개처럼 쏴버려도 당신 아무 상관 않겠지?

족집게가 따로 없군.

왜?

당신들을 위해 더 이상 땅 파고 싶지 않거든.

그게 대체 무슨 말이야?

당신들이 땅이나 갈아먹는 놈들이니까. 망할 쇠똥구리처럼. 뚜르르르, 파고 또 파, 그러고도 땅 파는 일을 즐기지. 나는 아냐.

당신 뭔가 비유적인 암시의 뜻으로 한 말이지, 맞아?

내가 설령 먹물 좀 먹었다 치더라도, 비유적인 암시라…. 나는 형편없는 꼴로 끝장이 날 거야. 왜냐하면 먼저 토악질을 할 거니까.

대답이나 해. 그자들이 대공을 도로 트럭 안으로 데려가자 당신들 모두 광장을 바로 떠났어. 누구 명령 아래? 주도자에 대해 말해봐. 누가 무슨 일을 하라고 말했어? 우체국에서 더 작은 그룹으로 찢어지자고 누가 생각을 냈어?

정말 상상력 한번 화려하네!

주도한 사람의 이름을 대.

우리는 오직 한 명의 지도자가 있지. 그리고 당신은 그를 잡지 못할 거야.

그가 도망갔는지 당신이 어떻게 알아? 당신하고 연락이라도 닿아? 어디 있다고 했어?

절대 그를 못 붙잡을걸!

대공은 지옥에서 온 귀신이야?

오, 그게 그렇게 간단하지 않아. 그는 피와 살로 되긴 했는데, 그의 피와 살은 남다르지.

너는 아무래도 상관없댔으니까, 어떻게 다들 그 사람에게 홀린 듯이 넋이 나갔는지 설명해봐. 대공이 존재하긴 하는 거야? 왜 마을을 공격해? 당신들 여기 왜 왔어? 다 부수지르려고? 맨손으로? 뭘 바라는 거야? 도대체 당신들 이해가 안 가네.

그렇게 많은 질문에 한꺼번에 대답할 수는 없어.

그럼 이것만 말해. 당신 살인에 가담했어?

가담했지. 그냥 조금.

뭐?

말했잖아. 조금.

당신들 역에 있던 아이를 죽였어. 한번 물어보자. 심문 장교로서가 아니라 사람 대 사람으로. 하늘이 무섭지도 않아?

사람 대 사람으로, 말해주지. 아무것도. 언제 당신 그 총을 줄 거야?

당신 목을 비트는 게 낫다는 생각이 들어. 아주 천천히.

나는 그 아이와는 아무 상관없어. 하지만 계속 해, 비틀어보시지.

광장에 있던 그 모든 사람, 수백 명의 사람들이, 다들 당신 같아?

내가 어떻게 알아?

구역질이 절로 나는군.

당신 어쨌건 참을성이 동난 모양이군. 왜 얼굴을 씰룩거려?
군기는 다 어디 갔어?

꼼짝 말고 있어!

이미 그러고 있어. 당신들이 등 뒤로 수갑을 채웠잖아. 아까부터 코가 가려운데.

심문은 끝이야. 당신을 군사재판에 넘길 거야! 저 문으로 건너가!

나한테 총을 준다고 했잖아.

당장 저 문으로 꺼져!

이렇게 쪽 빼입은 군인이 거짓말을 하네. 군사재판. 꿈도 야무지네. 그런 것 먹히지 않는다고 말해주던 사람 없어? 군사재판하고 자빠졌네.

내가 말했다. 움직이라고. 문으로 가!

정말 얼굴색이 벌겋구나. 어릿광대라고 불렀는데 그 이름 딱이야. 하지만 그러나 마나 신경 안 써. 또 봐. 어릿광대.

문간에 서 있던 두 명의 군인이 누비재킷 사내가 그들께 이르자 그의 팔을 단단히 움켜잡고, 그를 홀에서 끌고 나가고서 문을 닫았다. 그 사람들이 계단을 내려가기 시작할 때도 여전히 소리가 들렸고, 그러다 사방이 조용해졌다. 중위는 자신의 옷매무새를 가다듬었고 나머지 사람들은 그가 조금 전 폭발 직전까지 간 울화통을 가라앉힐까 궁금증에 그를 바라봤다. 누가 정확하게 무슨 속셈의 기대를 하고 있는지 확실하지 않았지만, 이 홀에 있는 사람들은—단 한 사람을 제외하고, 모두—중위가 그들에게 개별적으로 말을 걸고 한마디 해주길, 누비옷 입은 남자의 패덕에 대항해, 그들을 한데 모으는 효과를 지닌 말을 해주길, 그러면 그에 대한 답변으로 그들도 어쩌면 그들 자신의 터지는 분통을 토로할 수 있으려니 하는 생각에서, 기다리고 있는 것 같았다. 이 예외에 해당하는 에스테르는 심문의 영향이 그에게는 상당히 달랐다고 할 수 있다. 힐문 과정에 등 뒤로 손목에 수갑을 차고 있던 사내로부터 알아낸 사실은, 그를 화나게 한다기보다 전에 비해 한층 더 진행된 무감각의 상태로 만들었다. 왜냐하면 벌루시커가 이들과 어울려들었다면 여기 이모든 암시를 보더라도 무사히 끝까지 살아남지 못하리라는, 그의 가장 나쁜 두려움에 못을 박았기 때문이었다. '심중을 밝히고 소견을 표명하고' 싶지도 않았고, 그렇게 할 만한 것도 없었다. 그러니 물론 그는 이후 노한 주변의 투덜거림에 일조할 힘조차 낼 수 없었다. 도화선이 될 만한 사납고 강렬한 감정의 발현 대신—중위가 자제력을 찾고 나자—'개인적 의견'을 다들 피력하고 싶어 안달을 내던 벽에 늘어선 사람들의 기회가 다음으로 미뤄지자 이에 투덜거리는 소리들이 새어 나왔지만 그로서는 그가 '얼마나 고약한 건달'이든 아니든 아무래도 상관없었고, '저런 뻔뻔한 사람들 총알이 뚫기라도 하겠는가' 신경 쓰지도 않았기 때문이었다. 그와 가장 가까이 앉은 볼렌트 씨가, 일견 찬성을 분명 기대하며,

그에게 '죽음도 저놈에게 과분하죠, 그렇게 생각하지 않으세요, 하늘도 저버린 저런 돼지 녀석에게?' 속삭였을 때, 그의 우호적인 접근에 멀거니 머리만 머쓱하게 끄덕이고 계속 미동도 않고 속삭임의 합창 속에 조용한 침입자로 앉아, 사람들이 하나씩 조용해지는 줄도 모른 채 고집스레 심란한 표정으로 앞만 바라보고 있었다. 문이 열렸지만 그는 열리는 소리를 듣지 못했고 누군가 조용하게 그 앞을 휙 지나도 머리를 들지 않았고 중위가 벽에 늘어앉은 사람 중 하나를 방 가운데로 불러들여도 알아차리지 못했다. 그는 마침내 고개를 들어 뚱뚱한 옆 사람이 그 죄수가 차지하고 있던 자리에 서 있는 걸 알고 그리고 뒤쪽 어느 구석에, 에스테르 부인에게 무언가 열심히 들려주고 있는 하레르를 발견하고 흠칫 꽤나 놀랐다. 하지만 에스테르는 전혀 놀란 티는 내지 않았고 여기에서 일어나고 있는 이런 배역의 배우들의 갑작스러운 변화에도 완전히 무관심한 상태로 목석처럼 아무 생각이 없었다. 그래서 하레르가—부인이 구석에 그를 두고 중위에게 짐작건대 뭔가 유용한 정보를 전달하기 위해 건너가고 나자—그에게 먼저 슬쩍 윙크를 하더니 분명 그를 향해 갈수록 대담하게 '모든 게 괜찮다'는 뜻의 몸짓으로 무언가 전달을 하려고 해 보여도 어떤 특별한 의미를 두지 않았다. 대체 무얼 바라고 저러나, 그리고 이 모든 깜박이는 눈짓은 또 무엇이며 반대편 구석에서 갈수록 대놓고 해대는 저 안심하라는 몸짓들이 무슨 의미인지 그는 하나도 몰랐다.

하지만 그게 무엇을 뜻할 계획이든 그의 반응은 완전히 냉담했고—하레르로서는 아주 짜증나게—머리까지 돌려버리는 것이었다. 에스테르는 부인의 전갈을 들으며 계속 작게 끄덕이고 있는 장교를 빤히 응시하고 지켜봤지만 대체 무슨 말을 나누는지 알 도리가 없었다. 그러다 중위가 은밀한 시선으로 속살거린 설명에 감사를 표하고서, 막 하려다 만 새로운 목격자의 심문을 중단하고, 휙 돌아서서 시장 의자를 향해 급히 걸어가 차렷 자세로 서서 전달의 말을 하자 짐작이 갔다. '중령님, 방금 파출했던 사람이 돌아왔습니다. 경찰서장은 아직 자신의 아파트에 있으며, 아직 술이 덜 깬 상태라 출두하기에 무리라고 합니다.' '뭐라는 거야!' 화가 돋은 목소리가 바로 되쏘았다. 깊은 사색을 방해받고 덜컥 정신이 든 듯 짜증난 목소리였다. '고주망태로 나가떨어졌답니다, 중령님. 우리가 찾고 있던 경찰서장이 술에 취해 의식이 없고 아무도 깨울 수 없답니다.' 에스테르는 잠시 눈에 힘을 주고 특히나 두터운 홀 저쪽의 자욱한 어스름을 뚫어보려 했지만 소용이 없었다. 그가 도착했을 때나 지금이나 그가 앉은 자리에서는 누구라도 보기가 불가능했지만, 그래도 어마어마하게 거대한 의자의 높은 등받이 뒤에 누군가 숨어 있구나 짐작은 가능했고, 그렇게 간신히 장식 가득한 의자의 오른쪽 팔걸이에 천천히 내려앉는 손을 어둠 속에서 알아봤다. '완전 쓰레기장이네!' 날카롭게 탁탁거리는 소리가 다시 나왔다. '하나는 곤드레만드레 취해 나가떨어지고, 다른 하나는 무서워 똥을 지리며 집에 숨어서 호송대가 납셔도 코빼기도 뵐 생각도 않고. 자네라면 이런 겁쟁이 개자식들을 대체 어떻게 다루겠나?' '적법하게 추단해야 합니다, 중령님!' '맞다! 그 둘 다 수갑 꽉 채워 신속히 이리로 데려오도록 한다!' '알겠습니다, 중령님!' 중위는 발뒤꿈치를 달칵 맞붙이고, 바깥에 있던 두 군인에게 명령을 전달하고 덧붙여, '제가 심문을 계속해도 되겠습니까, 중령님?' 물었다. '그러게, 게자, 그래도 되네…'라는 대답이 돌아왔다. 그 어조가 에스테르에겐 일종의 열없는 친교의 기운으로 느껴졌고, 의자 속 보이지 않는 장교는 공명정대한 수순의 필요성은 인지하고 있지만 동시에 상급자 중위가 직위에서 한참 격 떨어지는 임무를 번거롭게 떠맡아야 한다는 점이 자신으로서도 개인적으로 얼마나 곤혹스러운지 알아달라는 암시인 것 같았다. 그래서 이후 이런 추측이 얼마나 옳았는지, 그리고 비록 간접적이긴 해도, 뒤에 숨은 중령의 진짜 심정의 해석에 대해 얼마나 재빨리 운 좋게 추측을 했는지는, 에스테르는—처음으로 그 자신의 우울한 마음의 상태를 초월할 능력의 흔적을 이제 되찾고서—아주 나중에나 알게되었다. 왜냐하면 당분간은, 서서히 돋아나는 궁금증에 의문투성이 존재를 둘러싼 정황들을 그가 조사하기 시작했을 때는, 그가 발견한 거라고는 헐벗은 홀 중앙의 의자를 제외하고 즉, 전체 심문만이 아니라 군사적 작전들의 전반적 책임자로서 뒷배경에 남아 있고 싶다는 심정을 표하듯이 황량한 홀 가운데 덩그러니 앉은 의자 말고, 그 의자와 마주하여 한때 이름 높았던 홀 측면에 거의 덮다시피 엄청난 크기의 진녹색 태피스트리가 이 장소의 역사적 긍지에 적절한 전투 장면을 선보이며 금박 액자에 들어 걸려 있었다. 이게 전부였고 더 이상은 없었다. 처음 순간에 알아차린 정도가─이도 불확실한 가설에 더 가깝긴 했지만─그 정도였다. 하지만 해방군을 이끄는 이런 기이한 지도자와 관련한 더 이상의 명백한 의문들은, 예를 들어 빛의 배제 같은('아마도 보안상의 이유로…?') 커튼을 쳐둔다면 왜 천장에 달린 두 개의 샹들리에 스위치를 켜지 않는가, 혹은 사람에게 등을 돌리고 역사적인 장면을 향하고 있는 의자에 앉은 중령은 실제로 이런 어둑하게 만든 임시 본부에서 무슨 일을 하고 있는가 같은 질문들은 해답을 알아낼 능력 밖의 일이었다. 그 순간에 하레르가 저 멀리 구석에서 그에게 살그머니 와서 이제는 빈 의자에 앉았기 때문이기도 했다. 자리로 돌아온 중위가 에스테르의 과거 이웃에 대한 심문을 새로이 시작하는 데만 관심 있는 듯이 하레르는 결코 눈을 그들에게서 떼지 않고, 목을 가다듬는 시늉을 하며 에스테르에게, 그가 온갖 윙크와 손짓으로 일찍이 전하는 데 실패했던 정보를 꼭 전해야 하기 때문에 좀 더 가까이 다가왔다는 뜻을 전했다. '그놈은 다 괜찮아요. 누구 말인지 아시겠죠.' 하레르가 시선은 여전히 중위에게 고정하고 속삭였다. 그때쯤에 장교는 물론이요 옆에서 지켜보고 있던 세 사람까지 공히 홀의 중심에서 일어나는 일에 완전히 눈을 박고 몰두해 있었다. '하지만 한마디도 마세요, 교수님! 아무 말도 하지 마세요! 저 사람들이 교수님께 물으면 어제부터 코빼기고 머리카락이고 하나 본 적 없다고 말씀하세요! 아시겠지요?' '아니,' 에스테르는 그를 올려다봤다. '대체 무슨 말을 하고 있는 거야?' '고개 돌리지 마세요!' 하레르가 주의를 줬다. 지금 말하는 사람 이름을 입에 올리게 될까 봐 드는 불안을 거의 숨기지 못하고서, 아이에게 설명해주듯 또박또박 되풀이했다. '그놈요! 제가 걔를 역에서 발견했어요. 제가 그놈에게 도망하려면 어느 쪽으로 가야 하는지 말해줬죠. 아마 지금쯤 산 넘고 물 건너 수십 리는 멀리 가 있을 거예요. 교수님이 하실 일은 다만 누가 물으면 모든 것을 부정하시는 일이에요.' 재빠르게 지껄였고, 볼렌트를 슬쩍 올려다보고, 하레르는 그 나머지 사람들이 속삭이는 소리를 알아챈 것 같다는 생각에 단순히 '모든 걸요' 하고 덧붙였다. 에스테르는 이해가 안 가는 표정으로 자신의 앞만 쳐다보다가('무슨 부정을 해…? 무얼… 그를?') 그러다, 갑자기 뜨거운 열기가 확 끼쳤고, 머리가 번쩍 들렸다. 하레르의 강한 권고는 완전히 묵살했어도 노골적인 고함은 억눌렀지만, 모든 사람의 눈이 그에게 쏠릴 정도로 소리를 버럭 질렀다. '살아 있어?' 한쪽은 대답 대신 중위의 화가 치솟은 시선 아래 어리둥절하게 미소를 짓고는, 책임을 떠넘기려는 듯이, 미안하다는 몸짓으로 팔을 벌리며 그 옆에 앉은 남자가 무슨 일을 하려고 들건 자신은 알 도리가 없다는 뜻을 전했지만, 점점 더 필사적인 그의 미소가 장교의 화만 더욱 돋우고, 장교가 그 문제를 거기서 접지 않을 가능성이 엿보이기도 하자 하레르는 즉시 일어나는 것이 현명하겠다 생각하고서 신발소리로도 심문을 방해하지 않도록 발끝걸음으로, 눈 한 번 깜빡 않고 남편을 노려보고 있던 에스테르 부인 옆 그의 구석으로 조심스럽게 돌아갔다. 에스테르도 그를 따라가고 싶었지만 그가 그렇게 하려고 벌떡 일어서자, 중위가 그에게 바락('정숙!') 고함을 쳤다. 그래서 억지로 다시 앉아야 했고 번개 같은 속도로 문제를 생각하고서 하레르에게 질문을 던져봤자 소용이 없다고 금세 깨달았다. 그는 아까처럼 신중하게 에두르며 이미 했던 말만 되풀이할 것이다. 이를 다시 들을 필요는 없었다. '개'와 '역'이라는 말과 '지금은 수십 리는 멀리' 있다는 표현의 의미가 대낮처럼 환했기 때문이었다. 하지만 실망할지 모른다는 두려움이 우선은 침착을 유지하라 종용했고, 단어의 뜻이 그의 의식에 다짜고짜 들어가지 않도록 붙잡았다. 그 소식을 조심스럽게 홀짝이며 들이마시고, 할 수 있는 한 철저히 정보의 신뢰성을 조사해야 한다. 하지만 그러다 보니 또 바로 그 소식이 흔들리는 회의론의 장벽을 뚫고 들어와 모든 공포를 거의 휩쓸고 가버려, 그는 하레르 이야기의 사실성을 조사하겠다는 모든 생각을 파기했다. 그가 지금 들은 말에 하레르 부인의 상설詳說이 떠올랐기 때문이었다. 그리고 그 순간에 그는 그 이야기가 아주 사소한 점까지 사실이었음을 알았다. 현재의 보고가 그가 새벽에 들었던 내용으로 보증됐고, 반대로 새벽의 보고는 어떤 의문의 그림자도 없이 견고하게 새로운 소식을 입증했다. 그리고 번쩍하고 그는 역으로 가는 길의 하레르가 보였고, 벌루시커에게 말을 하고, 그런 뒤 시의 관할 구역을 넘는 그의 친구가 보였다. 그리고 갑자기 엄청난 무게가, 벤크하임 대로에 있는 그의 집 밖으로 발을 딛던 순간부터 그가 지고 다녔던 견딜 수 없이 힘겹던 무게가 어깨에서 떨어져 나가듯이, 엄청난 안도감이 스몄다. 속이 열리는 안도감, 그리고 동시에 무언가 완전히 새로운 흥분이 그를 사로잡았다. 그 문제를 두루 따져보고 나면 우연히, 아니 오해로 자신을 데리고 왔던 이곳보다 더 좋은 곳은 그가 찾으려도 찾을 수 없으리라고 재빨리 깨달아서였다. 왜냐하면 정확하게 친구의 사건을 해결할 수도 있는 장소에 있었기 때문이었고, 잘못해서 정말로 무슨 혐의의 화살이 벌루시커를 겨눈다면 그가 당국에 이를 취소해달라고 설득할 수 있을 곳이기 때문이었다. 마음속에 이전의 무력감과 절망감은 흔적도 남아 있지 않았다. 사실 그는 앞에 두고 있는 일보다 조금 앞서 달리고 있었다. 하지만 벌루시커의 귀가의 세부에 정신이 팔리기 시작했을 때 마음을 가다듬고 냉정의 필요성을 상기했다. 그리고 시청 홀에서 일어나는 일로 돌아와 쫓으며 그리고 중간부에 이른 심문의 과정을 따라잡으려고 온갖 신경을 곤두세웠다. 그는 일어난 모든 일을 선명한 그림으로 조합할 수 있는 최선의 방법은 다양한 증인들로부터 정보를 모으고 적절한 결론을 이끌어내는 일이라고 생각했다. 모든 것은 달아걸고 오로지 여기만 집중하자, 그리고 몇 문장 뒤에, 현재 목격자, 이웃해 앉았던 거대한 남자는 다름 아닌 서커스 매니저, 아니, 단장이라는 감이 잡혔다. 무슨 발칸반도 지주를 연상시키는 남자는 아주 정중한 태도로 중위에게 예의를 지키며, 오직 중위가 때때로 넘겨다보던 서류 같은 것을 들고서, 매번 용어를 교정하려는 노력에도 불구하고, 그를 단순히 '서커스의 책임자'라고 칭하는 '직업 허가'의 용어를 빌려 단장을 책임자라고 할 때마다, 말하자면 중위가 증인의 입에서 나오는 단어들의 끝없는 흐름에 어떻게든 질문을 하나 끼워 넣을 때마다 그렇게 지적을 계속하고 있었기 때문이었다. 하지만 어떤 분투도 소용없었다. 아무리 중위가 그 남자에게 '내가 던진 해당 질문에만 대답하라'고 명령해도 크게 성공을 보지 못하였고 그 과정에 주저앉을 정도로 지쳐가는 장교가 말을 자르고 끼어드는 일조차 버거웠으니, 단장의 달변을 막는 일은 언감생심 불가능했다. 단장은 한편 경고를 받을 때마다 가벼운 목례로 '물론, 당연히 그러죠' 들어주는 척은 하지만, 잠시라도 바뀌는 법이 없었다. 게다가 그는 조급하게 방해를 받은 곳에서 정확하게 다시 시작을 하며 그가 쫓고 있던 논고의 가닥을 한 번도 놓치지 않았고 저 멀리 홀 끝까지 다 들으라는 듯이, 몇 번이고 목소리를 높이며, '참석한 장교들이 예술적 원칙을, 특히나 서커스 기술의 원칙들을 더욱 선명하게 이해할 수 있도록 돕는' 일의 중요성을 강조하고 또 강조했다. 그는 예술의 특성에 대해 그리고 수천 년 세월 자유법에 따른 민권에 대한('마치 우리의 경우처럼!') 무시 못 할 방대한 인식에 대해 이야기했다. 손가락 사이의 불 꺼진 시가로 커다란 원을 그리며, 그는 예상치 못하고 충격적이며 기상천외한 면모가 위대한 예술의 불가피한 한 측면이며, 그러다 보니 혁명적인 '참신한' 예술적 변화를 마주한 관중이 '준비가 안 된' 것이나 '제대로 헤아리지 못하는' 일도 매한가지 등속이라고 설명했다. 그리고 연극공연 제작의 이런 예외적인 특성은(다시 그의 말을 끊으려고 시도하던 중위에게 고개를 끄덕이며 말을 지속했다) 대중의 미성숙한 무지와 서로 대치하지 않을 수가 없다, 그렇다고 지역민 증인들이 일찍이 뒤집어씌운 것처럼, 더욱 새로운 창안으로 세상을 풍요롭게 하려고 고군분투하는 창조자가 이런 미숙에 따른 무지와 타협해야 한다는 건, 그런 이유로는, 또 분명코 아니지 않은가,―단장의 오랜 세월 경험에 비추어―자신이 어느 것보다 자신 있게 말할 수 있는 점은 바로, 그런 무지는 그렇다 치고, 대중은 예상을 뛰어넘는 참신함만큼 크게 쳐주는 것도 없다, 더 참신할수록 더 좋다, 그러지만 그들은 애초에 아주 못마땅해 '변덕스럽게' 대하던 것들을 다른 한편으로 끝도 한도 없이 게걸스럽게 요구해댄다, 그는 마음을 거리낌 없이 다 털어놔도 되는 사람들 틈에 있다는 느낌이 들고 하니, 중위의 질문에 아주 충실하게, 일견 상관없어 보이겠지만 크게 벗어나지 않는 딱 한마디만 덧붙이겠다고 했다. 자신으로서는 이런 말을 해야 하는 게 가슴 쓰라리지만, 그래도 자유롭게 해방시키는 예술과 그 작품이 향하고 있는 관객들의 부족한 준비 사이에 이미 예견된 갈등은, 괜히 기우의 말은 하고 싶지 않지만, 아주 유익하고 만족스러운 대단원을 맞을 희망은 그리 많지 않다고 해야 할 것이다, '창조주가 이들을 영원토록 호박琥珀 속에 박아두기라도 한 듯이' 일반 대중은 이런 미성숙한 태도에 붙박여 있을 테니까, 그러니 누구든 기상천외 구경거리에 진력을 다하는 사람은 어쩔 수 없이 슬픈 종말을 맞게 된다, 슬픈 종말, 쩡쩡 울리는 목소리로 단장은 되풀이했다. 그리고 만약 중위님께서—여기서 그는 장교 쪽으로 공경의 뜻으로 담배를 살짝 숙였다—그가 변변찮지만 탁월한 동료들과 더불어 지속적으로 공들여 종사하는 일을 이런 상황에서 영웅적으로 보느냐, 혹은 낯부끄러울 정도로 어리석다고 보느냐 자신에게 묻는다면, 그는 차라리, 그들도 이를 다 이해하겠지만, 의견을 피력하지 않고 싶다고, 아니 어쨌든 그는 자신이 밝혔던 긴장과 갈등의 측면에서 금방 주장했던 보충적인 관점에서 아마도 올바르게 통찰할 것이라고 믿으며, 어제 저녁 애석한 사건들과 관련된 문제에 서커스단은 분명 결백하다고 확신하느냐는, 더 이상의 설명이 필요치 않다고, 이는 다만 지역 주민들의 증언 때문에 벌어진 일이며, 이들의 고발은 그들의 좁은 견해만 여실히 보여줄 뿐이다, 짧게라도 이 점은 강조하지 않을 수가 없노라고 했다. 비록 입을 열자마자 소중한 당신 시간들의 낭비라며 손을 내젓고 입 닥치라고 쉬쉿거리더라도 꼭 말해야겠다고 했다. 아마 그는 이런—남아 있던 시가에 불을 붙였다—그의 프로덕션은 서커스 예술에 종사하며, 그 이상도 이하도 아니라는 말로 시작하는 게 낫겠다, 그래서 고발의 첫 번째 부분, 모든 인기거리, 전단지 속 모든 항목은, 단지 겉치레에 속임수라는 말은, 얼토당토않은 거짓 진술이었다, 그리고 그는, 공통의 창조적인 집단을 책임지는 감독이자 그들의 정신적인 아버지는, '기이한 존재의 현상'으로 늘어나는 관중과 대적할 어떤 패기도 없는 사람이며, 앞으로도 지닐 생각이 없는 사람이다, 그리고 그로서는—씁쓸하긴 해도 유쾌한 어법의 전환을 한번 써보겠다—이는 물릴 대로 물렸기 때문이라고 했다. 그리고 이런 첫 번째 고발이 이렇게 논리가 부족하다면, 두 번째 고발 항목이라고 해서 얼마나 더 논리적이겠는가, 이런 관계로, 심문의 착수 시점에 히스테리에 걸린 지역민들의 말로 이해한 바에 따르면, '대공'이라고 알려진 그의 유랑단의 단원은—그는 연기를 내뿜고 중위의 얼굴 앞에서 손을 흔들어 쫓았다—최근 일어난 폭동의 배후에 주요 선동자로 지목되었는데, 이는 불가능할 뿐만 아니라, 이런 말을 해도 될지 모르겠으나, 완전히 어리석은 생각이다, 뭐래도 정확하게 한 인물을 겨냥하고 있는데, 그 인물은 유랑단 내에서도 말 많은 그 역할과 자신을 늘 동일시한다고 물의를 일으키고 있었지만, 그는 그런 폭력의 조성이나 전환에 누구보다 가장 먼저 겁먹을 사람이며, 단장의 불안이 헛말이 아니었다고 증명돼, 대중이 그의 무대 역할을 현실과 혼동하고 있다가 그리하여 선동적인 웅변에 민감하게 반응하고 있음을 보자, 이에 온갖 이성적인 설득과 논쟁에도 무턱대고, 지도자의 역할을 맡는 것과 한참 멀리, 그 군중의 흥분이 그에게로 돌아설 수 있다는 것에 너무나도 겁을 집어먹고, 그의 동료의 도움을 받아, 용케 도망을, 폭력이 시작되자마자 도망갔다, 이 모든 말 후에, 단장은 그의 손을 등 뒤에 놓고, 하는 수 없이 바닥에 다시 재를 떨고서, 그가 깊이 존경하는 이런 심문을 지휘하는 분들은 서커스를 겨냥한 고발들은 틀렸음이 대낮처럼 선명하기 때문에 더 이상의 말은 모자라느니만 못하다, 과하게 흥분한 공연자는 진정하고 그들이 가장 잘 아는 것, 그들이 종사하는 분야로 돌아가려고 노력해야 했다, 그 나머지 일들, 사건들의 조사와 죄의 할당은, 이를 수행하는 데 어디에도 찾을 수 없이 가장 적합한 사람들에게 맡겨두는 것이 최선이다. 자신도 그 권위에 당연히 고개를 숙이고 존중으로 따를 것이다, 하지만 동시에, 그의 도의심이 모든 것을 밝히라고 종용하니 일어났던 모든 일에 깊이 통감하며, 작별을 대신해, 조사의 틀림없는 성공에 결정적인 기여를 하고 싶다, 자신은 스물에서 서른 남짓한 상습적인 폭력배들에 대해 전하고 싶다, 그들 중 하나는, 여기 계신 분들 다 기가 차하며, 방금 아주 가까운 거리에서 충분히 관찰했던 바다, 스물에서 서른, 발악하는 깡패 놈들에 지나지 않는다, 남부 저지대의 유랑공연 첫 무대부터, 이들은 이 마을에서 저 마을로, 이 공연에서 저 공연으로, 가는 데마다 관중 사이에 숨어들어 매번 공연을 위태롭게 망쳐버리려고 들었다, 지금까지는 얌전하게 서커스단과 떠돌아다녔는데, 어젯밤 모든 조절력의 흔적이라곤 다 잃어버렸으니 걷잡을 수 없는 관중의 상상력에 불을 지피고, 그들의 감수성과 잘 속는 습성을 이용해서 그런 뒤—실로 지금도 퍼뜨리고 있지만—'우리의 훌륭한 동료'가 대공의 역할을 연기하고 있는 것이 아니라, 진짜로 그렇다고, 일종의 '어둠의 대공'이라는—단장은 그 표현에 애처롭게 웃음을 띠었다—소문을 퍼뜨렸다, 복수의 재판관처럼 세상 주위로 성큼성큼 돌아다니고 이런 심판의 집행자로 활동하겠다고 합류하는 그 수하들을 받아들이고 있다고 떠들어대고 있다, 하지만 이 사람은—분개하여 두 팔을 하늘을 향해 올리고 그는 말을 이었다—그의 직업에 필요한 모든 재능을 타고났지만, 그리고 여기서 팔을 천천히 내리며 뒤이어 동정을 담은 절규를 쏟아냈다. '끔찍한 신체적 장애로 시달리고 있으며, 다른 사람이 베푸는 도움에 완전히 의존해 겨우 연명하고 있으며 그렇지 않다면 완전히 무력한, 가여운 친구에 지나지 않습니다!' 이 정도면 이 패거리가 얼마나 냉소적이며, 얼마나 소름끼치게 부패했는지 납득이 충분히 갈 것이라며, 그는 굳건히 중위를 쏘아봤다. 이들은, 우리가 전에 들었던 바로는, 진짜 '무서운 것 하나' 없는 사람들이며, 그리고 그가, 단장으로서, 이 유랑공연의 처음부터 너무나도 익숙했던 사실이라, 그들이 공연을 벌였던 데마다 공연 당일 저녁이 아무 사고 없이 지나도록 어디 한 군데 빼지 않고 지역당국의 협조를 구하도록 신경을 썼다, 그리고 가는 곳마다 이런 협조의 혜택을 입어서, 그래서 당연히 그는 여기서도 요청을 했다, 그가 첫 번째 들른 곳은 늘 그랬듯이 경찰서였지만, 그의 예술가들의 안전—실로 예술 자체의 안전—을 보장하는 인가를 서장이 직접 그에게 승인하던 때는, 그가 그의 의무를 다할 수 없는 인물과 마주하고 있는 줄은 꿈에도 몰랐다, 그는 이 점이 실망스럽기 짝이 없다고 말했다. 오직 스물에서 서른 남짓의 불한당만 손보면 될 것인데, 여기 그가 서 있는 지금, 그의 극단은 박살이 났고, 겁에 질린 동료들은 '세상 어딘가로 흩어졌으니' 물질적인 손해는 누가 보상할지 전혀 모르지만 무엇보다, 그 결과 그가 겪어야만 했던 정신적인 손해는 어떻게 할 것이냐, 물론, 그도 이런 개인적인 고충을 호소하는 순간이 아님은 십분 이해한다, 하지만 그래도 그의 차례가 올 때까지, 그가 확신하듯이 아마 금방이라도 닥치겠지만, 그는 승인을 해준다면 마을에 남아 있겠다, 그리고 그러는 사이에 심문하는 장교들에게 그 범죄자들을 사정 봐주지 말고 다뤄달라고 요청하는 바이다, 그런 희망하에 작별의 인사로, 이게 무슨 소용 있겠는가 모르긴 몰라도 서장의 허가 서류를 넘겨주겠다, 보탬이 되기엔 미흡하지만, 사실관계를 명확히 밝히고 정말 죄지은 사람들을 선별해내려는 존경하는 조사 위원회에 도움이 되기를 희망한다고 했다. 그의 장황한 연설은 마침내 끝났다. 단장은 그의 털 코트 안주머니에서 종이 한 장을 꺼냈고, '공연 허가서'를 오랫동안 참고 기다리느라 완전히 지쳐 무기력한 장교에게 건넸다. 그런 뒤 금방 불이 꺼진 시가를 멀찍이 들고 문을 향해 행진해가면서, 홀 저 끝을 향해 공손히 고개를 숙이고 모여 있던 목격자들에게도 고개를 끄덕이고는 문가에서 뒤로 휙 돌아, '저는 코믈로 호텔에 머물고 있습니다' 말하고서 심문자나 심문 대상이나 공히 말문을 잃은, 대패한 군대를 빼다 박은 사람들을 뒤에 남기고 떠났다. 하레르부터, 볼렌트에 이르기까지, 모든 사람의 얼굴색이 똑같았다. 단장의 막을 수 없이 굽이치던 청산유수에 설득을 당했다기보다 납작 굴복을 당했다. 폭로, 추론, 사실전달, 사건의 해석들로 뒤섞인 뭔가 엄청난 힘이 합쳐져 무너져 내린 것처럼, 이 밑에 깔린 사람들은 누가 와서 이들을 꺼내줘야 할 판이었다. 그러니 다들 정신을 차리고 좀체 가시지 않는 얼얼한 마비가 풀리기까지 상당한 시간이 걸린 것도 놀랄 일이 아니었다. 기분이 상하고 화가 솟은 중위는 그 자신의 운명을 스스로 관장했던 연설자를 뒤쫓아 출발했지만 그의 손에 들린 서류를 훔쳐보고 다시 멈췄고, 에스테르 부인과 하레르는 서로 얼굴만 쳐다보고 항변이 줄을 잇는 동안 살아 있는 조각상으로 변했던 볼렌트 씨 무리는 못 믿겠다는 표정을 지어 보이고, 팔을 흔들며 일제히 한꺼번에 말을 하기 시작했다. 에스테르는 이런 대부분 사람들에 초연했지만 적어도 그들 특유의 소란을 떠는 사람들의 심경이 안 보이는 건 아니었다. 이로써 그가 어떤 재단을 내리겠다는 게 아니라 앞선 발언이나 현재의 반응이나 똑같이 중요한 것처럼, 그는 그저 분별을 얻고, 저울질을 해보고 있었기 때문이었다. 하지만 무엇보다 조사 위원회의 기질이나 분위기에 적절히 자신의 요구 사항을 맞춰 제시하는 일이 바람직하기 때문에, 단장의 발언을 감안하고 그에 따라 고무된 열정으로 벌루시커의 사건에 관련된 결정을 내릴 가능성이 아주 큰 그 남자의 마음 상태를 판단하는 일에 주력했다. 그러나 행동은 말처럼 쉽지 않았다. 도통 종잡을 수 없던 중위가 상급자에게 건너가서, 뒤꿈치를 탁 붙이고 '그를 다시 불러드릴까요, 중령님?' 물었을 때, 중령은 단순히 아무 관심이 없는 동시에 심히 짜증 난다는 뜻을 지닌, 애석한 손짓을 해 보이고 긴 시간 침묵을 지키다, 이번에는, 딱 봐도 신랄함이 선연한 목소리로 '말해보게, 게자, 이 친구야, 이 그림 자세히 살펴본 적 있는가?' 물었고, 이에 대답으로, 혼란을 군인다운 솔직함으로 가리려고 또랑또랑한 어조로 '그런 적 없음을 보고, 드립니다, 중령님!' '그럼 한번 잘 관찰해보게' 애석한 목소리로 계속, '전쟁의 정연함이 저 위, 오른쪽 구석에 있어. 대포, 기마단, 보병대. 이건,' 여기서 갑자기 목소리가 올라갔고, '되바라진 깡패들이 이끄는 패주敗走가 아니야. 바로 전쟁의 기술이라고!' '그렇습다!' '저기 가운데 경기병들을 봐, 그리고 저기, 저들이 보이나? 용기병□騎兵 연대가 협공으로 둘로 갈라졌다 저들을 둘러싸고 있어! 장군 좀 보게, 언덕에 떡 버티고, 군대들은 저기 들판에 섰고 자네는 지저분한 돼지우리 구덩이와 전쟁 사이의 차이를 관찰할 수 있겠지!' '그렇습다! 즉시 그자의 심문을 마무리 짓겠습니다.' '그러지 말게, 중위! 도저히 더 이상 꽥꽥대는 소리도, 말도 안 되는 허튼소리도 이런 시궁창에서 들어줄 수 없어! 얼마나 더 남았나?' '빨리 하겠습니다, 중령님!' '서두르게, 게자, 서둘러.' 중령이 아주 울적한 목소리로 중위를 물리며 말했다. 지금도 여전히 그의 손밖에 보이지 않지만, 이제 에스테르는 그가 무엇을 하고 있는지 감이 잡혔다. 고위 장교로 참석해 전체 추궁 과정에 앉아 있어야만 하니 좀이 쑤시겠지, 그래서 그로서는 마음 가라앉히는 이런 어둑한 방에 이름 높은 역사적인 전투 장면에 꼼꼼히 눈을 주며 분명 마음을 달래고 있는 거지, 짜증도 나고 여기 오지 않을 수 없었던 일들이 부당하게 여겨질 거야, 하고 에스테르는 추정했다. 그렇다면, 그 자신의 요구는 간결하게 틀을 잡는 게 낫겠다, 둘이나 세 문장으로 정확하게 압축하자, 잘 짜면 분명 호의를 얻을 거라고 생각했다. 하지만 일이 이런 식으로 돌아가지 않는 것은, 아무리 신중을 기해도 장교들의 우호적인 심리審理 청취를 얻어내지 못하게 된 것은 그의 탓이 아니었다. 그 앞의 세 명이 중령의 명령에 따라 가운데로 고분고분 나가 그가 품은 생각들을 다 바로 부숴버리고 그들 자신의 말에 돌입했기 때문이었다. 그들이 '그 문제에 새로운 차원의 시각을 채워드리겠다'고 첫말을 열자, 장교는 얼굴을 씰룩거리며, 불안 어린 시선으로 얼른 큰 의자의 눈치를 봤고, 그들이 계속해서 '깊은 슬픔에 잠긴 마을을 두고 완전히 중상모략의 혐의를, 다른 누구도 아닌 이런 일의 전적인 책임이 있는 사람이 해대는 것을' 거부하노라고 하자, 그의 입술이 삐죽대기 시작했다. 단장은 천부당만부당, 전혀 아니라고 하지만, 서커스와 그 박수 부대는 불가분의 한 몸을 이루고 있으며, 누구라도 이런 음흉한 극단과 그에 딸린 마적 떼를 깨끗이 쓸어버릴 수 있는(그럴 물도 없어요, 마더이 씨가 고함을 질렀다) 세상에 아직 살고 있지 않다, 사람들 머리에 '순진한 고래잡이의 항변'을 쑤셔 넣으려는 일은 발칙하고 의미 없는 시도일 뿐이다, 다 늙은 이 쭈글쭈글한 머리를 속여먹을 수는 없으니까, 겪은 일도 많아서 '구멍 숭숭한 엉터리 선동'을 꿰뚫어보지 못할 정도로 물렁한 사람들이 아니라고 했다. 순전히 거짓말이다, 그들은 완전히 사실에만 한정해야 한다, '중위의 불쌍한 명령도 넘어, 오히려 더 부추긴 것처럼, 신나게 떠들어댔다. 거짓말이고 말고,─그들은 서로 말을 가로챘다─이 끔찍한 참사가 군중 속의 몇몇 분열 분자들 때문이라니, 말이 안 된다, 마지막 심판이라는 명목으로 잔인무도한 공격을 자행한 사람이 누구인지 대낮보다 훤하다, 왜냐하면, 말도 안 되는 헛나발이니까, 어조를 더욱 은밀히 하며, 일을 이렇게 이끌고 간 이면에 '사악한 마술사'가 어떤 관여도 하지 않았다는 주장은 완전 잡소리다, 결국 시장 의자에 앉았던 인물이 마술이란 말에 이전의 불가시성不可視性을 벗고 위협적으로 성큼성큼 다가오는 줄은 미처 알아채지 못하고서 그들은, 어쨌든, 확실히 따지고 보자, 이런 '스물 혹은 서른 명의 파괴범'이 아니라, 악마가 직접 고른 파견대들이 무방비의 마을을 쳐들어온 줄은 다들 안다, 그리고 이런 일은 이전 몇 개월간 셀 수도 없는 징후와 전조가 있었다고 주장했다. 말이 나왔으니, 이왕, 예를 들어보자면, '아주 멀리서부터 급수탑을 흔들어댄다거나, 종탑 시계가 갑자기 작동을 시작하거나, 마을 곳곳 공공장소에 나무들이 뿌리 뽑힌다'거나, 한편 그들은, 적어도 '사탄의 세력과 싸울 준비가' 되었으며 '법질서를 지키는 정규 군대에 약한 힘이나마 보태겠노라'고 표명했지만, 이 순간 그들의 시간도 다 됐으니, 앞서 말한 정규 군대의 지휘 통솔자가 그들에게 다가와 마더이 씨조차 알아들을 정도로 또록또록 소리를 질렀기 때문이었다. '그만들 좀 해, 이 빠가사리 머저리 놈들아! 생각 좀 해봐, 내가 얼마나 더,' 중령이 더럭 다가가며 너더반 씨를 내려다보자, 너더반은 놀라 뒷걸음질 쳤고, '이런 쓸데없는 허세들을 참아 넘길 성싶은가! 뭐 하는 놈이기에 내 참을성을 두고 장난질을 벌여! 새벽부터 오직 이런 덜떨어진 횡설수설만 들어야 했는데, 계속 벌 안 받고 무사히 떠벌릴 수 있을 거라고 생각해? 나한테, 바로 그저께 텔렉게렌다스에서 온갖 썩어

빠진 천치들은 정신병원에 가둬버린 사람한테? 너희들에겐 예외를 둘 것 같은가? 착각하지 마, 나는 이 냄새 고약한 곳 전체를 철창 뒤에 가둘 거야, 멋모르는 온갖 백치들이 지가 무슨 세상의 중심이고, 그걸 지키고 선 것처럼 우쭐대기나 하는 이곳, 너저분한 똥통은 닫아걸어버린다고. 말세야! 재앙이지! 아무렴! 마지막 심판! 개똥은! 너 같은 놈들이 재앙이야, 네놈들이 망조의 마지막 심판이고, 네놈 발은 땅에 닿지도 않고 늘 허공이지, 한 무더기 몽유병자 놈들, 다들 죽어버려. 내가 장담하건대,' 그리고 여기서 너더반의 어깨를 잡아 흔들고는, '내가 무슨 말 하는지도 모르지! 너희들은 *말하지* 않아, 속삭이거나 훈계를 하니까, 거리를 걸어 내려*가지* 않아, 서둘러 걸음을 놀리지, 어디에 *들어가지* 않고 대신 문지방을 넘어서고 그냥 *춥다* 혹은 *덥다*고 느끼지 않지, **몸에 한기를 느끼거나 온몸에 진땀이 흘러넘친다고** 느끼지! 몇 시간 동안 한 번도 똑바른 정상적인 말은 들은 적이 없어, 다만 야옹야옹 소리나 쳐대니, 질서 파괴범들이 창문에 벽돌을 던지면, 겨우 최후의 심판이나 들먹이지, 아둔한 머리로 씩씩거리며 울분이나 채우니까, 이런 사람들이니 누가 코밑에 똥을 갖다 밀어도 그냥 멀거니 쳐다보다 코를 벌름벌름거려보고는, 마술이다, 외쳐대. 정말 마법이 뭔지 알려주마, 이 덜떨어진 놈들아, 누군가 잠에서 깼는데 달에서 살지 않고 바로 헝가리에서 살고 있다 깨닫는 거야, 북쪽이 위에 있고 남쪽이 바닥에 있고, 월요일이 일주일의 첫날이고 일월이 일 년의 첫 달인 곳에! 알고 있는 거라곤 쥐뿔도 없어, 박격포하고 걸어총 자세를 공기총하고도 구분을 못하지만 **세상의 종말을 시사하는 천재지변** 운운, 무슨 쓰레기 같은 말들을 씨부렁거리며 다녀, 그러고는 나는 촌그라드와 베스퇴 사이를 이백 명의 전문 군인들과 깡패 같은 놈들로부터 네놈들 방어하느라 떠돌아다니는 일 말고는 잘하는 것도 없다고 생각하지! 이 종자를 좀 봐,' 중위에게 그렇게 말하며, 볼렌트 씨를 가리켰고, 희생자의 얼굴에 똑바로 얼굴을 들이밀었다. '올해가 몇 년도야, 어? 수상의 이름이 뭐야? 다뉴브강에 배가 다닐 수 있어? 이 사람 좀 봐,' 그는 고개를 돌려 중위를 봤다. '생판 아는 게 없어. 다들 이 사람과 똑같아. 엉망진창 전체 마을이, 이 문둥이 수용소 같은 나라가 이런 사람들로 가득해! 게자야,' 목소리를 다시 무심하고 씁쓸하게 바꿔 그를 부르고는, '서커스 트럭을 멀리 역으로 끌고 가고, 이 문제는 군사재판정으로 넘겨, 광장에 너덧 파견대만 남기고 이들 세상 물정 모르는 놈들 치워버려, 나는 그저… 다 끝장내고 손 떼고 싶어!' 세 명의 중요 인물은 지옥의 번개가 그들을 정통으로 내려치고 지난 듯 가만히, 말 한마디는 고사하고 숨도 쉬지 못하고 중령 앞에 서 있었다. 그래서 중령이 돌아서서 갈 때는 근육 하나 움직일 수 없었고, 이런 정황에 무언가 외부의 도움 없이 그들 누구도 상황의 본질을 알 수 없을 게 뻔해서 중위는 단호하게 문 쪽을 가리켰고, 그제야 정신이 나고 일이 선명해지자, 더 이상 도움은 필요 없는 사람처럼 문밖으로 줄행랑을 쳤고 거기부터 집까지는 어떻게든 알아서들 집에 갔다. 에스테르는 하지만 그러지 못했다. 호의적인 심리의 희망들이 중령의 갑작스러운 폭발로 낭패를 보자, 그는 어떻게 해야 할지를, 서야 할지 앉아야 할지, 지금 당장에 가야 할지 머물러야 할지를 몰랐다. 그는 어떤 것에도 관심이 없고 다만 최선의 방법으로 벌루시커의 무죄를 밝히기를 원하긴 하지만 그 모든 일 뒤에 아무리 간결하고 깔끔한 표현으로도 좋으리란 장담이 없어서, 막 일어나 떠날 사람처럼 앉아서 바라진 몸집에 얼굴 붉은 중령이 군대식 콧수염을 길게 당기며 지친 그의 중위를 뒤에 딸리고 노기를 띠며 에스테르 부인이 서서 기다리고 있는 구석 쪽으로 물러나는 모습을 바라봤다. 그 광활한 홀 속 그의 제복에 주름 하나 없었고, 그의 존재 전체가 다리미로 속이든 겉이든 다린 것 같았다. 그 단호한 걸음걸이, 대쪽같이 똑바른 등, 저속해도 탁 터놓은 말버릇이 합쳐져 군인은 어떤 모습이어야 하는지, 아마 중령이 가진 믿음에 따라 그 이상적인 그림에 맞아떨어지는 모습을 선보였고, 그 결과에도 만족스러워하는 것 같았다. 이를 증명하듯 깎은 듯이 아주 선명한 목소리, 똑 부러지고 쩌렁쩌렁한 쇳소리, 명령에 딱 좋을 목소리에도 그 만족이 묻어 나왔고, 그런 목소리로, 에스테르 부인에게 말을 걸었다. '말씀해보십시오, 부인, 당신처럼 이렇게 총명하고 실질적인 부인이 어떻게 이런 세월을 견뎠습니까?' 따로 대답이 필요 없는 질문이었어도 에스테르 부인은 눈을 천장으로 치켜뜨며 뭔가 말을 하긴 하려고 했지만, 그럴 기회는 없었다. 왜냐하면 이 시점에 중령은 먼 벽 방향으로 우연히 시선이 갔고 괘씸하기 짝이 없게 증인 한 명이 거기 남아 있는 것을 보고서, 얼굴에 먹구름이 끼어 중위에게 고함을 쳤기 때문이었다. '사람들 모두 치워버리랬잖은가!' '벌루시커 야노시와 관련해 한 말씀 드리고 싶습니다.' 에스테르는 자리에서 엉거주춤 일어섰고, 중령이 그에게 등을 보이며 돌아서서 팔짱을 끼는 모습을 보고는, 단 한 문장으로 압축한 말을 아주 낮은 목소리로 말했다. '걔는 완전히 무고합니다.' '우리가 그에 대해 아는 바가 있나?' 중령이 조급하게 쩌렁거렸다. '그 안에 들었어?' '증인들의 한결같은 증언에 따르면 그렇습니다.' 중위가 대답했다. '그는 여전히 잡히지 않았습니다.' '군사재판에 부쳐 그럼!' 중령이 쏘아붙였지만 그가 미처 이 문제는 종결된 걸로 치부하고 말을 잇기 전에 에스테르 부인이 강하게 끼어들었다. '잠깐 발언을 허락해주십시오, 중령님.' '부인, 잘 아시겠지만 당신 목소리라면 여기서는 유일하게 언제 들어도 즐겁습니다. 물론 내 목소리는 빼고.' 자신이 던진 농담을 음미하듯 언뜻 미소를 덧붙이고, 하지만 뒤따라 사방 벽이 흔들리게 터져 나온 요란한 웃음소리에 합류했다. 마치 그가, 상황을 완전히 장악한 영장이, 그의 꿈쩍 않는 침착도 놀라울 따름인데, 재치 넘치는 기지마저도 이렇게 빼어나다니, 함께 선 사람들의 찬탄을 고스란히 전해주는 웃음소리였다. '문제의 그 남자는,' 에스테르 부인이 일단 왁자한 웃음이 잦아들자 말했다. '심신상실 상태입니다.' '그게 무슨 말입니까?' '제 말은 정신이 모자라단 말입니다.' '그런 경우라면,' 중령은 어깨를 으쓱했고, '정신병원에 그를 가둬두죠. 적어도 내가 가둘 수 있는 사람은 있군요' 덧붙이고는 콧수염 아래 꿈틀꿈틀 억누른 미소로, 아니 웃고는 못 배길 또 다른 농담을 대비하라는 주의를 환기시키듯 뜸을 들였다. '이 미친 마을 전체는 가두지 못한다고 해도…' 물론 여기서도 박장대소가 튀어나오는 일은 빠질 수 없었다. 에스테르는 그들을 바라보고 서 있었다. 특히나 그의 아내, 그에게 눈길 한 번 주지 않고 시침을 떼는 아내를 보고는 모든 일이 다 결정 났다고, 그로서는 더 이상 할 일이 없으며, 재미있게 웃고들 있는 저 무리에게 좀 더 공명정대하게 고찰하여 평결해달라고 조르는 일은 아무 의미 없다고 이해하고서, 이곳을 떠나 집으로 가는 게 낫다고 생각했다. '벌루시커가 살아 있어, 그거면 됐지…' 하고 생각했고 문밖으로 조용히 발을 옮겼고, 입구 주위에 모여 떼를 이뤄 서성거리던 지역민과 군인들을 뚫고 지나, 경쟁하듯 숨넘어가게 웃어젖히는 에스테르 부인과 중령의 메아리가 귓전에서 멀어지는 가운데 계단을 내려와 발자국이 울리는 시청의 1층 복도를 걸어 나왔고, 거리에 다다르자, 무작정 본능에 따라 기계적으로 오른쪽으로 돌아 아르파드 거리로 향했다. 너무나도 깊이 자신의 생각에 빠져 있는 바람에 문 옆에 서 있던 한두 명,

마을의 자랑인 저명인사의 완전히 무너진 상태를 보고 당황스러운 마음을 추스를 수 있던 사람들이 때때로 쭈뼛거리며 흐릿하게, '안녕하세요, 학장님…' 인사를 건네와도 몰랐다. 그거면 돼, 하고 에스테르는 생각했다. 아마도 그가 따뜻한 시청 홀에서 심문 내내 외투를 걸치고 있었기 때문인지 아르파드 거리를 반쯤 내려가자 몸이 떨리기 시작했다. 다른 건 아무 문제가 되지 않아, 그는 걸어가는 동안에 계속 혼잣말을 했다. 맹목적인 본능과 우연의 조종에 따라 운 좋게도 벤크하임 대로에 있는 그의 집에 도착하고서도, 되풀이했다. 그는 대문을 열고 들어와 다시 닫았고, 주머니에서 열쇠를 뒤지면서 현관 손잡이를 누르다가 문이 열린 것을 발견했다. 하레르 부인이, 아마 일부러, 새벽에 급히 나간 그를 생각해서 잠그지 않고 열어둔 모양이었다. 그래서 그는 주머니에 도로 열쇠를 넣고, 문을 밀어 열고 책장들 사이에 있는 현관복도를 따라 내려갔고, 조금 몸을 데우기 위해서 계속 외투를 걸치고서 응접실의 침대에 편안히 앉았다. 그런 뒤 그는 일어나 복도로 다시 돌아가, 책장 하나 앞에 잠깐 멈췄고, 고개를 모로 기울이고 제목을 살폈다. 그런 뒤 부엌으로 들어가 부주의하게 떨어뜨리지 않도록 싱크대 가장자리에 놓인 유리잔을 밀어놓았다. 하지만 그런 뒤 이제 그만 외투를 벗어야겠다 결정하고 이를 벗고 옷솔을 꺼내 조심스럽게 외투의 먼지를 떨었다. 그리고 이 일을 끝내자 외투를 들고 응접실로 돌아와, 옷장을 열었고 옷걸이를 꺼내 외투를 걸어 옷장에 넣었다. 그는 잉걸불이 아직 깜박거리고 있는 난로를 쳐다보고, 불이 붙기를 바라며 불쏘시개용 잔가지를 몇 개 던져 넣었고, 배가 고프지가 않아서, 저녁을 차리려고 부엌으로 돌아가지 않고 늦을 때까지 기다렸다가 식은 음식을 먹기로, 그 정도면 괜찮으리라 생각했다. 시간을 알았으면 좋겠지만 지난밤에 손목시계 태엽을 감지 않아서 여전히 시계는 여덟 시 십오 분이었다. 전에도 이런 일이 있었기 때문에 그는 그런 상황에 보통 하던 대로 복음주의 교회의 종탑 시계를 참고하려 했지만, 그럼 그렇지, 그가 박아뒀던 판자들 때문에 창문을 열 수가 없었다. 그래서 도끼를 꺼내 널판들을 비틀어 열고서, 창문을 활짝 열고 몸을 밖으로 뺐다. 그런 뒤 종탑을 훔쳐봤다가, 그의 시계를 봤다가 하며, 손목시계를 정확한 시간에 맞추고 나사를 돌렸다. 그의 눈이 그다음에 스타인웨이에 가닿았다. '요한 세바스찬 몇 가락'처럼 효과적으로 마음을 가라앉힐 것은 없을 거란 생각에 연주를 하기 위해 앉았다. 그가 최근에 했던 것처럼이 아니라, '요한 세바스찬 자신이 그 시절에 했던 것처럼' 하려고. 하지만 피아노는 조율이 나가 있었고, '베르크마이스터 화성계로 완전히' 재조정해야만 했다. 그래서 뚜껑을 열고, 조율용 키를 뒤져보고, 찬장 아래쪽에서 주파수계를 찾고, 악보대를 치워 건반에 다가갈 수 있도록 하고서, 주파수계를 그의 무릎에 받치고, 작업하기 위해 앉았다. 이전에, 몇 년 전에 아리스토제누스 체제에 맞춰 조율했던 것보다 이런 식으로 악기를 '재조율'하는 일이 훨씬 쉽다는 것을 발견하고 놀랐다. 하지만 그렇다고 해도 모든 음이 있어야 할 곳에 있을 때까지 꼬박 세 시간이 걸렸다. 그는 차츰 이 일에 너무 몰두하다 보니 관련 없는 소리는 한 귀로 흘리고 있었는데 갑자기, 바깥 현관 복도에서, 진짜 시끄러운 소음을 문뜩 깨달았고, 한 차례 틈새바람이 불고 문이 쾅당 닫히는 소리가 들리고, 에스테르 부인이 소리치는 목소리가 들리는 듯도 했다. '이건 여기 가고! 그리고 그건 저 끝에 놓아둬요. 나중에 내가 치울 테니까!' 하지만 그들이 문을 쾅당 닫건 고함을 치건 '그들 좋을 대로' 뭘 하든 더 이상 흥미가 없었다. 그는 손가락을 놀려 음높이를 다시 한번 확인하기 위해 음계를 아래로 짚어 내려갔다. 그런 뒤 악보를 맞는 페이지로 돌리고 그의 손을 순수한, 마음 달래는 건반에 놓았고 나장조 전주곡의 첫 화음을 쳤다.

결론

추도사
Sermo Super Sepulchrum

가장 마음에 든 것은 럼에 담근 체리였다. 다른 것들도 근사했다. 하지만 지금, 준비와 조직으로 팽팽하게 보낸 지 정확하게 이 주 만에, 오후에 있을 아주 중요한 이벤트 전에 사소한 세부를 챙길 시간이 충분한, 그런 여유로운 날도 생겨, 그래서 어제 플라우프 부인의 아파트에서 '놔두면 썩어버릴 저장식품들'을 '사회적 활용' 규칙하에 시청 저장고로 날라 와 하레르와 그들끼리 나눠 가지고선, 임시 비서관 사무실의 벽장에 저장했었는데, 아침용으로 아주 딱일 햄과 냉육까지, 그런 온갖 저장식품 중 무엇 하나를 결정할지 고르고 골라 그녀는 단호하게 이를 선택한 것이다. 복숭아와 배가 품질 면에서 체리보다 떨어지기 때문이 아니라, '슬프게도 운명을 달리한 플라우프 부인'이 솜씨를 부린 까다롭고 정교한 과일절임을 맛보자, 럼에 푹 담근 과일이나 '약간 톡 쏘며 살짝 끄는 신맛'에—아주 태곳적 일처럼 아득한 저녁 방문이 떠올라—그녀의 입은 즉시 승리의 맛으로 가득 찼기 때문이었다. 성공, 그녀가 거의 맛볼 시간이 없던 대성공, 하지만 이제는 마침내 편한 자세로 오늘 아침 나절 전부 개인적인 짬을 내어 엄청난 책상 앞에 앉아, 달리 할 일이 없었기 때문에 한 방울이라도 흘리지 않도록 차 순갈로 단지 위에 몸을 숙이고, 하나씩 하나씩 체리를 건져 올렸고, 부드럽게 이빨로 껍질을 깨부수고, 누구의 방해도 받지 않고 어렵사리 얻어낸 힘을 음미하는 즐거움에 푹 빠져, 지금에 이르기까지 필수적이었던 옛 과정을 되새겼다. 절대 과장이 아니라 지난 십사 일의 사건들을 '진정한 권력의 인계'라고 그녀는 생각했다. 이로써 '마땅히 이를 받아야 하는 사람'은 혼베드 골목의 다달이 세를 내던 방 한 칸과, 분명 앞날은 보이지만 당시에는 대단찮았던 여성위원회의 자리에서 시청 비서관 사무실로 직행했다. 절대 과장이 아냐, 그녀는 또 체리 하나를 반으로 깨물고 씨를 발치의 쓰레기통에 뱉으며 생각했다. 이런 영광의 자리는 진짜 '그녀의 우월한 정신적 명석함에 대한' 인정, 그 명백한 결과에 지나지 않았기 때문이었다. 이런 굳건하기 짝이 없는 우월성으로, 마을의 운명은 최종적으로 결정적으로 그녀의 손아귀에 맡겨져, 적절한 권력을 완전히 행사할 수 있어서, 그녀, 에스테르 부인은, 불과 열나흘 전에는 쾌씸하게도 곁다리로 취급당하다가,

하지만 이제는 모든 것을 다 점검해야 하는 여주인이, 마을의 현재나 미래의 이익에 적합하다고 생각한다면 무엇이든 (거의 '그녀가 원하는 것이라면 뭐든'이라고 할 뻔했다) 다 처리하게 되었다. 물론 그 직책이 어쩌다 그녀에게 '그저 굴러들어온 복'일 뿐이라고 쑤군대는 말은 전혀 없었다. 그녀가 모든 위험을 무릅쓴, 응분의 대가로 벌어들인 거니까, 하지만 혹여 그녀의 경력이 '혜성같이 솟아올랐다'고 사람들이 쑥덕여댄대도 달리 항변할 마음은 나지 않았다. 이번 일을 심사숙고해보면, 그녀 자신도 그보다 더 나은 비유적 표현은 생각할 수 없으니까. 없고말고, 왜냐하면 마을 전체가 '그녀의 발아래 펼쳐지는' 데 불과 보름밖에 안 걸렸으니, 보름, 아니 오히려, 단 하룻밤, 아니 더 정확히는 '누가 누구이며 누가 진짜 힘을 가졌는지'까지 포함해 모든 것이 결정되는 데에 몇 시간밖에 걸리지 않았다. 몇 시간, 에스테르 부인도 믿기 어렵지만 그 단 몇 시간, 어느 운명적인 저녁, 아니 더욱 엄밀히는 이른 오후, 무슨 육감 같은 것이, 그녀의 과업은 사건의 가능한 진행을 막는 것이 아니라, 반대로, 최대한 그들이 왕성하게 *활개*를 *치*도록 내버려두는 일이라는 생각이 들었다. 뱃속 깊이 직감으로 시장 광장의 '삼백 명 혹은 사악한 마적 떼'가 만약—그리고 그녀는 그 가능성도 마주해야 하긴 했다—'근본적으로 자신의 그림자에도 놀라 달아나는 겁쟁이, 그런 단순히 나약한 남자아이들 무리가 아니'라면 그녀의 앞날을 위해 점지된 사람들이라는 느낌이 들었다.

그래, 그녀는 의자에 등을 기댔다. 그들은 정말 아무것에도 움츠러들지 않았다. 하지만 행동방침을 일단 정하자, 결코 냉정을 잃지 않았던 그녀는 모든 가능성을 계산에 넣었고, 절대적이고 치명적인 정확성으로 오직 움직여야 할 때만 움직였고 그렇게 '사건들'이 아주 착실하게 바라던 방향과 속도로 흘러가자, 가끔, 특히나 그날 밤이 무르익어 가던 후반에, 그녀가 그런 사건 전개로 어쨌든 이득 많은 알맹이를 거저 챙긴다기보다, 일의 경로를 모의해 지시하고 있다는 느낌까지 들기 시작했다. 그녀는 몸을 앞으로 숙여 다시 체리를 입속에 쏙 넣었다. 분명 그녀는 자신의 가치에 대해 명확하게 인지하고 있으며, 누구도 그녀를 교만하다거나 허영 찌든 자만심이 가득하다 힐문할 수 없으리라. 적어도 지금, 현재 상황에서는, 외로이 체리를 집어 들면서 '사건의 시간표들을 상상해내는 천재적인 솜씨뿐 아니라, 만약에 없었더라면 아주 웅장한 책략들이 실망에 처할 수밖에 없었을, 아주 세부적인 사항까지 돌보는 조심성'까지 '칭찬으로 인정해줘야 하리라' 생각했다. 아니, 혼베드 골목에서 기억에 남을 만한 그날 오후 그녀가 직접 조직했던 위원회의 얼마 없는 사람들을 손아귀에 쥐락펴락 조종하는 데는 평균 이상의 지능이 필요하지도 않았다. 특히나 공포로 마비된 시장은 식은 죽 먹기였고, 그렇다고 경찰서장을 처리하는 일이 엄청 노력이 필요했던 것도 아니었다. 밤이 깊어갈수록, 위험스럽게 술이 깨더니 막 병력 증강을 요청하러 보내려는 것을 다른 사람

들 몰래, 살금살금(그를 바래다주겠다는 핑계로) 주인집으로
데려가, 셋집 주인이 이미 어칠비칠하는 '밑 빠진 술고래'에
게 사람은 못 먹을 포도주를 대접하여 아침이 밝을 때까지
안전하게 꿈나라에 모셔두었고, 맹목적으로 그녀를 따르는
충복―에스테르 부인은 입술을 삐죽 내밀었다―하레르를
꼬드겨, '얼간이 벌루시커' 그놈을 찾아 조용히 시켰다. 그
리해서, 아마 본능적으로 무언가 잘못됐다 의심한 벌루시커
는 '뒤죽박죽 뇌' 속에서 이런저런 사실을 조합해냈던 모양
이지만, 길을 막고 설 뻔한 이 얼간이도 즉각 그 현장에서
치워버렸으니 문제가 아니었다. 아니, 이런 정선된 무리를
잡아채 쥐고 흔드는 일은 모두 '어떤 지능'도 필요하지 않았
지만, 흠―잡을―데―없는(비서관은 강조를 위해 탁자를 찻숟
갈로 두드렸다) 일의 타이밍이란, 이야, 지금 보면 대단한 일이
었다! 종국에 기계의 모든 부분에 기름을 치고, 부드럽게 작
동하도록 문제를 배치한 일, 아주 신성한 한순간을 틈타, 그
녀의 '협력자들' 앞에 포진한 모든 장애물을 쓸어버릴 수 있
도록 '벼락같이 계획을 급조하고 실현시켰고' 그런 뒤 정확
하게 바로 이 일로 튼실하고 강건한 명성을 이루며, 이후 그
녀는 저항의 가장 가망성 높은 지도자의 자리로 승격될 것
이었고, 이 모든 것, '아무리 수수하게 표현하더라도', 이 모
든 것은 결코 '평범하달 수 없는' 하나의 성취라고 하지 않
을 수 없었다! 그녀는 앞이마로 흘러내린 머리카락을 쓸어
넘겼다. 좋아, 그렇다고 스스로 감탄까지 할 필요는 없지, 그

런 아주 사소한 부분까지 세세하게 보살핀 일은 그녀의 미래 계획이 '서느냐 무너지느냐' 할 중심 통찰력이 없었다면 무용지물이라는 점은 설명할 필요도 없다. 왜냐하면 모든 세부사항의 시기와 조화 외에도, 성공 여부는 *일의 시기*에, 즉 가장 중요한 시기를 완벽한 순간에 결정하고, 감지하는 일에 달렸다는 점은 대낮보다 명백한 일이었다. 언제쯤 하레르를 '경찰서장의 이름하에' 급파해, 몇 시간째 분유공장 뒤에서 지프에 올라 대기하고 있었던, 왜 늦어지는지 이유는 모르는 두 경찰에게 '즉시' 주도에 가서 '증원병력'을 요청하러 떠날 채비를 하라고 시킬지, 적절한 순간을 본능―적으로―예감하는 일… '해방 구국군'이 너무 일찍 도착한다면 '아주 사소한 호전적인 행동들'로 창문 몇 개 부서지고 가게 전면 한두 개 박살이 나고 말 뿐이라, 그 다음 날이면 일상은 전처럼 계속 영위될 것이었고, 너무 늦으면, 전쟁 수준의 충돌이 그녀 역시 쓸어버릴 수 있어, 모든 것이 무위로 돌아갈 수도 있었다. 계획, 사소한 일들, 전체의 조화, 그렇다, 그녀는 이런 두 극단의 중간 지점을 찾아야 했던 '영웅적인 시간의 긴박한 분위기'를 회상하며, 승리감에 차서 비서관 사무실을 둘러봤다. 하레르의 전령으로서의 유익한 공헌과 끊임없는 신선한 정보의 전달 덕분에 그녀는 그 지점을 잡았고, 이후로 더 이상 할 일도 없이, 군인들이 진군해 *들어온다*는 소식은 집에 가고 싶어 안달이 나 새하얘진 시장을 통해 그녀의 문밖으로 *나가*도록 하고, 그런 뒤 두 명의 경찰이 들고 올 메시지, '이 마을의 구세주 분은 시청으로 왕림해주시겠습니까?'에 해줄 응대를 짜며 기다리는 일만 하면 되었다. 돌이켜보면 아마도 그녀의 가장 위대한 순간은 그녀가 중령 앞에 섰던 때였을 것이다. 일어난 사실에서 단어 하나 바꿀 필요 없이 그에게 정확한 진실을 말했다. 하지만 솔직히 거의 다른 식으로 행동할 수도 없었으리라. 그들이 처음 만났던 순간에 찾아온 갑작스러운 심장박동이 그녀에게 이 해방군 사령관은 마을을 해방시키러 온 것만이 아니라 그녀 자신도 해방시키러 왔다고 속닥거렸기 때문이었다. 그 순간까지도 모든 일이 아주 쉽게 일사천리로 진행됐고, 그녀에게 과분하게 수여된 명칭은 자격이 없다고 미리 준비한 말로 (나는 절대 영웅이 아니다. 오직 연약한 여인이 비슷한 상황에서 나처럼 무기력과 속수무책과 비겁함에 둘러싸였을 경우, 누구라도 얼굴을 벌겋게 붉히고, 했을 일을 했을 따름이라는 뜻으로) 사절한 이후, 정보를 깔끔하고 단순하게 전달하는 것 이상으로는 필요한 일도 없어서, 명확하고 정확한 문장들로 '경찰력의 과실'로, 그 이상도 그 이하도 아닌, '경찰의 수장이 적절한 장소에 있지 못해서 사회적 와해'가 있었다고 '슬프지만 빼도 박도 못할' 사실들을 전했다. 안 그랬으면 술 취해 들뜬 소인배 한둘로 인해 폭도가 무법천지로 날뛰는 게 가능하지 않았을 거라고 했다. 사건 설명을 종결하면서 그녀는 한마디만 덧붙이고 싶다고, 이런 무정부상태가 마을의 일반적인 상황을 대표하진 않는다고 할 수는 없는 것이, 정확하게 그런 이유로 이런 파괴자들이 날뛰고 번성하도록 화를 키운 환경은 '전반적인 기율의 부재'에 뿌리를 두고 있기 때문이라고 했다. 그녀는 회의실 문 방향으로 손을 저으며 '가장 영광스러운 새벽에' 이 바깥에서 기다리고 있는 모든 지역주민의 증언을 들어보시면 중령님은 엄청 놀라실 것이다, 정말 거의 성인의 참을성을 요하겠지만 듣다 보면, 이 간이 콩알만 한 측은한 겁쟁이 무리를 속속들이 알게 될 것이다, 그녀로서는 지난 수십 년을 대척하며, '그들이 처박힌 착각의 냄새나는 진구렁'에서 끌어내 '법, 질서, 명확한 사고'(비서관은 한참 되돌아보는 지금도 그 단어에 기쁨으로 몸이 떨렸다)의 고귀한 대의명분 속에서 어느 정도 현실감각을 도로 함양시키려고 무던히도 애썼다. 강건함, 행동, 레아—알—리—즈무시(리얼리즘)를 존중하고 확립하기 위해서는 모든 자기 착각에, 신비화에, 행동 못하고 마비된 사회구성원을 단순히 '휩쓸어버려야' 한다는 조건이 요구된다, 그와 더불어 책임에서, 그들에게 의무로 지워진 '매일 정해진 업무'에서, 비겁하게 숨은 사람들, 삶은 전쟁이며 세상은 승자와 패자가 있다는 사실을 깨닫지 못하거나 무시하려고 드는 사람들, 그들이 꼭 그러듯이 나태하게 틀어박혀 약골은 운명의 보호를 받으리라는 거짓 환상에 뭉그적대며, '신선한 공기는 모두' 베개로 틀어막아버리려는 사람들도 같이 쓸어버려야 한다, 근육 대신에 지방과 주름진 턱살을 길러, 단단한 몸매 대신에 출렁거리고 시들시들한 몸매나 만들고, 또렷하고 대담한 시각 대신에 자기중심적인 작은 사팔눈을 하고 다니니, 요약하자면, 그들은 현실감각 대신에 달달한 신기루에 취해 있다, 그녀는 자제력을 잃고 흥분하고 싶지 않지만 어쩔 수 없이 숨 막힌다는 말 외에는 달리 표현 못할 환경에서 살아야만 했다, 에스테르 부인은 비통하게 중령에게 쏟아냈다. 하지만 그녀도 물론 '생선은 머리에서 비린내가 난다'는 말처럼, 일이 틀어지면 먼저 그 우두머리 탓인 줄은 잘 안다, 조사 위원회가 거리의 상태를 보기만 해도 지도력 자질이 판연하게 따라주지 못하면 어떤 안타까운 일을 도시에 불러들이는지 아실 것이고 틀림없이 위원회는 불가피한 결론을 추론해낼 것이며… 하지만 이 순간에, 그녀는 자꾸 중령의 마력 아래 들어 어찌할 바를 몰라서 자신이 무슨 말을 하고 있는지 거의 깨닫지 못했구나, 하고 떠올리자 얼굴이 달아올랐다. 그리고 중령은 '이 지역을 구한 영웅'이 완전히 당혹으로 갈피를 못 잡기 전에, 그녀에게 간단한 목례로 보고에 감사를 표했고, '많은 의미를 담은 표정'으로 심문에 참석하라고 청했다. 그랬다. 그녀는 그의 마력의 영향권에 떨어졌다. 화끈 달아오른 열기가 비서관의 온몸을 훑고 번졌고, 그의 목례가 그녀를 완전히 쓰러뜨렸다. 그녀의 '심장'은 쿵 하고 한 번 북장단을 친 게 아니라 진짜 천둥처럼 두드려대며, 오십이 년 세월 동안 아무도 '그 장치를 울리지' 못했는데, 여기 그럴 사람이 있다고 우르릉거렸다. 여기 제껏 그녀를 끌어당기는 매혹적인 존재가 있다, 그녀가 즉시

'침묵의 대화'를 확립한 사람, 그녀가 감히 실현되리라 생각조차 못했던 일을 달성시켜줄 수 있는(아니, 달성시켰지, 하고 다시 얼굴을 붉혔다) 사람이었다. '그런 감정이 실제로 존재한다니' 놀라웠다. 사람들이 말하던 '첫눈에'라거나 '맹목적으로' 그리고 '영원히' 같은 말이 단순히 낭만적인 허튼수작이 아니었구나, 마치 번갯불을 맞고 서서 고통에 겨워 다른 쪽도 같은 느낌일까 궁금해하는 그런 상태였구나, 심문이 시작된 이후로, 그녀는 진짜 몇 시간이고 쉬지 않고 대회의실에 '거기 서 있었다.' 그리고 갈수록 유리해지는 진행 과정에 마땅한 집중을 안 하지는 않았지만, 마력에 사로잡힌 그녀는 처음부터 끝까지, 배경에 숨은 중령에게 '근본적으로' 집중했다. 그의 풍채? 태도? 외모? 이런 점은 말하기가 어렵겠지만, 어쨌든 '그들의 운명이 결정지어질 때까지' 그녀는 어떤 때는 천국에서, 어떤 때는 지옥에서('그는 나를 생각하고 있어… 아니야, 그는 내가 있는 줄도 몰라') 그가 일어서서—그래, 그가 일어나고 있어!—그녀에게 무언가 비밀스러운 신호를 하려고 다가와, 사실상 애정을 공표하는 순간을 기다렸다. 온통 불이 나고, 속에 화염에 솟아, 한순간에 아주 높이, 그 다음에 구덩이에 깊이 떨어졌다. 아무도 그녀를 보고서 이를 몰랐겠지만, 왜냐하면 그때조차도, 벌루시커의 문제를 다루는 과정에서, 온갖 종류의 낯부끄러운 막간도 없이 그녀의 침착함 덕분에 태연자약하게, 불행하게도 어쩌다 거기 얽혀들었으나 다행히도 이름은 벙긋도 하지 못한 에스테르를 처리해 벗어나는 최상의 결과를 얻었으니까. 그런 뒤, 일종의 상호 모의로, 하레르 역시, 각종 위원회 일로 따돌려버렸을 때, 그래서 마침내 그들 단둘이 홀에 남았을 때도, 비록 감정은 아닐지라도 그녀의 얼굴 근육은 놀라운 조절력을 발휘할 수 있었기 때문에, 어떤 힘으로도 억누르지 못한 입술 귀퉁이에만 행복한 미소를 덮고 있을 뿐이었다. 그녀는 체리를 집어, 입안으로 밀어 넣었지만, 씹지는 않고 그냥 빨면서, 텅 빈 홀과 그에 잇따랐던 십 분에서 십오 분쯤을 회상했다. 중령은 이전에 화를 참지 못했던 점을 사죄했고, 이에 그녀는 진짜 남자가 그렇게 많은 멍청이들 틈바구니에서 노여움을 참지 못하는 건 십분 이해한다고 대답했다. 그런 뒤 그들은 나라의 상태에 대해 조금 이야기했고, 한 가지 일에 열정적으로 열변을 토했다가 다른 일에 차분하게 애도를 표했다가 하다가, 불쑥 지나는 말처럼 중령은 '아주 작은 두 귀걸이'가 얼마나 앙증맞게 그녀에게 어울리는지 감탄의 말을 끼워 넣었다. 그들은 시의 미래를 두고 이야기했고 '강력한 손길이 정말 필요하다'는 점에 아무 이견 없이 동의했다. 그래도 어떻게 할지 세부적인 내용에 대해 오늘이라도 좀 더 차분한 분위기에서 토의해야 하겠지만, 하고 중령은 그녀의 눈을 깊이 들여다보며 말했고, 한편 그녀는, 잠깐 생각에 잠긴 뒤에, 그 제안을 받아들였고, 항상 자신의 개인 생활은 공익에 종속된다고 간주했기 때문에, 이를 위한 최선의 장소인 벤크하임 벨라 대로 36번지 자신의 아파트에서

차 한잔하면서 작은 케이크를 조금 나누는 게 어떠냐고 제
안했다…. 여기 모든 것이 숙명으로 예정됐던 거야, 에스테
르 부인은 만족스럽게 고개를 끄덕이며 체리를 혀로 입천장
에 대고 천천히 으스러뜨렸다. 그래 모든 것이, 아니면 이런
상호적인 이끌림을, 이렇게 밀려드는 감정을 달리 설명할 말
이 하나도 없었다. 그리고 지금에야 하는 말이지만, 진정 폭
발 같은 서로의 발견이라고 할 수 있었다. 순수한 감각적인
환희를 제외하고, 이건, 그녀에게, 상호 융화의 가능성, 서로
를 위해 태어났다는 즉각적인 인식, 그들을 같이 휩쓸고 간
물결의 남다른 속도의 힘은, 놀랍기 그지없었으니, 그녀만
해당하는 것이 아니라 곧 알게 되었다시피, 중령 역시, 두
사람의 '모든 것'이 그 첫 순간에 무너져 내린 후에, 그런 후
십 분 혹은 십오 분이나 걸리며, 조용히 마음속에서 울리는
중령의 나중 말처럼 서로를 향해 단순히 '부교浮橋 몇 개 엮
으려던' 일이 무슨 쓸모가 있었겠는가. 그녀는 망설이지 않
았고 가늠하며 재지도 않았다. 그들이 번민하던, 아마 십중
팔구, 잠깐에 지나지 않을 '최고 지도자 부재'에 관련된 당면
한 사안들에 오직 건성으로 마음을 기울이며 그날 저녁을
준비했었고, 문 앞에 서서 연설을 하고, 사별한 사람들을 달
래고, '내일 우리는 우리 미래의 재건설을 시작한다'는 취지
의 발표를 했고, 그런 뒤─지금 도취 행동의 사소한 문제들
을 두고 호들갑 떠는 사람은 그녀 아니던가?─하레르더러
서둘러 그녀의 물품들을 싸서 혼베드 골목에서 벤크하임

대로의 집까지 한 무리 게으름뱅이들을 데려다가 옮기도록 주선하라고 시켰고, 저항 하나 없이 온순한 에스테르는, 물론 이런 일들이 다시 한번 그를 건너지르긴 했지만, 부엌 옆 하인들 쓰던 곁방에 배속시키고, 이후 지긋지긋한 옛 가구들을 내쫓고, 그 자리에 그녀의 침대, 의자, 탁자를 놓고 자신은 응접실에 자리를 잡았다. 그녀는 가장 좋은 옷들, 뒤에 기나긴 지퍼가 달린 검정 벨벳 겉옷을 걸쳤고, 찻물을 준비하고, 알루미늄 트레이에 비스킷을 몇 개 늘어놓은 다음 종이를 덮고, 조심스럽게 귀 뒤로 머리카락을 빗질해 넘겼다. 보이는 그게 다였다. 더 이상은 필요하지도 않았다. 왜냐하면 그들 두 인물—정확하게 여덟 시 정각에 도착한 중령, 더 이상 감정을 통제할 수 없었던 그녀 자신—은 완전히 강렬한 열정으로 만났고, 열정은 서로를 제외하고 아무것도 필요하지 않았으며, 두 영혼은 그들의 영원한 결합을 그에 상응하는 '육체의 결합'으로 경축했기 때문이었다. 그녀는 오십이 년 세월을 기다려야 했지만, 헛되지는 않았다. 그 황홀한 밤에 진짜 남자가 그녀에게 '몸은 영혼 없이 아무 가치가 없다'는 점을 가르쳤기 때문이며, 잠에 떨어지기 전 새벽까지 지속된 그들의 잊을 수 없는 조우는, 감각적인 충족만이 아니라—그날 새벽에 그 단어의 사용을 부끄러워하지 않았다—*사랑*도 일깨웠기 때문이었다. 그녀는 이런 훌륭한 왕국이 존재하리라고는, 그녀가 그렇게 많은 '이런 달콤한 전투에 기쁨 가득한 묘책의 움직임'을 알게 되리라고는, 혹은 그녀 가슴속 '끓어오르는 밀물의 고조'가 속박을 풀며 흥분으로 들뜨게 할 수 있는 줄은 감히 생각도 못했었다. 그녀의 존재에 숨었던 오묘한 자물쇠를 푸는 열쇠는—이를 고백하면서 그녀는 눈을 감았고 다시 온통 붉게 물들었다—중령의 손에 놓여 있긴 했지만. 중령의 품 안에서 그녀가 이때쯤 '상당히 자연스럽게' 피테르라고 부르던 그의 강력한 팔 속에서 그녀는 한 여덟 번쯤 황홀경을 겪었다. 여덟 번이나, 과일절임 단지를 셀로판으로 두르고 고무 밴드로 봉인하며 그녀는 감회에 젖었다. 그러면서 한편으로 마을의 미래를 짜고 동시에 일반적인 상황도 건드리며 의논했다. 나라꼴이 이게 뭔가, 서로들 맞장구치며(그리고 지금 돌이켜보니, 일곱 번이었다) 군사 재판정이 열리고, 절대 권력을 지닌 장교에다, 지역의 법질서를 보존하기 위해 그의 휘하에 있던 완전무장한 군부대 전체가 이리로 저리로 행군해 다녀야 하다니, 무슨 나라꼴이 이런가, 군인들이 무슨 소방관처럼 여기저기 돌아다니며 몇몇 조무래기 깡패들이 겁 모르고 지른 시시껄렁한 잔불질이나 끄려고 쫓아다녀야 하다니, 탄식했다. '정말이지, 뭔데,' 중령은 다시 으르렁거렸다. '중앙 광장에서 보이는 저 탱크 하나도 도저히 보고 있을 수가 없어요, 정말 낯부끄러워 죽겠어! 나는 그걸 시가나 물고 있는 늙어빠진 불한당이 고래 끌고 다니듯 여기저기 끌고 다녀요. 사람들에게 보여주고 기겁하게 만드느라, 한두 번 훈련연습 삼아 쏜 적 말고 저 녀석을 발포한 적은 기억에 없어요. 나는 서커스 흥행

단 짓거리를 하는 사람이 아니라 군인이야, 그러니 자연히 확 이를 발사해버렸으면 하지!' '그럼 발사해요, 피테르…!' 그녀가 교태로 대답했다. 그리고 그는 그렇게 했다. 일곱 번 씩이나, 차례로, 모든 합의와 명령은 내일까지 기다릴 수 있으니까, 그들이 관심 가지는 부분은 현재, 사랑 속에 같이하는 지치지 않는 환희였다. 그러다 새벽에, 그는 집 앞에서 작별을 고했고, 기다리고 있던 지프에 오르면서 그들은 하고 싶은 모든 말로('뤼데!' '피테르!') 서로를 부르며, 천천히 사라지고 있는 지프 창문에서 아직도 잊히지 않는 약속의 말을 외쳤다. '시간 나는 대로 잠깐 들르지!' 그녀를 아는 사람은 누구도—그녀는 책상에서 일어났다—그녀가 절대 힘이 모자란다고 말할 수 없었지만, 그 결정적인 밤 이후에 계획했던 과업에 임하는 에너지는 그녀조차 놀라울 정도였고, 십사 일 안에 그녀는 '구태를 쓸어버리고 신체新體를 수립하는' 일뿐만 아니라 더욱 '지속적인 에너지의 밀물'에 지역 주민들의 가상한 찬사와 지지를 얻었다. 모든 명백한 징후에 따라, '슬리퍼를 끌며 머리를 베개에 파묻느니 활동의 흥분에 들떠 있는' 일이 낫다고 인식하게 된 지역민들의 신뢰를 얻었기 때문에, 지역민들은 그녀에게 더 이상 거들먹거리지 않았고, 오히려 반대로—그녀는 창문으로 발을 옮기고 손으로 뒷짐을 졌다—그녀를 '우러러' 봤다. 사실—그녀는 거리 한쪽에서 다른 쪽까지 죽 훑어봤다—무엇을 하든 즉각적으로 일이 풀리고, 모든 것이 쉽고 자연스럽게 손에 들어오는 위치에 그녀는 있었고, 그리고 전체 '힘의 탈취'는 아이들 놀이에 지나지 않아서, 그녀가 해야 하는 일은 다만 그녀의 노동의 결실을 수확하는 일이었다. 첫 번째 주에는 주로 '마무리 짓지 못해 느슨했던 일의 매듭을 짓는 데' 주력했다. 말하자면 도드라진 주요 증인들의 운명을 지켜봤다. '난폭한 파괴 행동의 분석과 조사'가 계획에 따라, 혹은 오히려, 대회의실에서 했던 자신의 인상적인 진술에 따라 착착 모양을 갖춰가는지 조심스럽게 지켜보는 일이었으며, 어쩌면 이리도 모든 일이 완벽하게 딱딱 들어맞아가는지, 참여했던 사람들에게 영향을 미치는, 인간의 재판정에서든 '하늘'의 심판으로든 모든 판결이 거의 초자연적으로 그녀의 지위를 옹호하는 것처럼 보이자 언뜻 서늘한 소름까지 끼쳤다. 서커스는 고맙기 짝이 없는 기능을 완수해줬다. 대공과 그의 잡역부는 아직 잡히지 않았지만, 단장은(피테르가 칭한 대로 '늙어빠진 불한당'은) 추방당했고, 고래는 어딘가로 치워졌고 감옥은 '각종 방조자와 교사자와 가담자'들로 꽉꽉 찼고, 그래서 지역적 사건들이 주변 지역에 더욱 작은 사건들로 번지며 촉발되지 않도록, 그들은 영리하게 서커스단은 외국 정보국의 지령에 따라 일하고 있었다는 소문을 퍼뜨렸다. 경찰서장은, 적어도 버시 주에 이적할 때까지 삼 개월간 어느 오지 산간의 알코올장애 보호시설에 입원하라는 권고를 받았고, 그의 두 아들은 보육원에 맡겨졌으며 한편으로, 늙은 시장—그 직위를 유지하는 허락을 받긴 했지만—의 권력은 새로이 임명된 비서관에게 이관되었다. '숙명적인 아침에' 그리 멀리 가지 못했던 벌루시커는 그날 저녁 주도에서 주 경찰에게 방향을 물었다가, 시립 정신병원 폐쇄병동에 '평생 동안' 사실상 종신형의 강제입원 치료 명령을 받았다. 하레르는 무언가 그에게 맞는 영속적인 직책을 찾을 때까지 비서관 임시 보조원 역할의 시청 직원으로 임명됐고, 마무리로 무엇보다 시 차원에서 명목상 '개발' 목적으로 상당한 양의 융자를 얻었다. 그런 뒤 이번 주, 두 번째 주를 맞아—그녀는 등 뒤에서 우드득 손가락 관절을 꺾었다—그녀의 깔끔한 정원, 말끔한 가정 운동은 들끓는 열의로 조직, 착수되었고, 그래서 '끔찍한 폭동'이 일어난 지 닷새가 못 되어, 가게들은 문을 열고 그 안의 선반들은 '상업적 활동의 징후'를 내보이기 시작하고 있었다. 마을 사람들은 하나같이 맡은 바 제 몫의 일을 했으며, 계속 그렇게 하고 있었다. 모든 관리행정 부서는 옛날 직원들이긴 하지만, 새로운 기백에 차 진취적으로 기능하고 있었고, 학교는 다시 문을 열어 가르치는 일이 시작되었고, 전화 통화는 개선되었고, 휘발유를 다시 구할 수 있어 차들이—여전히 드문드문 지나지만 있는 게 어딘가, 없는 것보다는 낫다—다시 움직였고, 기차들은 이런 상황에 상당히 잘 다니고 있었고, 거리들은 밤에 완전히 불을 밝혔으며 땔감으로 쓸 많은 장작과 석탄이 있었다. 다른 말들로, 수혈은 성공적이었고, 도시는 다시 숨을 쉬고 있었다, 그리고 그녀는—그녀는 기분전환으로 부드럽게 그녀의 목을 움직였다—그 모든 일의 꼭대기에 서 있었다. 여기서부터, 일을 어떻게 진행할지를 두고 숙고하고 있을 시간이 없었다. 왜냐하면 그 순간 문을 두드리는 소리로 지금까지 방해받지 않던 회고가 갑자기 끝났기 때문이었다. 그래서 그녀는 책상으로 돌아가 절임 단지를 숨기고, 의자를 당기고 목을 가다듬고 다리를 꼬았다. 그런 뒤 벼락같은 우렁찬 목소리로 '들어와!' 외치자, 하레르가 들어와 문을 닫고 책상을 향해 한 발자국 걸어왔다 다시 물러나, 망설이다가 허벅지께 두 손을 포개 쥐고, 평소의 의뭉스러운 방식으로 날카롭게 독수리 눈알을 굴리며 노크와 들어오라는 초청 사이에 무슨 중요한 일이라도 벌어졌는지 살폈다. 그리고는 비서관님이 지난 월요일 손수 맡기신 '일과 관련하여' 새로운 소식을 들고 왔습니다, 하고 말했다. 마침내 그의 소견에 낮은 직급의 새로운 경찰력으로 적합해 보이는 사내 하나를 찾았는데, 두 가지 요건, 지역민이기도 하면서 한편으로—하레르는 눈을 깜박였다—이미 '특정한 경우의 적합성'을 보여준 적이 있어야 한다는 조건에 부합한다면서 장례식까지 시간이 한참 남았기 때문에 그를 나일 술집에서 여기로 바로 데려왔다고 했다. 그리고 들은 말은 어떤 것도 이 밖으로 새어나가지 않게 입 다물겠다고 다짐을 해주니까, '문제의 사람'은 기꺼이 시험대에 오르겠다고 했다, 그러므로, 지금 여기서 바로 인터뷰를 진행하는 게 어떠시겠느냐고 제안했다. '지금은, 글쎄,' 비서관은 쏘아붙였고, '하지만 여기는 아니야!' 그런 뒤 잠깐 생각한 뒤에 그녀는 하레르를 영 조심성이 없다고 호되게 꾸짖고는 그 끝으로, 그에게 아침부터 저녁까지 그의 자리는 비서관 옆이어야 하는 때에 무얼 하느라 나일에 있었느냐고 따졌고, 그의 변명을 바로 일축하고서, 그에게 지금부터 삼십 분 후, 일 분도 늦거나 빠르지 않게, 벤크하임 거리의 집에 '문제의 사람'과 함께 모습을 드러내라고 명시했다. 하레르는 감히 무슨 말도 하지 못했고, 알아들었다는 시늉으로 고개만 끄덕였고, 떠나는 그에게 '그리고 비서관 관용차는 열두 시 십오 분에 문 앞에서 기다리고 있어야 한다'는 부탁에도 다시 끄덕였다. 그가 빠져나가는 사이 에스테르 부인은, 근심 걱정 가득한 얼굴로, 불행하게도 '자신의 직위에 있는 사람은 일 분도 쉴 틈이 없다'는 사실에 익숙해져야 한다고 스스로에게 주입했다. 맡은 일에 매우 근면하긴 해도 ('뿔난 망아지처럼 어디로 튈지 모르니…') 밧줄을 바싹 죄고 있는 심복 때문에 그렇게 조용한 아침의 순간은 끝이 났지만 이미 시작된 보람찬 오늘 하루의 조짐과 더불어 '새로이 얻는 권력'의 향유까지 물 건너갔다고는 여기지 않았다. 그녀가 단순한 가죽 외투를 입고 사무실을 떠나 시청의 문들을 통과해 걸어 나가자마자, 수백은 아니더라도 수십 명이 즉시 고개를 돌리고 그녀를 보았기 때문이었다. 그러니 일단 그녀가 아르파드 거리에 이르면 자신의 집 앞에서 성실하게 노동하고 있는 시민들이 '진정한 의장대'처럼 줄을 이루고 있을지도 모른다. 모든 사람들이 일에 열심이었다. 할아버지, 할머니, 남자, 여자, 크든 작든, 말랐건 뚱뚱하건 다들 곡괭이로 삽으로 외바퀴 수레로 인도와 대문 앞 그들에게 할당된 구역들의 얼음에 꽁꽁 묶인 쓰레기를 치우느라 바빴고 '엄청난 즐거움'으로 청소에 맹진하고 있었다. 각각 작은 그룹은, 그녀가 그들에게 다다르자마자 다들 잠시 작업을 멈추고, 곡괭이, 삽과 손수레를 내리고 그녀에게 인사를 건넸고, 가끔 가다 활발히 '안녕하세요!' 혹은 '바람 쐬러 나오셨어요?' 인사말도 하고 그녀가 운동 평가 위원장이란 게 공공연한 비밀이었기 때문에 이전보다 더욱 충심으로, 그게 가능하다면 말이지만, 일에 다시 돌입했다. 한 번 혹은 두 번 도착에 앞서, '여기 우리 비서관님 오시네!'라고 전하는 목소리들을 들었고, 쑥스러워할 이유가 무엇 있나, 심장이 아르파드 거리 반쯤 아래 이르자 자랑스럽게 두방망이질 치며 그들 사이로 행진했지만, 그녀는 활기찬 발걸음을 멈추지 않고, 작게 여기저기 손을 흔들어주었다. 이런 인사들이 거리 끝에 이를수록 더욱 맹위를 떨치며 그녀에게 쏟아져 내리기 시작하자, '유명한 냉혹한' 표정, 그렇게 많은 기대와 책임을 두 어깨에 지고 다니기 때문에 늘 짓던 그 엄숙한 표정이 조금 누그러지기까지 했다. 지난 이 주 동안 지나간 일은 다 묻고 덮어두는 게 최선이라고 수백 번도 되풀이하지 않았던가, 왜냐하면 **반드시 되어야** 하는 일과 우리가 원하는 일을 고려한다면, 그렇게 한 뒤에야 암울한 상황에 처음부터 시작해서 두 번째로 나아갈 수 있기 때문이라고, 그녀는 귀에 못이 박히도록 '여론에 호소'하는 일을 멈추지 않았다. 하지만 지금은, 처음으로, 이런 흡족한 신뢰의 표현들을 접하자, 그녀 자신의 충고를 받아들여, '그래, 모든 일을 덮고 묻어둘까' 생각했고, 대로의 모퉁이를 돌면서, '나는 당신에게 혹은 당신은 나에게 무엇이었나' 생각해보았다. 대중은 지도자 없이 어떤 것도 이루지 못한다, 하지만 그들의 신뢰 없이—그녀는 집의 현관문을 열었다—지도자는 무력하다. 이런 특정 대중이 '자질이 아주 나쁜 것은 아니고,' 바로 이어서 그래도, 그녀 자신도 '절대 평범한 지도자가 아니긴' 하지, 하고 생각했다. 우리는 모두 괜찮을 겁니다, 신사 숙녀 여러분, 그녀는 아르파드 거리에 있는 사람들을 생각하며 만족스럽게 평가했다. 그리고 뒤에, 일이 순조롭게 잘 진행되면 '속박의 가죽끈은 그렇게 단단히 조일 필요가 없고 비서관 일도 아주 과중하지는 않으리라,' 어쨌거나 자신이 원할 것은 더 이상 없다고 생각했다. 그녀가 바라는 모든 것이—그녀의 발은 홀의 바닥을 울렸다—이미 그녀의 것이었기 때문이었다. 그녀는 앗긴 것들을 되찾았고 그녀가 희망했던 모든 것을 얻었고, 권력, 진짜 최고 권력은 그녀 손안에 있었다. 그녀의 '최고의 업적은'—그녀는 깊이 감동받은 상태에서 응접실에 들어갔다—'말 그대로' 그녀 품 안에 굴러떨어졌다고 말할 수 있으리라, 그녀의 생각이 사무실에서 그랬던 것처럼, 조금 그쪽으로 새고 있었다. 아니, 그냥 생각이, 어쨌든 그러는 경향이 붙어서 그랬을지도 모른다. 특히 지난 이 주 동안 생각이 그렇게 반복적으로 그쪽으로 흘렀다. 그녀는 그 사람이 올까 밤이고 낮이고 기다리는 일을 멈추지 않았지만 불행하게도 남자는 한 번도 더 '들르지' 못했다. 때로 그녀는 지프 소리에 꿈에서 깼고, 어떤 때는 응접실에서 주로, 갑작스러운 느낌에… 그럴 리가 없다 그래도… 누군가—그 사람이다!—그녀 뒤에 서 있다는 느낌 때문에 자주 뒤를 돌아보곤 했다. 이는 그녀가 그의 부재에 불안해한다는 뜻은 아니었고, 단순히 '그이 없는 모든 시간이 공허하다'는… 가슴이 '사랑으로 가득한 경우'라면 응당 이해 가능한 반응이었다. 그녀는 아침으로 한낮으로 밤으로 그를 기다렸고, 상상 속에서 늘 꼿꼿이 위엄을 갖추고 달리는 탱크에서 통솔하는 그를 보았다. 그런 뒤 목에 걸려 있던 망원경에 눈에 갖다 대고 '먼 지평선을 주시하며 훑는' 것이었다…. 이런 영웅적인 이미지는 번쩍하고 그녀 앞에 나타났다가 다시 현관복도에 누군가 '발을 끌며 다니는' 소리에 연기처럼 사라져버렸다. '그녀로서는 아주 깊숙이 영원히 과거로 묻어버린' 사람이긴 하지만, 이 사람은 빌루시커의 운명이 결정 난 뒤 구 일을 매일 아침 정확하게 열한 시에 밖으로 나가 여덟 혹은 아홉 시에 돌아오며 저렇게 호소하듯 발을 끌고 다녔다. 이 소리가 가끔씩 나는 변기 물 내리는 소리, 곁방으로 날라놓은 피아노의 머나멀고 희미한 연주 소리, 그녀가 때때로 그에 관해 주워듣게 되는 소식들을 제외하면 에스테르가 여전히 살아 있다는 유일한 증거였다. 이를 빼면 그는 거기 없는 것과 같았고, 그가 숨은 작은 굴은 그 집의 나머지와 아무 상관이 없는 것과 같았다. 그 보름 동안 그를 본 것은 다 합쳐 한 번 혹은 두 번이었고, 그것도 주로 '역사적으로 의미 깊은 집의 압류'의 날에 본 것이었다. 보안의 일환으로 그녀는 곁방까지 매일 저녁 점검을 하게 했는데 항상 같은 보고를 받았다. 펼쳐놓은 악보들, 두 줄로 쌓아놓은 제인 오스틴 작품집, 그 거주자가 만약에 방에 있으면, 뭔가 읽고 있거나('지겹지도 않나!') 피아노를 치고 있다('참 낭만적이지!')고 해서 그런 조처도 그 전날 그만두게 했다. 그가 그녀에게 더 이상 아무 위협도 되지 않을 뿐 아니라, 그녀는 그가 하는 일이든 그의 존재든 '조금도 관심이 없었다.' 가끔 그를 생각하는 드문 경우에 그녀는 '이런 것도 이겼다고 할 수 있나?' 자신에게 물어보지 않을 수가 없었다. 이런 재수 옴 붙은 놈, 이런 멍청이, 이런 '삐걱삐걱 망가진 놈'을 두고, 그런 모자라는 놈에게 충심을 다하느라, 허울만 걸친 빈껍데기가 되었는데! 왜냐하면 저런 게 저 사람이야, 에스테르 부인은 그가 복도를 발을 끌며 내려가는 소리를 들으며 생각했다. 이전 자아의 허약한 껍데기 망령, 가여운 늙은이, 겁에 질린 토끼, '눈에 항상 물기가 흐르고, 벌벌 떠는 늙고 너절한 놈', 걸음아 나 살려라 냅다 줄행랑치는 대신에, 벌루시커의 기억에 물씬 솟은 '아버지 같은' 감정에 정신 못 차리고 얽혀서는, 도통 알 수 없던 존경을 한 몸에 받던 유명인에서 갑자기 '일반적인 조롱의 대상'으로 전락하고 말았다. 벌루시커의 운명이 적이 안심되게 결정이 되고 난 아침 이후로, 예전처럼 고립되어 틀어박혀 있지 않고, 축복받은 나날을 모든 사람이 다 보는 데서 두 번씩 몸을 끌고—한 번은 열한 시 그가 나갈 때, 다른 한 번은 여덟 시경, 그가 돌아올 때—마을을 가로질러, 줄무늬 옷을 입고 있는 말 없는 벌루시커와, 분명 눈을 뜰 법도 한데, 도저히 눈도 뜨지 않으려는 그와 함께 사르가하즈(노란 집)에 앉아 있었다. 사람들 말로는 에스테르가 가끔 그에게 말을 붙이거나, 아니면 진짜 머리가 이상한 사람처럼, 그냥 침묵하고 앉아 있다고 했다. '이런 가장 치욕적인 패배의 살아 있는 기념물'은 혹시 다시 제정신을 찾게 될 어떤 징후도 보이지 않았다. 마침내 멀리 대문이 닫히는 소리를 들으며 에스테르 부인은 한숨을 쉬었다. 이런 일을 틀림없이 그들이 살아 있는 한 아마 계속할 것이다, 새로운 시대의 문턱에 선 이 마을의 꽤나 즐거운 입방아에 오르기 좋게, 서로 조용히 앉아 부드럽게 손을 붙잡고 있겠지, 그래, 그러고 있을 가능성이 가장 크지, 생각했다. 그녀는 일어서서 '인터뷰'에 적당하도록 방 정리를 시작했다. 그녀로서는 어느 쪽이든 상관없었다. 왜냐하면 그녀 과거의 이런 아주 작은 흠집이 그녀의 현재 위치, 여기 '정점에 이른' 직위에 무슨 해를 미치겠는가, 어쨌든 그녀는 이렇게 두 번씩 매일 복도를 내려가는 '조용한 장례식 행렬'을, 적어도 그녀가 예전에 기한이 지난 이혼의 신속한 절차를 주선할 '시의적절한 순간'을 찾을 때까지는, 참아줄 수는 있다…. 그녀는 탁자와 의자를 창문에 더 가까이 당겼고 그래서, 그렇지 않아도 상당히 헐벗은 방 안에서 '취조받는 후보자가 콱 붙잡을' 어떤 것도 가까이 남기지 않았다. 그리고 한 일 분이 족히 지나('당신들 늦었어!' 에스테르 부인이 얼굴을 찌푸렸고) 하레르가 '미래의 졸개 후보'를 호송하며 등장해서, 그를 방의 중앙으로 안내했을 때, 가슴을 활짝 펴고 당당히 도착했던 후보는, 이내, 계획에 따라 주변 압력에 세가 누그러졌다. 황소처럼 강한 사람이구나, 비서관은 책상 뒤에서 그를 뜯어보며 생각했다. 한편 하레르가 던진 도입부 격의, 적절히 겁을 주는 질문들과 결합하여 방의 중앙에 서 있다는 '취약점'이라는 압력 아래, 술내 풀풀 풍기는 이런 '나일강의 토착민'은 어떤 '자신감'의 외관은 다 달아나버렸고, 그 순간에 통솔하던 여주인이 상황을 넘겨받아 '약간의 경고의 의미로' 여기는 '무턱대고 물건을 사는' 그런 데가 아니며, 그들은 '술집이나 전전하는' 사람들과 재미 보며 시간낭비하지 않을 거라고 알려주었고, 딱 한 번만 말을 해줄 것이기 때문에 그녀가 하는 말을 아주 주의 깊게 명심해서 들어야 한다고 경고했다. 어떤 오해도 없도록 하자, 하고 운을 띄우고, 얼음처럼 차가운 얼굴로 '우리 심문은 자네를 바로 경찰에 던져버릴 것인지 아니면 우리가 자네에게서 쓸모를 찾을 수 있을지 결정하려는' 것이다, 하지만 후자로 의견이 모일 유일한 방법은 '그날' 밤의 사건에 대해 완전히 상세하고 전적으로 정확한 설명을 하는 것이라고 말했다. 이로써 결정할 것이다, 그녀는 집게손가락을 들어 올렸고, 정확성과 상세함으로, 그에 더해 물론 유용한 사회 인이 되고 싶어 하고 그리고 될 수 있을지 '선한 의지를 선보 이는 징조'를 보고 결정하겠다고, 안 그러면 그는 재판정으 로 갈 수도 있다, 이는 감옥을 의미하며, 그와 같은 경우에 는 평생 동안 갇힌다는 의미라고 했다. 그는 절대로 감옥에 가려는 바람은 없다고, 추궁받는 남자는 이 발에서 저 발로 몸을 움직여가며 불편하게 대답했다. 특히나 독수리가—그 는 하레르를 가리켰다—그에게 '뒤 구린 자신의 사연 좀 까 발리면' 말짱히 순조로울 거라고 약속까지 했는데, 여기 자 수나 하러 온 것이 아니며, '나는 애송이는 아니라고,' 모든 것을 고백하러 자발적으로 왔으니 위협할 필요는 없다, 한 줄 빠짐없이 낱낱이 벌어졌던 일을 알려주겠다, 왜냐하면, 그는 턱에 나아가고 있는 멍을 긁적거리며, 나도 '사정을 알 고 있기' 때문이다, 당신들은 경찰들을 원하지 않느냐, 자신 도 나일에 아주 신물이 나기도 해서 여기 왔다고 했다. 우리 가 무얼 할 수 있는지 한번 보지, 에스테르 부인이 심각한 위엄을 풍기며 대답했다. 하지만 먼저 그가 '하늘이 두 쪽 나도 법적 처분에서 구할 수 없을' 아주 심각한 죄를 저질렀 는지 알고 싶다고 했다. 그렇게 모든 것을 '구구절절' 다 말 하고 나면 그때야만, 위원회 비서관인 그녀가 도와줄 수 있 을 위치에 있을지 말해줄 수 있을 것이라고 했다.

네, 부인(남자는 목을 가다듬었다) 상당히 고약한 소동이 벌어졌었죠, 아주 멀리서도 냄새를 맡을 정도로, 그 말 먼저 드려야겠습니다. 하지만 저희는 그와 아무 상관없었어요. 나일에서 마을에 야단법석이 조금 있다더라 하는 말을 들을 때까지는 그랬죠. 그래서 다른 사람들에게, 지옴뢰와 홀게르 페리에게 말했죠, 친구들, 자네 조국이 자네들을 필요로 해, 질서가 엉망진창이라는데, 우리가 본때를 보여주자고. 왜냐하면 우리는요, 부인(비서관님이야, 하레르가 그를 정정했다) 비서관님, 힘 좀 쓰는 어깨들인데요, 솔직히요, 우리 셋은, 이를 어떻게 말씀드리나… 아시겠지만, 저기, 누가 짜증나는 골치를 만나면 우리가 척 가서 몇 가지 소소한 일을 정리해준다 이거죠. 그러면 사람들이 우리를 조금 무서워하고, 제 말은 우리가 무슨 역병인 것처럼 골칫거리로 피한다는 거죠, 왜냐하면 우리가 맥주잔에서 위로 치켜다 본다, 그러면 그 장소 전체가 아가리를 닥쳐요, 무슨 말인지 아시겠지요. 웬걸, 하지만 이 모든 일은 중심가에 갔을 때 벌어지고 있던 일과는 차원이 달랐어요. 중심가가 막 간선도로와 만나는 데서, 지옴뢰에게, 이봐, 이 친구야, 빨리 좀 서둘러. 여기 농담 아니라니까, 이치들이 우리 몫은 안 남길 거야, 다그쳤죠. 그래서, 우리 역시 맹렬히 시작을 했죠, 뭔지는 발뺌하려야 소용없겠지만. 하지만 그때 막 우리가 몇몇 녀석을 패기 시작하자, 아차, 제대로 일을 그르쳤구나, 이는 된통 다른 종류의 멍청한 짓거리구나 알겠더라고요, 이 패거리들은 시민들을 집적대고 있

네, 그래서 홀게르 페리에게 잠깐 쉴 시간이다 친구들, 그러
고는 그는 처맞던 놈 둘을 조심스럽게 내려놓고 다가왔고 지
옴뢰도 역시 그랬죠, 우리는 머리를 맞대고 우리가 무얼 해
야 하나 짰어요. 하지만 거기 그때쯤 엄청난 인파가 보이데요,
무슨 러시아 군대나 되는 거처럼 시장 광장에서 내려오고 있
었죠. 그래서 제가, 오케이, 친구들, 무슨 혁명이라도 났나 본
데, 여기서 꺼질 시간이야. 하지만 지옴뢰, 그 친구가 기억하
는 한에서 그런 때면 가게 문을 따두더라, 그래요. 그러면 가
난한 사람들이 알아서들 가져간다고, 그래서 우리도 가서 봐
야겠다고, 왜냐하면, 제 말은요, 이런 작은 식료품점이 근처
에 있어요, 훌륭한 술들로 가득해서, 오늘 열렸나 보러 가보
자, 그래서 우리는 출발했죠. 글쎄, 정말 열려 있었어요. 하지
만 자물쇠를 때려 부수고 들어간 건 우리가 아니었어요, 비
서관님. 문은 우리가 도착했을 때 완전 갈가리 작살이 나 있
었고 우리는 그냥 들어가기만 했어요. 문이 열렸으니까 몇 병
쓱싹할까 해서, 하지만 우리 앞에 사내들이 다 온통 아작을
내놔서, 멀쩡한 병은 눈 씻고 봐도 없었어요. 그걸 보니 조금
꼭지가 돌더라고요. 이건 온당치 않다고 생각했거든요. 제 말
은 우리가 여기 턱 왔는데 지랄, 모든 사람에게 자유니 해방
인데, 이리저리 고생스레 헤집고 다녀도, 아주 바싹 씨가 말
랐어요, 진짜라고요, 어머니께 맹세코(그는 손을 심장에 얹었
다) 우리가 달리 많이 바라지도 않았어요, 그냥 한두 모금 빨
고 집으로 가려고요, 저는 싸움질을 조금 좋아라 해요, 일부

러 좀 찾아다니기도 하고, 제가 무슨 말 하는지 아신다면 아시겠지만, 우리는 그때 벌어지고 있던 일과는 아무 상관이 없어요, 그리고 보통은 조용한 걸 좋아해요, 그게 제가 좋은 경찰관감이라고 생각하는 이유이고요, 그리고 너, 독수리, 너 아가리 꽉 다물고 있어,(그는 혀를 차는 하레르에게 말을 돌렸다) 너도 대답 궁한 구린 데 많잖아⋯ 어쨌든, 우리는 건질 것 없나 떠났어요, 오트혼을 뒤져보고, 아무것도 없네, 다리 옆 번화가에 프레소도 들렀지만 거기도 다 뒤집어엎었었네, 그래서 우리끼리 생각 좀 했죠, 여기선 볼 재미는 다 봤다, 친구들, 좀 더 외곽을 노려보자. 그래서 우리는 거 뭐더라, 구야시(소몰이꾼)에 갔어요, 하지만 그때 홀게르 페리 눈에서 번개가 번쩍하더니, 저 아래 왼쪽으로 펍쇼르 소로 끝에 아는 데가 있다네요. 탄산음료 가게 중에 하난데, 거기서, 솔직히 말씀드릴게요, 우리는 진짜 문을 부수긴 부쉈어요. 우리는 아무것도 하지 않았어요, 그냥 가게 뒤 창고에서 희석 안 된 놈들 찾으려 들여다보고 외국 술 같은 걸 몇 개 찾았죠, 라벨을 보니 삼삼해 보이더라고요. 알아요, 압니다,(그는 에스테르 부인에게 고개를 끄덕였다) 요점에 가고 있어요, 이게, 보시다시피, 진짜 문제로 이끄는 골칫거리였으니까요, 왜냐하면 우리는 외국물은 익숙지가 않았어요, 아이고야, 이걸 마시고 나니 기분이 요상하더라고요, 그때 다시는 한 방울도 이건 손 안 댄다 맹세를 했죠. 왜냐하면 곧 떼거지로 그놈들이 철막대를 들고 등장했는데 모든 것을 때려 부수기 시작했어요. 그래서 저

는 한 놈에게, 그거 나도 하나 다오, 했어요. 제가 하려는 말
은 우리도 상당히 많이 가담했다, 인정한다 이겁니다. 하지만
제가 보통 때도 그러고 다닌다고 생각하지는 마십시오, 비서
관님, 다 망할 술이 들어가 머리가 헤까닥 돈 거죠. 그때 일을
돌이켜보면, 우리가 많은 피해를 입혔다고 생각지 않아요, 제
기억으로는 거울 하나하고 술집의 술잔 몇 개하고, 진짜 사람
목을 칠 정도로 대죄는 아니죠… 네 아가리 닥치고 있으라고
했다, 독수리야,(그는 다시 하레르를 조용히 시켰다) 저는 주인
에게 그게 그렇게 큰일이면, 그 거울이든 뭐든 씨발, 비용을
갚아요. 갚는다고요. 대체 그 썩을 술에 뭘 처넣었는지, 모르
긴 몰라도 저는 몇 시간은 정신이 나갔어요, 내가 어디 있는
지 뭐가 뭔지 도통 모르는데, 그러다 갑자기 코믈로 앞, 보도
에 앉아 있는 겁니다, 추위가 장난이 아니었어요. 주위를 둘
러보다가 극장이 불타고 있는 게 보여요, 불꽃은 이미 이만큼
이나 치솟고(그는 위로 향하는 동작을 해 보였다) 그리고 혼
자 그랬죠, 여기 일이 영 엔간찮게 돌아가는데. 제가 거기 어
떻게 갔는지 모르겠고, 지옴뢰나 홀게르 페리는 어디로 꺼졌
는지 코빼기도 안 보이고, 제 말은 비서관님, 저를 고문하신다
해도 저로서는 알 도리가 없다 그런 말입니다, 저는 그저 다
른 녀석들에게 섞여들었던 건데, 저는 그저 무슨 일이 벌어지
고 있는지(후보자의 얼굴이 시뻘게졌다) 좆도 몰랐던 거죠! 오
금이 저리게 무시무시하더라고요, 진짜 오지게요, 거기 섰자
니, 위며 간이며 펄펄 타올랐어요, 내 앞에서 극장이 또 타오

르고 있고, 솔직히, 저는 진짜로, 망할 멍청이 벅수처럼 이 불을 싸지른 게 저라고 믿었어요, 이거 야단났네, 왜냐, 하나도 기억이 안 났으니까요, 내가 뭘 하느라 바빴는지 아무 생각이 없었어요, 전 그저 불길만 바라보며 생각했죠, 나인가? 내가 아닌가? 그리고 정말 뭘 해야 할지 모르겠더라고요. 확신이 설 때까지 움직일 수가 없었어요, 이런 짓을 저지른 게 나인지 아닌지 몰라서, 그러니까 지금은 알지만 그때는 몰랐던 거죠, 그래서 결국 자신에게, 이왕지사 이런 거, 지금은 이 자리에서 토끼는 게 더 낫다고 타일렀죠… 그래서 게르만 지구를, 도통 모르게 헷갈리는 엄청난 작은 골목들을 가로질러 가요, 그래야 방금 내가 떠났던 사람들을 다시 만나지 않을 테니까, 그리고 공동묘지 문 옆에서 숨 돌리려고 멈춰서 이렇게(그는 그들에게 보여줬다) 쇠창살에 기대 서 있는데, 갑자기 누군가 제 바로 뒤에서 말을 거는 거예요. 씨발, 말버릇이 나빠 죄송합니다, 그놈들이 나도 덮치러 왔구나, 저는 보통 겁먹은 토끼처럼 내빼지는 않아요, 비서관님도 저를 봐서 알아보시겠지만, 누가 그런 식으로 말을 거니까 오줌 지리게 식겁을 했죠. 물론, 이제 쩰 시간인 줄 알던 그런 싸움꾼 중 한 명이었어요. 그가 그러데요, 우리 외투를 서로 바꾸자, 그리고 나는 거리 아래로 갈 터이니 넌 위로 가라, 그런 식으로 우리가 그들을 떨쳐버릴 수 있다네요. 당황했던 터라 얼떨결에, 저는 좋다, 서로 맞바꾸자, 했죠. 하지만 왠지 이 녀석이 찜찜한 생각이 들기 시작하는 거예요. 그래서 그 사람에게 그랬죠, 잘 들어라! 이 외투가 말썽에 휘말리면 재미없을 줄 알아, 말귀 알아들어, 왜냐, 네가 저지른 짓에 내가 책임지리라고는 꿈에라도 생각하지 마! 놈팽이 새끼, 그러니까 그건 그냥 회색 외투였지만 그놈이 걸치고 있을 때 무슨 한탕을 쳐냈는지 알 게 뭡니까. 그래서 제가 마음이 바뀌었다, 바꿀 다른 상대를 찾아라, 그러니 이 이야긴 그만하자 그랬죠. 어찌나 빨랐던지 하나도 못 봤는데, 이런 좆같은 일이, 이 잡놈 진짜 쓸 만한 친구라고 생각하고, 곧이들었는데. 그놈이 빗장뼈 바로 아래를 찔렀어요, 여기요.(그는 셔츠 단추를 풀고 상처를 보여줬다) 정말이지, 장을 지지라면 지져요, 비서관님, 그놈 심장을 노렸던 게 틀림없어요. 혼구멍을 쑥 빼놓은 거죠, 그 거지발싸개 새끼가, 저는 거리에 납작 쓰러졌죠. 일어설 즈음에 상처는 지랄같이 아프지, 춥기는 더럽게 춥지, 이것 봐라 게다가 외투까지 없어졌네, 놀랄 일도 아니었죠, 그 안에 들었던 것들 몽땅, 신분증이고, 돈이고, 열쇠고 싹 같이 사라졌어요, 망할 회색 옷만 땅바닥에 내 옆에 놓여 있더군요, 그러니 어쩌겠습니까, 이를 입고, 전속력으로 공동묘지 안으로 뛰어 들어갔어요. 왜냐하면 이 녀석이 뭔가 저질러도 단단히 큰 죄를 저질렀나 보다, 감이 안 좋았고 저는 외투 때문에 잡힐 만큼 어리석지는 않지만 뭔가 걸치긴 걸쳐야 했죠, 안 그러면 된추위에 얼어 죽을 판인데. 그래서 묘지를 질러가는 게 최선이라고 생각했죠. 극장 때문에 집으로 갈 엄두가 안 났어요, 그것 때문에 머리에 제정신이라고는 눈곱만큼도 안 남아서, 상처며 피며 통증 때문에, 아시겠죠, 그렇다고 마을에서 도망갈 힘도 없었어요, 그러니, 한마디로, 저는 거기 머물렀어요. 죄송한 말씀이지만 진짜 거짓말이 아니라 열려 있던 납골당을 발견하고, 공동묘지 끝자락에서 나무를 조금 모아서, 최선을 다해 불을 지피고, 피가 멈추게 러닝셔츠로 상처를 누르고 밤이 오길 기다렸어요… 거기서 과출혈로 죽을 수도 있었어요, 비서관님, 하지만 제가 체질을 좋게 타고나서, 그래서 그렇게 오래 버틸 수 있었죠. 그런 뒤 마침내, 집에 몰래 숨어들었고, 아차 열쇠가 없구나, 알고서 하는 수 없이 들여보내달라고 집주인 할머니를 깨웠어요, 문을 닫기가 무섭게, 신분증도 없고 돈도 없고 아무것도 없기 때문에, 저 빌어먹을 외투를 새까맣게 태워버렸죠. 그런 뒤 황급하게 의사를, 가까이 사는 의사가 있어서, 불러와, 붕대를 처매고, 약도 좀 먹고, 그렇게 사흘을 내리 자리보전을 했죠… 글쎄요… 모르겠어요, 비서관님, 더 이상 드릴 말씀이 없어요, 제가 빼고 넘긴 건 하나도 없습니다, 그게 제가 저지른 잘못 전부예요, 과거에 몇몇 싸움에 휘말린 거 빼고는요… 어떻게 보실지 모르겠지만, 제 말은, 이런 전력으로, 제가 여전히 경찰이 될 수 있을지 없을지 모르겠지만, 독수리 녀석이 불쑥 나타나서 아주 어김없이 솔직히 모든 걸 털어놓는다는 조건하에, 자원하고 싶은 생각이 있냐고 흘리기에, 제 생각에… 자원하고 싶다고 했죠… 왜냐하면 저는 사회의 유용한 사람이 될 수 있다고 생각하니까, 비록 이런 두어 가지 제가 저지른 실수에 대해 무슨 생각을 하실지 모르지만, 제 말은, 뭐, 그래서….

… 그래서, 에스테르 부인은 한참 머리를 흔들었고, 혼자 흥얼거리다가 탁자를 매서운 눈으로 쳐다봤다가 마침내 그래, 그래, 하고 말했다…. 입술을 내밀고, 계속 흥얼거린 뒤, 마침내 손가락으로 탁자 위를 짧고 단호하게 다라락 두드리고는, 후보자를—쓰러질 지경에 이른 듯 보였다—몇 번 아래위로 훑어봤다. 그런 뒤, 요령 좋게 드레질하듯 '이런 것도 매끈하게 다듬을 수 있는 사람인지 봤으면 좋겠는데'라고 웅얼거리고, '최후의 일격'을 가할 채비를 하듯이 쳐다봤다. 문제가,—후보자의 머리 너머 하레르를 향해 난처한 표정으로—가만 들어보니 훨씬 더 심각하다, '어쨌든' 그녀는 흠잡을 구석 없는 남자들을 찾고 있기 때문이다, 현재 후보자는 들은 것만으로도 말썽꾼, 놈팡이 같은 과거, 빈집털이범, 무덤 훼손자, 수많은 묘사를 할 수 있겠으니, 흠잡을 데 없다는 말과는 영 멀다,—여기서 그녀는 하레르에게만 슬쩍 미소를 지어 보였다—그녀로서는 그의 말의 신실성은 의심하고 싶지 않지만, 그녀는 여전히 눈을 하레르에게 맞추고, 이 사람에게 진짜 공을 들일 만한 것이 '가소로울 지경으로 거의 없다'고 한숨을 지었다. 그래서 그녀는 양심상, 그녀가 그에 대한 책임을 져야 하는지 모르겠다, 하지만 혹여 그런다면 '적절한 전문가'에게 조언을 구한 뒤에야 알겠지만, 제안할 수 있는 최선은 '최대 수습 기간'까지는 보장하지 않을

까 거의 확신한다고 했다. '수습요···?' 경관이 되려고 하는 이는 침을 꿀떡 삼키고 '이게 대체 무엇을 의미하느냐', 아니면 적어도 단순한 사전적인 단어의 의미라도 설명해달라 묻듯 다급하게 하레르를 쳐다봤다. 하지만 하레르는 비서관이 손목시계를 흘끗거리는 이 시점에 어떤 해설도 시작할 엄두를 낼 수 없었다. 비서관이 이후 짧게 오른손을 흔들어 오른팔 격의 남자에게 곧 떠나야 하기 때문에 '방을 비우라'는 신호를 보냈기 때문이었다. 하레르는 혼란에 빠지고 겁에 질린 예비 신참을 문으로 끌고 갔고(그가 복도에서 꾸지람을 듣는 소리가 들렸다. '이해를 못하겠어? 비서관님은 너를 고용한 거야, 그만 버둥대, 이 맹추야!') 한편 에스테르 부인은 일어서서 가슴 아래 팔짱을 끼고, 그녀의 새로운 습관에 따라 '세상을 찬찬히 관찰하기 위해' 창문 밖을 바라보며 그래, 이는 첫 번째 단추에 지나지 않지만, 적어도 저놈 같은 덩치 큰 맹추들이라야 우리가 목표를 향해 가는 길이 순탄할 공산이 크지, 혼자 생각했다. 미래를 내다본 계획의 일부였고, 그녀가 성공적으로 지어 올릴 일의 토대였다. 그들이 새로운 서장을 임명했을 즈음에(그녀는 운전사에게 차 옆에서 기다리라고 손짓했다) 그는 능숙하고, 실로 강력한 경찰력, 영원히 비서관에게 신세를 진 사람들로 채운 경찰들의 경례를 받을 것이다, 그런 게 중요해, 바로 그래, 그녀는 가죽 외투를 입고 강철 똑딱단추를 하나씩 제자리에 누르며 생각했다. 이런 밑천들이 적절한 예방책이지, 신중한 대비책, 그리고 무엇보다,

차근히 '아둔하고 쩨쩨한 백일몽처럼 무너질 게 아니라 손에 단단하게 잡히는 것으로 지어 올린' 분별력이 되는 거라고 냉정하게 생각했다. 왜냐하면 다른 건 몰라도, 가장 중요한 일은—그녀는 핸드백 속에 연설문이 들었는지 다시 점검했다—절대 '사람들은 선의를 지니고 있다거나 자애로운 신이 있다거나 무슨 선한 힘이 인간사를 책임진다'와 같은 흔한 착각에 '속아 넘어가서'는 안 된다, 다 허튼소리이며 거짓말이라(그녀는 복도로 나갔다) 자신에게 그런 건 먹히지도 않는다, '아름다움!' '동료의식!' '우리 모두 안의 선의!', 참말이지 이건 아니다, 각 단어마다 퉤퉤 뱉듯 던지고, 아무리 시적으로 표현해본다고 해도 그 최선의 표현은, 다만 인간사회는(그녀는 정문을 통과했다) '속 좁은 이기심의 갈늪'이라는 것이었다. 늪, 그녀는 얼굴을 찡그리고 검정 볼가의 앞을 향하는 뒷좌석을 차지했다. 바람이 갈대를 굽히는 습지, 바람은, 이 경우에 그녀였다. 그래서 그녀는 하레르가 앞좌석에 타기를 기다렸고, 그가 그렇게 하자, 단순히 '이제 가지!' 말하고 노란색 가짜 가죽을 댄 좌석에 등을 기대고 눈앞에 스쳐 지나는 집들을 관찰했다. 그렇게 그녀는 집들을 관찰했다. 지금 걸을 수 있는 대부분의 사람들은 공동묘지에 가 있는지, 거리에는 오직 근면한 시민만, 여기저기 한둘 있었다. 그리고 여기 '이동식 지휘관'의 자리에 앉아, 쉽게 흉내 낼 수 없는 '쓸고 지나는' 마법 같은 느낌이 가득할 때면 늘 그렇듯이, 그녀는 아주 명료하게 정말로 이 모두가 그녀의 것으로─지주가 그의 장원을 차를 몰고 가듯이─보였다. 잠재적으로 그녀의 것이다, 왜냐하면 그녀의 것으로 만들 계획을 가동 중이니까, 그리고 그때까지(그녀는 볼가의 창문을 통해 미소를 지었다) '지금은 묵묵히 일만 하고 수레만 끌고 있겠지만, 우리는 곧 당신의 영혼에 작업을 시작할 테니까…' 하레르조차 깔끔한 정원이라는… 별칭이 오직 운동 '발전 단계'의 첫 부분을 대변하는 줄은 몰랐다. 말끔한 가정 부분은─여기서 차는 성이슈트반 도로에서 중앙 공동묘지 안으로 돌았다─거리와 정원이 정리되어 '보도 위에 떨어진 음식을 집어먹을 수도 있을 만큼' 된 다음에야 따르는 다른 일이었다. 그런 뒤 대회 심사 위원회가 모든 가정집을 돌고 나면 그녀는 '가장 단순하고 가장 기능적인 생활방식' 부분으로 적지 않은 상장을 퍼부어댈 것이다. 이는 '말끔한 가정' 상과는 비교도 안 되게 훨씬 영광스러운 상장이 될 것이다. 하지만 너무 앞서 나가서는 안 된다, 에스테르 부인은 스스로를 꾸짖었다. 우리는 바로 눈앞에 놓인 일, 이를테면 장사 치르는 일에만 집중해야 한다, 그녀는 볼가의 창문을 통해 관대 앞에 모인 어마어마한 군중을 면면이 살펴보며 생각했다. 그러니 '모든 일이 시계처럼 정확하게 돌아가야 하는' 이처럼 중차대한 경우에 삐꺽거리는 어떤 차질도 빚어서는 안 된다, 이는 지도자로서 공동체의 부활을 열망하는 대중에게 연설하는 '아주 진중하고' 공식적인 첫 번째 기회이며, 무리하게 넘겨짚자면, 그들의 '통합'을 선포할 수도 있을

첫고등이 될 것이다, 이제 우리가 사람들의 신뢰를 받을 만한지 판가름 나겠지, 그녀는 하레르에게 주의를 주고 차 밖으로 발을 딛고, 평소 습관적인 확고한 터벙걸음으로, 즉시 자신 앞에 열리는 사람들을 뚫고 관대를 향해 발을 옮겼다. 그런 뒤 관대에 이르러 관의 머리맡에 자리 잡고 앉았고, 마이크가 작동하는지 두어 번 손으로 톡톡 두드렸으며, 마지막 동작으로, 주변을 엄격하게 점검하고 그녀의 심복이 장례식 준비를 유능하게 철저히 해낸 것을 보고 안심했다. 그녀가 삼 일 전에 준 명령들은 영결식은 새로운 시대의 정신을 표현해야 한다고 진언했고, 교회의 참여를 배제할 뿐만 아니라 '지나치게 감상적인 모든 부속품'도 배척하라고 명하고, 모든 '쓸데없는 허섭스레기'는 내다버리고 '온갖 사회적 성격을 부여해야' 한다고 설명했는데, 진짜 그렇게 해냈다. 그녀는 얼어붙은 무대감독에게 인정의 고갯짓을 해 보이고, 대패질을 하지 않은 나무로 짠 관 주위를 살펴봤다. 관은 단순하지만 반들반들 잘 닦인, 도살업자의 받침나무 위에 놓였고, 그 옆에 열린 작고 붉은 상자 안에('걸출하고 정정당당한 진보를 위해'라는 명문이 물론 숨어 있었다) 망자의 중요성을 감안해서 '사후 수여된' 훈장이 전시되어 있었다. 보통 칸델라브라(가지 친 촛대) 대신에—아마도 약간은 놀랍지만 효과적으로—하레르의 조수 역할을 하던 두 남자가, 아마 시간의 부족으로, 경기병에나 더 어울릴 제복을 갖추고 두 개의 커다란 플라스틱 광도검을(지역 의상 가게에서 빌려서) 단단히 손에 들고 있었다. 이는 대중에게 그들이 여기 모인 이유를, 모범적인 그리고 영웅적인 인물의 장례를 치른다는 점을 생생하게 상기시키려는 목적이었다. 그녀는 플라우프 부인이 든 관 안을 점검했고, 모인 사람들이 조용해지고 상황이 '시작되려' 한다고 깨닫는 동안, 그녀가 '대격변 전야'에—아마 지금은 그렇게 부를 수 있으리라—방문했던 기억을 돌아보았다. 그때는 감히 누가 불과 열나흘 후에 이런 '작고 동글동글한 경단'이 그녀의 알선으로, 모범적인 영웅으로 미화될 줄을 생각이나 했을까. 그날 밤 그녀가 그렇게 노여움에 차 숨 막히게 아늑한 아파트를 떠나던 그날 밤, 딱 십육 일 지나 그녀가 여기 관 옆에 서 있어야 하며, 더 이상 화는 내지 않고, 반대로—이를 부정해봐야 의미 없다—플라우프 부인의 모습과 그 바보 같은 방식들을 떠올릴 때 진짜 오히려 안되었다는 마음이 들 줄은 몰랐다. 무슨 일이 그녀에게 생겼건, 플라우프 부인의 잘못이 컸다고 그녀는 생각했다. 부인의 이웃이 묘사했던 대로라면 망신이 뻗쳐, 망신살을 더 이상 참을 수 없어서, 아들의 머리채를 끌고 오겠다고 다 어두워진 밤에 길을 나섰고 그 당시에 단순히 출발했다가 아마 공교롭게도 벌네르 앞에서 본색을 숨기고 있던 한 약탈자와 마주쳐—커라초니 야노시 거리의 집 커튼 뒤에 웅크리고 숨었던 목격자들에게 따르면—이자는 가장 저급한 방식으로 '그녀와 즐기기 위해 소중한 자신의 시간 오 분을 바친후'에 그녀를 '조용히' 시켰다고 했다. 이건 개인적인 비극이다. 그녀는 슬픈 얼굴로 판결을 내렸다. 운도 없었고, '화초 같은 삶'의 종말로는 정말 비극적인 사건의 전환이었다. 그녀는 어쨌거나 그런 운명을 맞을 사람이, 그런 일을 자초할 사람이 절대 아니었다. 그래도 영웅에 어울리는 영결식으로 작별을 고하게 됐으니 작으나마 배상이 되었다면 되었을 것이다. 이 순간에 그녀는 핸드백을 딸깍 열고, 타이핑한 그녀의 연설문을 꺼냈고, 모든 사람의 주의가 완전히 쏠린 것을 보고서, 깊게 숨을 들이쉬었다. 하지만 그녀가 그렇게 하자, 준비에 무슨 혼란이 있었는지 또 다른 경기병 네 명이 그녀 뒤에서 나타났고 그녀가 그들을 가로막기도 전에 크기에 맞춰 자른 두 개의 널빤지를 관 아래 밀어 넣어 들어 올렸고, 그들이 받았던 지시에 따라, 조문객의 방향으로 관을 지고 움직이기 시작했다. 차츰차츰 영 별난 장례 절차에 이제 익숙해졌던 조문객들은 즉시 그리고 아무 의문 없이, 그들을 위해 길을 터주었다. 그녀는 기를 죽이는 핀잔의 시선을 얼굴이 시뻘게져 자리에 붙박인 듯 서 있는 하레르에게 쏘아붙였지만 벌어진 일은 벌어진 일, 일이 이런 식으로 돌아가니, 네 명의 경기병을 쫓아 출발하는 수밖에 없었다. 놀란 조문객을 가르며 길을 내고 있는 이 경기병 상여꾼들은 강건한 육체로 이런 중대한 직무에 선택되어, 플라우프 부인쯤은 깃털보다 가볍다는 듯, 누가 봐도 흥이 돌아, 엄청난 속도와 엄청난 열정으로 갓 만든 무덤을 향했다. 그들과 보조를 맞춰야 하는 사람은 연사만이 아니었다. 뒤처지지 않으려면 전체 회중 역시 맞춰 달려야 했지만 게다가, 쥐꼬리만 한 위엄이라도 유지하기 위해서는 모든 사람이 '어정쩡하게 거의 달리고 있다'는 사실을 어떻게든 위장해야 했다. 하지만 이는 문제 축에도 들지 않았다. 실제 위험은 관을 둘러싸고 일어나고 있었기 때문이었다. 자기 일에 바쁜 경기병들은 관이 위험할 지경으로 경쾌하게 홱홱 아래위로 흔들리고 튀어오른다고, 낮은 휘파람소리나 속살거리는 수많은 경고를 받아도 까맣게 알아차리지 못했다. 숨을 헐떡이고 숨이 턱에 차올라, 이런 상황에 칭찬할 만한 위엄을 갖추고 그들은 무덤에 도착했고, 모든 사람이 관이 여전히 멀쩡한 것을 보고 마음이 푹 놓였다는 말은 '절대 과장이 아니었을' 것이다. 그리고 다른 건 아니더라도, 가는 내내 쉿쉿거리는 이런 이상한 '마지막 여행'으로, 궁극의 작별을 고하려고 모인 사람들 사이에 진정한 동료애의 감정이 다져지고 축조되는 계기가 되어, 마치 한 사람처럼 펄럭거리는 두 장의 연설문을 쥐고 마침내 연설에 돌입하려는 에스테르 부인에게 열중했다.

여기 모인 우리들은 모든 삶은 죽음으로 끝난다는 사실을 압니다. 지금 몇몇 분은 제 말에 이런 생각을 하시겠지요, 별로 새로울 말은 아니라고, 하지만 어느 시인의 말처럼, 진짜 태양 아래 새로운 것은 없습니다. 죽음은 우리의 운명입니다. 문장 끝에 있는 마침표입니다. 오늘 태어난 아이조차 다른 식의 회피를 희망할 수는 없습니다. 우리 모두 이를 의식하고 있습니다. 하지만 지금 우리가 느끼는 것은 전적으로 슬픔이 아니라, 일종의 투지, 치솟아 오르는 기백입니다. 우리가 오늘 장사를 치르는 여인, 우리의 동료 시민은, 평범함과는 아주 멀었기 때문입니다. 저는 품위 있는 태도나 잘 꾸민 어구는 좋아하지 않습니다. 그러니 제가 드릴 말씀 전부는, 오늘, 우리는 진정한 인간과 하직을 한다는 점입니다. 여기 우리는 크건 작건, 늙었건 젊었건, 우리 모두, 누군가의 삶의 끝에서 우리가 같이 하고 싶은 곳이기에 무덤 옆에 서 있습니다. 우리가 사랑했던 누군가, 그녀로서 해야만 한 일을 했던 누군가, 얌전함의 대명사였던 사람, 우리 모두 두루 칭찬하던, 특히나 지금, 죽음을 두고 칭송이 자자하던 인물의 무덤가에서, 그리고 우리는 용기를, 친애하는 시민 여러분, 우리 모두—당신들, 저, 그리고 그녀 자신조차—부끄럽게 하던 용기를 칭송합니다. 이 소박한 여인은 우리 중에 감히 누구도 대항하려 들지 않았던 사람들에게 대항했던 유일한 사람이었습니다. 그녀가 영웅이었나? 자문을 해봅니다. 네, 정말 그랬습니다. 그 고결한 단어는 플라우프 요제프 부인에게 딱 맞는 단어입니다. 제 온 마음 진심으로 이를 보증합니다. 그 고난의 밤에 그녀는 아들을 찾으러 나갔습니다. 아들을 찾으러, 하지만 시민 여러분, 저나, 여러분이나, 실로 그녀 자신이 알다시피, 그녀는 그 일을 우리 모두를 위해 그렇게 했습니다. 용기와 전투 정신은 나약해빠진 우리 시대에도 다 죽지 않았다고 우리에게 보여주기 위해서요. 그녀는 우리에게 어떻게 살아야 하는지 보여주었고, 그녀는 가장 불리한 상황에서 우리의 인간성을 간직한다는 게 무언지 보여주었습니다. 그녀는 우리와 차후의 모든 세대에 마음씨가 올바르다면 어떻게 행동할지 그 예를 보여주었습니다. 오늘 우리는 배은망덕한 아들을 둔 어머니, 두 남편의 죽음 후에 여전히 충실했던 미망인, 아름다움을 사랑했던 소박한 여인, 우리가 더 나은 삶을 누리도록 자신의 삶을 희생했던 여인에게 고별을 합니다. 저는 지금 그 끔찍한 밤의 자신에게 속삭이고 있는 그녀가 보입니다. 이건 정말 참을 수 없다고, 무지막지한 역경에 대항하여 투쟁하기 위해 외투를 입고 있는 그녀가 보입니다. 시민 여러분, 그녀도 자신이 실패할 수 있다는 걸 알았고, 자신의 연약한 팔다리가 그런 위험천만 악마 같은 남자들과의 불가피한 충돌에 부적당한 줄은 알았습니다. 이 모든 것을 알았지만 위험에 움츠러들지 않았습니다. 그녀는 인간이기 때문에, 절대 포기하지 않는 인간이기 때문입니다. 다수의 힘이 승리하였고 그녀는 무너졌지만, 승리자는 그녀이며 무너진 사람은 그녀의 살인자들이라고 말씀드리고 싶습니다. 왜냐하면 그녀는 혈혈단신, 홀로 그 모든 가해자를 조롱의 대상으로 만들어, 그들에게 패배를 안겼으니까요. 그녀는 그들에게 굴욕감을 안겼습니다. 어떻게? 그녀의 저항으로, 싸워보지도 않고 항복하지는 않겠다는 의지로, 그녀는 오롯이 혼자서 전투를 시작했습니다. 이런 이유로 저는 승리는 그녀의 것이라는 겁니다. 그럼, 플라우프 요제프 부인, 누구보다 휴식의 자격이 충분한 그대, 괴로움은 잊고 쉬십시오. 당신의 기백, 당신의 기억, 당신의 기운은 우리에게 진정으로 영웅적인 전범을 선보였고 우리와 남아 있습니다. 당신은 우리에게 속해 있습니다. 다만 스러진 것은 당신 육체입니다. 당신을 낳아준 이 땅으로 당신을 되돌려 보냅니다. 당신의 뼈가 티끌로 변한다고 울지 않겠습니다. 당신의 진정한 존재가 여기 우리와 함께 영원히 있으며 오직 당신의 진토만 부패의 일꾼들은 공격할 것이기에….

부패의 일꾼들은 당분간은 작업의 사슬에서 벗어나 조건들이 바람직하게 바뀔 때까지 휴면기의 상태로 기다리고 있었다. 그러다 조건이 맞아들면 곧바로, 중단된 싸움들을 재개할 것이고, 미리 내정된, 반박의 여지 없는 무자비한 공격을 하여, 한때 그리고 단 한 번 삶을 산 생명체는 뭐든 해체하여 영원한 죽음의 침묵의 자락 아래 아주 작은 하찮은 조각으로 격하시킬 것이다. 불리한 상황은 몇 주 동안, 때론 몇 달은 지속됐다. 말하자면 바깥, 엄밀히, *외부* 온도가 너무 낮았고 그 결과, 이미 끝장이 났어야 할 유기체가 바위처럼 단단히 얼었기 때문에 포위자들은 꼼짝없이 무기력에 발이 묶였고, 허물어야 할 요새도 같이 그렇게 단단하게 그 속에서 유예되어 어떤 일도 실제 일어나지 않았다. 완벽한, 완전한 정체가 전쟁터에 널리 퍼졌고, 그 시체는 안정적인 밀랍, 내용 없는 존재, 시간의 유일한 공백으로 바뀌어, 모든 것이 궁극적으로 멈춰버렸다. 그런 뒤 천천히, 아주 천천히 깨어

나서, 시체는 얼음의 억류에서 탈출했고, 다시 한번 공격은 한층 사납게 덤벼들라며 지휘에 나섰다. 근육 단백질에서 저항할 수 없는 일방적인 이화작용의 대사가 축적되고, 아데노신트리포스페이트 분해효소는 일반 에너지 수준의 중심 요새, ATP 공격을 계속하고, 이 결과 결합 분할에서 에너지가 나와, 상당히 방어가 어려운 요새에서, ATP의 영향을 받는 액토미오신 결합 변환과 연결되어, 자연적으로 근육의 위축으로 이어졌다. 동시에 지속적인 분해로 당연히 아데노신트리포스페이트가 감소되지만 산화 혹은 당분해로 에너지 공급원을 충당할 수 없었고 재합성의 완전 부재로, 재고는 고갈되기 시작하고 마침내, 축적된 젖산의 동시다발적 협력으로, 근육의 수축은 사후강직이 물려받게 되었다. 중력의 법칙에 따라 피는 수집 네크워크의 가장 낮은 지점에 모이게 되고, 공격의 주요 목표가 되어—적어도 최종 절멸의 패배까지—핏속 피브린 내용물에 두 갈래의 공격을 마주하게 되었다. 첫 번째 공격의 단계에서 포위공격 발효되기 전부터 심혈관계를 순환하고 있던 피브리노겐은 이미 활성화된 트롬빈으로 두 쌍의 펩티드를 잃었고, 그 결과 곳곳에서 형성된 피브린 분자는 서로 결합해 상당히 저항성 높은 핏덩이로 엉겨 붙었다. 이들의 어떤 것도 하지만 오랫동안 지속되지 못했다. 왜냐하면 죽음과 관련된 무산소증의 반란에 따라 플라스미노겐이 플라스민으로 활성화돼서 피브린 사슬들을 폴리펩티드로 쪼갰기 때문이었다. 그래서 전투는—이제는 다른 방향에서 피브린 분해 특성을 지닌 엄청난 물량으로 아드레날린이 공격해대어—판세를 뒤집어 혈액이 흐르게 되었고, 지혈에 대항하라고 위임된 부대들은 신속하고 확고한 성공을 다졌다. 이들은 어떻게 덩어리를 어렵사리, 더욱 중요하게는, 두말할 필요 없이 훨씬 천천히 형성했고, 그래도 남아 있던 용액 상태 매질로 임무, 그러니까 임박한 다음 단계, 적혈구의 제거를 용이하게 해주었다. 액체를 담아두는 조직의 능력이 현격하게 소실되어 세포 내 물질은 주요 정맥을 따라 느슨한 조직들 주위로 모여들었고, 그 결과 혈구들의 막도 투과성이 높아져, 혈색소들이 배출되기 시작했다. 혈색을 띠던 요소들은 적혈구들을 떠나, 저항능력을 잃은 용액들과 섞여들고, 이후 조직들을 통해 스며나가 혈색으로 물들였고, 파괴의 무자비한 무력들이 또 다른 중요한 승리를 확보했다. 이런 잘 조화된 군사작전의 전선들 뒤에, 근육과 혈액의 전 방위 공격과 동시에, 죽음의 바로 그 순간에, 한때 경이로웠으나 이제는 무력한 왕국의 내부 반대세력들이 반란을 일으켰고, 진군의 어떤 장애물도 이런 탄수화물이니, 지방이니, 특히나 한때 아무도 흉내 못 내는 우아한 메커니즘의 단백질도 모조리 쓰러뜨리며 '궁정 쿠데타*'와 상당히 비슷하게 괴멸시켰다. 이른바 발효

---

* 궁정 혁명. 보통 지도층 내부, 측근, 2인자에 의한 비폭력적인 체제나 권력의 전복을 일컫는다.

된 세포―조직으로 이뤄진 부대와, 사후자가분해라고 알려진 형태의 군사작전을 펼치지만, 이런 어쨌든 공평무사해 보이는 명칭은 단지 사건의 슬픈 상태의 본질을 흐릴 뿐이라는 점에 의심의 여지가 없었다. 이는 '아랫사람들의 봉기'라고 보는 것이 더욱 정확할지도 모를 일이기 때문이었다. 모反을 일으킨 하인들은, 유기체가 여전히 든든한 요새의 삶으로 부산할 때조차 완전히 억제체제를 배치하여 계속 억누르고 있어야만 했는데, 왜냐하면 그들의 활동들이, 제국의 곡창에 들어갈 식량들을 부수고 준비하는 일에 제한됐어야 하는 역할이건만, 지정된 임무의 한도를 툭하면 넘으려 들거나 그들이 섬겨야 할 바로 그 모체를 공격하는 일을 시작할 수도 있기 때문에, 지속적인 삼엄한 경계와 감시하에서만 활용해왔었다. 한 가지만 예를 들어봐도, 단백질을 분해하는 단백분해효소들이란, 원래는 펩티드 결합을 부숴, 단백질 영양분의 가수분해를 촉매 작용하는 임무를 부여받았는데, 이 중 위에서 활동하는 펩신이라는 효소는 강력한 뮤신의 활동으로 염산과 더불어 위의 단백질성 구성 물질을 몰살하지 못하도록 저지되고 있었다. 탄수화물과 지방도 거의 마찬가지 신세라서 여기서는 NADP와 코엔자임―A가 한쪽에서 지질분해효소와 지방산 탈수소효소가 다른 쪽에서 억제 부대의 관리하에 남아 있어야 하는데, 그들 없이는 어떤 것도 파괴를 위해 동맹을 맺고 통제를 벗어난 효소들이 조직을 파괴해나가는 일을 막을 수 없었다. 이제는 그들을 늦출 것도 없었고, 물론 아무 저항도 없었다. 그래서 우호적인 기온의 시작과 함께 가장 최적의 장소들에서 '최측근 반란'은 이미 발발했고, 아니 지속됐고, 위장 점막에 있던 정맥의 피가 산酸헤마틴으로 변해 위장 벽을 군데군데 녹였고, 그래서 주로 염산과 펩신을 기반으로 이뤄진 군대는 복강 내 동맹국들에 대항해 공습을 시작할 수 있었다. 하인배 효소 특수부대의 노력의 결과로 간 내 글리코겐은 단순한 분자들로 분해됐고 또한 췌장의 자기분해가 뒤따랐다. 자기분해, 꼬리를 감춘 진실에 가차 없는 빛을 던지는 단어, 탄생의 순간부터 모든 살아 있는 생명체는 그 속에 자체 파괴의 씨앗을 담고 다니고 있었다. 비록 대부분의 작업은 상대적으로 부족한 산소의 공급 때문에 오직 천천히만 진행할 수 있지만, 부패는 전속력으로 내달렸다. 즉 유기체 내 질소 함유 화합물들은 미생물의 발효가 이런 단백질 분해의 책임을 떠맡게 되었다. 미생물들이 곧 최전방 부대들과 협공하며, 엄청난 숫자로 온상을 이루던 장들 속에서 작전을 시작했다. 그래서 거기서부터 그들은 전체 왕국 너머로 그들의 지배를 뻗쳐나갈 수도 있게 되었다. 몇몇 혐기성 미생물과 별도로, 포열은 주로 호기성 부패균들로 이뤄졌다. 하지만 그들을 이루고 있는 다양한 부대를 열거하는 일은 거의 불가능할 것이다. 왜냐하면, 프로테우스 불가리스, 수브틸리스 메센테리쿠스, 파이오사이네오우스, 사르키나 플라바, 그리고 스트렙토코커스 파이오게네스를 포함해 세균 종류도 다양하지만, 엄청난 양의 미생물이 결정적인 전투에 참여했기 때문이었다. 이들의 충돌은 가장 먼저 피부 아래 혈관에서 일어났고, 그런 뒤 복벽들에서 비롯되어 사타구니, 나중에는 갈비뼈 사이에서 쇄골 아래와 위 수로 속으로 퍼졌으며, 여기서 부패의 과정에서 생성된 황화수소가 혈액 속 헤모글로빈과 결합되어 한편으로 베르도글로빈을 생성하고 혈색소 속에 함유됐던 철분과 결합해, 한편으로 황산제일철을 생성했고 이런 일들은 이후로 근육과 내부 장기 전체로 번져나갔다. 다시 중력의 힘 덕분에, 색깔을 내는 피를 함유하는 체액들은 계속 분해되고 있는 조직들에 차분히 스며들어갔으며 이런 기본 구성 재료들의 느린 탈출은 이들이 피부에 이를 때까지 지속됐고, 이후 이 지점에서 더욱 깊숙한 곳으로 흘러들기 시작했다. 계속 전개되는 이종 용해에 *클로스트리듐 페르프린젠스*라는 혐기성 미생물의 위업이 병행됐다. 이들은 새로운 시작 초창기부터 장 속에서 급속하게 자라던 아주 효과적인 박테리아인데, 배와 혈관 바깥에서 그 외부 작전을 시작했지만 곧 재빨리 전체 시스템으로 퍼졌고, 심방과 심실에, 폐의 늑막 아래로 물집을 만들고, 썩어가는 피부에 부풀기 시작한 수포의 생성에도 상당히 기여했고, 이렇게 부푼 피부들은 결국에는 벗겨져 나갔다. 한때는 어느 것에도 끄떡없던 단백질의 왕국이, 처음에는 그렇게 복잡한 외관에도 아주 사리에 맞아떨어지게 작동하던 세상이 이제는 거의 무너져 내렸다. 처음에 단백질성 펩톤들, 뒤를 이어

아미도 그룹, 질소성과 비질소성 방향족 물질, 마침내 유기 지방산이 분해됐고, 이들로부터 개미산, 초산, 낙산, 길초산, 팔미트산, 스테아르산 등의 각종 산과 수소, 질소와 물 같은 몇몇 비유기적 최종 산물이 만들어졌다. 땅속에 있던 아질산균과 질산균의 도움으로 암모니아는 아질산으로 산화됐고, 염류의 형태로, 식물의 좁은 뿌리를 타고 올라서 그들이 나왔던 세상으로 돌아갔다. 분해된 탄수화물 중 일부는 이산화탄소로 공기 중에 녹아들어갔고 그래서—이론적으로는 적어도—그들은, 한 차례, 광합성에 참여할 수도 있게 되었다. 그래서 다양하고 섬세한 가닥들을 따라 모든 것을 유기적 그리고 비유기적 존재로 깔끔하게 가르며, 상위 유기체에게 회수될 수도 있었다. 그리고 기나긴 저항 끝에, 결합조직, 연골 그리고 마지막으로 뼈가 희망 없는 몸부림을 포기했을 때, 겹겹으로 강화됐던 요새에는 아무것도 남아 있지 않았지만 원자는 하나도 잃지 않았다. 모든 것이 거기 있었다. 비록 어떤 점원도 모든 구성성분의 물품 목록을 만들 수 없기는 해도 오롯이 거기 있었다. 하지만 한때—한때 다시는 되풀이되지 않을 딱 한 번만—존재했던 왕국은 영원히 사라졌다. 질서의 결정結晶들이 존속하는 내부의 끝없는 혼돈, 사물들 간의 저지할 수 없는 무심한 교통으로 이뤄진 혼돈의 운동량에 의해 극소의 조각들로 가루가 되어버렸다. 이는 제국을 탄소, 수소, 질소와 황으로 바수었고, 이로써 섬세한 섬유들은 조각들로 부서지고 흩어지고 소멸했다. 어디

헤아릴 수 없이 머나먼 명령이 집어삼켰기 때문이고, 이 책
역시 여기, 지금 마지막 마침표에서, 마지막 단어 뒤에 갉아
먹힐 것이다.

옮긴이의 말

흐르는, 흐르지 않는

화성 음악 이전, 다성부 음악처럼 꼭 붙어서 또 따로 떨어져 진행되는 소설의 두 축, 에스테르와 벌루시커가 광풍의 소용돌이에 휩쓸릴 무렵 "세부들, 세부분을 노려"라는 말을 할 때 원문에 'részletek'라는 단어가 나온다. 이는 단편적인 글귀, 인용구를 가리키는 말이기도 한데, 그런 파편들의 경구로만 남은 철학자, 헤라클레이토스의 말 중에 "전쟁은 같이 참가하는 것이며 대립은 정의이고, 모든 것은 (대립에 따라) 지나가기 마련임을 알아야 한다"는 말이 있다. 직접적인 출처는 확인되지 않지만 '모든 것은 흐른다'로 축약되는 이 말이 아마 이 철학자의 가장 유명한 말일 것이다. 이 책 글머리에 달린 "흐르지만 흘러가지 않는다"에는 이 말의 여운이 담겼다.

작가의 데뷔작 《사탄탱고》는 '용수철 공책'처럼, 혹은 무한히 닫힌 원처럼 시작해 현실과 가상의 세계가 서로 뫼비우스의 띠처럼 붙어 있지만, 《저항의 멜랑콜리》는 현실이라는 껍질에 가상이라는 알맹이, 이성이라는 표지로 겉을 싸고 광기라는 내용물로 가운데를 기웠다. 작가의 다른 소설 《세상은 계속된다The World Goes On》에 슬쩍 언급된 내용대로라면 소설은 프라하의 봄이 있었던 1968년 이후, 인류의 달 착륙 이후 70년대 초, 어느 평범한 부인의 불안한 삶의 이야기로 시작되고 불안의 극단적 현실로 끝을 맺는다. 다른 성부의 음악처럼, 한편으로 각자의 시선이라는 전제하에 처음은 알지 못할 가상에 불안해하는 현실로 시작해서 복수를 끝낸 암사자, 메데이아처럼 앉아, 알려고 하지 않는 가상에 흡족해하는 현실로 마무리한다. 그 사이 내용들은 앞서 예시한 'részletek'처럼 전사반복anadiplosis, 즉 중복되는 단어의 사슬로 음악의 반복계기처럼 연결해놓았고, 그 중간이 '베르크마이스터 하모니'라는 소제목에 펼쳐지는, 현실로 들어온 가상의 세계들이다.

이는 광기가 극에 치달아가기 마련이라는 종말론적 세계, 혹은 묵시록이 현실화된 뒤 세상에 햇볕이라고는 들지 않는 계절, 몇 개월째 얼어붙은 땅 위에 펼쳐진다. 하지만 여기서 엿보이는 세상은 계시록 속 세상의 끝이 아니다. 윌리엄 예이츠의 시, 1919년 제1차 세계대전이 끝난 뒤 기독교시대의 종말을 목격하고 새로운 패러다임의 시작을 불길하게 쫓고 있는 〈재림〉 속 세상과 더 닮았다. 중심도 변두리도 없이, 신적인 폭력과 신화적 폭력이 추정컨대 두서없이, 독자로서는 난데없이 서로서로 무너져 내리는 소용돌이 속에 벌루시커와 에스테르도 휩쓸려든다.

중간의 첫머리를 여는 벌루시커는 '어떤 불확실이나 미스터리, 의심을 사실이나 이성으로 안달 내며 쫓으려들지 않고' 다만 있는 그대로 받아들인다. 그는 작가의 또 다른 소설 《저 아래 서왕모Seiobo There Below》에서 반복되는 경이의 시선, 《세상은 계속된다》에서의 움직임과 운동을 여기서 지속하며, 자신의 역할과 한계를 겸허히 받아들이고 어눌한 말투로 '일식'을 매일 밤 재현하는 감독이자 배우, 희극으로 단장된 우주의 서사시를 공연하는 아르킬로코스 같은 시인이다. 마을 사람들이야 그의 행동을 망상과 강박으로 치부해버리고 웃어넘기지만, 에스테르의 눈에는 그만의 목가적 헬레니즘 세계에서 세상과 자아의 경계를 그릴 줄 모른 채 하나가 되어 허락된 작은 공간을 돌아다니는 사람이다. 하지만 그는 무엇보다 고통스러운 처지의 자신을 붙들고 치유로 이끄는 파르치팔Parzival이다.

《저 아래 서왕모》 속 '개인적 수난'에 나온 강연자가 혐오감을 안고 격분하던 작곡가, 바그너는 마지막 작품 〈파르지팔Parsifal〉을 페르시아어로 '순수한 바보'라고 해석했다. 그리고 원작 속 성배와 성배 기사단 부분을 중심으로 내세우고 파르지팔은 배경으로 돌렸는데, 여기 벌루시커는 한 개인의 부침을 따라가는 13세기 볼프람 폰 에셴바흐의 원작 속 파르치팔, 비슷하지만 다른 이름의 주인공에 더 가깝다. 어머니의 강박이라는 치마폭에 싸여 자라다가 어리석은 행동을 일삼고 주변의 비웃음에도 아랑곳하지 않는 인물이지만, 어느 어르신의 조언에 너무 조심스러운 나머지 '연민에 우러난 질문'조차 하지 않아 성배의 저주를 받아, '누군가 깜깜한 어둠 속에 마지막 촛불조차 꺼버리듯이' 아주 멀고 어두운 고난의 길로 접어들게 되는 주인공이다. 치유할 길 없이, 구원의 희망조차 버리고, 홀린 사람처럼 파괴를 향해 나아가는 세상에 저항하며, 벗어나지도 못하고 맴돌 듯이 떠돌다 불안으로 점철한 자기 불신과 의문 속에 헤맨다. 소설의 후반부는 가웨인 기사가 파르치팔을 찾아다니는 모험이 주를 이루는데 또 다른 중심인물, 에스테르가 여기서 엿보이기도 한다.

단테의 《신곡》의 처음 '지옥편' 제5곡에 '멜랑콜리아', 한낮의 악마라고도 했던 멜랑콜리 죄에 빠진 사람들이 나온다. 이들은 늪의 진창에 푹 잠겨 움직이지도 못하고 알아들을 수 없는 말들을 거품으로 뻐끔거리며 붙잡혀 있다. 전직 음악원 학장인 에스테르는 그들처럼 저지대로 빙 둘러싸인 마을을 벗어나려고 온 생애 동안 발버둥질하지만 결국 자신의 방 한구석 심연 속으로 빠져들고, 허무주의로 물든 멜랑콜리, 체질 혹은 성격이나 신체적 한계에 따른 멜랑콜리를 넘어 희망마저 상실한 병적인 우울에 잠겨 있다.

토마스 만의 거의 마지막 작품 《파우스트 박사》에서, 화자가 존재할 권리가 있느냐는 물음과 연결 짓던 '순수하지 않은 천재' 작곡가 아드리안 레버퀸의 하숙집에는 뒤러의 〈멜랑콜리아〉 속 물품 중 하나인 마방진 동판화가 걸려 있다고 나온다. 이 그림은 멜랑콜리가 태동하던 고전시대부터 여러 석학들이 지식인의 질병이라는 해석을 언급할 때마다 어김없이 등장한다. 레버퀸은 마방진처럼 정해진 음악의 틀을 위기와 해방으로 여기고 쇤베르크의 12음이론, 아도르노의 음악이론을 펼치지만 에스테르는 유일하게 믿었던 음악이라는 동아줄이 썩었다는 생각에 온갖 기술적인 노력 끝에, 음악을 재조정하기 위해 레버퀸의 반대 방향, 진의는 알 길 없지만 헤라클레이토스가 '사기꾼들의 왕자·설립자'라고 했던 피타고라스시대, 고대의 조율로 돌아간다. 그리고 바로크시대 음악의 최절정, 바흐의 〈평균율 클라비어〉를 연주하며 감각의 재조정까지 도모하며 자신의 귀를 고문한다.

이야기가 중반으로 접어들면 마을 사람들이 설마 하며 기다리던 '동방에서' 흘러들어온 서커스단, 그리고 이를 따라다닌다는 시꺼멓고 험악한 군중의 뜬소문이 본격적으로 현실화되며 초겨울의 서리처럼 불안으로 얽힌다. 여기서 등장하는 군중은 에우리피데스의 마지막 작품 〈바쿠스의 여신도들〉을 빼닮았다. 이 그리스 비극은 니체가 《비극의 탄생》에서 디오니소스와 아폴론이 절묘하게 교합된 이상적인 비극을 절멸로 이끌었던 주범으로 지목하며 분노했던 작품이기도 하다. 이미 세 명의 우인愚人으로 구성된 코로스가 비극의 공연을 알렸고, 이후로 우연찮게 이 연극을 구경하거나 엿보게 된 처지의 '관객들'은 꿈같은 생시에 바람 앞의 등잔 신세가 되는데, 희곡의 내용은 대강 이렇다.

코로스가 디오니소스와 관련된 어린 시절 이야기를 간략하게 소개하면, 소문만 무성하던 디오니소스와 그의 호위대 혹은 추종자들이 테베에 도착했다는 소식에 늙은 상왕上王과 점술가가 경배를 위해 산으로 떠날 채비를 하고, 펜테우스가 이들을 질책하며 말리는 일로 극은 시작된다. 전령의 말들에 의하면(소설 속에서는 나중에 마을 불량배의 심문으로, 하레르 부인의 전달로, 혹은 공책 속 서술로 대신한다) 마을 사람들을 비롯해 왕의 모친과 이모들까지 휩쓸린 이 신도 무리는 광기와 황홀경에 휩싸여 도시를 파괴하고, 수많은 이들을 그 파괴와 학살의 광기에, 푸른 정염에 물들이지만 그들의 모습은 너무나 차분하고 질서정연했으며 하나같았다. 비이성에 취한 어미와 이모들은 물론 변장을 해서 화를 자처하긴 했지만 자신의 아들, 펜테우스를 알아보지 못하고 맨손으로 갈가리 찢어버리고 환호하다, 점차 술이 깨듯 주술이 풀리자 경악하고 분노한다. 처음 수용했던 사람도, 거부했던 사람도, 모른 채 수용했던 사람도, 수용했다 거부했던 사람도 그 불행한 결말을 벗어날 길은 없다.

이 연극의 초입부는 추종자 하나로 잡힌, 변장한 디오니소스가 테베의 왕 펜테우스와 대적하는 장면으로 유명한

데, 소설 속에서는 종반부에, '일식'의 시 부분을 제외하면 유일하게 줄을 바꿔가며 나오는, 연극 대사처럼 주고받는 심문 장면에서 이를 엿볼 수 있으며 몇몇 줄은 거의 그대로 되풀이되기도 한다. 손이 뒤로 묶인 채 들어온 이 수인, 디오니소스가 변장한 이 모습은 여러 사람을 홀리기에 충분히 아름답다는 점만은 달라서,《저항의 멜랑콜리》에 나오는 기형의 청년, 실제로 책 속에 모습을 드러내지 않는 대공의 모습은 중세 시대 광기의 상상도를 형상화한 히에로니무스 보슈의 그림 속 그릴Grylle에 가깝다.

헤라클레이토스가 "같은 물에 다시는 발을 담글 수 없다"고 했지만, 흐르는 강에도 또 그를 건너는 사람은 여전히 있다. 그렇게 동일하지 않은 반복, 차이로 굴곡을 이루는 내용은 기시감과 생경함 속에서 널을 뛴다. 에스테르 부인의 추도사, '하늘 아래 새로운 것은 없다'는 말을 소설에도 적용시켜보면 그렇다. 진취적인 희망에 가득 찬 에스테르 부인의 말과 달리 아이러니하게, 이 말은 세상만사 헛되고 헛되다는 구절로 시작하는, 허무주의에 푹 잠긴 어느 노인의 넋두리 같은 〈전도서〉에 나오는 말이다. 물론 그녀가 즐겨 비유하는 갈대숲과 갈대의 철학자, 파스칼도 멜랑콜리에 가까운 정조를 지녔다는 공통점을 이어보자면 이을 수 있을 것이다.

책 제목에 들어간 단어 '멜랑콜리'는 정작 책 속에 한 번도 언급되지 않는다. 대신 표지 밖에서 활동하며 이 책을 쥔 독자의 머릿속에서 떠나지 않는다. 감정과 관련한 수많은 언어를 아우르는 이 증상의 근본적인 두 언어는 '두려움(공포)'과 '슬픔(실의)'이라고 했다. 멜랑콜리는 에스테르가 어떻게 보면 고집스럽게 움켜쥐고 놓아주지 않는 감정과 신체적 상태이며, 켜켜이 쌓인 쓰레기로 얼어붙은 카오스의 바깥 세상에 대한 마지막 보루로 그는 자신의 방에 스스로를 예속해놓았다. 반면 벌루시커는 움직임으로 이루어진 코스모스 속에서 일견 방향성 없는 운동을 지속하고, 일식의 그림자가 걷히고 어둠이 가신 빛의 세상을 날아다닌다. 이제껏 일식보다 짙은 어둠 속에 살던 에스테르는 서커스단이 몰고 온 광란의 도시에서 마지막 바리케이드의 못을 치다가, 한밤의 어둠을 벗어난 첫 햇살이 비치듯 홀로 반짝이는 작은 못대가리에, 욱신거리던 창상의 회복을 경험한다. 그리고 벌루시커가 광포한 위험에 노출됐다는 전언에 어둠을 벗고, 마치 스프링처럼 동인을 얻어 움직이기 시작한다.

그와 반대로 무리에 휩쓸리느라 이성과 생각에 앞서 숨 가쁜 존재 먼저 챙겨야 하는 신세의 벌루시커는 어두운 그림자에 고정되고, 다른 이가 건넨 팔린카로 겨우 벗어나는가 싶더니 외려 '광증에 물든 이의 상상을 세차게 흔들어대 그 속에 든 공포를 각인시키는'지라 다시 고꾸라지며, 이제껏 자신을 이루던 삶 혹은 처음부터 결여된 삶을 잃고, 처음부터 없던 환상을 잃고 불안에 허둥지둥한다. 다르지만 영 다르지는 않은 '불안'과 '멜랑콜리'가 비슷한 동인에 다른 보상기전을 취한다는 일부의 견해처럼 벌루시커의 불안은 우울로 진행한다. 그리고 피하려 해도 피할 수 없는 공포의 대상들처럼, 자신의 처지처럼 가여운 두 어린 소년의 모습과 발치에 달랑거리던 자갈돌 하나를 발견하는 때 '슬픔'에 깊게 휩싸여 정지 상태에 이른다. 말이라는 가면을 쓴 필연적인 지상의 광란에, 하늘에 연처럼 떠돌던 벌루시커는 땅에 떨어졌고, 지옥에 닻을 내린 에스테르는 두레박줄을 감아 되돌아 나왔다.

　이렇게 따로 떨어졌으나 구분할 수 없이 병치된 이야기들은 꼬리를 물고 감아나간다. 그들은 부정으로 긍정을 내보이며 '자신을 자꾸 뒤집는' 하레르처럼 안과 밖이며, 차량자동출이이명此兩者同出而異名이라는 말처럼 애초에 서로를 보듬고 있다. 코스모스를 일주하던 벌루시커는 켜켜이 쌓이는 카오스에 그렇게 흘렀다가 멈추고, 얼어붙은 지옥의 카오스를 보고 자신을 벗어난 에스테르는 수없이 움직이는 코스모스를 경험하고 다시 움직이기 시작한다. 자신의 하모니로 세상의 하모니에 화답하던 벌루시커는 대공의 추종자들 때문에 불협화음조차 몰라 일을 그르치고, 불협화음에 자신을 채찍질하던 에스테르는 포기에 이르러 하모니로 돌아간다. 비록 둘의 정지 상태가 하나는 결박, 하나는 예속으로 다를지라도 '상반되는 전쟁, 낮과 밤처럼 그 통일성을 목격'하게 된다. 바로크 음악의 다양성 속의 통일성을 엿보게 되는 것이다.

　'결백한' 벌루시커가 움직일 수 있는 신세가 될지, 어디

선가 그 움직임의 동인을 얻을 수 있을지는 끊어진 이야기로는 끝내 알 수 없다. 달은 이울었다 차고, 해는 떴다가 지고, 만물은 흐른다니, 광기의 극단이 이성의 극단과 맞닿아 끝까지 밀고 가면 다른 끝에 닿는다니, 어쩌면… 하지만 에스테르가 입 밖으로 절실하게 그는 무구하다고 내뱉던 가슴 저린 정점의 순간, 그의 무구함이 결과론적인 측면에서 과연 무구한지 고민하는 동안에는 그가 또한 오랫동안 그 자리에 머물러 있을 수도 있다는 생각이 슬며시 끼어들기도 한다.

이 작품이 그리스 비극의 또 다른 재현을 바랐건, 작가가 건너지르는 현대사의 한 단면, 우리의 역사에서도 아주 낯설지만은 않았던 그 한 면을 내비치기를 바랐건, 작가 역시 맴돌고 있는 멜랑콜리의 공간에 한 줄기 빛을 바랐건, '문제의 해법에만 옳고 그름이 있는 것이 아니라 문제 자체에도 옳은 것과 그른 것이 있음'을 알길 바랐건, 자신이 건너지른 징검돌 그림자로 개울을 들여다볼 수밖에 없지만, 이제 새로 조율한 피아노로 에스테르는 우리에게 '말로 다 하지 못하는 것은 음악으로 대신한다'. 이는 안데르센의 〈달님이 본 것들〉이라는 동화에서 유래한 말이다. 달이 전하는 삶의 단편들 중에, 어느 수감자가 끌려가기 전에 벽에 급하게 악보를 휘갈겨놓는데 어스름 달빛으로는 그늘과 구름에 가려진 악보를 끝끝내 다 읽을 길이 없다. 그 곡으로 하려던 말이 무엇인지도 알 수 없다. 하지만 그렇게 하지 않은, 듣지 못하는, 이제는 흐르지 않는 이야기의 바깥은, 굽은 나무와 움츠린 자벌레의 서사시는 낮은 곳으로 흐르는 물처럼 깊은 심중으로 흘러든다.

마지막으로 이 책은 영역본을 저본으로 사용했으나 같이 참고한 헝가리어본에서 영역본과 충돌하는 부분, 빠진 부분, 사전에도 나오지 않는 헝가리어 단어들, 속담의 숨은 뜻까지 고루 살펴준 북터 니콜레트에게 감사드린다. 음악용어와 뜻을 가르쳐주고 다른 시각에서 뜻을 돌아봐준 H. F.에게도 감사를 전한다.

2019년 4월
옮긴이 구소영

지은이..크러스너호르커이 라슬로 Krasznahorkai László

1954년 헝가리 줄러에서 태어났다. 부다페스트 대학에서 문학을 공부하고 독일에서 유학했다. 이후 프랑스, 네덜란드, 이탈리아, 그리스, 중국, 몽골, 일본, 미국 등 세계 여러 나라에 체류하며 작품을 써왔다.

헝가리 현대문학의 거장으로 불리며 고골, 멜빌과 자주 비견된다. 수전 손택은 그를 "현존하는 묵시록 문학의 최고 거장"으로 일컫기도 했다. 크러스너호르커이는 자신의 작품 세계를 관통하는 종말론적 성향에 대해 "아마도 나는 지옥에서 아름다움을 추구하는 독자들을 위한 작가인 것 같다"라고 말한 바 있다. 영화감독 벨라 타르, 미술가 막스 뉴만과의 협업을 통해 자신만의 독특한 세계관을 확장하고 있다.

주요 작품으로 《사탄탱고》(1985), 《저항의 멜랑콜리》(1989), 《전쟁과 전쟁War and War》(1999), 《저 아래 서왕모Seiobo There Below》(2008), 《마지막 늑대 The Last Wolf》(2009), 《세상은 계속된다The World Goes On》(2013) 등이 있다. 그의 소설은 여러 언어로 번역되었으며 다양한 국내 및 국제 문학상을 수상했다. 헝가리 최고 권위 문학상인 코슈트Kossuth상과 대문호 산도르 마라이 Sándor Márai의 이름을 따 제정한 산도르 마라이 문학상을 비롯해, 독일의 베스텐리스테SWR-Bestenliste 문학상과 브뤼케 베를린Brücke Berlin 문학상, 스위스의 슈피허Spycher 문학상 등을 받았고, 2015년에는 맨부커상 인터내셔널 부문Man Booker International Prize을 수상했다. 2018년 《세상은 계속된다》로 같은 상 최종 후보에 또 한 번 이름을 올렸다. 매년 유력한 노벨문학상 후보로도 거론된다.

옮긴이..구소영

경상대학교 의과대학을 졸업하고 내과 전문의로 일하며 틈틈이 번역을 겸하고 있다. 출간되지 못할 가능성이 크거나 잊힌 변방의 소설들을 번역해 블로그에 개인 소장하기도 한다. 옮긴 책으로 《P. D. 제임스 탐정소설을 말하다》 등이 있다.

저항의 멜랑콜리

1판 1쇄 찍음 2019년 4월 30일
1판 1쇄 펴냄 2019년 5월 13일

지은이 크러스너호르커이 라슬로
옮긴이 구소영
펴낸이 안지미
편집 김진형 이윤주 박승기
디자인 안지미 이은주
제작처 공간

펴낸곳 (주)알마
출판등록 2006년 6월 22일 제2013-000266호
주소 03990 서울시 마포구 연남로 1길 8, 4~5층
전화 02.324.3800 판매 02.324.2844 편집
전송 02.324.1144

전자우편 alma@almabook.com
페이스북 /almabooks
트위터 @alma_books
인스타그램 @alma_books

ISBN 979-11-5992-252-7 03830

이 책의 내용을 이용하려면 반드시 저작권자와 알마 출판사의 동의를 받아야 합니다.

이 도서의 국립중앙도서관 출판예정도서목록CIP은 서지정보유통지원시스템 홈페이지
http://seoji.nl.go.kr와 국가자료공동목록시스템 http://www.nl.go.kr/kolisnet에서
이용하실 수 있습니다. CIP제어번호: 2019015867

알마는 아이쿱생협과 더불어 협동조합의 가치를 실천하는 출판사입니다.

종이 표지_디프매트 버밀리온 116g/㎡ 본문_전주 그린라이트 70g/㎡